U0910276

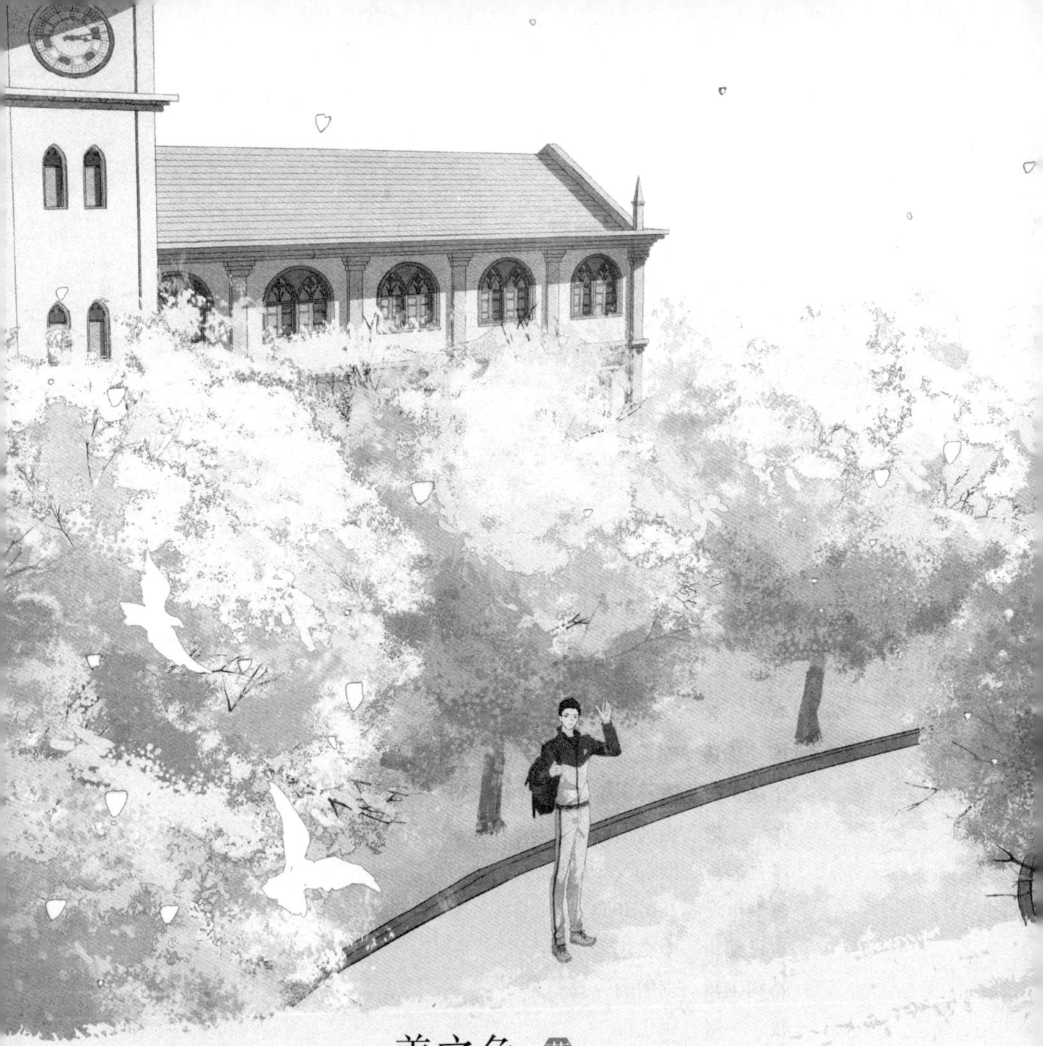

姜之鱼 著

一秒沦陷

上册

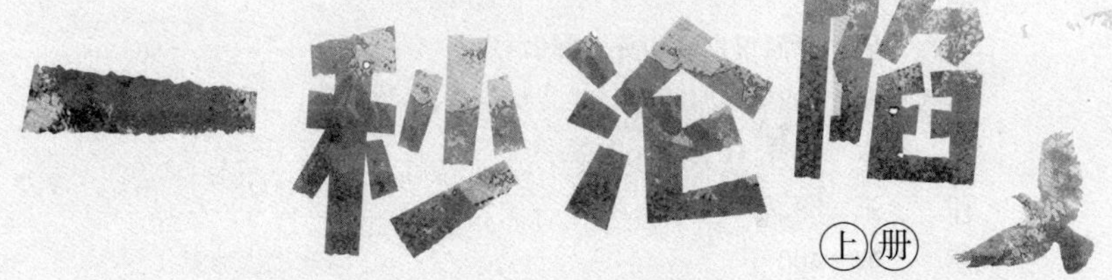

青岛出版社
QINGDAO PUBLISHING HOUSE

图书在版编目(CIP)数据

一秒沦陷/姜之鱼著. —青岛:青岛出版社,2021.4
ISBN 978-7-5552-9264-7

Ⅰ. ①一… Ⅱ. ①姜… Ⅲ. ①言情小说—中国—当代 Ⅳ. ①I247.5

中国版本图书馆CIP数据核字(2020)第126411号

书　　名　一秒沦陷
作　　者　姜之鱼
出版发行　青岛出版社
社　　址　青岛市海尔路182号（266061）
本社网址　http://www.qdpub.com
邮购电话　18613853563　0532-68068091
责任编辑　李文峰
特约编辑　郑丽丽　孙昭月
校　　对　张玉霞
装帧设计　千　千
照　　排　李红艳
印　　刷　三河市良远印务有限公司
出版日期　2021年4月第1版　2021年4月第1次印刷
开　　本　16开（640mm×920mm）
印　　张　39.5
字　　数　400千
书　　号　ISBN 978-7-5552-9264-7
定　　价　69.80元（全2册）

编校印装质量、盗版监督服务电话　4006532017　0532-68068050

目录 ㊤㊥

目录

下册

第一章
口红印

窗外的阳光细碎地洒在地面上。

池穗穗站在洗手台前，长发被随意地扎成丸子头，额头戴了一个咖啡色发套，嫩白的脸晶莹剔透。

手机放在前方，正播放着今天的新闻。

“前段时间，娱乐圈知名导演刘河在采访中透露某池姓记者毫无职业道德，事后，新闻社放出视频为记者澄清。”随着旁白的消失，新闻里出现了视频的片段——里面提到该导演品行不佳，池穗穗十分冷艳，吐出的字也是冰凉的：“还没睡醒我就给你洗把脸。”

“近日，该导演被曝出学历造假，并且挪用资金，‘潜规则’剧组的演员，已被——”新闻主播的声音戛然而止，取而代之的是来电铃声。池穗穗用余光瞄了眼屏幕上的名字，眼尾一挑，伸手接通：“喂？”然后她不慌不忙地继续护肤。

“穗总，主任让你今天回台里。”电话里传来苏绵兴奋的声音，“这事应该就这么结束了吧，我听主任的意思，台里好像没有别的想法。”

池穗穗嗯了一声：“还挺快。”她回家不过几天的时间，台里就收回了之前的处分。

“这还快？你都五天没来了。五天都足够改朝换代了，新闻都换了一茬又一茬了！”苏绵恨铁不成钢地说。

池穗穗随口说：“别激动，我觉得过个假期挺好的。”

苏绵差点儿一口气没喘上来：“穗总，你再不回来可能就真要再度一星期的假了。”

池穗穗安抚她：“好了好了，待会儿去。”等挂断电话，她才开始化妆，梳妆台上的瓶瓶罐罐闪耀着星星点点的碎光。

她到电视台时，已经九点了。池穗穗推开门，工作区域内的十来个人神色各异，齐刷刷地看了过来。她今天穿了套裙，小腿笔直细长，白得晃人眼，明亮的光线从身后打过来，勾勒出她窈窕完美的曲线。池穗穗一路目不斜视地进了主任办公室。其余的人面面相觑，小声地议论起来：

“她就这么回来了？”

“这不是回家反省，是放了个假吧？”

“看苏绵刚才的样子就知道，肯定没事了。”

“这事本来就没什么，而且这新闻是咱们台第一个放出去的，领导高兴死了。”

办公室里，主任越看自己手下的这个记者越感到欣慰：“小池啊，你上次的新闻稿写得很漂亮，有理有据，不过以后做事不要太冲动。”

池穗穗说：“我知道了。”他们去采访时都是有摄影师跟拍的。

一个已经人人喊打的导演根本没有什么价值了，其他人都明白得罪记者没好处，这“瓜（指八卦消息）”网友才“吃”上就反转了。现在刘河因为学历和论文造假麻烦缠身，不仅剧组停拍，他还被调查。事情的发展迅速到让人反应不过来。

主任办公室的门突然开了，门外围着的一群人没靠住，猝不及防地往前栽，差点儿摔倒。周围安安静静的，半天才有人出声：

“穗穗你出来了啊？”

“主任说什么了吗？你会不会被惩罚啊？”

池穗穗抬眼看过去，嗓音清越：“所以我能受什么惩罚？”对面的人被她看得背后发凉，几乎是在几秒钟内就散了个干净，都坐回了自己的工位上，假装自己从未离开过。

网上那个知名导演的新闻占据了头条。池穗穗当初迫于舆论，为免被那个导演的极端粉丝堵门，在家写了稿子，才让他们电视台成了第一家发出这条新闻的媒体。这也是主任夸池穗穗的原因。

池穗穗回到自己的桌前，几天没来，她桌上依旧干干净净的，一盆绿植在蓬勃地生长。

对面桌的苏绵没忍住，压低声音问：“穗总，主任跟你说什么了？让你继续上班还是干什么？”

池穗穗淡定地回答：“让我多写点儿新闻稿。”

苏绵松了一口气，一想起之前发生的事就怒火中烧：“要是我也在，我非得揍他一顿。”

“然后被停职？”池穗穗接话。

苏绵肩膀一垮，片刻后又兴奋起来：“不过穗总，你那一杯水泼得可真好。”她满腔敬佩，就差化身为池穗穗的粉丝了。

池穗穗正要回答，手机响了。她好友的弟弟宋成睿对她说：“穗穗姐，你已经开开心心地回去上班了吧？我效率高吧，能不能从你嘴里得到一句夸奖？”

池穗穗莞尔：“给你五星好评。”

宋成睿对着手机哟了一声。他的姐姐宋妙里和池穗穗是好朋友。刘河一造谣，他就去查这个刘河了，不查不知道，一查全是“料”……直到现在，刘河的学校和公司的公关部门都没来得及处理这件事。宋成睿对如今的结果非常满意，还截图发到了朋友圈炫耀，得到一群狐朋狗友的点赞。他问：“大家都在问我，你什么时候辞了记者的工作，回去继续当有钱人家的大小姐，每天拉拉大提琴。”

池穗穗答：“你这话可以对你姐姐说。”

宋成睿说：“扎心了，我不敢。”卑微的弟弟忍住回嘴的冲动，因为他一定说不过池穗穗。

池穗穗当初没想过继承家业，跑去学新闻专业，因为这事和家里闹得很不愉快，差点儿没把她爸气坏。但是池穗穗怎么着都是她爸妈的亲生女儿，他们还能怎么办，除了支持就只能支持了。

池穗穗把电话挂断后，苏绵也问出了同样的问题。她们的桌子在窗边，明媚的阳光披在池穗穗的身上，使她看上去如同一幅精致的中世纪油画中的少女。苏绵撑着脸欣赏美人，然后听见池穗穗用清灵悦耳的嗓音给了她答案："那样的生活过于朴实无华，太枯燥了。"苏绵哦了一声，后知后觉地回过神来。

过于朴实无华？太枯燥了？就问谁不想拥有这"朴实无华"的生活？

大概是受到了打击，苏绵一整天都沉迷于写稿。

傍晚下班后，两个人一起回学校。今天是 S 大建校一百二十周年，她们两个人还有半个月毕业。

S 大历史悠久，新闻系在全国排名第一，知名校友数不胜数，出来的不少记者专业能力极强。天还没黑，落日的余晖夹杂着橙红色的霞光，街上一排排的灯刚刚亮起，学校里挂上了不少彩带和气球。

她们直接去了院领导办公室，里面只有几个学生在，见到她们进来，打了一声招呼。池穗穗坐在他们对面玩手机。院领导不在，大家都各自玩着手机，间或偷偷摸摸地瞄一眼池穗穗。池穗穗的眉眼生动立体，过分好看，上天大概是偏爱她，她双唇一抿就会给人一种飒爽的感觉，"穗总"这个称号她当之无愧。

"穗总"是苏绵最先叫的。大二时，苏绵无意间知道池穗穗是个有钱的大小姐，"穗总"是她给池穗穗起的昵称，刚好配得上池大小姐的身份和气势。一开始这个称号只在宿舍间流传，后来就传了出去，连带着整个学院都开始这么叫池穗穗。

几分钟后，有人忍不住说："穗穗，我就问问，前几天那个上热搜的学历造假新闻是不是你写的？"

苏绵点头："对啊。"话头一起，大家就停不下来了。

"我也看到了，这两天的头条全是它。"

"前两天我们主编专门开了会，就差没直接说要把你挖到我们台里了。"

池穗穗没有细说。她靠在椅背上，伸手拿了根牙签叉了一块西瓜送进嘴里。西瓜的甜意蔓延在她的舌尖，水分很足。

有人冷哼一声："这种新闻有什么好说的。"办公室里突兀地安静了下来。见大家都看向自己，周清雅继续说，"这和'狗仔'有什么区别，一个新闻记者报道这样的事……我们台马上要出的才是真正的新闻采访。"旁边的人忙给她使眼色。

新闻系的女生不少，池穗穗容貌和成绩都是顶好的，深受老师的喜爱，周清雅在学校里一直被她压着。现在快毕业了，步入职场，周清雅准备一雪前耻。但让周清雅没想到的是，系里第一个挖出大新闻的居然还是池穗穗，这条新闻还引起了轰动。

"那恭喜了。"池穗穗抬眼，漫不经心地笑了。

"难道不是吗？你不承认？"

"我承认什么。"池穗穗抽纸巾擦了擦手，嗓音渐冷，"承认你不如我？"

"你……"周清雅气得要死。

"这是办公室，你确定要吵？"池穗穗慢条斯理地回了一句，又将她的话堵住。

周清雅还没张嘴，办公室的门被推开了。两位老师从外面进来："在办公室里还吵吵嚷嚷的，你们想干什么？正好院里忙不过来，你们跟我一起去给庆典做准备。"

"老师，我们要准备什么？"

"先去大礼堂。"

一群人跟着老师往大礼堂去，池穗穗落在后面，苏绵凑过来压低声音说："我刚刚跟别人问到了，你猜周清雅为什么这么兴奋，还要戗你？"

"为什么？"

苏绵说："她不是进了一家体育台吗？她马上要被安排采访退役冠军，怪不得说是大新闻。"

说话间，一行人已经到了大礼堂。典礼还没开始，人只到了一小半，池穗穗听见前方突然响起阵阵惊呼声。人群逐渐散开，最前方的几个人露了出来。为首的男人站在儒雅的老校长面前，身形挺拔修长，垂在身侧的手修长白皙。男人五官立体，容貌冷峻，倾身听人说话时，偶尔微微颔首，样子认真严谨，教人移不开眼。池穗穗的视线定住。

校长看着这个引以为傲的学生，乐呵呵地问："你今天还回来，不用训练？"贺行望敛眉："不用，正好有空。"

苏绵抓着池穗穗的胳膊，小声提醒："贺神居然来了，你听我说穗总，要是能采访到他，不管什么雅，都得往后排！"年少成名、家世显赫、多次为国争光的贺行望履历出色，已经实现了射击项目的"大满贯"，粉丝无数，一些媒体甚至为他送上了"贺神"的称号。据说想采访他得排上好几天，而且他很少主动接受采访，更别提接受资历尚浅的新记者的采访。

周清雅听到这话，回过头冷笑一声："贺行望也是你们能随便采访的？"

池穗穗没理她，一抬眼就看见一双黑眸。不远处，贺行望的目光越过众人，在她身上停留。池穗穗冷不丁和他对视，眨了眨眼，不急不缓地做口型："贺行望。"贺行望微微眯眼，挑眉移开视线，紧接着又低声说了什么，然后和校领导一起在大礼堂的第一排座位坐下。

"我怎么感觉他刚刚在看我们这边？"站在旁边的苏绵呼出一口气，又摇头，"我真是出幻觉了。"

池穗穗道："不是幻觉。"

老师已经开始安排待会儿的活动，但大多数学生还沉浸在刚刚的震惊情绪里。

池穗穗从包里拿出手机，指尖轻点屏幕，进入微信，最上方的一个聊天框赫然写着三个字——"贺行望"。

贺行望的最后一条消息是："有东西给你。"消息是在五分钟前发的。池穗穗本想发消息问问是什么东西，最后还是忍住了——这时间不适合。

她还没将手机收起来，就看到班级群里刷新了不少条消息。她再抬头一看，同学们都一边听老师讲话，一边拿手机按个不停。

"贺行望回校了！"

"在哪儿，在哪儿？"

“大礼堂，我见到他了！”

“天哪，我刚出去吃晚饭，马上回来！”

群里热热闹闹的，池穗穗将手机锁屏，再次抬头的时候就听到苏绵的声音：“穗总，你说我现在去要签名能要到吗？”

“可能不行，校长在那边。”池穗穗看了她一眼，又问，“你这么想要吗？”

“那当然了。”苏绵低声说，“这可是贺神啊！奥运冠军！”

“是啊。”池穗穗的视线飘过去。见池穗穗一脸淡定，苏绵还以为她不关注体育新闻，连忙小声科普起来——自从第一次得奖后，贺行望的履历就全部公开了。他主攻男子 10 米气手枪，十三岁就被国家射击队教练发现，进入了国家队，但不久后他就因私事退出。四年前，他再次出现，拿下了他的第一枚金牌。从世界杯到奥运会再到世锦赛，“三大赛”的金牌让他完成了这个项目的“大满贯”。

“他的金牌都数不清了。”苏绵越说越激动，“明年东城，我要是有空就去现场看。”

当初奥运会直播的时候，贺行望在领奖前接受采访时的“勾唇一笑”被截成动图发到网上，后来那条微博被转发上百万次。国家偶像谁会不喜欢？而且射击这个项目又自带“滤镜”，赛场上的贺行望就像一个顶尖的狙击手，专注、冷静，打出沉稳的一枪，仿佛能击中所有人的心脏。苏绵觉得做贺行望的粉丝，不管是“颜粉”还是“事业粉”，晚上都能躲在被窝里笑出来。

池穗穗忍俊不禁：“我知道。”

苏绵说：“我看你是不知道。”

池穗穗眼睛一挑，嗯了一声：“你还想不想要签名了？”这么一说，苏绵的注意力果然被转移了：“我猜今晚肯定有媒体想要挤进来拍。”外界关注的不仅是贺行望出色的成绩，还有他那一张脸。

周清雅一直在听她们的谈话，听到这儿没忍住，笑着说：“谁让我们是体育台呢。”她得意地看了眼池穗穗，要采访一个运动员，体育电视台比起普通电视台确实有不少优势。

池穗穗说："也是。"见她如此，周清雅虚荣心得到了极大满足，却很疑惑，这事就这么简单地过去了？

池穗穗看了一眼第一排，蓦地一弯唇："那就祝你采访成功，加油。"说完，她拉着苏绵从周清雅身侧走开。

"恭喜什么呀，想想也不可能，体育台里有那么多记者……"苏绵嘀咕的声音传入周清雅的耳朵。周清雅反应过来，跺了跺脚。苏绵说得没错，这样的人物怎么可能轮到她这个才转正几个星期的新记者去采访？池穗穗就是故意的，还说什么加油！

老师让一群毕业生给他们帮忙，不过是检查大礼堂的布置情况。池穗穗被安排去舞台上。周清雅当即出声反对："老师，让我去吧，她平时娇生惯养的，哪里行？"其他人立刻齐刷刷地看过去。他们当然知道周清雅这么说池穗穗的原因，毕竟到舞台上就可以轻而易举地看到贺行望。

苏绵翻白眼："你又知道了？"

有看不惯的同学开口："穗穗个儿高，去检查刚刚好。再说她哪有娇生惯养？那是天生皮肤嫩，周清雅你怎么能这么说。"

老师也看向周清雅："都快毕业了，你已经是一个记者，说话还不过头脑。"

"我……"

"池穗穗，你上去检查。"老师一锤定音，又说，"今天是什么日子？都注意点儿。"

周清雅被说得脸发红，攥紧了拳头，最后忍住没反驳，决定要抢采访。她要出头。

池穗穗莞尔："我会仔细检查的。"其实大部分东西已经准备好了，老师让他们来检查就是走个过场。池穗穗容貌出色，算是学校的形象代表。她身上的职业套裙还没有换掉，从侧面的楼梯走上台，一点儿也不显得奇怪。台上的工作人员让她帮忙将舞台上的幕布合上。

台下，校长问贺行望："明年的奥运会，有没有信心？"

贺行望神色淡然："我不能夸海口。"否则这些话要是被偷偷地传了出去，来年万一出了什么意外，到时候他可能成为众矢之的。

校长大笑起来，两鬓的白发十分显眼。他拍了拍贺行望的肩膀："说得也是，今天专心看庆典，S大永远是你的后盾。"

贺行望颔首，眼角的余光瞥见台上的那个身影时，他将原本偏过去的身子坐正，目光随之而动。在偌大的舞台上，池穗穗显得十分娇小，身后幕布的暗红色与她今天的衬衫的白色形成鲜明对比，衬得她腰身更纤细了。大约是察觉到了他的目光，池穗穗忽然转过头，又若无其事地转了回去，仿佛没看到他似的。贺行望轻笑出声。

校长突然听到他的笑声，看向他，好奇地问："什么事，这么高兴？"

贺行望已经收回了视线，不紧不慢地开口："看到了一只脾气有点儿大的猫。"

"我们学校的流浪猫挺多。"校长说，"同学们有爱心，还给它们起了名字，上次同学们跟我说已经弄了微博，每天就发发这些猫的照片，比学校官微的粉丝还多。"老校长年纪大，喜欢多说话。贺行望耐心地听着，不时地应和两句。

庆典八点准时开始，池穗穗和苏绵坐到了后面一排。校领导一个接着一个地发言，让人昏昏欲睡，苏绵拿着手机不停地打字：

"我这儿有内部消息，贺神比赛刚结束，最近会休息一段时间。"

"今晚你们都去看真人了吗？"

"校领导都围在那边，你能挤进去我跟你姓。"

"不过呢，我还是拍到了一张照片。哈哈哈，我刚换的新手机，拍照很专业！"

随后一张图片被她传进了群里，苏绵扯了扯池穗穗。池穗穗睡眼蒙眬，一双眼水盈盈的，看得苏绵的心一颤："穗总，你看群里。"

池穗穗掩唇打了一个哈欠："看什么？"苏绵已经等不及，干脆将手机拿到她面前。屏幕上是一张照片，照片的背景是模糊的点点灯光，只有中间的那张脸格外清晰——贺行望似乎正在听校长说话，侧脸精致性感。大概是发现有人偷拍，他抬眼看过来，那视线轻而易举地穿过镜头，似乎落在了屏幕前的人身上。

“好了，看到了。”池穗穗用手挡住手机，卷翘的眼睫毛动了动。

“挡什么呀？”

“挡贺神的盛世美颜。”在苏绵将手机拿回去后，池穗穗才呼出一口气，调侃道。

苏绵没有怀疑她，又开口说：“刚刚群里说贺神已经离开了，我果然是和签名无缘。”她捧着脸唉声叹气。

池穗穗向前看去，第一排果然已经没有贺行望的身影了，校长也离开了。她从座位上起身，说：“我现在要去宿舍拿东西，你回去吗？”

“去去去，我还有东西留在那里。”

她们还没有正式毕业，所以宿舍还为她们保留着。

宿舍楼离大礼堂不远，楼上正在阳台收衣服的女生往下一望，路灯下的那个人可不就是池穗穗，她连忙跑回屋里：“我刚刚看到池穗穗了。”这一句话将话题引了出来。

“我听说她已经回电视台了。”

“她回来是拿宿舍里的东西的吧，还有半个月就毕业了，宿舍里的所有东西都得清空，不然就被扔了。”

“说起来，我看过她的视频，咱们穗总还真是一如既往地脾气暴，野啊。”

宿舍里几个人对视一眼，看到各自眼中的意思——池穗穗就是池穗穗，别人谁都比不过。

学校没强制要求学生住宿，池穗穗从大一起就十天半个月都住在校外，当时还因此产生过不好的传闻。后来的一天，刚刚参加完演讲比赛的池穗穗穿着一身礼服，妆都没卸，直接去了第一个在背后议论她的那个人的宿舍。当时宿舍里有人在校论坛上直播了这件事——池穗穗没动手，而是几句话就将那人说得哑口无言。“穗总”这一称号随之在学校里传开了。

池穗穗的宿舍里并没有其他人在。一间宿舍本来就只有四个人，现在大家也都各奔东西，没有特殊情况，都不会回来。桌面上积了一层灰，池穗穗懒得去碰。她在宿舍住的时间不长，东西大多在柏岸公馆那栋别墅里。

“你的大提琴还在这里呢。”苏绵指了指角落里的琴包，“之前没带走？”

“上次的东西太多。”

“好久没听你拉大提琴了。”苏绵坐在椅子上，“咱们学校里都没人知道你是高手。”

池穗穗漫不经心地回答：“兴趣而已。”手机恰好在这时响了一声，她随手打开，就看到贺行望发来的新消息。

贺行望：“东西不要了？”

池穗穗发了一个“？”过去。之前在大礼堂的时候他不是走了吗？她还以为他忘了这件事。池穗穗看了苏绵一眼，去了阳台。窗外夜幕降临，九点多，整个校园灯火通明，在这里还能听到楼下一对对散步的情侣的说话声。池穗穗靠在栏杆上，压住被风吹起的碎发，回复道：“你不是走了吗？晚上回去给我也可以。”

几秒后，一条新消息跳了出来。贺行望：“我在你的宿舍楼下。”

池穗穗下意识地往楼下看。一辆熟悉的宾利停在过道边，后座的车窗落下，昏黄的路灯下，贺行望的侧脸轮廓越加清晰。没等她回复，他先望了过来。池穗穗耳边响起不久前周清雅挑衅的话，嘴角扬起。他们口中极难采访到的贺行望，对她而言，想什么时候采访就什么时候采访。

贺行望还真在楼下，居然没走。池穗穗眨了眨眼。这么晚他来送什么东西？要是送钱的话，她勉强可以接受。

手机里又收到一条微信消息。贺行望：“你下来还是我上去？”

池穗穗回忆了一下宿舍楼下那个战斗力爆表、热爱打毛衣的宿管阿姨，有点儿想笑：“你上来试试。”消息才发过去，她就看见楼下的贺行望打开了车门。池穗穗眼皮一跳，又赶忙撤回消息，重新回了一句：“我马上下来。”不管他能不能上楼，她只要让他下了车，不用等到明天，今晚各大媒体的热门头条都将是“贺神在女生宿舍楼下等人”的新闻。

苏绵见她要出去，问：“待会儿还回来吗？”池穗穗丢下一句“回来”就关上了门。

宿舍楼下的人并不多，毕竟这是毕业生的宿舍楼，只是今天刚好是建校周年庆典，人比往常多了一点儿。池穗穗坐上车，感觉哪里都不得劲儿。刚刚贺行望装模作样要下车的动作她还记得，现在他坐得笔直，她估摸着他没真正想过下车。“东西呢？”池穗穗伸出手。车内开着灯，她的手指纤长白皙。

贺行望将一个礼盒放在她手上，不忘提醒：“两只手。”

池穗穗罕见地乖巧，伸出另一只手，她看着精美的礼盒，觉得十分熟悉：“谁让你给我带东西的？”

贺行望望了她一眼：“你觉得呢？”

池穗穗微微仰头看向他，下巴努了努，笑眯眯地说：“我觉得是你自己给我的。”

“差不多。”

“什么叫差不多？”池穗穗不满意这个答案，白了他一眼，将礼盒打开一条缝，就有香味漏了些出来，是她没闻过的味道。

“品城记新出的。”贺行望随口解释。

“谢了。”池穗穗将礼盒重新合上，又转了转眼珠子，问，“你想我怎么谢谢你？”前面的司机默默地捂住了耳朵，他感觉接下来的内容似乎是不能听的。

贺行望神色微动，挑眉：“你能给我什么谢礼？”池穗穗觉得他是在鄙视自己，哼了一声，掏出手机，飞快地发出一条新消息，叮咚的微信铃声格外明显。贺行望打开微信，有个红包的提醒，还特地标了“谢礼”两个字，他伸手点开，红包金额：1.00 元。

车内有一瞬间的安静，贺行望说：“我该庆幸你没给我一分钱吗？”

“我不会那样羞辱你的。”池穗穗眨了眨眼，“当然，你要是想的话，也不是不可以。”

贺行望觉得他对池穗穗的性格有了新的了解，不过送品城记的东西也不是为了这一点儿谢礼，便转了话题：“晚上在学校住？”

“宿舍不能住。”池穗穗的床铺早就被她搬了个干净，“我要带点儿东西，和苏绵一起回去。”

贺行望嗯了一声。

“你今晚回不回柏岸公馆？”池穗穗突然想起这件事。

“今晚去基地。”

池穗穗见时间不早了，拎着礼盒准备下车，临开门前扭头说：“等你回去的时候，我再把剩下的谢礼给你。”她说得很勾人，饶是对此已经习惯的贺行望也忍不住挑了挑眉。这么一想，一块钱好像也不错。他还是第一次产生这样的想法。至于剩下的谢礼是什么，池穗穗没有说，下了车，几步就消失在宿舍楼内。

司机等了会儿才问：“先生？”他从后视镜里看到他的老板坐在那里，车窗半开，也不知道是不是在看外面，放在身侧的手指轻点着，一副若有所思的样子。贺行望很少会走神，作为一个射击运动员，最重要的就是冷静专注，他们也会刻意做这方面的训练。司机问了一声，没听到回答，有点儿紧张。

不知过了多久，贺行望瞥了眼外面，才合上车窗：“开车。”

司机把车开出学校，然后想起一个重要的问题：“先生，是去训练基地还是柏岸公馆？”

车内一片安静，半分钟后，贺行望说：“柏岸公馆。”

宿舍楼里，苏绵刚洗完手。

池穗穗拎着礼盒进门，顺势用脚尖关上门，将礼盒往桌上一放就去了阳台，楼下刚刚离开的车的屁股还能见到，她撇了撇嘴，回了自己桌前。礼盒一打开，里面的甜品香气就漏了出来，瞬间萦绕在池穗穗的四周。

“什么东西这么香？”苏绵刚从洗手间出来，嗅了嗅，像只敏锐的小狗，没多久就闻到了池穗穗的身边，池穗穗给了她一个勺子。

“又是品城记。”苏绵见到那包装已经不觉得奇怪，“这么晚了，品城记不是关门了吗？”这家店的甜品她隔一段时间就会在池穗穗的手里见到，花样都不带重复的，池穗穗对这家店的东西很喜欢。经苏绵这么一提醒，池穗穗才想起品城记的关门时间，停下手摸了摸下巴，她抬眼：“贺行望什么时候走的？”

苏绵知道她说的是庆典，回忆了一下："八点半后吧，我看群里说的。"品城记的关门时间是晚上九点。池穗穗眉眼弯了弯，没再问什么，用勺子舀了一口甜品放进嘴里，甜甜的香气裹着果味蔓延到舌尖。一个甜品不大，两三分钟就吃完了。池穗穗将礼盒系好，然后又将宿舍里剩余的东西——一些小杂物——整理好，从柜子里拿出一个纸袋装上。

池穗穗又拿起琴包，将里面的大提琴拿出来检查，她的室友人很好，偶尔还会帮她擦拭琴包。她伸手拨了一下弦，大提琴响起低沉的轻鸣声。苏绵最喜欢她拉大提琴了。见苏绵用亮晶晶的眼睛看着自己，池穗穗说："这么开心，要不要来试试？"

"我？"苏绵指着自己，摆摆手，"我没轻没重的，万一我不小心拉坏了……"

"不会的。"

"那我就不客气了。"

苏绵接过她手中的弓，小心翼翼地在池穗穗的指导下摆好了姿势，深吸一口气轻轻地拉动。池穗穗问："有没有喜欢的歌？"

苏绵想了想："好多，一时间想不起来。"

池穗穗被她逗笑了："那我就随便教你了。"她伸手覆上苏绵的手，带着苏绵拉。苏绵感觉自己就像个工具人，手背上柔软丝滑的触感让她忍不住出神，脸都红了。这一走神，音调就变了。

"别紧张。"池穗穗也没想教会她，不过是带她体验一下，新手拉得难听很正常。

大提琴音色浑厚有力，音调偏低，不像小提琴。"我以前看小说，里面形容男主人公的声音就是大提琴般的嗓音。"苏绵忽然想起来，"真的挺好听，听过你拉琴以后，我再也没骂过作者'没有其他的形容词'了。"苏绵歪头看池穗穗，她的侧脸看上去精致漂亮、艳若桃李。学校里每年都会评选校花，穗总蝉联四年"S大校花"。苏绵不知为何，与有荣焉，觉得学校里的人还算有眼光。

池穗穗松开手："你自己试试？"苏绵还没有动，门外突然响起急促的敲门声，有人在外面大叫："什么鬼东西，扰不扰民？"

苏绵吓了一跳："谁啊？"

池穗穗侧头，桌上有一个小闹钟还在那里，时针还停在数字 9 上，宿舍楼的隔音不好，但也不算太差，苏绵打开门："别敲了。"门外的女生停下手，狠狠地剜了苏绵一眼："你们宿舍拉什么鬼东西，吵死了，还让不让人睡觉了？"她往屋里探头，看到了正在摆放大提琴的池穗穗。

"吵？你确定我们吵到你了？"苏绵记得这女生，住在这间宿舍隔壁的隔壁。S 大的宿舍楼条件很好，她们班级的宿舍挨在一起，以前同班同学买过尤克里里弹，她们隔着一堵墙基本听不到声音，更别提这隔壁的隔壁宿舍了。

池穗穗走到苏绵身旁，目光落在女生手中的外卖上，问苏绵："我刚刚是不是没关好门？"

苏绵想了想："还有一条缝。"

"如果真吵到你了，我们会道歉。"池穗穗挑了挑眉，"但是同学——"

女生眼皮跳了跳，有点儿后悔。

"这位同学，你是准备现在——九点钟，拎着外卖，然后在我们宿舍门口睡觉？"池穗穗慢条斯理地说。她不笑的时候，就显得很有侵略性。

苏绵慢一拍地反应过来，一拍门："就是，你这明显是拿外卖路过我们宿舍，你也太过分了吧？"这明显是说谎来找碴儿的。

"我这是临睡前扔垃圾！"女生梗着脖子狡辩，但口气弱了很多，"你们管我干什么……"

话还没说完，她就瞧见池穗穗向前一步，站在了她身旁。"既然你这么说……"池穗穗漫不经心地看了她一眼，转向苏绵，"苏绵，你去拉琴。"

"啊？"苏绵愣了几秒就反应了过来，跑进宿舍，将弓搭在大提琴上，"穗总我准备好了！"

池穗穗合上门，还特地留了一条缝。苏绵小心翼翼地拉了两回琴，声音传到门边已经变得低沉而绵长，好听却不张扬。女生的脸色已经变了。她的确是路过这边，从门缝里听到怪异的大提琴声，再看到宿舍是池穗穗所在宿舍，一时冲动才拍门的。

池穗穗扭过头，淡淡地说："我们同是记者，以事实说话，以还原真相为原则，不提现在刚九点，你觉得这声音扰民了吗？”

女生感觉自己像是见鬼了一样，看向池穗穗的眼神里满是难以置信。她之前只是听说过池穗穗闯男生宿舍，三言两语就将谣言说破的事迹，今天终于相信这是真的了。恍惚间，女生觉得周清雅果然是不行，怪不得一直被池穗穗压了四年，她半天才憋出一句话：“没有。”说完，她就低着头离开了。

苏绵走到门边：“我就觉得奇怪，我们这边的宿舍楼里都没几个人在，想扰民也扰不到啊，那人呢？”

“走了。”池穗穗关上门，回到自己的桌前。

“咱们穗总的三寸不烂之舌名不虚传。”苏绵拍了拍桌子，“这简直是来自取其辱的。”

池穗穗没有反驳。

“穗总，你怎么这么笃定，我刚刚都怀疑我是真的太吵了。”苏绵兴致勃勃地问。

“因为我拉的是大提琴。”池穗穗不紧不慢地开口。声音多大，会不会吵到人，她比谁都清楚。

池穗穗从学校回到柏岸公馆时，已经十点了。

这栋房子的房产证上写的是她和贺行望的名字，虽然他们没结婚。这件事说来话长，连池穗穗自己都觉得很神奇，又有一丝微妙。

贺行望大部分时间在训练基地，所以就她一个人独享整栋别墅。房子没开灯，一片漆黑。池穗穗将纸袋挂在手腕上，开了门，灯都没开就直接扔了高跟鞋，赤着脚往里走。心情愉悦的人连走路都摇曳生风，要是苏绵看到，肯定又要哇哇乱叫。

突然，手腕被冰凉的手指掐住，池穗穗下意识地就要用纸袋砸过去——家里居然进小偷了？

灯突然被打开，池穗穗下意识地眯了眯眼，就见一个模糊的身影站在她面前，长腿交叠，漫不经心。与此同时，贺行望的声音在她耳畔响起。

“这就是你说的剩下的谢礼？”

“你不是不回来吗？”两个人几乎同时说。池穗穗适应了灯光，睁开眼，用一双清亮的眼眸盯着对面的人。她浅浅一笑，补上一句：“别急啊。”她的嗓音清脆又带着愉悦。两个人离得很近，池穗穗似乎能感觉到他呼出的气息，更不用提从他手上传来的温度。这一句话让贺行望的眉头跳了跳。虽然听起来好像没什么，但是细细一想，这三个字似乎每个字都有其他的意思，他松开手：“没什么。”

池穗穗将纸袋扔在玄关处，转了转手腕。别看刚刚贺行望看起来挺凶的，实际上也没用多大力气。她将琴包从肩上取下来也放在玄关，今天穿的衣服不宜动作过大，不然她就不是现在这副文绉绉的样子了。

“你把我的手掐红了。”池穗穗说着，伸出手递到贺行望面前。

贺行望垂眼，池穗穗的手腕处干干净净，连半分红色都看不到。隔了几秒，他才开口：“让你掐回来？”

池穗穗想了想：“还是留着这机会。”万一以后他惹她不开心了，可以使劲儿掐。池穗穗又想起刚刚的问题：“你不是说今天晚上不回来吗？怎么又突然回来了？”

贺行望瞥了她一眼：“拿东西。”他思忖了一下，回来拿谢礼也是拿东西。

池穗穗哦了一声，倒没怎么怀疑。到客厅时，贺行望见她似乎什么感觉都没有，轻咳一声：“我明天早上会走。”剩下的话他没说出来。

池穗穗转过身一笑：“我今天晚上说的谢礼，你有可能听说过。”她满脸认真。

“我听说最近苏富比那儿正准备拍卖一个私人岛。”池穗穗伸出手晃了晃，“不贵。”

“不用了。”贺行望皱眉。

“可以以你的名字命名。”池穗穗补充道。说完，她觉得他整张脸上都写着一个大大的问号，大概是真疑惑了。

“我有。”贺行望额角跳了下，看着她，“如果你喜欢这些，下次我可以送你。”

池穗穗忍不住唇角上翘：“骗你的。”她没再说，拎起纸袋一路上了楼，等走到楼梯转角时往下看了眼，贺行望正站在客厅里，可能还在思考她最后一句话真实的可能性有多大。池穗穗歪着头，抿唇一笑。

这栋别墅的装修虽然不是她经手的，却是按照她在家的房间喜好来的，一看就是双方父母早就决定好的。

池穗穗第一次发现如果一个人想瞒一件事情，其实很简单，但是仔细看呢，又是能找出线索来的。两个人虽然住在同一栋别墅里，但并不是同一间房。池穗穗把纸袋随手扔在房间内，开始打电话，过了几秒，那边才接通："喂，穗穗小姐？"

池穗穗嗯了声："张姨，咱们家里那鱼还有吗？我想要一条，待会儿送到柏岸公馆这儿就行。"

"要不要做好送过去？"

"不用了，直接送过来就行。"

"好。"张姨挂断电话，一回头冷不丁对上一双漆黑的眼睛。她拍拍胸口："吓死我了。"

齐初锐盯着电话："我姐打来的？"

"嗯。"张姨一边应着，一边准备去拿鱼，这鱼是新鲜的，但是离主屋还有点儿距离。

"我去。"齐初锐开口。张姨想说不，但是一抬头看到他冷冰冰的眼神，还是咽了下去，反正他和池穗穗是亲姐弟，也没问题，送条鱼而已。

池穗穗正坐在房间里整理东西。她其实只会做几样家常菜，味道还普普通通，但是唯有一样鱼做得很好吃。

贺行望作为一名国家级运动员，有很多东西是不能吃的，甚至一些调料也不能碰，所以，就连贺家的阿姨都是考了营养师证的。他很理智，也很有自制力，这么多年来，池穗穗没见他吃过火锅或者烧烤，更别提那些运动员最好别喝的饮料了。

下楼后，她坐在离贺行望不远的地方，想到待会儿的食物，用手指点了点唇。她已经一年没做过饭了，保不准今天手艺下降，要是还不能加一些调料，这鱼看起来可就简单了点儿，做出来就更丑了。贺行望看过去，见到她脸上露出一丝苦恼的神色，很罕见，却又很自然，于是问道："怎么了？"

池穗穗抬头："我在想给你的谢礼。"

贺行望沉默了几秒："还没有想到？"那他今晚回来是干什么的？贺行望按了按额角，觉得自己有点儿冲动了，不应该听她随口一说就改决定。

池穗穗翘唇："我不做没把握的事情。"

贺行望和她对视，看见那双眼里星星点点的光，如同深夜城市里的灯光，长久不灭。

门铃在半小时后被按响。

池穗穗一打开门，就看见齐初锐站在门边，他稚气未脱的脸上已经有了成熟男人的影子。只是她这个弟弟一向冷着一张脸，不太近人情，还有点儿"毒舌"，一开口，喜欢他的小姑娘就会被吓跑。貌似最近他还到叛逆期了。反正池穗穗每次跟家里通电话都能听到她爸抱怨：她的弟弟又和他吵架了，又被老师打电话告状了，因为又有姑娘为他哭了……齐初锐每次就冷冰冰的一句话："我只是说不喜欢她。她哭和我没关系。"

"姐。"齐初锐叫了声，表情略有松动。他递过来一个小桶，桶里的两条鱼活蹦乱跳，碰在桶壁上发出不小的响声。

"怎么是你来？"池穗穗接过小桶，给他拿了双拖鞋，"进来吧。"

齐初锐有点儿紧张，摇了摇头："不进去了。"话虽这么说，但他的目光已经飘进了屋。

池穗穗双手抱胸，捕捉到他的目光，扬眉道："你是特地给我送鱼，还是想干其他事？"

齐初锐绷着脸："送鱼。"

正说着，屋内传来脚步声，贺行望走到池穗穗身后站定。他比她高出半个头，视线落在齐初锐身上："初锐来了。"

齐初锐点头，嘴唇动了动，最后还是忍不住开口："姐，我走了，回去写作业。"

"就你还有作业？"

"课外作业。"

池穗穗点了点他的额头，看他小大人一样皱了下眉："找的什么理由，算了，你回去吧。"

齐初锐走得飞快，临到院子门口回头看了一眼，最后坐上车消失在夜色中。

“他肯定是来找你的。”池穗穗说。

“刚刚可以给他签个名的。”贺行望看了她一眼，言下之意是没签名是她的原因。

“那你怎么不早说。”

“你都让他走了。”

走了还能叫回来啊……池穗穗觉得他这人还挺会甩锅，抬头一看，刚好瞥见他唇角的一丝笑意。

鱼送到，池穗穗就开始准备菜。虽然他们平时不怎么在家里吃，但厨房里各种东西一应俱全。池穗穗去厨房里转了一圈，转身盯着贺行望。贺行望蹙眉：“看我干什么？”

“你站在那里，要是想给我系，也可以。”池穗穗指尖挂着一条围裙，仰头看他。男人站在她对面，没说什么，只是接过了围裙。池穗穗还没有回过神来，贺行望就已经到了她身后，给她套上围裙，在背后打了个结。从冰箱映出来的画面能看到贺行望的姿势，可惜见不到表情，池穗穗有些心痒痒。她在贺行望要起身退后时，忽然抓住了他的胳膊。男人常年锻炼的手臂坚实有力，隔着一层单薄的衬衫，她都能感觉到奇妙的触感。

池穗穗的指尖搭在上面：“系好了吗？”

“嗯。”

贺行望收回自己的手，思忖着刚刚她到底是不是故意的，但是等他看过去的时候，池穗穗已经去了料理台，一种无法言说的感觉在他脑子里回旋。贺行望在这里看着，池穗穗不耐烦，把他赶去了餐厅，但厨房是半开放式的，他在那边也能看见她。

贺行望的手机振动了一下，是教练发来的消息：“今晚没回来？”

贺行望偏过头，看向厨房。池穗穗已经换下了那身套装，穿着浅色的居家服，长发简单地扎起，搭在后背上。贺行望回复：“在家里吃。”

不知过了多久，鱼被端上桌，餐厅里安静片刻，池穗穗问：“好看吗？”

贺行望看了看碟子里已看不出原本模样的鱼，又看了看挺期待的池穗穗，思索几秒：“挺好看。”

池穗穗一点儿也不心虚，也不怕他说什么，大大方方地和他对视，怂恿道：“你尝尝？”贺行望吃了一口，看起来不怎么样，但味道的确很好。他有点儿意外，在他的印象里，这大小姐从没下过厨——她家里父母对她很宠爱，没想到做菜这么好吃。

趁贺行望动筷的时候，池穗穗用手机拍了张照，没把人拍进去，只是拍了那盘鱼。照片里的菜显得更奇特。池穗穗这是第一次失手，但怎么说也是成品，她随手就发到了自己的微博上：“今天给家里加餐。”这是她的私人微博，由于很少和人说自己的社交软件账号，所以粉丝不多。发完微博，她又单独发了一条朋友圈给家里人看。果不其然，一分钟不到，两家父母全都在这条朋友圈动态下点了赞，还齐刷刷地发了个大拇指的表情。池穗穗就知道他们在盯着她和贺行望，恐怕现在两家父母已经通上电话了——能从一盘鱼“脑补”出一部电视剧的家长！

就在她准备关掉微信的时候，手机突然收到了提示：贺行望点了个赞。

次日清晨，池穗穗下楼时，家里已经没人了。桌上放了早餐，简单却色香味俱全，不用说她也知道是贺行望临走前留的。池穗穗支着下巴，看来昨晚的谢礼还是很有用的，不过这么一来一往，她的谢礼好像也被抵消了。吃完早餐，池穗穗开车直奔电视台。

不远处，几个人刚好一起下来，看着她挺直的背影，耳边响着她高跟鞋踩在地上发出的清脆的声音。

“这上班可真悠闲。”

“我是体会到了网上说的，有一个开豪车来上普通班的同事是什么感觉。”

“不是，你说错了，我们是上班，池穗穗那种是‘白富美’体验生活。”

“人间真实。”

池穗穗才踏进办公室，里面就安静了下来。电视台很忙，很多记者被安排出去采访了，现在办公室里就只剩下七八个人。自从上次的泼水事件后，大家对池穗穗的脾气有了大致的了解。前辈想拿乔也得掂量下，这万一池穗穗手边有的不是一杯水，而是部摄像机，指不定脑袋就开花了。

距离上班时间还有十分钟，苏绵正在刷微博，正好看到池穗穗昨晚的那条微博，亮着眼说：“穗总，你昨晚做的菜好好看。”

池穗穗正要回答“谢谢”两个字，就听到苏绵紧接着又说了一句话：“对了，那是什么菜？”

池穗穗好笑地回答：“鱼。”

苏绵得到答案又夸了几句，然后去刷热搜榜，才刚点开，她就呆住了：“天哪！”

“怎么了？”池穗穗挑眉问。

“好巧，没想到我们昨晚吃品城记的时候，也有别人在吃。”

池穗穗瞥见她举高的手机屏幕，热搜话题第一——“贺行望、品城记”。

这两个词一连起来，池穗穗不用看都能猜到，肯定是昨晚贺行望去品城记买甜品的时候被拍到了，还好被拍到的不是在宿舍楼下的他。池穗穗用自己的手机点开了话题，和她猜得差不多，有路人去品城记买东西遇到了贺行望，虽然贺行望戴了口罩，但依然被认了出来。现在微博下的评论数正在疯涨。

“这是什么运气？”

“戴着口罩我都能看出帅气，五官真的绝了。”

“我记得他们不能乱吃外面的食物的吧。”

“喜欢贺神这么久，没见过他吃不该吃的，至于队友，可以直接排除了，不用考虑。”

“根据我的经验，这甜品肯定不是自己吃的！我怀疑是给女生的！”

“不要猜了，是我，是我，就是我！”

“一个一个梦，飞出了天窗。”

“手动 @ 那个吃了贺神甜品的女人。”

“为什么同样是吃品城记的女人，我们不是贺神的女人？”苏绵发出由衷的质问。

池穗穗开口道：“是啊。”

苏绵以为她是在附和自己：“穗总，你也觉得我说得特别对，是不是？为什么不是我们？”

不，只有你不是。池穗穗在心里回答。

好在苏绵一向大大咧咧，而且正处于遗憾的情绪中，所以并没有发现池穗穗的表情很奇妙。苏绵说：“以后品城记就是我的伤心之地。”

池穗穗沉默几秒：“这还不至于。”

苏绵按着自己的心口，摇头道：“穗总，你不懂我这种粉丝的心态。我知道一吃品城记就会想起贺神特地给女朋友买过甜品，我还是蹭吃了你的。我太难了。”

“女朋友都还没被证实。”池穗穗支着下巴提醒了一句，有意无意地说，“而且，你可以当昨晚的品城记是贺神买的。”

事实上那就是你男神买的。池穗穗心想，苏绵是一个身在福中不知福的幸运粉丝。

“我想象不出男神亲手买的甜品进了我嘴里。”苏绵眨着圆圆的大眼睛，“而且我都清楚那是有人买给你的。”虽然她并不知道这个人是谁。

“是啊，贺神买的。”池穗穗大大方方地回道。

“果然是穗总，我不如你。”苏绵被她的话惊到，深吸一口气，“穗总，你说你是不是贺神的‘隐藏粉’？”

这年头说实话也没人相信了，池穗穗揉了揉眼角，正要说什么，又被苏绵打断：“也不对，我知道了，穗总你是‘女友粉’！

“或者是‘老婆粉’！”

池穗穗挑了挑眉：“你说什么就是什么。”她低头继续看热搜，热评的前两条很温和，后面的评论就吵了起来，网友的态度两极分化。

“我不希望有人耽误贺神的事业。”

“贺神并不是‘爱豆’（娱乐圈偶像），望周知，他的感情状况没必要征求你们的同意。”

“有女朋友怎么了？影响拿金牌了吗？影响为国争光了吗？”

“完了，这下比赛得分心了。”

“想什么乱七八糟的，只要女朋友对贺神好，我这个粉丝就没有其他想法了。”

“能不能等个‘官宣’？”

池穗穗翻了大部分的评论，发现很多人很理智。大多数人是在担忧在接下来的比赛中，贺行望能不能稳住心态，对于他女朋友本人的关注并不多。

射击射箭运动管理中心，训练基地。

馆内空间很大，不时响起枪击声，运动员都身着统一的国家队队服，胸口处印着鲜艳的五星红旗。阳光被上方的玻璃切割成无数的碎片，洒落在地面上，映出彩虹的颜色。

贺行望目视前方，身形挺拔修长，连带着落在地上的影子都格外长。他保持着手臂抬起的姿势已经有一段时间了，再次瞄准后，贺行望终于扣下了扳机。

李怀明到的时候刚好听到子弹击中靶子的声音，眼睛一亮，屁颠屁颠地跑去看了眼：“10.9 环！”声音有点儿大，使得周围的人都看了过来。等看到贺行望又抬起的胳膊时，大家都明白了。

10 米气手枪这个项目中，10 环的直径甚至比婴儿的指甲盖还小，再加上瞄准难度，成绩忽上忽下是非常正常的。但贺行望打出这个成绩一点儿也不让人意外，他是这个领域当仁不让的王者。贺行望解开手和枪之间的束缚，转过头来，弯了弯唇角，修长的手指握在枪上，有点儿清冷的气质。怪不得那么多小姑娘会为他痴迷。

“贺神，你昨天不是回家吃饭了吗？”李怀明见他停下来，终于问出声。

贺行望活动着手腕，掀起眼皮看了他一眼：“难道你以为吃饭要吃两天？”更别提事实上就一顿饭，说起来甚至连一顿饭都算不上，就只是一盘鱼而已。

李怀明哎哟了一声：“那可不，要是我，如果教练不让我回来，我能在家里待三天。”

“挺厉害。”贺行望眉目疏淡，过了几秒，不紧不慢地继续说，“待会儿见到教练，我会向他转达你的想法。”

这也未免太……说好的友谊第一呢？李怀明在射击队时间很久了，一直知道这个天才师兄的存在，但直到四年前，才见到真人。这个传说级的人物在短短几年时间里便将大满贯拿到了手，其余大大小小的比赛也都拿了金牌，被誉为“顶尖射击手”。贺行望天赋极高，再加上得天独厚的一张脸，一出场就被众人瞩目，现在全球粉丝无数，想做他女朋友的人数不胜数。不过呢，这四年来，李怀明没见贺行望对哪个女生的态度不一样过，都是一模一样的公式化，就连前段时间来采访的一个知名美女记者都没得到他半点儿青睐。所以，今天的热搜在他看来信息量超大。

“别这样啊，贺神你又不近人情了。”李怀明摸出自己的手机，“我刚刚是想告诉你热搜的事情的。”

“嗯？”贺行望低头调试自己的枪。

“你又上热搜啦。”李怀明边说边递过手机，“我想采访一下贺神的女人是哪个。”他对这事可以说是非常好奇了。

“什么贺神的女人？”旁边有人好奇地问。

“热搜上的。”

“不会是蹭热度的吧？”

“谁胆儿这么大，蹭贺神的热度？”

李怀明努努嘴：“这新闻上也没写，我不知道，新闻只说了贺神昨晚买了品城记，八成是给女生吃的，也不知道是个什么样的女生。”

“品城记？”贺行望突然抬头，嗓音清越。骨节分明的手指在枪身上轻点，这是他习惯性的动作。

众人全盯着他。贺行望没给他们聊自己的八卦消息的机会，抿唇不语，眼前莫名浮现出当初他和池穗穗一起住进柏岸公馆时的情景。他第一次推开门的一刹那，一只高跟鞋刚好从里面飞出来，直接进了他怀里——银色的，嵌着钻，闪着光，一如池穗穗当时惊讶到睁大的眼眸，还有唇角没来得及收回的笑意。什么样的女生？——胆儿挺大的。

周末的第一天，池穗穗睡了个懒觉。她醒来时，天色大亮，房间里一室阳光，微信里好几条未读消息，全都是同一个人发来的。

宋妙里：“大小姐醒了没？”

宋妙里："再不来我要闯民宅了。"

池穗穗手指动了动，回复："醒了。"

她坐起来整理了一下头发。宋妙里是宋成睿的姐姐，那个传说中和家里闹掰的女人，抛弃万贯家财去当了医生。宋妙里长得像她母亲，容貌清雅，一笑起来就更温婉，很容易让人信任，但性格与外表给人的感觉截然相反。半个月前的一次宴会上，她曾百思不得其解地问池穗穗："你们的领导为什么不安排人来采访一下我，好歹我前几天也上了热搜。"因为之前宋妙里在逛街的时候碰到一个人昏倒，当时她急救的场景被拍成了视频，飞速成为各大新闻网站的头条，如今"二院院花"的名声在整个南城无人不知。

宋医生今天刚好休假。这个职业能有个假期实在不容易，于是，她开始怂恿池穗穗："小穗儿，陪我逛街，好吗？"

池穗穗看到这条消息还有点儿惊讶："宋医生也有空？"

宋妙里："这是我救死扶伤的奖励。"

宋妙里："所以以后要多多救死扶伤。"

池穗穗回了"好"，刚好她最近也没有逛街，和志趣相投的朋友一起逛街简直是人间一大乐事。

半小时后，两个人在购物广场见了面。

"真没想到，我会和贺神的女人一起逛街。"宋妙里戴着大墨镜，只露出下半张精致的脸，"我如果发条微博，会马上热搜第一吗？"

"不会。"池穗穗毫不犹豫地回答。

"和贺行望住几年了，你怎么也变成这样了。"宋妙里挽住她的胳膊，"走吧，买买买。"

聊天的时候，宋妙里对热搜上的事情非常关注。

"所以贺行望是真的给你买的甜品？"

"应该是吧。"

"什么叫应该是，是不是你还不清楚？"

"我怕说出来你会受刺激。"

宋妙里感觉这样更受刺激，她坐在那里试鞋，停不下嘴："我妈让我多向你学习学习，我看吧，其实最主要的是她想给我找个对象了。"

宋妙里对她抛了个媚眼，说：“你们俩不就是‘不是谈恋爱，胜似谈恋爱’？”

池穗穗弯了下唇：“修辞手法用得不错。”

宋妙里无语：“美死你了。”她换了个话题，“我跟你说件很奇葩的事，前两天病人的家属想给我塞红包，被我给拒绝了，那人就骂我，还准备举报我。”

池穗穗投去同情的目光。宋妙里指了指自己的耳环和项链，又摸了把自己的衣服，跺跺新穿上的嵌着碎钻的高跟鞋，整个一位金光闪闪的公主。

“我宋医生缺那点儿钱吗？我像是缺钱的样子吗？”宋妙里站起来叉着腰，翻了个优雅的白眼，“简直是在侮辱我。”

“宋医生说得对。”池穗穗相当捧场。宋妙里哼了声，又乖乖坐下来，好奇地问：“那你当记者这段时间，有没有人想‘贿赂’你？”

“没有。”池穗穗眨了眨眼道。

“肯定是你才转正没多长时间。”宋妙里给出猜测，“也许过段时间就有了。”

“以前或许是你说的原因，但现在变了。”池穗穗挑眉，明媚生动，“现在他们不敢。”

宋妙里沉默了一会儿。难道是自己不够凶吗？她想起之前那个池穗穗泼水的视频：“好，好就好在他们不敢。”这个话题就此揭过。宋妙里买了不少珠宝。和宋妙里喜欢亮晶晶的东西不同，池穗穗喜欢购物的过程，至于最后买了什么，并不特别在意。记得刚搬入柏岸公馆的时候，贺行望曾对她说：“你的衣帽间有点儿大。”

池穗穗当时回的是：“可能会空吧。”然而现在的衣帽间，里面全是各种各样的包包、礼服、珠宝，下面的台子堆满了鞋盒，礼盒很多都没拆开。事实证明，她的衣帽间空是不可能空的，这辈子也不可能。不仅如此，她在之后还非常理直气壮地占据了贺行望房间里一半的衣帽间。当时她想的是，反正贺行望一年里有半年都住在训练基地，衣帽间不用就浪费了，等贺行望有一次回来的时候，一打开他自己的柜子，各种各样的精美礼盒七零八落地掉在地板上，于是对衣帽间的改造正式拉开序幕。

购完物，她们找了家店喝下午茶，享受过度运动后的悠闲时光。池穗穗放在桌上的手机响了，她一打开就看见了班委发来的微信消息："穗总，你会拉大提琴吗？"

这个问题让她感觉到疑惑，于是她回复道："怎么了？"

班委："毕业典礼那个表演节目单已经准备得差不多了，今天我朋友去看，发现你有一个大提琴独奏的节目在上面。"

池穗穗皱了下眉。她什么时候报名大提琴独奏了？她基本没在 S 大校园内的公开场合演奏过大提琴，更别提去报名毕业典礼的节目了。要说听过她拉琴的，也就宿舍几个室友，四年来大家相安无事。唯一的可能就是前几天……池穗穗眯了眯眼，思忖片刻，回复："我没报名。"

班委："有人给你报名了？"

这事乍一听感觉没什么，但是细细一想，都快到毕业典礼了，本人还不知道自己被报名，明显有问题。大概是没等到池穗穗的回答，班委又发了一句过来："穗总，要不要我去问问是谁给你报名的，把你的节目拿掉？"

"就放在那儿。"

班委："确定吗？"

池穗穗回了个"嗯"字，没有解释。班委没继续问，转而又说起了另外一件事："上面说毕业典礼贺行望会来，有个流程是送花，目前送花的人选还没确定，周清雅可积极了。"

池穗穗回复："所以呢？"

班委："穗总，我觉得你更适合，你形象好，成绩又出色。"最主要的是，她记忆中的池穗穗性格骄傲，既不追星，也不谈恋爱，像个没有感情的机器。

班委："所以我向上面推荐了你，你放心，我们全宿舍都很放心你。"

听起来全世界都放心让她去接近贺行望，去给他送花，因为大家觉得她很安全。池穗穗垂下眼帘，嘴角翘了翘，大家对她肯定有什么误会。大家放心，她自己可不保证啊。

班委那边宿舍里几个人全都在。

“池穗穗答应了吗？”

“我感觉她不喜欢做这种无关紧要的事情。”

“全校可能就她对贺行望的态度最淡定了。”一个室友回忆了一下四年来的校园时光。

“你和池穗穗怎么说的？”另一个室友一脸好奇，“我可不想让周清雅去送，我昨天看见周清雅回校，应该在忙名额的事。”虽然平时听到的多是池穗穗不能得罪，但她们眼中的池穗穗有一说一，对她们还是很温柔的。

班委摇头：“她还没回我。”她们全宿舍都不想让周清雅去送花。她们想去但是没机会，池穗穗反而是最好的选择。

几人正说着，手机屏幕突然亮了。

池穗穗：“好。”

班委松了口气，抬头说：“行了，她答应了，应该不会反悔，我今天再去那边确认一下。”

池穗穗放下手机，只觉得神奇。这种事居然还能这么来。学校要求毕业典礼每个人都必须到，所以那天每个人必然在，池穗穗琢磨着就在那天回去。

“什么事这么开心？”宋妙里问。

“当然是开心的事。”池穗穗说。

宋妙里对这回答已经波澜不惊：“时间不早了，我要回去休息休息了。姐们儿，咱们今天就到这里。”

池穗穗点头。回到家已经是傍晚五点，落日余晖将整个天空染红，池穗穗一边靠在沙发上休息，一边登录微博。

关于贺行望去品城记买甜品的热搜挂了一天时间，现在已看不着半点儿影子了。至于传说中的贺行望的“女朋友”，还没被人找出来。别的绯闻好歹还有模糊的身影，这个却是开局一张图，剩下全靠编，所以网上风向又开始转向无中生“女友”。倒是池穗穗这里接到了好几个人的电话——自家爸妈的、贺行望的父母的、看热闹的朋友的，还接到了姗姗来迟的寡言少语的叛逆期的弟弟发来的消息。

齐初锐发来了一条链接："姐，是你？"

池穗穗："你怎么现在才看到这新闻？"

齐初锐："我又不用微博。"他是听到自己同学在讨论这事才注册的账号，还特地去找同学要了链接，他同学都惊呆了。

池穗穗："所以不是我会怎么样？"

齐初锐："不是你我就'杀'了他。"这个引号就非常有灵性了。

池穗穗看着特地被标出来的"杀"字，删除了对话框里的"别问了是我"几个字，转而回复："你要怎么杀？"

齐初锐："没想好。"

池穗穗发了一个问号。

她这个年级第一的弟弟一向聪明，这次是不是作业写多了，还没有缓过来？而且据她所知，他是一个隐藏的"贺神粉"，心早就已经飞走了。这是个假粉丝，还为姐"杀"偶像，池穗穗一时间不知道是为贺行望感慨，还是觉得有点儿感动。

齐初锐："我去写作业了。"

池穗穗发了两个问号，因为一个问号已经表达不出她的疑惑。十七八岁的男孩子都是这样子说话的吗？弟弟怎么没有个弟弟的样子？他们两个其实是亲姐弟，池穗穗跟母亲姓，齐初锐跟父亲姓，他们只相差四岁而已。但是因为她常年不在家住，所以齐初锐只有在她放假时才能看到她，对这个姐姐很是期待。忽略那些当初她去学新闻的时候，亲戚见到她就会在耳边唠叨家产要被弟弟全拿去了的事，两个人的感情其实很好。

她随手点开贺行望的对话框，想问他参加S大的毕业典礼是不是真的，最后盯着头像半分钟硬是没发出去——到时候就知道了。

因为毕业典礼是目前学校里重中之重的事情，再加上贺行望的身份——他不仅是S大的一分子，也是一名国家级运动员——所以校领导安排了两个人过去同他对流程。这种大事可不能到时候直接上，以免出问题，要知道他们是要全程录像的，到时候录像会被公开到网上。

负责典礼的两个人直奔射运中心。网上公开的射运中心的资料很少，所以他们见到它时十分吃惊。他们跟着人去贺行望那里，到的时候正是人们刚吃完饭的时间。偌大的馆内就只有贺行望一个人在，偶尔两声枪响后，他又低头继续上子弹调整。从门口看过去，那张脸此刻清秀冷峻，下颌微绷，平静的眼眸中没有任何情绪。

两个负责人没出声，眼睛眨也不眨，这种目睹贺神射击的机会可是千载难逢。他们以往见到贺行望不是在新闻上，就是在电视上，这恐怕是一辈子里最接近真人的机会了。

贺行望正在调试新枪，昨天新换了一把，他有一段训练和适应的时间。当他再次将手臂抬起时，眼角的余光瞥见了门口的两个负责人。他眉峰轻皱，半晌放下手："什么事？"

两个人被吓了一跳，站在原地，脸上露出尴尬的神色："贺神，我们是S大毕业典礼负责人，来和您对下流程。"

贺行望慢条斯理地说："知道了。"他低头把玩着枪的手势很漂亮，让人有种他天生就应该拿枪的感觉。

几个人去了专用会客室。其中一个负责人将整个毕业典礼流程都说了一遍："一开始是毕业环节，然后是表演，初步确定是二十个节目，表演完之后，我们会安排人给您送花。"

另一个人将一张纸递了过去："人选还没确定，这是目前自荐的一些学生，贺神您可以看看，人选可以由您决定。"

贺行望眉梢一扬："是吗？"

他捏着那张纸，垂眼去看。纸上端正地写了十来个名字，都是他没听过的，第一个是周清雅。

贺行望眉眼顿时黯然。他没出声，但对面两个负责人急了："其实还有其他人报名，但是我们觉得这事太过重要，最终只留下了这些。"

"嗯。"贺行望从嗓子里挤出一声。两个负责人对视一眼，虽然贺神情绪过于内敛，但现在看样子好像是不怎么满意这份名单。

"问我的想法？"贺行望问。

"对的。"

贺行望随手将纸松开，轻薄的一张纸就飘到了桌上："我觉得——"他的话没说完，这下两个负责人更确定他是不满意了。

换人？换谁呢？其中一人突然想起临走前下面几个人报上来的名字，因为他当时要出发来这里就没有把这些名字放进去。

“还有一个人没写进来。”他连忙出声，刚巧打断贺行望的话，“池穗穗。”

贺行望抬眼看过去。察觉到他的视线，旁边的两人反应过来：“池穗穗在学校年年拿奖学金，现在在电视台工作，成绩十分优异。”

“哎对，池穗穗。”两个人越说越觉得池穗穗还真是十分适合。而且池穗穗长得很漂亮，气质独特，仪态也极佳，在这样的场合，池穗穗比周清雅更适合。

“她报名了？”贺行望不动声色地问。

“没有。”

“严格来说，是今天我们出发前他们班班委给她报名的，不过她本人应该也同意了的。”

贺行望垂眸，听两个人喋喋不休。

“贺神，您应该知道池穗穗吧？”

“对了，我刚刚不小心打断了您说话，刚刚您打算说什么？”负责人问。

“我刚打算说的——”贺行望唇角微微一翘，嗓音冷静，“你们决定就好。”

“好，那就这么定了。”

一直到离开射运中心，两个人坐在回校的车上，其中一人才开口：“我怎么觉得贺神被打断的不是这句话，他是不是有指定人选啊？”

“不是吧，他对这一届的学生又不熟，而且他最后都说了我们决定就好，记得通知池穗穗。”他们忽然觉得事情好像也挺轻松的。

池穗穗接到通知已经是第二天。校领导那边是直接联系她的，也没说什么，就让她过两天回去彩排一下。班委也急不可耐地打来了电话：“穗总，我听上面说确定人选了，是你对吗？”

“是我。”池穗穗回道。

“太好了，喀喀。”班委抑制住自己的开心，又说，“我听说人选是贺神指定的，看来他也不满意周清雅，哈哈。”

“贺神指定？”池穗穗捏着手机的手指动了动。她在思考这句话的真实性。

“应该是吧，听说当时那张纸上没你的名字，要不然怎么会突然改成你呢？”班委也是猜测，“反正都定下来了，到时候你要加油啊！”

“嗯。”

池穗穗弯了下唇，挂断电话后，对上苏绵亮晶晶的一双眼。

“是不是送花人选的事情？今天学校大群里都传开了。”苏绵呼出一口气，“天哪，一想到这个我就激动。”

“你激动什么？”

“我为你激动啊，那可是贺神。”苏绵说完之后摆摆手，“我忘了，你对贺神无感。”

好在没多久苏绵就主动转移了话题。她家境一般，自己一个人在大城市打拼，家里还有个刚上高中的学霸弟弟。提到弟弟，池穗穗就想起齐初锐昨天的微信，向苏绵一说，苏绵差点儿没笑死，这是什么神仙弟弟，一本正经地要去写作业，也太可爱了。

“他应该是真的作业没写完。”苏绵犹疑地给出这个答案。

“也不一定。”池穗穗摸了摸下巴，漫不经心地说道，“初锐的‘我去写作业了’和‘我去洗澡了’有异曲同工之妙。”

“穗总的弟弟果然不一般。”苏绵一听，没忍住，笑得更夸张了。池穗穗明眸轻眨，好像突然明白那么多小姑娘最后被齐初锐气走的原因了。说写作业之后一去不回的做法，好像是挺伤人的。

下午的时候，苏绵被派出去采访了。池穗穗最近没被安排采访，就专心写自己的稿子，把以前的材料拿出来练手。

考虑到池穗穗的时间，学校把彩排安排在周六周日，晚上七点到八点，每天彩排一下。池穗穗对这种事情游刃有余，平时她宴会参加得多，气质和仪态不是一般人能比得上的，所以只彩排一次就通过了。

主持人和池穗穗一起站在台下时，忍不住说：“我总算是知道大家为什么叫你穗总了，亲眼所见。”

池穗穗莞尔："谢了。"她放轻了声音，貌似无意地问，"你和周清雅一个班，她今天在不在学校？"

因为彩排，所以池穗穗见到了完整的节目单。节目单是学生会那边先确定，然后交给学校审核的。而池穗穗的大提琴独奏是最后关头加上的。现在距离毕业典礼还有几天时间，要是她是个不会拉大提琴的人，恐怕现在正在临时抱佛脚呢。

"在。这个时间她可能在宿舍。我今天来之前还看见她了，她说有点儿事，应该还没走。"

"谢了。"池穗穗对她笑了一下。

"周清雅今天好像脸色不太好，"主持人对池穗穗的印象很好，又补了一句，"看样子很生气。"周清雅大概是气自己志在必得的机会飞了。

她们私下里都听说了，以周清雅的性格，她要是去送花，绝对会连夜把这事写出来当作新闻发出去，利用这个去上头条。现在全校都知道是池穗穗去送花，反而都很期待。

主持人好奇地问："你找她有事儿吗？"据她所知，池穗穗和周清雅关系不好，虽然大多数时候是周清雅单方面地仇视池穗穗。

"事儿倒没有。"池穗穗看着舞台，唇角一勾，漫不经心地回答，"只是有个账要和她算算。"

她说得轻描淡写，主持人却双眼一亮。这一听就是周清雅做了什么。当初池穗穗破谣言，高贵冷艳又利落，被人直播到校园论坛上，她都是事后才看到的，这次好像可以赶上算账现场。

主持人的开心几乎表现在脸上。池穗穗虽然向来有仇必报，但在学校其实还真没有什么敌人，除了一个处处看不惯她的周清雅。

那天拎着外卖说她和苏绵扰民的女生是周清雅的室友，所以她们拉大提琴一事必然是她说出去的。当时她在教苏绵拉大提琴，苏绵拉得不成曲调，周清雅可能真以为她不会拉大提琴。池穗穗不用想都知道独奏节目是周清雅报上去的。

"我有事就先走了。"她和主持人打了声招呼，拎着自己的包离开了大礼堂。

主持人在她转身之后就拿出了手机，在自己的宿舍群里开始通风报信："报——池穗穗要去找周清雅算账了！"

本来沉寂了一整天的宿舍群突然炸了锅。

"什么，什么？"

"天哪，我在图书馆，我马上回去！"

"快点儿宝贝，跟上去！"

"做记者就是要实时跟进，以免落后，冲啊！"

宿舍群热闹了会儿，室友通知朋友的通知朋友，打电话的打电话，没多久，大半个学院的人知道了这回事，而他们都有意无意地瞒着周清雅的朋友。池穗穗从大礼堂去了宿舍楼。她敲开周清雅宿舍门的时候，里面还有另外两个女生，她们都下意识地看了眼周清雅。

周清雅转过头："池穗穗，你过来干什么？"

池穗穗说："找你啊。"另外两个室友对视一眼，立马降低自己的存在感，默默地旁观。

"我和你不熟。"周清雅一想到自己的名额被她抢走了，心里就堵得慌，"你不是要彩排吗？"

大学四年来，她表面只是言论上对池穗穗不满，实际上心里面很酸，对池穗穗的每一件事都记得清清楚楚。

"和你算账比较重要。"池穗穗笑了一下，走到她桌边，居高临下地看着她。

周清雅警惕地看着池穗穗："神经病。"她伸手去拿自己刚刚打印出来的文件稿。

"是啊。"池穗穗率先扯过那几张纸，随手卷了卷，"你很想我在毕业典礼上表演？"

"你胡说什么！"周清雅瞳孔一缩，"如果你来我宿舍是要说这个，那你还是滚出去吧，我不想看见你。"

"别急啊。"池穗穗嘴角一勾。

不知不觉中，周清雅的宿舍外已经站了不少闻风而来的同学，她们正屏住呼吸看着里面的进展，校园论坛上更是在直播。

“池穗穗好刚啊！”

“我听明白了，应该是节目单的事情！我今天听说节目单上有穗总的大提琴独奏！”

“我没见池穗穗拉过大提琴……天哪，周清雅也太可怕恶毒了吧？这可是毕业典礼！”

“怪不得池穗穗要来算账。”

宿舍里在这一声“别急啊”之后一片安静，池穗穗轻轻一笑：“你身为一个记者，随意相信道听途说，不悲哀吗？”

周清雅用余光瞥见睁大眼盯着她看的其他人，胸口更闷，瞪着池穗穗：“你没证据就别瞎说，我可以告你造谣！”

池穗穗的表情逐渐冷下来：“做就做了，有什么不敢承认的。”她另一只手用纸卷抬起周清雅的下巴，“你是什么东西，也配做我的决定？”

不远处响起倒吸冷气的声音。以前大家觉得池穗穗虽然被叫穗总，但大多数时候还是很温和的，这还是第一次见她说话这么重。

周清雅被说得哑口无言，她眼前变得模糊起来，只看到池穗穗今晚为了彩排化的精致妆容和张扬的红唇。

“碰你都是脏了我的手。”池穗穗略抬下巴，手上的纸卷松开，纸张滑落，四散在地面上。围观群众早已目瞪口呆。

池穗穗转身就走，高跟鞋踩在地上发出清脆的响声，一声声仿佛锤在人的心口上。宿舍门大开着，池穗穗在走廊上停住，转过身，笑盈盈地说：“你以为我的大提琴和你的脑子一样，是拿来当摆设的吗？”她五官半隐在黑暗中，格外冷艳，嚣张至极。

S大的校园论坛炸窝了，不知是谁拍了一个小视频放到了上面，一下子将之前帖子里刷回复的校友通通引了过去。视频是从侧面拍的，很完整，从池穗穗踏入周清雅宿舍的那一刻，到最后一句“当摆设”的话，全都拍了下来。

“妈呀，我觉得‘穗总’这称呼太贴切了！”

“学到了，学到了，以后如何文明地怼人，太爽了！”

“所以说周清雅脑子不清楚，道听途说就乱搞，池穗穗说得还真对。”

“呜呜呜，穗总有男朋友吗？我可以上岗吗？”

“我现在改想法了，坚决支持穗总给贺神送花！他俩绝配！”

在“穗总”这一称呼深入人心的同时，“脑子摆设周清雅”这七个字也开始流传起来。

毕业典礼的节目单就此公开。后来倒是有人偶遇过背着琴包回校的池穗穗。大多数人从没见过池穗穗拉琴，开始好奇她是不是真的会拉。原本只关注贺神的同学现在情绪高涨，恨不得明天就是毕业典礼日。

第二天是工作日。池穗穗睡了个好觉，去上班时神清气爽，反倒是苏绵带着俩黑眼圈，兴奋得不行。苏绵昨晚被通知学校里发生的事时已经是半夜，那时候帖子已经刷新了好几页，她一直看到凌晨才睡。

“穗总，你昨天太帅了！”一见到池穗穗，苏绵就叫了起来。

池穗穗捂住她的嘴：“小点儿声。”柔软的肌肤嫩滑如水，苏绵嗅到了一丝淡淡的香味，激动得有些眩晕：“昨天的事情，全校都知道了。”

“我知道。”池穗穗一边随口应着，一边整理好自己的新闻稿，发给了主任。

“穗总你说得真对，周清雅的脑子就是摆设。她居然随便一听，没验证就以为你不会拉大提琴。”

苏绵想起这个就乐得不行。虽然她不懂音乐，但耳朵是能听出来的，池穗穗的大提琴功底很深，而且她以前也说过从小就练，可以说是行家了。

池穗穗问：“我又出名了？”

苏绵说：“是啊，昨天很多人围观，这事不知道是谁泄露出去的，我也是被人通知的。”

池穗穗略一思索就猜到答案了。不过这事对她没影响，她并不想去追究。

苏绵又说：“穗总，表演的时候你穿什么礼服啊？”

池穗穗答：“还没想。”

演奏大提琴需要坐在那里，所以她的礼服不能是鱼尾裙，下摆需要宽大，方便行动，苏绵的话倒是提醒了她。

接下来的两三天内，池穗穗的电话铃声几乎没停过。她在学校里的事情很快被传扬出去，一群小姐妹纷纷打电话过来慰问，然后就是询问能不能来看毕业典礼。尽管最后得知无关人员不能进大礼堂后都很失望，她们还是很殷勤地给了一些礼服挑选的参考意见，有的甚至推荐了设计师。池穗穗倒不担心这一点，她有交好的设计师，况且前段时间去法国那边定制了几件礼服，差不多已经做好了。所以在下一个周末的时候，池穗穗坐私人飞机去了法国。

到那边的时间刚刚好，有人替她放好行李，她先去做了个美容，然后才悠闲地去工作室试穿礼服。总共三套礼服，价值不菲，池穗穗穿起来效果非常好，不仅尺寸合适，颜色也特别衬她，设计思路还是她和设计师共同讨论出来的。

设计师给池穗穗拍了照片，回国前一晚，池穗穗把照片发给宋妙里："姐妹，选一件我毕业典礼的礼服。"

宋妙里："宝贝你穿什么都很美。"这一看就是宋医生百忙之中的敷衍回复。池穗穗早就知道她的性格，宋妙里有选择困难症，大多数时候是"选择不了那就都买了"。

三件礼服款式各不相同：第一件是一字肩长裙；第二件是及膝裙；第三件是抹胸长裙，长度及踝。表演和送花要不要穿同一件礼服呢？池穗穗突然冒出这么个想法，点开贺行望的微信，把三张图片一起发了过去，又加了一句话。

此时正是晚间，贺行望穿着浴袍从洗手间出来，脸侧未擦干的水珠顺着脸颊滴到锁骨上，又消失不见。放在桌上的手机连着响了四声，他手指一点，屏幕亮起，看见池穗穗发来的消息。他最先看到的是两句话，而后往上是三张图片，有背影，有侧身，还有一张是池穗穗精致的正脸。

池穗穗："好看吗？"

贺行望回复："好看。"

十分钟过去，他头发已经半干，柔软的黑发衬得眉眼更加凌厉，微信上却没消息。贺行望沉思片刻，打电话过去。

十几秒后对面才接通："喂？"

贺行望说："很好看。"

池穗穗正在衣帽间里整理，低头看了看，才发现微信上的未读消息，他这是特地又打电话过来说的？她没忍住，问道：“既然你夸了我，那我给你个选择的机会，你想我穿哪一件给你送花？”

哪一件？贺行望重新回忆了一下刚刚看到的照片，半晌才出声：“第一件吧。”

“一字肩长裙？”池穗穗问。

贺行望刚嗯了声，就听见电话里传来下一句话：“可是有点儿保守了，不太适合。”

池穗穗好像什么都没觉察到似的，嗓音轻快地说：“我再考虑考虑，先挂了，晚安。”

贺行望沉默了几秒：“晚安。”所以她为什么要问他，还给他选择的机会？

贺行望出去的时候，几个队友都在桌子前聊今天晚上的一个红毯活动。

“真好看啊，这些明星。”

“这个是我妹妹喜欢的，家里都是她的海报。”

“我觉得这个最好看，穿的裙子也好看。”

其他人一听，都凑过去看，见那是一件抹胸裙，纷纷点头表示赞同：“真的好看，而且很性感。”

贺行望突然抬眼看过去：“你们觉得这裙子好看？”

几个队友天真无邪，叽叽喳喳地说道：“难道贺神你觉得不好看吗？这个女明星身材好，穿起来就很适合。”

“对对对。”

贺行望抿了口水，神色冷淡：“不好看。”夸了裙子半天的队友都闭上了嘴。

池穗穗调戏了一下贺行望，乐得躺在床上笑。其实这几件礼服选哪件她都觉得无所谓，毕竟她觉得自己“盛世美颜”，穿什么都好看，反而比较想知道贺行望的心情。

她抱着这个想法，只觉毕业典礼来得很快。

S 大财大气粗，大礼堂座位多、舞台大，后台空间也很大，此刻已经被布置得很漂亮。池穗穗的节目排在后面，她去得很迟，黑色的琴包背在身后，进入后台的时候，引起无数人的注视。

“快开始了，还有十分钟主持人就上台。”工作人员率先回过神，“穗总，你先去换礼服吧。”

“好。”池穗穗颔首。等她进去换衣服后，大家才松口气，小声地议论起来：“池穗穗是不是真的会拉大提琴啊？”

“看见那琴包了吗？”有人努了努嘴，“你把全身上下的东西卖了都买不起那个。”

“我信了她是真‘白富美’。”

“周清雅很自信地觉得穗总不会拉大提琴吧，我现在好期待。”

话音刚落，池穗穗从换衣间出来。她的妆并不浓，更显精致。她眼中水意盎然，一字肩的礼服在腰间收紧，下摆却又略微蓬起，像只高傲的孔雀。裙摆下露出的高跟鞋在后台灯光下闪着惹眼的碎光，踩在地上嗒嗒地响。

主持人也在后台，已经换好了礼服，待会儿就要上台。看见池穗穗出来的一刹那，她羡慕又震撼，突然冒出一个匪夷所思的想法：贺行望能抵挡得住这样的诱惑吗？

有人忍不住问：“穗总，你待会儿给贺行望送花也是穿这个吗？”听到声音，池穗穗偏过头，抿唇笑：“是吧。”语气有点儿狡黠，她还挺想知道贺行望看她穿他选的礼服，会是什么反应。

晚上七点，典礼准时开始。今天晚上的节目表演过后，明天上午就会开始学位授予仪式，所以今天也是准毕业生在学校的最后一个晚会。在后台这儿可以清楚地听见领导发言和主持人说话。

池穗穗坐在椅子上，安心地调试着自己的大提琴，这把大提琴是三年前生日时家里人送的，造价不菲，琴弓看起来很长，却并不笨拙。

“穗穗，周清雅是不是真的以为你不会拉大提琴？”等待时间太久，有女生凑过来问。她们要表演团体节目，化了浓厚的舞台妆。

“你觉得呢？”池穗穗冲她挑了挑眉。

“我觉得你之前说得挺对的。”女生笑了笑，“不然以她和你的关系，怎么可能给你报名。”她能不偷偷拿掉池穗穗的节目就算好的了。

池穗穗点头，没多说什么。女生自言自语："节目过后又给贺行望送花，好羡慕你啊，不过我坐在下面可以拍照。"

送花的人选当初报名要求是各个院里的优秀毕业生，本来新闻系在校内就是王牌专业，优秀毕业生自然也是更出色的。

池穗穗说："那之后，我可以看看你的照片吗？"

女生笑眯眯地说："可以啊。到时候我多拍几张，把你拍得美美的，我拍照技术很好的。"

池穗穗不禁莞尔。两个人互相加了微信，女生的微信朋友圈和普通人一样，里面是各种各样的与日常生活相关的内容，反观池穗穗的朋友圈空白一片——她设置了朋友圈三天内可见，这三天她没发朋友圈。

后台的人越来越少。前面的女主持人一声"让我们欢迎新闻传播学专业 1 班池穗穗带来的大提琴独奏"，让台下爆发出一阵惊呼声。距离"脑子摆设周清雅"的事情才几天，全校同学都在等着池穗穗的独奏，就连一些老师都忍不住挺直了后背。

舞台变暗，再次亮起时，只有一束灯光洒下。池穗穗坐在专用的椅子上，精致的大提琴就在前方，将她的大半身子遮住。光线从上方垂落在她身上，从头顶到足下，黑黑的长发散在背后，几缕头发则垂落在胸前，白皙修长的脖颈细而完美，衬出精致的锁骨，礼服裙摆大而漂亮。此刻的池穗穗如同深夜里的月光女神。

观众立刻尖叫起来。

"池穗穗今天怎么这么漂亮？"

"忽然觉得我追的'爱豆'都索然无味了，呜呜呜，好刺激。"

"穗总冲啊！"

苏绵差点儿没把自己的室友胳膊掐破："我的妈呀！这是我穗总啊！好漂亮！"

偌大的礼堂内满满当当的人，池穗穗已经习惯这样的场面，唇角微扬，目光率先落在了第一排。虽然黑暗里看不清人，但她知道，贺行望就坐在那里。

"这是我们新闻系的优秀毕业生，池穗穗。"身旁有校领导和贺行望解释，“行望应该不认识她。”

贺行望视线在池穗穗身上来回打了个圈，这才回应了校领导一声：“嗯。”她是很优秀，优秀到戏弄他。贺行望目光沉沉，唇紧抿，前几天池穗穗堂而皇之地说的几句话他还记得清清楚楚——太保守了？再考虑考虑？看着舞台上垂目演奏的池穗穗，贺行望沉默半晌，唇角几不可察地弯出一个弧度，轻笑了声。这是他亲自选的礼服，很美就是了。

如果不是对这方面有兴趣，很少会有人主动去听大提琴独奏，就连小提琴和二胡的听众人数都会比大提琴多。观众席上不时有手机闪光灯的亮光闪起。

池穗穗已经开始演奏，一只手按在弦上，琴弓一搭，流畅的一串音符便跳跃了出来。低沉的大提琴音回荡在大礼堂内，就像是醇厚的酒，越听越有滋味。池穗穗今天选取的是稍微欢快一点儿的曲子，旋律悦耳，声音动听，听起来像是一场免费的音乐会。同学的反应就像当初在校园论坛上看见直播的画面时，从看热闹到惊讶再到震惊。虽然他们距离舞台有些远，但能看见纤长的双手在琴弦和琴弓上跳动，感觉真是美妙无比。

周清雅坐在观众席上，眼睛都红了。那天建校周年庆典，她正好在宿舍里，室友一回来就说了池穗穗大提琴拉得很难听的事情。刚好她有朋友在学生会里，也负责这次毕业典礼表演节目的一部分，所以她就让朋友将池穗穗的大提琴独奏加了上去，要看池穗穗当众出丑。至于让学校出丑，那不太可能，因为节目需要彩排，但只要彩排的视频被泄露出去，她的目的就达到了。

周清雅身旁的朋友忍不住开口：“清雅……你是真的错了。”自己也错了，当初就不应该帮周清雅办这事，现在好了，反而让池穗穗光彩四溢，今天以后，池穗穗的名声将又上一层楼。

周清雅红着眼：“我就不信她能一直顺风顺水！”往后的路还长着呢，职场生活可不像校园生活那样平静，她就不信池穗穗能一直这么顺下去。朋友看她好像钻入了牛角尖，摇了摇头。

苏绵是最激动的，拍着身旁室友的大腿：“我们穗总好厉害，我都好久没听到过她的演奏了，毕业前还能听一次太值了！”

虽然大多数人不是玩音乐的，但有些人懂。他们也不得不感叹，池穗穗完全没有临时抱佛脚，这基本功加上动作，没练过十几年是做不到这种程度的。

曲子逐渐平淡下来，池穗穗沉浸在音乐中，这时稍稍抬头，看向前方的台下，璀璨的双眸光彩夺目。琴弓最终停下来。观众席上的同学一开始是激动的，到后来就安安静静地听演奏，现在立刻鼓起掌来。

池穗穗站在台上，优雅大方。她眼神极好，看见贺行望绷着脸，怕是知道自己前几天是在调戏他了。她眉尖一挑，嘴唇一弯，冲他俏皮地眨了眨眼，窈窕姣好的身形和身旁的大提琴相得益彰，五官明媚大方，在光线下溢出精致冷艳的美。她在全校同学眼中一向是很利落的一个人，这一俏皮的小动作被捕捉到，观众席上立刻爆发出尖叫声。

贺行望接收到了这一眼神，唇角一扯。他身后是学生的座位，不知道是哪个大嗓门的男生大叫道："我们穗穗也太可爱了，这个 wink（眨眼）一定是给我的！"

其他人和他争执起来："明明是对着我的角度的！"

"是我才对，你看直线，刚好眼睛瞥的方向在我这里。"

男生争来争去，为了池穗穗的眼睛到底看向哪个角度，最后差点儿大打出手。

贺行望回头瞥了眼身后的几个人，偏过头对校领导说："好像有些同学影响其他同学了。"

校领导一听，连忙站起来看向后面，双眼一瞪："再给我吵吵闹闹，你们就出去看。"几个男生立刻安静下来。

校领导感慨："要是这些学生能像你一样，我们就不用担心他们毕业以后的人生了。"

"不会的。"贺行望抬眼，指尖在椅子上敲击了几次，对于自己是造成他们安静的罪魁祸首，他并不觉得有问题，但是像他就不行了。

池穗穗去了后台，还有几个节目没表演，等所有节目结束。贺行望会和校领导一起发言，鼓励一下这届毕业生。负责人推门而入，胸前抱着一捧花："池穗穗，待会儿你就送这个，知道什么流程吧？"

池穗穗颔首："不用担心。"

校方显然十分重视贺行望，这束花不仅花的品种很多，而且很大，负责人抱着它，整个上半身被遮蔽得只能看到锁骨上方。

最后一个节目结束，主持人也回了后台，看到池穗穗坐在那里，走过去说："穗总，你的大提琴拉得实在太好了。今天的毕业典礼周清雅肯定是不能不来的，她坐在台下恐怕已经气死了。"主持人感慨。人果然还是自身优秀有用，就算一时不察让人暗算了，也有足够的资本扭转乾坤，转劣势为优势。

"你也很好。"池穗穗夸道。

"你这么夸我，我室友要嫉妒了。"主持人兴致勃勃地拿出手机要合照一张，"让我炫耀炫耀。"

池穗穗没反对。主持人本身也是漂亮女生，想了想，只开了低度的美颜滤镜，省得到时候像明星开美颜滤镜一样，反而变丑。

"池穗穗，你出来。"负责人又推开门。

池穗穗抱着花站起来，脸上的妆容和身上的礼服都没有换，时间过了一两个小时，妆容反而更加精致。从后台出来，她便看到了台上的贺行望。

校领导最后一句发言结束，便对池穗穗使了个眼色，让她直接上台。这次舞台上是亮着全部灯光的，池穗穗踩着高跟鞋，一步步走向中央，浓郁的花香萦绕在她鼻尖，令她有些昏昏沉沉。她将花递过去，明媚一笑。

贺行望看着她，往前一步，伸手接过花。隔着单薄的丝缎，两人的手刚好碰在一起，一凉一热。池穗穗收手的一刻，用小指的指甲刮了下他的手，轻微而迅速，如同错觉。贺行望眼神微动，视线只淡淡从她身上扫过。两个人相触的时间仅仅几秒而已。

池穗穗所在班级的班委和自己的室友坐在下面，一边拍照，一边说话："我就说放心池穗穗，你看那眼神，坦坦荡荡的。贺神也很淡定，一看就很放心，我把池穗穗报上去果然是正确的选择。"

"池穗穗真是够淡定，要是我，都激动死了。"

“所以别人能上去送花，你只能在下面拍照。”

“扎心了，姐妹。”

除却她们，还有拍照的女生，她们没忍住，小声嘀咕：“你们觉不觉得穗总和贺神好配啊？”

“这 CP（人物配对）过于冷门了，姐妹。”

校领导继续发言总结，池穗穗没有下台，只站在旁边对着台下走神。这发呆的样子很轻易就被敏锐的同学捕捉到，他们都觉得很好笑，原来这么冷艳的穗总也有这时候。

不知过了多久，校领导终于结束发言。池穗穗适时地回过神来，和所有人一起鼓掌，浅浅一笑，而后提着裙摆缓缓下台。大礼堂内掌声经久不息。

池穗穗刻意放慢了步子，一步步落后，最终停了下来，站在舞台的边缘处，也是观众视线的死角。

“贺行望。”池穗穗叫了声。

贺行望停下来，站在她面前略略低头，眯了眯眼看她：“Wink 好玩吗？”他的视线停在她的眼睛上。这双眼睛极漂亮，又动人，仿佛一片湖泊，摄人心魄，所以丢出来的眼神也让人争相抢夺。

池穗穗没回答，只是轻柔地说了声：“贺行望，我眼睛好像有点儿难受。”

大礼堂里声音嘈杂，她的声音变得模糊，连带着内容真假贺行望也不能确定了。

池穗穗说：“你帮我看看。”她伸出手要去揉眼睛，手腕被一只修长有力的手抓住。

“揉什么，想眼睛坏掉？”贺行望的嗓音低沉而富有磁性，他捉住她的手腕，强硬地没让她动，然后微倾身过去，低声说，“抬头。”

池穗穗眨着眼睛仰了仰头。说实话，贺行望不知道她说的是真是假，但看着她不停眨眼的样子还挺像是真的。

“是不是睫毛掉进去了？”池穗穗问。

贺行望的注意力也跟着转到睫毛上，睫毛卷翘又长，像扇子似的，此刻眼周闪着珠光粉的亮色。他伸手，指腹按在她眼皮上，往上轻提。

“没有。”贺行望沉声道。

“是吗？”池穗穗又眨了眨眼，唇角一抿，叮嘱道，“真的难受，贺行望你吹吹。”

“使唤人还挺有力气。”贺行望轻哂一声。他的手指是热的，贴在她的眼皮上也暖暖的。贺行望居高临下，往里吹了两下，很轻，风从眼睛上掠过，是微凉的。两个人离得近，池穗穗身上清淡的香味就若有若无地萦绕在他的鼻尖，驱散了大礼堂里的浑浊味道。黄色灯光下，他的五官都柔和起来。池穗穗就这么注视着他，眼睛如清澈的湖水，静谧得让人心灵沉静下来。

贺行望吹了两下，然后才看到她眼中隐藏不住的狡黠之色。“好了。”他松开手，眉目疏淡。

池穗穗说：“谢谢。”

贺行望只从喉咙里挤出一声“嗯”，并没有再说什么，前排的领导已经走得差不多了。

终于有人发现缺了人：“贺神呢？”

前方的人回头看，池穗穗已经在那一刻转过去，提着裙摆往前走，没再回头看。贺行望走在池穗穗后面，原本一双长腿迈开的步子极大，三两步就能超过她，却一直落在她的后面。

前面的校领导想催又催不了，一直到离开大礼堂。

池穗穗中途去了后台，里面都是刚换完衣服的同学，见她进来，说道：“穗总，你的大提琴在那儿呢。”大提琴正放在那里，周围都被清空了。

苏绵偷偷摸摸地从外面进来：“穗总！”

池穗穗刚换回自己原本的衣服，正整理着自己的头发，偏过头看了眼：“怎么过来了？”

“我没忍住！”苏绵跳过去，“你今天好帅好漂亮！你听到我们的加油声了吗？”

池穗穗莞尔：“我又不是明星。”

苏绵说："这和追星没关系，是你太棒了。你没看到周清雅吧，她走的时候脸都快气炸了。"

"好好的一个人被你说得这么恐怖。"池穗穗随口说，"她什么样对我没影响。"

周清雅在她心里还占据不到一丝一毫的位置。后台其他人面面相觑：这就是高境界啊。被周清雅算计之后，能直接找上门去算账，事后云淡风轻，毫不在意对方的状态，学到了就是一项技能。

"刚刚他们说贺神下台后好久才出现在视线范围内，"苏绵想起一件事，"不知道发生了什么。"

池穗穗动作一顿："什么？"

苏绵说："不知道，群里还在猜。"她将手机递过去，群里的消息一秒钟就多出好几条。

"可能是鞋带松了系鞋带？"

"主要是那里是死角，我们也看不到。"

"说起来池穗穗好像也是……"

然后话题就被转移了。

苏绵说："我觉得系鞋带好像还是个合理的解释，你上台了，他今天穿的是系鞋带的鞋吗？"

池穗穗哪里关注了这个？她现在回忆起来也不太清楚，好像是系了吧。她好笑地问："如果是你上去送花，你会低头关注贺神的鞋是不是系鞋带的吗？"

"也是。"苏绵有些窘迫，"有那个机会，要么已经晕过去，要么就看脸了。"

池穗穗收回目光，缓缓开口："可能就是出了点儿小意外吧。"谁说这意外不能是人呢？

在后台换完衣服，负责这次筹备工作的二三十名学生全都浩浩荡荡地去了学校订的宴会厅。之前和池穗穗说话的女主持人也在。她来了之后去了一次洗手间，回来就和池穗穗咬耳朵："我听说隔壁厅是校领导和贺神他们。”池穗穗一怔，贺行望是不能吃外面的食物的，那今晚岂不是要饿肚子，不过以他的性格，恐怕早有准备。旁边的人凑过来问：“真的假的？”

“我们能偷偷过去吗？”

“我想拍个合照要个签名，啊啊啊！”

主持人笑了笑：“你们要是能在校领导的眼皮底下过去，那我佩服你们。”这话一出，包间里的人都苦了脸。主持人很快转了话题：“这次毕业典礼的视频大概过两天会剪辑出来，到时候放在官网上。”

今天私下拍摄的同学不少，但效果肯定比不上专业的。池穗穗对这个并不关心。她低头打开手机，想了想，给贺行望发消息：“我听他们说，你在隔壁厅？”

过了几秒，她才收到回复：“他们？”她问的重点是后半句，他怎么回了这个，池穗穗对他抓重点的本事表示怀疑。

她回复：“主持人，她。我打错字了。”

和校领导一起出来，就是会接收到各种各样的问题，而且聊起天来刹不住车，贺行望话又不多。他垂眸滑开手机屏幕，看到池穗穗刚刚发来的两句话，轻笑了一声。

贺行望：“知错就改。”

池穗穗：“我问的你还没回我，你是不是在隔壁？”

池穗穗：“那我坐你车回去。”

刚好旁边的院长转过头来问：“行望，你的下一次比赛是什么时候啊？”

贺行望抬头：“下个月。”

这个话匣子一打开，院长们和副校长仿佛好奇宝宝上身，问题问起来没完，一个接着一个。贺行望手指点在桌上敲击，随着问题越来越多，沉闷的响声节奏逐渐变快，小而清晰。

他主动开口：“菜快凉了。”

校领导这才赶紧动筷子。贺行望不吃外面的食物，他们也知道其中的利害，没有强硬地要求。贺行望再低头看手机已经是五分钟后。他双唇紧抿，垂眸回复：“好。”

对面安安静静的。池穗穗自从一两分钟没收到贺行望的消息后，就没再看手机，和女主持人聊了起来。能当主持人的人必然是口才极好的，而且情商很高，能很快就察觉出哪个话题不太好，哪个话题对方很有兴趣。池穗穗喜欢和聪明人说话。

菜吃到一半，门再次被推开。周清雅和她朋友的身影出现在包间里，她朋友是毕业典礼节目单的负责人之一，理所应当要过来的。隔了一个小时没见，周清雅面上已经很淡定，只是看到坐在那里浅笑的池穗穗，她还是咬了咬牙，坐在了离池穗穗最远的地方。

周清雅跟过来的一个原因就是隔壁有贺神，她想在待会儿离开时，能过去要个采访机会。一想到这个，她就内心火热。只要她采访到了贺行望，其他都不算什么，学校里的事情又影响不到她的职场生涯，毕业了又有谁还记得那些。

差不多年纪的人坐在一起吃饭，其实大多是各玩各的手机。没多久，一阵惊呼声响起：“穗穗，你的视频被好多人发朋友圈了啊。”

“我在手机上都刷到了。”

“我室友的微博才发十分钟，就转发好几百了，明明她都没什么粉丝的。”

池穗穗只挑了挑眉。

有人在群里说了一句“隔壁的领导要走了”，这包间一时也紧跟着热闹起来——人人都想偶遇贺行望，只不过他们走出去后并没有碰上，估计校领导他们是直接去下面停车场的，不用在这儿等车。大家见贺行望的愿望落空了。

池穗穗百无聊赖地等在门口，打开手机才看到半小时前贺行望回复的消息，估摸着他这时候应该快出来了，池穗穗发消息过去：“我在大厅门口。”

“嗯。”他回复得很快。池穗穗已经习惯了他的话少，严格来说，自从几年前发生那件事之后，他就寡言少语了。环境决定性格果然没错，然而性格再怎么变，人还是那个人。

一个圆脸小姑娘走过来，好奇地问："穗穗，你今天穿的礼服是什么牌子的，我看着设计好漂亮，也想去看看。"

池穗穗笑了下："不是大牌。"

话音刚落，左侧就传来一声嗤笑。空气一下子安静下来，大家齐刷刷地看向某人。

周清雅撩了下头发："看我干什么？"

大厅里灯光很亮，她今天穿的是香奈儿经典款的礼服，是个关注时尚的人都认得出来。

主持人赶紧打了个圆场："漂亮就行了，什么牌子不能穿，我也穿过租的礼服呢。"

刚刚问问题的人更尴尬了。

池穗穗却没说什么，看向不知所措的小姑娘："你很喜欢吗？"

小姑娘不知道说什么。

"去巴黎定制的。"池穗穗不紧不慢地开口，"你如果喜欢，我可以把设计师的联系方式给你。"简而言之，这是件"高定"。

对于"高定"，这里站的一群人都不陌生，但自己能不能穿上就是另一个问题了。大家大多还是学生，家里再有钱也是买"高奢"穿，一件"高定"几十万乃至上百万，大家还没奢侈到那个地步。

一旁的周清雅脸都黑了。看热闹不嫌事大，几个女生就你一言我一语地议论起来："穗穗眼光真好，从台下看上去真的很漂亮。"

"所以之前的传言都是假的。"

"穗总是真'白富美'。"

周清雅的朋友拉住她，小声地叮嘱："你可别再自取其辱了，事情好不容易才平息下去。"为了让周清雅的表情好看点儿，朋友又哄道，"我今晚让我爸过来接我们，她一个大小姐不还是要等着？"

正说着，外面就来了一辆宾利。外面天黑，周清雅也没仔细看车牌，拉着朋友就往前走，路过池穗穗时没忍住哼了一声。

“有些人继续等吧，叔叔对我们真——”周清雅要拉开车门，没拉动，车门是锁着的。因为她的挑衅，所有人都往那边看。周清雅话也才说到一半，后座的车窗缓缓落下，贺行望微微侧头，皱着眉看向站在车边的两个人。

“贺、贺神？”周清雅睁大了双眼，来不及想为什么朋友的爸爸会变成贺神，一瞬间的惊喜冲破心房。

“贺神，我能采访你吗？”

周清雅没等到回答，看了贺行望一眼，发现他不是在看自己，而是越过她，望向了她身后。她回头，看到视线终点——又是池穗穗。

贺行望对她的话置若罔闻，大厅内透出来的灯光衬得他的眉眼更深邃，轮廓更鲜明。

“池穗穗。”贺行望微微敛眸，声音有点儿沉。

池穗穗正抱着胸看热闹，没忍住笑了被贺行望看了个正着。知道他生气了，池穗穗掩饰住笑意，和主持人打了个招呼：“我先走了。”

贺行望过来等池穗穗是什么操作？主持人也惊呆了，但她很快就反应过来：“好，你注意安全。”周围人和她一样，都瞠目结舌，无数个问题堵在心口。

池穗穗瞥了眼车边的人：“让一让。”

呆愣的周清雅被回过神的朋友拉开，眼睁睁地看着池穗穗上车，关上了车门。车窗也合上了，她什么也没看清。一群人面面相觑，目送着车尾灯的光逐渐消失在视线内，这才呼出一口气来。

有人打破沉默：“刚刚池穗穗上的是贺神的车吗？”

无人回答，这事太“玄幻”了，明明两个毫无交集的人……主持人站在原地，感觉今天收到的信息量超大，再看前面尴尬到极点的周清雅，没忍住笑出了声。

城市霓虹灯亮起，夜色繁华。

池穗穗上车后整理了一下衣服，漫不经心地说道：“你刚才半天没回我，我以为你先走了，等回去我要找你算账的。”不说告状，起码两个人关系摆在那里，他丢下她一个人走，她不生气，若是被两家父母知道了，也是会把两个人都抓回去责问的。

池穗穗掏出一面镜子，补了一下口红。贺行望盯着她的红唇，慢条斯理地开口："是有个账要算算。"

池穗穗偏过头："什么账？"等会儿，这好像是她去怼人时说的话。池穗穗思索几秒，贺行望不会是发现了自己故意调戏他，要算账吧？

池穗穗轻咳一声："贺行望，你这么小气。"

贺行望无动于衷："嗯。"

这一声嗯让池穗穗半天没想出来怎么回答，她也没想到贺行望还能这么回答。她收了镜子，从容地看着他："好吧，那你想怎么算，我们来探讨探讨。"

这账算起来也不麻烦。满打满算池穗穗就选礼服的时候调戏了他一下，至于眼睛难受，她演得挺真的。

贺行望睨了她一眼："你态度这么好？"

池穗穗眉头都不动，仿佛没听懂他话里的内涵："你要是想算账的话，我们之间的账可有的算了。"

"贺行望，你不会以为我是个大方的人吧？"池穗穗唇角一翘，"我也小气。"看谁更小气。

"为什么又穿了？"贺行望没有回答她的上一句话，而是径直问了自己的问题。

"我思来想去，觉得你的意见不错。"池穗穗扯了个理由，"不好看吗？"

"好看。"

"还有什么想说的吗？"

贺行望抬眼，看见池穗穗笑盈盈的脸，丝毫没有意识到自己的话有多么不对劲儿。贺行望思索了几秒。池穗穗以为他没话问了，正准备闭目养神，就听到了一个略轻的声音："为什么没报名？"

池穗穗睁开眼，看向贺行望，见他和自己对视，才确定自己没有听错，他是真的这么问的。她撑着脸叹气："我不知道这事。"如果知道，她怎么可能还会多此一举。贺行望勉强相信了她的话。

池穗穗望向他，盯着他看。贺行望眉毛微动："有问题？"

池穗穗靠近他，忽然开口："你脸上有东西，别动，我给你拿掉。"

贺行望似乎在思考她这话的可信度。池穗穗一向行动力极强，都没有等他回复就倾身过去，伸出手，男人垂眸向下看，没躲开。她突然捧住贺行望的脸，一字一顿，认认真真地说道："贺行望，你应该试着去相信别的人。"她漂亮的眼睛澄澈如水。

贺行望抿住唇，眸色渐沉。

"不过，对于这件事你不相信，"池穗穗把话头一转，"我没意见。"

池穗穗露出狡黠的眼神："我送给你一个礼物吧。"

贺行望皱眉："什么？"

池穗穗从包里拿出口红，左手捏住他的下巴，在他脸上画了个逼真的烈焰红唇，和他的皮肤形成鲜明对比。贺行望看不见，但能感觉到口红移动的触感，还有指尖皮肤触碰到的轻颤。"看看。"池穗穗拿出镜子给他。

贺行望一瞥，就看到那夸张的红唇，逼真又漂亮，他的眉头皱得更紧了。池穗穗已经拿出手机，咔嚓拍了一张："给我妈他们发一个，给你爸妈也发一下。"

"没必要。"他目光微闪，情绪不明。

池穗穗抬头看他："我技术不好吗？"　贺行望顶着一个口红印，没回答。

池穗穗发的是仅父母可见的朋友圈，再打开手机的时候，发现点赞评论一条龙，新消息提示个没完。她还没来得及回，就发现自己被拉进了一个叫"相亲相爱一家人"的微信群，在这之后，贺行望和齐初锐也被拉了进来。

贺母："穗穗，这是阿姨给你的零花钱，去多买点儿口红，女孩子就是要美美的。"

贺父："穗穗，什么时候来家里吃饭？"

池母："今晚行望留在柏岸公馆吗？虽说快到订婚时间了，但也不能太出格。”

池父：“我女儿果然是遗传了我的唇形，好看。”

池穗穗对此不置可否。至于她的妈妈说的什么不能太出格，这也想太多了，一起住了四年，他们连接吻都没有，难道她的妈妈把这口红印当成她亲的了？

池穗穗把手机递给贺行望看：“我妈问你今晚是不是留在柏岸公馆。”

“嗯。”贺行望颔首，没再说多余的话。然后他打开手机，就看到了群里的消息，一时间哑口无言。

池穗穗念头一动：“贺行望，你明天有空吗？”没等听到对方的回答，她又开口继续说，“你明天临走前让我再画一下吧。”

贺行望锁上手机屏幕：“没空。”

池穗穗问：“一分钟时间都没有？”

投身事业的男人回答得一本正经：“要训练。”

“你少训练一分钟，会少打一环吗？”池穗穗没想到他这么坚决，给出“致命一问”。

“你想干什么？”贺行望没有回答她的问题，而是反问。

“你不觉得赚钱很简单吗？”池穗穗晃了晃手机。

“你很缺钱？”贺行望蹙了蹙眉。

“不缺。”池穗穗眨了眨眼，“但我爱钱，没人会嫌弃自己卡里的钱越来越多。”说完，她盯着贺行望的右脸，没忍住笑出了声。

第二章
掌心字

他们回到柏岸公馆已经是十几分钟后。贺行望顶着口红印下车后，司机看了足足有一分钟，是憋着笑离开的。好在这边是别墅区，没什么人会大晚上出来在别人家门口乱逛，所以只有司机和池穗穗能看到贺行望这副模样。

池穗穗脱掉高跟鞋，踩在地上感觉脚底舒服许多。她往旁边一看，看见了贺行望刚换下来的鞋，是皮鞋，没有鞋带。池穗穗突然想起之前和苏绵的对话，觉得好笑。这要是被说出去，贺神在舞台下的死角停留是为了系鞋带的说法就直接破了。

“看什么？”贺行望看过来。

“你说我在看什么。”池穗穗顺口答，这样的对话两个人都已经习惯了。舞台妆比平时化的妆要厚，池穗穗顶着它一整晚，现在回家了，直奔楼上洗手间而去，顺便还泡了个澡。放在桌上的手机一直振个不停。她从浴缸伸出手，点开屏幕，看到苏绵发来的无数个感叹号也没觉得有什么奇怪的。

苏绵："穗总！"

苏绵："这是真的假的？"她顺手发了一张图片。

苏绵今晚没和池穗穗一起，等她到家时，微信群里都炸窝了。池穗穗坐贺神的车走的！这对她而言简直就是劲爆新闻，明明前两天还在感慨贺神的女人不是她们，转头池穗穗就坐上他的车了。截图上是校群里的发言。

"我的妈呀……我听到了一个好劲爆的消息。"

"我也听说了……"

"应该只是顺路，看样子是校领导叮嘱的，要是他们有关系，你会现在才发现？"

接下来的讨论都是围绕着两个人是真的有关系，还是因为今天晚上的送花，所以有了交集而进行的。主要是从没有听过这两个人有任何交集，所以大家一般不怎么信，甚至觉得这是假新闻。池穗穗只觉得人的想象力真是无穷，仅仅凭借她坐上贺行望的车这一行为，他们就能臆想出无数种剧情，但就是没有一种符合现实。主要是现在订娃娃亲这种事还是很少的，再加上贺行望的身份摆在那里，不了解的人的确会猜错。

周清雅也在看手机，她在这个群里用的是小号，就是为了如果有人说她坏话，她能够随时随地出来以路人的身份予以澄清。周清雅看群里的推测，越看越觉得池穗穗和贺行望就是顺路。

校领导对池穗穗很偏爱，池穗穗很可能和那边说了自己没车，所以就让贺神带一程。贺神人一向很好，这也不算奇怪。她这么一想，觉得自己还是有机会的，毕业之后，校领导可就帮不了池穗穗什么了。

周清雅的嘴角情不自禁地扬了起来，所以在看到一条新消息说"我怎么觉得贺神可能和池穗穗认识啊，说不定还是地下恋人"时，她没忍住，回了一条。

"贺神什么身份，野鸡不要给自己加戏。"

这话一出，群里瞬间安静几秒，随后同学都出来斥责："你说话也太难听了，人家就算真的谈恋爱，关你什么事？"

"你不会是嫉妒吧？"

"你越这么说，我反而越觉得他们还挺配。"

群里立刻多了一张今天池穗穗舞台送花的照片，照片中出现的是池穗穗和贺行望的侧脸，池穗穗身材窈窕，贺行望修长挺拔，两人隔着一束花看着对方。群里都顾不上争论了，全是“羡慕”的表情图加言论。刚刚也在骂周清雅小号的苏绵足足欣喜了一分钟，然后立刻将照片发给了池穗穗：“穗总，你去追贺神吧！”

池穗穗满心疑惑：小姑娘，你风向转得挺快啊，你男神就这么被你卖了吗？

池穗穗看了会儿信息，便一觉睡到了天亮。她下楼时，刚好接到了宋妙里打来的电话：“穗穗，昨天晚上的毕业典礼怎么样？”

“挺好的。”池穗穗给她发了照片。

“你别说，贺行望人还挺不错的。”宋妙里坐在椅子上，盯着照片看，“金童玉女啊。”

“换个词。”

“郎才女貌。”

池穗穗这才满意：“你语文怎么变差了。”

“我的字还更潦草了呢。”宋妙里随口一答，“我本来以为这种娃娃亲都是‘塑料’（网络语，形容事物虚假或表里不一）的，没想到你们还真相处得不错，怪不得我妈一天到晚夸你俩。”

她和池穗穗算是从小一起长大的。南城这个圈子不算小，但上面的几家人她都见过，各种各样大大小小的宴会也参加过不少。对于贺行望，她了解，但不深入。当初贺行望去练射击，她还觉得很奇怪来着：哪家的公子哥不是等着继承家业的？结果没多久，贺行望就回来了。那次之后，听说贺家长辈发了好大火，但是因为宋家和贺家是生意上的关系，这种事情她不好多问。

宋妙里回过神：“我说的是真的。”

池穗穗被她逗乐了：“哪天把阿姨的‘彩虹屁’（网络语，指花式吹捧的话）发来，我本人想听听。”

“好啊，就怕你听不下去。”宋妙里往椅子上一靠，“你现在已经毕业了，什么时候订婚？”

“应该快了。”池穗穗琢磨了一下。

“那我留着点儿假期等你订婚。”宋妙里又问，“你今年的体检是不是还没做，哪天来医院做了。”

“过几天吧。”池穗穗安慰她，“感情这种事说不准，指不定你过几天就能遇到一个一见钟情的人，就像赚钱一样，下一秒进账几千万。”

宋妙里吐槽：“你在说什么鬼话？”

“不要否认事实。”池穗穗一点儿也不觉得有问题，顺便给她发了张卡里的到账提醒。

宋妙里差点儿没把眼珠子瞪掉，还有这种操作？这是别人家的爸妈吧？她自从去学医后，就跟家里闹掰了，现在才恢复关系，但是一乱花钱，就会接到她爸打来的电话，旧事重提。

“赚钱鬼才池穗穗。”宋妙里泪流满面，“谈恋爱太好了，我现在也想谈恋爱了。”

池穗穗从楼梯口转到餐厅，看到贺行望正坐在餐厅里，一丝不苟地吃着自己的早餐。真是一幅赏心悦目的画面！池穗穗挑了挑眉：“鱼和熊掌兼得更美妙。”她是个贪心的人，不过，现在的重点是，一日之计在于晨，今日的赚钱行动还没开始。

池穗穗说：“我去赚钱了。”

宋妙里赶在电话被挂断前说：“穗穗，‘先富带动后富，最终实现共同富裕’。”

“然后呢？”

宋妙里说：“我给你寄几箱口红，算是投资，你多画点儿。叔叔阿姨一个人多给几百万，四个人加起来就是多赚上千万，到时再给我点儿分成。”

池穗穗心想，宋医生真“厉害”。

不远处的贺行望似有所觉，偏过头望向这边。

池穗穗挂断电话，终结了宋妙里的幻想。今天的早餐大概是阿姨过来做的，一应俱全，看上去很漂亮，而且种类也丰富。

“怎么不叫我起来？”池穗穗坐在他对面。

“你确定让我推开你的房门叫你起床？”贺行望喝了口粥，看了她一眼，“你的——”

“算了，我自己能起。”池穗穗赶紧打断他，以免听到什么不该听的。她从小到大睡姿百变，母亲都不止一次说过，贺行望甚至还见过。毕竟他们是正儿八经的青梅竹马，小时候见过彼此的睡姿也正常。

池穗穗挑了下眉：“记性这么好。”

贺行望不置可否，没有和她争论——大小姐从不会让自己吃亏，是一朵带刺的蔷薇。粥喝到一半，池穗穗想起自己的目的：“我昨天的赚钱提议你觉得怎么样？”

贺行望皱眉：“我不觉得对我有什么好处。”

池穗穗倾身靠在桌上，眨眼道：“怎么没有好处了，或者你也想要分成？你爸妈，”池穗穗意有所指，“我觉得他们似乎误会了什么。”她说话的时候，手指无意识地点在自己的唇上。

贺行望顺着看过去。女人的唇很莹润，白皙的手指轻轻一按就陷了下去，柔软不言自明。池穗穗收回手，又抿了口甜汤。看着那唇瓣消失在碗后，贺行望心头情绪微妙，移开了视线，终于问：“误会什么？”

“误会口红印是我亲上去的。”池穗穗说起来一点儿也没有害羞的想法，“亲上去的哪有这么完整。”

贺行望过了半晌嗯了声，眼前又浮现刚刚池穗穗的动作，感觉自己是要疯了。桌上汤匙与汤碗碰撞的声音清脆，竟给人一种宁静而温馨的感觉。最终，手机提示音打破了这一片安宁。贺行望看了下那条消息，是他母亲发来的：“晚上和穗穗一起回来吃顿饭。”

池穗穗也收到了消息，两个人一起抬头，四目相对，几乎是同时说道：

“今晚我们一起回去吃晚饭。”

“你妈让我们一起回去。”

傍晚六点，池穗穗和贺行望到了贺家。隔着车窗就能看到那栋房子里的烟火、灯光，池穗穗合上一半车窗：“到了。”她来过贺家不少次，两家关系好，再加上她和贺行望从小是未婚夫妻的缘故，所以更亲近。普通人听到豪门联姻可能以为夫妻之间没什么感情，其实不都是，很多会从小就培养感情。贺家人丁多，但主家这边只有贺行望一家。

池穗穗一下车就有人过来提他们的礼物，她将包也递过去，微微一笑：“贺姨。”

“来就来了，还带什么东西。”江慧月笑盈盈地拉着她，“走吧，赶紧进去。”

“是不是穗穗来了？”里面传来一个和蔼的声音。

“奶奶。”池穗穗自己的奶奶在她很小的时候就去世了，她又经常到贺家来，所以贺老太太很疼爱她。

久而久之，她就跟着贺行望叫老太太奶奶了。贺老太太大老远地看见池穗穗的身影，眼睛就眯了起来：“快过来让老太太我看看。”她这么一招手，手里的糖就掉了出来。

“老太太，您又偷吃糖了。”家里的王姨赶忙过去捡起来，没再给她。

“自家的糖，怎么能叫偷吃？”老太太表情颇为不满意，“快还给我。”

池穗穗赶紧走过去，握住她伸出来的手，顺便给王姨使了个眼色，转移了贺老太太的注意力。贺行望一直在后面，神色淡然：“爸、妈，奶奶。”

他是贺家年轻一辈中最沉稳的孩子，虽然大多数时间在训练，但已经开始接手贺家的一些生意。对大人而言，射击只是一项兴趣，再者贺行望为国争光，连带着贺氏的股票都跟着上涨，所以，贺行望回来继承家业是迟早的事情。

池穗穗拉着老太太的手坐下来，老太太还在为刚才被拿走的那颗糖耿耿于怀。

“今天你姑姑也要回来。”江慧月走到贺行望面前。

“嗯。”贺行望答应了一声。

“应该是只有她带着你的表妹。”江慧月叹了口气，“让她离婚也不离婚，不知道她在想什么。”

她转向池穗穗：“前两天的视频我看到了。”

江慧月指的是S大毕业典礼的事情。贺行望眉目疏淡，抬眼看向前方，缓缓开口："未来一个月，我会没什么时间。"

"知道了。"

江慧月看着自己这个儿子，随着时间流逝，她越来越觉得他不像她和她老公。当年那件事，几乎在一夜之间，让他由年少轻狂蜕变得成熟内敛。不止江慧月一个人这么觉得，现在有什么宴会，和他同龄的那些人都怵他，更别提其他人了。

正说着，门铃又响了。

"怎么都没人来接我？"贺初华的嗓门大，大家还没见人出现就听到了她的声音，家里阿姨赶紧过去接了东西。一路走进去，看到池穗穗坐在老太太身边，贺初华一愣，很快又笑起来："穗穗也在啊。"

池穗穗扬了扬眉："是啊，贺姑姑。"

她和贺初华从来不对付，但面子上的工程还是会做的。池穗穗不会让别人影响到自己的风评，况且这还不是在自己家里。

正说着，一个小孩子露出头来。池穗穗看向贺初华身后怯怯懦懦的小孩子，明明父母两家家境都不差，孩子愣是被教成这样。

贺初华看她年纪轻轻生机勃勃的样子，再看到自己身后的孩子，刚平静的心又起波澜。她只比池穗穗大几岁，贺家家教严，她又叛逆，青春期没少被家里责怪，而池穗穗是众星捧月的公主。池穗穗做什么都很对，她做什么都不对。贺家上上下下都喜欢池穗穗，除了她。后来她结婚生子，婚姻不和，矛盾不停。一晃眼已经几年过去了，池穗穗仍是当年的少女，明媚张扬。

临开饭前，池穗穗去厨房看了眼。老太太的饮食是要专门把关的，贺行望的饮食也要注意，全都是重中之重。

池穗穗出去的时候又听到客厅里贺初华尖锐的嗓音，江慧月刚好过来拿东西，有点儿尴尬。

"初华她去年开始就这样了。"江慧月叹了口气，"怪我们没给她选好人，可这人是她自己一头热想要的。"

池穗穗若有所思。当初贺初华结婚的时候，她刚好在国外，又生病，就没来参加婚礼，只送了礼物过来。南城大大小小数得上的豪门就那几家，而贺初华偏就嫁了个破落的，这两年南城大大小小的八卦消息都和她有关。

“我们想让她离婚，她又不肯，说什么孩子不能没父亲。”江慧月睨了眼客厅那边。

“贺姨，您就别多管了。”池穗穗开口。

“我不管，我一个做嫂子的有什么好管的。”江慧月朝她笑笑，意有所指，“我现在就只想着你和行望了。”

池穗穗面带笑意，没说什么。江慧月还要继续说话，就听到客厅那边噼里啪啦一阵喧哗，紧接着是贺行望冷冷的一声呵斥：“姑姑。”

随着这一声，客厅里安静下来。尽管贺初华是长辈，但她莫名地怵贺行望，此刻更是被他一双眼看得后背发凉。池穗穗看着好奇，长辈还有怕小辈的?

老太太闭着眼在那边休息，江慧月过去安抚她，池穗穗走到贺行望身边，小声问：“你是不是吓唬过她？”

贺行望说：“你觉得我会吗？”他思索几秒，“在你眼里，我会做这么无聊的事情？”

一连抛出两个问句，可见他对这件事是有多不喜欢。池穗穗仔仔细细地看了下贺行望的脸，扑哧一下笑出了声：“你应该不会做这么无聊的事情。”

贺行望不置可否。老太太被气着了，一大家子都过去照顾，池穗穗不想添乱，就站在那里等着。就在这时，她身后传来贺初华的声音：“说起来，穗穗当初连我的婚礼都没去，这么不给面子？”

池穗穗转头：“贺姑姑，你已经不是一个孩子了，奶奶年事已高，又有高血压，你还和她吵架。”

“我吵什么了？”贺初华原本就阴阳怪气的，现在更像是吃了炸药，一点就着，“池穗穗，你还没进贺家的门，是不是管多了。再说了，这结婚可还有离婚的。”她意有所指，冷嘲热讽。

“你说得对。”池穗穗面色不改，似笑非笑地说，“当初没去成你的婚礼是我没时间，下次你结婚，我应该有时间。”

贺初华一开始没反应过来，等池穗穗摇曳生姿地离开，她才气得鼻子都歪了，这不是在咒她吗？池穗穗要是知道她的想法，肯定觉得自己冤：贺家姑姑自己为爱求婚，现在成了寒门怨侣，离婚反而更自在。

吃饭的时候，桌上气氛就更诡异了。

贺行望的父亲贺明华对自己这个妹妹实在没辙，打又不能打，骂了反而被她骂得更厉害，所以在桌上直接无视她，转向池穗穗和贺行望：“穗穗刚毕业，行望最近也没比赛，你们看什么时候先办个正式的订婚宴。”

娃娃亲毕竟是口头上的，两家对这件事足够重视，所以订婚宴是绝对要办的。满桌人的眼睛盯着池穗穗和贺行望。池穗穗还没开口，贺行望放下了筷子，眉眼一动，淡淡开口：“不用订婚了。”话音一落，整个餐厅都安静下来。就连池穗穗都怔了怔，目光落在身旁的男人身上，一瞬间想着：难道他喜欢上别人了？

江慧月差点儿没把筷子扔出去：“行望，你在胡说什么？”

原本低着头的贺初华此刻抬头，眼里满是幸灾乐祸，看向池穗穗的目光也带着嘲讽：“哎呀，行望你怎么能这么说，那以后穗穗岂不是要被别人说成弃妇了吗？”

池穗穗放下的勺子落在瓷碗里，发出一声脆响。贺初华心头一跳，就看到她撂过来的漫不经心的眼神，像是藏着冷笑。

“姑姑可得学好语文。”池穗穗嘴角一扬，意味深长地看了她一眼，“让我一个小辈给你解释这个词的正确用法不太好吧？”

贺初华怎么都不长记性！贺初华就没想过，这么多年了，她在自己的手上讨到过便宜吗？池穗穗一向敬重长辈，但也看是谁。南城上上下下，没人敢议论她池穗穗的八卦消息。

贺初华总感觉自己被“人身攻击”了。思来想去，最终她还是没想通，还是觉得刚刚池穗穗说的去她下一次婚礼比较气人。

“姑姑，你少说话，没人当你是哑巴。”贺行望瞥了眼贺初华，声音有些冷。

贺初华一听，露出个别扭的笑容：“行望，我说什么了？我说的不是实话吗？这不是在帮穗穗——”

池穗穗神色自若，十分淡定。贺行望往旁边瞥了眼，池穗穗的侧脸明艳不可方物。

“订婚有点儿麻烦。”贺行望面色不改，料到他们猜错了自己的意思，“我的意思是直接结婚。”他的嗓音如冰块碰撞，砸在餐厅众人的心上。整个餐厅都安静下来，连带着贺老太太手里刚藏着的糖都被吓掉了。

不订婚直接结婚？江慧月自己都被儿子吓了一跳，看他的脸色不像是说假的，这才放心下来：“说话这么大喘气的，把你奶奶吓到怎么办？”她给贺老太太抚了抚后背，又让王姨把地上的糖捡走了。老太太平白无故又损失一颗糖，有点儿怏怏不乐，但是一想到贺行望刚刚的话，又开心起来。最终还是贺明华做出决定：“这样也不是不行，但需要和穗穗的父母商量，到时候再做决定。”

贺家和齐家两家还没有放出联姻的消息，当初的娃娃亲是口头上的，也只是少数人知道。这消息一放出去，就代表着南城两大集团的合作将正式开始，也代表着风向会开始变化。

贺行望颔首：“好。”

贺明华转向池穗穗：“穗穗，你觉得呢？”

池穗穗面色冷静下来：“我会和家里提一下的。”她是真没想到贺行望突然来这么一茬，订婚都不订了，直接奔向结婚，实在出乎她的预料。

“我也会和你父母提的。那这件事就先放着。”贺明华点了点头，“先吃饭。”

餐桌上恢复原有的气氛，唯有贺初华心绪难平。从一开始的幸灾乐祸，到现在的难以置信，她的话和感受就没人放在心上。其实，她也不是不喜欢池穗穗进贺家，只是每次看到池穗穗，她就会想起自己如今糟糕的婚姻和一个怯懦的女儿。同样是豪门大小姐，她年少时为了压过池穗穗，追求真爱，却落到了现在这样的田地。

一顿饭吃完已经是半小时后。

池穗穗和贺行望明天都有事，就没在贺家多停留，临走前，池穗穗坐在老太太身旁叮嘱：“奶奶您可别偷吃糖了，再吃最后几颗牙都要掉了。”

“不吃，不吃。”老太太坚定地点头。

一旁的江慧月戳破她：“穗穗，你这话只能管用两天，第三天保准能搜出来偷藏的糖。”

池穗穗莞尔。

屋外夜幕星河，夜凉如水。池穗穗打开手机，收到了家里人发来的微信，询问今天去贺家有没有怎么样。她没说结婚的事，这种事还是当面说比较好。

齐初锐那边也有消息过来：“姐，过两天有个事要你帮忙。”

池穗穗回：“什么事？”

对方没回复，估计是在上课。池穗穗关掉手机屏幕，偏过头看：“贺行望，你今天为什么突然那么说？订婚宴不需要我们筹备，压根儿不麻烦。”

贺行望垂眸看她：“你想要吗？”

池穗穗说：“可要可不要。”

贺行望对她的话微微颔首，认真解释说：“你可以当作是我等不及了。”

池穗穗露出狐疑的神色：“那为什么以前没说？”

“就今年，等不及了。”

池穗穗脑中冒出个问号，但决定不问了。等不及，她倒要看看到时候怎么个等不及法。池穗穗正这么想着，手机铃声突然响起。电话是苏绵打来的：“穗总，你知道庆城电视台刚决定的事吗？他们要做一个专访，准备去采访贺行望了。”池穗穗下意识地看向贺行望，贺行望露出询问的眼神。

池穗穗转回头，说：“庆城电视台……我记得他们新闻主播出了丑闻，现在晚间新闻收视率极低，是想垂死挣扎？”

苏绵说：“应该是吧，这要是采访到——”

池穗穗说：“不会的。她是真有丑闻，有证据的实名举报，发酵出去也就是过几天的事情。”

现在是网络时代，她一个其他电视台的人都能知道这事，说明这事压根儿压不下去。再者，她比谁都清楚贺行望的品性，先不说他很少接受采访，就算接受，也不会是这样的电视台。

庆城电视台想要去射运中心采访贺行望的事情几乎在其他电视台传了

个遍。

S大的毕业事宜已经全部结束，池穗穗现在是个完完全全的职场人士。第二天起床后，她换上了一件新的衣服。他们电视台对于通勤着装，要求并不限于职业套装，只要不出格就行。池穗穗穿了蓝色的格子衬衫，一眼看上去普通，实际上设计师在一些细节处做了精致的修饰。她很喜欢这样的小心机。

池穗穗到电视台已经是半小时后，一路上电梯，到所属部门，最终落座，距离上班时间还有十分钟。苏绵捧着一杯豆浆推门进来，看见池穗穗坐在那里，黑色的椅子和白色的办公桌，中间嵌着一抹优雅的蓝色。

"穗总，你今天气色好好。"苏绵忍不住夸道。

"你也不错。"池穗穗看了眼她全身，"搭配比以前好看很多，找到名师了？"

"没有，就看了个穿搭博主的视频。"苏绵坐下来，吸了口豆浆，"也不知道庆城电视台采访上没。"

池穗穗挑了下眉："没有。"

旁边陈如玉路过，听到这话，好奇地问："穗穗，你怎么这么肯定没有，万一他们成功了呢？"

池穗穗说："陈姐，成功了，我们就不会在这里讨论了。"

"不过这事一出，恐怕现在其他电视台都蠢蠢欲动了，不知道我们的主任会不会也动一动。"陈如玉端着空水杯，猜测道。

"咱们电视台如果真能去采访贺行望，那现在的几个年轻人啊，谁也不想错过。"

苏绵插嘴说："陈姐，新人不太可能吧？"

"凡事说不准。"陈如玉笑了笑，眼周已经有了丝皱纹，"指不定主任还会让穗穗去采访呢。"

采访贺行望？池穗穗对这样的想法不置可否。见陈如玉要去茶水间，池穗穗也拿起自己的水杯，又从她手里接过她的杯子："我去吧。"

严格来说，陈如玉是老人，但和池穗穗关系不错，当初池穗穗实习的时候带过她，也算是她的半个师父，对她是有问必答。

茶水间在办公室外。池穗穗到门口的时候，听见里面几个人在聊天。

“这真的是池穗穗啊？”

“视频里脸都露出来了，不可能是她的双胞胎姐妹吧。”

“像个明星一样，她还会拉大提琴啊。”

“不奇怪啊，她开的车都是几百万的，像这种‘白富美’有点儿音乐技能可太正常了。”

“有钱又有颜，还会拉大提琴，简直是我的梦中女神，我想娶她回家！”

接下来就是视频中大提琴的声音。池穗穗对这个声音十分熟悉，正是她之前在毕业典礼上演奏的那首曲子。她一进入茶水间，几个实习生的对话蓦地停了下来，有点儿无言的尴尬，特别是刚刚说要娶池穗穗回家的实习生，恨不得钻进地缝里。

池穗穗只是觉得好玩，居然还能听到有女生想娶她回家。池穗穗走过去打水，见她们不敢动弹，唇角一弯：“刚刚不还说要娶我，现在这么紧张？”那个实习生脸都红了。

池穗穗问：“你们刚刚看的是什么？”

“我们在看热搜。穗总你居然拉得一手好大提琴，你们学校官网的视频都火遍全网了。”

贺行望也回了射运中心。

眼下最重要的一场比赛就是11月份的射击世界杯。在射击界，这场比赛和奥运会比赛一样重要，再加上一个世锦赛，那就是世界三大顶尖射击赛事。前几年，贺行望已经拿到了这三大赛事的满贯金牌。射运中心除了他这10米气手枪项目，还有十来个其他项目，所以训练的场馆很多。

戴着透明镜片的男人，表情严谨而认真。只见他手指一动，一枪击中靶心，下一秒，他又重新上了膛，举起手臂，与肩膀持平，再度沉稳给出一击。前后不过几秒时间，迅速又刺激。

现在是休息时间，场馆内大部分人回宿舍或者其他地方休息去了，只有他还在这里。

“你说贺神训练多久了？”

“起码来了有三个小时吧。”

“就没停过？”

“没停。”

两个男生穿着国家队队服，坐在场馆门口边上的休息处，看着不远处挺拔修长的身影。李怀明话锋一转：“哎，停了。”两个人连忙走了过去。

贺行望取下眼镜，活动手腕的同时，扫了眼两人：“什么事，直接说。”

“是教练让我们来叫你去会议室，我看里面有好几个人，不知道要讨论什么。”

李怀明说：“贺神，你今天已经练了三小时了。”

贺行望嗯了一声，将自己的枪重新放好，确保万无一失：“我知道了。”

会议室里此刻正坐着几个人。

射击项目其实在没有比赛的时候并没有多少关注度，不像女排和游泳、跳水一类的项目。他们这里多少年才出了一个贺行望，又因为他受到了全国乃至世界的瞩目，因此对他相当重视。

“我们电视台虽然不是体育台，但是最近想做一个体育新闻专栏，这不第一个就想到了贺行望——”电视台的人话还没说完，会议室的门就被推开了。

贺行望颀长的身影踏入会议室，他还穿着队服，和别人一样的衣服到他身上一点儿也没有普通感，反而透出不羁与荣耀的光辉。

会议室里安静了几秒。随后贺行望坐在教练身旁，有人给他递过来一份文件，上面是新闻栏目的介绍。今天电视台女主播也跟来了，坐在对面，紧张地看着贺行望，这可是她咸鱼翻身的好机会。一时间只有纸张翻动的声音。电视台的几个人悄悄对视几眼，有点儿不安。他们来了才知道事情没那么简单。

贺行望并不像其他运动员，他本身家世显赫不说，成绩也很出色，最重要的是，他的合约上条款很多。简而言之，射运中心无法干涉他很多事。像安排代言、采访这一类，其他运动员射运中心甚至都不需要过问本人的意见，但是在贺行望这里必须要经他本人同意才行。如果贺行望拒绝，没人可以强求。

“庆城电视台？”

电视台的几个人才刚思考结束，反应过来是贺行望在问话，连忙应了声：“是，我们庆城历史悠久，电视台创建也有几十年了，国内风评也一直较好——”那人说的时候停顿了下，看了眼贺行望，见他唇角下扯，心里一咯噔。

贺行望应该不会关注一个电视台内部的新闻吧？那事都还没大规模传开。但是这一停顿，剩下的话那人怎么也说不出口了。

贺行望想起池穗穗昨晚说的话，放下了手中的文件，缓缓开口：“这个采访，我不接受。”他嗓音低沉，掷地有声。

电视台女主播第一个就问出口：“为什么？是不是觉得哪里不太行？”

贺行望抬头，目光深邃，声线冷淡：“没什么，只是不想接受采访，我不想自己的名字后面会和一场丑闻联系上。”

会议室里一片沉寂。

贺行望身旁的教练不禁愣住，他一个常年待在射运中心，每天只关心自己手下运动员成绩的人，还真一点儿也不清楚这事。教练看着贺行望的侧脸，不禁想起几年前的事。那时候年少轻狂的贺行望站在射运中心的门口，以一副不同于同龄人的冷静表情和他说：“我不想出现在丑闻中。”即使那是别人的丑闻。

教练回过神，贺行望已经对他一点头，转身离开了会议室。

“这个采访就不接受了。”教练转过头，也冷静下来，对着几个人开口，“我让人送送你们。”

电视台一行人面如土色地离开。他们想借贺行望的名声拉高收视率，没想到人家一眼就瞧出他们掩饰的重点。坐上车，女主播不甘心：“不能再试试？”

旁边人翻了个白眼，又不能出口骂人：“还试什么，贺神的话还不清楚吗？”贺行望不仅是一个射击手，他还是贺氏唯一的继承人。

“贺行望眼光也太高了，哪家电视台没点儿新闻。”有人忍不住出声，

“他想让谁采访？”

庆城电视台无功而返的消息以迅雷不及掩耳之势在各大电视台和新闻社传播开来，但具体内幕并没有透出来。

“我有朋友在那边，朋友跟我说的，他们脸色很不好，那个女主播还特别气。”

“恨我没在现场‘吃瓜’。”

“要是咱们电视台，能成功吗？”

其他人幸灾乐祸的同时，也开始觉得自己去恐怕没什么希望，贺行望太难采访了。他不单纯是一个运动员，也并不缺曝光的机会，他的有些东西也不是射运中心管的。甚至于前几年贺行望参加比赛的时候，贺氏一直赞助射运中心，买设备，加吃食，给国家省了一大笔钱。

彼时池穗穗正在看自己的热搜，她从茶水间回来后就登录了微博，这才发现学校官网昨天中午放出了剪辑后的视频，因而在今天早上她成功进入热搜。她虽非热搜第一，但也是前排，力压一众明星。

热门微博是一条只有几分钟的片段，池穗穗坐在黑暗中唯一的一束灯光下，大提琴在她前方，优雅大方。微博文案更是直接：“S 大毕业典礼神仙演奏！看完这视频，你也是和贺神一起听了大提琴独奏的人了！”

池穗穗扬了扬嘴角，这是蹭了贺行望的热度？评论数已经过了两万，还在增加。网友的力量是很大的，上热搜这么点儿时间，再加上 S 大这个限定地点，池穗穗的信息已经暴露：新闻系的池穗穗——前段时间才将导演泼了一杯水的那个新闻记者。

网友一脸震惊。天哪，这是真实的吗？这下那个导演当初公开指责池穗穗的视频和他想要动手动脚的声明又被挖上热搜。不仅如此，那个导演的微博又被网友一顿狂轰滥炸。

池穗穗将网上热热闹闹的事情看完，感觉网友还是非常平和的，正想着，桌面被丢了一支笔过来。

“主任刚刚路过。”苏绵冲她挤眼，小声说，“穗总你在看什么呢？”

“学校的视频上热搜了。”池穗穗指了指手机，“你往常不是消息最灵通的吗？”

苏绵说："今天早上还没来得及看，不过你上热搜了我肯定要去看，等我什么时候'摸个鱼'。"

池穗穗被她逗笑，再低头看手机的时候，那视频在热搜榜上又往上爬了两位，速度很快，果然贺行望的热度很好蹭。怪不得庆城电视台在丑闻即将曝光的时候，想要采访贺行望来捆绑他。庆城和南城的电视台都是地方电视台，每天的新闻时间也就早间、午间和晚间一小会儿，剩下的是新闻联播。晚间新闻女主播一般是电视台的当家主播，这一下庆城电视台的晚间新闻女主播被实名举报，电视台只能暂时让人顶替她。其他电视台当然开心，一旦庆城电视台的晚间新闻收视率低迷，收视率就会被分散到其他电视台。

隔天中午，主任要求下午开会。午休刚结束，人都比较精神，最近没什么事，所以大家也预料到主任今天要说前两天庆城电视台的事。这次是整个部门的所有人都参会，连实习生都要去。

会议在下午三点开始，所以这时候大家都在聊今天网上曝出来的新闻。苏绵的八卦消息总是得到得非常迅速，今天热搜才上，她就已经给池穗穗汇报起来了："庆城电视台那个女主播，和一个有妻有子的老板是那个关系，人家前男友觉得被绿就过去讨说法，结果还被对方打了，气不过就拍了点儿证据去实名举报。"

不仅如此，他还在微博上公开了证据。

池穗穗敲了敲桌子："你很适合当记者。"

苏绵一听，哈哈笑起来："得到这个夸奖好不容易啊，我今晚要多吃一碗饭。"

池穗穗其实上午就看见了热搜上的事情。现在微博曝光是一件非常正常的事情，毕竟个人的力量是弱小的，只有吸引群众的注意，才能达到最终的目的。庆城电视台的官微此刻已经被消息淹没。

"一上午过去了，声明还没放出来？"

"是舍不得这女主播，还是这背后另有其人啊？"

"恶心，以后再也不看你们电视台的新闻。"

"怪不得你们平时收视率就中下段，没本事就不要上岗好不好？"

庆城电视台这边都奓毛了，发声明也是要有措辞时间的啊，只是过去了一个上午，网民已经开始揣测他们电视台其他人的清白了。女主播早就被停职了，就等着电视台辞掉她了。她待在自己的公寓里，看着事情一步步走向不可收拾：从一开始网上曝出新闻，到现在甚至有其他电视台播报了这事。

要是她前两天采访到贺行望……这时候转移话题肯定能起到一定的作用。因为涉及一个知名女主播的桃色新闻，再加上举报人在微博不停曝光，所以新闻发酵起来很快。

教练朱和光在自己的办公室看到新闻，也没忍住叫了一声："这么夸张……"还好贺行望没接受采访。

队员在休息时间是不会被没收手机的，这会儿也在"吃瓜"："这个电视台是不是昨天来的那个？"

众人看向贺行望，贺行望面不改色，淡淡地嗯了声。

当时池穗穗说的是丑闻，至于丑闻是什么，他并不清楚，但他相信池穗穗不会没有证据就说，因为她是个记者。

"这种事情昨天还没被曝出来，贺神你是未卜先知吗？"李怀明兴致勃勃地问。

一桌子的人都好奇起来，他们都是十几岁就进来的年轻人，大多数的时间被拘束在射运中心里，好奇心很重。

贺行望唇一动："家里有人当记者。"

他这么一说，队友都点头。怪不得他能提前知道这样的新闻了，记者就是消息灵通。

等到回宿舍休息，李怀明才想起一件事："贺神家里不是开公司的吗？"

旁边的苏治说："家里亲戚吧。"

李怀明回想了一下："不对不对，我总觉得贺神说的不是这个意思，他还挺开心的。"

"你要是猜得准，早就拿金牌了。"苏治哈哈大笑，摸着下巴，"怪不得贺神不怎么接受采访，家里有记者。"

"可能在家里被采访次数多了。"

“我也想见贺神被逼着采访的样子。”

下午三点，电视台会议室里陆续进了人。一直到现在，池穗穗的视频还挂在热搜上，S大官微中途出来转发过一次，再加上她给贺行望送花的视频也被发出来了，所以今天还直接冲上了热搜第二，这次的特写让两个人的脸都被看得更清楚。

“贺行望这男人穿西装简直是好看死了！太好看了！”

“虽然这样很帅，但我还是想看比赛场上的他！”

“送花的是池穗穗吗？好漂亮啊。”

“莫名觉得两个人很配……粉丝不要打我。”

“他们是同校校友，送花是正常操作。”

“就算贺行望谈恋爱了也没关系，他又不是偶像，他只需要对自己、对国家负责。”

评论区里热闹非凡，各种各样的讨论都有。

“穗穗，你怎么不去认领，能涨十几万粉丝。”同事叹着气，语气中透露出羡慕。

“我不怎么玩微博。”池穗穗弯了弯眉。

“现在还有年轻人不玩微博的吗？”同事怀疑地问，但是看池穗穗的表情不像作假，就信了。

池穗穗是不怎么玩微博的。个人微博账号注册这么久以来，她几个月才发一条，发过的微博才四十多条。而且她登录微博就是为了了解一些新闻和舆论风向，这是作为一个记者必须要知道的。

会议室外的走廊上，两个同事边走边聊天。

“我前两天买了条迪奥的裙子，可惜上班不能穿。”

“挺贵的吧，我是等着存钱买房了。”

“本地人就只有不用买房这点儿好处。”那人回头看了眼，“穗穗上热搜那件更好看，但我没看出来是哪个牌子的。”她语气里有隐藏的炫耀之意，池穗穗敏锐地听出来，笑了笑，没说话。部门内部的竞争是不可避免的，但她懒得在这种炫耀的小事情上和人争吵。

等人全部到齐，大家才开始说正事。一开始是近期的新闻选题汇报，池穗穗虽然只有两个选题，但其中导演学历作假这个选题热度很高。虽然新闻没有高下之分，但总会被比较。汇报结束后，主任没有直白地说庆城电视台的事情，但谁都知道他想说的就是这个事情。说完，他又宣布了一则新消息："我们台里也准备做一个《一周体育》栏目，每天安排采访两个冠军，你们可以自告奋勇。"

会议桌边上围着一群人，陈如玉开口问："关于采访的运动员人选，主任已经确定了吗？"

主任微微一笑："还没确定，你们每个人交一个名单上来，我最后会和上面联系，确定运动员、记者人选。"

苏绵举手问："主任，如果我提交自己的名单被采用了，那我有优先采访权吗？"

主任说："必须有把握，才会让本人去采访。"

这么一说，大家都蠢蠢欲动。自己选的人自己去采访，那要是采访一个曝光率高的运动员，对自己肯定最有利。

会议结束时已经是四点多，大家都回了自己的座位。要想比旁人更出色，就必须尽快将现在曝光率高、比赛成绩出色的运动员先放进自己的名单里。大多数人第一个想写的就是贺行望，最后犹豫了半天，还是把这个名字删除了——这是完全没把握的事情。

苏绵本来打算搜一下知名冠军的，结果看到了浏览器上的头条，咽了咽口水："穗总。"

池穗穗刚坐下："怎么了？"

苏绵说："你的微博账号暴露了。"

苏绵说得很认真，反而让池穗穗觉得有点儿不真实。她重复了一遍："我的微博账号？"

"对，我浏览器这边都推送了。"估计是新闻热度太高，毕竟现在的浏览器都喜欢搞假新闻炒热度，来个真实的，自然是愿意花大力气炒作的。

苏绵又压低声音："上面头条很吸引人呢。"不然她怎么会第一眼就被吸引过去了。

池穗穗点头："我知道了。"

“穗总你怎么这么淡定？”苏绵非常好奇，“我要是微博被发现了，第一反应肯定是去删除以前骂人的话。不过也没什么人会找我的微博。”

“你觉得我会发微博骂人吗？”池穗穗好笑地问。

“我还从没听你骂过人。”苏绵仔细回忆了一下，在她的印象里，那些怼人的话都不算骂人。

“我微博总共才几十条消息，没什么可担心的。”池穗穗转而安抚她。

现在是网络时代，隐私很容易暴露，池穗穗身为记者，更清楚隐私的重要性，所以在社交软件上会注意保护隐私。照片拍摄当中的位置授权早就被她关了，加上她的文案向来就一两句话，顶多被发现她是哪个城市的人，其他细节没有，也不会被发现。不过池穗穗还是登了微博，后台看上去一片红色——全都是“99+”，就连私信也是。

池穗穗先去了热搜，虽然说关于她的新闻是浏览器的头条，但只在热搜第七位，还是挂着她单人的名字，这次不是蹭热度了。热门微博发了九张图，九张照片便将她的四十几条微博全部涵盖在内，最中间的一张只有一条微博：“给家里加餐”。

这都能找到她的微博？池穗穗狐疑地看向自己的微博名，是很普通的名字，头像更质朴，是一株黄金色的稻子，上面结满了稻穗。难不成他们还是从稻穗认出来的池穗穗？池穗穗对广大网友火眼金睛的评价又上了一个高度，心情复杂地点开评论。

“这微博确定是本人吗？我怎么觉得不太像啊？”

“你看全网有多少人用稻穗做头像？我反而觉得这就是本人，而且拍照时不小心露出来的手指甲是一样的。”

“给家里加餐……家里就吃一盘鱼吗？”

“这鱼看上去好丑，还这么小，我几口就吃完了，家里人是肯定不够吃的吧？”

“博主看上去好穷。”

“你们看穗穗发的照片，一条丝瓜都要拍一下。”

“有捐款渠道吗？我给你加两条鱼吧，别这么糟蹋自己了，仙女不能丑！”

池穗穗看到“博主好穷”这条评论拥有一万个赞。她回到自己的微博，主页最新一条微博是上次发的做给贺行望吃的鱼的照片。

网友的想象力是无穷的：一个来自山村的少女，为了求学知名高校S大而省吃俭用，好不容易加餐，加的也是一条巴掌大的小丑鱼，甚至可能大提琴都是她用兼职打工挣来的钱去学习的，也怪不得大家没有找到那件礼服的牌子，真是太惨了。在他们享受生活的时候，居然还有这样努力生活的贫穷的人，现在还投身了新闻记者行业。

“穗穗，你——”有同事也“摸鱼”看了热搜，投过来怀疑的目光。

“网上的新闻不做真。”池穗穗很淡定地和同事解释，“不用放在心上。”

这怎么不放在心上啊！“穗穗，网上说的事——那个你上班坐的车是真的还是……？”同事怀疑她开假车。

“真的。”池穗穗说。

同事见她语气淡淡，反而又开始不确定起来，豪车说不定是“富二代”追求她才送她的，包说不准是假的：“穗穗，你家里要是有什么困难，可以和我们说说的，但是你不能入歧途，这种事到最后没什么好处。”

“你想多了。”池穗穗看了她一眼。

同事摇了摇头，没有再说什么，眼神中流露出对于执迷不悟的池穗穗的同情。

池穗穗觉得什么也不说比较好。同事大多家庭富裕，平时看池穗穗穿的也不是名牌衣服，只是看上去漂亮，现在都产生了池穗穗的衣服是淘宝小众货的想法。

几个同事开了个小群聊了起来：“她平时上班开的车你们注意了吗？是真的还是假的？”

“真的吧，我感觉是真的。”

“我对车不怎么认识，但是看起来应该不是假的——你们看池穗穗的包，铂金包。”

“但是我没见过铂金包有这个颜色的。”

“她是不是前两天上了热搜，所以打算当网红了，不然这微博怎么暴露的？”这个说法得到了一定的赞同。上次池穗穗反手拿了个大新闻，被主任夸了很久，同事们还被斥责没本事。虽然被骂是经常的事，但是被拿来和一个新人做对比就很让人不服气。

现在她的微博账号暴露了，她真假“白富美”的身份真相也即将被揭晓。

接下来的一下午到星期五的一整天，电视台里外卖、快递不断。大多是网友知道池穗穗现在在这里任职，通过网络给她下的单，池穗穗想退都退不了。星期四傍晚快下班时，有网友点了一整只炸鸡，导致整个部门办公区香味四溢，最后一下班，同事都点了炸鸡。还有人送了一桶活蹦乱跳的鱼过来，大概是看她发到微博上的鱼又小又丑，看不过去，这才从水产市场订了一桶鱼。

全办公区的人都过来围观。

池穗穗桌子下都快堆不下了，她想送回去又不知道送给谁，只能打电话让人过来把东西带回家。

临近下班时间，苏绵在对面桌上差点儿憋死了：“穗总，我真的第一次知道还能这样。”

网友都这么可爱的吗？

池穗穗收了一大堆零食瓜果，揉了揉额角：“我觉得他们可能是对我的微博有什么误会。”不是可能，是肯定。在他们眼里，她的每一条微博都透露出贫穷。然而池穗穗真的没有说过一次自己穷，也没有故意装穷。

苏绵若有所思地点了点头：“对了穗总，热搜还挂着呢，要不要去澄清一下？”

池穗穗看了她一眼：“我现在去说什么，说我不穷，说我很有钱，‘富外有富’？”

苏绵不知道该说什么好。刚好下班的时间到了，池穗穗这周末要回家，和苏绵打了声招呼就先走了。回到家时天还没黑，父母还在公司没回来，池穗穗换完鞋进去，一个人也没看见。厨房里炖着汤，没人。

池穗穗从厨房的窗户往外看，楼下的菜园子里有人：“宋姨，家里没人？”

“太太和先生还没回来。”宋姨起身，拎着几根丝瓜和一些蔬菜从里面走了出来。

池穗穗点了点头，目光不由自主地落在丝瓜上，心情复杂。

家里的菜园子是专门开辟的，旁边就是温室花园，前者是宋姨的，后者是她的妈妈的。池穗穗去年发了张丝瓜的图，那是她第一次亲手种的，在菜园子里的一角。然而因为她常年在外上课，所以就让宋姨帮忙照顾。宋姨为了让她回来开心，照顾得特别好，所以那条丝瓜长得胖，且卖相很好。然后昨天那张照片被网友发现了，池穗穗到现在还记得其中一条评论是怎么说的：“这样的丝瓜都要炫耀，呜呜呜，穗穗小仙女平时过的究竟是什么样的苦日子？”

池穗穗心情十分复杂，和宋姨聊了两句便回了自己的房间。她虽然不经常在家里住，但房间还是保留着的，每天都会有用人打扫，干净如初。床头边上放着一把木刻的小弓。这是池穗穗七岁时收到的生日礼物，来自贺行望，他花了一个月时间自己雕刻的。当时他们两个人年纪都还小，贺行望自己也还是个未长大的小男孩儿，对这样的细致礼物用了不少心思。

以如今的眼光看，的确有点儿粗糙。

但池穗穗很喜欢这个礼物，所以一直留着。刚住进柏岸公馆后不久，她第一次回家，深夜感慨，将这小弓拍照发了微博。一个公开的社交软件，又没有认识的人，是她放松心情最好不过的地点。然而这也被网友发现了。

池穗穗打开手机，登录微博，将最新的一些评论和 @ 她的消息给点掉，剩下有人发的微博红包没收。主页一往下滑动，她就看到了前几年发的微博：“一份来之不易的礼物。”它是挺来之不易的，因为当时贺行望已经刻毁了一把，还把手指割破了，这把小心翼翼地刻了一整个月才成功，池穗穗本人十分清楚，并且围观了一整个月。这条微博下面评论无数。

“穗穗冲啊！你会得到一把真正的弓的！”

“我看着流下心酸的泪水，博主的语言细节里全是生活的贫穷，但一直积极向上。”

“什么时候生日，我可以为你的礼物赞助一点儿，今年你的生日一定会过得比以前都好的。”

当然，也有网友持怀疑态度。

“真穷还是假穷，哪有穷人去学大提琴的……”

“这年头还有炒作立贫穷‘人设’的吗？”

“溜了溜了，也就你们会信。”

“我感觉她身上的衣服都不便宜啊，去查一查，是不是故意申请贫困生助学金乱买了？”

这里面吵成一团，池穗穗没有理会。虽然很多时候网友是非不分，每次事情的发展都会反转，但实际上大多数人还是在认真生活的，能对她一个陌生人这样关心，池穗穗心里暖暖的。其实有很多微博，她都不记得当初发过了，但是被这么一挖，反而觉得以前的自己很好玩。

那个被骂了一顿的网友气得不行，在微博主页放话：“我哪句话说错了，这种事证据多的是！”看热闹的不在少数，纷纷催他放证据。

一个不穷的人用贫困生助学金，那肯定是要被骂的。

池穗穗无视了这条微博，将微博名改成自己的本名——反正现在已经被发现了。改完，她又将今天收到的那些礼物拍了照，然后加个滤镜，发到了微博上。

池穗穗：“谢谢大家的礼物，不用再送东西了，其实我真的不穷。”

发完，池穗穗关了微博，琢磨着自己是不是可以弄一个抽奖回馈一下网友。

她坐在床上，手上把玩着那把小弓，手机铃声响了，是苏绵打来的电话。

“穗总，你看到我的微信消息了吗？”苏绵问。

“刚刚没上微信。”

“那你赶快去看看。”苏绵催促道，又问，“你觉得我这名单可以秒杀那些同事吗？”

微信上苏绵五分钟前发了一张截图。截图上的名字不止主任说的“两个”，上一届奥运会游泳接力赛冠军的名字都在。池穗穗被逗乐了：“这是四个人。”她没记错的话，主任说的是两个人选。

苏绵说：“但这是一个项目，哈哈哈。等星期一上班，我要去和主任据理力争。”苏绵在床上笑了半天。这个想法还是今天晚上下班后突然冒出来的，所以她就搜索一番，写了下来。

苏绵又问："穗总，你想采访谁啊？"

池穗穗说："还没想好。"

还有好几天时间，现在不用着急。

苏绵感慨一声："我要是能采访到贺神就好了。人还是要有梦想的，我要快点儿成为大记者，说不定以后就有机会了。"她说着，还在微信上发了一张熊猫头敲击键盘的表情图。上次毕业典礼她亲眼看到贺行望真人，但是没有机会拿到他的签名，这件事成了她目前挂在嘴上的憾事。发完图，苏绵又兴致勃勃地道："我今晚做梦想一想，就算我不行，穗总你采访到也好啊，姐妹的采访就是我的采访！"

池穗穗看着自己手底下的小弓，漂亮的一对眼睛眨了眨，里面有细碎的流光闪过。她单手滑了滑屏幕，找到贺行望的微信，发了条消息过去："贺行望，我打算去采访你，你同意吗？"这个时间点，她也不知道他是不是在训练。

池穗穗又想到微博上的事，都是因为那条"小丑鱼"，她才被全网认证为"贫穷少女"的。

"穗总，你的微博打算怎么办啊？"苏绵又转了话题，好奇地问，"他们全都以为你是穷人。"

"你觉得抽奖怎么样？"池穗穗问。来自"白富美"的抽奖。苏绵想象了一下那个画面，能让穗总拿来抽奖的必然不是小东西，她仿佛已经看到了富贵的金光。

池穗穗才说完，微信上跳出一条新消息："好。"贺行望就这么简单地同意了？池穗穗看着那一个字思索了几秒，直到电话那头的苏绵问："穗总，怎么了？"

"没事。"池穗穗回神，"苏绵，我先挂了。"

"好。"

池穗穗挂断电话，见贺行望有时间，干脆拨通了他的电话，他十几秒后才接通。电话一接通，她就听见了似有若无的枪击声。

池穗穗说："我刚刚问的，你可别反悔。"

电话那边的贺行望轻笑一声："不会，我还不至于这样的事情都要反悔。”

池穗穗嗯了一声，忽然想起什么，轻声问：“我这算不算是走后门？”

“不算。”贺行望很简单就回答了她的问题，隔了几秒又问，“采访是什么时候？”

“还不确定。”有采访的机会她不能白白浪费了，得好好把握。如果顺利的话，到时候她顺便给苏绵要一个签名，这小粉丝惦记签名好久了，总要给点儿福利。男神的甜品都吃了，签名也不算什么了。

“叔叔阿姨他们知道结婚的事情了吗？”贺行望放轻了声音，越发显得温柔。

池穗穗捏了捏耳朵，这声音怪好听的。她听惯了大提琴的声音，也喜欢低沉的音，而贺行望的嗓音正好就长在了她的审美的点上。他以这样的嗓音说出“结婚”两个字，连带着对待婚姻，她都似乎开始有了莫名的期待。

“我爸妈还没回来，我晚上会提。”池穗穗呼出一口气，“这事也急不得。”

“不早了。”贺行望低下头，给出回答。这事已经拖了好几年了。

池穗穗哎了一下，说：“我现在又不能对着空气说。”她转了话题，“上次，你为什么拒绝庆城电视台？”

贺行望嗯了声：“有丑闻。”过了几秒，他似乎是觉得说得太简单了，又补充，“上次你在车里接的一个电话里提过。”

池穗穗哦了一声，这事兜兜转转还和自己有关，他居然还把这事记在心上了。

贺行望问：“怎么了？”

池穗穗说：“没什么，就是好奇。”

贺行望不紧不慢地开口：“丑闻是其一，就算没有，我也不会接受对方的采访的。”对方来找他采访是出于什么目的，他从他们的表情和眼神就能看得一清二楚。

池穗穗手指钩着巴掌大的木弓，若有所思。她缓缓开口：“我这两天蹭了你的热度上热搜，现在你又这么轻松地接受了我的采访，我还要谢谢你。”等他回来，她做条好看的鱼好了，这次不会再那么丑了。

“然后呢？”贺行望说。

“然后什么？”池穗穗问。

贺行望沉思几秒，声线低沉，慢条斯理地开口：“既然要谢，那就尽快来采访。”

到底是她急着采访，还是他急着？这是要她当面感谢？

贺行望站在场馆外。场馆里是正在训练的射击运动员发出的此起彼伏的枪声，外面则是橙红色的晚霞。单薄的队服穿在他身上，勾勒出强健有力的身形，偶尔手臂向上，会露出精瘦的一截腰腹。贺行望眉目微敛，心神都放在电话对面的人身上。

“知道啦，我会快点儿去的。”池穗穗的嗓音轻柔了点儿，楼下传来微弱的说话声，应该是爸妈回来了，她心神一动，“那我挂了，过几天见。”

贺行望嗯了声：“好。”过几天，也不久。

李怀明和苏治出来的时候，只看到贺行望捏着手机站在那里，唇角微扬，神色放松，在晚霞的映照下，整个人都显得十分温柔。李怀明揉了揉眼，确定自己看到贺神笑了，没错。

这是和谁打电话，这么放松？

“你说贺神在和谁打电话？”

“和他妈妈？”

两个人对视一眼。他们都只在网上见过贺神的家里人，父亲是贺氏的总裁，雷厉风行，母亲是贤内助。还有那个当记者的亲戚也不知道是谁。

李怀明见他挂断电话，走过去好奇地问：“贺神，你刚刚在和谁打电话？”

贺行望转过身，神态自若：“家里人。”

李怀明哦了一声，还真是家里人，怪不得贺行望这么温柔。

池穗穗下楼，果然看到相携归来的父母。

“你们这是去干什么了？”她站在楼梯转角上问，“不会是出去散步了吧？”

“是啊。”齐信诚承认得光明正大，“你妈妈最近说要减肥，说她胖了，你说这哪里胖了，明明很瘦。”

池穗穗认真地看了下母亲：“没胖，刚刚好。”

父女俩一通“彩虹屁”夸得池美媛忍不住笑：“行了行了，你们两个就别吹了。”

池穗穗眼波含笑。她家比较简单，她母亲池美媛是个音乐家，不止一次在国宴上表演，如今快要退居幕后，不经常露面。

当初她父亲齐信诚为了自家的公司去赞助了一次晚会，在观众席上见到了池美媛，对她一见钟情，从那之后就展开了热烈的追求。池美媛从小生活在音乐世家，为了有共同语言，齐信诚装着自己会音乐。第一次约她出去的时候，背了好几段话，他觉得没什么问题，然而在池美媛的眼里，就很可爱。比如两个人去听音乐会，他把一种乐器安到另一种乐器上，说得驴唇不对马嘴，池美媛就故意问他平时喜欢听什么曲子，齐信诚说他最喜欢听大提琴独奏，然后说了首小提琴曲，还兴致勃勃地说以后有人演奏，他想和她一起看。

这桩父母爱情里的糗事，池穗穗知道得一清二楚。齐信诚没有机会听到别人用大提琴演奏那首曲子，是结婚后池美媛拉给他听的——独属于他一个人的演奏会。池穗穗有时候也很羡慕父母的婚姻，结婚二十多年，一如当年的初恋，甚至在她和齐初锐面前秀恩爱。

晚间吃饭时，桌上很安静。池穗穗冷不丁地开口：“爸，妈，有件事要和你们说一声。”

齐信诚立刻紧张起来：“什么？”眼睛又往她桌下的肚子看。

池美媛瞪了他一眼：“瞎想什么？”

“爸，你想太多了。”池穗穗有点儿无奈，“我前两天在贺家吃的晚饭，贺行望的意思是不订婚，直接结婚。”

齐信诚松了口气。

池穗穗想起一件事：“还有，之前那个口红印，那是我画上去的。”

齐信诚露出怀疑的目光，画出来的……自己认错了女儿的唇形，还说那唇形像自己……打脸了。齐信诚放下勺子，绷着脸转移话题：“不行，哪有这样的好事，不订婚就结婚？必须要订婚。”这样还能推迟女儿结婚的时间。

“你自己的想法呢？”池美媛温柔地问。

“我说实话你们想听吗？”池穗穗没有直接回答，而是抛出了一个问题。

“好了，我知道了。”齐信诚面无表情，“穗穗你不用说了。”女儿的意思还不够明显吗？她心里的想法恐怕早就是确定的。

吃完晚饭，池穗穗将今天收到的一些快递和外卖整理了一番，虽然每个网友送得少，但会集到一起就多了。礼物大多数是吃的，其中还有一条云南火腿。林林总总的礼品，让一家人都很吃惊。还没看网上新闻的齐信诚沉默了半天，指着礼物问：“这都什么情况，谁送的？”

“陌生人。”池穗穗想了想，给出这三个字，又补充道，“他们以为你女儿很穷。”

齐信诚心想：怎么没人给我送？

池穗穗顺带说了下怎么回事，让齐信诚好生吃醋。他也想吃女儿做的鱼，这下更不能让她早结婚了。

等收拾好已经是半小时后，池穗穗洗了洗手，问：“爸，我准备弄一次抽奖，算是澄清一下我没那么穷。”

“这很好办，直接让公司官微转发你的微博。”

“不用。”池穗穗摇头。这样前后差距大，再说她当记者，难免会曝光一些企业，到时候扯到自家公司上，就更不好了。

“送点儿礼物？”齐信诚思考了片刻，“要不你就直接送钱，让他们自己想要什么买什么。”

池穗穗眼睛一亮，这样还真可以。

“那你要抽多少钱？”

“几万块够了吧？”池穗穗对这些没有概念，甚至没想好怎么抽，所以暂时给了个模糊的答案。

“不行，太少了，不符合咱们家的原则，爸爸赞助你。”齐信诚大手一挥，递出一张卡。对于别人对自己女儿散发出的善意，他很感激，也很喜欢，大方点儿没什么。

池美媛看了一眼："私房钱？"

齐信诚的手停在半空中，他向女儿投去求救的目光。

"爸，你还有什么想法？"池穗穗觉得好笑，解救了他，"都说一说。"

池美媛是懒得追究，偏过头："家里的零食也可以送。"

齐氏做的是食品生意，现在已是国内知名零食公司，每年销售额惊人，之前有投票显示齐氏是现在最受欢迎的零食品牌。尤其是对于网上的年轻人来说，零食大礼包更为抢手，送人最方便不过。

"你妈说得好。"齐信诚先拍起了马屁，"最少也得十几万，刚好咱们公司出了新礼包，也每个人送一份。穗穗，这种事不能抠门。""池·抠门·穗穗"理直气壮地接了卡。

抽奖的事还得慢慢来。池穗穗第一次弄抽奖，决定弄个好点儿的，不出差错，还准备参考一下苏绵的意见。毕竟苏绵长期活跃在微博上，对这样的事应该有点儿心得。

星期一上班后，办公区里大部分人在说名单的事，苏绵一大早就去主任办公室据理力争了半小时，终于将接力游泳项目的四个人放上了自己的名单。但是她就只能采访这一个项目，不能有第二个了。

"我这是在合理利用规则。"苏绵鼓着脸坐回自己的位置，"主任看我的眼神都是这样的。"她惟妙惟肖地模仿了一下。主任是个接近五十岁的大叔，脾气不算好，甚至可以说是暴躁，被苏绵这么一模仿，有种诡异的萌感。

池穗穗莞尔："没骂你还好。"

苏绵说："主任骂人那可不得了，上次张悦然迟迟没写好采访稿，差点儿被骂哭，太可怕了。"

池穗穗轻咳一声，苏绵说起这件事来就津津有味，对于池穗穗的咳嗽声也没觉得哪里有问题："是不是哪里不舒服？"

"苏绵，看来你对我很有意见。"主任阴沉沉的声音从苏绵的背后响起。苏绵后背发凉，苦着脸转身开口："主任，我没有意见，您做得非常好！"

主任冷笑两声，回了办公室。等他离开，苏绵更沮丧了："主任什么时候来的啊？”

池穗穗收拾着自己桌上的草稿纸，挑了挑眉道：“放心，你又没说什么，主任不会放在心上的。”苏绵又是一阵唉声叹气。

池穗穗写的第一个人是贺行望，第二个人是一名击剑运动员，她对击剑这样的项目十分感兴趣，正好借着采访去感受一下。

半小时后，苏绵“满血复活”，又兴致勃勃地问：“穗总，你想采访的是谁啊？”

池穗穗挑眉：“你梦想的。”

她梦想的？苏绵脑子飞快地转了个弯，一下子睁大眼，说话都结巴起来：“真……真的吗？”

池穗穗点头：“真的。”苏绵兴奋得脸都红了。在她的记忆里，池穗穗想要做的事情好像从来都没有失败过，采访贺行望这件事应该也是有把握的。她的梦想果然成真了。

正说着，办公群里发了新通知：“名单尽快交上来。下午两点半，全体去会议室开会。”

“要说名单的事吧。”

“哎，你都写了谁啊？”

“就很普通的，没什么，我都不抱希望了，你呢？”

能被人记住的运动员就那些，部门里十几个记者，总有撞上的，最后能抢到的是谁也不一定，所以现在大家都互相隐瞒着。

池穗穗坐在窗边——办公区里唯一清静的地方，她打开文档，确定名字在上面，然后将文档发到了主任的邮箱。她刚关闭文档，手机就振动了一下，是苏绵发来的消息：“穗总，刚刚张悦然从你背后路过，还偷瞄了你的电脑屏幕一眼。”池穗穗抬头，往右侧方看了眼。

张悦然刚坐回自己的位置，心脏怦怦地跳。她看到池穗穗写的居然是贺行望的名字！池穗穗知道自己几斤几两吗？被学校安排送了一次花，池穗穗就以为自己能采访上贺行望？张悦然正胡思乱想着，忽然似有所感，抬头对上了池穗穗看过来的双眼，那眼里连气愤都没有，冷静又平淡。

张悦然咬了咬唇。池穗穗像是知道她刚刚看到了文档内容，但又没将她放在心上似的，这种无视让她更不能接受。

下午两点半，会议室里坐满了人。因为每个人的名单都很短，所以，主任将大部分记者的名字和他们自己定的采访人选放在了同一页上，用投影仪清清楚楚地显现出来。等大家看完第一页，他又翻到第二页，上面只有两个人的名单。全会议室的人的目光，一时都不由自主地转向坐在那里的池穗穗和张悦然的身上——两个人都写了贺行望的名字。

"她们可真敢写。"有人小声地说了一句，"我看主任会打回去的吧。"细碎的议论声响起。

苏绵立刻瞪着眼，压低声音说："她今天和陈姐聊天时明明不是这个名单。"

池穗穗神色很轻松："让她写，没什么。"

苏绵说："正大光明地写是没什么，这是偷看后临时起意改的，我就觉得不好。"

池穗穗眨了眨眼睛："你信她还是信我？"

苏绵说："当然是你。"

池穗穗说："那你担心什么。"

苏绵心想，当然要担心了，可和池穗穗一对视，就感觉她那双漂亮的眼睛仿佛会说话似的，而且说的还是这个采访她拿定了。

"我就是气不过。"苏绵小声地吐槽，又摇头道，"肯定是穗总你更好。"

池穗穗本人十分淡定。张悦然到底是不是真偷看了，这件事她无从得知，但是她之前看张悦然的时候，对方明显是心虚的模样。池穗穗眉眼含笑，写就写了，她也没权利让旁人不写，张悦然的行为根本不算什么，之后谁有本事拿到采访才是真的。

主任敲了敲桌子："因为有重复的，又没有更好的理由，所以我打回去了一些，到时候重新交名单。"他报了几个人的名字。直到最后，主任才问："池穗穗，张悦然，你们两个也有重复的，你们谁有把握采访到贺行望？"这话一出，全会议室的人耳朵都竖了起来。其他人当时也想写贺行望，但是最后自觉没有把握，与其被主任骂一顿还不如自己先删了。早知道有人写，他们当时就不删了。

“主任。”张悦然率先开了口，“贺行望拒绝庆城电视台的理由，我打听到了，是丑闻。”

主任示意她继续说。张悦然看了池穗穗一眼，笑着说：“贺行望的标准高，但也不是从不接受采访，只是很少。我从进入这个行业以来，履历一直都是干干净净的，从没报道过不适合的新闻，所以我的机会很大。”这么一说，似乎还真有点儿道理。其他人的眼神又转向池穗穗。上次池穗穗泼了学历造假的那个导演的事，虽然最后的结果是正面的，但贺行望接受采访的标准高，指不定就不答应了。

池穗穗靠在椅子上，转着手中的签字笔，神色淡然，朝苏绵丢了个放心的眼神。受访者本人都同意的采访她拿不到，那岂不是太丢脸了。

“况且,我和贺神算是老乡。”张悦然这话说出来,大家没忍住,憋着笑。

苏绵翻了个白眼：“那我们不仅是老乡，还是校友呢，穗穗还和贺神有过接触。”

“那是学校安排的。”张悦然说。对这个回答苏绵感到无语，张悦然可真是够强词夺理的，学校这样安排说明对穗总充满信心。

会议室里安静下来，直到响起一声：“但他接受了。”

主任和张悦然都不由得看向池穗穗。池穗穗抬起头，眉眼冷艳，不紧不慢地开口：“所以他对我，并不讨厌。”

会议室里众人讨论了起来。

主任这么一想，觉得池穗穗采访到贺行望的可能性更大，但他不能这么明说，张悦然的话也不无道理。他拍了拍桌子：“你们两个人说得都有道理。这样，你们两个人都去，最后看谁的采访稿更好，我就送谁的上去，给你们一个公平竞争的机会。”他一锤定音。

会议结束后，众人回办公区。

走廊上，苏绵闷闷不乐：“主任这是什么意思，明显你更有优势，照张悦然的意思，那我也能去采访了。”

池穗穗噘了噘嘴：“别想了。”

正说着，后面传来一个声音：“池穗穗，你站住。”

池穗穗转过头，看到张悦然一边向她走过来，一边还不忘挑衅："抢了你的采访，真是不好意思。"

"抢？"池穗穗咀嚼着这个字。

张悦然说："这个行业是要看资历的，不要怪我没提醒你，一个新人，别一天到晚想着出大新闻。"她比池穗穗早来半年，勉强算是个老人。

池穗穗懒得搭理张悦然，说："苏绵，走吧。"

张悦然见她又一次无视自己，气得牙痒痒，在背后叫出声："贺行望的采访，你输定了。"张悦然的声音在会议室外不长的走廊上回荡。

临到转角处，池穗穗才偏过头，视线落在她身上，漫不经心地开口："是吗。"

张悦然被她的眼神钉在原地。明明是一句反问，她却听出了陈述句的语气。

其实主任的想法是两个人去，万一其中一个人成功了，总比一个人去了，最后失败了好。至于是张悦然还是池穗穗成功，他并不能肯定，但他比较看好池穗穗。池穗穗虽然是新人，但是行动力惊人，每次交上来的新闻稿都极为漂亮，一看就是用了心的。最主要的是上次的学历造假新闻，可以说是让他们部门春风得意。主任见过的人太多了，池穗穗是这个部门里最特殊的一个，一看家庭背景就不一般，不然哪儿能刚被导演诋毁，导演就被曝出丑闻？这后面没有推手，他把头砍下来当皮球踢。

整个下午，办公区气氛诡异。

傍晚下班后，苏绵和池穗穗一起去吃烤肉。电视台附近的这家烤肉店在南城很出名，她们之前实习的时候就来过几次，不预约根本不行。

"我上午还在说张悦然被骂哭可怜，下午就出这种事，好打脸。"苏绵恨恨地咬了块肉，她感觉自己眼瞎了。

池穗穗微微一笑："别想这个了，苏绵，你经常玩微博，帮我参考一下微博抽奖。"

一提起这个，苏绵就"原地复活"了。大概是之前池穗穗发的微博起作用了，没人给她点外卖、寄包裹了，但她的"贫穷人设"还在。她的最新微博底下都是心疼她的评论。

池穗穗说着，登录了微博，进去看了眼，关注她的人数变少了，粉丝数增长趋于稳定。这一次，她涨了十万粉丝。上次被骂的网友本来是打算找池穗穗滥用贫困生助学金的证据的，结果一上 S 大的官网就震惊了，贫困生助学金名单里没有池穗穗的名字，国家奖学金名单里池穗穗倒是次次上榜。这哪是“锤”人的理由，直接让网友的同情心又泛滥了起来，更坐实了池穗穗求学少女的名头——励志又积极。这样的池穗穗，大家有什么理由不喜欢她！

“穗总，你自己有什么想法？”苏绵先问了一下，“等你说完，我再补充补充。”

烤肉店里气味很大。池穗穗将头发随手拢了起来，用皮筋扎好，白皙修长的天鹅颈线条流畅又漂亮，苏绵差点儿看直了眼。她往周围瞄了下，有不少和朋友来的男生有意无意地朝这边看……穗总魅力真大。

“我这边目前的想法是抽现金，然后送零食大礼包。”池穗穗说得很简洁，“初步想法。”

苏绵点了点头，说：“我也喜欢现金，收到钱很快乐，比送东西好。那穗总，你打算抽多少现金啊？”她觉得以穗总的性格，最少也得有几万块吧。

“十六万。”池穗穗比画了下，十指纤长，“零食礼包是齐氏新出的，够吗？”

苏绵沉默几秒，看了看她脸上的表情，确定她没在开玩笑：“好，够了。”先不说这现金，就那齐氏新出的大礼包，她前两天去逛了淘宝，这次的暑期大礼包价格不低。

打扰了，她这个参考员并无发挥的余地。

苏绵最终没有提出任何想法，池穗穗把内容确定下来，组织好语言就发了条微博。如果池穗穗是以齐家大小姐的身份曝光的，现在抽奖的金额会更大，但她现在只是记者，奖品不适合太夸张。但她也怕抽少了，显得抠门。

“好了吗？”苏绵也掏出了手机，兴致勃勃，“我要当第一个转发的、第一个中奖的！”

“好了。”池穗穗眨眼。

苏绵立刻刷新了主页，看到了最新一条微博，前面一段感谢的话她随便浏览了一下，便直接拉到了最后的抽奖部分。池穗穗：“抽十六位粉丝平分十六万现金红包、二十位粉丝送齐氏的零食大礼包，谢谢大家。”虽然已经知道了，但苏绵看到文字时还是有种被闪瞎眼的感觉。池穗穗看起来好有钱哦。

池穗穗刷新了一下评论区，看到目前已经有了好几百条回复，热评第一只有一个“？”。还有一堆评论问她是不是被盗号了。

“这还是我前两天喜欢的那个励志女孩儿吗？”

“啊啊啊，穗穗你——你这是把全部身家拿出来抽奖，接下来的生活怎么办？”

“要开始吃咸菜馒头的生活了吗？”

“好心疼，好心疼，不要抽奖了，我们都是自愿的，你拿回去买点儿好吃的吧，养一养，你看你多瘦！”

当然也有觉得很好玩的网友说：“许愿：希望我和博主一样穷，穷到拥有十六万，就算只有一万也可以。”

池穗穗和苏绵看着评论区，陷入沉默。微博私信里也开始有网友发来微博红包，池穗穗觉得明天上班，可能又要收到一大堆外卖了。

第二天上班，池穗穗果不其然又收到了礼物。

“穗穗，你可真大方。”有个同事调侃道，“抽奖居然抽十六万现金。”池穗穗都这么抽奖了，居然还送礼物过来，现在的网友都是这么大方的吗？

池穗穗只是淡淡地笑了笑。部门里的人都清楚这是怎么回事，她本人也没有立“贫穷人设”，网友的想法改不过来不是她的问题。不过池穗穗倒是觉得网友怪可爱的。她刚坐下，张悦然就从主任办公室出来了。没多久，部门里的人都知道张悦然去找主任要了技术最好的一个摄影师，美其名曰是为了采访，仿佛她已经把采访拿到手里了。

“还没采访，这么趾高气扬的干什么？”苏绵一来上班就看到这一幕，“穗总，你什么时候去？”

“下午。”池穗穗对这个采访不急，这周都有时间。

“如果有机会的话，穗总，你一定要帮我带个签名。”苏绵做出拜托的手势，“回来我请你吃烤肉。”

“好。”池穗穗莞尔。

办公区不大，聊天的声音所有人都能听得见。

张悦然一听池穗穗要下午去，连忙给摄影师发了消息：“我们中午吃完饭就走，我待会儿和射运中心那边联系。”反正她就是要比池穗穗快。她看到池穗穗那么轻松的样子，撇了撇嘴，这么重要的采访都不放在心上，还有签名是那么容易拿到的吗？

池穗穗并不在意张悦然，她打开微信，给贺行望发了条消息：“我打算下午去，你今天下午有时间吗？”

池穗穗发完微信，将手机丢到一边，写完材料再次打开的时候已经接近中午，贺行望回复：“有。”

池穗穗：“那你等我。”

这边的贺行望看到简单的四个字，目光定在上面，半晌才从“等”这个字上移开。他停在原地几分钟没动，教练朱和光以为出了什么问题，走过来询问：“行望，怎么了，新枪用得不顺手？”

这可就是大问题了。现如今他们的训练重点就是11月的世界杯和世锦赛，这时候发现不顺手还可以改回来。

“不是。”贺行望偏过头，嗓音低沉如水，“下午会有记者过来采访，我预留一下午的时间。”

“不是就好……”朱教练愣了一下，差点儿以为自己听错了，难以置信地问，“采访？采访谁的？”

贺行望说：“我的。”

朱教练露出怀疑人生的目光。贺行望不仅接受采访，还预留一下午的时间，这是普通的采访，还是要做纪录片啊？猜测归猜测，朱教练还是应了下来：“记者过来前应该会联系这边的，哪个电视台的？”

“南城电视台。”男人的声音低沉清越，如风过林梢时发出的簌簌声响。

“好，我知道了。”对于本地的电视台，大部分人会抱有好感，况且能让贺行望接受的必然是出色的，朱教练说，“人到了我跟你说。”

贺行望嗯了声，再度握上了那把枪，动作流畅，看得朱教练不止一次地感慨：能把这动作做得这么漂亮、这么赏心悦目的，他只见过贺行望一人，不怪贺行望的粉丝那么多，连国外都有。才第一枪就 10.6 环，朱教练背着手站在原地，暗叫了声好。

几年前，他被朋友邀请去南城最好的射击俱乐部，看到了当时正值少年的贺行望和朋友在玩射击。他在旁边看了半天，确定这是个射击天才，想去问身份，结果俱乐部隐私性太强，他没得到答案，但是他运气好，出门后碰上那个少年了。谁知道这少年背后是贺家，家世优渥，长大就能继承贺氏，想也知道他不可能放着好好的富家子弟生活不要，天天待在射运中心里受苦受难。结果他还是说服了贺行望。

“还是我慧眼如炬啊。”朱教练摸了摸自己的光头，乐呵呵地离开了场馆，准备去等记者。他倒要看看哪个记者可以达到贺行望的标准。

刚好路过的李怀明走过来：“教练，你在自言自语什么啊？”

朱教练板住脸：“你不在训练，在干什么？你不会也在等着记者来采访吧？”

“记者？”李怀明问，“什么记者？采访谁啊？”

“反正不是采访你的。”朱教练瞪了他一眼，“你今天训练时间要是没达到标准——”

李怀明看了眼刚刚教练来的方位，恍然大悟：“不会是采访贺神的吧，他上次还说他家里有记者来着。”

朱教练心神一动，刚到办公室，就有人和他说：“朱教练，有南城电视台的记者打电话过来，我转接到您办公室了。”

朱教练立马接通。

“您好，请问是射运中心的朱教练吗？”张悦然正坐在车内，“我——”

“南城电视台的记者？”朱教练问。

张悦然一愣，没想到对方居然认出来了：“对，我是南城电视台的记者，想要采访一下贺神。”

朱教练说：“好，你们过来就行了。”

张悦然半天才反应过来："直接过去？"

一听这女孩儿反应这么慢，朱教练更好奇了，说："对，直接过来就行了。"

挂断电话后，张悦然还有点儿不敢相信。

"怎么，那边说可以采访？"摄影师没听到内容，好奇地问，"让我们直接过去？"

"是啊。"张悦然回忆了一下，"他还知道我是南城电视台的，我没提前和他打过招呼啊。"那边也不可能未卜先知，难不成是池穗穗打过招呼？

张悦然心里突然冒出来这个想法，咬了咬唇，要真是池穗穗提前打招呼的——同家电视台，为自己作嫁衣，只能说池穗穗倒霉了。但也可能是主任打过招呼。张悦然觉得池穗穗一个小记者应该没有这么大的能量，主任对这事这么重视，估计提前说过。摄影师就见她突然莫名其妙地笑了起来，然后她说："运气好也是一种本事。"先来的人，总会比后一个好，就算是池穗穗打的招呼，那也是池穗穗自己迟来了，不关她的事。

南城电视台的上班时间还是稳定的。午休时间结束后，苏绵就发现了张悦然没回来，不仅如此，她要的那个摄影师也离开了。

"动作还挺迅速。"苏绵一提起她就忍不住开口，"贺神会拒绝她吗？我第一次希望贺神能够冷淡绝情点儿。"

池穗穗正在整理自己的东西，准备待会儿和摄影师出发去射运中心，听到她的话，说："不用管她，她能采访到也影响不到我。"

"为什么啊？"苏绵问出声，又很快反应过来，"我懂了，她采访稿比不过你更刺激。"

张悦然自尊心强，当初被主任一骂就哭，要是辛辛苦苦写的采访稿被否决，估计更气。苏绵不觉得这事自己想得恶毒。张悦然早在写上贺行望名字的时候就该知道，一切以工作能力为准，主任只会选更出色的，更别提这采访视频最后会上电视。

几分钟后，摄影师过来了。摄影师妹子是上次和池穗穗一起去采访那个导演的人，两个人已经合作过不少次。

“穗总，我的未来就交给你了。”苏绵郑重其事地将一张漂亮的信纸递给池穗穗。

池穗穗调侃道：“会把你的未来带回来的。”

“感谢穗总。”苏绵看着她离开的背影，姣好修长。

射运中心距离电视台有点儿远，张悦然到的时候刚好是两点。有朱教练提前打的招呼，她和摄影师一路畅通无阻地进去，等来到场馆内，十分钟又过去了。

人物采访和普通的采访不一样，记者要提前了解对方的经历，对于比赛的项目也是要了解的，再深入一点儿，其中的一些隐性规则也要知道。张悦然背了几个小时的项目相关知识，听着里面传出来的枪声，确定自己万无一失：“走吧。”里面有安排好的地方。

贺行望倒了杯水，稍稍抿了口，这时，敲门声响起。猜是池穗穗来了，贺行望走过去开门。门外站着两个人，贺行望的眉瞬间皱了起来。

张悦然没想到会是贺神亲自开门，此刻，只在电视新闻上见到过的冷峻容颜距离她不过一米。她下意识地撩了下头发，微微一笑：“您好，我是南城电视台的记者张悦然，您叫我悦然就好了。”

南城电视台？贺行望眉心紧蹙。他确定池穗穗说的是她自己来采访，以她的性格，这样的事情不会让别人过来代劳。

“麻烦让开。”贺行望向她身后的走廊看了眼，空荡荡的。他声线冷淡，眼皮子撂下来。

张悦然的表情差点儿僵住，她还以为自己听错了：“您是不是有什么误会？来之前朱教练和我通电话时说可以的，直接过来就行……”摄影师在后面也觉得尴尬。

面前的贺行望目光深邃，双唇半抿，下颌处的线条精致完美，比从电视上看还要好看。摄影师下意识地想打开摄像机，手才刚碰到开机键，一道冰凉的视线就扫了过来，黑眸中隐约露出一些不耐烦。

摄影师顿住，没敢再开。

“错了。”半晌，贺行望声音低沉地说。

她哪里说错话了？张悦然怎么也没能想通，觉得情况不太妙，嗓音变柔："我进入新闻行业一年，本本分分，从没有过丑闻，我相信您会满意我的采访的。"

张悦然对自己的外貌有自信，走在路上也会有人找她要微信。她刚想抛一个媚眼过去，贺行望就冷淡地开了口："不接受采访。"然后门就在她的眼前关上了。

随着门合上，张悦然下意识地后退一步，小声惊呼道："啊！"

"你没事吧？"摄影师小心地问。

"你看我这样子像没有事吗？"张悦然跺了跺脚，"什么情况，贺行望脾气这么差。"他怎么能对漂亮女生这样？张悦然做记者一年来，第一次碰到这样的情况，明明之前朱教练答应得好好的。

"你们站在门口干什么？"朱教练从后面过来，本来打算来看看采访有没有问题，结果就看到那个女记者在那里发火。

张悦然重新挂上笑容道："朱教练，我来之前和您通过电话的，您还记得吗？"

"记得。"朱教练因为有一颗光头，显得有些温和。

"贺神刚刚说不接受采访。"张悦然露出沮丧的表情，"是不是我哪里说错了话？"

"不接受？"朱教练敏锐地捕捉到这三个字。他知道半小时前贺行望就来这会议室了，再加上之前训练馆里的对话，贺行望明显是在等南城电视台的记者的，怎么突然又不接受采访了？

朱教练看了张悦然一眼，推开会议室的门，就看到站在窗边的贺行望："行望。"

贺行望转过身，说："教练。"

"南城电视台的记者站在门外。"朱教练疑惑地道，"怎么，不是说接受采访吗？"

"不是她。"贺行望言简意赅。他的手机振动了一下，是池穗穗发来的消息："我正在路上，还要半小时左右。"

他指尖跳跃，回复："好，我等你。"

朱教练还要说什么，自己的手机响了：“朱教练，又有南城电视台的记者打电话过来，说是要采访贺神。”自己还真认错人了？

池穗穗等了半天才和朱教练通上电话：“您好，朱教练，我是南城电视台的记者池穗穗。”她声音不小，朱教练和贺行望离得近，贺行望能听见。

朱教练看到贺行望点头，又看了眼门外，有点儿尴尬地说了同样的话：“池记者，你直接过来就行。”挂断电话后，朱教练觉得自己好心办坏事，咳嗽了几声，主动出去关了门。

“朱教练……”张悦然一直等在门外。

朱教练露出一个完美的笑容，问：“张记者，你们电视台就只有你们过来？”

张悦然顿住。饶是想否定，她也不能开口，只能实话实说：“不是，还有一个记者，但是我是最合适的。”

朱教练一拍手，缓缓开口：“好，我知道了，你先跟我在中心里逛一逛好吧，可以拍的东西很多，我们射运中心的运动员训练起来……”张悦然迫不得已被带离了原地。不仅如此，她还被朱教练带着在场馆里到处逛，他一会儿让他们拍拍其他运动员的训练，一会儿让见见刚换的几把气手枪，讲解起来没完没了。

“接下来我们去看看食堂，我们射运中心的食堂可以说是最好的，还聘请了几位专业的——”

“朱教练。”张悦然忍无可忍，“朱教练，既然刚刚没采访到贺神，我明天再来试试，食堂就不参观了。”

“是吗？”朱教练又说，“张记者，你真不准备再拍点儿这里，你看我们这儿，这多好的素材啊……”

“我明天再来拍。”张悦然咬牙道。

“好吧，那我就不送了。”朱教练摸摸头，看着张悦然和摄影师离开的背影，也转身离开了原地。

张悦然松了口气。她恨不得立刻就离开这啰唆的教练，便和摄影师打了个眼色。等朱教练的身影消失，张悦然才重新停住：“走，我们回去再看看，死缠烂打总会成功的吧？”

摄影师苦着脸：“那刚刚的视频要删了吗？”他拍了好多乱七八糟的素材，偏偏朱教练嘴上说着这个要拍，那个也要拍，半小时里，他们拍了太多枯燥的镜头。

张悦然一瞪眼道：“不删留着过七夕吗？”

池穗穗到射运中心后，被人带着去会议室。

“今天居然这么顺利。”摄影师妹子有点儿开心，“我感觉我们采访成功的可能性非常大。”

一声笑突兀地从前方传来。张悦然站在会议室门外的走廊上，看着池穗穗窈窕的身影：“有人还在做梦呢。”她摆脱朱教练后，趁机回来了这里。

门还是没开，门内甚至都没声音，她怀疑贺行望早就离开了。张悦然不想空手而归，这样会让自己沦为笑柄。尤其是她知道今天下午池穗穗要来，她要等着看到池穗穗也铩羽而归才回去。

走廊上高跟鞋落地的声音很清脆，又富有节奏。池穗穗走到门边，看了眼自己的摄影师，嘴角一挑，故意说：“开拍吧。”摄影师妹子和池穗穗合作了很多次，知道她的意思，立刻点了点头，然后打开了摄像机。看热闹不嫌事大，摄影师妹子对准张悦然，给她来了个近脸拍。

张悦然差点儿被气死，但她知道自己现在该怎么做。旁边她自己的摄影师连安抚的话都没来得及说，就听见她开口：“穗穗。”

池穗穗淡淡地看了她一眼。

张悦然说：“我比你先来，所以作为前辈，我正好提醒你一下，恐怕你来了也没用，贺神今天不接受采访。”

“是吗？”池穗穗若有所思。

“我还能骗你不成？”张悦然微微一笑，“这是贺神本人的话，我代为传达。”

池穗穗被她这人前人后两副面孔逗笑，随着张悦然最后一个音落下，会议室的门突然被打开。池穗穗刚想开口，垂在身侧的手腕一紧，她猝不及防地被拉进房间，撞上了一个坚实的胸膛，熟悉的气息席卷而来。

张悦然震惊得呆立在原地。在她眼前，门重重合上，掩住两个人交叠的身影。

门后是安静的会议室。池穗穗是真没想到贺行望会突然开门，甚至在她没有做好准备的情况下将她拉了进去。门合上的一瞬间，她看到了三双震惊的眼睛。也是，换了她，她也震惊。

池穗穗今天穿了高跟鞋，被拉进去时不可避免地踉跄了一下才站稳，手腕还被圈在贺行望手中，鼻尖上萦绕着男人身上的气息，沉而冷。池穗穗一抬头就看见贺行望眉峰皱起的脸，离得近了，连他瞳孔中倒映的自己都能看见。

“刚到？”大约是身体接触的原因，贺行望的声音仿佛带着电流，酥酥麻麻地蔓延至池穗穗的耳边，又到心口。她回过神：“嗯，怎么了？”

贺行望很少和池穗穗这么近距离接触，在他印象中就只有小时候这样做过，那时候他们对男女之别并不在意，在柏岸公馆这么几年，他们也一直都是有自己的房间。怀中的女孩儿和她明艳的长相不同，身上的味道有点儿清香，如初春的草木，贺行望握住她手腕的手指指尖轻微地动了下。

“你先放开我。”池穗穗呼出一口气，刚说完，修长的手指便松开了她。

她稳住呼吸，从他怀中起来，靠在门上：“听她说的，我还以为你真不在这里。”看张悦然说得信誓旦旦的样子，她还以为贺行望临时改主意了，没想到还真在等她。

“等多久了？”池穗穗问。

“没多久。”贺行望淡淡地道。

池穗穗突然叫了声：“贺行望。”

“嗯。”男人微低头，看见面前的女孩儿眼尾弯弯，明亮的眼眸中藏了星辰似的，然后他就听见了一句话：“你把我的摄影师关在门外，这是要让我一个人自力更生给你做采访吗？”

与此同时，门外走廊上也是突然诡异地安静了下来。张悦然盯着那扇在她面前关上的大门，满眼都是难以置信和不可思议之色，甚至觉得惊悚。

贺行望把池穗穗拉进了房间里？张悦然一想到这个事实，脑袋里就有点儿困扰，这仿佛是她觉得最不可能的事情。

“这……我们回去吗？”她的摄影师小声地开口，“你也看到了刚刚什么情况，我看我们这次就是采访不到了吧，贺神他和池穗——”

“闭嘴。”张悦然一个眼刀子飞了过去。

在他们眼中，贺行望是遥不可及的人物，而池穗穗是和他们相处几个月的同事，可以说是毫不相干的两个人。张悦然恼怒地看了看门，最后将目光放到了池穗穗的摄影师妹子身上：“你知道他们什么关系？”

“什么什么关系？”摄影师妹子又把问题抛了回去。她可不是傻子，知道也不会说，更别提她完全不知道这是什么情况，都惊呆了！今天来的路上，她还说自己要多拍拍贺神的盛世美颜，结果一转眼池穗穗就被贺神拉走了，两个人单独相处！

“你肯定知道点儿什么。”张悦然紧紧地盯着她，“你们来之前，有没有和射运中心打过招呼？”摄影师妹子还没开口，门突然开了。

池穗穗站在门边，唇角上扬：“进来吧。”

门外的三个人齐刷刷地看向她的身后，在这仅仅露出的一小部分空间里，没看到贺行望。张悦然心思一动，快步就要往里走，被池穗穗挡住：“不好意思，采访时其他无关人员不便在内。”

“与我无关？”张悦然指着自己，“穗穗，我们是同一个部门的，采访时合作一下也没什么的。”

池穗穗挑了挑眉，对摄影师妹子伸出手，摄影师妹子赶紧扛着摄像机进去，还没看清里面的情况就下意识地叫出了声。

门再度关上，张悦然烦躁得不行，尤其是最后摄影师那一声惊呼，更让身为记者的她抓耳挠腮地想：里面到底有什么？摄影师怎么会这么惊讶？

摄影师妹子一进门就看见贺行望站在门边，只不过刚刚因为池穗穗只开了一边的门，他们在外面看不到贺行望站在池穗穗身边而已。这么近距离看，贺神真的是超级好看！而且贺行望和池穗穗站在一起给她一种很和谐的感觉，可是明明看起来他们是两个世界的人。

摄影师妹子摇了摇头，觉得那是好看的人站在一起给她的错觉。摄影师妹子咽了咽口水，又眨眨眼，小声问："穗穗，咱们现在就开始采访吗？"

"对，现在。"池穗穗嗯了声，转向身旁沉默寡言的男人，"贺神现在方便吧？"

这两个字从池穗穗的嘴里说出来，轻盈又简单，贺行望垂下眼帘，低声回应："方便。"

池穗穗对于这次采访很重视，这也是她第一次正式地面对贺行望，第一次采访他。她不希望自己出现问题。对于贺行望的成绩，包括一些行程，池穗穗很清楚，毕竟他们是住在一起的。她在沙发上坐下来。

"这次采访我准备了几个问题。"池穗穗让摄影师重新拍摄，"有些不方便回答的可以拒绝。"

贺行望第一次听见池穗穗这么一本正经地说话，公事公办的她看上去相当锐利。摄影师妹子本来以为贺行望会坐在池穗穗的对面，结果看着摄像机的眼睛都瞪大了——贺神坐在了池穗穗的旁边！她张了张嘴，半天也没说出一个字，最后还是闭嘴，决定装作什么都没看见。

池穗穗微笑着开口："前段时间的慕尼黑世界杯中，您在男子 10 米气手枪项目上获得了金牌，拿到了奥运会的入场券，对于自己的成绩您有什么想说的？"

射击世界杯比赛分为好几站，慕尼黑只是其中一站，11 月份的总决赛也会是重点。

"挺好的。"贺行望回答得很简单，但单纯回答这么三个字似乎不太好，想了一下，缓缓开口，"发挥比较稳定，在我的意料之中。"

池穗穗知道他的性格，问的问题也是比较专业的。一开始她还有点儿不太适应两个人采访人和被采访人的关系，几分钟后就已经相当习惯了。

摄影师妹子在一旁听了半天的问题，从一开始在心里惊呼"天哪，池穗穗连这个都知道！""妈呀，这不是绝密消息吗？"，到后面已经麻木了。池穗穗好像对贺行望的一切都了如指掌，摄影师妹子之前也是查过资料的，结果这么一听，甚至怀疑池穗穗天天住在射运中心里。将近十个问题后，单独面对面的采访也到了尾声。

池穗穗收了自己的采访稿，望向对面的男人："所以，对于接下来11月份的世界杯总决赛，我们相信您会更好。"这是最后一句话，她说得很慢，眼眸清亮，"当然包括我。"

"结束了？"贺行望问。

"对啊。"池穗穗唇角一翘，"已经过去一个多小时了，耽误贺神的时间了。"有别人在，她没有太放肆。

贺行望垂下眼帘："没什么。"

在摄影师妹子低头整理摄像机的时候，池穗穗对贺行望眨了下眼睛："还有一件事。"她从包里拿出一张信纸，"想让贺神签个名。"池穗穗将纸递到他手边，顺便将自己的笔也给了他。

贺行望手下轻动，漂亮的名字就落在了纸上。

"就写'to（给）苏绵'。"

"还以为是你想要。"贺行望声音很低，一旁的摄影师妹子都没听见，像是两个人在说悄悄话似的。池穗穗说："我不介意你签给我。"

贺行望笔尖一顿，视线在她脸上转了一圈，将纸递到了她手里，问："签哪里？"

一只白皙的手递到他面前，掌心细腻润洁。"这里吧。"池穗穗挑了下眉，眼睛也不眨地说瞎话，"没有带多余的纸。"明明几分钟前她还用笔记本记录采访。

贺行望抓住她的手，手指搁在她的手背上，有些冰凉，黑色的笔尖画在她的手心上。"有一点儿痒。"池穗穗说。她看了眼不远处的摄影师妹子，感觉下一秒对方就会抬头，发现他们在干什么。明明是一件再普通不过的事情，这样偷偷摸摸地做，感觉却很奇妙。

开门前，贺行望最后又嘱咐道："注意安全。"这句明明很公式化的话，却让摄影师妹子忍不住颤了颤睫毛，她感觉有点儿暧昧。

“谢谢贺神。”池穗穗眉眼带笑，尾音轻轻扬起，仿佛带着钩子，勾人心魂。

门外的走廊上已经没了人，张悦然和她的摄影师恐怕气炸了，直接回了电视台。池穗穗两人坐上车后，射运中心逐渐消失在远处。

池穗穗要的签名被拿去欣赏了。摄影师妹子回过神来，不由得懊悔：“我刚刚也应该要签名的，我简直错过了一个亿！”她对着给苏绵的签名不停地叹气，“贺神的字真好看，字如其人，爱了爱了。”

摄影师妹子感慨半天，似乎想起了什么：“贺神也太聪明了吧，居然只听你说就知道‘苏绵’两个字怎么写。”

池穗穗说：“是吗？”

“对啊，穗穗你忘了说。”

“看来是贺神太聪明了。”听见池穗穗这句话，摄影师妹子觉得好像哪里不太对，但她又想不出来。

回到电视台已经是下午四点。摄影师妹子要回去整理拍摄的素材，池穗穗自己一个人回了部门，刚好碰上出来接水的陈如玉。

“陈姐。”

“穗穗。”陈如玉说，“张悦然半小时前回来的。”她朝办公室那边努了努嘴，“一回来就去了主任办公室，看着脸色不太好。”

池穗穗笑了笑：“我知道了。”她径直回了自己的座位，将信纸递给苏绵。

“你的未来。”

“哇！穗总我爱你！你是我女神！”苏绵接过信纸就一顿吹捧，“我要给你写篇小作文！”

“小作文就不用了，别忘了烤肉。”

苏绵点了点头：“记得记得，穗总你的抽奖微博什么时候开奖，我都等不及了。”

“可能明天。”池穗穗正要收回手，苏绵眼尖瞥到一点儿黑色，下意识地抓住她的手。

“穗总你的手上是什么？”白皙的掌心上印着黑色的签名，遮住了一些纹路，龙飞凤舞，行云流水，和苏绵刚刚在信纸上看到的一模一样。

“这是签名吧？”苏绵睁大眼。在她的记忆里，好多粉丝想让贺行望在他们的衣服上签名，结果都没成功。

池穗穗唇角一扬：“是啊。”

话音刚落，主任办公室的门被打开。张悦然拿着一张纸从办公室里面走出来，高跟鞋踩得嗒嗒地响，整个人依旧风风火火的。苏绵背对着她，还在说话：“穗总你告诉我，你和贺神什么关系？我不会告诉别人的。”

张悦然脚步一顿，看着正站在那儿和苏绵拉着手的池穗穗，高声说道：“池穗穗，主任找你。”张悦然的目光也随即落在了池穗穗的手上。因为手被苏绵拉着，掌心朝上，所以张悦然轻而易举地看到了贺行望的签名。虽然看上去没什么，但她觉得这个签名很刺眼，就是在提醒她今天在射运中心发生的事情。

池穗穗从苏绵手里抽回手道：“知道了。”

主任的办公室里就只有他一个人在，池穗穗不止一次进来过。那次泼水事件后，她在这里面和主任聊了十分钟才离开。

“主任找我有事？”池穗穗问。

“坐。”主任手扬了扬，这才开口，“从射运中心回来了，有没有采访到贺行望？”

池穗穗挑了下眉。她可不觉得张悦然什么都没和他说。

“采访到了，素材还在整理。”池穗穗大概总结了一下过程，“估计过两天就能出来。”

“好，那就好。”主任的眼睛笑得眯了起来。

庆城电视台没采访到贺行望，再加上最新的丑闻，现如今都被嘲讽成什么样了？他们南城电视台这时候放出贺行望的采访，台长那边怕是会夸奖他们部门的。主任看了眼池穗穗。他果然没看错人，当初池穗穗来电视台实习的时候，他还觉得她是进错部门了，应该去当新闻女主播才对——

长得漂亮，声音又好听。现在想想，幸好他没放走她。

池穗穗问："主任还有什么要问的吗？"

"咳咳，穗穗啊，"主任先打了个马虎眼，这才开口说，"听说你去采访的时候，态度不太好？"

"听说？"

池穗穗莞尔："谁说的？"

见主任尴尬，池穗穗慢条斯理地开口说："如果这个态度不好指的是无关人员想要干扰我的采访被我拒绝了的事情，那我的态度的确是不好。"她很坦然地承认了。

主任有点儿尴尬。张悦然一回来就和他抱怨，说她先去的，结果池穗穗截和，不仅如此，还对她态度不好，而且池穗穗貌似和被采访人关系匪浅。当然最后这点主任没相信。这要是池穗穗真和贺行望关系匪浅，还能等张悦然开口？早就新闻满天飞了。

"原来是这样。"主任状似恍然大悟地点头，又说，"解释清楚了就行，同在一个部门，还是要好好相处的。"

虽然池穗穗是解释，语气听起来却有点儿盛气凌人。

主任咳嗽一声："你先回去吧，过后把采访视频交给我。对了，你这几天收到礼物的事情，还是要处理一下。"礼物虽然不是很贵，但重点在于多。

池穗穗点头："好。"

她推开办公室的门，就有几个同事看了过来。大家都是老员工，工作上钩心斗角的事见得多了，现在也逐渐趋于平淡，懒得动。

电视台里最不缺的就是互"撕"。台前的主播"撕"，台后的员工"撕"，来台里的一些明星也"撕"，都想着一步登天。张悦然和池穗穗都算是新人。两个新人斗起来，老员工就乐于看热闹。显然，目前池穗穗更胜一筹。

"穗总，是不是她告状了？"苏绵等池穗穗回来，小声地问，"以前怎么没发现她那样。"

“不算告状。”池穗穗说——说成打小报告更合适。

以前在实习期，池穗穗在电视台没有出新闻的机会，顶多写点儿新闻稿，和陈如玉出去跑跑。转正后自己亲自采访，她对自己的要求高，采访的结果也出色，张悦然心有不甘很正常。

苏绵突然一拍手：“你还没回答我之前的问题呢。”她扬了扬签名信纸。

池穗穗摸了摸下巴：“你觉得我们能有什么关系？”

苏绵想象力够丰富，瞬间想了好多种情况，但是最后都觉得不太可能：“我想不出来。”

“在手上签名是我要求的。”

池穗穗撑着脸问：“如果给你这个自己选地方签名的机会，你要不要啊？”

“那肯定要啊！”苏绵想都没想就给出了答案。这么一想，好像也没有什么问题了，贺神这么优秀，穗总欣赏也很正常，只不过可能平时没有在自己的面前表露而已。苏绵越想越觉得自己想得对。

池穗穗一见她的表情，就知道她已经给自己找好了借口。她对苏绵太了解了，这个有点儿“傻白甜”的小苏同志！她低头看向手心，最后用手机将签名拍了下来，保存在手机里。

第三章
娃娃亲

采访视频要过两天才能出，晚上苏绵说话算话，果然请池穗穗吃了顿烤肉。她还幸福地把签名发到了微博上，收获了一大拨贺行望的粉丝的羡慕。池穗穗也趁这时候把微博的奖开了，其实网友发的红包金额都不多，但都是心意，就像点的外卖一样。

“我没有中奖。”苏绵捧着手机等了半天，沮丧地开口，“看来我与小富婆是有缘无分了。”

池穗穗好笑地问：“你自己不是富婆吗？”

苏绵说：“我拥有了贺神的签名，精神上是个富婆，但在物质上还是个穷人。”她大口吃着肉。

池穗穗乐不可支，去抽奖微博下看了眼。

之前池穗穗说出抽奖的内容，其实信的人不多，大多数人被评论误导，真以为她很贫穷。但是今天池穗穗兑奖了，谣言澄清了不少。只不过还是有人在意她之前发的那些微博，猜测她现在在电视台工作能赚不少钱，觉得上大学改变了她的人生。

池穗穗实在没想到自己抽奖还能有这效果，但是不管怎么说，只要是正面的影响，她觉得没问题。她给齐信诚发了条微信："爸，这是零食大礼包中奖的名单，记得发货。"

爸爸："OK（好），OK！"

爸爸："穗穗什么时候回来吃饭呀？昨天刚空运过来的鱼，很新鲜。"

池穗穗："爸，你是想我做鱼了吧？"

齐信诚的回应来得快速又理直气壮："爸爸最近没有胃口，只想吃女儿做的鱼。"

池穗穗忍不住笑了："周末回去。"

齐信诚心满意足了。

池穗穗关了手机屏幕，视线不经意间落在手上。签名因为洗了手已经变得有些模糊，估计今天晚上洗完澡就会完全消失。

第二天，她又去采访了那个击剑运动员，有了采访贺行望的经验在前，这次提前结束采访。两天后，所有的采访视频已经处理好，池穗穗要来视频之后，自己戴上耳机在电脑上看了几遍，确定没有什么问题，也没有杂音。这样的采访视频是要被安排到电视上的，她不允许有任何错误，否则这不仅是对她的否定，也是对贺行望的不负责。更何况这还是她第一次采访贺行望。

采访视频里只有她的侧脸，没有出现正脸，之前大家刚进射运中心时摄影师拍了一些视频，也被剪辑了进去，她和贺行望的对答也很流畅。另外一段采访就更稳定了。池穗穗看了一遍感觉很满意，又让苏绵看看，以第三人的视角确定有没有问题。

半小时后——

苏绵："穗总我爱你！"

苏绵："贺神好帅！穗总好棒！"

微信窗口直接被苏绵的消息刷了屏，池穗穗不用问都知道苏绵很满意这个采访视频。她把文字采访稿也整理好，和视频一起发给了主任。池穗穗敲了敲键盘，找到贺行望的微信："再过几天，采访视频就能播出了。"

她要提醒一下，让他也看看。

星期五下午，部门再度开会。

所有人的采访都已经完成，张悦然因为没有采访到贺行望，最后被主任安排去采访了一个射箭运动员。国内目前基本没什么人关注射箭运动，所以她是非常不情愿的。

主任在会议室里播放了大家的视频，轮到张悦然时，她已经能够冷静面对了。最后播放的是池穗穗的采访视频，她没有多问什么，十来个问题都与贺行望和项目本身有关，很专业。陈如玉暗自点头。

“下周台里就会推出这个栏目，所以现在你们可以先做好准备。”主任又翻到了下一页，“官微会在本周末开始放预告。”而贺行望的采访视频就是他们对这个栏目最大的宣传。

“池穗穗。”主任点名并看向她，“你尽快写一份文案交上来，务必要做到最好。”

“好。”池穗穗应声。

官微其实有专人负责，但发微博的文案这样的事情，自己亲自来比较放心。

散会后，众人离开会议室。

张悦然走到池穗穗身边，低声说：“池穗穗，你比谁都清楚你能拿到贺行望的采访的原因。”

“什么原因？”池穗穗顿住脚步，“不如说给我本人听听。”

张悦然说：“那天贺行望和你姿势那么亲密——”

池穗穗打断她的话：“张悦然，贺行望是一个有思想的人，他自己可以选择做什么，我没有权利要求，你也没有权利。”所以她只是询问贺行望，而不是命令。更别说贺行望当时的行为只是为了拉她进去，很大原因是让她不用听张悦然的话。他们虽然是未婚夫妻，但目前还真一点儿亲密举止也没有。

张悦然的表情顿时僵住。她当然知道，贺行望是射运中心的宝贝，国家顶尖射击手，可以说是代表着国家的形象。再加上他身后是贺氏，财大气粗，极其护短。她不得不承认，池穗穗说的话是对的，这件事全看贺行望本人的意见，她再不甘都没用。

张悦然回过神来："我只是复述一下我看到的事实，监控摄像头也能拍到，你别转移注意力。"她百思不得其解，当时贺行望为什么突然把池穗穗拉进去，这举动太亲密。

池穗穗神色渐凉："作为一个记者，本分是做好采访工作，想其他歪门邪道的事情，不如辞职回家当编剧。"

"你——"

池穗穗从张悦然身旁走过，在她耳侧说："我和贺行望有没有关系不说，和你肯定没有关系。"说完，她抬脚离开。

南城电视台的官微粉丝数很少，所以在放出一系列冠军采访视频预告时，冠军本人转发后才有了几百条评论，大多是冠军本人的粉丝。很多时候，网友并不会关注运动员的微博。

贺行望是个例外。

星期四晚上倒数第二个采访视频结束时，电视和官微上同步给出了采访贺行望的预告，只有简短的几句话，贺行望表现得自信又骄傲。他本人一转发，没多久预告就上了热搜，再加上视频里的他拥有神仙颜值，话题直接登顶热搜榜。

"我居然看到了贺神的采访！"

"上次他不是说不接受采访吗，这是哪里来的惊喜？"

"南城电视台的，关注了，我这个万年看不见一条采访的粉丝好开心啊！"

"贺神的微博都长草了。"

事情一经传播，庆城电视台刚下去的热度又上来了。台长坐在办公室里差点儿没被气出病来：都被人打脸打到家门口来了，偏偏还不能还手，谁让他们理亏呢？

池穗穗翻微博的时候，还看到了一条热门评论是说她的："记者小姐姐的声音好好听，侧脸也好好看，是我爱的风格了。"她感觉有点儿荣幸。

星期五傍晚采访视频正式播出时，射运中心基地的大屏幕上也在播放。朱教练安排了所有的运动员一排排地坐在那儿，认认真真地看贺行望的采访视频，然后回去写一份 800 字的观后感。一群常年不写作文的运动员感觉脑仁儿剧痛。

李怀明问："贺神要写吗？"

贺行望睨他一眼，嗓音低沉地道："你觉得我自己的采访我需要写观后感？"

"也是……"

屏幕上广告过后，进入了正题。

贺行望慵懒地靠在椅子上，看着视频中的自己，还有对面那人的侧脸，绾起的头发下是一段细颈，白得发光。

前面李怀明和苏治两个从来观后感都是瞎写的人反而看得津津有味："上次记者来的时候我都不知道。"

"上次教练带了一个记者来拍场馆，但是好像和电视上这个记者长得不一样。"

李怀明坐在椅子上，发出由衷的感慨："以后我被采访也要选这个记者，什么时候能轮到我们？"

"不急，比赛还有几个月。"苏治说。

"那还是好久。"李怀明指了指屏幕，"你看这一半的脸就知道这个记者很漂亮，声音也好听，问我什么我都会回答的……"

一旁准备附和的苏治只觉得背后越来越凉，回头一看，对上了贺行望漆黑的眼眸。李怀明见他扭过头，也跟着转头，笑嘻嘻地问："贺神，采访你的记者是不是很漂亮？"

"漂亮。"男人指尖轻点，抬起眼睑。

南城所有名媛中，池穗穗的漂亮是公认的，她也是一众大小姐争相学习的对象。小时候的池穗穗就是所有长辈喜欢的女孩儿，如今长开了，更显得明艳，怼人时也不掩风姿。贺神说记者漂亮，那绝对是漂亮。李怀明对他相当信任。觉得哪里不对的苏治也没能按住李怀明那颗蠢蠢欲动的心："贺神，你说我什么时候能点名让她来采访我？"

贺行望看向他，声音不起波澜：“下次比赛上一举拿下多枚金牌，你的愿望就会实现。”

“贺神，我能拿一枚就飞天了，要是能拿多枚，我做梦都会笑醒的。”

“那就去洗把脸清醒清醒。”

这话听着怎么哪里不对？

虽然贺神说的是实话，只有成绩才是他们能够要求一切的资本，而运动员的成绩就是金牌。但是李怀明怎么觉得自己是被嘲弄了呢！李怀明虽气，却又不能反驳。今天贺神怎么这样对他！

等采访视频放完，李怀明也没能看到记者的正脸，有点儿遗憾，当然这也只能在心里说说。大家看完了，观后感也要开始写了。回去的路上，李怀明忽然扭过头问：“贺神，你那个当记者的亲戚采访过你吗？”

贺行望眼眸一亮：“采访过。”

李怀明和苏治对视了一眼。他们当初果然没有猜错，贺神肯定是因为被逼着采访过，所以才会对采访这么抵触。随后两个人又开始好奇他那个记者亲戚到底是谁。

贺行望的资料大部分是公开的，贺氏的总裁和总裁夫人也都是公开的，这位记者亲戚是他们从来没有听到过的人，这得是被逼成什么样才能产生阴影啊？

朱教练过来的时候，李怀明就问出了声：“教练，你知道贺神家里有个人是当记者的吗？”

“不知道。”朱教练一脸冷漠。提到记者，他就想起上次自己认错人的事，这对他来说简直太丢人、太尴尬了。多亏知道的就只有贺行望，而贺行望又恰好不是会到处出去说这事的性格。

“我还以为教练什么都知道呢。”李怀明感慨。

“我又不是百科全书。”朱教练翻了个白眼，不由得想起贺行望当时的情绪，心神一动。他就说贺行望怎么突然接受采访，这怕是有什么关系吧。贺行望不会是在追人家记者吧？朱教练越想越觉得有可能，贺行望是很多东西问了才会说的人，接受采访就说明对该记者印象很好。

“我也想要被记者采访。”李怀明说，“教练，要是下次池记者来了，你一定要安排。”

“小李啊，你可长点儿心吧。”朱教练将手背在身后，语重心长地开口道。

李怀明刚想问为什么，就看到朱教练已经转身走了，锃亮的光头在灯光下闪耀着光泽。

贺行望久不接受采访，一接受就上了热搜。电视台里的同事对于池穗穗的新采访挂在头条上，已经见怪不怪了，看到她还能调侃两句。

“穗穗的采访两次上热搜，感觉怎么样？”

“什么时候穗穗采访我一次，让我也上一个？”

“贺行望是不是很难伺候？”

池穗穗对大家的调侃都一笑而过，直到有人问到这个，才缓缓地开口道：“没有，他很好。”她知道贺行望的想法。他不是明星，如今的一切努力是为了成绩，而不是接受无数个采访，生活在聚光灯下。

同事干笑两声道：“我猜的，你别介意。”

池穗穗点了点头。她作为采访的记者会被一部分人关注，但不会像娱乐圈的明星一样上热搜，上次也是正好蹭了贺行望的热度。

这次就没有了，只有少数知道她的人关注她，而她的粉丝也只是在她的微博底下询问采访记者是不是她。他们部门在电视台属于幕后，接触不到台前的事，也很难见到来电视台活动的明星，可以说和一些普通的公司差不多。今晚是因为新闻，所以整个部门的人都加班了，新闻一结束，池穗穗就直接开车回家了。

刚到家不久，她打开手机才发现十几分钟前收到了贺行望的微信消息。

“看到新闻了。”

开车时池穗穗没发现消息。她刚下车，把脚上专门开车穿的平底鞋脱掉放进车内，然后从副驾驶座上拿出包包，一边关门，一边回消息：“当事人评价评价？”池穗穗没有多余的手打字，索性发了语音消息。

贺行望刚从浴室出来，还未擦干的水珠从发梢滴落，沿着锁骨一路向下，最终消失在胸膛下。他鼻梁高挺，嘴唇轻抿，在身后朦胧的雾气的衬托下，像是转眼间就会从人间消失一样。微信提示音一响，贺行望便伸手点开，略显轻快的嗓音响在房间内。她显然是人还在外面，他听到了一声关车门的声音，随后是高跟鞋落地的嗒嗒声。

他垂下眼帘，回复："很好。"这么点儿时间，池穗穗已经进了自家的院子，看到手机屏幕上出现的两个字，嘴角翘了下：能让贺行望用上个"很"字，还真不容易。

池穗穗停在院子的台阶上，动了动手指，发了几个字过去："很荣幸能采访到贺神。"

天色昏暗，屋内的灯光若隐若现。

"穗穗小姐，你怎么站在那儿？"宋姨一推开门就看到池穗穗站在台阶上，看上去似乎还在笑。

"没事儿。"池穗穗收了手机，长腿一迈就进了屋。父母今天晚上有应酬，所以不在家；齐初锐倒是刚好放假回来了，正在客厅里看电视——是她的采访视频。

池穗穗逮了个正着："初锐。"

齐初锐正看得津津有味，一抬头发现自家姐姐站在那儿，愣了一下，连忙把新闻关上："姐。"

"怎么关了？"池穗穗一想起之前齐初锐和她说的"杀死他"就想笑，"不好看？"

"好看。"齐初锐抿了抿唇。

池穗穗不再逗他，伸手摸了摸少年的头发，他已经长得比她高很多了。

齐初锐憋了半天才绷着脸小声问："姐，你是不是要和贺神结婚了？"

池穗穗颔首道："没意外的话。"她转而抓住重点，"你怎么也叫他贺神？"小时候你还叫他行望哥来着。

齐初锐捂住嘴，又发现自己的动作不太好，松开后说："大家都这么叫。"

池穗穗哦了一声，故意问："粉丝这么叫？"

"姐！"齐初锐被她说得有点儿不好意思，他的小心思自家姐姐看得一清二楚。

池穗穗也不懂青春期的孩子在别扭什么，要是她，只会嚣张叛逆，想要的东西就会去要。

“不逗你了。”

贺行望收到了最新消息，看到上面的“贺神”两个字，就知道她是故意的。从进入柏岸公馆那天起，池穗穗基本就没叫过这个称呼，通常是连名带姓地叫。

星期六，池穗穗给齐信诚做了一餐鱼。自家爸爸没有需要忌口的东西，所以池穗穗做出来的鱼就比上次的好看，色香味俱全。齐信诚特地拍照发了朋友圈，全部好友可见。池穗穗一打开朋友圈就看到下面一溜的评论，到最后，点赞的人当中也有贺行望。

星期日下午，池穗穗去了二院体检。

上次宋妙里就在电话里催了一次，池穗穗再不过来，宋医生恐怕就要持刀闯进她家里去了。

周末医院人特别多，池穗穗体检结束已经接近四点了，就干脆去宋妙里那个科室等她一起去吃饭。刚到走廊上，她就看见几个护士站在一间病房门口，也不知道在看什么。

“你别挤。”

“你不是要去查房吗？”

“再过两分钟你就要去打针了，别在这儿看了。”

护士年纪不大，叽叽喳喳的很有活力。池穗穗好奇心不怎么重，但是听到这一两句话，却莫名地被勾得想看看里面有什么。

“穗穗。”宋妙里从后面叫了一声。

池穗穗偏过头，看到她一只手插在兜里，一只手拿着写字板和笔走过来，白大褂衬得人温婉又漂亮：“她们在看什么？”

宋妙里走到她身边，眨了眨眼睛：“想不想看看？”

池穗穗挑眉道：“这么神秘？”

宋妙里笑了两声，对着门口轻咳一声，围在门口的护士连忙让开，病房里的一切都露了出来。宋妙里提醒道：“别在这儿围着了，都赶紧干活儿去，今天还想不想提前下班了？”

一个护士回道："宋医生，今天我愿意加班。"

"我也愿意。"

"我觉得加班也不错，我还可以值夜班！"

宋妙里笑骂了几句，把人都赶走了，这才转向池穗穗，和池穗穗咬起了耳朵："看见站在病床边的那个男人了吗？"

她就差说出"极品"两个字。池穗穗眉眼一动，看向里面。病床前站着一个穿着白衬衫的男人，只不过衬衫皱巴巴的，上面还有血迹；袖口挽在手肘处，腕上还有绷带。但这不仅丝毫无损男人的俊朗，反而显得他越发好看。

池穗穗回道："挺好看的。"

宋妙里说："明明是超好看！"

池穗穗十分冷淡："嗯。"

"病床上躺的是一个公司的员工，他送病人过来的，当时简直帅呆了。看他的气质，应该以前家境很好，估计是家道中落，他只能上班赚钱了。"

池穗穗还没回答，里面的男人就抬头看了过来，叫道："宋医生。"

男人拥有一双桃花眼、一把好嗓子。

宋妙里用板子挡住胸口，抓住池穗穗的手按在自己的心口上："穗穗，感觉到我的心跳了吗？"

"没有。"池穗穗平静地说。

宋妙里默默拿开池穗穗的手："男色误人。"她感慨了一句，"穗穗，你不懂。"

池穗穗对病房里的男人不感兴趣，但宋妙里前一句话的四个字倒是让她很赞同。等宋妙里从病房里出来，已经是三分钟后。身为宋家的大小姐，她向来行动力惊人，决定追人后就隐瞒了自己的豪门千金身份。

病床上的助理已经蒙了，亲眼看着漂亮的宋医生明里暗里地打听时，自家总裁不仅没有否认自己是个普通员工，甚至在隐隐暗示。

两个人互相加了微信。

他感觉这行为让人迷惑："顾总。"

顾南砚嗯了声，望向他道："你暂时在这边住着，不用去公司，我明天会来看你。”

“不用麻烦顾——”他在顾南砚的眼神中将最后一个字吞了下去。

等到宋妙里下班，已经是傍晚，因为生怕医院里有什么急事，所以两个人选择了医院旁边的一家店。店里人不少，热热闹闹的，烟火气十足。

宋妙里今天心情好，池穗穗听着她说的话，跟小说里的情节似的，等她停下来才问：“你看了多少小说？”这么能想象。

宋妙里理直气壮地说：“那我有时候值夜班就只能看小说啊，微博上那些女主被挂在吊扇上三天流产的广告小说我都看完了。”

“……”

宋妙里眨了眨眼：“我就只是想谈个恋爱而已，对方知道我背后是宋家也没什么用，又不会结婚。”一般人和二院的宋医生谈恋爱不会有问题，和南城宋家大小姐谈恋爱就不太有可能了。

池穗穗挑了挑眉，神色冷静，淡淡地开口：“我只是想说，别自己栽进去了。”

“不会的。”过了会儿，宋妙里又兴致勃勃地问，“我听说你和贺行望快结婚了。你和他住了那么长时间，有几年了吧，有没有——”

“没有。”

“我还没说完你就知道了？”

池穗穗瞥了她一眼：“我还不知道你想说什么？”

宋妙里鼓了鼓脸:“贺行望长得好看,身材也棒,这么个男人放在家里,你居然都没点儿反应，服了。”

她这是把贺神当吉祥物啊。

池穗穗不置可否。

和宋医生吃完晚餐，天已经黑透，池穗穗开车回了柏岸公馆。家里日常就她一个人，她连灯都懒得开，借着外面的一点儿光上了楼。走廊上的灯没开，只有走廊尽头的窗口洒下一点儿月光。

池穗穗路过贺行望的房门前，不由自主地想起宋妙里的问题，没忍住笑了一下。她这么想着，门却突然开了。屋内的夜灯灯光漏出来，男人穿着深色的睡袍，衣襟微微敞开，露出大片风光。

“刚回来？”男人嗓音低沉地问道。

看着眼前这个志怪小说里的艳鬼似的男人，池穗穗霎时有些恍惚。

“怎么不说话？”贺行望问。他流光溢彩的眼眸让她移不开眼，纵然周围一片黑暗，她也能感觉到他只在看自己。两人离得近，他身上的柏木味也飘了过来。

池穗穗不知道为什么，感觉有点儿渴，轻抿了下唇。

“贺行望。”池穗穗叫了声，等回过神来的时候，已经伸手搭在贺行望的肩上，径直亲了上去。池穗穗觉得宋医生说得没错，男色“误”人，不能怪她。

屋内的暖色小夜灯映出一小片光，贺行望站在原地，轻眯着眼，眼尾有一些红，在昏暗的灯光下，竟然让人感觉有那么一点儿仙气。这不禁让池穗穗想起网络上粉丝发来的照片，赛场上的贺神犹如天神一般。

天神下凡，池穗穗就被蛊惑了。

她就这么猝不及防地撞了上去。贺行望在她将手搭上自己的肩膀时准备问她是怎么了，紧接着就被她的下一个动作挡住了，唇上蓦地贴上她柔软的唇，一股清香袭来。她一触即离，走廊上再度恢复安静，月光也只落在窗台下，更显得这边有点儿暗。

“池穗穗。”良久，贺行望叫了她一声。

池穗穗回过神来，尽量让自己的呼吸稳住，后背靠在门边的墙上，神态有点儿漫不经心。她收回抵住他的肩头的手，万千问题最后只留下了一个：“你今晚怎么回来了？”

“现在是讨论这件事的时候吗？”贺行望垂眸盯着她。

池穗穗也望着他，半晌，指了指他的睡袍：“你先把衣服穿好，不知道的还以为是我弄开的。”都是这美色惹的祸！池穗穗甚至“阴谋论”地想，他故意等在门口，故意让她看到他这副样子，故意引她失控。

贺行望低头看了看，抿住嘴。他起床是为了去倒水喝的，睡袍凌乱不在他的关心范围内，他是听到门外的脚步声才开门的，正好看到了池穗穗。贺行望漫不经心地拢了下睡袍。他经常锻炼，身材很好，像个完美的“衣架子”，单薄的一层睡袍压根儿遮掩不住春光。

池穗穗又想起宋医生的话，轻咳一声道："你怎么不说话？"

池穗穗虽然觉得眼下的发展过于神奇，但毕竟是自己先惹出来的事，不好多说。她将视线定在他的脸上，没忍住笑了一下。

贺行望眉头一拧道："说什么？说我一开门就——"

"别动。"

池穗穗打断他的话，指了指他的唇边："上面有口红印，你快去擦一擦，晚安。"

贺行望用拇指轻轻蹭了下，指腹上的口红印在黑暗中不太明显，但看得出来。男人这样不紧不慢的动作很随意，在池穗穗眼里像是广告片里的模特儿。她摸了摸自己的嘴唇，喟叹了一声。先前留下的签名已经没了印迹，现在池穗穗的手心里一片白嫩，干干净净。

"池穗穗。"贺行望开口。

"嗯？"池穗穗抬头看他。

两个人的身高是有差距的，她换了拖鞋，更有落差，微仰着头才能和他对视。今天她穿的是一件连衣裙，贴身紧致，勾勒出玲珑的身段，漂亮的一双眼抬起看向他。

贺行望喉结滚动。

池穗穗看到他滚动的喉结，突然觉得怪有意思的，于是伸出食指上去按了按，很硬，却有种别样的手感。

这个动作仿佛一个信号，让贺行望微皱了下眉。等池穗穗反应过来时，她已经被揽过去，整个人都被带进了房间里。指尖感受到的心跳暂且不论，被莫名禁锢的唇让她感觉酥麻至极，腰上的力道更是让她挣脱不开。

次日清晨，阳光明媚。

池穗穗睁开眼，迷糊了半分钟才完全清醒过来。她扫视了一圈，是在自己的房间里没错，下意识地抿了下唇。昨晚她和贺行望也没做什么，不过就是接了个吻而已，至于后面怎么回来的她有点儿记不清了。

池穗穗坐在床上胡思乱想的十几秒里，手机振动了一下，苏绵发过来一条微信。

"穗总，在不在？"

池穗穗手指一点回了个“嗯”字。

苏绵的回复来得很快：“你今天早上迟迟不来，我帮你向主任请了一上午的假，下午能来吗？”

池穗穗的目光定在手机上方的时间上——九点五十。她这是第一次睡过头，而且没有定手机闹钟，估计是昨晚回来得太迷糊，没想起来。

“我下午过去。”

回了苏绵后，池穗穗才去洗漱。昨晚她虽然被贺行望捉住亲了好久，但是现在看不出来有任何痕迹，仿佛什么都没发生似的。池穗穗莫名地勾了下唇。

洗漱完，她洗了洗手，交错的手指间干干净净，之前上面还留着贺行望的名字。池穗穗忽然想起那次洗澡时，名字还没有完全消失，最后才随着水流被冲走。若是被苏绵知道这件事，她恐怕又要哇哇乱叫了。

池穗穗下楼后才发现贺行望已经走了。他突然从射运中心回来也不知道是为了什么。难不成他就刚好为了让她亲一下？池穗穗带着点儿迷惑，去了电视台。

新的一周新的开始，苏绵总是活力很足：“上午刚开的会，这周的任务已经安排下来了，穗总你看看你的邮箱。”

池穗穗说：“好。”

池穗穗打开邮箱，里面只有一个名字——林京牧。底下还有他的简单介绍，是一个演员，以偶像身份出道，最近接了一部偶像剧。

池穗穗虽然不怎么关注娱乐圈，但还是听过这个名字的，而且他目前人气也不算低。

“穗总你要采访谁啊？”

“林京牧。”

苏绵听到这个名字愣了愣，疑惑地开口道：“你不该是这个啊，开会的时候这个是张悦然的。”

“张悦然？”池穗穗眯眼，转过头看去。

张悦然刚巧也看过来，微微一笑。

“对啊，主任在开会的时候已经说了每个人的采访对象，张悦然采访林京牧。”苏绵一听就觉得不对劲儿，“她是不是故意换了采访对象？”

“原来的是谁？”池穗穗问。

苏绵说了个名字，那人也是一个明星，比林京牧的名气大。

池穗穗挑眉道：“让她去吧。”

苏绵说：“她这人怎么这样。”

池穗穗说：“她的采访到最后未必比我轻松。”

听见她这么说，苏绵眨了眨眼：“穗总，你有什么内幕消息？我也想听听。”

“不可说。”

“吊人胃口。”

两个人拌了会儿嘴。

池穗穗对采访谁没什么要求，当记者就要有采访任何人的心理准备，倒是主任的想法让她眯了眯眼，估计是为了平衡她们两个的工作。

张悦然的专业技能不差，不然主任当初也不会留下她。上次贺行望的采访一事池穗穗压了张悦然，这次的采访，张悦然如果要求换，主任答应也在情理之中。这就是职场。

“不过穗总，我得告诉你点儿内幕消息。”苏绵将一条微博分享到了池穗穗的微信。

上面是林京牧的一条绯闻。他在接了最近这部偶像剧之后，和女主演一起被拍到了照片。出乎池穗穗的意料，评论一边倒，半个月前发生的事情，最新的评论还在骂女方。

苏绵说：“他的‘女友粉’特别多，而且很激进，演女主角的这个演员上次被骂了一整天，后来林京牧出来澄清才解决。”

“后来澄清？”池穗穗敏锐地捕捉到这几个字。

“就是第二天。”苏绵回忆了一下，“女主演被骂上了热搜。林京牧澄清，这件事又上了热搜。”她撇了撇嘴，“澄清声明这么难写吗？”

不知道张悦然把这个采访推给池穗穗的原因是不是也有这个，反正现在池穗穗是采访定了。池穗穗记下了这事。她对被采访人的信息很敏感，即使主任让他们采访的问题都很简单，她也会要求自己了解更多背景。

苏绵见她沉思起来，随口说："穗总，你去的时候别被'狗仔'当成绯闻对象了。"

"我一个记者有什么好拍的？"池穗穗微微一笑道。新闻记者被娱乐记者拍，这事儿说出去还挺让人乐的。

"漂亮呀。"苏绵看见她这个明艳的笑容，没忍住走了神。她们穗总笑起来可不仅是漂亮，还带着漫不经心，要是真有"狗仔"偷拍，她怀疑穗总能直接过去，三言两语就把那些人教训一顿。

这次的采访池穗穗准备了一天。

星期二下午，她带着摄影师妹子一起去了林京牧所在的剧组，他现在正在剧组拍戏。

说起来，池穗穗有个姐妹追的偶像就在林京牧所在的娱乐公司里。之前追一个选秀节目，她每天都发朋友圈，还花钱请人给自己的偶像投票。别人家一大堆粉丝集资，小姐妹可以说是相当厉害，以一己之力将偶像送上了前排，可惜最后那人还是没出道，气得小姐妹在朋友圈怒骂垃圾公司。

池穗穗来之前给林京牧的经纪人打了电话，经纪人不在，又转接了助理，约了今天下午采访。

助理是一个圆脸女生，微胖，看上去很有福气。来之前苏绵和池穗穗说过，这个助理也是林京牧的粉丝骂走了上一个漂亮小姐姐后，公司找的新助理。

"林哥现在有事儿，要不池记者等等？"助理说话很温柔，"估计十来分钟就行。"

"好。"

助理给池穗穗她们倒了两杯水，然后又推门离开。

摄影师妹子说："助理人还挺好的，希望林京牧本人也是随和性格，不然采访起来好难。"

池穗穗抿了口茶："没事儿。"

剧组拍戏的现场和电视上播出的画面有很大区别，很多滤镜直接消失，古装偶像剧威亚吊来吊去有些滑稽。过了十分钟，助理带她们去了休息室。林京牧正坐在沙发上，休息室里有一个平板电脑，正在播放池穗穗至今采访过的新闻。

“池记者。”

“林先生。”池穗穗点了点头，目光紧跟着落在了平板电脑上。

“提前看了下你以前的采访，以免出现什么问题。”林京牧温和地开口，脸上带着笑，他的粉丝最爱他这样的“人设”。说完，林京牧就见池穗穗脸上似乎明艳了点儿。她的美，就连他在圈里见过的一些女明星都比不上。

美人眉眼灵动的模样更是漂亮。林京牧原本在娱乐圈里见的人多了，波澜不惊，现下却觉得惊艳，不由得将视线定在她脸上。

林京牧心中一动：“池记者？”

池穗穗收回目光，冷静又专业地询问：“林先生，现在可以直接开始采访吗？”仿佛刚才的娇艳都是假的。

林京牧顺着她刚才的视线看了下平板电脑，上面正好播放到上星期五的采访，贺行望冷峻的脸格外清晰——显然刚才她是对着这张脸的。

林京牧唇边的温润笑意直接消失一半，看向池穗穗的眼中也多了些东西：“池记者，开始吧。”

平板电脑的视频被林京牧关掉了，助理也退到了另外一边。

这里说是休息室，其实是带着化妆间的功能，林京牧本人还穿着戏服，也没有要换的意思。

池穗穗早就将自己要问的问题记熟了，冷静地开了口：“林先生，这次采访主要是想问一些关于您现在的事业的问题。”

“你问吧。”

林京牧靠在沙发上对她笑了一下，结果刚好池穗穗低头打开笔记本电脑，错过了他的笑，令他表情一顿。

摄影师妹子打开摄像机，将镜头对准了林京牧，这次并没有将池穗穗纳入镜头内。

池穗穗问的问题不多，前面几个是公式化的职业问题，最后再适当地深入一下话题，都是偏正面的，毕竟问娱乐圈里太隐秘的问题肯定得不到答案。

一开始的采访还是非常顺利的，三个问题过后，池穗穗微微皱了下眉，很快恢复正常。她怀疑林京牧在敷衍她，比如刚刚询问的一个问题，他只回答了一句“我觉得不错”，甚至没有任何其他的话。

林京牧对外的性格是温和的，粉丝也喜欢他的温柔，而对记者，他公开的态度非常好，所以很多时候通稿表现出来的是他好的一面，因此池穗穗只是有点儿怀疑。

她再度询问：“我们都知道您在成名前曾经跑过三年的龙套，对那段时光，林先生有什么感想？”她来之前做过功课。

这个问题一出，林京牧眯了眯眼，目光放在她身上，又想起刚刚她因为贺行望转变的态度，非常不爽。成名这么几年，他已经习惯了生活在所有人的吹捧之中，粉丝、剧组的人，就连每天的通稿都是关于他的颜值的。

林京牧回答道：“自然是对我现在的演技有所磨炼。”

池穗穗嗯了声，等了几秒，发现他并没有往下说的意思：“除此之外呢？”

林京牧笑了笑，没说话。

事情到了这个地步，就算是只负责拍摄的摄影师妹子也发现了不对劲儿，看向池穗穗。哪有人接受采访是这样的？

池穗穗看着林京牧，在他满不在乎的目光下淡淡地叫了声：“林京牧先生。”她的声音很好听，林京牧不由得正视她一点儿了。

“怎么了？”他问道。一个普通记者而已，对他而言不算什么，所以他在不开心之余就敷衍起来。

池穗穗没有回答他，而是转头道：“玲玲。”

“好的。”摄影师妹子一听她叫自己，哦了一声，立马了解她的意思，伸手就要关掉摄像机。

助理在一旁出声：“池记者……”

林京牧的脸色也沉了下来。

池穗穗站起来，收了笔记本电脑：“林先生今天似乎状态不太好，既然如此，那我明天再来采访。”一连好几个问题，她再看不出不对劲儿就是傻子了。

池穗穗微微一笑，转身就走，摄影师妹子连忙跟上。等林京牧反应过来的时候，休息室里已经只剩下他和助理两个人了。

助理一脸忐忑地道：“林哥……”她自然知道他是什么性格，刚刚不知道什么原因，他在敷衍人家记者，结果被对方发现了。

林京牧沉着脸问：“她们是哪家电视台的？”

“南城电视台……”

“明天对方再打电话过来，就说我拍戏忙，”林京牧冷笑了一声，“没有空。”他再度打开了平板电脑，屏幕上还是刚刚暂停播放的画面。

林京牧想起池穗穗之前因为贺行望明眸善睐、明艳不可方物的样子，指着平板电脑问：“认识他吗？”

助理看了眼上面的贺行望，精致又冷漠，气质绝佳：“认识，贺神。”

林京牧又问：“他比我好看？”

助理只犹豫了那么几秒，就听见平板电脑摔在地上的一声巨响，吓了一跳。

“一个运动员……”

听见林京牧的话，助理在心中反驳：贺神可不是一般的运动员，家世、颜值、成绩哪个不是甩林京牧一条街？单为国争光这一条就少有人比得过。

回到车内，摄影师妹子问：“穗穗，刚刚你是不是发现他回答得一点儿也不认真？”

池穗穗看了下自己的笔记：“是啊。”

因为林京牧的刻意敷衍，笔记上记载的内容可以说是少之又少，等同于没有采访。

“那我们明天还来吗？”

“来。”

“那他再敷衍怎么办？”摄影师妹子的担忧不无道理。

池穗穗抬头望向她，笑了笑道：“那就不采访了。”

主任给的时间是一星期，所以池穗穗还有不少时间。四点钟的时候，池穗穗回到电视台，苏绵刚刚从外面采访回来，她的任务已经完成。

“穗总，你采访完了吗？”苏绵问。

“没有。”

苏绵啊了一声，有点儿惊讶：“是不是因为林京牧在剧组里拍摄，所以没能采访到啊？”

池穗穗摇头，将采访时的事简要说了下。

“这肯定就是在敷衍啊，他以前的采访我都看过，不是这样的。”苏绵愤愤不平地道。

她以前实习的时候跟着老人跑采访，亲眼见到被采访人对待记者的态度，所以一直很讨厌这样的人。林京牧在外面的“人设”是温柔哥哥，还经常因为对“狗仔”态度好上热搜，通稿经常是成名不忘谦逊一类的说辞。

池穗穗很淡定：“不用担心。”

虽然她也觉得林京牧的敷衍来得莫名其妙，但采访任务既然落到她头上了，她就会在自己的能力范围内漂亮地完成工作，一次不行就两次。所以第二天上午，她又打了电话给林京牧的助理。

“对不起，池记者，林哥今天的拍摄任务很重，所以就暂时不接受采访了。”

“我们的采访是上星期就定下来的。”池穗穗点出事实，“而且只有这一星期的时间。”

“不好意思啊，池记者，你昨天也看到了，林哥这两天拍摄很累，实在很忙，所以……”助理的话都是万金油一般的回答。

池穗穗面色淡然，低头看着手上的笔，淡淡地开口：“那林先生什么时候有空？”

“这个要看情况呢。”助理说，又提议道，“要不你过来在剧组等等，中间可能有休息时间。”

“我知道了。”

助理以为她同意了，正松口气准备给林京牧回复，就发现电话直接被挂断了。

挂断电话后，池穗穗才冷下脸。昨天可以说她是怀疑对方敷衍，今天这一出就可以说对方是明目张胆地折腾她了。

“穗穗，你的采访还没有完成啊？”张悦然从后面走过来，端着水杯笑吟吟地问。

池穗穗瞥了她一眼。

“这么简单的任务，今天结束之后可就是星期四了。”张悦然再度开口，“实在不行，你就把任务给别人。”

“说完了？”池穗穗睨她一眼，说，“说完就让开，别挡着我的光线。”

光线是从窗外进来的，她在过道这边能挡着什么，池穗穗找的什么借口？张悦然气呼呼地走了。

苏绵这才松开手笑出声来，给池穗穗发微信消息：“穗总，我可喜欢看你怼她了。”

不知道张悦然是怎么回事，身上有股劲儿似的，非要凑上来挨怼，次次都被怼，不服气下一次又过来。

池穗穗挑了挑眉，回复了她，退回主页，看到了贺行望的对话框。两人的最后一次聊天记录在星期一早上，贺行望临走前提醒她早餐温着，她回了一句。

池穗穗又想起那个吻了，感觉还不赖。

本来星期三晚上池穗穗是没什么事的，但架不住宋医生好不容易可以准时下班，并且以“为了恋爱”这个理由约她去给自己选衣服。

“他叫顾南砚，和我猜的一样是个小员工，我约了他周末一起去喝咖啡。我总不能穿着香奈儿、LV 的衣服，背着爱马仕的包和他去喝咖啡吧，万一伤到他的自尊心怎么办？”

池穗穗对此并无经验。宋妙里抓着池穗穗去了这里的购物街，买了一堆池穗穗从没听过的牌子的衣服，还买了浮夸的发卡。

“你会不会太夸张了？”池穗穗问。

“会吗？”宋妙里将一堆袋子丢给身后的司机，“一切都是为了恋爱，谁让他长得好看。”

司机拎着袋子，跟着两个踩着高跟鞋走路比他还要快的大小姐逛了两个小时的街，最后终于坐在咖啡厅里休息。

“你看，他发的朋友圈。”宋妙里把手机递给池穗穗看，“太辛苦了。”

池穗穗低头，看到对方分享了一篇文章，控诉“996”的，看上去像模像样，还挺接地气。

“要不我让他辞职，再偷偷给他找份新工作吧。”宋妙里捧着脸，一脸天真地道。没必要，真的没必要，就凭当初在病房看他抬头叫宋医生时的眼神，池穗穗觉得这个叫顾南砚的男人不是个普通人。但她也没有什么证据，总不能随口说。

宋妙里问：“穗穗，你和贺行望住这么久，有没有什么追人的技巧教教我？”

池穗穗说：“没有。”

宋妙里感慨：“男色‘误’人啊。”

她不说还好，一说就让池穗穗想起那天晚上自己的行为，她和贺行望的第一个吻居然是自己主动的，虽然后来贺行望加深了那个吻。她眨了眨眼道：“我没有，但是应该可以推荐给你一个朋友。”

“什么朋友？”

“一个记者朋友。”

“这样吧。”宋妙里一拍桌子道，“你建个群，把我和你的朋友拉进去，你们也好给我出谋划策。”

池穗穗觉得她说得挺有道理：“群名叫什么？”

宋妙里随口就来：“性感女郎，在线交友。”

池穗穗问：“要不要叫‘在线激聊’？”

宋妙里看到池穗穗瞥过来的眼神，笑了两声：“不了、不了，你随便起一个吧。”

池穗穗暂时同意了，选中了人，正要操作，手机上却突然来了电话，是林京牧的助理打来的。电话那头，助理直接开口道：“那个……池记者，林哥现在有空，你可以过来采访了。”池穗穗看了下手机上的时间，确定是晚上八点没错，是下班时间不说，还是晚上。

“现在？”她问。

“是的，白天林哥要拍戏，没有时间，所以如果池记者……”助理说了许多话。

池穗穗开口道：“不好意思，我没有空。”

那边的助理被打断，又听见这么一句话，没反应过来，再回神的时候发现电话又被挂断了。

宋妙里问：“谁啊？”

“一个明星的助理让我现在去采访。”池穗穗一边说着，一边随手创建了群，“群建好了，名字你自己改。”

自己改可太好了。宋妙里将要问的话迅速抛到脑后，将群名改好，在群里发了一句话：“等我恋爱成功会谢谢大家的。”她还@了其他人，这才发现群里是四个人。

宋妙里又抬头，热泪盈眶地道：“呜呜呜，穗穗你真好，给我找来了两个恋爱高手。”

池穗穗说：“一个，哪里来的两个？”

宋妙里说：“群里明明是四个人。”

池穗穗觉得莫名其妙。她只拉了苏绵和宋妙里两个人，哪里来的第四个人？她低头看去，首先就看到了那个刺激的群名，然后是一条刚发的消息——贺行望发的问号。

半分钟前，贺行望刚从训练馆出来，活动了下手腕，腕骨微微突出，十指张开又攥紧，指节修长分明。他随手拿起放在桌上的手机看了眼，大多数人知道他在射运中心，所以未读消息不多，只是聊天框上出现了一个从没见过的群聊，里面还有人@自己。贺行望一眼看到那条消息，皱了下眉，退出前看了下里面的人，除了自己，池穗穗也在。他顿了下，目光重新定在群名上——“男人常换，姐妹不散”。

“这个人是谁啊？”宋妙里见池穗穗突然安静下来，觉得有点儿不对劲儿，但她从没加过贺行望的微信，所以不认识。对方还发了个问号，这就很有问题了。

池穗穗呼出一口气：“贺行望。”

这下轮到宋妙里表示疑惑了。尤其是她刚刚改群名，原本是为了巩固姐妹情谊，好让大家一起为她出谋划策。

“你改的群名。”池穗穗抬头看她。

“我错了。”宋妙里十分羞愧。

池穗穗是群主，直接把贺行望移出了群聊。

“你就这么把他踢出去了？”宋妙里一低头，发现事情变化飞快，眼睛都瞪大了。

“不踢留着他给你出谋划策？”周围突然安静下来，然后是长达一分钟的沉默。宋妙里一时之间不禁佩服起池穗穗来：遇到这种事还能这么淡定地把人踢出去，要是她，她会尴尬死的。

贺行望也愣住了。他本来等着回复的，结果再看的时候，群聊的对话框直接在界面上消失了。他被移出了群聊。贺行望敛眉看了下干净的微信界面，甚至觉得刚刚被无缘无故地拉进一个群是他的错觉。他的目光从手机上移开，显得有些深远。

距离手机休眠还有十来秒的时候，贺行望手中的手机振动了一下，收到了一条私聊消息。

池穗穗：“不小心拉错了。”这句话里还有一个可爱的“颜文字”。

这是贺行望第一次见到她用“颜文字”。虽然他从未见过这么简单的“颜文字”，但他姑且认为它是。贺行望思索了几秒，想要从这几个字中看出池穗穗的想法，回复：“群名挺好。”他不怀疑里面的人，想必都是池穗穗的好友。

池穗穗把聊天界面给宋妙里看。

“他是不是在讽刺我们两个？”宋妙里歪着头说，“我觉得他就是故意的。”

池穗穗差点儿被她说服：“你为什么会起这个群名？”

宋妙里问：“不好吗？”

池穗穗沉思片刻后道：“没有这场意外，就很好。”

宋妙里叹气：“我只是灵感突发，就起了这个群名，哪知道你手误把贺行望拉了进来。”她怀疑都是那个电话的错。

微信有个优点，就是改群名会有消息提醒。池穗穗单独将宋妙里改群名那条消息截图，然后发给了贺行望："不是我改的。"她自己将群名改成了"学术交流群"，然后再度截图发给了贺行望。池穗穗忽然有一种欲盖弥彰的感觉。

"他回复了吗？"宋妙里在一旁等得急，催促道，"他是不是那种'洗澡一去不回'的人？"

两人就这么盯着微信界面看了几秒，在池穗穗觉得自己要和贺行望就群名讨论一晚上的时候，电话来了。池穗穗看了眼宋妙里，接通电话："喂？"

"穗穗。"贺行望叫了声，大约是刚喝完水，嗓音很润，很动听。

"怎么了？"池穗穗问。

贺行望站在房间的窗前，手指在窗台上轻轻叩了叩，说："男人常换，姐妹不散。"他说话的语速很慢，像是在读课文。原本只是眼睛看到的八个字一下子被这么读出来，池穗穗感觉尴尬得脊柱发麻。偏偏贺行望的声音好听得要命。

池穗穗轻咳了一声："这是学术交流。"

贺行望轻笑了下："把我踢出去了？"

池穗穗捏了捏耳垂，问："不然……你是想当群里的姐妹，还是想当群里的男人？"

两边的人都静默了。这个问题一出，贺行望沉吟片刻，觉得她刚刚把自己踢出群是个不错的选择，这两个选项对他都不怎么友好。

咖啡厅这边也一片安静。

宋妙里只听到池穗穗这句话，差点儿没忍住笑出来。两个人对视一眼，池穗穗从她眼里看到了"你知道和你说话的是谁吗？""贺神到底会选择当被换的男人还是当我们的姐妹？"等一系列眼神。

半晌，贺行望和池穗穗几乎是一致地略过了这个话题。

池穗穗从他口中得到"今晚不回来，明天也不回来"的答案，莫名松了口气。要是两个人面对面，她指不定会尴尬成什么样。

池穗穗和宋妙里的购物之旅因为这件事的发生而停了下来。

被拉进群里的苏绵半小时后才发现自己多了个群，名字还是"学术交流群”。“学渣”如她，非常不安，在群里忐忑不安地问了一句，才知道第三个人是谁，甚至夸了句之前的群名好，当然也因此错过了男神。

突生意外的一晚很快过去，第二天池穗穗到电视台后，苏绵好奇地问：“宋医生就是上次我们一起去医院见的那个吗？”

池穗穗点头：“是她。”

她们实习期的时候，苏绵因为一件事受伤，两个人去医院刚好碰上宋妙里。苏绵问：“宋医生这么漂亮，还用担心没有男朋友？”

池穗穗想了一下道：“她想追的人也是个长得好看的。”说着，她敲击键盘，在网上搜索了一下“顾南砚”这个名字，同名的人不提，出来的大多是网络小说。

她想了想，就没放在心上，宋妙里不是个会让自己吃亏的人。

池穗穗就将这事暂时抛到了脑后，又研究起林京牧的采访来。她重新看了下林京牧的资料，从她进剧组的第一天起，她似乎从来没对林京牧出言不逊，问的也是常规问题。昨天晚上的那通电话才让她觉得过分，不提当时是下班时间，晚上八点他才说有空，让一个女性记者去采访，很难不让人多想。

她重新打电话给林京牧的助理：“您好。”

接电话的依旧是上次的圆脸妹子，听到她的声音，妹子不由得回头看了下林京牧：“池记者。”

“今天林先生有空吗？”池穗穗问。

“昨天晚上有空，但是你没有过来。”助理说，“今天林哥一整天都要拍戏，不过中途会休息。”这又是和昨天差不多的说法。

池穗穗嗯了声：“那我待会儿过去。”

助理哦了一声：“好。”挂断电话后，她回头对林京牧说：“林哥，池记者待会儿过来……今天要接受采访吗？”

“为什么不接？”林京牧笑了一下。

池穗穗带着摄影师妹子到剧组的时候，里面刚好拍完一幕戏，林京牧正从威亚上被放下。导演直接用喇叭说休息半小时。池穗穗站在旁边几秒，然后走到副导演身边问：“您好，请问林哥今天的戏多吗？”她长得漂亮，眼睛弯起来的时候让人顿生好感。

副导演仔细想了想道：“上午没了，今天下午还有一场，拍得顺利就没了。你是南城电视台的记者吧？”

池穗穗嗯了一下，对他道谢。她在一旁等了会儿，等林京牧坐在椅子上，助理和其他人送过去水等物品，一切弄好后才过去：“林先生。”

林京牧抬头看向池穗穗道：“池记者。”

池穗穗问：“请问今天有时间接受采访吗？”

林京牧问旁边的助理：“我还有戏吗？”

助理说：“上午暂时没了。”

林京牧又转头道：“那就采访吧。”

几人再度来到休息室，讲出和上次差不多的开场白后，池穗穗将上次的问题换了几个，以免真的是问题原因。但是第一个问题问出来，她就觉得不对。

“这个问题啊，你问得我不知道该怎么回答。”林京牧依旧是笑着的，“能跳过吗？”

池穗穗沉默三秒，问了下一个问题。林京牧点了点头，正要回答的时候，助理推门而入：“林哥，你要的奶茶到了。”

“不好意思，池记者。”林京牧从助理手里接过奶茶，“体谅一下，我拍戏比较辛苦。”

“嗯。”池穗穗一直等他喝完奶茶。

十分钟过去了，采访才重新开始。

“对上次的人物塑造有什么感想？”林京牧重复了一遍问题，“我觉得入戏就好了。”他看向池穗穗。

池穗穗的表情没有不耐烦，也没有其他的情绪，如同电视上那些一丝不苟的新闻主播，她是真的将他当成了一个普通的受访者。

池穗穗正要再问问题的时候，助理突然走过来说：“不好意思啊，池记者，今天就采访到这里。”

“但是采访还没有结束。”

“明天继续吧，反正也不急。”

林京牧靠在沙发上闭目养神，抬起了眼皮子：“池记者，实在不好意思，是我上午拍戏吊威亚承受不住，身体不太行。”

这个借口很好。池穗穗搁下笔道：“既然林先生现在身体不太行，那采访就到这里结束。”

林京牧听着这话觉得哪里有问题，但又说不上来，直接说：“今天下午池记者再来看看吧。”

池穗穗对此不置可否。

下午，池穗穗还没来得及去主任办公室，张悦然就直接过去了，后面池穗穗也被叫了过去。主任问：“穗穗，你的采访到现在还没完成，我琢磨着先让给悦然试试。”

池穗穗问：“是张记者想要的吗？”

张悦然挑眉说：“主要是看你还没完成，一个采访，你不会舍不得让给我吧？”

池穗穗看向主任：“我没意见。”这个采访，谁要去谁去。

她都这么说了，主任当然不会再去安排，最后采访林京牧的任务重新落在了张悦然的手上。离开办公室的时候，张悦然相当开心：“穗穗，林京牧可是传闻中最好采访的明星了，你居然都没成功。”

池穗穗睨了她一眼：“我相信张记者会成功的。”

张悦然勾了勾唇：“是要恭喜我。”

池穗穗没继续和她说，刚回到自己的座位上就接到了电话，看到上面林京牧的助理的备注，她眼神闪了闪。

“池记者，你今天下午怎么没有过来？”助理问，“你的采访不要了吗？”

池穗穗一直等到对方说完，才缓缓地开口问：“你们没有接到新记者的电话吗？”

“什么新记者？”助理觉得不妙，看了眼林京牧。

池穗穗语气惊诧地说：“你们不知道吗？”

助理一听这语气就觉得很浮夸。

“我今天上午采访跑太久，所以不太舒服。”池穗穗说话的语气很平静，“所以……”

“所以什么？”

“所以这个采访现在不是我负责了，”池穗穗给了她答案，“实在不好意思。”

“换人了？”

“是的，麻烦向林先生转达。”

助理都蒙了。她是听林京牧的叮嘱才准备一直敷衍下去，等到星期五采访期限的最后一天再结束这事的，结果到这时候池记者说换人了……而且池记者说的话似曾相识——那两句话是林京牧今天上午说的吧？

她苦着脸，已经想到了待会儿和林京牧说起这事他会是什么样，林哥怕是要气死。池记者捉弄起人来这么嚣张？

嚣张的池穗穗也没管他们那边怎么想，这个采访给了张悦然，她就不会再插手其中。至于林京牧到底是不满意她还是不满意南城电视台，那就不是她该管的了。

和她猜想的差不多，张悦然是傍晚去的，第二天上午就拿回了采访，一回来全办公室的人就都知道了。在茶水间被实习生问起时，张悦然笑了笑道：“可能是穗穗不擅长采访娱乐圈的人吧，林京牧人很好呀。”

实习生面面相觑，听她夸了林京牧一通。

苏绵接水回来说：“她是不是‘粉’上林京牧了，‘彩虹屁’都吹起来了。”

池穗穗停顿了下道：“是吗？”

现在是休息时间，苏绵没在工作，而是刷起了微博，头才低一分钟就抬了起来：“穗总！”

“怎么了？”

苏绵咽了咽口水，下意识地问：“热搜上营销号爆料林京牧的新闻，他的‘女友粉’都骂疯了——穗总，是你还是张悦然啊？”

热搜？林京牧今天能被爆料什么事？

池穗穗莫名想起昨天林京牧拒绝采访时说身体不太行，总不至于是他“不行”一事上热搜了吧？这要是真的，还真可能有一大群真情实感的“女友粉”脱“粉”。

池穗穗怀着浓重的好奇心登录了微博，热搜第一、第二全是关于林京牧的消息，毕竟他之前爆红，最近又在拍摄一部古装偶像剧，热度完全够。简而言之，林京牧的女友被拍到了。

“他是真有女朋友了吗？”苏绵在对面问，“穗总，你去采访的时候看他的状态像在谈恋爱吗？”

他谈没谈恋爱池穗穗看不出来，折腾人倒是挺认真的。池穗穗腹诽了一句，点进热搜第一“林京牧女友”后将热门微博文案看完。总而言之就是有“狗仔”拍到了林京牧和一个女人一起吃晚饭的画面，因为角度问题，只拍到了林京牧的正脸——他刚好坐下来摘下帽子，被拍了个正着，而且和对面的女生也有说有笑的。

“这上面说是昨晚的事。下面的评论区里全在猜那女人到底是谁，‘女友粉’都骂疯了，他的粉丝很真情实感的。”

池穗穗抬头道：“你先前说得我还以为是我。”

苏绵摇了摇头，又点了点头：“主要是他们两个一起进餐厅的动图里，女方身材很像你。”但她又仔细看了看，那女人当然没有穗总身材好。

听苏绵这么一说，池穗穗也点开第一张动图看了眼。那是林京牧和女生一起下车进餐厅的画面，天色太黑让人看不清衣服，但是看得出身形。

池穗穗眯了下眼：“我觉得很熟悉。”但她一时之间想不起来这是谁。

评论已经好几万条，一眼看上去，全是骂人的，她挑了一些比较正常的评论看完。

“我不信！牧牧说过现在不会谈恋爱的！”

“哪个人蹭我们京牧的热度，还要脸吗？”

“知不知道我们牧牧正是事业上升期，谈恋爱我就脱‘粉’，不谈恋爱也得给我解释清楚@林京牧。”

“牧牧昨天一直在剧组拍戏，哪里来的女人？”

“是和剧组同事聚餐吧？”

“聚餐能不发微博，现在还不澄清？”

“看这女人的身材明显不是剧组里的几个女演员，她有脸吃饭，没脸出来承认啊？”

“林京牧的粉丝都是什么‘脑回路’啊？”苏绵一边看新闻，一边认真地问，“谈恋爱是两个人的事，怎么就成了女方一个人的问题？”池穗穗对此不置可否。

两个人正说着，有实习生听到，也加入了话题：“我知道为什么，因为林京牧是偶像出身。”而在粉丝眼里，贩卖梦想的偶像谈恋爱就是偶像失格。归根结底还是因为林京牧自己根基不稳，一部剧爆红就以为自己真正成了演员，他的粉丝都还没来得及转变思维。

“和他约会的女生到底是谁啊？”

“我看着个子挺高的。”

“昨晚悦然姐不是去采访林京牧吗，有没有见到这个女生？”实习生突然想起来。

张悦然正接水回来，被实习生问得回过神来：“不知道，没见过，上班时间玩什么手机。”她发了一通脾气，实习生赶紧跑了。

目光落在正低着头的池穗穗身上，再想起他们刚刚讨论的热搜一事，心扑通狂跳，张悦然转身就往自己的座位上走。池穗穗抬头，余光瞥着她的背影。这两天因为需要出去采访，所以她们穿的都是职业装，衣服大体上没多大区别，旁人认不出来，记者很容易看出来，这也是苏绵认错人的一个原因。再加上之前苏绵随口问的是自己还是张悦然，张悦然又是昨天傍晚去的剧组……

池穗穗若有所思，明白了什么。张悦然坐下来，对上池穗穗的视线，原本有点儿稳定下来的心跳又停了一拍。

下午，林京牧所在的公司发了澄清声明。声明只写了林京牧最近在接受一家电视台的采访，因此采访结束后请记者吃了顿饭——看上去非常符合他的“人设”。声明一出，粉丝立刻表示理解，并且很快就在营销号底下说：“我们的哥哥对人一向很好，请记者吃饭也是很正常的事，哥哥真是太暖了！”

至于记者是谁，她们现在也不关心了。这事似乎到这里就结束了。

和池穗穗猜测的一样，估计是张悦然和林京牧采访结束后去吃了一顿饭。池穗穗下午写完周总结，再被苏绵叫上微博的时候，网上的风向又突然变了。不知道是哪个人拍了十秒的视频——看样子是路人——视频里林京牧和该记者吃饭的时候谈笑风生，甚至给对方夹菜，并且桌上只有他们两个人。

这下子粉丝直接炸窝了。林京牧请记者吃饭，就两个人吃？他需要给对方夹菜？助理呢？摄影师呢？

“她们现在开始扒是哪个记者了……”苏绵念出评论上的话，“澄清声明怎么不说出记者的名字、电视台的名字？”

池穗穗挑眉道：“可能真隐瞒了什么事。”

苏绵说：“这不是祸水东引吗？”

其实林京牧和张悦然吃饭是私人行为。南城电视台他们这个部门对这种事有严格的规定，何况摄影师还不在，就只有记者本人在。

办公室里的新闻传播很快，几乎没几分钟，所有人都知道了，看向张悦然的目光充满了好奇和看热闹的意味。

“悦然，热搜上那个人是你吧？”

“我看身材和你挺像的。”

“你昨晚不是去采访林京牧了吗？”

张悦然一概不回答，被问得多了，直接发火：“我不知道，别问我，你们不能自己去看吗？”

大家也不知道她为什么看上去有点儿心虚。这件事要真澄清了也没什么，要是她和林京牧看对眼了也没什么，不关他们的事。

粉丝刚刚才被安慰的心又受到了刺激。

临近下班，苏绵最爱“吃瓜”，往下翻着评论，蓦地看到一条有很多人回复的评论：“你们听到了吗？视频声音开到最大，林京牧说了一个名字，好像是‘Chi Suisui’（池穗穗），不知道怎么写。”苏绵本来还不知道这是什么，一读这拼音，惊呆了，咽了咽口水，抬头道：“穗总，好像出事了，这评论说视频里有林京牧念你的名字的声音。”池穗穗皱眉：这都能和自己有关？她点进苏绵发的链接，果然看到了这条评论，里面“楼中楼”已经盖了两百多层。

“真的假的？池穗穗？”

“就是前段时间采访贺行望的那个记者？”

“天哪，我就知道她是个不安分的人！”

“她之前立贫穷‘人设’，又现金抽奖，摆明了是想火，这次是想直接出道吧？”

“前几天有人去探班，的确见到了去采访的池穗穗。”

“好像她不止一天去了吧？”

“昨天上午她也去了！”

“妈呀，我是粉丝我要气死了！……就在眼皮子底下！”

微博和论坛的网友联合，很快就给出了林京牧的行程，再加上助理之前也曾透露这两天有记者来采访，所以不需要粉丝去探班，一切都对上了。池穗穗直接被送上了热搜。这时候刚好是下班、放学时间，空闲下来的“吃瓜”群众特别多，所以这个话题很快就被送上了热搜前排。

射运中心，李怀明看到热搜的时候，突然想起来：“这个池记者，是不是上次采访贺神的那个？”

“是她。”

“她居然和林京牧谈恋爱了？”

“林京牧是谁啊？”旁边还没来得及看新闻的苏治问，“池记者和他谈恋爱关我们什么事？”

“不认识，一个男明星。”

他们天天待在射运中心，平时都是在训练，很少关注娱乐圈的事，顶多晚上看点儿最新的新闻。李怀明正看的时候，发现自己头顶多了一片阴影，一扭头，就见贺行望站在他身后，目光幽深地盯着手机上的热搜界面。

“谈恋爱？”

李怀明啊了下，感觉自己听到了冷笑声，但又仿佛是错觉。

张悦然看到热搜的时候，整个人差点儿跳起来——竟还能这样，自己简直是死里逃生。她可不想被林京牧那上千万“女友粉”骂死。昨晚聊天时，张悦然就感觉出林京牧和池穗穗似乎相处得不愉快，所以在林京牧问起时，暗示了一下。张悦然手抖地点进了池穗穗的微博。那些看到热搜的林京牧

“女友粉”已经到了这里，在最新一条微博底下开骂。张悦然越看越觉得后怕。

热搜上一片热闹景象。

池穗穗和苏绵坐在离电视台不远的一家店里吃晚饭，也看到了微博上发生的事情。今天可以说是一波三折。

“什么情况，还真诬赖是你？”苏绵气得拍桌子，“他们公司发的声明那么含糊不清，是不是就在等着这一出呢？”

“可能真做了什么。”

“穗总，你赶紧澄清！”苏绵已经用自己的微博和那些人争论起来，噼里啪啦不停地打着字。

池穗穗一打开自己的微博，评论和私信的提示就源源不断地冒出来。其中一大批是林京牧的粉丝发的，有发恐怖图片的，有发各种骂人的话的，看上去一片狼藉。池穗穗直接把私信关了。

“气死我了！她们居然说穗总你长得不好看，我看她们是眼睛瞎了，喜欢的明星丑，自己心也丑，一群丑人互相取暖！”苏绵捧着手机越看越气，“也就她们喜欢林京牧，我们都采访过了贺神，还会看上一个‘双面胶’？我们贺神不香吗？”池穗穗被“双面胶”这个词逗乐。实际上，热搜不到十分钟就直接被撤了，毕竟她有齐氏在背后。然而这么一撤热搜，更让网友确信这“瓜”是真实的。

池穗穗编辑了一条微博，一分钟后新微博直接发送，还附上了图片。

池穗穗：“与穗无关，你们找错人了，粉丝有任何具体问题请咨询 @ 林京牧。”

全网“吃瓜”群众都看到了池穗穗的最新微博，眼珠子都惊掉了，这还是第一次有人在这种情况下直接 @ 明星的。不仅如此，池穗穗还挂出了一堆粉丝评论，直接让人去找林京牧，看上去十分嚣张。她这么强硬，一看这件事的主角就不是她。“吃瓜”网友顺着指路去了林京牧的微博，才发现他半小时前还发了一张自拍。这下大家可是直接气炸了：别人因为你被骂，你倒好，还在发自拍？粉丝虽然气，但不至于笨到这种地步，开始质问林京牧到底是什么情况，能不能给个准的澄清声明。至此，林京牧辛辛苦苦维持的“人设”崩塌了一半。

林京牧在自己的公寓里，经纪人直接打电话过来骂道：“红了就飘了是吧？你还知道自己的‘人设’吗？”

“我又没和那个记者做什么！”

“你们单独坐在一起就是问题！公司下午问你的时候，你说是请记者吃饭？要是没有那个视频我都被瞒着！林京牧，你很有能耐啊，你怎么不上天呢？”

没过多久，有人扒出了张悦然的名字。

张悦然也有微博，但还没被扒出来。她找到店的时候，就看到了坐在边上的池穗穗，一时有点儿恍惚。这家店很普通，应该说属于苍蝇馆子，池穗穗坐在那里，愣是像坐在一场时装秀的台下，有种漫不经心的高雅气质。张悦然一直知道池穗穗很漂亮，实习生经常讨论，说她比一些他们采访过的女明星还漂亮，拥有鹤立鸡群的感觉，身上有与生俱来的优雅气质，她的能力也很强，样样都超过自己。

“穗穗。”张悦然挤出一个笑容，坐在了对面的一张空椅子上。

池穗穗唇角一翘道：“叫我干什么？想让我在微博里给你留个出场的位置？”

张悦然个子和池穗穗只差三厘米，而且视频里她穿着职业装，唯一能让她安然脱身的就只有池穗穗。张悦然问：“你不想知道林京牧说了你什么吗？”

“没兴趣。”

池穗穗今天化妆勾出了细长的眼尾，显得极具侵略性：“你再叨叨一句，我不介意现在送你上热搜。”

听见后面几个字，张悦然脑袋嗡的一下炸了。在她出神的一瞬间，苏绵已经睁大眼，将手机递了过来，激动地道：“穗总，看！”苏绵让池穗穗看的是自己唯一特别关注的对象——贺行望。

他刚点赞了一条微博：“不是，你们去S大官网看看池穗穗拉大提琴的表演，这是青光眼、白内障才能把人认成池穗穗吧？”

网友合理怀疑这是贺行望手滑点赞，一刷新主页，发现他紧跟着转发了新的一条微博。

贺行望："//@ 柠檬奶糖三分甜：我只想说，池穗穗都采访过贺神了，和贺神吃饭不香吗？"

苏绵激动得不行，直接无视张悦然："穗总！贺神公开示好了，哈哈哈哈！你就采访了一次，男神就把你记心上了。"池穗穗一时之间不知道该不该告诉苏绵真相。

在贺行望转发这条微博之后，不到三分钟，热搜爆了。

此时正是五六点的空闲时间，聊八卦消息很方便，本身现在的路人网友就对明星不是太喜欢，再加上有贺行望这突如其来的转发，大家看热闹的心态更重了。

池穗穗之前采访贺行望的新闻都播出了，他们也都看到了，两个人看上去似乎没有交集。贺行望现在转发这微博，是支持池穗穗吧？他的转发微博下评论数迅速增长，每次一刷新就能多出几百条新评论。

"哈哈哈，我要是池穗穗，我也选贺行望！"

"林京牧有时间发自拍，没时间澄清，好忙。"

"这对突然有点儿好嗑……'贺岁'CP 多吉利！"

"贺神好有自信，@ 池穗穗不要和他吃饭，我想看看他能怎么办！"

不知道是谁开始 @ 起池穗穗来，接下来的八卦网友都跟着在里面不停地 @ 池穗穗。其中有真心实意让池穗穗不要打扰贺行望的人，也有看热闹的人，让池穗穗不要答应贺行望，看贺行望能做出什么事来，甚至因此萌生了一小部分"CP 粉"。贺行望是运动员，粉丝多是"事业粉"和"颜粉"，他是靠自己的实绩笑傲体育圈的，所以他喜欢谁或者是谈恋爱，与粉丝无关。而池穗穗长得漂亮，S 大毕业，又是新闻记者，一眼看上去，除了家境似乎不太好，没有任何问题了。

店里人声鼎沸。

张悦然坐在她们对面，想让池穗穗帮她顶包，没想到自己不过是在这里坐了十来分钟，网上的局势已经明朗了。

"你还在这里坐着，也要吃吗？"苏绵转过头道，"你和林京牧的事自己处理。"

自己吃的饭，自己吐出来。

张悦然：“你——”

池穗穗夹了一筷子菜，慢条斯理地开口道：“你有这个时间，不如花钱去撤了热搜。”

热搜是那么好撤的吗？张悦然见她这样回应，踩着高跟鞋气冲冲地离开了。等看到最新的新闻，她差点儿没气吐血。

“‘贺岁’CP好不好听？”

“什么贺岁？”

苏绵笑嘻嘻地说：“你和贺神的CP名啊，贺岁贺岁，听起来很有福气啊，网友真有才。”

池穗穗怔住了：“我和贺行望？”

“是啊。”苏绵随口念出了一条评论，“你们看到贺神接受采访时的视频了吗？贺神说话好温柔的。”她歪了下头，“这说的好像是真的。”

苏绵自从上一届奥运会之后就崇拜上了贺行望，他所有的比赛视频她都看过，采访也是，好像上次他的确很温和。

池穗穗挑了下眉，故意说：“你可以去采访他，就知道他温不温柔了。”

“那我还得努力。”苏绵又给自己加油打气，“不过话说回来，只要审美正常，谁都会选择贺神吧！”林京牧以偶像身份出道，后来沉寂了好几年，今年年初才因为一部剧爆火，进入大众的视线。没名气的时候他没什么钱，要赚钱就要到处跑，所以他的皮肤比以前差了不少。

和天之骄子贺行望相比，首先贵公子的气质林京牧就比不了，更不用说得天独厚的颜值。再加上贺行望站在世界舞台之巅，冷静而专注，那种气魄也不是林京牧可比的。不加粉丝滤镜，人人都能看出两人有天壤之别。

苏绵问：“穗穗，你上次采访的时候，对着贺神那张颜值爆表的脸，有没有心跳加速了？”

池穗穗说：“没有。”

苏绵睁大了眼：“我不信！”

池穗穗眨了下眼，不紧不慢地说：“可能是我经常能看到，看得多，心跳就不会加速。”

桌上安静了十几秒。苏绵一拍桌子："穗总，你梦里见的吧？"不然池穗穗怎么能经常见到，要么是天天刷视频看照片，要么就是梦里天天见。

池穗穗弯了弯眼，没否认。她总不能说她和贺行望住一起吧？

如今网络上的事几乎是瞬息万变。

林京牧的经纪人手下有好几个艺人，所以，经纪人并没有一直跟在林京牧身边。今天傍晚，林京牧昨晚和女生一起吃饭的事刚爆出来时，经纪人听他说是请记者吃饭，也没觉得这算什么大事。然而，公司澄清声明发出后没几分钟，风向就转了回来。有人放出视频，还说林京牧提到了池穗穗的名字，直接让池穗穗上了热搜。可是，池穗穗的热搜十分钟后就被撤下来了。不仅如此，论坛里讨论林京牧的女友的帖子也被删了不少，论坛网友都怀疑是林京牧请了"网络水军"。但是发现林京牧的黑帖还在首页，女友却不见踪影时，大家终于琢磨过来这是怎么回事了。

这池穗穗背后有人吧？

林京牧在公寓里也感觉奇怪。他和张悦然一起吃饭，是因为张悦然对他态度挺好，他正好也想问问池穗穗是怎么回事，竟然放他鸽子。

这年头哪个明星没点儿"水军"。林京牧联系"水军"，准备把自己从这件事里抽走，结果那边回答说："不好意思哦，今天不接单。"还有"水军"不接的事？林京牧还没来得及多问，就被经纪人劈头盖脸一顿骂："我看你是真飘了，单独请记者吃饭，你怎么不把人带回你家去吃饭呢？

"池穗穗在微博直接@你澄清，这次公司那边直接回收你的微博进行公关回复，以后你不要用微博了。这次不好好处理，林京牧，你的粉丝就都要'脱粉'了，你也完了。"

林京牧感觉喉咙口发干："先把热搜撤掉。"

经纪人冷笑道："你以为我不想啊？你的热搜刚撤就又被送上去了，你想想你得罪谁了吧！"

等挂断电话，林京牧后知后觉地反应过来。热搜被公司撤后又被送了上去，还排在第二，难道是对手整他？林京牧不停地刷新微博，发现自己的话题一直稳固在第二位置，第一是贺行望。该不会是池穗穗那边弄的吧？

林京牧沉默了好半天，才否决这个想法。池穗穗就是一个记者，而且张悦然只说池穗穗家里是有一点儿钱，家里若真有什么背景，她应该不至于去当一个普通记者，他越想越觉得不是池穗穗的可能性大。

娱乐公司很快在微博上发了澄清声明，强调了这件事与池穗穗无关，聊天提到池穗穗是因为看前两天的采访对她印象深刻。这次他们直接提到了南城电视台，至于记者是谁，公司思量许久，联系了南城电视台的负责人。南城电视台很快就转发了微博。虽然这看上去皆大欢喜，但一个电视台摆在那里，露过面的记者就那些，网友早就扒出视频中的记者是谁，林京牧的微博评论区很快沦陷。林京牧用小号刷新着大号下的评论，前排的控评结束后，后面直接冲上来的评论满是讥讽之意，越看越让他怒火中烧，偏偏还没有办法——他一用小号反驳人家，就被一群人追着骂。

一晚上过去，网上的事情总算确定下来，林京牧和某记者吃饭，池穗穗无辜遭殃，引得贺神为她澄清。事情简洁明了，方便群众“吃瓜”。

林京牧本以为这事澄清了就算结束，网友的忘性很大，只要他的剧一播出，到时候又是一切安宁。所以，他想通后就松了口气。结果他刚回房，就接到了经纪人的电话，还没来得及开口就直接被通知：“公司这两天正在接洽齐氏集团商讨你代言暑期零食大礼包的事情，刚刚得到消息，代言没了。”

“为什么？”

“人家说你新闻太多，怕影响销量。”

池穗穗的热搜当然是齐氏集团撤的。傍晚五点多钟，齐氏集团公关部那边直接接到上面的通知，要求他们把热搜撤掉，至于原因，不得而知。

几个员工处理完这事也快下班了，坐在那里讨论：“这新闻和我们公司有关吗？”

“公司前几天在接洽和林京牧的合作。”

“老板和贺家交好，贺行望都发微博了，老板讨厌，撤个热搜也很正常。”

讨论半天，几个人也没讨论出个结果来。

池穗穗和苏绵吃完饭，因为中途喝了一点儿小酒，池穗穗就让司机过来接她回柏岸公馆。她在路上刷了下微博，因为贺行望那一条微博，所以现在一眼看过去，评论区全是 @ 她请贺行望吃饭的。

池穗穗找出贺行望的微信，思忖片刻，发消息过去："大家让我请你吃饭。"

隔了几秒，跳出一条微信消息："谁？"

池穗穗估摸着他是在问这个"大家"是谁——当然是"吃瓜"群众和"CP 粉"了。但她这么回复好像有点儿不好，于是省略了后面几个字。

"网友。"池穗穗回道，还随手发了一张截图，上面微博粉丝的用户名千奇百怪。

早在半小时前回了柏岸公馆的贺行望刚从浴室出来，他的微博是登录着的，时不时会跳出一些通知，还有粉丝私信他。贺行望指尖一动，点开图片，只见一排顶着其他当红明星头像的粉丝的评论，其中一条格外显眼："高举'贺岁'大旗。"

微信上又来了一条新消息。

"到底吃不吃？"池穗穗发的。

贺行望莫名想起柏岸公馆那次，池穗穗做的那条卖相奇丑的鱼，嘴角一勾。

半晌，池穗穗收到了答复："吃。"一个字就够了。

请一个忌口特别多的运动员吃饭还真有点儿难办，池穗穗开了后车窗，边吹风边想着哪家店好。

外面的店不安全的原因是食材，各种肉类贺行望都不能吃，要是因为一顿饭让贺行望被检测出了兴奋剂，那她可以说是罪人了。还没等她想好，她就到家了。池穗穗下车后直接拎着包往家走，手中的手机振动了一下，她低头一看，是微信新消息。

"能点餐吗？"

池穗穗回了个"可"字，一边伸手要去开门，一边干脆发了条语音消息过去："什么时候回来吱一声。"她也好提前想想哪家店的东西好吃。

语音消息发过去几秒，面前的门自动开了。池穗穗的手刚碰上锁，她下意识地抬头，看到了里面站着的贺行望。男人的黑发湿漉凌乱，修长的脖颈上搭着一条毛巾，热腾腾的水汽晕染出英俊的五官，勾出分明的轮廓。也许是没想到她这么早回来，贺行望只在腰上围了条浴巾，水珠从发梢滴落，越过锁骨，一路向下。池穗穗眼前蓦地闪过苏绵今晚的问题。刚洗过澡的男人可真性感，她现在有那么一点儿心跳加速。

池穗穗刚回过神来，对上那双漆黑的眸子，一句“你在家？”还没有问出来，就听见了头顶的声音：“吱。”

这一声传来，池穗穗觉得自己今晚喝的酒有点儿上头。

这么一愣神，池穗穗的手就伸了过去。手上传来有点儿硬的触感，良好的名媛修养让池穗穗在几秒内回过神来，并且做出了相当完美的表情管理。她飞快地收回手，并且微微一笑道：“那个，想感受一下真人，别介意。你不是在基地吗？”解释加转移话题，完美。池穗穗给自己打了九分，还有一分怕自己骄傲。

贺行望先低头，又抬眸看了下她收回去的手，十指纤长，还有点儿冰，冷热对比之下，感官很奇妙。沉吟片刻，他回答：“刚回来的。”至于池穗穗动手摸他的事，就这么自然地被他略过了。他让开到一边，让池穗穗进屋。池穗穗从他身旁走过，还能闻到淡淡的沐浴露的清香，连带着还未散去的热气也传到她这边。她用右手冰了下自己的脸——酒喝多了，上头。

池穗穗抿了下唇，余光瞥见身侧的贺行望，近在咫尺的身体和白色的浴巾形成强烈的冲击。池穗穗眨了下眼睛。“我其实就是字面意思让你说一声，没让你真的吱一下。”池穗穗面无表情地说道，一只手撑在地上换鞋，这让她看上去有种诡异的萌感。

贺行望顺势看过去，只见池穗穗漂亮莹白的脚趾露在拖鞋外面，还染了樱粉色的指甲油，格外显眼。“人的正常反应。”他说。

“那你吃过晚饭了吗？”池穗穗抬头，“我今晚在外面吃过了，你要是没……”

“没有。”

他居然还真没有吃。池穗穗皱了下眉，又下意识地想了下自己家里的食材，可以说是什么都没有。平时她是从不下厨的，上班时三餐都在外面吃，周末有阿姨过来做饭。贺行望在家的时候早餐他会做，她就也有一份。

“那——”池穗穗有点儿迟疑，抬头对上贺行望沉静的双眼，甚至产生了一种他在专门等自己的感觉，“要不我让阿姨现在过来？”

“太晚了。”贺行望去厨房倒了杯水给她，抿了抿唇后开口，“我自己做吧。”

自己做？池穗穗挑了下眉：“家里食材不多。”她嘴角一扬，有点儿故意逗他的意思，“当然，如果你要吃沙拉的话，还是可以的。”

贺行望闻言看了她一眼，若有所思，不紧不慢地开口：“晚上吃少点儿没什么。”

见他这么认真地考虑，池穗穗没忍住——他可是运动员，吃是重中之重——将包扔在沙发上，顺手接过他手中的水杯：“不行，这样不好。”她仰头咕噜喝下去两口水，红唇水润，在灯下闪着光泽。

贺行望多看了两眼，不知为何，想起了上次晚上她眯着眼凑上来将他按住的模样，勾人又夺魂。

池穗穗与他对视，眉眼一弯道：“要不去我家刚投资的一家旋转餐厅吧，食材可以直接送过去，我们过去刚刚好。”准确来说，是齐氏收购了一家酒店，酒店自带顶楼餐厅，可以俯瞰整个南城，知名度很高。

“你想吃什么，上次的鱼吃吗？”池穗穗今天的眼尾勾得长一些，她这么一弯眼，带着似有若无的明艳妩媚感。

贺行望挑了下眉：“好，我去换衣服。”

“好，你快换。”池穗穗点头，忍不住想再摸摸他。

目前两人虽未订婚，但以后肯定是会结婚的，所以，就算现在做点儿什么也不出格。这么一想，池穗穗禁不住有些心旌摇曳。

贺行望上了楼，池穗穗也打算去换件衣服。池穗穗走在后面，目光恰好落在他的背影上，她就这么光明正大、理直气壮地看着。等贺行望转身进入走廊，她才低头打开手机，微信那个“学术交流群”不知何时已经被改了新名字——“此群男人禁入”。大概是上次的事让宋妙里产生了阴影。

群里，宋妙里和苏绵正用语言消息聊得很投机。

“今天我上班戴了一块百达翡丽的表，正好碰见顾南砚来病房看那个病人，我检查的时候不小心露了出来。”

"被发现了？"

"怎么会？我跟他说这是我花五百块钱买的假表，并且装模作样地给他推荐了一张名片。"

"后面一步其实可以不要……"

"不，这是为了以后铺垫。"宋妙里亲昵地说道，"小棉花，你要仔细想，以后我有什么奢侈品都可以说是从这人那里买的假的。"

苏绵近乎尖叫道："宋医生真牛！"

"谢谢夸奖，谢谢大家，谢谢。"

宋妙里一个人演完了一整部戏。池穗穗听完所有语音，想到宋妙里叫苏绵"小棉花"，忍不住哆嗦了两下。不过，相比之前她给宋妙里发礼服图片时，宋妙里随口就来的"宝贝"二字，这称呼似乎也不算什么。

池穗穗第一次见宋妙里追人，思索了几秒，在群里发消息："姐妹们。"

两个人齐齐回应。池穗穗低头打字发出去："如果看到了非常漂亮的肉体，上手摸会有什么后果？""肉体"两个字打出去，池穗穗感觉有点儿羞耻。

"后果——床上见。"宋妙里果断地回复。

苏绵则问："穗总是有什么艳遇吗？"

"没有。"似乎是为了佐证自己的话，池穗穗又补上了一句"用我的良心发誓"，虽然她觉得自己没什么良心。

下一秒，宋妙里回道："没有心，就不会受伤。"

池穗穗正想着，听到楼梯上有了动静。贺行望穿着一身休闲装下了楼，黑色的衬衫在灯光下勾勒出精瘦的腰身，袖口翻折。他又恢复了原有的冷漠模样。

池穗穗有那么一瞬间觉得，贺行望今晚是故意的，但他并不知道自己回来的时间点呀。虽然两人一起住了几年，但她还真没怎么见过贺行望像今天这样。以前她因为上课，是宿舍和柏岸公馆分开住，一星期有三四天会在这里，而贺行望大部分时间在射运中心，顶多晚上会回来。两个人撞上过多次，却从来都是以礼相待，早已培养出了默契。

可最近，池穗穗有了不一样的感觉。

晚上九点，两个人到达酒店。南城此刻正热闹，霓虹灯亮，宛如白日，酒店外偶尔有豪车停留、路过。

齐家人因为喜欢吃鱼，所以在国外建有培育基地，专门养殖深海鱼。每隔一段时间或者是主家想要，培育基地就会空运一些鱼过来。那条网友认为很寒酸的“小丑鱼”就来自那里。池穗穗打了个电话过去，不到半小时，鱼就送到了这边。餐位也已预留好，只等他们过去落座。所幸她今晚和苏绵吃得不多，这会儿就当是吃夜宵了。这次的鱼是池穗穗点名让厨师长做的。考虑到贺行望的运动员身份，要注意的事项说起来有点儿多，于是，一来到餐厅池穗穗就说：“要不你先去里面坐着，我去对主厨交代一下？”

贺行望说：“不用，一起。”

两个人刚到休息室门外，就听到里面响起熟悉的女声：“我蒋家的面子都不够了？”

“蒋小姐……”服务员打开门，随后便端来了茶水和瓜果。

“蒋小姐，吵什么呢？”池穗穗端起一旁的茶杯抿了口茶，又拣着瓜果吃了一块，随意散漫的模样漂亮又张扬。主厨正要开口打招呼，被她一个眼神制止。

蒋瑞雪抬头，一眼就看出池穗穗身上的衣服是私人定制的，上面的刺绣是手工制作的，在灯光的映照下，隐约有流光闪烁。

南城名媛圈里，池穗穗说是低调，但又高调，每次出场必定是中心，还会引起其他人争相模仿。看到池穗穗身后的男人，蒋瑞雪目光一闪。南城上流圈子里的人都知道，贺家和齐家是要联姻的，就等着公开时间而已。

“池大小姐也来这里吃饭？”蒋瑞雪撩了下头发，目光灼灼地道，“和贺神一起啊。”

池穗穗笑道：“不然来观光？”

蒋瑞雪被她这一句话堵住了。她对“观光”这个词很敏感。蒋瑞雪在男女关系上比较开放，男朋友隔天换一个，这在南城名媛圈里也不算稀奇。但她比较出名。因为上次她带了几个小姐妹去一个知名会所，结果那天那家会所被人举报了。警方进去检查时，对里面的人逐一进行了询问。蒋瑞雪所在的包间人多，众小姐妹胆子都跟那泡沫似的，一戳就破，只有她在被询问是不是聚众干什么时说了个“观光”。后来这事不知道被哪个人捅了出去，蒋瑞雪差点儿没气歪鼻子，和小姐妹闹翻了不说，还被家里关着，一直到最近几天才出来，外面发生了什么，她一概不清楚。

池穗穗绝对是故意说这个词的！

天地良心，池穗穗要是知道蒋瑞雪的想法，绝对会觉得自己冤枉。她只是听宋医生用这个词用多了，就习惯拿来用。

厨师长偷偷打量两人，一对比，池穗穗明艳动人，这位蒋小姐文雅的脸看上去就没那么吸引人了。

蒋瑞雪哼了声，转向主厨道：“我刚刚说的那几样菜不要，刚刚你们不是有人送鱼过来了？就上条鱼吧。”

她抬着下巴，优越感爆棚。那种鱼她以前没吃过，倒是听说齐家经常会从外面送鱼过来，因为池穗穗爱吃鱼，那她今天吃定这鱼了。

“对不起。”主厨说，“这是私人食材。”

蒋瑞雪不在意地哦了声：“那我买啊，一条鱼而已，我花钱坐私座不是用来看的，那个人是谁？”

不远处，池穗穗拿着一根牙签叉了块西瓜，送到贺行望唇边，轻声问：“你能不能吃？”

“我觉得你还是不能吃外面的。”池穗穗又在贺行望反应过来前，缩回手来自己吃了西瓜，这一番调戏让她笑开了花。贺行望没说话，只看着她。蒋瑞雪看到这一幕，以为是贺行望没搭理池穗穗，不觉在心里冷笑了两声。

主厨看了眼池穗穗道：“这属于客人隐私。”

蒋瑞雪一下子面色晴转阴：“你和我说话看她干什么，难不成就只有她能吃，我不能吃？”

主厨心想：还真是。

池穗穗长这么大，见过无数觉得自己家背景厉害的人，蒋瑞雪不是第一个，也不是最后一个。鱼是她的，也只能她吃。池穗穗眨巴了一下眼。她以后会和贺行望结婚，而且他今天还在微博上帮了自己，所以鱼顶多再分给贺行望，不能再多给别人了。正如齐信诚所说，她是个抠门又小气的人。

池穗穗不在意地用纸巾擦了擦手，云淡风轻地开口道："你说得对，我能吃，你不能。"

"池穗穗。"蒋瑞雪走近几步，看了眼没说话的贺行望，声音放得有些低，"你在贺神面前这么嚣张？"隐晦的暗示夹杂其中。这人就不怕被贺行望厌恶吗？两个人没结婚，以后谁说得准呢？

池穗穗扭过头，微抬下巴问："贺行望，我嚣张吗？"

她周围的大小姐都喜欢恭维她，一阵一阵地吹"彩虹屁"，能在这样的环境下把持住，不太容易。

蒋瑞雪的目光也跟着转过去。

"嗯。"贺行望思索几秒，给了肯定回答。

现在是可以拆台的时候吗？池穗穗一个眼刀子飞了过去，上挑的眉眼像玫瑰花的刺，一用力就会刺疼人。

贺行望神色淡定，继续说："挺好看的。"她艳丽璀璨，嚣张得好看极了。

蒋瑞雪一时有点儿蒙，开始还没听懂这四个字是什么意思，一转眼看到池穗穗的表情才明白。

蒋瑞雪一扭头就被气走了。

"你也太捧场了吧！"等蒋瑞雪走后，池穗穗才一扬眉梢道，"她的反应是不是慢半拍？"这么明显的话还要等几秒才反应过来。

贺行望见她认真思索蒋瑞雪的反应速度问题，回答说："可能是她太吃惊了。"

"也是。"池穗穗看了眼被关上的门，"其实她还挺好玩的，比起其他人都算天真可爱的了，还知道关门。"

贺行望没说话，主要是不知道怎么接。他知道南城有一群大小姐脾气大，当然其中脾气最大的还是池穗穗，不过一般人不惹她，她也不会搭理别人。

池穗穗对蒋瑞雪的印象其实还真不差。中学时期，蒋瑞雪比现在还要嚣张，他们家单出了她一个女儿，宠得太过。明面上蒋瑞雪有一个姐妹团，实际上她被这些小姐妹耍得团团转。她们一天到晚怂恿蒋瑞雪去嘲讽这个、诋毁那个。有一次，她们惹到池穗穗头上，池穗穗直接把她的姐妹团说散了。蒋瑞雪这人反应慢，但记性好，都二十多岁了还记得这事。

主厨在这边仿佛一个隐形人。直到大小姐终于回过头发现他了，这才开始和他说菜单的事，还有注意事项。

“这个也不行，不能加。”

“好的。”

“不要这个肉。”

“这个肉确定不要吗？”

“不要。”

“我们可以保证没有任何问题。”

池穗穗仔细想了一下道：“不行。”不怕一万，就怕万一。贺行望的每一分训练都是为了未来，都是为了国家，她不能因为一点点口腹之欲就让他的一切努力化为云烟。

贺行望本来以为会是自己来说，毕竟没人比他更清楚自己饮食上的注意点，没想到池穗穗一开口就是一长串。他抬眸，目光在她身上稍顿。池穗穗正拿着一份私人菜单靠在沙发上懒洋洋地说话，举手投足之间尽显优雅气质。

等说完了，两个人才一起去私座。这餐厅的私座不是有钱就能坐的，一般预订都要提前半个月，像蒋瑞雪就是一个月前订的。今天的这条鱼做得比池穗穗的好看。毕竟是主厨，对食材还是相当会处理的，即使缺失了一些调料，也能做得色香味俱全。

池穗穗本来只打算吃一些甜品的，结果没忍住夹了几块鱼，好吃得眯起了眼。她怀疑今天回去之后，明天得做一整天的运动才行。

“怎么样？”池穗穗问。

“味道不错。”贺行望点头。只是他觉得这次的鱼并没有上一次的味道好，也许是因为先入为主，池穗穗做的鱼即使卖相丑，味道并不差。

“主要是你回来得太突然了。”池穗穗靠在椅子上，“我本来以为你要下个月才能回来。”

贺行望说："严格来说是没错。"他是突然决定回来的。

射运中心给他很大限度的自由，但他很多时候不会出来，有时间就会握枪。他这个周末都是空闲时间。回去时已经是十一点，池穗穗摸了下自己的肚子，估量着明天的运动量。虽然她现在很少参加宴会，但身为名媛，是不容许身材管理上出问题的。她一抬头，看到贺行望正在看她。

池穗穗将手移开："我感受一下。"

贺行望嗯了声。

池穗穗伸手打开车窗，风吹进来的一瞬间，她听见身旁的男人的声音："像感受我的一样？"好死不死又被提起今晚鬼使神差的那一下，池穗穗都差点儿忘了这事，没想到贺行望能记住，还能准确无误地插到这个话题里。

前面的司机眼皮子跳了一下。

池穗穗眯起眼睛道："爱美之心。"她随口给自己找了个借口，并且暗示贺行望不要再记着这事，否则以后不要让她请吃饭了。

贺行望如她所愿地安静下来。池穗穗看着窗外的夜景，不知为何，又突然回想起在餐厅时蒋瑞雪的表情——惊诧，难以置信。在贺行望说出"挺好看的"几个字后，有那么一瞬间，池穗穗感觉他还是很适合她的。她想，池穗穗就算是联姻，也会比其他人好上一百倍、一千倍，更别提联姻对象还是贺行望。

第四章

男朋友

日有所思，夜有所梦，晚上池穗穗就梦到了自己的婚礼，一切都很模糊，只有贺行望的脸是清晰的——还好不是春梦。

第二天一起床，池穗穗眼前蓦地又浮现出昨晚贺行望打开门时的样子。宋医生的电话打断了她的思路，内容倒是没什么，是一个派对邀请，宋医生大概是得知了昨晚的事，还问贺行望能不能来。

“你觉得他能来吗？”池穗穗坐在床上，把头发捋上去，即使头发这般凌乱，她也美得惊人。

“所以我才问你啊。”宋妙里把问题推给她，“你们昨晚不是还在蒋瑞雪面前秀了一番恩爱吗？”

“蒋瑞雪说的？”

“她的小姐妹透露的。”

“她怎么还没吸取教训。”池穗穗百思不得其解，“跟她闹掰过的‘塑料’姐妹都可以绕南城一圈了吧？”

宋医生毫不在意："这得问她自己。贺行望不来也行，我就是随口一问而已，你们两个好久没有一起出现了。"

"不会下次一起出现就是在婚礼现场吧？"见池穗穗不接话，宋医生又补充道。

池穗穗眼睛一挑："有可能。"

她这么大方承认，宋妙里反倒不知道怎么接话茬。调侃了一下，她给池穗穗说了地点和时间，就挂了电话。

池穗穗虽然觉得贺行望不会去的，但她洗漱完下楼还是决定问一下，一下楼才看到贺行望在写东西。一张方格纸、一支笔，他写得很认真，也很严谨。池穗穗撑着脸看了会儿，发现这纸上每个字都没有一丁点儿出方框，虽然草，却很好看："这是写什么？"

"训练耐心。"贺行望刚好写完一整页纸，收了笔，"早餐在厨房里热着。"

池穗穗不再打扰他。吃早餐时，她顺口提了下派对的事情，说是派对，其实就是一个名媛和"富二代"的聚会，每个月这样的聚会都要来上几次，不稀奇。

"可以去。"在池穗穗说完之后，贺行望却答应了。

"你今天不回射运中心吗？"池穗穗有点儿惊讶，"不需要训练？"

贺行望开口："星期一回去。"

池穗穗点了点头："其实你没必要去。"

贺行望慢条斯理地说："我觉得有必要了解一下你的生活，这样结婚以后我们才不会有隔阂。"

池穗穗嘟了嘟嘴："你说得挺有道理。"

两个人到会场的时候，人差不多来齐了。池穗穗一进场，几乎所有人看了过去，之后各名媛又连忙和旁边的小姐妹咬起了耳朵。

"别人跟我说池穗穗要来，我还不信。"

"她旁边的男人好眼熟啊。"不关注体育圈的大小姐一大堆，见到贺行望的侧脸和背影一直觉得有点儿眼熟。

"瑞雪，这是谁啊？"

一直坐在里面的蒋瑞雪冷笑一声道："不认识，没见过。"她还记得昨晚的"一鱼之仇"。她也是回家后才知道，那家酒店连带着餐厅都被齐氏收购了，怪不得池穗穗当时那么嚣张。

旁边的人没忍住笑道："贺行望啊。"

几个刚刚挤进这个圈子的女生睁大眼。她们当然听过贺行望，还看过他的比赛，只是不知道他会和池穗穗一起过来参加这个小派对。南城圈子里还分很多圈子，在这大大小小的圈子里，池穗穗和贺行望就是最核心的两个人。很多人有心攀上贺家都没机会，一来贺行望基本不在家，二来据说他以后会和池穗穗结婚。

"看样子两人是真要结婚了。"

"又是贺神，又是贺家的继承人……"

这双重身份加起来，一众大小姐齐齐感慨又欣羡：池穗穗可真是运气爆棚。南城的哪个"富二代"有这个能力？光一个贺家继承人就够让人仰望了，还来一个国家偶像。这次一见见俩，众人都有眼力见儿地迅速凑了过去。

池穗穗还准备带贺行望体验一下"白富美"们的派对，这一下就被围了个正着。她母亲出身音乐世家，是名门之后，父亲是齐氏集团董事长，而她本人是被千娇万宠的大小姐。女生们不要钱的好话就跟豆子一样，一颗颗地往外冒，都不带重复的。

贺行望很少参加公开的宴会，更别提这种女生众多的派对——礼服的颜色都能让他看花眼，更别提各种香水味了……池穗穗的衣帽间将香水单独分了个展柜，但他从没觉得难闻。贺行望一时之间对自己的嗅觉感到了怀疑。

有几个大小姐修养极好，她们捧一下池穗穗后，也会接着捧一下贺行望，声音甜腻——贺行望姑且这么认为。至于那些趁着池穗穗扭头就抛媚眼给他的人，直接被他无视了。他偏过头，看池穗穗言笑晏晏，不常开口，却掌握了谈话的节奏，像是天生的女王。

一场派对两个人只参加了十来分钟。

回去的路上，池穗穗问："是不是觉得很头疼？"她觉得贺行望下一秒就能冷着脸对她们说“不好意思，还不如我去射击来得好玩”。

贺行望思索了几秒道：“还好。”就是那些人真的太香了，他皱着眉，回忆起当时的情景，但最终什么也没想起来，反而是池穗穗身上的味道格外清晰，清新又不失淡雅，很好闻。

他皱着眉的样子太好玩，池穗穗还没有说下一句话，包里的手机响了，是苏绵来的电话：“穗总，主任突然说今天加班。”

加班的原因所有人都能猜到——林京牧和张悦然的事情。张悦然也被叫了回来，人齐了直接去会议室开会，毕竟是星期六，人来得迟。原本这只是部门的一个采访，现在不仅全网知道，电视台的领导也知道了。昨天晚上没有澄清时，很多人在南城电视台的官微下评论，负责官微的人也不敢贸然发微博和回复，只能打电话给领导。再加上后来的事，从半夜到现在，评论里大多数人提到了张悦然的名字。

上次他们力压庆城电视台出尽风头，这回自己的电视台出问题，其他电视台都乐得看热闹，所以这事儿必须好好解决。

池穗穗来得不算早也不算迟，衣服都没来得及换。

“穗穗，你今天……这么漂亮啊。”

“你这身衣服配你。”

池穗穗笑了笑，回了自己的座位。她参加休闲派对穿的衣服，能不好看吗？不好看，明天南城名媛圈就能传出她已经过气的小道消息。

名媛圈看上去很和谐，实际上大多是“塑料”姐妹。不然蒋瑞雪也不会从初中到现在，换了一拨又一拨的小姐妹。她现在已成了“塑料”姐妹的探测器。

苏绵眨巴着眼：“穗总，你真好看。”

池穗穗看着个子高，脸却小，眉眼精致如画，隐隐约约带着侵略性，一举一动都透着明艳感。

池穗穗掐了下她的脸，苏绵大概是最近吃多了，手感怪好的。“张悦然呢？”新闻中心人物今天不可能不来。

“在主任的办公室里，应该是有处罚的。”苏绵小声说，“听说昨天晚上电视台这边忙着公关，加班了。”

领导可不是得气死。这件事刚出来的时候已经是下班时间，再加上后来发展成那样都已经到晚上了，总不能大晚上把人叫回来，所以只能星期六一大早叫了。张悦然比她们都早到，一个人被叫去了主任办公室。主任气得不行，昨晚被台长打着电话骂，后面其他部门的主任还明里来安慰，暗里来嘲讽。

“主任，我和林京牧真的没什么。”张悦然昨晚一夜没睡，现在脸上的黑眼圈用粉底才堪堪遮住，“林京牧说要请我吃饭，还有我们部门记者的事和我说，我一听就去了。”

她微微低着头，咬了咬唇开口：“林京牧以前对记者的态度挺好的，我没怀疑。”

“视频都摆在那里了，单纯吃个饭会成现在这样？”主任瞪眼，但还是问，“他要和你说什么？”

“说池穗穗。”

主任的办公室外，几个人坐在自己的位置上。虽然新闻不是关于自己的，但领导把人都叫过来开会，谁也不会觉得安心。

苏绵摸了摸自己的心口：“心跳好快。”

池穗穗说：“又不是你的新闻，你怕什么？”

“可是我总觉得张悦然会瞎说什么。”苏绵的直觉一向准，“这采访一开始是你的，说不定她还要诬赖你。”

“我会怕吗？”池穗穗嘴角一弯，语气冷静。

苏绵正要再说什么，主任办公室的门开了，张悦然从里面伸出头：“池穗穗，主任叫你进来。”

办公区内一下子安静下来，张悦然说完，就关上了门。苏绵反应过来道：“我说什么？这人自己搞出来的新闻，还要拉别人下水。”

池穗穗只是浅浅一笑道：“这可不一定，她想拉我下水，也得看我愿不愿意。”她说得很轻松。

苏绵之前从宋医生那里听到了池穗穗的一系列事迹，现在感觉“穗总”这个称号还真是没叫错。张悦然这回怕是要自己淹死自己。

池穗穗空手去的主任办公室。没人注意办公区的人是不是在认真加班，苏绵看着她挺拔的背影，感觉她就像是在走一条登顶之路，长鬈发披在背后，依稀露出耳垂上的钻石耳饰，鞋跟踩在地上噔噔作响，显得潇洒又自信。

池穗穗一进去就看到张悦然站在另一边，眼睛有点儿红，也不知道是不是哭过，看上去怪让人心疼的。

见池穗穗看自己，张悦然才转过头。张悦然刚刚只是在门外随便看了下池穗穗，现在近距离下才看清她的打扮，精致到让人嫉妒。作为一个爱美的人，张悦然经常看一些杂志，也会看一些时装秀，还有明星的红毯照。池穗穗这么一身，让张悦然觉得很惊艳。

实际上昨天的事刚出来，张悦然去找池穗穗时，微博上还没有人发现是她自己和林京牧吃的饭。她本想让池穗穗不要理会这事，任由网友去猜测，谁知道她刚到，池穗穗的微博已经发出去了，这样就只能撕破脸了。

主任还是非常公平的，起码没有偏帮谁。他转向池穗穗道："小池，你之前采访林京牧为什么一直拖延到星期四？"

池穗穗挑了下眉。她还以为一进来就会遭到主任的质问，毕竟张悦然是绝对不会放过任何诋毁她的机会的。

"我觉得采访效果不算好。"池穗穗很淡然地开口道。

"是不算好，还是压根儿就没采访完？"张悦然突然在一旁插话，"你上心了吗？"

池穗穗瞥了她一眼。虽然只是简单的一个眼神，张悦然却有一种被冰水当头浇下的感觉。

"小张！"主任呵斥完，又转向池穗穗："我听说那边说你对待受访人的态度不是很专业，你有没有什么想说的？"

池穗穗勾唇道："没什么想说的。"

这句话一出来，张悦然的眼睛就亮了。她和林京牧吃饭的一个原因就是要聊池穗穗的事，林京牧虽然没有明说池穗穗态度不好，但有暗示。一个记者对受访人态度不好，那可以说是不够专业。

"你作为一个新闻记者，对待受访人的态度平和可以说是专业素养，哪有对待受访人态度不专业的？"张悦然嘲讽道。

"你听林京牧说的？"池穗穗忽然偏过头，目光落在张悦然身上，"吃饭的时候说的？”

“你——”一提到吃饭，张悦然就一肚子火，自己的微博账号幸好没有暴露，否则早就沦陷了。她看了下主任，狡辩道：“这和你没有关系。你之前不是采访谁速度都挺快的嘛，轮到林京牧就拖延了两三天，最后还是丢给了我。”

张悦然一说完就看到池穗穗上扬的嘴角，暗道不妙，果然听到了她的下一句话：“作为一个新闻工作者，用字要准确。”张悦然一开始还没反应过来她说的是哪个字。

池穗穗抬头，表情淡定地道：“关于我的态度，之前的采访视频我保留了的，主任想看我可以发过去。张记者也需要看看吗？”池穗穗只留了余光给张悦然。

听见这话，张悦然差点儿说出脏话来。池穗穗这么嚣张，张悦然不用想就知道视频没有问题。她落于下风的原因主要是太相信林京牧的暗示了，而且她去采访的时候也和他的助理聊天了，助理说池穗穗两次直接挂断了电话，这更加佐证了她的推论。所以今天张悦然在被责问时，便毫不犹豫地把池穗穗拉出来平息主任的怒火。

主任倒是觉得池穗穗说的话是真的。毕竟他不是不知道池穗穗的能力，昨天看到她发微博澄清，也觉得她处理得很利落，这份利落倒是很难得。池穗穗长得好看，能力也不错，而且平常交上来的采访稿都漂亮得让人难以找出缺点。

对一个明星的采访，池穗穗不至于那么敷衍，而且张悦然说她的原话是“可能是采访过贺行望了，所以对这个采访对象不太满意”。

就在这时，主任的电话响了。

张悦然和池穗穗就只能听见主任应声，听不见对面的人的声音，也不知道对面的人说了什么。

挂断电话，主任才开口：“这件事情对电视台的名誉影响很大，所以台长那边要求严肃处理。”

此话一出，张悦然的眼皮子猛地一跳。

“张悦然，你先停职一个月，写一份五千字的检讨。”主任说，“一星期之后必须交上来。”

“我——”张悦然眼前一黑，五千字的检讨不提，停职一个月太久了，久到新人都能够取代她，“那她呢？”

她不问还好，一问主任就更气：“这件事她也是受害者，还是被你牵连的，你还需要向小池道歉。”

池穗穗弯了弯眼睛。

办公室外等着一群人，好好的星期六被叫回来加班也是有怨气的，当然对张悦然的态度就不怎么好了。

“这件事和穗穗无关吧。”

“我猜是张悦然说了什么，两个人关系一向不好。”

“也不知道主任怎么解决。”

几人正说着，办公室的门一下子开了。池穗穗和张悦然一前一后地出来，一个脸上带着浅笑，一个阴沉着脸，结果显而易见。

早就等不及的苏绵迫不及待地问：“怎么样，主任怎么说的，怎么处理这事？”

池穗穗坐回椅子上，随口说了下。她还没说完，主任就从办公室出来了，直接宣布了对张悦然的处分：“这种事情，我不希望发生第二次，到时候处理结果就不会这么轻了。你们是记者，这份职业让你们和受访人面对面交流，不是让你们为一己私欲利用的。”

张悦然脸色惨白。

等主任回了办公室之后，原本的会议也不用开了，大家直接回家。不用加班了，老员工渐渐都走完了。

苏绵背着自己的包，兴致勃勃地道：“穗总，走吧，我请你吃饭，去去晦气。”她的话音刚落，张悦然就没忍住开口了。

“苏绵你什么意思？”

“我又没和你说话，你这就对号入座了？”苏绵当记者这么久，也不是个小绵羊。

张悦然放下收拾东西的手：“你不过是一个刚转正的记者，不用这么得意。”她虽然面对着苏绵，说的却是池穗穗，“还没采访过几个人，等什么时候不靠那张脸了，再来和我说话吧。”

苏绵差点儿被气笑。谁想和她说话啊，她一个人在那里表演，嘲讽来嘲讽去的，怕不是失心疯了吧。

还没走的几个实习生都躲在远处看戏。这场池穗穗和张悦然终于撕破脸的戏，她们也算是吃到新鲜的“瓜”了。

“你说谁靠脸？”苏绵质问。

“这不是很明显吗？”张悦然露出一个讥讽的笑容，“之前你们学校那个晚会，你能上台表演不是因为一张脸吗？后来这事都上热搜了，大家都知道，没有不承认的必要，而且网友都夸你好看。”

她几乎是摆明了在说池穗穗。反正她要停职了，接下来一个月都不会来电视台，早撕破脸和晚撕破脸并没什么区别。

池穗穗问：“说完了吗？”

张悦然哼了一声，低头收拾自己的东西。池穗穗突然从桌上拿出一个小喇叭，这还是之前从网上淘的，因为外表好看、功能够多。

“来，对着它说。”她语气冷厉地道。

“你干什么？”张悦然后退了一步。

“别紧张。”池穗穗忽然笑了，“不过是个录音工具而已，顶多还能扩音播放一下。”

“再给你一次发挥的机会，不说也没关系。”说着，池穗穗伸手打开了小喇叭，将刚才张悦然的话一字不落地播放了出来，那声音甚至挺有节奏感，跟 rap（说唱音乐）似的。喇叭的声音不大不小，整个办公区的人全都能听见。

张悦然的脸直接绿了，她连池穗穗什么时候录音的都不知道，更别提这录音居然还能扩音播放。几个实习生没忍住笑了出来，甚至偷偷拿手机录视频——这也太好笑了。

“张记者停职期间没工资。”池穗穗微抬下巴道，“要不我给你推荐一个录音棚，出道吧。”

张悦然瞪大了眼。

池穗穗将小喇叭放在桌上，听着如同 rap 的背景音，感慨道：“你刚才说我什么？长得好看？”

“对！她说穗总你最好看！”苏绵捧场道，“天姿国色、风华绝代、倾国倾城……”成语一个接一个地往外冒。张悦然的脸更绿了，她什么时候这么说了？这种话苏绵居然也说得出口。

池穗穗说：“谢谢你夸我长得好看，你总算说了句实话。”

张悦然一句话都说不出来。

池穗穗又开口道：“不过你还没有向我道歉。”

她刚说完，办公室的门被打开，主任从里面出来，也听到这句话，连忙板着脸道：“快道歉。”

张悦然眼眶发红，不情不愿地道了歉。

池穗穗神清气爽，对她温柔一笑，差点儿没把张悦然气得倒在办公区，耳朵都连连发疼。池穗穗今天的妆很高调，显得盛气凌人，怼人的时候高贵冷艳。

池穗穗和苏绵从电视台出来时，外面天气很热。

苏绵在一旁喋喋不休：“那个小喇叭的功能好多，还有倍速播放，我要去买一个，万一哪天派上用场了呢！”她甚至在群里实时和宋妙里播报情况。

苏绵说了十来句话，宋医生最后百忙之中抽空回复：“穗儿牛！”

池穗穗拒绝了苏绵的午餐邀请，并且绝情地回了家。

柏岸公馆里空无一人。她怀疑上午贺行望被派对上的事刺激到了，所以没忍住回了射运中心，正好让她一个人待着。

池穗穗把那个小喇叭带了回来。这小喇叭她买了半个月，一直放在桌上当个摆设，也是今天张悦然说话的时候，她突然想起来用的，一下子用录音、扩音、播放给了张悦然三连击。

阿姨早上来打扫过房子，还在桌上放了一盆鲜活的绿色仙人掌，浑身带刺。

家里没人，她意外地可以放肆。池穗穗将小喇叭打开并播放录音，临到了楼梯上，觉得声音太小，又回去把录音投入房子里的音响中，这下三百六十度环绕立体声播放起来。张悦然的话立刻再次唤起了池穗穗的回忆。从她“内涵”自己开始，到苏绵的故意回答，说实话，虽然张悦然说的话很神奇，但被这么录下来再度播放，就有种很好玩的感觉。

池穗穗一边上楼，一边脱着身上的裙子，想着待会儿给自己弄一份沙拉当午餐，毕竟昨晚她吃得有点儿多。想到这个，池穗穗想起自己今天还没有上微博看看，不知道风向转到哪里了。

柏岸公馆当初装修时，她就做了一系列改造，包括为了开派对设置的环绕音响，只是这么久还没举办过一次派对。

书房里，贺行望正在开视频会议，电脑对面的人正在汇报最近贺氏的项目，内容很多，所以一直没停过。就在这时，有微弱的声音响起。贺行望拧了一下眉，想再专注听项目汇报，却又不时被外面的响动勾走心神，到最后外面的声音变得清晰许多，非常有节奏地来回重复“风华绝代”“天姿国色”“倾国倾城”几个词，还有“你最好看”。

书房里安静下来。电脑对面的众人也仿佛听到了一点儿声音，半天，终于有人出声：“小贺总，这是——”

难道这是齐家大小姐在演讲？那这演讲词着实不对劲儿，来回就那么几个词，还都是意思重复的——难不成这是池穗穗的新爱好？最近是有什么“彩虹屁”大赛举办吗？他们作为贺氏的高层，自然知道一些事情。该不会是齐家大小姐不想当记者了，又突然想去当演讲家吧？那还真有点儿让人害怕。

他们对面的贺行望依旧正襟危坐，仿佛丝毫没有被影响到。然后他突然嗯了声，抬眸说：“今天的会议就到这里。”随后视频被切断。

贺行望拉开椅子，打开房门，瞬间就听到了被门挡住的声音。他拉开门的动静不小，池穗穗刚到自己的房间门口，听到动静，下意识地扭过头看去：“你怎么现在还在家里？”她的裙子才褪了一半，白生生的后背上是漂亮的蝴蝶骨，腰窝若隐若现，再往下是一丝边缘露在外面的内衣。

贺行望见过池穗穗穿露背的礼服，漂亮、性感，但不足以与今天的画面相比。贺行望收回视线，垂下眼，喉结动了下，声音略沉：“那我应该在哪里？”话语简洁冷淡。

池穗穗将手中的裙子拉了起来，遮住上半身：“那你是在睡觉啊，怎么这么早就醒了？”虽然这动作有点儿欲盖弥彰。

贺行望淡淡地说：“不早。”不知道为什么，池穗穗总觉得他的这两个字里隐藏了一整句话——不早，再晚一点儿，她就脱完了。

客厅里还回放着那段苏绵说的话。池穗穗十分淡定地扭回头，没耽搁地回了自己的房间，换上了一套居家服。原本穿睡裙的打算也被她抛弃，如果是平平常常地撞见还好，关键是她的小喇叭还在下面播放，声音还立体环绕整个房子。

池穗穗一时之间品出了无数种尴尬情绪。她下楼时，声音已经被关了，只有小喇叭放在桌上，一副安静又无辜的可怜模样。

贺行望沉默地下了楼。

厨房里还放着他下午买的食材，本来以为自己今天一个人在家吃，谁知道就听见这么神奇的激情赞美。现在他眼前是刚刚池穗穗在楼梯上脱裙子的画面。

“我以为你不在家。”池穗穗咳嗽一声，靠在中岛台上，有意无意地暗示道，“刚刚那个背景音是你关的……”

“你说的是——”贺行望微倾过身来，忽然开口，“是那个一直播放着‘风华绝代’‘天姿国色’的小喇叭吗？”他表情淡淡的，一开口就是一个长句。听苏绵说的时候，池穗穗觉得很好玩来着，听他这么一复述，明明是夸奖的词却带上了一种微妙感。她向来没有尴尬这种情绪，却在他面前无所遁形。

“我是不是没有总结好？”贺行望忽然想起来。里面还提了“倾国倾城”，倾倒南城一众，似乎也没错。

池穗穗感觉尾椎骨都开始发麻，打断他的话道：“这是萝卜吗？你吃萝卜吗？”她一手拿着根胡萝卜，大有贺行望再说一句，就把这萝卜塞进他嘴里的架势。

贺行望的目光在萝卜上定了几秒，他思考着她这么行动的可能性，最后没再继续说话，低头洗菜。水流从指缝中穿过，衬得他的手指修长漂亮、勾人心魄。

他抬眸道：“我之前说星期一回去。”见到池穗穗的目光落在自己的手上，贺行望又低头问，“喜欢吃这个菜？”

“不是。”池穗穗转了转胡萝卜，眨巴了一下眼，“我在看你的手，很漂亮。”

贺行望的动作顿了一下。

事实上不止一个人这么说过，他的微博粉丝也经常这么夸，尤其是在比赛结束后，有采访的截图能看到他的手。但那都是文字上的评价，他还是第一次听人说出来。贺行望不由得看了下池穗穗撑在中岛台上的手，中岛台是浅色的，但她的手放在上面很显白，十指纤纤，如同葱白。大概是职业原因，她的指甲修剪得很圆润，只染了不明显的指甲油，看着格外粉嫩。

贺行望眼前蓦地浮现几分钟前池穗穗站在楼梯上，双手往后搁在背上掐着裙子的模样。他抿了抿唇道：“你的手也很漂亮。”

池穗穗说：“你好像一个没有感情的夸奖机器。”

贺行望抬起头来：“说的真话。”

池穗穗没忍住，勾唇笑道：“我随口说的。你买的东西够不够我们两个人吃？”她伸手去扒拉袋子。他买的东西虽然少，但看得出都是两人份的。

“本来是预留给你晚上吃的。”贺行望将水龙头关了，指尖还在滴水，滴答滴答的。

“好吧，现在一顿吃了。”池穗穗本来还打算中午吃沙拉的，但是一看贺行望似乎要下厨，就有点儿犹豫了。

吃到贺行望做的饭不容易，池穗穗在“今天不吃他做的饭”和“今天做健身控制”中间摇摆了几秒，果断选择了前一个。她可以明天控制，但饭错过就没了。事实证明她的选择是对的。

贺行望今天只做了三样菜，但样样都是她爱吃的。池穗穗坐在餐桌前思考了半分钟，最终下结论：这可能是巧合。她和贺行望很少在家里做午餐、晚餐。结婚这种事，她年少不知事时也厌烦过，后来觉得指不定两个人就各自找到真爱了；等住进柏岸公馆，她又觉得结婚也不是不行。

他长得好看，又不惹人生气，还挺大方，关键是做饭好吃，池穗穗有那么一瞬间想着，就为了以后的每一餐嫁了也不亏，更何况她现在还挺喜欢他的。

吃完饭，池穗穗主动洗了碗。她总不能吃了贺行望做的饭菜，还让他洗碗，那看起来像是个奴役仆人的恶毒大小姐。

说是星期一回去，但是因为射运中心那边的事，贺行望下午接到电话要回去拿个东西。

今天才星期六，微博上的事虽然已经消下去一点儿，但还是网友讨论的重点。不管是被贺行望点赞的还是转发的微博，现在评论数都已经爆表，多的是“吃瓜”看热闹的人。因为林京牧和贺行望的名气，池穗穗夹在中间，微博反而又涨了几万粉丝，让一众十八线小明星哭晕在家里——池穗穗这粉丝的数量和活跃度，都直接“吊打”他们了。

射运中心里，大家都知道网上的事了。

射运中心平时不禁手机，但是他们不会用太长时间的手机，因为长时间敲击键盘打字，会让他们握枪时的灵敏度降低，所以很多时候能打电话就直接打电话。现在和十几年前不同，他们想家里人了就可以直接打个视频电话过去，所以这也就导致他们看到新闻的时候，一切已经尘埃落定，瓜熟蒂落大半天了。

咚咚，李怀明敲了敲门，一脸跃跃欲试，就差没有直接冲进去询问了：“贺神，微博上的事情，是真的还是假的？”

门被从里面打开。

“什么真的假的？”贺行望手里拎着一个袋子，站在门后。他今天回来只是拿东西的，所以还是穿的休闲装，腿笔直修长，肩宽腰窄。

李怀明老嫉妒了：“就是微博上说的事，你发的微博——”他比画了一下，挤眉弄眼地道，“和你吃饭香不香的微博。”

“你没和我吃过？”贺行望淡淡地瞥了他一眼。

李怀明仔细地回忆了一下，好像他们真的一起吃过无数次，但他从没想过饭菜香不香的问题。好像……真的香？反正贺行望在的时候，自己每次都是吃完饭菜的。

李怀明一时之间也不确定自己到底是因为贺神的威严才把饭菜吃得一干二净，还是因为饭菜太香。

“想好了就让开。”贺行望伸手就准备关门。

“不是——”李怀明才吐出两个字，门就被关上了。

苏治从后面冒出来，学着教练往常的老人式背手姿势：“小李啊，你可长点儿心吧。之前那次还不清楚吗？你还想点名让人家池记者来采访你，我看你还是想着世界杯拿金牌比较靠谱。”

射运中心没人不知道贺行望的态度。他对成绩是很看重的，他自己说的话，从来没有假过。

因为周末没事，池穗穗在家窝了一下午。

微博上的事她已经浏览完，这件事对她已经没什么影响，反而是张悦然的名字不时被人拿出来评论。张悦然是被停职一个月，但一个月后她能不能继续上班还是个问题。

倒是张悦然的过往被不少人扒了出来。

池穗穗和张悦然不是在一个学校上的学，张悦然是南城本地人，但是没考上本地的S大，就去了外地读书。微博上就有与张悦然同校的网友出来爆料：当初张悦然在学校里，因为宿舍里有一个室友是贫困生，她就非常看不起这个室友，还想着孤立这个室友，但是其他室友没同意，最后张悦然自己没事找事。

对这“瓜”池穗穗还是信的。

以张悦然的性格，她做得出这种事。

池穗穗切了点儿瓜，跑到了二楼的花架下乘凉。这边是当初她要求弄的，里面的花藤已经完全覆盖了上面的顶，垂下来的绿藤缠绕着四周的柱子，散发着花香，很好闻。

池穗穗在躺椅上晃着晃着感觉要睡着了，放在桌上的手机刚好在这时响了起来。

宋妙里：“穗儿，你的体检结果不要了吗？”

宋妙里：“我今天没时间，所以你要自己来拿了。”

池穗穗回了个“好”。

周末的医院格外忙，而宋妙里在的又是急诊科，不知道什么时候就会有病人送过去。往年都是池穗穗体检结束后，宋妙里顺便去其他科室拿体检结果回来给她，今年她只能自己去拿了。

池穗穗正好想去看看宋妙里追人追得怎么样了，她知道的最新情报还是上次宋妙里因为百达翡丽的表差点儿破功。

医院里人来人往，都是病人家属、病人和医生。

急诊科这边比其他地方的人更多，之前宋妙里和池穗穗说过，有一个病人被送过来一星期，没有一个家属接电话，最后有人接了电话之后一听已经付过钱，立马过来了。

“喏，你的体检报告单，没毛病。”宋妙里将单子递给池穗穗，“健健康康，可以去结婚了。”

池穗穗对她的最后一句话不置可否。

“贺行望在全网公开为你解释，感觉如何？”宋妙里朝她眨眼，“是不是好刺激？”

“你也想体验一下？”池穗穗问。

“想啊！”宋妙里说，“这不是没机会嘛！”

池穗穗一扬眉道：“我可以和贺行望提一声，让你在他的微博里出现，不介意你给我中介费。”

“算了。”宋妙里皱了皱鼻子。

趁着宋医生现在没事，池穗穗没忍住，把今天在家里发生的事说了一遍。

“哈哈哈哈——真的假的？”宋妙里难以置信地道，“这么劲爆的？他竟然忍住了？”

“好好说话。”池穗穗睨了她一眼。

宋妙里伸手搭上她的肩：“不是，穗穗，以你的脸、你的身材，你还在脱衣服，贺行望没感觉吗？”

池穗穗看了她一眼。

两个人正聊着，后面走廊上有几个人从病房里出来。医院里护士和医生的穿着打扮是截然不同的，宋妙里穿着一件白大褂，又站在池穗穗身边，很显眼。

“是不是你们给我儿子乱吃药了？”

一个中年妇女从后面冲上来就拽住宋妙里的胳膊，把宋妙里拽得踉跄了一下，往后摔去。池穗穗手疾眼快，伸手拉住宋妙里，宋妙里才没倒。

旁边不远处的护士忙跑过来拦：“12 床家属，有话好好说，不要动手动脚……啊！”

小护士年纪小，力气也不大，直接被中年妇女甩到了身旁。

“我找医生，你给我闪到一边去！”对方不依不饶，依旧没有松开宋妙里，“你是医生，你说，你们是不是庸医？”

宋妙里伸手扯开她道：“我们没有乱用药，单子都在那儿，你可以自己看。”

池穗穗直接拿了宋妙里记录的板子就拍在了中年妇女的胳膊上，对方一疼，松开了手。她凭着一股子蛮劲儿，还要冲上来，刚好顾南砚从电梯那边转到走廊上，直接将宋妙里拉到了自己身后。有他在，池穗穗这才转过头来看那妇女。

“医生打人了！医生打人了！”

那妇女见状，直接坐在地上开始号啕大哭。整个走廊上吵吵嚷嚷的，群众的视线全都被吸引了过来。池穗穗将手上的板子放在工作台上，冷眼看她撒泼：“不好意思，我不是医生。”

但是池穗穗不介意坐实“打人”这话，毕竟宋妙里平常她都舍不得骂，如今却遇到这种事。池穗穗很少对人动手，一般嘴上能说过的事，她都觉得动手是麻烦自己。因为这边病房很多，病人家属加起来也多，所以众人围观起来就导致整个走廊有点儿挤。

中年妇女一个人坐在地上干号，一听池穗穗这话，哭声顿了下：“你不是医生你也打人！打人了！”她的声音很大，整个科室的人都能听见。

周围的病人家属都皱着眉指指点点：“坐在这里也太难看了，哪有被打的样子？”

“这明明是碰瓷吧。”

“宋医生人这么好，一个小姑娘，干什么动手动脚的？”

宋妙里在急诊科给人的印象很好，她性格开朗，说话风趣，而且对病人也很有礼貌，虽然人年轻，但只要有本事就没问题。

池穗穗走过去，站在那妇女面前，声音讥讽地道："我不仅打你，还要骂你。"她说话的同时手腕也扬了起来，看起来下一秒就要直接落下去。

一时间，所有视线都落在她身上。大家的第一反应都是宋医生的朋友长得真好看。池穗穗今天上身穿的是刺绣衬衫，花纹复古又典雅，下面是纯色阔腿裤，精致的脚踝露在外面，像是模特站在大家眼前似的。有人一下子就想到了最近流行的"浓颜美"，之前不知道这是什么意思，现在突然明白了。

池穗穗神色淡然。她其实很少来医院，但是这种事媒体报道了不少，也不知道这种随便撒泼的人到底是什么心态。

中年妇女刚刚是下意识地哭号，这会儿抬头看了眼池穗穗，声音忽然小了很多。

这姑娘一看就不是个会任人揉捏的人。中年妇女现在已经坐地上了，自然不能又起来，只能硬着头皮骂："宋医生给我儿子乱用药，你一个外人知道什么？我儿子死了我也不活了啊！"

"乱用药？"池穗穗重复了一下这三个字，"单子在吧，您能一眼看出是乱用药，想必乱用了什么药也能说明白吧？"

中年妇女当然说不明白。她只是看每次护士过来换药瓶都要问她一声是不是某某病人，一晚上来好几回，白天也来换，觉得手术都做完了，哪里还需要用什么药。

中年妇女不过是拿这个当借口来折腾医生，听池穗穗这么一说，脸色就有点儿不对劲儿了。正常情况下医生对他们好声好气的，就算他们太过分也没事，谁知道今天冒出来一个这样的人，细究起问题来一清二楚。

宋妙里在顾南砚身旁，就要出去说话，却被顾南砚拉了回来，让她别出去。她个子一米六八，站在男人身边被衬得有些娇小，干净的白大褂和男人的黑色西装形成了鲜明对比。

宋妙里也没想太多，摊手道："12 床病人就是做了一个普通的手术，恢复得快，过一星期就能直接回家。"因为病人手术之后不能进食，所以就靠输液来补充营养，再加上其他药，这两天就输液比较多。中年妇女一听，更心虚了。

看她这样子，池穗穗就知道她在想什么："是病人家属就好好做家属，别想着站在医院里就可以当医生，指手画脚的，这么有能耐怎么不自己治自己？"

医生救死扶伤，偏偏旁人一知半解还要来指手画脚。

池穗穗今天的好心情被败了大半，她脸色微冷，抿了抿唇道："给宋医生道歉。"

旁边的小护士睁大了眼。

说实话，他们平时总能遇见闹事的人，严重的、轻微的都有，但最后十个里有一个道歉的人就算好的，他们其实已经完全习惯了这种事。

中年妇女本来一句话就要骂出来了，看到宋医生身旁的男人冷着脸怪吓人的，就泄了气："你知道我儿子是谁吗？"

"那你儿子怎么不给自己开一家医院？"池穗穗觉得好笑，"这样就不用担心医生乱用药了。"

中年妇女又瞪了池穗穗一眼。池穗穗面不改色，向前走了一步。中年妇女吓了一跳，往后一退，谨慎地盯着她，最后一看周围这么多人，就骂骂咧咧地离开了。

中年妇女离开后，不过一两分钟，走廊恢复安静——这已经是医院里的常态。

"穗穗，你对我真好。"宋妙里走到池穗穗身旁，揉着胳膊，"不要为这样的人动手。"

"没有。"池穗穗收回手道，"吓唬她的。"

记者和医生这两个职业在某方面是有共同特点的，没有特殊情况她不会动手，有更多的其他方法可以用。

"其实我也想打她一顿。"宋妙里小声说了一句，又转向其他医护人员道："没事了，大家回去忙自己的事。"医患纠纷每天医院就要发生好几起，她今天遇到的这种情况已经算是小儿科了。

其他医护人员一走，宋妙里立刻沮丧起来，在池穗穗耳边喋喋不休地道："气死我了，气死我了。"

偏偏她不能把对方怎么样，因为她是医生。

宋妙里担心的不是这个，而是之前二院出过事，一个医生在检查病人时被病人家属捅了一刀。她不想自己哪天无缘无故被捅刀。

池穗穗忽然想起什么，问道：“她儿子是谁？”

宋妙里说：“就那个刚破产的周氏，之前是住单人病房，现在自己要求转到这边来的。”

池穗穗从纷杂的记忆里找到了相关信息。周氏做的是影视业，但是现在的娱乐圈是三大巨头公司说了算，其他的小公司只能喝汤。这老板是白手起家的，连着几部电影“扑街”（这里指票房低）后，拉不到投资，欠债千万不止，处在破产边缘，树倒猢狲散，公司不到三天就没人了。

池穗穗也只是在浏览新闻的时候多看了两眼，没想到能在这里碰见新闻主角。

“别管她了。”

“没管。”池穗穗撸起宋妙里的袖子，看见里面没有红印才放心，“你弟要是知道，信不信他会平了这医院。”

“他还是不敢的。”宋妙里说。

两个人你一言我一语，没有别人插嘴的机会。顾南砚站在一旁，被衬成了一尊沉默的雕塑。

宋妙里抓着他的西装袖口道：“介绍一下，这是小顾。这是穗穗，我朋友。”

池穗穗看过去。之前她在病房门口见过对方一面，但当时他穿的是带血的衬衫，今天西装革履，俨然一副精英模样，长得是真的好看，也难怪宋医生对他一见钟情。

池穗穗礼貌地招呼道：“你好。”

顾南砚颔首：“你好。”他低下头，看到宋妙里的手还抓在他的衣服上，手指白皙修长，可能是习惯问题，她说话时喜欢攥着衣服。

宋妙里毫无所觉。等他说完，她就开始催促他：“你今天来不是要看病人？那你快去吧。”她说着，推他离开。

池穗穗一眼看到宋妙里转身时露出来的项链，挑了下眉：“梵克雅宝的项链，也是假货？”

“当然不是。”宋妙里没忍住笑道，“反正一个直男是不会注意到项链、耳环这类饰品的。”这和手表不一样。

病房里不少人在讨论刚刚发生的事情，见到顾总进来，陈助理从床上坐了起来：“顾总，我真的已经好全了，今天能回去上班吗？”他在这里已经闲得快长草了，偏偏每天宋医生都会来查房，他还要装模作样地说自己似乎还有哪里不舒服。

“不能。”顾南砚神色淡然地说，“明天可以。”

听到这话，陈助理终于松了口气，然后就听见冷淡的嗓音再次响起：“回去写一份对周氏的收购方案。”

“好。”老板这是准备涉足娱乐圈？陈助理将疑问吞到了肚子里。

急诊科室的医生都出去了。

“有时候我也在想，我干脆回家算了，在这里受气。”宋妙里坐在自己的椅子上，“每天要么是坐私人飞机去看秀，要么就是在岛上看风景、在各个地方购物，多好。”

池穗穗抿了口水：“但是……”

宋妙里撑着脸道：“但是谁让我选择当医生，我还是二院院花，不能走。”一个二院院花的名头也让她这么紧张。池穗穗顿了一下才开口：“那个小顾……你不觉得这个称呼像是领导称呼下属吗？”比如主任就经常叫她和苏绵小池、小苏。

“那我叫南砚也不太好吧？”宋妙里眨了眨眼睛，瞄了眼走廊上刚从病房里出来的顾南砚。

“还没谈恋爱呢。”她说。

池穗穗眼都没抬地说：“你开心就好。”

“而且是他自己说小顾挺好听的。”宋妙里歪了下头，“我猜他肯定是平时上班听老板叫多了。”

“……”

“你回去叫叫贺行望小贺，看看他什么反应。”宋妙里这么随口一提，池穗穗想了一下那个画面，感觉不是特别好，但又很想试试。

从医院回去已经不早，池穗穗坐在车上，先把体检报告单看了一遍，确认上面的每一项都是正常的才放心。她拿出手机，微信上没多少消息。宋医生在上班，苏绵恐怕在家里看剧，朋友圈里倒是有几个小姐妹一起去看话剧，结果去错了音乐会。

池穗穗回到微信界面，找到了和贺行望的聊天框，突然想起今天宋妙里的提议。或许她是该给他们两个人找一个称呼。这么多年来她一直“贺行望、贺行望”地叫，听起来好像是不太好，毕竟两人这么熟了。

池穗穗思索了半天，感觉说什么“小贺”这两个字都很突出，一下就能吸引目光，如何将这称呼不动声色地融入普通的消息中，是一门学问。池穗穗靠在椅子上，突然惊醒。她为什么要融入？她直接发过去就是，反正只是一个称呼，又不是什么骂人的话。她的字典里甚至没有“撤回”这两个字，她随手就发了条消息过去：“小贺。”

池穗穗：“今晚是吃了走，还是直接回去？”

她既关心了他，又提了称呼。

一分钟后，提示音在安静的车内响起。

贺行望：“卡在我房间的桌上，无限额。”

贺行望：“我已经回去了。”

池穗穗先是哦了一声，想到他听不见，便发消息问他：“你的卡在哪儿和我有什么关系？”她自己也有卡。池穗穗往上翻了翻，翻到了学校庆典那天晚上自己给贺行望的一块钱红包记录。这么一对比，她好小气。

射运中心内。

贺行望刚换了队服，黑发有些凌乱。他随手拿起桌上的手机，稍稍顿了下，思索过后，将消息发了出去。

池穗穗等了十来秒，准备看贺行望怎么解释，屏幕上已经跳出最新消息：“我妈叫过我爸老贺，在她想买一座小岛的时候。”这条消息让池穗穗沉默了，下一条消息让她更沉默。阿姨好时髦，还买了一座小岛，怪不得之前她随口提议谢礼买座小岛用“贺行望”命名，被拒绝了。

敢情是阿姨早就买过了。池穗穗回过神来，似乎明白了什么，微微皱眉。贺行望不会是因此联想到她也想买个什么东西，所以干脆直接说了自己的卡在哪儿吧？

她垂眸，安静下来，片刻后，远在射运中心的贺行望收到了最新回复。

池穗穗：“小贺，你有几张卡？”

消息发出去后，池穗穗眉眼一弯。她本来想问其他的，但是临到了输入文字的时候，突发奇想发了这条消息过去，也不知道贺行望会怎么回。

柏岸公馆近在眼前，池穗穗拿着体检报告单下车，刚到客厅就收到了新回复。

贺行望：“你想要几张？”他只回复了一条。

池穗穗感觉贺行望幸好没有说“要多少有多少”，不然她会起鸡皮疙瘩。虽然两个人还没结婚，房间是各住各的，门平时也会关，但并不会锁，一般情况下池穗穗和贺行望都没有去别人房间里的想法。至于之前在衣帽间发生的事情，那也算是特殊情况。

池穗穗回复了贺行望，然后点开姐妹的群。群里正在聊天，宋医生刚说了一件事。

今天她走后，宋妙里去病房里看了陈助理。本来陈助理早就可以出院，但他每次都叫着身体不舒服，还想再住两天，那也没办法，医院总不可能赶人。好在今天陈助理终于说明天办理出院，然后去上班。

宋妙里看他一脸激动的样子，啊了一声：“明天是周末，你还要上班吗？”

顾南砚站在宋妙里身旁，垂目看了下陈助理。

“是吗？”陈助理也偷瞄了下顾总，心想他在医院住得已经分不清今天周几了，顾总之前让他明天上班也太真实了吧。

“你们公司真没有人情味。”

宋妙里看小可怜似的看着顾南砚，道：“你之前在朋友圈发的‘996’，这明明是‘997’。”

顾南砚不置可否。

宋妙里随口说：“说实话，星期日还要上班，这老板不行，趁早炒了吧。”

陈助理想说他不敢，看了下沉默寡言的老板，心想老板当着自己的面被说不行，他这双耳朵可以不要了。陈助理咳嗽了两声，开口："现在工作那么难找，老板工资开得高，福利又好，我觉得还是很好的。"

"那是你们没见过好的，要不我给你们介绍个工作吧？"宋妙里说着，看向顾南砚。

顾南砚抬眸："不用了。"

宋妙里说："不要客气呀。"

顾南砚沉声道："没客气，工资高。"

宋妙里说："我介绍的也不会差，你们工资多少？"大不了她用她的私人账号开工资，谁让他长得好看，只要认真、不惹事就可以。

顾南砚望着她，思忖了一下该说多少。据他所知，医生的工资并不高，更别提宋妙里还只是一个刚转正几个月的新人。他自己作为公司老板，没有工资，整个公司都是他的。

陈助理见顾总沉思，开口说："每个月一万五。"他又补充道，"现在职场中我们能有这么高的工资已经秒杀一大部分普通员工了，宋医生有好工作可以自己去的。"

宋妙里本来想说可以开几万工资的，被这最后一句话说得认真想了一下。好像高工资的工作，自己不去，反而介绍给别人是有点儿不符合逻辑。她的"人设"是努力工作赚钱、想买海景房的宋医生，积极善良的二院院花。

宋妙里眨巴了一下眼，望向顾南砚："好吧。"

顾南砚沉默地点头。

末了，从病房出去前，宋妙里好奇地问："你们的老板是谁啊？"

陈助理刚躺下，又坐了起来："不知道，不认识，我们普通员工哪里见得到老板。"

"是吗，小顾？"宋妙里转头。

"是。"顾南砚迟疑了一瞬。

"小顾，看来我们同病相怜，都是'社畜'（网络语，指上班族）。"宋妙里同情的同时，还不忘强调一下自己的"人设"。这事直接引发了群里关于工资的讨论。

宋妙里：“小顾太可怜了。”

大概是打字太麻烦，她还发了长语音消息：“工资一万五能干什么？连我一个包的零件都买不到，连我一个耳环上的小钻石都买不起，我去做个 SPA（水疗）就超了。幸好我没说我家有钱，不然要是谈恋爱了，他会有心理负担的。”

苏绵作为一个真正的“社畜”，没忍住在群里发言：“宋医生，一万五已经很不错了。”

作为一个记者，她更有资料支持：“2019 年北京的平均工资排名全国第一，人均一万一每个月，咱们南城刚好一万。”

苏绵：“所以——”

宋妙里：“怪不得他不愿意辞职。”

宋妙里：“@ 穗穗，你今天叫小贺了吗？”

池穗穗正懒洋洋地泡在浴缸里，看到这条消息，随手回了一条：“叫了。”

两个人都开始追问结果。苏绵不清楚来龙去脉，宋妙里简单解释了一下“小贺”是池穗穗的娃娃亲对象，至于其他信息，宋医生知道是不能说的。

池穗穗：“他给了我几张无限额的卡。”

群里的人沉默了半分钟。

宋妙里：“有钱人的恋爱。”

苏绵：“爱了。”

池穗穗本来没觉得怎么样，看她们两个一感慨，也觉得贺行望好像是真的很好。他们习惯了这样的相处方式，她才没什么感觉。

周末不用上班，池穗穗一般是不早起的，而一般贺行望在家的时候阿姨是不会来的。所以今天阿姨没来，因为不知道他已经走了。两家父母希望他们能培养出真感情，所以一直很关注他们的生活，毕竟两人以后是要过一辈子的。

池穗穗精心护理完，已经快到中午，直接出去吃了一顿，才回到柏岸公馆准备午睡。她睡前，手机振动了几下。消息大多是苏绵的，因为宋医生正在补觉，凌晨他们接到了一个病人，早上才结束手术。

苏绵发来了一个链接："这个微博描述的是昨天宋医生的事吗？"

链接里是微博分享内容，池穗穗一看到微博标题"医生打人"四个字，就觉得有问题。这是一个投稿，没有视频，没有文章，仅有一张图，就是昨天那个中年妇女坐在地上的图。

池穗穗睡意顿无，直接顺着链接去了微博，看完了投稿的内容，眉头皱了起来，又滑到评论区。

"打人是不应该的……"

"看投稿说的是病人家属控诉医生乱用药，结果医生还打人，这么嚣张？"

"看着眼熟，好像是南城二院吧？"

"虽然图有点儿模糊，但是能看到旁边好多护士围观，都没一个人去拉吗？"

"打人的是哪个医生？"

"医患关系本来就紧张，现在又出这样的事。"

"我只想看证据，这开局一张图，剩下全靠编，等等看会不会反转。"

评论呈两极分化，一来是现在微博上反转的"瓜"太多了，网友都不敢吃得太过分，二来这只是一张图。视频都可能断章取义，图就更有可能了。但这张图是真实的，所以一部分网友看到上面的内容就觉得挺像真的。有医学生出来说话，也被网友打成同伙："你是学医的当然这么说了！"

医患关系一向是社会热点，这条转发、评论都好几万的微博迅速登上了热搜，虽然位置不高，却以稳定的速度在上升。池穗穗退回去看的时候话题已经到了第十五位。

她先打了个电话给宋妙里，对面的人过了很久才接，还没清醒："喂？"

"昨天的事上热搜了。"池穗穗言简意赅地解释完，又道，"再过一段时间，你应该就会被曝光。"

"曝光我？"宋妙里瞌睡全没，一下子坐了起来。

"目前有人说这是二院，所以我猜测很快就会有人提到你，不管是网友，还是幕后的人。"

“这是神经病吧？”宋妙里凌晨忙着做手术，现在刚睡好，就听见这么个坏消息，真是气死她了。

挂断和池穗穗的电话，果不其然，宋妙里接到了领导的电话。半小时后，池穗穗果然在微博看到了宋妙里的名字，有知情人出来透露昨天在二院确实发生了争执，三言两语中提到了宋医生。

这一下网友全去了二院的官微。

池穗穗思来想去，最后还是去了医院。她到的时候有护士说宋医生被领导叫走了，医院正在调监控录像。

那个病人家属正在总台前问：“你们医生呢？医生都不在这边？我儿子要是出了什么事怎么办？”

护士为难：“张医生在的。”

“我问的是宋医生！她不是负责我儿子吗？”那人扯着嗓门，又吵又闹。

池穗穗走了过去。对方扭头看见她朝自己走过来，神色冷然，下意识地叫道：“你想干什么？”

池穗穗就站在距离对方一步远的地方：“今天有人曝光医生打人，恰好是你和宋医生的事。”

对方脸色没变，眼神却闪躲起来，嘴上也跟着道：“活该！”

池穗穗一看就知道这里面有内幕，但问肯定是问不出来的。

“昨天我说了，我不是医生。”池穗穗声音讥讽地道，“刚巧我是一个记者，随身携带录音笔是我的习惯。”

中年妇女的脸色变了。

“关我屁事，谁说的你找谁去！”她丢下一句话，也顾不上和护士争执，直接快步离开了。

说实话，池穗穗也觉得不是她投的稿。从她的思维方式和说话习惯看，她应该是一个不怎么接触网络的人，还不至于做到这种程度。这也就说明投稿的另有其人。

护士轻声说：“宋医生要等等才回来。”

池穗穗嗯了声：“我不在这儿等，她回来之后麻烦你和她说一声我来过，谢谢。”

护士点了点头。

池穗穗待在医院也没什么用。她说自己有录音笔是真的，很久以前实习的时候，就有人叮嘱过她，凡事多留心，自己就不会吃亏。今天刚好她就用到了。昨天发生的事情并不是隐私，而是公开的，她就算录音也无可非议。

医院那边调出监控录像后应该就会公开，但是可能不会有多少人看澄清说明，因为网络现状如此。池穗穗打算写一篇新闻稿，她直接回了柏岸公馆。

池穗穗想得好，谁知道电脑上次被她带回了家，现在不在这里，她想了半天才想到贺行望的房间里可能有电脑。池穗穗打开了贺行望的房门。

上次晚上她在走廊上亲贺行望，被他拉进了房间里，但那时候里面只开了小夜灯，再说当时的情况，她也没有多余的心情去看里面的摆设有没有改变。

房间里东西很少，木制的架子上放了奖杯和金牌，还有证书。池穗穗每次看到那些金牌和荣耀就会驻足，这不是一般人能得到的，她仅仅是看着这些东西都觉得震撼。桌上摆了一些书，还有贺氏的一些资料，他已经开始接手贺氏，恐怕距离退役不远了。

池穗穗怀疑明年的东城奥运会会是他的运动生涯的终点。

还真有几张黑卡放在桌上，电脑也在一旁。

池穗穗给贺行望发消息：“借用一下你的电脑。”

几分钟后，她收到了回复。贺行望：“嗯。”

贺行望：“密码是房门密码。”

这可真是够简单的。池穗穗打开电脑后，心神一动，对着几张卡拍了照片，发给贺行望：“是你自己说的，那我就全部拿走了。”

贺行望没有回复。

她又发了一条：“买座小岛送给你。”

池穗穗发消息的时候，贺行望刚结束午休。现在场馆内没什么人，他一个人站在偌大的室内，显得有些孤寂，阵阵枪击声回荡在其中。直到训练结束，他才放下枪，一边从场馆离开，一边打开手机看了眼，回复：“不用，我并不需要小岛。”

新消息几乎是紧跟着发来：“这是我送你的礼物，你不喜欢？”

池穗穗：“不要白不要。”贺行望的目光定在最后五个字上，她用他卡里的钱给他买座岛，和“不要白不要”似乎有很大的区别。他又看了上一条消息，感觉多一座岛也不算什么。

片刻后，池穗穗得到了答案。

贺行望：“好。”

说买岛就买岛，池穗穗直接将这事放在了计划里。但买什么岛是个很重要的问题，她不想随便买座垃圾岛回来，以后连去玩都不行。

池穗穗回了贺行望消息，然后才开始写新闻稿。一篇合格的新闻稿要有六要素，她可以说对这些掌握得很清楚——她就是这件事的当事人之一。她当时在现场，还有录音和网络上的图片佐证，写出来的内容更让人身临其境，这不需要多么华丽的辞藻。

池穗穗将录音笔中的内容又听了两遍，确认没有遗漏任何信息之后才写了进去。想到之前宋妙里说对方是周氏的人，她上网搜了一下。周氏在三年前成立，刚开始老板周建可以说是意气风发，凭着一个剧本拉到投资，用一部几十万元的小成本电影获得了两亿元的票房。大概是尝到了甜头，接下来他签约了八个艺人，各种项目齐上，又投拍了两部电影，最后这两部电影“扑街”了。

池穗穗还在微博上搜到了网友的差评。

“《星际追亡》披着科幻片的开头，内容仿佛特摄片，还不如特摄片好看，简直年度烂片，白瞎了我四十块钱。”

“我以为《星际追亡》是第一烂片，没想到新出来的《冰冻全球》闪瞎了我的眼睛。一部好好的末日片，结果谈情说爱的剧情占了百分之八十，配角还加戏……”

池穗穗一看到这些评论就不想看这两部电影。

这两部电影都是高成本的，可以想象周氏的野心，没想到两部都只得到了几千万元的票房，连一半成本都没捞回来。接下来周氏就一直时运不济。今年年初到现在，一直有各种周氏破产的新闻传出，直到一星期前，老板突然昏厥，被送到二院，本来住的是单人病房，他母亲过来后擅作主张，他又被转到了普通病房。

池穗穗刚写几行字，电话就响了。

“医院的事是真的假的？我姐受伤了吗？是真打人还是假打人？”宋成睿一等电话接通就连着问了三个问题。

“一个一个来。”池穗穗非常冷静，“真的。你姐没受伤。假的。”

宋成睿哦了一声：“怎么不是真打人？”

“你很失望？”

“我觉得打一顿还是可以的。”

池穗穗觉得他今天这么冷静似乎不太对劲儿。宋成睿脾气出了名地暴，是南城著名的“二世祖”，但为人又很讲义气，之前有一个“富二代”想从他这边下手接近宋妙里，事发之后那人全家都离开了南城。

池穗穗问：“你现在在哪儿？”

宋成睿说：“去医院的路上。”

她就知道，这事宋成睿能稳住就怪了。

“你姐没问题，我当时在现场。”池穗穗将电脑合上，走回房间，“我马上去医院。”

“我不冲动。”宋成睿说。

“你别说了，等于没说。”池穗穗直接打断他的话，“你要是想让你姐再上一次热搜，就去吧。”

宋成睿感觉自己被赤裸裸地威胁了，他就不应该给池穗穗打电话的。

挂断电话，池穗穗给宋妙里发了条消息：“会开完了吗？你弟在去医院的路上。”

没多久，宋妙里回复会结束了，又加了三个问号，然后就没了消息，估计还在忙。池穗穗干脆带着笔记本电脑和录音笔还有一部相机，准备再去一次二院。新闻，一定要真实。

网络上的事情对忙碌的医护人员来说，并没有什么影响。但是池穗穗到二院门口的时候，发现楼下有记者带着摄影师过来了，恐怕是因为网络上的事情。

“对不起，宋医生现在不接受采访。”

“我们还有几个病人要检查，请你们先离开好吗？病人耽误不起。”

两个护士在科室的门口劝阻着记者。池穗穗一眼就看到两个男记者站在办公室门口，护士被衬得十分娇小。

“关于今天网上流传的医生打人事件，请问这件事是真的吗？是宋医生打的人吗？”

护士感觉头快炸了，她们要忙着照顾病人，哪里有时间和记者一直在这里耗。其中一个护士一眼瞥见池穗穗过来，眼睛一亮：“池小姐！”池穗穗走过去，递了个安抚的眼神给对方。

本来她和宋医生的朋友关系，这里的护士就都知道，再加上昨天发生的事情，她们都印象深刻。

池穗穗目光往下，落在记者的工作证上。奇闻，一个新闻社。这家新闻社之前出过名，因为将一桩陈年旧事放出来，受害人无数次被采访打扰，记者一次又一次地挖对方的往事，就为了一个头条。

池穗穗对他们没好感：“奇闻的记者堵在医生的办公室门口，是有心想进去为医生分担？”

“我们是来采访的。”

“你不也是记者吗？”

两个记者同时说话。

对于池穗穗，媒体圈无人不知，她行事招摇，说不定背后还有人，但每篇采访或者新闻稿都能当范本，尤其是她的脾气很出名。

“记者要有记者的样子。”池穗穗摆正他们的工作证，“不是让你们把话筒都放到嘴上的。”她反手掏出了录音笔。

“但你说得没错，我的确是记者。”池穗穗笑道，“来，对医生打人的事情讲两句。”

这可是他们常用的话，抓到人不管三七二十一，就让说两句。

两个记者往后一退，皱眉说：“我们又不是当事人，让我们讲什么？”

“那我不清楚，我来了看到你们，觉得有必要采访。”池穗穗挑眉，“新闻稿里用不上的素材很多。”

两个人对视一眼。池穗穗也太难缠了，怎么今天他们在这里都能碰上？她没带摄影师，一看就是自己私下过来的，难道也是为了新闻？

正在这时，后面传来一阵脚步声。几个人一起抬头看去，就见一个帅哥身后跟着好几个身穿黑西装的人朝这边走过来，个个人高马大的。

走廊上一时间静默下来。

宋成睿一来就看到那两个男记者，直接让保镖把人堵到了另外一边。

“干什么啊？”

“你们想干什么？”

两个记者都没来得及想明白是怎么回事，就被挤到了走廊的远处，再想进去的时候已经被几个保镖完全堵住。

池穗穗乐不可支地道：“宋成睿，这是医院。”

宋成睿毫不在意地挥了挥手：“我又没打人，这走廊大家都可以站，谁让他们挤不过我的人。”

两个男记者在距离他几米远的地方瞪着眼。

“宋医生呢？”宋成睿问。

“宋医生去看病人了。”

“不是说好放假吗？”宋成睿吐槽了一句，“算了，我还是在这边等吧。”

池穗穗叮嘱了他两句，去了周建所在的病房。

“她为什么能进去？”两个记者看着池穗穗进去，对护士怒目而视。

“因为池小姐是宋医生的朋友。”护士认真地解释，“真朋友，一起长大的。”

周建病房里的其他两个病人都下去活动身体了，宋妙里也不在这里。看周建目前醒着，池穗穗站到病床边，问道：“周先生，现在方便说话吗？”

周建点头：“你是谁？”明明还不到三十岁，但他看上去已经很颓废。

池穗穗说：“南城电视台的记者池穗穗，也是昨天‘医生打人’事件的当事人之一。”

听到她是记者，周建皱了下眉。

池穗穗没想耽误时间：“昨天您母亲在医院里拉扯宋医生，今天这件事上了热搜，您母亲似乎清楚热搜的事情。”

“不可能。”周建直接否认，“她之前一直生活在老家，不会上网，怎么可能知道？”

“所以您母亲和您提过这件事吗？”

“她昨天说了要找医生说乱用药的事，我没阻止成功。”周建脸色不太好看，“这件事背后另有其人。”

他一眼就看出问题来了。池穗穗又问了几个简单的问题，这才离开病房。

宋妙里正和宋成睿站在那边说话，几个身强体壮的保镖就站在两人身边，沉默不语。

“医院哪里能让你的保镖待？”

“你可以当他们不存在，我是为了你的安全着想。”

“这些人这么大的块头我能当看不见吗？”

“这医院这么不安全，你出事了怎么办？你干脆辞职回家算了。”

姐弟两个就这件事说个没完没了。所以池穗穗说宋成睿知道这事可能会把医院夷平，虽然夸张，但也差不离，因为宋成睿性格如此。

刚刚办完出院手续，回来拿自己的化验单的陈助理睁大了眼，搞不清楚这是什么情况。他默默地听了一会儿才离开医院。

保镖的事情，最终是宋妙里强势决定的，宋成睿乖成鹌鹑一样站在她身后，不时地撇两下嘴。宋妙里负责的病人不少，既然下午因为这事来了医院，再回去就浪费时间，干脆直接开始工作。宋成睿就亦步亦趋地跟在她后面，也不进病房，就戳在门口。他个子高，又长得帅，倒是让不少病人家属多看两眼。

宋妙里从最后一个病房出来，碰见了池穗穗：“穗穗，你不是回去了吗？”

“我刚去问了周建，热搜的事情他只知道皮毛。”池穗穗低声问，“周母呢？”

“出去吃饭了吧。”宋妙里说，“说实在的，她真的是让我无力吐槽，虽然周建快破产了，但好歹住单人病房的钱还是有的。”结果周母来说什么省钱，就给他转了病房。

池穗穗不置可否：“医院澄清了吗？”

宋妙里说：“刚把监控视频放出去。”

但是因为关注医院官微的人不多，所以半小时过去了澄清微博还没上热搜，也没有评论过万，这是常态。不过幸好一开始围观的人不多，所以监控摄像头拍得一清二楚，是周母径直冲上来抓宋妙里的胳膊，而且池穗穗也只是用板子打掉对方的手而已。

那位投稿人不过是打了个时间差，提供了一张意义不明的图而已，明显是为了上一次头条不顾一切。池穗穗想澄清的同时也想知道背后的人是谁。今天周母那个闪躲的眼神很清楚，绝对是有人和她说了这件事，而且很可能那人当时也在现场，事情说不定还有后续。

“效率太低了。”宋成睿插嘴道。

“医院是救人的地方，又不是专门做营销的。”宋妙里白了他一眼，“你赶紧把保镖带回去。”

两个人又争论起来。

池穗穗在一旁思忖着周母的事，手机屏幕亮了起来。是贺行望的电话，她按了接听键：“喂？”

“新闻上的事我看到了。”贺行望言简意赅地道，声音克制，“我让人发给你了。”

“什么？”池穗穗去邮箱看了眼，果不其然，收到了一封新邮件。

“你让人查这件事了？”池穗穗嘴角一翘，说道。

“正好看到了。”贺行望说。

正好，池穗穗觉得这个词相当有灵性。

“最近有人有意向收购周氏，贺氏也有。”贺行望转话题转得很快，“小岛可以买大点儿。”

“买那么大做什么？”池穗穗问。

“小的已经有了，我喜欢大一点儿的。”贺行望的嗓音依旧磁性悦耳，“反正用我的卡不是吗？”

他说得好有道理，池穗穗一时之间竟然有点儿心虚。

贺行望听到了其他人的声音："有人在？"

池穗穗刚想回的话被打断，看了眼宋妙里那边："宋成睿知道昨天的事，来医院了。"

相隔几步远的姐弟两个还在说话，话题也跟着转变。

"大不了我给你开一家医院，正好也不用说我不务正业。"

"不是我不信你，医院不是那么容易开的，医生哪里来，院长是谁，选址在哪儿？"

"有钱就行。"

"那也是几年后的事情了，等你的医院开门，说不定贺行望都给穗穗开了家电视台并且已经上星了。"

宋妙里随口开了个玩笑。两个人说话的声音不小，隔着手机都能让人听见。

电话这边莫名被提到的贺行望："……"他感觉自己被安排得明明白白的。

"宋妙里刚刚随口乱说的。"池穗穗轻咳一声，走远几步，"不用放在心上。"

电话那头传来贺行望的声音："迟了。"

简单的两个字重逾千斤。

池穗穗心思转了一番，心想他的意思是"已经听到了"还是"电视台已经在筹备中"？

"什么迟了？"她出声询问。

贺行望神色淡然："刚刚宋医生的话我已经听到了，我觉得这种事挺有可行性。"

池穗穗一扬眉梢道："你知道个人是不能设立电视台的。"

"电视台不行，我们可以换一个。"贺行望只是简单地说了一下，"算是回礼。"

池穗穗哦了一声："回礼就算了吧。"她用他的钱给他买礼物，结果还有回礼，这就更让她心虚了，毕竟两个人还没结婚。

她的目光落在窗外。从这里她可以看到楼下的场景，大约是分别了一段时间，一个女生快跑，撞进了男生的怀里，两个人情难自禁地亲吻了一下。

池穗穗的心猛地一跳，她想起了之前的事情，垂下眼眸，嗓音清脆，轻易地反悔道："我仔细想了想，回礼可以有。"

"你说。"贺行望不知道是什么事改变了她的主意。

"不过——"池穗穗又主动改了口，"这个回礼我已经有了想法，我要自己拿，到时候再和你说。"通过电波传至另一边的声音轻柔动人。

"好。"贺行望的神色不自觉地温柔下来，"我等你。"他等着看她到时候提什么。

池穗穗笑了一声："不急。"

说是这么说，她却眼神一闪。挂断电话后，池穗穗才转身，就看见宋成睿一个人站在走廊上，对着墙壁。

"面壁思过？"她问。

"我姐是不是谈恋爱了？"宋成睿好奇地问，"她接到了一个电话，我感觉我听到了男人的声音。"

"没有。"池穗穗很淡定地回答道。

宋成睿松了口气。他主要是想不到南城哪个公子哥配得上他姐，圈子里的少爷他全都知根知底。贺行望就挺好，但那是穗穗姐的。

"但是离恋爱也不远了，你做好心理准备，不要插手。"池穗穗继续说。

"我不插手，她谈恋爱开心就好。"宋成睿半晌才出声，"除非那个人是个人渣。"那他可就忍不住了。

宋成睿还是相信自家姐姐的眼光的，再不济还有池穗穗在，差了池穗穗也会说的。他想起了什么，没好气地问："穗穗姐，你这说话大喘气和谁学的？这样很容易吓死人。"

池穗穗莞尔道："你猜。"

宋成睿摸了摸下巴："除了贺行望，我不做他想。"

他和贺行望交情不深，见面次数也不多，但多的是从长辈那里听到的评价。前段时间他才知道原来贺行望已经接手贺氏的一些产业，还参与了一个贺氏的项目。

宋家父母对这个项目很看好，甚至想投资，只可惜贺行望那边行事果决，等他们反应过来，项目都已经启动了。贺行望寡言，行事风格却稳。

“猜对了，没有奖励。”池穗穗打了个响指，“你就不要在这里打扰你姐了，有空去查查谁送你姐上的热搜。”

宋成睿颔首：“好。”

池穗穗没看邮箱，但也猜到恐怕贺行望查到是谁了。她不告诉宋成睿也是想让他自己调查，锻炼一下能力，这件事他管最好。

回到柏岸公馆已经是傍晚，池穗穗打开邮件看了下，上面只写了几个营销号的微博名，还有一个人名。

于语乐，一个很陌生的名字。池穗穗在网上搜了下这个名字，除却同名的，剩下的都是诗词上的。她直接去微博搜了下，几秒后就搜出来一个十天前的新闻，下方标注的记者名字正好是“于语乐”。池穗穗秀眉微蹙，身为记者，这人竟然发这样的新闻，实在让人怀疑她的职业操守。

发表新闻的是“博览新闻”的官微——一家新闻社，不是电视台。新闻社很多，有时候圈内人都不一定能全知道，这个博览新闻社却不一样，尽人皆知，因为它的新闻通常会有“反转”结果。

再严谨一点儿地说，博览新闻社发的新闻都是关于社会热点话题的，通常会上热搜，但在接下来的两三天内新闻事件的发展又会迅速“反转”，甚至可以说博览新闻社是在吃“人血馒头”。

池穗穗打了个电话给苏绵：“苏绵，你帮我调一下博览新闻社一个月内的新闻报道。”

“好！”苏绵一听就感觉有大事情，激动得不行。

池穗穗先去看了一下二院的官微，此时那条微博的评论数终于过万，挂了个热搜尾巴。

“我就知道会反转。”

“为老不尊，说的就是这个人。”

“劝人学医天打雷劈，当医生不仅被病人家属打，还要被诬赖，太惨了。”

“之前骂人的网友有过来道歉的吗？”

“这要不是旁边有人帮忙，当时倒在地上的怕就是医生了吧。”

“你们觉不觉得帮忙的女生好眼熟啊？”

“我也感觉好像在哪儿见过她。”

“监控视频太模糊了，看不清她的脸。”

池穗穗关了评论，将新闻稿写好，又做了一个视频，然后整理好发到了主任的邮箱。

做他们这行的，周末虽然放假，但也不是真正的假期。新闻出来，他们就会行动。这件事的真相不难想象，于语乐发现了这新闻可以利用，然后再有营销号从中帮忙，就能直接上热搜，而周母只不过是被利用的棋子。

池穗穗嗤笑了一声，眼帘微垂，被屏幕的光照亮的脸冷艳惊人，又无端诱人。

十分钟后，新闻稿通过的消息传了回来。

“穗穗，你怎么不早说你在现场？新闻稿我看了，写得很好，我已经让他们准备发出去了。”主任十分惊喜。

一旦新闻无人关注那就没有多大用，这也是现在人人都想弄头条，为此不惜造假的原因。一个和热门相关的新闻出在自己的部门手下，并且是正面的，这是哪个领导都愿意看到的。

没多久，池穗穗就在南城电视台的官微上看见了自己的新闻稿。不出意外的话，今天晚上的晚间新闻上也会有她写的新闻。说实话，池穗穗觉得自己这次反应太慢，但胜在她是当事人之一，这就比其他记者更有优势。

晚间时分，这件事终于开始发酵。

之前的新闻没指名道姓地说医生是谁，只是评论里有人说是宋医生，也有人不信。

宋医生前段时间才因为救死扶伤上了热搜，不少人对此还有印象，认为她不太可能做出这样的事。

果不其然，事情直接反转。网友在微博把前面的打人新闻报道者骂了个狗血淋头，之前博览新闻社的微博下也是骂声一片。池穗穗新闻稿里对博览新闻社没有留情，直截了当地指责他们——当然她说的都是事实。不仅如此，她还列了几个出名的反转新闻，让评论区都炸了。

“天哪，之前把未成年被性侵的受害人挖出来采访的就是这个‘博览新闻’？”

“这新闻社究竟是干什么的，专门挑拨各方关系，影响社会安定的吗？”

“是不是非要把人害死他们才开心？”

对一个丝毫没有良心的新闻社，网友可以说是同仇敌忾，博览新闻社的管理人员第一次碰到这样的事。

星期一早上，于语乐被主编骂了半个小时。

于语乐出来时，办公室里的同事有的幸灾乐祸，有的事不关己高高挂起，只有一两个和她关系好的人才和她说话。

“乐乐，你这新闻好歹还上了热搜。”同事感慨地说，“就是不小心碰上有同行在现场。”

这种事谁也没想到，要是没有同行，哪里会有这么夸张?

于语乐心脏强大，根本没有发火的迹象：“池穗穗、苏绵，是南城电视台的记者。”她呼出了一口气。

“你可别做什么。”同事小声地道，“这个池穗穗有点儿邪门，运气好得不行，你看之前得罪她的人都怎么样了？”

导演被曝学历造假，她同事和林京牧吃饭被拍，其他的就更不用提了。

于语乐眼神一冷：“法制社会，还能怎么样？”她对池穗穗的了解不多，圈子里的人提过一些，再加上之前上过热搜的新闻采访，于语乐都看不上眼。靠采访贺行望得来的名气，池穗穗又算什么真正的记者?

博览新闻社内部压力很大，而她于语乐能坐上首席的位置，靠的就是自己对新闻的敏锐度，今天她被骂只是因为运气不好。

宋成睿这边查到源头之后，直接出手，一边给几个营销号发去了律师函，一边让人给博览新闻社施压。没点儿背景，一个新闻社又怎么敢一次次踩在大众的底线上跳舞，如此猖狂?

所以主编感受到上面的压力，就只能骂于语乐。

“你别说，池穗穗和贺神好像有点儿什么。”同事转而讨论起了八卦消息，“贺行望在微博维护她来着。”

“是吗？”于语乐扭过头问道。

“网上有人说两人可能一见钟情。”同事露出欣羡的目光，“嫁入豪门，老公又这么帅，谁不想？”

“豪门不是这么容易进去的。”于语乐随口说道，“也不看看她是什么身份，一个记者还想‘飞上枝头变凤凰’。”

哪有这么容易嫁入豪门，不过这事让于语乐记在了心里。

二院医生打人这事反转之后很快就沉寂下来，反倒是博览新闻社被挖出之前的事，被网友放在热搜上骂了整整一星期。

这一星期整个圈子里的人都有点儿怵池穗穗。虽然说起来没什么，但是这一篇新闻稿就让博览新闻社损失那么大，现在谁还敢得罪她？万一不小心被挖出什么“黑料”，说不定下一个博览新闻社就是自己。谁愿意自己被挂一星期热搜，每天被骂几万次？

“穗总，你那个视频做得真漂亮。”苏绵来回看了十几遍视频，“不知道的人还以为是专业人士做的。”

“总要有十八般技能。”池穗穗笑了笑。做他们这行的，谁不会多点儿技能——摄影、口才、跑步，也许慢一步新闻头条就是别人的了。

8 月下旬，临近 9 月，天气依旧闷热。

也不知道是天气原因还是什么问题，新闻不多，工作自然就少了许多，周末大家也很少加班。

苏绵窝在办公室里不想出门，能不外派采访就不出去，池穗穗最近倒是任务很少。

步入 9 月的第一天，下了场雷阵雨。下午雨停，出了彩虹，引发无数人拍照发微博或朋友圈打卡。

苏绵也兴致勃勃地拍了一张照片，然后就突然有精神在群里约池穗穗出去吃烤肉：“这是老天都让我出门吃烤肉！”

池穗穗回复：“今晚不行。”

苏绵：“是有事吗？好吧。”

柏岸公馆。

彩虹还未消失，落地窗外能看到大半，别人的照片中被高楼遮挡的景物，在这里一览无余。

池穗穗的手机振动了两下。她旋好口红看向镜子，即使和镜子有些距离，她也能看见长而卷翘的睫毛，微抿了下唇，镜中人红唇有光泽，像熟了的樱桃，她很满意这个颜色。

池穗穗把头发松开，随手拨弄了两下，顺手发了条语音消息过去："今天的事可多了……"手大概没按好，语音没说完她就发了出去。

苏绵回得很快："很忙吗？"其实两个人虽然是同事，但对彼此的生活并不干涉，苏绵虽然很活泼，但很有分寸。

紧跟着，又一条消息进来，是宋成睿发来的："拍卖会快开始了。"

池穗穗先回复了宋成睿，然后又回苏绵："要去买礼物。"

原本她想说还有个男人在等着她去感谢，但是想到苏绵目前的认知，最后改了口："男朋友在等我。"

这么一说，好像目前她和贺行望的关系还没正式确定。池穗穗翘起嘴角，眉尖一挑，镜中人明眸皓齿。

第五章
未婚妻

今天的这场拍卖会据宋成睿所说，筹备了将近两个月，其中的拍卖品从珠宝到书画一应俱全，最主要的就是其中的一座岛。池穗穗来的目的就是这个。

本身她和宋妙里关系就好，再加上前段时间的新闻事情，所以宋成睿这次可以说是对她非常殷勤。

这次的拍卖会是私人办的。主人是梁家的小公子，本来也是个衣食无忧的“富二代”，结果家里公司被一个项目套住，父母又突然去世，所以他才把家里的东西包括他当初买的岛拿出来拍卖。

这座岛是梁小公子几年前买的，但是当时梁小公子突然将心思转到了俱乐部上，岛也直接空置了下来，所以池穗穗才愿意接手这座岛——她不想买一座都是别人的痕迹的岛。

原本安安静静的别墅院里，停了不少豪车。

“今天晚上拍卖的这座岛恐怕不便宜。”宋成睿晃了晃手，“据我所知，有别人想要。”

池穗穗靠在椅背上：“嗯。”

宋成睿问：“你突然想买岛干什么？”

池穗穗抬眸看了一眼，弯了下唇：“不是买给我的，是送给贺行望的。”

宋成睿表示有钱人任性。

等看到池穗穗掏出来的卡，他直接闭嘴了。她用贺行望的卡给贺行望买岛，都是情趣，谈恋爱的人花样怎么那么多呢？

车一到，就有人看了过来，低声问：“那是谁？”

“宋家的车吧。”

有人过来打开车门，池穗穗抬脚下了车。她今天穿的是礼服，简单的黑色礼服却并不普通，露在外的小腿笔直，脚踝精致，高跟鞋上的碎钻闪着光。

天还没黑，众人都看清了池穗穗的脸。她像是一朵暗夜里的蔷薇，冷艳的一张脸让人忍不住沉迷却又不敢靠近。

“齐家的……”

“她不是当记者去体验生活了吗？”

“得了，这次也不知道这位大小姐看上什么了。”

对之前热搜上池穗穗贫穷少女的“人设”，知道她身份的人都没公开挑破，只是看看而已——人家齐氏的千金想要玩玩，他们没理由去拆台。

“不是说池家会和贺家结亲吗？”有人低声询问，“怎么她和宋二公子一起来的？”

“两人关系好啊。”

至于更深的关系他们没有多说。

池穗穗自从毕业之后，大多在忙记者的事情，很少参加宴会，入眼之处多了几张新面孔。

有人上来攀交情，池穗穗神色平淡，只偶尔应两声。见她准备往里走，周围的人都松了口气。

宋成睿倒是一到场就被围住了，毕竟他在南城出了名地会交际，整个圈子的人他都熟。

两个人直接分开了。

今晚的拍卖会来的人不多不少，拿到邀请函的都是有头有脸的人物，厅里已经坐了几位。

池穗穗给邀请函拍了张照，发给贺行望。对方没回，应该是在忙。

池穗穗收了手机，懒洋洋地站在窗边看院子里的众人，浮华声色，灯红酒绿。公子哥们来的同时还会带女伴，莺莺燕燕也不少。

和男伴分开后，几个认识的小明星、小模特迅速凑在了一起，一开口就是明里暗里的炫耀。

上流圈子，谁都想进来，走捷径出名和兢兢业业却没名气，她们都知道选什么。

几人正说话的时候，就看到了不远处的池穗穗，只见她身材窈窕，侧脸明艳不可方物。

“那个人是跟谁来的？”

“她手上拿的包的款式没见过，不会是假的吧？”

话音刚落，就有人鄙夷地看过来：“你看这个场合，会有人拿假的包包吗？”

“我看这人是为了傍大款来的吧，以前没见过。”

因为隔着一段距离，再加上光线问题，所以几人看不清楚池穗穗的具体容貌，只能看出她长得很漂亮。

就在她们讨论的时候，拍卖会举办人出来了。拍卖会举办人一出来就直奔池穗穗，态度殷勤万分，看得几个小明星都呆若木鸡，半天才吱声。

“人家是真千金。”

有人轻声补充：“别看了，那个款的包应该是专门定制的，所以我们都没见过。”

再等大家想多看两眼时，人已经不见了。

梁公子虽然家里出事，但曾经的位置摆在那里。他之前只知道宋成睿多要了一封邀请函，还以为是给谁的，没想到刚刚收到消息说池穗穗来了。

梁公子亲自将池穗穗带进了屋，让人一下就知道了这个女生明显不一般，再有了解内情的人，就知道这是谁了。

这里倒是有池穗穗认识的几个大小姐在。名媛圈里大家就算没见过，也必然知道彼此是谁，池穗穗的穿搭包括喜好都被她们挖出来分析学习过，明面上吹捧，私下里还不知道怎么说，“塑料”姐妹莫过于此。

好在拍卖会十几分钟后就正式开始。

池穗穗坐在自己的位子上，桌上放了一些小玩意儿和吃的东西，她随手拣了个果子。

她的手机振动了一下。

贺行望：“已经买好了？”

池穗穗笑了下，回复：“没有，才刚开始，所以你现在还有反悔的机会。”

那边的贺行望神色冷静。

几秒后，池穗穗收到了答案。

贺行望：“不会。”

随着这一条消息发来，上面的拍卖师也出声了，调动着现场的气氛。池穗穗对其他东西没什么兴趣，但还是拍了一幅画，三百万元，不算贵。

小岛一出场，拍卖师就直接报了价：“起拍价七千万元，每次竞价最低一百万元。”

这价格在岛屿中并不贵，多的是要花几亿元才能买的岛，更别提有名的那几座，几亿美元都不一定能买到。

“七千五百万！”

“八千万！”

“八千五百万！”

…………

“一亿！”

一声“一亿”出来，不少人转向举牌的人所在的位置。

池穗穗气定神闲地坐在那里，一副漫不经心的模样，锁骨白皙又性感，蓬松的长鬈发落在一侧的肩上，衬得耳畔的钻石格外明显。池穗穗举牌次数不多，但是第二次举牌加到一亿元的时候，其他人都知道她看上了这座岛，多数人给了面子没再举牌。

一座岛而已，对他们而言可要可不要，和齐氏结个善缘才比较重要。

一众陪人参加拍卖会的小明星羡慕又嫉妒。

跟池穗穗一起来的宋成睿已经面无表情，群里不少人在问他："听说池穗穗一掷千金买了座岛是不是？"

"会玩会玩。"

"搞得我也想去买座岛了。"

宋成睿面无表情地在群里回复："你敢让你的女朋友花一个亿去买吗？"

当即有人回复："告辞。"

宋成睿叹了两口气。人比人气死人，他们还在抠搜，贺行望已经用这个来哄女朋友开心了。

等拍卖师一锤定音，池穗穗就获得了这座岛。她滑开手机，给贺行望发去了一条语音消息："小贺，账单和礼物，看你喜欢哪个。"池穗穗笑了。

贺行望回复的也是语音消息，这边太吵，池穗穗将手机放到了耳边才听到男人低沉的嗓音："几位数而已。"也许是离得太近，耳边手机冰凉，那个声音却在耳中传递，连带着心口振动，莫名让她酥麻至极，感觉好听极了。

拍卖会结束后会有个私人晚宴。

"穗穗姐，你不参加吗？"宋成睿问，"那要不要我送你，你要去哪儿？"

"不用，我自己去。"

梁公子等拍卖会一结束就将小岛的相关文件送到了池穗穗手上，见她真的不留下来还有点儿失望。至于池穗穗随手拍的其他东西，明天会被人直接送到柏岸公馆。

看着池穗穗消失的背影，有人忍不住道："我怎么觉得这个大小姐和之前上过热搜的一个人长得有点儿像？"

"你说的是不是一个记者？"

“好像是，那人长得还挺漂亮的，我看了她采访贺行望的视频，侧脸和这个大小姐几乎一模一样。”

“该不会是什么豪门狗血剧情吧？”

“要我说你有这才能就别当演员了，去当个编剧吧，说不定还能火。”

旁边的人说：“也不看看她是什么身份，一个记者能和人家比吗？人家有颜有钱，用词准确点儿，是那个记者像她。”

“是啊，一个记者能来这种场合？”几个小明星说着说着就笑了起来，“梦里什么都有。”

记者对她们而言可以说是小人物，而她们讨论得开心时，当事人早就离开了。

池穗穗回去换了身轻便的裙子，才带着证书让司机直接去射运中心。

她本意是到了里面再和贺行望说的，但是门口的警卫太严，不是射运中心里面的人不让进去。毕竟里面的都是国家运动员，除非被允许，不然只有领导才能直接进去。池穗穗直接被拦在门口，到最后还是要让贺行望出来接人。虽然说她知道原因，但好心情到底是被破坏了点儿，她干脆坐在车里不动了，给贺行望发消息：“我在门口。”

池穗穗：“被拦住了。”

虽然后面一句话只有四个字，贺行望却能感觉到她几乎突破屏幕的怒火。以池穗穗的性格，这样情绪化的情况确实很少。

贺行望轻笑了一声。他出门经过大厅时，李怀明他们都偷偷摸摸地在窗边看：“刚刚听到没，有电话让贺神出去接人。”

“你们说接谁啊，男的还是女的？”

“这么些年就没人来找过贺神吧？”

“说不定是送东西的。”苏治随口说了一句，被众人吐槽起来，但他恰好说中了事实。

外面天色已黑，贺行望一出去就看见了熟悉的车，叩了下车窗。

半天车窗才降下一条缝，一张硬纸被从缝隙里递了出来，池穗穗的声音也从里面透了出来：“给你。”

“不下来？”贺行望问。

“不下去了。”池穗穗说。

贺行望直接伸手打开车门，坐在车门边上的池穗穗被他突然的动作吓了一跳，回过神来。

“真的不下来？”他问。

池穗穗将手搁在裙子上，轻轻眨了下眼：“不小心花了你一亿元，怕你打我。”

贺行望瞥她一眼。

他弯腰低头，“居高临下”地将池穗穗看得一清二楚。她坐在车里，像是坐在王座上，下一秒就能指挥一场战斗。

贺行望突然冒出这么个想法。

池穗穗仰着头看他，修长的脖颈十分惹眼，弧度完美，细得仿佛轻轻一折就断。她的目光落在贺行望身上。

大概是因为到了晚上，他穿的是休闲的衣服，显得随意散漫，喉结被她看得一清二楚，从远处射运中心透过来的光被他挡在身后。

“虽然不进去，但是我来还有一件事。”池穗穗勾了一下尾指，“贺行望，你低头。”她又叫他的名字。

贺行望的目光落在她的唇上，他微倾身靠过去，抿了抿唇：“你说。”他的手指间还夹着那座小岛的证书。

池穗穗伸出手，手指碰到他的衣服，指尖一弯，直接扯着那领口，没用多大力，贺行望却跟着她的动作弯下腰来。

“等等你就知道了。”池穗穗丢下一句话，坐在车内连位置都没动，裙摆安静，像是掌握了一切。

车内的冷气扑面而来。

贺行望下意识地皱了下眉头，面容冷峻，又很快恢复平静。没等他分辨鼻间的味道，唇上便覆上柔软的触感，他差点儿跌进她的裙摆里。

她今天戴的耳环是流苏的，很长，尾巴尖跟着主人一起落在了他的肩上，一下一下地摆动着，令他发痒。

两个人的呼吸互相交缠，池穗穗退开了点儿，和他的脸隔着一指距离，男人身上清淡的柏木香忽地诱人起来。

“贺行望，你说是谁在亲你。”池穗穗脸上绽开笑容，问得直接。

她虽然是在问他，却是陈述语气，指尖还钩着贺行望的衣领，一点儿都没有松开的意思，背后是漆黑如墨的夜幕。

“松开。”贺行望沉声道。

“你先回答我。”池穗穗说，一点儿也没有让步。她从来都是如此。

“穗穗。”

池穗穗不甚满意，就在她要出声的时候，倾身靠近的男人望向她精致的眉眼，眼睑微垂，缓缓开口：“未婚妻。”

这勉强算是个答案吧。

池穗穗也没指望他能突然说出女朋友来，毕竟对豪门联姻来说，未婚夫妻和夫妻是最常见的称呼。反正人她是亲到了。

雨后的草木香飘散在空气里。

池穗穗收回手，还贴心地给他整理好衣领，眼尾一挑道：“算你答对了，但还差一点儿。”

她的一双眼睛漂亮极了。

贺行望的目光描绘着她的轮廓，眼眸漆黑如墨，情绪不明，唇瓣因为刚才的行为染上了口红。

池穗穗的嘴唇颜色倒是浅了点儿，贺行望沉吟片刻，思索着什么答案比较准确。

“盒子你要不要？”池穗穗将梁公子精心准备的礼盒从一旁拿出来，“不要就算了。”

“不用。”贺行望将手中的纸轻飘飘地扔进了车里，使它稳稳当当地落在了那礼盒的正上方，“进去吗？”

池穗穗看了眼不远处的射运中心，有点儿心痒：“晚上去会不会不太好？”

贺行望淡淡地回答：“晚上没什么人。”

池穗穗思索了一番，应道：“好。”

他当射击运动员这么多年，她还从来没有进到最里面去过，就算上次采访，也只是参观了一些表面的东西。

贺行望伸出手，池穗穗搭着他的手下车，另一只手拎着裙子，准备收回搭着他的手时却发现手被他攥住了。她干脆随他去，反正亲都亲过了。

射运中心晚上比较安静，大多数训练是在白天，只偶尔有几个勤奋的运动员晚上也要学。两人从大门进去时，看门的警卫都不由得多看了两眼。

因为就两个人，池穗穗有种非常奇妙的感觉，恍惚间想起小时候的事。说起来她和贺行望认识很久了，甚至可以说得上是青梅竹马，但那时候她脾气傲，他冷，两人真正说的话其实并不多。

两人是在成年后得知他们定了所谓娃娃亲的。

南城名媛圈里的人喜欢贺行望的不在少数，甚至有想靠接近池穗穗来接近贺行望的“白富美”。

池穗穗虽然傲，但识得清人。她和贺行望私下相处时间最久的一次应该是去参加一个德高望重的老太太的寿宴。

池穗穗那天心情莫名不好，偏偏众千金都围着她吹“彩虹屁”，吵得她耳朵疼。她又正好看到贺行望，干脆拉了贺行望去二楼，结果两个人进了一个房间，不小心被关在了里面。

那大概是一间客房，里面的东西不多，大多是一些收藏品，他们又没带手机，池穗穗就看着贺行望在那边看书。

她最后好像睡着了吧，醒来时已经离开了那里，贺行望坐在车里，她躺在他的腿上，他的手搁在她的头下被她枕着。

池穗穗到今天也不知道最后发生了什么事。

几分钟后他们就走到了门口。

池穗穗回过神来，余光扫过贺行望的脸，停在他染了口红的唇瓣上：“等等。”

贺行望偏过头问：“怎么了？”

“你要顶着这个去里面吗？”池穗穗随口说了一句，从包里拿出纸巾，

“擦掉。”

贺行望就站着，任由她摆弄。

“没人看见。”

“里面灯那么亮，瞎子才看不见。”

“……”

“好了。”

贺行望已经习惯了池穗穗的语气，毕竟她是记者，总能有办法让人说不出话来。比起其他人，他觉得自己可能是比较幸运的那个。

射运中心之前有了贺氏的投资，现在整个地方都很漂亮，不知道的人还以为是什么豪华基地。

“这里面有女运动员吗？”临进门前，池穗穗问。

“有。”贺行望言简意赅地回道。

“那我上次怎么没有见到？”

“那次她们出去了。”

经他一解释，池穗穗才确定射运中心里面男女运动员都有，但住的地方是分开的。

这里很少会向外面展示，她上次虽然是以记者的身份过来，但也只是采访贺行望一个人而已。

李怀明他们本来一直在大厅里，就等着做第一个看被接过来的是谁的人，结果没想到等到中途，教练来了。

“都在这里干什么？白天还没训练够，还是嫌睡觉时间太长？那我明天给你们换一个时间表——”话还没说完，人全跑了。所以池穗穗和贺行望进入大厅时，一片安静，连个人影都看不到，便径直去了他的房间。

好巧不巧，李怀明听到脚步声打开门，但只来得及用手机拍到池穗穗的背影，然后唰的一下关上门，在群里面发消息：“天哪！我看到了！好绝的背影！”

下面一排问号。

苏治：“你说话能说清楚点儿吗？”

李怀明："我刚才看见贺神接的女孩子了，从背后看绝对是好看的，是不是贺神的女朋友啊？"

苏治："说不定是妹妹呢。"

李怀明不甘心地道："情妹妹也是妹妹。"

大家在群里面就那个女孩到底是妹妹还是女朋友讨论了起来，最后想起之前微博上贺神的绯闻事件，甚至开始琢磨是怎么回事了。

池穗穗今天穿的是连衣裙，和那天来采访时穿的职业装不一样，李怀明也不知道是不是同一个人。

有关贺神带了个女孩子进射运中心的事情飞速传播开来，不多时，女生那边也知道了。

"他们说贺神带了个女孩子过来。"一个短发女生从床上坐起来，"真的假的？"

"贺神真谈恋爱了？"

"那个传说中的结婚对象？"

她们都是同一时间段进来的，所以关系比较好，对之前的事知道得一清二楚。

贺行望家世好，长得好看，不要提外面每天都能在网上看明星的追星女孩儿，在射运中心的女运动员都觉得他让人惊艳。再加上他一直不怎么近女色，总会有女运动员心动的。

只是第一个去表白的女运动员被直接拒绝了，贺行望说自己已经有结婚对象了。第二个女运动员不信邪，还想去房间里将生米煮成熟饭，贺行望看都没看女运动员，直接换了个房间。从此之后，那房间就被当成储藏室了。

射运中心毕竟是贺氏投资的，在住上面，贺行望提什么要求都可以，上面的人不会管。

"这么晚还过来。"另一个女生撇了下嘴，"她不知道这里是射运中心啊，还想过夜？"

"贺神的身份摆在那里，豪门联姻啊。"她身旁的人小声说，"真正的‘白富美’哪有那么多。”

“那也不可能丑吧？你看很多有钱人找了女明星结婚，说明他们还是看脸的。”

“人家门当户对。”一开始说话的女生翻了个白眼，“你们怎么知道女生长得一般？再说了，又轮不到你们来反对。”

“我们又没说什么坏话。”

群里正好刷出一张模糊的照片。

大家一点开，玲珑有致的背影就出现在屏幕上，直角肩，身材高挑，长腿细腰，蝴蝶骨性感得让人惊艳。就凭这背影，她都能“秒杀”众女生。

本来嘀嘀咕咕的几个人一下子没了声音。

别人的议论自然是传不到池穗穗的耳朵里的。

贺行望的房间不小，但是构造看起来很简单，风格也比较冷，很符合他本人的风格。这让池穗穗想起了柏岸公馆里他的房间。

“房间里没有枪？”她环视了一圈，停在一个飞镖的靶边，上面正好有一支飞镖插在十环的位置上。

“嗯。”贺行望随手扯下了飞镖，慢条斯理地开口，“不能带出来，否则失手了会出事。”

池穗穗了然地点头，从他手里把那支飞镖拿过来，自己试了一下，本以为很简单，结果就一环。

池穗穗直接把那支飞镖拽下来塞进了贺行望的手里，贺行望看得勾起嘴角。

“没什么好笑的。”池穗穗将手背在后面，冷着脸道，“我要是像你一样，都可以为国争光了。”

“对。”贺行望认真地捧场。

池穗穗笑出声，嗓音清脆，贺行望的表情就给人一种说假话的感觉，让她觉得很好笑，干脆直接转移了话题。

在里面待了半小时，池穗穗才决定离开。贺行望送她出去，这一回倒是谁也没碰上。

司机一直等在外面。池穗穗上车后突然降下车窗，将下巴搁在窗沿上，仰着头看男人颀长的身形："还有一件事。"

贺行望挑眉："你说。"

"订婚宴还没有办，所以准确来说未婚妻不对。"池穗穗莞尔，"记住，下次要说女朋友。"

说完，她便合上了车窗，天色太黑，从车里也只能看到贺行望的身形轮廓。一直到车消失在视线中，贺行望才回了射运中心。

回到柏岸公馆，池穗穗才打开手机。未读消息很多，大多是在询问今天拍卖会上一掷千金买了座小岛的是不是她，还有父母发来的消息。

齐信诚："怎么突然买小岛了？"

池穗穗先回了自家爸爸的消息："送人的。"

等她再回完姐妹的消息，齐信诚的回复也跟着来了："送谁？"

池穗穗："还能有谁？"

齐信诚："好吧……"

一串省略号跟在后面，池穗穗没忍住笑："以后那座小岛就是我的了，也没什么。"

齐信诚："我女儿说得真对。"

这次买小岛池穗穗不是全用的贺行望的钱，两个人一人一半，账单她已经收到了。

宋医生晚上休息，躺在床上发来贺电，还不忘感慨："还好是你，穗穗，要是其他人买的，那我都可以想象以后的画面了。"

池穗穗："什么画面？"

宋妙里发了条语音消息过来："咱们圈子里的人你还不知道，尾巴都会翘到天上去，八成还会叫'天哪！这可是我花了一亿元买来的岛，你竟然还想上去？'。"

她将那股子趾高气扬学得惟妙惟肖，又问："但这是你的，我可以免费上去吗？"

池穗穗指尖一动："已经是贺行望的了。"

宋妙里回复得很快："这多见外啊，你们马上就要结婚了，他的就是你的，你的还是你的，岛主穗。"

最后三个字让池穗穗乐不可支："你提醒我了。"

宋妙里表示不理解。新晋岛主池穗穗发了一句话过去："可以把它开发成旅游岛，立个牌子——一步十万。这样回本指日可待。"

这一步，友谊的船就翻了。

调侃完宋医生，池穗穗这一晚睡了个好觉。

次日清晨，她神清气爽地去电视台上班，踏进大厦后第一个想到的竟然是之前贺行望说的"迟了"两个字。至于那个牌子，"岛主穗"表示是玩笑话。

星期一上午其实有点儿忙，毕竟星期日没上班，积压了的新闻她都要今天处理，午间新闻、晚间新闻可能会用到，这本是老员工负责的。

"穗总，张悦然好像快要回来上班了。"苏绵边打字边说，"又要看见她了。"

"她说不定也不想看见我们。"池穗穗勾了下唇，意有所指地道，"不用担心。"

"说得也是。"苏绵忍不住笑。

临到中午时，池穗穗去茶水间接水。

两个实习生正站在里面说话，看到她后讨论声戛然而止，两个实习生乖巧地开口："穗总。"她们和苏绵的叫法一样。池穗穗嗯了一声。水接到一半，她就觉得不对劲儿，身边的两个实习生大气也不敢喘，池穗穗总觉得她们似乎是在打量自己，没有恶意，但是等她去看的时候，她们就转开了视线。

池穗穗压下唇角，端着水杯走出茶水间，却在最后一步时忽然停了下来，转过身去。

两个实习生偷看被抓了个正着。

"说吧，有什么事？"池穗穗抬了抬下巴，不紧不慢地开口，"总不至于是我今天太好看吧？”

两个实习生对视一眼，池穗穗好看当然是好看的：“我们今天刷到一个论坛热门帖子，里面正好提到了穗总，内容不知道该不该说。”

她们部门的实习生有时候很忙，有时候就很轻松，比如像一些必须老员工盯着的工作，是不敢放手让实习生做的，一般“摸鱼”时间实习生不是在洗手间就是在茶水间。

这两个实习生关系很好，所以就在茶水间里聊了起来，结果没想到池穗穗进来了。

“穗总，我把链接发你了。”实习生之一眨巴着眼，赶紧把帖子链接发过去，“不要告诉陈姐好不好？”

池穗穗轻松开口道：“不会的。”

两个实习生长舒一口气：“那我们去忙啦。”

之前两个实习生见识过池穗穗怼张悦然的画面，所以见她表情冷淡就会心里发怵，但现在觉得她其实挺好说话的，长得又好看，说话又好听，谁不喜欢？

池穗穗没拦：“行。”

她一开口，两个人就飞速离开，并且决定以后摸鱼也要时刻盯着茶水间门口。

池穗穗回了自己的座位，直接点开了帖子，还真是论坛热帖，回复已经有了好几页——有钱人的挥霍方式真是让人想象不到，现在什么“白富美”能随手丢一亿元出去？

“楼主因为工作，加了不少网红圈和娱乐圈十八线的小艺人，今天就看到两三个人都发了个私人拍卖会的消息。顶级‘白富美’一出场，其他人都得靠边站。听说‘白富美’花一亿元拍了座小岛，还是没开发的，大概率就是拍来玩玩的，羡慕了。”

回复里全在让楼主上图，毕竟无图无真相。

楼主回得倒是很快：“没图，朋友圈截图不好发，你们自己打听打听就知道了，再说了，我又不在现场。”

随着这帖子变热，回复也越来越多。

“‘白富美’真美还是假美？”

“被楼主说得我都想看看‘白富美’长什么样了，谁家的千金？”

“一亿……如果把我的存款去掉小数点，那我也可以成为顶级‘白富美’了。”

“醒醒，吃点儿花生米，别醉了。”

“朋友圈里就没人看见‘白富美’长什么样子吗？”

池穗穗往下翻了翻，都没见到自己的名字，直到这个问题出来，楼主的回复终于变了。

楼主：“当然有，超级好看！气质绝佳！脸蛋完美！具体我描述不上来，但是你们可以去找找，之前上过热搜的……叫池穗穗，据说两人长得很像。”

这一回复直接被网友鉴定为自我炒作。

有人去找了池穗穗的照片，只可惜池穗穗不是明星，也不经常自拍，所以也就采访视频里能见到一些画面。

最后大家一致认为，她好看是好看，但是肯定比不上“白富美”的气质，那可是从小养出来的气质。

池穗穗还看到有人在夸自己，其中有条回复点赞数最高：“两个人之间差的可不是一个亿，现在就算天降横财几个亿，CSS（池穗穗名字的拼音缩写）也堆不出来那气质。”

说着就有人上了图，是之前池穗穗实习时跟着陈如玉去采访时的照片，即使那天她没化妆，也眉目精致如画，照片中她背的包是爱马仕的。

“看上去有点儿小钱？”

“勿碰瓷顶级‘白富美’，CSS好好当你的记者，不要整天搞一些似是而非的新闻。”

“就一个爱马仕的包谁买不起啊，先整一个亿出来再说自己是‘白富美’吧。”

“你们以为圈子好进啊，我认识的一个小网红做了某公子哥一个星期的女朋友，结果光得到一笔钱，连那圈子的门槛都没见到是什么样。”

有人一出来爆料，接下来的话题迅速被转移。

池穗穗再往后翻了翻，直接将帖子关了。毕竟她现在还是一个记者，吸引不到大众的目光，反而是昨晚的小岛事件更让人关注。

咔嚓——相机拍照声响起。

池穗穗一抬头就对上苏绵心虚的表情：“刚刚穗总你低着头太好看了，我没忍住。”苏绵举手表示自己的清白，“绝对不是丑照。”

池穗穗只摇了下头：“没事。”

“穗总，你的男朋友长什么样啊？”苏绵撑着脸感慨，“肯定长得也很好看。”不然对方怎么能追到穗总。

池穗穗想起昨晚在夜幕下贺行望刀削斧凿般的五官，新晋男朋友的脸当然是好看至极的，她眨了下眼：“和你的男神一样好看。”

苏绵很难想象这个画面。贺行望的脸是经过电视台高清无滤镜直播检验的，可以说没人敢碰瓷，更别说明星了，所以池穗穗这么一说，苏绵反而好奇起来。而且苏绵听宋医生说，穗总的男朋友也姓贺，还真是缘分。苏绵胡思乱想起来。

买小岛这件事最终走漏了风声。隔天下午，这件事就在网上上了热搜，微博爆料者称有人在拍卖会上买了座私人小岛，花了一个亿，甚至发了一张图。因为拍照的人是从里面拍的院子，又加上当时人多，所以只拍到了一小半池穗穗的侧脸和背影。

这种有钱人的“瓜”大家可太爱吃了，这座小岛也直接被扒了出来，之前梁公子买它的时候就花了不少钱，当时也上过热搜来着。

“别人一笔买卖以亿为单位，我都是以毛为单位……”

“谁买的就没人来说说吗？”

“我听说是齐氏的大小姐，对，就是你们经常吃的零食的那个齐氏！”

这一下网上可直接炸了窝。

有人直接放出了齐氏的官网资料截图和百科，齐氏在大众的印象里就是以吃食为主，实际上从房地产业到影视业，全部都有投资，并且名列前茅。齐氏向来低调，不怎么上热搜。而且池美媛虽然是音乐家，但现在的网友基本不关注这些，就连话剧都很少关注，所以连带着老板和老板娘都很少有人知道名字。

“这个背影看起来好好看，好美啊！”

“蝴蝶骨绝了，可以列入‘年度最美后背’名单，排第一都没有问题！”

“这个人好像池穗穗啊，就是之前那个记者，你们还记得吗？”

“倒也不必如此，这可是有钱人的拍卖会，一个小记者怎么可能去得了？”

小岛新闻一上热搜，贺家那边的人也知道了。

江慧月一早就打电话给自己的好友：“美媛，你看，我们是不是早点儿给孩子把婚订了？”

上次贺行望就说直接结婚，被齐家父母拒绝了。现在两人趁早把婚给订了，也免得中途出什么差错，后面就可以直接商议结婚的事情了。

池美媛说：“好，我和穗穗提一下。”

两人是出生前就定下来的娃娃亲，最近两家人也是一直在忙这事，所以得到两个当事人的同意后，订婚宴直接被安排在了月底。

池穗穗半夜给贺行望发消息：“没想到，居然才当了几天的男女朋友，就要订婚了。”她还没好好享受到谈恋爱的感觉。

贺行望收到消息时刚从外面回自己的房间。脱掉上衣，露出精瘦的上身，他略加思索，回复道：“你可以当作没订婚。”

池穗穗：“你觉得订婚和不订婚哪个好？”

看到这个问题，贺行望第一反应就是不能随便回答。他坐了下来，指尖轻点。池穗穗很快收到了答案。

贺行望：“本来想直接结婚的。”

一说到这个，池穗穗就想到之前他一个大喘气就让贺家姑姑气得不行的事。

订婚的事两家都没准备大办，这也是池穗穗的意思。她和贺行望的职业如此，一旦大办，来的嘉宾太多，当天必然会被人曝光。

订婚前一晚，订婚戒指已经送了过来，她坐在床上看着，璀璨的钻石在灯光下闪闪发光。

“穗穗。”池美媛推开门进来。

“妈。”池穗穗抬起头来。

“如果现在后悔还来得及。”池美媛坐到她旁边，轻声说，“正好你爸爸今天还挺难过。”

本来挺伤感的事被这么一说变得可爱起来，池穗穗没忍住笑道：“爸明天不会肿着眼吧？”

“那倒不会。”

“没什么好后悔的。”池穗穗回答了她的问题，戴上戒指，明媚一笑，“好看吗？”

“好看。”池美媛也跟着笑。

母亲离开后，池穗穗拍了张照片发朋友圈，也算是公开透露自己要订婚了，刚发出去，评论区迅速被占领。

宋成睿：“美美美！”

宋妙里：“好了好了，知道你最大。”

宋成睿：“我姐又在‘开车’了。”

苏绵在评论区里流下了羡慕的泪水，这钻石大得她眼睛都要瞎了，而且戒指造型也很别致，一看就是用了心的，果然有钱人的爱情也有真的。

没多久，姐妹群里又刷屏了。

宋妙里：“小贺可以的，咱们南城怕是没人能超过这订婚戒指了。”

宋妙里：“听说蒋小姐把她未婚夫骂了一顿，哈哈哈哈——”

说起蒋瑞雪，池穗穗就想到之前在餐厅里碰见对方的那一次，也不知道对方现在吃没吃到鱼。她回复：“等你订婚也有。”

宋妙里：“别了，我今晚还要去约会呢。”

今天她和顾南砚刚刚确定恋爱关系，为此她还准备了一个非常有心机的礼物。因为她自己家做的是珠宝生意，所以她直接要了一颗宝石，其他的 logo（标识）都没有用。

池穗穗干脆和她通电话："宋医生，我觉得是个人都能看出那宝石的价值。"

"不。"宋妙里说，"他不会的，他眼光不行，我就和他说是淘宝买的，几百块钱，现在造假工艺这么好。"

"你们的爱情我不懂。"池穗穗想吐槽都不知从何说起，"买岛、买钻石不好玩吗？"

宋妙里怒而挂了电话。

池穗穗挑了挑眉，正准备安抚一下好朋友，就发现朋友圈点赞列表里多了一个头像，随后电话也来了。

"穗穗。"贺行望很少这样叫她，大多是叫她池穗穗。

池穗穗嗯了声，又想起上一次见面的事情，故意说："贺行望，你换个称呼。"她还没听过呢。

池穗穗本来以为他应该不会叫的，没想到还真听到了一声"女朋友"。他的声音低，叫出这个称呼来令人酥麻。池穗穗捏了捏自己的耳朵，把手机拿远了一点儿："今晚打电话来不会是让我听一声的吧？"

"是没什么事。"

"上次苏绵——就是你的小粉丝——问我，我男朋友长得好不好看。"池穗穗漫不经心地说，"然后我回了一句。"

贺行望目光微闪："什么？"

他越淡定，池穗穗越觉得好玩，笑了："我说……我男朋友和她的男神长得一样好看。"她的嗓音里带了丝魅惑的意味。

"如果现在有人问你女朋友长什么样，你怎么回？"池穗穗趴在床上，懒洋洋地问。

"很美。"贺行望给了回答。

"就两个字？"池穗穗皱眉。

"找不到合适的形容词。"贺行望一本正经，语气斯文又严谨，"是我的问题。”

池穗穗觉得那些网络上流传的所有情话，都没有他这一句来得让她心尖发颤。

窗外夜色如墨，星河璀璨。

贺行望站在落地窗前，嗓音低沉却又轻松：“明天见。”

“明天见。”池穗穗软着声音，又补上了一句，“男朋友。”她自己先挂断了电话。

电话那边，不知过去了多久，贺行望才拿开手机，定睛看着屏幕在他的视线内黑下去。

虽然说了明天见，但池穗穗毫无睡意。她洗漱完，发现宋妙里给她发了条消息和一个链接：“穗儿，你男朋友发微博了。”

大概是觉得池穗穗人不在，没有回复，所以过了几分钟，宋妙里又发了两条消息——

宋妙里：“哦哟。”

宋妙里：“大晚上的，微博崩了。”

池穗穗点进链接，里面直接就是贺行望十分钟前发的微博。新微博简洁明了，四个字外加一张图。

贺行望：“你最好看。”

就这条微博池穗穗点进去花了两分钟。微博是真的卡了，等表示刷新的圈圈转完了，真正的内容终于展现在她的面前，包括那张图片。

照片上是一个小女孩儿正在许愿，小女孩儿是七八岁的模样，穿着高贵优雅的小礼裙，头戴一顶小王冠，小王冠上嵌着宝石，浑身上下写着“有钱”两个字。小女孩儿微微低着头，双眼紧闭，秀挺的鼻子精巧又可爱，小小年纪就能看出以后绝代风华的样子。

池穗穗怔了怔。这是她七岁过生日时的照片，但是这张照片她从来没见过，也不知道贺行望有，难不成是他自己拍的?

各大营销号正苦于没有新闻，贺行望这条微博一发，不仅营销号，就连许多官方微博也转发了这条微博，所以微博崩溃了。

毕竟一个多次获得金牌的射击运动员，从没有过绯闻，却在晚上发了一个女孩儿的照片，明显有问题。

网友还算淡定，贺行望的粉丝直接炸窝了。

“贺神这是公开心有所属了吗？”

“这小公主送给我我也爱啊！漂亮又可爱，谁不想把人抱回家！”

“啊啊啊——女朋友吗？”

“我的关注点……不会是女儿吧？”

“就想问这是喜欢的人小时候的样子，还是喜欢的人，这两个区别可大了，一不小心就成社会新闻了。”

“是不是有人盗号？怎么这么突然？”

“上面那个说是女儿的，我居然觉得可能性很大，贺神这宠溺夸奖的语气，真的像是被女儿逼的！”

“女儿什么的也太扯了，我更相信是女朋友小时候。”

“就没有个人能扒出来这是谁吗？”

“恭喜，祝福。”

“我宿舍有个嘴上说是贺行望的‘事业粉’的室友，现在已经叫了三分钟了，疯了疯了。”

今天晚上本来平平静静的，连个大点儿的娱乐新闻都没有，贺行望直接点燃了网络。

池穗穗窝在床上刷着微博。评论一半是难以置信，一半是在夸她小时候可爱，还有一丁点儿人是在祝福，反对的人倒是很少，但也有。

毕竟贺行望不是“爱豆”，恋爱结婚很正常，但也不乏极端的粉丝想不通。

看这浩大的声势，池穗穗觉得如果照片里的“小女孩儿”的微博暴露出来，恐怕要比现在还要夸张。她去贺行望的微博超话看了一眼。

虽然池穗穗觉得一个运动员搞超话很没必要，但现在的网络风气确实是这样，万物皆可“粉圈化”。

而群里苏绵已经奓毛了：“呜呜呜——我的男神偷偷谈了恋爱！女朋

友还这么好看！我居然到现在才知道！”

宋妙里：“没事，不用担心。”

作为知情人之一，宋医生相当有耐心，加上到目前为止约会很成功，所以心情非常美妙。

苏绵：“我不担心。我以前还想着穗总能和贺神在一起，我嗑的 CP 就这么‘BE’（以悲剧收场）了啊啊啊！”

原来如此，宋妙里觉得池穗穗的这个小同事真是可爱极了，到底是真粉丝还是假粉丝，怎么和网上的其他粉丝不一样？

池穗穗沉默着。宋妙里在群里 @ 了她，又私聊问她贺行望的微博是怎么回事，怎么突然来那么一句。

一想到这个，池穗穗就没法回答。她总不能说今晚和贺行望打电话时的对话吧，本来没觉得怎么样，现在这么一搞，居然有点儿羞耻。

“穗儿，今晚会睡不着吗？”宋妙里打来了电话，“贺行望晚上发微博，是不是想明天订婚时看到你的黑眼圈？”

“你把我想得太弱了。”池穗穗随口答道。

“好吧。”

“你的约会怎么样？”

“我就说他看不出来。”宋妙里的语气很得意，“我正在洗手间呢，待会儿出去我偷偷把账结了。”

池穗穗笑了笑：“那祝你成功。”

挂断电话后，宋妙里从洗手间出去直奔前台，准备把账结了：“刷卡。”

前台小姐微微一笑：“您好，账已经结过了。”

宋妙里问：“谁结的？”

前台小姐说：“我们老板说他认识您，今天请客。”

宋妙里在脑子里搜刮了一下关于这家餐厅的信息，最终什么也没有想到。这家餐厅是顾南砚选的，她怕自己选的容易超出普通价格，所以就听了他的。南城上流圈子里的人想攀上宋家的不在少数，给她免单这种事听上去也不是非常奇怪。

宋妙里点了点头就回去了。

等她走后，前台小姐拨了个电话出去："顾总，我已经说了，宋小姐没有多问。"

对面的人只简单地嗯了声。

前台小姐挂断电话后还有点儿精神恍惚，老板和这位宋小姐是在干什么，还来这么一茬？她怎么觉得好像哪里不太对呢？

第二天一早，池穗穗就被叫醒。

订婚的礼服是之前就定制的，昨天刚送到，加上化妆、做造型，她硬是花了好几个小时。一场订婚宴就准备这么久，池穗穗已经能想象到结婚时的场景了。

虽然不是结婚，但造型也够精致，她坐在床上让人拍了一些照片，然后便低头玩自己的手机。

贺行望来得比她想象的早，池穗穗打开房门的时候，刚好看到他过来。和往常不一样，今天他穿的是正装，那张脸好看得过分。

男人正向她走来，五官立体，眉骨漂亮，鼻梁高挺，嘴唇微抿，配合上清晨的光线，简直就是一幅美景。修长挺拔的身影站在走廊上，他就那样静静地看着她。

池穗穗在这一瞬间忽然有点儿腿软。

"你怎么来这么早？"池穗穗回过神，手搭上他的手。

贺行望一双漆黑的眸子如灿烂星河，嘴唇一抿道："今天就这一件事。"

虽然订婚宴简办，但该到的人还是要到的，两家选了个地方一起吃饭。

坐上车后，池穗穗才放松下来。不知怎么的，两个人无话可说，她也不知道说什么，用余光瞥了眼身旁的人。

车内的光线暗了点儿，贺行望露在衣服外的皮肤就更显眼，尤其是脖颈上凸起的喉结，显得很性感。

池穗穗控制住想要伸出的手，告诉自己早晚会有机会的，不缺这一时。

可能是她盯着看的时间太长，贺行望似有所觉，偏过头看她："怎么了？"

“你昨晚发的微博我看到了。”池穗穗眨了眨眼，“你哪儿来的那张照片？”

“以前拍的。”贺行望一点儿都没有心虚，反而说得相当自然。

池穗穗道：“我一点儿都不记得。”

贺行望闻言，勾了下嘴角：“你不记得很多事。我记得你生日那天很生气，因为我——”

“年纪小嘛。”池穗穗已经猜到他后面的话，心头一跳就觉得不太好，赶紧堵住他的话。

贺行望一副似笑非笑的神情，没再继续说，垂下眼，目光扫过她的手：“戒指没戴？”

她葱白纤细的手指上空无一物。

“太招摇了。”池穗穗有点儿无奈，以为贺行望性格沉稳，所以订婚戒指应该会稳重点儿才对，结果那么招摇。

沉吟片刻，贺行望皱了下眉头，缓缓开口：“应该听听你的意见。”

“没有。”池穗穗转过头，“挺喜欢的。”

她伸手抓住了他的手，上面已经戴了订婚戒指，只不过男方的戒指比较素雅。

贺行望手指修长，骨节分明。

池穗穗能感觉到从他的手上传递来的暖意，甚至有不甚明显的心跳，一声又一声。

她想多听点儿，这么一出神，手指搁在上面就自顾自地动了动。她指甲修剪得圆润，刮在掌上很轻，像在勾引人。

贺行望有那么一瞬间是这么觉得的。他深深地看了她一眼，确认她只是不小心走了神，才敛起眉，也没有出声。

两人到目的地时已经是二十分钟后。

两家父母早就到了，正在那里聊天，池美媛和江慧月是三十年的好友，也是定娃娃亲的主力。

池穗穗以前刚知道这事时还会想，要是两家都生个男孩儿，或者是都生个女孩儿，娃娃亲还要继续吗？但是这想法没有用，因为她和贺行望性别不同。

今天贺初华也在，可能是被哥哥叮嘱过，所以纵使不喜欢池穗穗，脸上也挂着笑容——如果眼神能再真诚点儿就好了。

贺初华主动开口："穗穗，祝你和行望早点儿结婚。"

池穗穗脸上是完美的笑容："谢谢姑姑。"

这样的"塑料"情谊，在豪门里可太常见了。

趁着大人聊天，池穗穗和贺行望咬耳朵："你姑姑今天怎么这么安静？"

两个人靠得很近，她的气息喷在他的耳朵上，温温热热又轻轻柔柔的。

贺行望垂目，低声解释："我爸给了姑姑一份礼物，未来一段时间，她会比谁都安静。"

池穗穗露出"果然如此"的表情。好歹贺初华是贺家人，又所嫁非人，贺家人再怎么看不过去也会接济点儿，她总归是贺明华的妹妹。

贺初华也在打量池穗穗。

池穗穗天生皮肤白，长得又漂亮，今天的造型很精致，此刻红唇一抿，整个人看起来明艳不可方物。

每次都是自己单方面看不惯对方，到现在为止，她才知道两个人之间根本没有可比性。倒是她一直有点儿不理解，贺行望居然会喜欢池穗穗那样大小姐性格的人。

贺初华瞄见两个人说话离得那样近，一时之间，当初"不过是虚伪作假的婚姻"的想法也有点儿动摇了，特别是看到贺行望看着池穗穗的时候。

订婚宴结束，池穗穗回去换了身衣服。其实她有时候也觉得很神奇，她和贺行望住柏岸公馆几年了，竟然什么都没有做。

订婚宴结束后又是各种各样的活动，一直到晚上，贺行望把她送回了家："明天早上我来接你。"

原本已经请好假的池穗穗："好。"

她还是为美色妥协了。

大概是池穗穗答应得太欢快，贺行望不禁莞尔，和往常的表情很不一样。池穗穗一时没忍住，又凑上去亲了他一下。

一回生二回熟，第三回她已经相当淡定。

池穗穗偷香结束后准备退开，没想到贺行望的手搂住了她的腰，身体径直压了下来。时隔许久，这是两人之间又一次真正的吻，唇齿相融间，池穗穗闻到了熟悉的柏木香味。她胡乱地想着他怎么不换一种别的香水，但是这种也蛮好闻的。大抵是吻得有些突然，她的呼吸很快不稳，被松开时，池穗穗脸上不可避免地染上了一丝红色，轻轻浅浅的，更添风情。贺行望的唇上又沾了口红。

池穗穗扑哧一声笑了，又忽然想起什么道："对了，你的微博下大家都说照片上的我是你女儿，你要不要解释一下？"

"好。"

"晚安，未婚夫。"

贺行望伸手用指腹蹭去一点儿口红，捻了捻，嗓音平静温和："晚安。"

看着池穗穗进入宅子，他才离开。

本来池穗穗以为自己会稍微晚一点儿睡，没想到一夜无梦，一直睡到清晨。

家里楼下，齐信诚放了一堆糖，唉声叹气地道："自家的员工太有眼力见儿也不是一件好事。"

"喜糖啊。"

刚下楼的池穗穗看到糖，直接从里面抓了一把装进包里："谢谢爸。"

齐信诚："……"早知道他刚刚藏起来了。

池穗穗揣了一兜子的糖，直接坐贺行望的车去电视台，末了还送贺行望一把糖，贺行望忍不住目露询问之色。

"我爸给的喜糖。"池穗穗剥开一颗放进嘴里，含混不清地道，"你不吃？"

贺行望不喜欢吃糖，但还是吃了一颗。自己的喜糖自己吃。

大清早的吃糖其实腻得慌，池穗穗踩着点去的电视台，同事基本上到了，苏绵正在喝豆浆。

看到她手里的糖纸，苏绵多看了两眼，觉得有点儿喜庆。苏绵看的次数太多，池穗穗很快就发现了，询问："怎么，你是不是想吃？"

"吃多了牙疼。"

"这是你男神的喜糖，你也不吃？"池穗穗丢了几颗糖过去，还不忘蛊惑她。

苏绵长叹了一口气："穗总，要是贺神结婚真能给我发喜糖，我能再发一百条微博。"

池穗穗挑眉道："这可是你说的。"

"我说的。我还没来得及恭喜穗总你订婚了。"苏绵笑吟吟地说，低头剥开糖纸，又想到池穗穗刚才的话。

池穗穗的手机响了一声，通知栏上提示贺行望刚刚发了条微博。池穗穗点进去看，发现贺行望转发了一条评论。

贺行望："七岁时的未婚妻。//@今年暴富：我的关注点……不会是女儿吧？"

他刚刚发的，评论数却已经好几百了。

"贺神真的恋爱了！"

"本人在线回复，连女朋友都跳过了，居然成了未婚妻……酸死我了、酸死我了！"

"所以贺神的意思是两人七岁时就认识了吗？"

"难不成两人是青梅竹马？"

"肯定是自己认识的，不然怎么可能这么快，说不定也是家世很好的人。"

"我只是觉得那张照片有点儿奇怪，但我又说不上来哪里怪……我遁了？"

苏绵一刷新这微博就多出几百条评论，她的评论直接被淹没在众多评论里。她忍不住在心里面哇哇乱叫，好在已经习以为常，毕竟这两天"吃瓜"的人太多。

苏绵悻悻地瞥见那条热门评论，评论的网友被误会成说女孩儿整容，所以被骂了一顿。她看到这里便又去看了下那张照片。过了半天，她没忍住抬头看去，对面的池穗穗眉眼如画，今天的妆容薄得清透，明媚靓丽，如同清晨沾染露水的蔷薇，拥有鲜活的生命力。

苏绵越看越觉得似曾相识。

这个想法一冒出来就像是荒原上的野草，猛然生长且开始迅速蔓延，完全抑制不住。眉眼上的相似是很轻易就能看出来的。苏绵微微睁大了眼："穗总。"

"嗯？"池穗穗抬眸。

"我突然发现——"苏绵咽了咽口水，语气尽量婉转地开口道，"你和贺神微博里的小女孩儿有一点儿像。"苏绵说得小心翼翼，毕竟她觉得池穗穗被贸然说成和别人像可能会不怎么舒服，但是这句话再怎么婉转她也改变不了那个意思。

池穗穗停下手，调侃似的开口道："小棉花，自信一点儿，不是'有一点儿像'。"

这句话一出，苏绵的呼吸声都停了。穗总这可不就是在说"我是本人，谢谢"。

至于开头的"小棉花"这一称呼，已经被苏绵甩到了脑后，不在思考范围内。

池穗穗仿佛觉得不够似的，又补上了一句："我都说了这是你男神的喜糖。"她说得轻描淡写，和往常开玩笑的语气一模一样，让苏绵一时之间难以分辨真假。苏绵嘴里还吃着糖，她机械地嚼了两下，念念有词道："我男神的喜糖……男神的喜糖？"

穗总昨天订婚了，贺神昨天第一次发关于未婚妻的微博。

穗总的男朋友叫小贺，贺神微博上的照片里的人很像穗总。

…………

一归纳总结，苏绵就蓦地倒吸一口冷气，直勾勾地盯着池穗穗："真、真的？"她真的吃了男神的喜糖！苏绵一下子从座位上站了起来，动作太大，椅子被推出去好大一截，发出不小的响声，吸引了同事的目光。她连忙弯腰重新坐下来。

“那不然呢？”池穗穗觉得她这模样特别可爱，对她扬眉，“你嗑的CP没有‘BE’。”她还顺带提了一下昨晚的事。

苏绵震惊得说话都结巴了：“那、那、那之前那次的甜品——真是贺神的！”

她当时还说了什么来着？为什么同样是吃甜品，她们不是贺神的女人……自己每天在穗总面前眼馋她的男朋友，每天都要夸贺神两句……

苏绵越来越觉得穗总看她的眼神是戏谑的，再一想到那些事，她捂住脸呜呜呜地假哭起来。

“这不更好吗？”池穗穗开口，“近距离观察。”

“我到底该不该信？”苏绵将头摇成了拨浪鼓，深感“狼来了”真是千古不变的道理。

池穗穗见她陷入了迷茫阶段，知道每一个小粉丝可能都要经历这样的日子，给了她点儿时间，自己去贺行望的微博上看了眼。

贺行望几分钟前刚发的澄清微博，评论数已经过千。再对比一下他以前的一些微博，果然还是这样的新闻流量大，怪不得营销号都要转。

“未婚妻好漂亮……”

“贺神被迫澄清：这不是我女儿！”

“请贺神多发点儿照片可不可以？没想到我逃过了娱乐圈里的小童星，终究没能逃过贺神的未婚妻。”

“众星捧月的小公主呀。”

小时候的池穗穗的确如此，就连贺行望也是被她支使得到处转。贺行望问几句才答一句，沉默寡言，但她就是特别爱逗他。池穗穗那时候还不知道这是什么心理，而现在两个人戏剧性地有了娃娃亲这层关系，又成了未婚夫妻，再过不久，还会成为真正的夫妻。

池穗穗撑着半边脸，叹了一声。

而她对面的苏绵终于抬起头来，不知想到了什么：“我的一百条微博到发的时候了。”她的语气十分壮烈，她才立的 flag（网络语，指要实现的目标），十分钟都没到就要倒了。

池穗穗本来以为她要伤心难过一会儿，没想到几分钟过后，苏绵就兴奋起来：“贺神真的给你几张卡了吗？

“原来穗总你和贺神这么早就认识了。

“穗总你小时候好可爱、好漂亮，贺神怎么能把你的照片放出去？不知多少人想得到你。”

池穗穗一开始还会回答几个问题，等十来个问题过后，已经面无表情，并且说出了羞耻的话：“我是他们得不到的女人。”说完，她自己都听不下去了。

苏绵哈哈哈地笑了起来，刚好碰到主任出来：“苏绵，上班时间你在干什么？”

办公区一下子安静下来。

苏绵的一百条微博发起来很快。微博上热闹了两天的贺神未婚妻的话题，热度终于下去，而背后的人是谁，还没人能知道。毕竟圈子里的人不会去和网友说，齐家和贺家的地位摆在那里，两个当事人没公开，他们不会去触霉头，但是这不妨碍“贺行望的未婚妻是家世显赫的‘白富美’”的消息传播。

“我发了五十条微博。”苏绵捧着手机，抬头道，“有人问我是不是受刺激了。”

她当然受刺激了，揣着这么个大秘密不能告诉别人，可是憋死她了，可是她心甘情愿！能知道这么个秘密，就算憋死也无所谓，反正苏绵是这么想的。

池穗穗莞尔道：“你真发？”

她去看了眼苏绵发的是什么，五十条新微博每条都是不同的“彩虹屁”，吹她的，吹贺行望的，还有吹他们这对 CP 的。

可能是因为这微博，有人联系上了苏绵。苏绵是贺行望的老粉丝，又嗑 CP，所以有人还通知她说开了贺神的未婚妻的超话。苏绵点进去一看，里面就贺神发的那张照片，名字什么的都没有。

苏绵问“大粉”（指经验丰富、有号召力的粉丝）：“这超话怎么搞？”

“大粉”相当淡定地回道：“我有预感，贺神昨天能发微博，今天能发微博，已经超过了他往常的频率，所以他以后肯定还会发。”

苏绵觉得她说得好有道理。

这个超话就这么火热地开了起来。

贺行望的粉丝大部分是“事业粉”，他的成绩好他们就开心，至于他的私生活——只要他幸福就好。这大概就是贺行望作为“非明星”的好处。

今年国庆节假期，电视台的人全部加班，几天前张悦然也回来上班了。本来她反思的时间是一个月，后来被延长到两个月。现在两个月还没到，但台里人手不够，领导只能让她提前回来。将近两个月她倒是修炼得更成熟了点儿。

看到池穗穗时，张悦然在心里冷笑。之前张悦然还以为贺神真的喜欢池穗穗，所以发微博替她澄清，没想到转头贺神就订婚了，不用想也知道未婚妻不是池穗穗。至于苏绵发现的相像问题她自然没看出来。她本来就不会仔细看池穗穗，往常被气得不会记得仔细去看，贺神发在微博上的照片她就看了一眼。

“我感觉她现在瞅人的眼神都是——”苏绵歪着头找了下形容词，“阴沉沉的。”那是和以前完全不一样的感觉。

“两个月不见，可能她忘了我们长什么样。”池穗穗一边打字，一边漫不经心地回答。

两人正说着，主任办公室的门开了。

“穗穗，你来一下。”

办公区的人都将目光转了过来。

张悦然回来才第一天，主任就叫池穗穗进办公室了，很难不让人多想。

池穗穗倒是很淡定地去了里面。

“小池，我这边有个艰巨的任务。”主任笑眯眯地开口，“最近南城那家中跃科技你知道吗？”

池穗穗心神一动："略有耳闻。"

"你未来半个月的任务就是去收集一些关于中跃科技的资料，能采访到老板本人更好。"主任补充道，"悦然会协助你。"

他这话让池穗穗忍不住挑眉。她和张悦然的矛盾可以说是摆在明面上了，主任还这么安排，恐怕是有什么原因的。

池穗穗神色淡淡地道："好。"既然张悦然是协助者，那就得听她的。

离开办公室后，池穗穗回了自己的座位，苏绵问："主任说什么了？我感觉有问题。"

"安排了一个人物专访。"

"这么简单啊？"

"是挺简单的，有人协助。"池穗穗抬头看了过去，"张悦然会和我一起。"

苏绵瞪大了眼："主任疯了吗？"

上次的事情闹得这么大，他怎么会想起来把两个人放一起？就是她也知道要把两人分开，好歹竞争还能正常点儿。

池穗穗勾唇道："谁知道呢。"

张悦然回来之后进了一次主任办公室，拿着几千字的手写检讨书，态度很好，至于两个人说了什么，谁也不知道。

电脑屏幕上跳出一条微信消息。

张悦然："穗穗，合作快乐。"

两个人的微信是之前加的，池穗穗从来没和她发过消息，连拉黑都懒得动手。池穗穗眯了眯眼，回了个"嗯"。

说是人物专访，但是目前对中跃科技池穗穗了解得不多，所以接下来的一星期她打算先搜集信息，然后再去采访，预约也是需要时间的。不知道是什么原因，中跃科技那边的人不接受采访。池穗穗倒是不觉得这有什么问题，但是采访任务落在她头上，她就会尽力完成。

但要是张悦然想在里面做什么小动作，那也别怪她不留情，她的字典里没有"吃亏"两个字。不过目前看来，张悦然还是很安分的，大概是因为之前的事受够了教训。

订婚过去一段时间，池穗穗已经习惯，生活和往常并没有什么两样。今天晚上齐初锐会回家，所以她也回了家，正好问问她爸知不知道中跃科技。

贺行望最近在柏岸公馆住的时间比较长，可能是教练见他订婚了，晚上便给他当假期了。平时白天，池穗穗和贺行望一起出门。

苏绵自从知道真相之后，每天定时等在电视台下面，就想着看看贺神本人到底是什么样。贺行望和她打过一次招呼，让这朵“小棉花”兴奋得分不清东南西北。

一段时间没见，齐初锐的个子似乎又长高了，开门后他还往她后面多看了两眼。

“别看了，贺行望没来。”池穗穗戳破他道。

“为什么不来？”齐初锐哦了一声，皱着眉问，“订婚了难道不一起住吗？”少年发出由衷的疑问。

池穗穗说：“结婚了才一起住。”

齐初锐开口：“你们几年前就住一起了。”

“然后呢？”池穗穗一挑眉毛道，“初锐，你想他来，可以自己去打电话。”

齐初锐没开口了。

池穗穗怀疑他就是嘴上说说，但是一见到偶像，还是会服软，虽然曾经在微信上说偶像对她不好就“杀”了对方。

两个人一起进去，池穗穗忽然想起什么似的道：“你上次跟我说有事，后来又没说，几个月过去，事结束了没？”她都快忘了问。

“上次的结束了，这次的没结束。”齐初锐一本正经地开口，“我想和行望哥说。”

池穗穗回头问：“什么事？”

齐初锐面无表情地道：“家长会。”

两个家长都忙得很，上个学期齐初锐的家长会最后还是池美媛抽空去的，这次池美媛在忙一首新曲子，怕是没时间。至于齐信诚，他更忙。

池穗穗点头："我可以去。"

齐初锐表情有点儿别扭，又不说话。

"你这是什么表情？"池穗穗伸手捏了下他的脸，"一个家长会，谁去都行，不是都一样的？"

齐初锐绷着一张脸："那我想让行望哥去。"

池穗穗说："不行。"

"那你刚刚说都行。"齐初锐感觉受到了欺骗。

"我说的不包括贺行望在内。"池穗穗从茶几上拈了颗果子，"最近有女孩儿被你气哭吗？"

齐初锐认真地解释："我没有。"

他觉得她们哭都和自己无关。他不想谈恋爱，只想学习，有那个时间还不如多做几套卷子，题目更有趣。

池穗穗乐不可支地道："没有就没有。"她洗了手，准备上楼。

"家长会呢？"齐初锐锲而不舍地问。

池穗穗停在楼梯上，见他仰着头看自己的样子怪心疼的，妥协道："我问问。什么时候？"

齐初锐眼睛一亮，但依旧绷着一张脸，喜悦倒是掩饰不住。他压住要翘起的嘴角道："下周。"

池穗穗又回了客厅，当着齐初锐的面给贺行望打电话："下周能空出一天吗？"

"应该不行，怎么了？"

大约是刚训练完，男人说话时带着轻微的喘息，手机开着免提声音又被放大，她听得一清二楚。弟弟在一旁，池穗穗知道要克制。她怎么感觉订婚之后，贺行望的声音越来越好听了？她甚至怀疑他是故意的。

"初锐说他下周有家长会。"她咳嗽了一声，靠近手机，"死活想让你去。"

"姐……"齐初锐在一旁扯了下池穗穗的衣服。她怎么可以说"死活"

两个字?

“初锐在旁边?”贺行望徐徐开口，声音低沉。

齐初锐的目光飘过去，大概是偶像和自己说话让他紧张，他也不知道是怎么想的，行望哥没叫出来，径直叫了声：“姐夫。”

两边的人都安静下来。贺行望目光微动，嗯了声：“家长会什么时候?”

听到这问题，齐初锐终于回过神来，紧张结巴地开口：“下、下星期五。”

贺行望说：“好。”

“等等。”池穗穗没忍住，有点儿好笑地问，“我记得你刚刚不是还说没时间吗?”

“时间是挤出来的。”贺行望启唇，慢条斯理地开口，“初锐的家长会比较重要。”

池穗穗：“……”好一个“时间是挤出来的”。池穗穗严重怀疑贺行望是被那一声姐夫收买的，并且现在的话锋一转就是证据，明明刚刚他还说应该没有空的，现在就答应了。

“你去了小心被拍。”她提醒道。

“没事。”贺行望漫不经心地道。

“谢谢姐夫。”齐初锐得到了肯定的回答，第二声叫得也很快，非常不符合他的性格。

池穗穗要被气笑了，好在齐初锐拉了下姐姐的衣服，转头就离开了客厅。

池穗穗把免提关了，将手机拿到耳边：“你说，别人问你和初锐是什么关系，你怎么回?”

“……”

“说他是你的小舅子吗?”

“你觉得呢?”贺行望低声问，如同大提琴发出的声音令人目眩神迷。

“你可以说他是你的弟弟。”池穗穗笑了笑，给他出主意，“别人估计也看不出来，要真是被发现了——”

“那就公开吧。”半晌，贺行望回答。他一个运动员去给人开家长会，估计没多少人在意，至于被拍，要真是被猜到了，那就公开两人的关系吧。

静默了几秒，池穗穗才回过神来，调侃似的开口道："那我岂不是要火了？"

贺行望说："挺好的。"

他的语气太淡然，池穗穗浅笑了声，又故意提起刚刚的事："初锐这一声姐夫叫得早了。"

"不早。"贺行望挑了下眉。

隔着电话，谁也看不到对方的表情，但他能想象出池穗穗此刻必然是明媚张扬的神态。

池穗穗突然没了声，大概是这一声"不早"让她想起了之前小喇叭循环播放"颠倒众生"的情景，尴尬到极致。

又和他说了几句话，玄关那边传来动静，池穗穗挂断电话，看到父母说着话进来。见到她，池美媛问："行望今天不在啊？"

"他今天在射运中心。"池穗穗过去接了母亲的包，"过两天初锐的学校开家长会，他会去。"

"真的假的？"齐信诚说，"那我和你妈不用去了。"

"儿子每次年级第一，去开家长会不好吗？"池穗穗问，"难不成你们还想他倒数第一啊？"

"现在的小女孩儿可太热情了。"池美媛摇了摇头，"我去一次家长会，能收到十来份礼物，让我带回来给初锐。"

虽然儿子受欢迎是好事，但这也太夸张了，再说齐初锐本身一心想着学习。

齐信诚咳嗽了一声："让行望去。反正你们都订婚了，他去一次家长会也没什么。"他感觉多了个女婿也是有好处的。

"爸，你是不是很开心？"池穗穗毫不留情地戳破他的想法，"你好像就去过两次初锐的家长会。"

齐信诚哈哈笑了一下，故作慈祥的样子道："行望也是时候该参加点儿家庭活动，融入我们家了。"就从家长会开始。

池穗穗真是被他逗笑了。她爸爸从来都是乐天派，年纪越大，脾气反而越像年轻人，说这种话经常一点儿都不心虚。

“别听你爸胡扯。”池美媛没好气地瞪齐信诚两眼，“行望最近不是挺忙的吗？下个月就比赛了吧，他有时间吗？”

“对。”下个月就是射击世界杯比赛——射击界的国际三大顶尖赛事之一。

池穗穗想了想，凑近自己母亲的耳边，说了下刚刚的事情：“所以他答应了。”

“还真是……”池美媛笑着摇了摇头。

她很喜欢贺行望，贺行望成熟稳重，而且年少时对池穗穗就很忍让，毕竟那时候张扬的池穗穗不是普通人镇得住的。小时候池穗穗也喜欢黏着他，可能是池穗穗长大后记忆迷糊了，她觉得自己的女儿可能已经不记得那些事了。

吃完晚饭后，时间已经不早，趁着还在消化的时间，池穗穗去了客厅，径直询问：“爸，你知道中跃科技吗？”

“中跃科技？”齐信诚问，“怎么了？”

“我要对他们做个采访，先了解一下。”池穗穗言简意赅地说了下，“他们的老板是谁？”

“老板人不在南城。”齐信诚直接给了答案，“据我所知，现在在这边的是总经理。”

池穗穗皱眉。她之前就觉得这个任务不太对劲儿，现在一听，第一个问题就是老板人不在这边：“那老板叫什么？”

“这我可不清楚。”齐信诚笑了一下，“他们和我们不是一个圈的，人家也没想着要进来，我只听下面的人说姓顾吧。”

他一向不怎么管这方面的事，齐氏的产业和中跃科技可以说是分布在毫不相干的领域，也就是应酬的时候听了一些，这个总裁似乎挺注重隐私。

池穗穗越听越觉得这里面的难度大，秀眉微蹙，最终还是没有多问什么。兵来将挡，水来土掩，张悦然想要挖坑给她，也得看看她是谁。

第二天去上班时，池穗穗就问了下张悦然资料收集得怎么样。

张悦然讶异地开口道："穗穗，我只是协助你，你之前没分配任务，我也不知道要干什么。"

池穗穗意味深长地看了她一眼："既然你这么说，那这个任务就交给你。"她轻轻扬唇，声音清脆悦耳，"你工作能力不错，应该不会有问题。"

她直接将张悦然接下来的话堵住了。张悦然攥了下手心，微微一笑道："应该不难。"

这任务她要是完成不了，池穗穗是不是要说她工作能力不行？反正池穗穗就等着她去采访，到时候鹿死谁手还不一定。

苏绵姗姗来迟："穗总，今天你自己来上班的吗？"

"怎么？"池穗穗好笑地看着她，"天天见，你不烦吗？"

"美色当前，有什么烦的？"苏绵眨巴了一下眼睛，"难道不是一辈子赏心悦目？"

池穗穗认真地回忆了一下贺行望的脸，的确如此，美色"误"人。

因为池穗穗要采访中跃科技的事情，苏绵在群里把张悦然好一通骂，一个本来为了宋医生的恋爱出谋划策的群变成了吐槽群。

群里的三个人，唱了一台又一台戏。

宋妙里虽然从没见过张悦然本人，但是通过苏绵的一言一语，就将张悦然的"人设"给了解得明明白白了。

宋妙里："她这是恶毒不成改行当'白莲花'了吗？"

宋妙里："纵观古今，立'人设'迟早是要翻车的。"

苏绵："对，宋医生说得对！"

苏绵："什么'人设'都会翻车，宋医生你自己也要小心点儿。"

翻车不翻车池穗穗无所谓，她现在关心的还是自己的采访任务："你知道中跃科技的事吗？"

宋妙里："问宋成睿，他肯定知道。"

这位宋二公子作为南城知名的"二世祖"，每天都有派对参加，狐朋狗友一堆，各种消息都很灵通。得知池穗穗的问题，他直接发了一大段话过来。

中跃科技本来是在美国成立的，前几个月业务刚刚转回国内。他们倒是有人想凑个局，但是负责人没应。负责人是北京顾家的二儿子，从小在国外长大，所以一般传出来的风声也就是称顾二少，至于真名是什么，他们不清楚。

池穗穗用得来的英文名去搜索了一下外网上的新闻，发现不少相关的论坛。她英文很好，一目十行地看着新闻。

中跃科技现在的重点是放在 AI（人工智能）上，在一些相关的领域里，中跃科技的产品评价非常高。

她看完新闻回群里的时候，宋妙里正在和苏绵聊天。

宋妙里：“你觉得这娃丑吗？”

苏绵：“长得还行。”

宋妙里：“感觉还不如送我一个玩偶，直男的审美真的让我无法用言语描述。”

池穗穗翻了下聊天记录，看到了图片。照片上是一个大概半米高的白色小人，说不出来长什么样，有种异样的美感，这是宋妙里得到的礼物。

对中跃科技的采访进展不顺利，齐初锐的家长会先到了。贺行望既然答应了去，自然不会食言，提前一晚回了柏岸公馆，把池穗穗吓了一跳。

她正下楼倒水，身上还穿着睡裙，吊带的，大片肌肤露在外面，风光无限。这会儿外面的月光刚好透进来，照得她如同月下女神，身材窈窕，美色惑人。长发随着她的走动而轻晃，在黑暗中形成了波浪似的影子，隐隐约约中有淡淡的风情。

贺行望眸色渐深，多看了她两眼。

池穗穗没看到他的变化，将没注意掉下来的吊带弄上去，喝了口水：“你怎么这么晚回来？”

半晌没回答，直到她走近两步，贺行望才开口：“免得明天迟到。”

他这是真的重视家长会，池穗穗觉得弟弟怕是要感动得晚上在被窝里流下眼泪。

她自顾自地想了会儿才发觉气氛不对，男人这会儿站在她面前，那双眼睛看着她，神色沉静，明明是安静的样子，却给人不安静的感觉。

他看到她仰头，眼神暗了暗。池穗穗下意识地握紧了水杯，温热的感觉透过玻璃传到她的掌心上，她突然叫了声："贺行望。"

"嗯。"贺行望应了声。

"时间不早了。"池穗穗意有所指地道。

她伸出食指戳了下他的肩膀，又想起苏绵的话，她见了贺行望二十多年，好像也没厌烦，谁让这男人好看得要命。

池穗穗琢磨着，自己以前是怎么把人安稳地放在房子里，连碰都没碰的？她是不是太过绝情了？

屋内的灯没开，不知道是贺行望习惯了黑暗，还是什么原因，池穗穗一时之间也没想着开灯。

两个人站在一起，池穗穗将手中的杯子往旁边的桌上一放，还没转过身，就被抵在了桌边。

冰凉的大理石桌面和她只隔着一层薄薄的丝绸睡裙。

池穗穗伸手按在他肩上，闻到了熟悉的气息，轻轻扬眉道："你想干什么？"

贺行望嘴角微扬。

他甚少说话，经常是以行动代替，就像是现在，他吻住了池穗穗，鼻间尽是她沐浴后的馨香。以往都是池穗穗主动，浅尝辄止，今晚却不一样。

池穗穗被他抱在了桌上，硌着硬硬的桌面，皱着眉揽着贺行望，想出声抱怨又被吞没话语。

不知过了多久，她用细长的小腿碰了下男人，贺行望这才松开她。他的领口被池穗穗扯乱了，至于刚刚那一脚踢得没什么力道，顶多有点儿痒而已。

"话都没说两句就来。"池穗穗坐在桌上，双腿悬空着，就这样才比贺行望高一点儿，还可以低头看他，能看到他头顶的发旋和柔软的发丝。

这个发现让池穗穗莫名开心不少，她蠢蠢欲动，伸手摸了下他的头发，手感很好。一瞬间，她明白了那些“猫奴”存在的意义。

“抱歉。”贺行望低声说，目光平静，和刚才判若两人，“没忍住。”他的呼吸洒在她的脖颈上，池穗穗瑟缩了一下，心里那点儿被强迫亲吻的不开心瞬间烟消云散。他这话不就是在说她魅力太大吗？这说话的艺术，池穗穗简直要给贺行望鼓掌。

南城名媛圈里吹她的“彩虹屁”能有好几车，但她都没觉得能有现在他说的让人舒心。她甚至怀疑贺行望偷偷去进修了吹“彩虹屁”技能，一夜之间说话技巧突飞猛进。

“贺行望，”池穗穗翘起了一边嘴角，垂眸望向他，又偷偷地摸了下他的头，“问你个问题。”

“你问。”贺行望点头。

“你觉得姐夫好听吗？”

闻言，贺行望抬眸看她，不知道她葫芦里卖的什么药，而且一般这样的问题比较危险，他略作思索后道：“还可以。”

中规中矩的回答应当是没问题的。

“要不要给你换个更好听的称呼？”池穗穗仿佛没听出他的意思，又问。

“是什么？”贺行望挑眉，顺着她的话问。

“你先抱我上楼再说。”池穗穗一双漂亮的眼睛眯了起来，“至于力气嘛，挤挤就有了。”

贺行望觉得她这是在“内涵”他之前说的时间是挤出来的。男人眉梢轻挑，音色有些冷，说出来的话却很严谨：“穗穗，你对我可能有点儿误会。”

最后“误会”两个字音重了点儿。

池穗穗将手搭在他的肩上，下意识地捏了一下，又被自己的动作逗笑：“什么误会？”

她明知故问，贺行望深深地看了她一眼。

他是一个专业的运动员，平日里最多的训练就是关于手臂肌肉的，因为职业尤其需要持枪稳，就算不是，他平时也会锻炼。

池穗穗说："别纠结误会了。"

她指了指楼上。贺行望一开始不为所动，直到半分钟后才动手将她抱了起来，轻轻松松，眉头都没皱一下。

餐厅到楼梯有一段距离，池穗穗环住了他的脖颈。严格来说，这是成年之后他们除了亲吻以外的第一次亲密接触。

她将头搁在贺行望的肩上，忽然想起一件事："明天的家长会，我要不要去？"

"你想去也可以。"贺行望说。

说话间，两人已经到了二楼。

这条走廊上的地毯是池穗穗选的，价格不是很高，但很漂亮，一举取代了之前的冷淡风格的装饰。

"算了，你去吧。"池穗穗本来只是顺口说让他抱，现在却有点儿享受了，不用自己走路，多好，多个老公也不是什么坏事。

她胡思乱想着，直到被贺行望放在了床上。她仰着头才能看到他的下巴和那喉结，贺行望居高临下地望着她。

"姐夫。"池穗穗突然开口叫了声。

贺行望原本舒展的眉头忽然紧皱了起来。

池穗穗刚刚突然想起以前网上说的，和自己的对象玩什么角色扮演的情趣，这种突如其来的狡黠行为，逗人真的是挺好玩的。她之前喜欢逗苏绵，看她瞪大眼的样子，现在一看贺行望的反应，更觉得有趣。

池穗穗嗅了一下，男人的衣服上似乎也沾染了她的味道，不知道是房间里的，还是她身上的。

"早点儿睡。"贺行望静默半天，最终只说了这句话。

池穗穗扬着眉，眉目艳丽，问："你不打算听了？"她在床上坐着，又扯着他的衣服下摆，表情也跟着变得娇媚，"老公？"

两个字轻而柔，贺行望一时间还以为自己听错了，直到敛眉看见池穗穗仰望着他的脸，巴掌大小，下巴小巧，鼻梁秀挺，煞是好看。

“以后别这么叫。”他忽然说。

“怎么了？”池穗穗问，“我们已经订婚了，估计再过几个月就会结婚，难道我结婚后还要叫你贺行望？”虽然她叫名字叫习惯了。

他说：“至少现在别这么叫。”尤其还是现在这样的时间。

贺行望嘴唇微抿，目光落在她白皙的脸上：“结婚后可以。”

池穗穗挑眉打量着他，男人一本正经，严谨又认真地对她解释着，她突然就明白了什么。

“贺行望。”

“怎么了？”

趁着贺行望低头的瞬间，池穗穗猛地支起上半身，在他唇上啄了一下，力道有点儿重，好像撞到了牙齿。

“晚安。”池穗穗摸了下自己的牙齿，推了他一把，“我要睡美容觉了，你记得把门关上。”

贺行望一时之间竟有种她是不想下床关门才这样的感觉，就像刚刚，她不想自己上楼，先利诱自己，但他还是被她吸引了。

池穗穗最终如愿以偿，贺行望被推走的时候关上了门，还替她关了灯，很贴心。

走廊尽头的窗没关紧，有风漏进来，贺行望站在唯有月光照亮的走廊，半晌伸手摸了下唇，刚刚被撞的感觉还在，还有那一声“老公”……

要是小时候的池穗穗，恐怕行为会截然相反，她会逼着他先开口叫她，毕竟年少时的她性格高傲。

贺行望忍不住喟叹了一声。

第二天池穗穗起床时，贺行望已经起来了。第一次去参加高中生的家长会，他也不知道该怎样做，索性就当一次活动，穿了正装。

池穗穗下楼时，他正坐在餐桌旁吃早餐，动作斯文，莫名给人一种优雅的绅士的感觉。她站在楼梯上欣赏了一会儿，一直到贺行望似有所觉，抬头看过来，才眨了下眼，优雅地坐在了他的对面。她开了平板电脑放早间新闻。

女主播正在播报最近的新闻，播音腔在旁人听起来可能有些别扭，但在她听来，其实很好听。

池穗穗自己也会播音腔，不过她对新闻主播没什么想法，比起每天坐在那里念新闻，她还是愿意自己去跑新闻，亲手写出来的新闻稿还是蛮让人有成就感的。

“初锐的家长会估计没什么。”池穗穗忽然开口，“不过听我妈说，他那边的礼物应该不少，你去了……”礼物可能会更多。

池穗穗甚至想着，会不会有女生本来想送初锐礼物，结果看到了贺行望，一下子改变主意送给贺行望。这可是“国家偶像”。

“没事。”贺行望面色淡然，“我只是去参加家长会的，其他事情和我没关系，他自己会处理。”快成年的男生应该学会处理这些事。

池穗穗点了点头。

两人吃完早餐没多久，齐初锐就直接来了柏岸公馆，眼巴巴地跟着贺行望一起上车，连和姐姐道别都忘了，小粉丝的心理不能猜。

池穗穗觉得好笑，自己去了电视台。

今天星期五，工作堆积，她还要写周总结，是一星期里除了星期一最忙的时候。

“穗总，你那个中跃科技的采访怎么样了？”苏绵好奇地问，“主任是不是给了期限？”

“不急。”池穗穗漫不经心地开口，先联系了中跃科技那边，对面接电话的是一个女生：“您好，这里是中跃科技，请问您是……？”

“你好，我是南城电视台的记者池穗穗。”池穗穗一到正事上措辞非常严谨，“我们电视台想请中跃科技的顾总做一个人物专访，不知道顾总方不方便？”

“这事我需要和上面说一声，到时候再通知您好吗？”

“好。”池穗穗留了个联系方式。

一挂断电话，前台小姐就拨了个电话去上面：“陈助，刚刚有南城电视台的记者说要给顾总做专访。”

“顾总现在很忙。”陈助理回完了又问起，“哪里的记者？”

“南城电视台。”

听见这五个字，陈助理心里咯噔一声。他对南城电视台很熟悉，因为之前就听宋医生提起过，那是她闺密现在的任职单位。而且据说宋医生的闺密能力很强，这都已经打电话到公司来了，恐怕下一步就是收集相关资料了。

“来做专访的记者叫什么名字？”

“她说她叫池穗穗。”前台小姐又想起一件事，“就是之前采访贺行望的记者。”所以她对这个记者印象很好。

陈助理咳嗽了一声道：“你先如实说顾总不在南城，其他的信息不要说，一切保密知道吗？”

前台小姐虽然不明白，但还是应了。

挂断电话后，陈助理摸了摸脑袋。自家顾总和宋医生的恋爱才刚开始谈，这点儿小火花就要被掐灭在摇篮里了吗？

陈助理思来想去，最后只能先拖着这采访，等顾总从北京回来再说。幸好顾总现在不在南城。

太难了，他不想再去医院住几个星期了。谈恋爱太难了，顾总也太难了。

齐初锐上的是国际学校。

家里离学校有一段距离，本来齐信诚是准备直接在学校旁边买套房子的，被齐初锐拒绝了，刚好住校他能更专心地学习。

因为要和贺行望坐同一辆车，去自己的家长会，齐初锐早上五点就醒了，看着天从蒙蒙亮到大亮。

他很少住在家里，记忆里的贺神也是从电视上看到的。贺行望持枪时沉稳冷静、一击即中，很多男生无法拒绝这样的魅力。他们天生喜欢枪支，就连游戏中的枪大多也喜欢，更别提真正的枪。

齐初锐除了学习外，最常去的地方就是射击馆。只不过除了在电视上看到贺神外，偶尔回家，他也能看到不一样的贺神。在他姐姐面前的贺神让他感觉很不同，但让他说哪里不同他也说不出来。

齐初锐偏过头看了眼闭目养神的贺行望，又想了下自己姐姐的性格。一个张扬，一个沉默，这两个人能结婚，他也是不太懂。可能爱情就是这样让人搞不懂吧，齐初锐发出由衷的感慨，所以他不想谈恋爱，还是学习更好。

“到了。”

这次的家长会是高三期中考试后的，因为班里大多是家境优渥的学生，很多父母没时间，来的人不多。

“这是我的座位。”

贺行望一眼看过去，就看见了整整齐齐的试卷，干净整洁的桌面。他开口道：“你和你姐姐有点儿不一样。”

齐初锐问：“我姐是什么样的？”

“你姐姐以前不爱收拾。”贺行望言简意赅地道。

池穗穗在十八岁之前，对所有的东西基本不会主动去收拾，要人念叨才行。普通人念叨她还不听，除了她母亲念叨。贺行望也不止一次替她收拾过东西，后来就习惯了。

自从学了新闻专业后，她就像是脱胎换骨，爱上了收拾东西，将其分门别类地摆放，只除了衣帽间。

贺行望坐下来之后，桌肚里的一堆情书就掉了出来，堆在他的腿上。齐初锐连忙伸手把情书拿走。

“初锐，怎么是贺神来开你的家长会？”同桌一脸兴奋，“你不会是他的儿子吧？”

齐初锐面无表情地开口：“你数学怎么学的？我几岁，贺神几岁，你能不能好好算算？”这是学神来自逻辑上的碾压。

老师还没来，班上的其他家长都是互相认识的，大多是南城圈子里的人，看到贺行望，都上去打招呼攀谈。认识的人就更好，不认识的人就趁着这次机会认识一下，以后可不一定有机会能和贺家的继承人坐在同一间教室里。

贺行望坐在齐初锐的位置上，手指翻着一本英语原文书，只偶尔颔首应几声，气定神闲的模样让好些人忍不住惊叹。

这次的家长会其实没什么，就是总结前两个月学生的成绩，再加上说一些同学的事情。

班主任很年轻。

两个小时后，齐初锐忍不住皱眉，不过刚好他被同桌拉走了，就没怎么多想。

“这次的家长会开得也太久了。”同桌忍不住抱怨，“以前最多一个半小时就结束，班主任在说什么废话？”

两个人去洗手间的时候，家长会结束了。

贺行望起身正准备离开，身后传来声音：“是齐初锐同学的家长吗？”他脚步一顿，转过头去。

吴雪晨嘴角一扬，上前一步，微微一笑开口道：“不知道贺神有没有时间，有些关于齐初锐同学的事情想和您说说。”说完她又补充，“如果贺神没有时间，可以加个微信的。”

贺行望看了眼她的手机。

国际学校的老师一般是留学归来的，教导的是有钱人家的孩子。吴雪晨在老师里面算是相当年轻的，履历优秀，正好学校的一个主任是她的亲戚，她这才当了班主任。

“不必了。”贺行望理了理袖口。

“是不方便吗？”吴雪晨脸色一僵，又道，“除了齐初锐的事请以外，我不会打扰您的。”她的表情带着些央求。

“老师有什么问题可以现在说。”贺行望抬眸看她一眼，眼神极淡，“我比较忙。”

教室外的家长走得差不多了，吴雪晨看了眼这边的位置，教室刚好在走廊尽头，给了她方便：“贺神，实不相瞒，我是你的粉丝，只是想加个联系方式，又正好是齐初锐同学的班主任，您是家长，以后联系方便——”

“不方便。”贺行望慢条斯理地开口道。

吴雪晨愣怔住。

贺行望看到从走廊那边走过来的齐初锐，声线略凉地道：“吴老师如果没有问题，恕我不奉陪了。”他抬脚就要离开。

吴雪晨咬牙，一低头就看见了他手上多出来的那枚戒指，那个地方是戴订婚戒指的，之前的新闻也是说他订婚了。可他是贺氏唯一的继承人，不管什么人，都无法撼动他的地位。而她只要能攀上贺家，这个班主任的位子完全不值一提。豪门里结婚都不算什么，订婚就更不算了。吴雪晨自认脸是美的，之前开家长会，不止一次有老总想让她做情人，她都拒绝了，现在想想，拒绝是对的。

“既然贺神不方便，”吴雪晨收拾好表情，笑了笑，“不知道有没有时间吃一次饭？”

贺行望看到她的视线停在自己的手上，下意识地伸手去摸戴了没多久的订婚戒指，眼里多了些不耐之色：“没有时间。”

吴雪晨没想到自己又被拒绝了：“一次——”

“如果有这个时间，”贺行望碰了下冰凉的戒指，“未婚妻更需要我陪。”说完，他径自离开，随即又顿住。

吴雪晨以为他临时改主意了，上前一步，然后就听见贺行望冷冷地道：“吴老师有这么多时间说话，不如重新思考一下当老师需要的素质。”

看着贺行望和齐初锐在自己眼前消失，吴雪晨咬了咬唇，感觉很不甘心。她身后有声音响起：“吴老师这是在气什么呢？”

吴雪晨一扭头就看到对方幸灾乐祸的表情。

“你说我要是把这视频发出去会怎么样？”来人晃了晃手机，“吴老师这是有问题要说，还是想勾引人呢？”

“你去发吧。”吴雪晨冷冷地盯着她的手，半晌后直接离开，“我好像并没有说什么勾引人的话。”她向来不会留把柄。今天她和贺行望的对话也顶多算是有那个意思，但要真是深究起来，她根本什么也没说。只要她还是齐初锐的班主任，就还有机会。

出校园后，车平稳地行驶在路上。

齐初锐只看到贺行望和班主任在说话，但离得远，没听到他们说的是什么，也不打算问，一直到他听到身旁的人开口。

“你们的班主任平时怎么样？”贺行望偏过头看他。

长开了之后，齐初锐和池穗穗还是很像的，不过池穗穗看上去比较柔，偶尔妆容冷艳的时候会和齐初锐更像。

齐初锐确定贺行望在问他，回过神来，认真地回答：“比较理想化，喜欢说道理。”

“嗯，还有呢？”贺行望搭在膝盖上的手指点了点，半眯起眼。

“其他的我不太关注。”齐初锐想了一下，只说了一句，“但我更喜欢之前的班主任。”

贺行望微微颔首。

齐初锐不知道他为什么这么问，想问原因，又怕得不到回答，绷着一张脸，一路上都在纠结“问还是不问”，等纠结完，已经到家了。早知道他就不纠结了。

家长会开完了，齐初锐给池穗穗发了条消息，想了想，又把贺行望问自己的问题复述了一下。

齐初锐：“姐夫为什么这么问？”

池穗穗回复：“你现在叫得这么顺口？”

对面的人没声了。

池穗穗就逗他一下，然后回道：“可能是他听出你们班主任不专业，这事我会问问。”

目前来说，他的学习最重要。

齐初锐回了个“好”字。

池穗穗刚放下手机，又接到了中跃科技那边的人打来的电话：“您好，我们顾总现在不在南城，恐怕不方便接受采访。”

“顾总大概什么时候回来？”

“这我不太清楚，不好意思。”

问一个前台小姐也问不出什么，池穗穗没有为难对方，说了句谢谢之后就挂了电话。

张悦然也在这时候发来一个文件："穗穗，这是我收集的资料。"

池穗穗一抬头，对上了张悦然的笑容，挑了挑眉，打开文件，看到上面的资料都是一些在网上一搜就能搜到的，其中有的错误翻译甚至都没改。以张悦然的本事，她这么做自然是在敷衍。

此时正好是午休时间，池穗穗在张悦然路过自己身边时，直接叫她："张悦然，你的文件不合格。"

张悦然脸色一僵："我已经做好了。"

"是吗？"池穗穗表情冷淡，抬眼看她，"这句话说出来你自己相信吗？"

"为什么不相信？"张悦然勾起嘴角道，"主任让我协助你，你让我做的事我也做了。"

"那我就亲口告诉你……"池穗穗将椅子转过来面向她，手指交叉，抬了抬下巴，"文件第二页的第三行，翻译错误。毕业才几个月，你就把英语忘了？"

张悦然还真没注意，明明她是站着的，居高临下地看着坐着的池穗穗，却偏偏有种池穗穗在俯视她的感觉。

"你也说了是主任让你协助我。"池穗穗站起来，漫不经心地开口道，"那你就做好一个协助者的本分。"

和她玩小花样，张悦然也不看看时机。池穗穗说完，就从张悦然身旁离开，和对面的苏绵一起离开了办公区，留下张悦然在原地咬牙。

半晌，张悦然才冷哼一声。这个任务是她从老同学那里听来的，中跃科技的老板根本就不接受任何人的采访，所以她才故意将这个采访推荐给了主任。

现在池穗穗还得意着，到时候完不成采访任务可就是她的问题了。张悦然这才抬头离开办公区。

傍晚下班前，池穗穗终于收到了张悦然新发的文件。这次上面的错误倒是没了，恐怕中午被她说了一顿，张悦然又加了一些资料内容。

临近下班，她也不想再去找张悦然。

一下班，池穗穗干脆带着资料回了柏岸公馆，才开门就闻到了一丝浓郁的香味，看来贺行望在家。

池穗穗将资料放在玄关的柜子上，直奔厨房，就看到贺行望在那里做菜，他还穿着围裙。这围裙是她之前买的，当然也是女款，穿在高大的男人身上显得有些小，看上去很奇怪，池穗穗有点儿想笑。

听到脚步声，贺行望转过身，嗓音清朗："回来了？"

"对啊！"池穗穗靠在中岛台上，想起一件事，"初锐说你问他的班主任的情况，是有什么问题？"

"他需要换一个班主任。"贺行望不紧不慢地开口，并没有隐瞒的意思，"我已经和校方提过了。"

"动作这么快，看来是班主任做了什么。"池穗穗眯了眯眼，一下点破，"我来猜猜——"

话刚说到这里，餐桌上的手机响了。贺行望的视线投过去，很快又收了回来，他温和地井口道："穗穗，我现在不方便。"

"谁让我是你的未婚妻。"池穗穗随口丢下这么一句话，去把手机拿了过来，上面是个微信视频通话邀请，对方的名字她也知道，是之前拿过银牌的李怀明。

她将手机递到了贺行望面前，手指在上面点了接通键，听筒中很快就传来李怀明的声音："贺神！"

贺行望一眼看过去，视频对面有好几个人。

"你在做饭啊？"李怀明和苏治他们都在同一个地方，"教练让我们问家长会开完了没，他在暗示你赶紧回来。"

他毫不犹豫地出卖了教练。

"下午回去。"贺行望将手上的水擦干，从池穗穗的手里接过手机，"不用急。"

“我们不急，教练急。”李怀明吐槽道，“这不是快到世界杯了嘛，他又开始了。”

池穗穗在后面听着觉得蛮好玩的，伸手把贺行望手里的小西红柿拿走，直接咬了一口，入口很酸，她的脸瞬间皱成了一团。

贺行望见她这样子，嘴角勾了起来。池穗穗不挑食，但有一类东西不喜欢，那就是酸的食物，不巧，刚好今天碰到了。

镜头这边，几个人睁大了眼。

教练！贺神突然对我们笑了！

“应该是不小心买错了。”贺行望伸手过去，嗓音微凉，垂眸看她，“吐出来。”

李怀明他们又听懂了，原来贺神不是在对他们笑，不过他们一下子就想到了什么。之前贺神公开说自己有未婚妻了，他现在又是在自己家里，不会对面的另一个人就是未婚妻本人吧?

池穗穗没把小西红柿吐在他的手里，而是吐在了水池里，还不忘抱怨:“你买的。”嘴里那点儿酸味还在，她接过贺行望手里的水杯漱了下口，这才感觉舒服一点儿。

对面的几个人都不由自主地竖起了耳朵。

这个声音好耳熟！贺神这是直播未婚妻掉“马甲”现场吗?

其实李怀明他们没怎么听过池穗穗的声音，也就是那一次在被教练逼着看采访视频写观后感的时候听过，但是他们的记忆力是出色的。

虽然只有三个字，但是声音距离手机不远，所以他们就听得一清二楚，这是一个女声，而且有点儿耳熟。射运中心就那么些人，女运动员也就那些，大家听久了都知道是谁。

至于贺神的未婚妻，他们一开始是觉得不认识，因为人家是七岁就认识的，他们也不了解贺神的圈子，谁知道听到的女声居然是听过的。

“你觉不觉得听过这声音？”李怀明悄悄地问旁边的苏治，“是不是很熟？”

“不是很熟。”苏治思考了半天，最终回了四个字。

“……”李怀明瞪了他一眼。

“但确实听过。”苏治又点头，“我的意思是我们可能只听过一两次，次数不多。”

“我们听过的声音那么多，想不起来。”

后面的人跟着说：“是啊是啊，光是每次比赛过后的记者采访我们就接受了不少吧，轮换着都能组成一支足球队了。”

记者？采访？李怀明被自己的队友这么一提醒，感觉好像抓住了什么线索，但那感觉又飞快地消失了。他看向视频那头，贺神没在看他们这里，明显是在和他那边的人说话。

“这是做汤的。”贺行望把被咬了一口的西红柿拿走。

“做汤的也不能这么酸吧。”池穗穗看都不想看它，至于上面的牙印，也无所谓，但她最后还是拿刀剜掉了自己咬的地方，一脸嫌弃，又还非要自己动手。

贺行望就见她皱着脸，手上动作飞快，下一秒就将剜好的西红柿放在了中岛台上。

“几个小时后我回去。”他对视频那边的人说。池穗穗这才想起他还在打微信视频电话，收了声，然后对他使了个眼色就上楼了。

视频这边的李怀明沉默了下，然后说：“那我们挂了，祝贺神晚餐愉快。”

贺行望仿佛没听到他们的最后一句话，径直挂断视频，李怀明说完，都没动手视频窗口就黑屏了。

好绝情的男人，李怀明看着屏幕，点回了原来的界面。

周围几个人很快就散开了，之前是刚刚训练完，所以他们才有时间来打视频电话。

李怀明走在回去的路上，终于想明白了什么。他搜了下之前贺神的采访视频——微博上到处都是——一点开拉到中间部分，就是记者的提问环节，她的声音清脆，和刚才视频里的声音好像！虽然情绪好像有点儿不一样，刚刚他听到的更好听一点儿，但音色明显是一样的。

李怀明露出迷惑的表情。贺神真的是对池记者一见钟情，两个人这么快就订婚了吗?

他上次好像说想让池记者来采访自己……怪不得被嘲讽了一下，贺神就是故意的。

柏岸公馆。

贺行望买了几个西红柿，切完其他的，又看到那个被池穗穗剜了的西红柿，里面看上去没太熟。他伸手将其拿过来，咬了一口，以他的口味都觉得有点儿酸，池穗穗就更不用说了，难怪脸皱成那样。

贺行望已经很久没看到池穗穗那样的表情了。现在他们不管是回她家还是去他家，阿姨都会注意不做酸的菜，所以她已经很久没有尝到这么酸的东西了。

贺行望三两口就吃掉了西红柿，仿佛是一个很随意的动作，面色淡然，吃完就继续去处理其他的食材了。

池穗穗在楼上洗了个澡，又换了件居家服，这期间还和宋妙里通了个电话。

宋医生今天晚上要加班，想吃点儿私房菜，但是价格贵，顾南砚今天刚回来，她不敢让他去买。

“穗穗，我只有你了，呜呜呜！”

这就是拥有真闺密的好处。

“好的，你只有我。”池穗穗应得很快，反正她今晚也没事，“晚上给你带过去。”

“穗穗你真好。”宋妙里感慨了两句，又说，“和贫穷的人谈恋爱就是这点不好。”

“那你分手呗。”

“美色让我还能再坚持一段时间。”宋妙里叹气，说，“顾南砚出差一个星期，今晚才回来，小员工真惨。”

池穗穗被迫听了小顾被老板安排出差的悲惨经历，直到宋医生有事挂断电话，她才呼出一口气。别人的恋爱真是麻烦，还是她自己的简单。池穗穗下楼的时候刚好赶上吃饭。

“可真准时。”池穗穗夸了一句。

她对食物不挑剔，今天贺行望做的菜比较清淡，但搭配都是营养师给出的建议，对她来说也有好处。吃完，她主动收拾了自己的碗去厨房。

厨房早就被收拾得干干净净，池穗穗没看见那个西红柿，还以为被扔了，结果看了下垃圾桶里没有，扭过头问：“那个超酸的西红柿呢？”

“吃了。”贺行望淡淡地回答。

池穗穗哦了一声，没感觉哪里有问题，这样不浪费食材，她还特地把咬过的地方给剜了。家里就两个人在，没必要那么挑剔。

“你要洗碗吗？”池穗穗问。

“你想洗？”贺行望挑眉看向她。

池穗穗觉得他这是在质疑自己洗碗的能力。她虽然是大小姐，但也不是什么都不做：“你这是在小看我。”

池穗穗扬唇，直接拿走了他手里的盘子：“洗碗还能有什么花样？你能洗出来花不成？”

“我没有这么说。”贺行望失笑，把盘子又拿了回来，“今天不用你动手。”

“这是你自己说的。”

池穗穗乐得享受。男人微低着头，袖子卷到手肘处，腕骨凸出漂亮，一双手在水下被衬得晶莹剔透，十指修长有力。

池穗穗经常能在网上看到一些人评价明星的手，但她觉得贺行望的手最好看。

池穗穗想起什么似的道：“吃完你是不是就回去了？”

“嗯。”贺行望抬头。

“那你待会儿刚好顺路，把我带到二院去。”池穗穗莞尔一笑道，“谢谢未婚夫。”

贺行望不置可否，等擦干净手，才慢条斯理地补充："这次回去之后，以后我恐怕只有晚上才能回来。"

"其实你不回来也行。"池穗穗自顾自地倒了一杯水，"距离世界杯也就一个月的时间了，还是训练比较重要。"

她希望贺行望能够拥有更好的成绩。

他年少成名，凭借的就是打破纪录和一手好技术，作为一个顶尖射击运动员，没什么比成绩更能说服人。但体育界是苛刻的，因为大家向来只以成绩论输赢。

贺行望因成绩而出名，被放到了如今的地位，从未出过错，一旦接下来的比赛有什么问题，被谅解的可能性不会高。过高的期望度会造成过度失望的情况，池穗穗作为一个记者见到的这种事太多了，有的奥运冠军下一届奥运会就发挥失利，令大家感觉非常失望，一失望大家就会冲动，而冲动就会有谩骂行为出现。

"比赛比较重要。"池穗穗放下水杯，盯着他道，"我看你就住在射运中心好了，反正和在家里也没有区别。"

"你不希望我回来？"贺行望抬眸静静地看着她。

"比起你回来，"池穗穗话说到一半，露出一个漂亮的笑容，"我更希望能见到赛场上的你。"

意气风发、张扬骄傲，那是另外一个样子的贺行望。

两人关于回不回来的讨论最终停止。

宋妙里想吃的私房菜所在和去射运中心也是顺路的，池穗穗提前打电话和菜馆那边提了一声，才知道宋妙里早就提了，看来是真馋了。

池穗穗之前知道急诊科医生很忙，但直到看到他们忙碌的场景，才知道忙到什么程度。饭吃到一半离开，等医生再回来都是凉的了。

宋妙里还好，虽然之前和家里闹僵，但那是在学生时代，来到二院后，家里就有阿姨专门做饭，还有个宋成睿投喂。

现在她谈恋爱了，倒是顾南砚经常来投喂她，听宋妙里说顾南砚都是投喂他做的菜，不是在外面买的，每天花样都不同。为此宋妙里还心疼小顾买菜多花钱，甚至思考过分手的时候给顾南砚一张卡，算是给他的补偿。

池穗穗对此不发表任何言论。她这么想着，宋医生的电话就来了："穗穗，你到哪里了？"

"我正在去给你买吃的的路上。"池穗穗很有耐心地回答，"再等二十分钟。"

"二十分钟好久哦。"宋妙里刚刚回到科室，接下来一段时间可以休息，除非突然又有急诊。

被池穗穗安慰一通后，她挂了电话，打开一个视频看起来。她还没看几分钟，门被敲响。

顾南砚从外面进来，器宇轩昂，优雅隽秀，修长的手里还提了一个袋子，里面装了一些甜品。他一进来就看见宋妙里抽纸巾。

"怎么了？"顾南砚拧着眉问。

"剧情太虐了。"宋妙里擦了擦不存在的眼泪，委屈巴巴地说，"女主角被偷了五十块钱。"

顾南砚一时哑口无言，半晌，皱着眉开口："都是假的，编剧写的。"

宋妙里眨了下眼，问："可是一想到就感觉女主角好惨，你被偷了不难过吗？"

顾南砚心想：不难过。

他没有钱可偷，身上没有现金。

"难过。"顾南砚略微思索，违心地开口。

"你看，你也难过。"

顾南砚深吸一口气，转移她的注意力："但是现在科技发展很快，以后甚至手机都不需要。"

"我知道。"

"先吃点儿东西。"

"好。不看了。"宋妙里立了一个"人设"，果断地抛弃电视剧，转头开心地吃起甜品来。

虽然不知道顾南砚从哪里搞的没牌子的甜品，是不是自己做的，但味道是绝佳的，宋妙里为美食屈服。

远在路上的池穗穗并不知道宋医生的演技和自制力成反比，并且还在想着要不要带点儿其他吃的。她一下车，贺行望也跟着下去。

“你下来干吗？”池穗穗扭过头，“你想明天上热搜吗？深夜和不知名的女生吃饭？”

“刚好应了上次的新闻。”贺行望一脸淡定。

在大众眼里，还真是这样。

池穗穗不知道从哪里掏出一个口罩要给他戴上，还不忘叮嘱：“名人出行要有名人的自觉。”

贺行望坐在车边任由她摆弄。一段时间没剪头发，他黑发有些长，下巴上的胡楂儿虽然刮了，但手触上去能感觉到，发丝触在手背上有点儿痒痒的。

贺行望垂眸看着站在外面的池穗穗，她心神都在口罩上，今天穿的是一身套装，高腰，身姿玲珑，眉眼如画，睫毛长而卷，偶尔颤动。

贺行望突生一种想要去碰一下的冲动，半晌还是克制住，耐心地等着她给自己弄好口罩。

车就停在距离店不远的位置。

周围有几个人看到池穗穗的背影和侧脸，都不由得多看了两眼，再看车门内被阴影遮住的男人，有着一双大长腿。

“好了。”这口罩是池穗穗给自己买的，用来防雾霾的，但是她戴着大，给贺行望戴反而刚刚好。

贺行望和她一起过去。店家那边掐着时间准备好东西，给池穗穗送了过来，还问要不要帮忙送到医院去，被池穗穗拒绝了。这店家要是亲自送过去，那更招摇。

“你拎着这个，我拿这个。”池穗穗给贺行望分配任务，没承想话才说完东西就全被拿走了。男人站在她身侧，沉默寡言，身形颀长。

不少店里的食客看了过来。

经过一张围坐着四个女生的桌子时，池穗穗听到她们惊呼的声音：“他超帅的好吗？”

“我不追星，追贺神。”另一个女生连忙附和，“比我以前追星的时候每天熬夜反黑干什么的轻松快乐多了。”

“贺神的未婚妻变成我就好了。”

“谁不想呢？但是看看照片，我还是想想就算了。”对面的人回答，“小公主真好看呀。”

池穗穗脚步稍顿，生出一种不知道怎么说的感觉。这不像听苏绵这个“CP粉”说话，这应该是她第一次亲耳听其他女生说想要变成她，居然还叫她小公主。

池穗穗以前倒是听过这个称呼，一些宴会上大家也会这么叫她，后来她长大了就没人这么叫了。

出了店后，池穗穗越想越乐。

“笑什么？”贺行望问。

“刚刚她们说的话你听到了吗？”池穗穗转过头，笑吟吟地问，“采访一下本人，感觉如何？”

贺行望打开车门，回她：“你是指‘小公主’吗？”他复述的一个词让池穗穗心头一跳。

池穗穗说：“你知道我问的不是这个。”

贺行望想了想道：“苦恼。”

池穗穗问：“你有什么好苦恼的，苦恼甜蜜的负担吗？”

“我苦恼的——”贺行望偏过头望向她，“是这可能会让我的未婚妻苦恼，比如问出这个问题。”

第六章

想结婚

池穗穗被贺行望的回答逗笑。她的原意也只是想调侃一下，没想到竟然被他这么一句话打了回来，滴水不漏。

两个人上了车，城市的繁华和喧嚣都被隔绝在车外，只余下朦胧模糊的光影。

池穗穗说："你的女粉丝好像还挺多的。"

贺行望回答："可能你没有注意到男粉丝。"

在一名运动员的粉丝群体中，男粉丝的数量并不会少，只是大多数情况下，社交软件上女性粉丝会比较活跃。

"你是想说你的粉丝很多吗？"池穗穗眼尾一挑道，"好歹我现在也是有十万粉丝的博主。"

"没有。"贺行望十分淡定。

"我的十万粉丝还是活跃粉丝。"池穗穗又补充，"哪天你惹我不开心了，我会挂你。"

贺行望思考了一番她这个行为发生的可能性，半晌，开口道："不会。"

菜馆距离二院并不远，没一会儿他们就到了二院，池穗穗下车后又突然转过身："贺行望。"

车窗还没关，贺行望看过来。

"没事，我就是叫叫你。"池穗穗也不知道想说什么，只摇了摇头，"你走吧。"

黑暗中，她的表情有些模糊。

池穗穗到达宋妙里的科室时，宋妙里正在里面看一些病历一类的东西，旁边还放了一个甜品盒："不怕长胖？"

"穗穗！"宋妙里一抬头，高兴得不行，"菜来了吗？"

"你不是吃过了吗？"池穗穗靠在她的办公桌上，揶揄道，"来自小顾的贴心晚餐？"她不用猜都知道这是顾南砚送的。

"这叫小食。"宋妙里板着一张脸，伸手把池穗穗手中的袋子和盒子拿了过来。

"他走了？"池穗穗问。

"没有，接了一个电话，应该是上司的。"宋妙里过去把窗户打开，"我去下面食堂吃。"

这样，一来避免到时候办公室里都是饭菜的味道，二来防止顾南砚回来突然看到，这一看，菜品价格高昂，那完了。作为一个"尽职"的女朋友，宋妙里在恋爱期间会努力维持自己的"人设"，当然，是在对自己没影响的情况下。

"我和你一起去。"池穗穗说。

"你从这边走，近点儿。"宋妙里指了指门的右边，"我从另一边走，免得碰上。"

池穗穗没好气地道："你这恋爱谈得像打游击战。"

"你以为什么情侣都是你和贺行望？有钱人谈恋爱送卡买小岛。"宋妙里长叹一口气，"而我们是贫贱情侣百事哀。"

池穗穗也不知道她怎么说出的这句话。

"要是你碰到小顾，他问起我，你就说我有事，其他的不要说。"宋妙里不忘叮嘱，然后“贫穷”的她带着盒子从另一边下了楼。

池穗穗摇了摇头，不知道宋妙里是被顾南砚下了什么蛊。她给宋妙里收拾了一下之前的甜品盒和碎垃圾。扔垃圾的地方正好在去电梯的路上，池穗穗刚扔完垃圾，转过走廊，就看见顾南砚站在玻璃面前打电话，背对着她，他穿着正装，单手插兜，气势内敛。

这边的走廊上空无一人，只有顾南砚一个人站在那里，身形修长，不怪宋妙里这么沉迷。好在宋医生是个理智的人，知道自己该怎么办。

既然见到了，难免要上去打个招呼，池穗穗正要抬脚，就被顾南砚的话惊得停在了原地：“荔南区的项目……通知他们明天上午十点开个会，没到的直接让他走人。”

陈助理记了下来：“是。”

要挂电话前，陈助理提醒了一件事：“对了，顾总，前两天您没在南城，有个采访被我拖了下来。”

“拖？”顾南砚冷声道，“这种事还需要问我？”他向来不接受采访。

一听到这危险的语气，陈助理连忙解释：“这个采访有点儿特殊，记者是南城电视台的——池穗穗，宋医生的朋友。”

乍一听到池穗穗的名字，顾南砚还没反应过来，几秒后他的眉头逐渐拧了起来。怎么是她？顾南砚见到池穗穗的次数不多，但是从宋妙里的嘴里听到不少她的事情，无非“彩虹屁”，说久了他一般会转移话题。他也知道池穗穗是记者，之前在和宋妙里认识后就查过她，其他的信息没查到。顾南砚不是没有怀疑过她，但他初到南城，中跃科技又刚刚扩展，不宜动作太大，所以很多应酬没有去。

沉吟片刻，顾南砚开口：“推了这个采访。”一接受采访他就会露馅。

宋妙里是个看电视剧女主角被偷五十块钱都难过的女生，他要是被池穗穗采访，就等于宋妙里知道他的身份了。

“好。”

顾南砚挂断电话后，眉头才渐渐舒展。遇见宋妙里是一个意外，他在这边的确能很放松，而且宋妙里的性格也很有趣。想到宋妙里还在办公室里，他忙转过身，于是和池穗穗四目相对。

顾南砚一回头就看到池穗穗站在自己身后，双手环胸，饶有兴味地看着自己。

“百闻不如一见，顾总。”池穗穗慢条斯理地开口，今晚来这里真是一个惊喜。一直没有进展的采访对象居然就在自己眼前，还是宋妙里的那个“贫穷”男朋友。

世界真小。

顾南砚总觉得这句听上去像夸奖的话是在讽刺他，并且有那么一点儿证据。他垂眸冷静地说：“池记者。”

他这么直接就承认了？池穗穗挑了一下眉：“顾家二少，中跃科技的总裁，为了和医生谈恋爱，假装自己是悲惨的‘社畜’……”她是记者，说话字正腔圆，字字清楚。

池穗穗每说出一个词，顾南砚的眉头就多紧皱一分。恋爱才开始没多久就露馅，他不知道宋妙里知道他的身份后，会不会直接提分手。

“我想，这并不是什么违法犯罪的事情。”顾南砚淡淡地说。

“当然不是。”池穗穗点头，又突然问，“顾总为什么不用真实身份和宋医生认识？”他为什么非要披一个底层员工的“马甲”？

顾南砚略微思索，缓缓开口道：“怕伤她的自尊心。”他很苦恼。

池穗穗决定闭嘴。宋妙里担心伤害他的自尊心，就假装自己是个普通的医生，不透露自己宋家大小姐的身份；顾南砚担心伤到她的自尊心，也假装自己是个小员工，隐藏中跃科技总裁的身份。这两个人的想法是撞到一起了吗？

顾南砚抬眸，认真地开口：“我希望你不要告诉妙里，时机成熟时我会亲口告诉她。”

其实池穗穗知道他是中跃科技的顾总之后反而松了口气。她之前见宋妙里三句不离小顾，话里话外都是心疼，就担心她栽进这场感情里。虽然现在是现代社会，自由恋爱，但是宋妙里身处宋家，从小被娇生惯养着长大，不说她自己受不了穷苦生活，家里的人也不会让她嫁给一个一无所有的人。北京顾家倒蛮合适，而且顾南砚似乎有意将中跃科技的发展重心放在南城，那么这场恋爱就算有修成正果的机会。

顾南砚见池穗穗似乎在思考，指尖在手机上点了点，蓦地想起刚刚陈助理提到的采访：“我可以接受采访，但是以文字或者语音的形式。”

没必要，这真的没必要。池穗穗惊讶地看向他：“顾总你这是在利诱我吗？”

顾南砚神色淡定：“是。”他懂得怎么样利用优势。

手机振动了一下，宋妙里发来消息：“穗穗，你下楼下到西伯利亚去了吗？”

宋妙里：“你不会是碰见小顾了吧？”

池穗穗低头，回了一句：“是碰上了，就说了两句，没说你在食堂。”

宋妙里回复得很快：“那就好。”

看见她的回复，池穗穗这才抬头。其实她一开始就没想戳破顾南砚的身份，因为宋妙里也在装穷。这两个人的事情该由他们两个人解决，宋妙里乐在其中，只要这事对宋妙里没有损害，她不会干涉。

但是顾南砚都开口了，不答应白不答应。池穗穗可不是一个会放过机会的人，沉思片刻后出声道：“我可以答应，但前提是你对妙里好。”

况且她就算不说，也可以暗示，有的是机会，就看想不想。再说宋妙里也不是个“傻白甜”，时间久了，自己肯定会发现一些蛛丝马迹。

顾南砚嗓音低沉地道：“以后你就会知道。”他说得意味不明。

池穗穗从电梯下楼，还没到食堂就碰上了回来的宋妙里。

“我在食堂边吃边等你，结果我吃完了你还没下来。”宋妙里小声吐槽。

池穗穗开口：“我碰上你男朋友说了两句。”

宋妙里说：“他话很少的，我怀疑是被老板虐待的。”

池穗穗思忖着开口道：“应该不至于。”

这要是被虐待，那还得了，他自己虐待自己？池穗穗轻咳一声，故意问：“要是你的小顾是一个公司老板，很有钱，你会怎么样？”

宋妙里想都没想就说道：“不怎么样，我和他谈恋爱是看上他的脸和性格，他有没有钱都没关系。”

“……”

“再说了，他再有钱，还能比我有钱吗？”

还真能。池穗穗在心里面补上了一句。

和宋妙里聊了两句，池穗穗就离开了二院，不打扰她工作，顺便早点儿回去准备采访。

顾南砚答应的书面采访自然是越早结束越好。一想到这个，池穗穗就想到自己之前问的，他就不怕宋妙里发现问题吗？

顾南砚回："她不会看的。"

池穗穗觉得他还挺了解宋妙里，明明两人只认识了几个月时间而已。顾南砚说到做到，甚至在周末就把这个采访给完成了，还不忘叮嘱池穗穗别说。

采访稿到手，池穗穗也不急了，星期一轻松地去上班。

这个采访任务的时限已经过去大半，办公区里不少人知道，张悦然虽说是协助者，但基本没动。

池穗穗似乎气定神闲，一副没将此放在心上的模样。

"穗总，你的采访还能完成吗？"苏绵忍不住担忧，"时间都快结束了。"

"放心。"池穗穗递了个安心的眼神给她，然后发消息给张悦然："今天下午你打电话和中跃科技预约时间采访。"

张悦然应了，等下午听到中跃科技的前台那一句"对不起，我们顾总暂时不接受任何采访"后，顿时眉开眼笑。

张悦然几乎等不及，跟主任说了这事。十分钟后，主任就把她们两个叫进了办公室。

"小池，中跃科技的采访任务是不是还没有任何进展？"主任的语气不怎么好。

"有进展。"池穗穗回答了一句。

一旁的张悦然压住想要上翘的嘴角，做出难过的表情说道："我刚刚给中跃科技打电话，那边拒绝采访。"

"这么久了还在打电话？"主任的表情沉了下来。

"打电话是为了预约。"池穗穗顺着往下说，又瞄了眼掩饰不住表情想要拉她下马的张悦然，微微勾唇。

停职一个月后，张悦然是比之前会隐藏了点儿，只可惜道行尚浅。

“我们从第一天开始预约到现在都没有成功。”张悦然等她说完就开口道，“所以这个任务还没有完成——”

她瞥向池穗穗，主任也跟着看过去。

“没有啊。”池穗穗露出一个完美的笑容，“中跃科技顾总的采访稿我已经发给主任了。”

主任一怔，连忙打开邮箱，果然有池穗穗几分钟前发的邮件，里面有采访稿，还有池穗穗的标注，问题也是目前大众最关心的 AI 和科技方面的内容，完成得相当漂亮。

主任眉头舒展地问：“没有视频的？”

池穗穗说：“没有。”

张悦然半天没回过神来，下意识地开口：“明明没有预约成功，怎么来的采访？”

今天下午中跃科技还说不接受采访。她再想想主任的话……不会是池穗穗为了糊弄，故意捏造了一份文字采访吧？

张悦然觉得这不可能，风险太大，采访一发布就会被戳破，但怎么想都没其他可能，于是狐疑地看着池穗穗。

主任也在等着池穗穗的回答。

池穗穗漫不经心地说：“顾总不接受录像采访，文字采访结束后，我还想做得更完美一点儿，所以才让你继续打电话。”

张悦然差点儿没脱口骂她，采访都完成了她还让自己打电话？

“文字采访也是采访。”主任关闭文件，看向张悦然的表情淡下来，“小张，你最近不太用心。”

“是我没做好。”张悦然这次是打碎牙齿往肚子里吞。

两人走出主任的办公室时，办公区的同事都不由自主地看过来，就看见张悦然脸色不对。不是池穗穗没完成任务吗？

“你的脸色怎么这么差？”临近的同事问张悦然。

“身体不舒服。”张悦然随意扯了个借口，只恨恨地看了眼不远处的池穗穗。

同事没再问，一看池穗穗的表情，基本上可以说是推测出了结果……

张悦然估计又偷鸡不成蚀把米。

池穗穗只抬了下眼皮，似笑非笑。张悦然做得了初一，她就能做十五。

等到了星期五的例会时，一知半解的同事才知道前几天的事情到底是怎么回事。

他们都听说中跃科技的老板不接受采访，所以一开始不怎么看好池穗穗，谁知道池穗穗居然不动声色地就完成了任务，还反过来利用这事阴了张悦然一把，人与人之间的差距是明显的。

"穗总，你怎么完成的？"苏绵听了两个小时的例会后问道，"我一直以为对方真不接受采访。"

"他是不接受采访。"池穗穗轻描淡写地回答。

可这机会刚好让她碰上了。

这次例会上，主任又重点批评了张悦然之前工作不上心。被当众批评和上次在池穗穗面前被批评是不一样的，本来张悦然经过之前的事评价就不太好，这下更是雪上加霜，下班都能碰上别人看过来的有深意的眼神。

她的事池穗穗没那个心思去管，星期五晚上，池穗穗让家里人做了鱼送过来，准备亲自送去射运中心。她一个星期没见贺行望了，作为一个称职的未婚妻，联络感情是必要的。

临近 11 月，天黑得也比以前早，池穗穗到射运中心的时候，外面的天色已经昏暗下来。

池穗穗又和门口的警卫碰上了，这次不同，刚好教练出来，在门口碰上她，露出惊讶的表情："池记者？"

池穗穗笑了下："朱教练。"

朱教练目光下移，看到她手上的东西，明白了什么："是进去送东西给……"

等等，她这不会是送给贺行望的吧？朱教练一下子精神起来。

"贺行望。"池穗穗补上了他没说完的话。

朱教练恍然大悟，那微博上的未婚妻还真像是池穗穗。一次采访过后两个人还真就谈上恋爱了？谈恋爱这么容易？那他怎么这么大了还单身？

最终池穗穗跟着怀疑人生的朱教练进了射运中心，在大厅里见到了训练完的贺行望。他手上戴着黑色的护腕，在光线明亮的大厅里尤为显眼。

池穗穗还是第一次看见他这个样子，黑发凌乱，却有种与众不同的魅力与荷尔蒙气息。她正出神，男人已经到了她面前。

“怎么过来了？”贺行望沉着声道，嗓音略带着运动过后的沙哑，让人耳朵酥痒。

池穗穗从来不是“声控”（这里指对声音有强烈偏好的人），但好像在贺行望面前几次就因为他的声音这样了。

“刚好没事。”池穗穗嘴角上翘道，“鱼。”

她后面只说了一个字，贺行望就明白了，视线跟着她抬高的手落在那鱼上面，仿佛能闻出一丝鱼香。

“去我的房间。”贺行望捉住她的手腕。

池穗穗刚从外面进来，身上冰凉，和他的体温明显不是一个级别的，被握住手腕时皮肤都颤了一下。

去他的房间？池穗穗不知道为什么突然想歪，不仅如此，还仰着头意有所指地开口道：“贺神，你这是在暗示我吗？”

“暗示什么？”

“直接要我去你的房间。”池穗穗向他后面抬了抬下巴，“你看朱教练都被吓到了。”

贺行望转过头，然后就看到了不远处教练刚刚收回要进大厅的脚和那副震惊得仿佛听见什么惊天秘密的表情。

教练消失得很快，两三秒就不见了。本来贺行望说去他的房间，池穗穗是打算说好的。然后越过贺行望的肩膀，她看到了那边的教练。见到朱教练的表情，她就不知道哪里来的想法，忽然叫了声“贺神”，又说了那句话。朱教练似乎之前就猜到了她是贺行望的未婚妻，这句话很可能又让他想歪了。

贺行望转回来道：“教练走了。”

他淡定地说出这话，明明是在陈述事实，却让池穗穗感觉是在附和她刚刚的那句话。

贺行望的房间和上次她来时没什么区别。

贺行望将盖子一打开，浓郁的鱼汤香味瞬间弥漫整个客厅，乳白的汤上面漂着葱花，卖相极好。

贺行望不禁沉思，池穗穗的手艺会在两个月左右变得很好吗？

池穗穗又站在门后掷飞镖，还不忘说："我让宋姨少放了个别调料，不会有问题。"

鱼也是深海鱼，池穗穗闻着都有点儿想吃了。良久，她才听到贺行望嗯了一声。

贺行望神色淡然，将鱼汤盛进碗里，乳白色的汤看上去就让人食欲大振，还有漂亮的鱼肉。

砰的一声，池穗穗扔了一个七环，眉毛挑了起来，感觉自己还是可以的。一个新手掷七环，她怀疑自己在这上面有天赋。

池穗穗转向桌边，坐到了贺行望对面，靠在桌上道："怎么样，好喝吗？"

男人喝汤的模样，加上这一张脸和漫不经心又优雅的动作，让她觉得很赏心悦目。

"你可以尝尝。"贺行望抬头说。

"不了。"池穗穗摇头，这可是她带过来给他喝的，自己喝算怎么回事？然而，等贺行望舀了一勺鱼汤递过来时，她在"和他共用一个汤匙"以及"这么好喝不喝亏了"中纠结了几秒，然后果断选择了后者。

鱼汤乍一入口，鲜香溢满唇齿。一般从外面把鱼带回家后，家里人很少做鱼汤，都是直接做菜，这是仅有的那么几次中的一次。

"怎么样？"贺行望问。

"好喝。"池穗穗没忍住舔了舔唇，弯着眉催促他，"你快点儿喝吧，凉了不好喝。"

他再慢悠悠的，她要被这味道勾引了。

贺行望的目光闪了一下，然后他嗯了一声算是回应她，但是等池穗穗再过来时，他依旧动作散漫。

“你怎么还没喝完？”池穗穗问。

“太好喝了。”贺行望面不改色地说，一手将碗贴近唇边喝了一大口汤，然后从桶里倒了新的一碗出来，又是新的美味。

池穗穗倾身过去：“贺行望。”

贺行望抬眸：“怎么了？”

“你再给我喝一口。”池穗穗小声说，还不忘补充，“你要快点儿，不然教练肯定又想歪了。”

贺行望沉默着递了汤匙到她的唇边，乳白的汤汁流过艳红的唇瓣，与编贝似的牙齿相得益彰，格外好看。

池穗穗喝了一口汤，又直起身：“好了。”

贺行望眉头一挑。

此时，池穗穗的理智重新归位，她不禁怀疑起贺行望的目的来。他是不是故意引诱她？她离他远了一点儿，开始专心摆弄房间里的东西。

贺行望听到脚步声，抬起眼皮看了眼，没忍住，嘴角勾了一下，又很快恢复如常。

来时天还是亮的，等结束后天已经黑透了，池穗穗干脆直接将保温桶留在他这里：“要不你到时候自己回去时，再带回去？”

贺行望点头：“好。”

过了会儿，池穗穗想起走廊上很多房间门关着，问：“你们这边会有人带人进来，还过夜吗？”

“没有。”

“一个都没有？”

贺行望思索了一下，回答：“有一个。”

池穗穗扭过头看他。

贺行望说：“你。”

听他这么说，池穗穗耳根一热，想到什么，眼尾一挑道：“胡说，我又没有过夜。”

“是我说得不对。”贺行望很干脆利落地承认错误，然后在池穗穗的目光下又开口，“如果硬要过夜的话，也不是不可以。”

池穗穗扯了下他的衣服："你又在暗示我？"

没想到贺行望反而很严谨地纠正她的措辞："这不叫暗示，这是明示。"

池穗穗一时之间哑口无言。

"我送你回去。"贺行望将门上的几支飞镖取了下来，又看了她一眼，"天晚了。"她回去会不安全。

池穗穗哦了一声。

两人这次出去倒是没碰见什么人，也没有闹出什么误会，一路畅通无阻，连声音都没听见。

坐上车后，池穗穗按下车窗，手搭在上面看男人，不忘叮嘱："你记得下次回来把东西带回来。"

贺行望失笑道："我知道。"

池穗穗这才心满意足地离开。

临近世界杯到来的时间，射运中心对来访的人也会严加管理，不允许外人经常过来影响运动员的心理状态。当然，朱教练一点儿也不觉得贺行望会被影响。

但当贺行望回到中心时，还是在大厅里碰见来回踱步的朱教练，对方一看见他就停了下来："行望啊。"

"教练。"贺行望对朱教练还是非常尊敬的。

朱教练今年四十多岁，一大半的时间耗在了这个项目上，连婚都没结，可以说是奉献了自己的半生。对自己手下的运动员，他非常重视，从来没放弃过任何一个人，说起他，没人不喜欢。

"那个……池记者走了？"朱教练委婉地开口，"你上次在微博上说的未婚妻是——"

"是她。"贺行望颔首。

听他这么一说，朱教练就松了口气。如果池记者和未婚妻是同一个人，那贺行望就是有始有终，这要是脚踩两条船，他会忍不住开骂的。至于贺行望和池记者是青梅竹马还是一见钟情，这是私人感情上的事，没有特殊情况，他不会过问。

贺行望垂眸，问："教练，还有什么事吗？"

朱教练嗯了两声，犹犹豫豫地开口叮嘱：“世界杯比赛马上就要到了，你知道的吧？”

“知道。”

“那个……在某方面你要节制。”

朱教练的意思不言而喻。

贺行望眼神微动，和朱教练刚好四目相对，他声音沉稳地道：“不会的。”怪不得池穗穗说教练会想歪了。

朱教练放心地离开了。

池穗穗回到柏岸公馆时已经时间不早。心灵安静的时候，她想事情也会思路清楚。

池穗穗闭眼躺在浴缸里，香氛味道清爽，带着一丝若有若无的玫瑰香，让她昏昏欲睡。今晚喝的鱼汤是真好喝。

以前她也喝过鱼汤，怎么没有今晚的感觉？难道真是像老话说的，别人碗里的东西永远是最好吃的？

池穗穗怀疑是贺行望的缘故，正所谓“秀色可餐”，这个成语能流传至今，自然就说明有这样的事情发生过。都怪贺行望长得太好看，不然她怎么会被蛊惑到？

她睁开眼，从水里伸出胳膊摸到了一旁的手机，白皙的肌肤上沾了几片花瓣，显得艳丽无双。

池穗穗直接打了个电话到家里：“宋姨，明天能做今天炖的鱼汤吗？我明天回家，调料齐全。”

“好！穗穗小姐想喝我就做。”宋姨笑眯眯地答应了，对之前那一份去哪里了并没有过问。

池穗穗的馋虫都被勾上来了，抱着这个想法，她连晚上做梦都梦到了今天白天发生的事情。

转眼又是新的一周。

顾南砚的采访已经被放了出去，这是他本人第一次公开接受采访，对本名也没有直接说。这次的采访可以说是由南城电视台独家报道，让南城电视台出了一次风头。

其他家媒体一看中跃科技的老板似乎开始接受采访，一个接一个地打电话预约采访，结果听到的还是不接受采访，这就更让人觉得池穗穗的本事不小了。

池穗穗还问了下宋妙里，宋妙里回："我哪有时间看新闻哦，追剧也要时间的。"

池穗穗问："你上次收到的那个礼物怎么样了？"

"那天晚上吓死我了。"宋妙里一说起这个就喋喋不休，"明明晚上放在我的房间里，第二天醒来却在另外一个地方，连着发生了好几次。"

智能机器人会跑路也正常，池穗穗心想。

"然后我就在家里安了摄像头，你猜我看到了什么？"宋妙里压低声音道，"那东西自己跑的，像个活的一样。"

然后她就开始担心它会不会想逃跑，所以宋妙里每天都会把它揪回自己的房间。

"智能机器人而已，怎么被你说得像是恐怖片。"池穗穗没忍住，吐槽了一句。

"我这不是为了烘托气氛嘛。"宋妙里笑了两声，又叹起气来，"我本来以为这很贵，去淘宝上发现这一类的机器人还是很便宜的，就是没找到同款。"

虽然池穗穗对智能机器人这种东西没怎么关注，但看了中跃科技那么多的资料和产品，也知道它肯定不会很便宜，开口暗示："也许这机器人还有其他功能。"

能让顾南砚送给宋妙里的东西应该不简单，没同款说明它应该还是刚研发的新产品，说不定要明年或者几个月后才上市。

"它还能人性化地和我互动不成？"宋妙里顺着这话猜测了一句，"那我晚上回去问问，它为什么每晚都要跑出去。"

池穗穗不发表任何言论，说不定这小机器人还真能回答宋妙里的问题。

这次的采访最后被不止一家官方媒体转发了，因为人工智能的确是目前国家比较重视的新兴产业。池穗穗出现在了不止一家官方媒体的新闻里，虽然只是个名字而已，还是沾了顾南砚的光。

星期五的例会上，主任公开表扬了池穗穗，整个办公室里，只有张悦然坐立不安。本来这次采访的功劳应该有她的一份才对，结果因为她自己敷衍，除了收集资料什么都没做，不仅被主任批评了，现在的称赞她也得不到，简直亏死。

张悦然越想越心塞，这任务是她发现的，转头就给池穗穗作了嫁衣，这是一次正面意义上的影响，能出现在国家官方媒体上，哪个记者不想这样？

“穗总，今年你的奖金肯定会多点儿。”苏绵已经感觉到很多钱出现在眼前了，“好多好多。”

“给你你要不要？”池穗穗问。

“送上门的钱谁不要？”苏绵下意识地说了一句。

刚好现在她们是在会议室外的走廊上，张悦然走在前面，听得一清二楚，眼都红了。这奖金本来应该有她的一份才对。

回到办公区已经是下午四点半，这时候很多人已经没心思上班了，为了庆祝这事，池穗穗约了苏绵晚上去吃火锅。

虽然现在是10月底，距离冬天还早，但是在空调房里吃火锅是一种别样的享受。

池穗穗一打开手机，就发现微博上多了一些红点儿，她这个人看到未读消息就想点掉。不少粉丝发现了这周的新闻，看到池穗穗的名字出现，立马就来汇报恭喜了。

“穗穗，我在那上面看见你了！”

“才看到，我们穗穗真是个宝藏女孩儿！”

“想问问穗穗，这顾总长得好看吗？”

“穗穗见到各种各样的AI了吗？它们可爱吗？”

做粉丝，关注偶像的事业才是真的爽。

池穗穗回复了几个人的评论，觉得这些莫名其妙喜欢上自己的粉丝是真的很可爱。等清除未读私信时，最上面的一条消息让她停住了手。

“穗穗，你好棒呀，我们的综艺节目现在正在寻找事业上出色的女生，你有兴趣参加我们最新的综艺节目吗？”

什么综艺节目会邀请她一个素人？

池穗穗没删除也没回复这条私信，先去对方的微博主页看了一下，发现她转发了一条视频平台的微博，上面写了个“素人恋爱综艺节目”。

池穗穗的第一反应就是拒绝：“抱歉，我不打算参加任何综艺节目，多谢关注。”

池穗穗对素人恋爱综艺节目还算是了解。

之前视频平台出了好几个素人恋爱综艺节目，就是选几个女生和几个男生住进同一栋房子里，培养感情。

她还没有毕业时，宿舍里有室友在追这种类型的综艺节目，并且还有“站”错 CP 的时候，综艺节目里有的人比较讨厌的时候，她们就会吐槽。

池穗穗经常能听到一些这方面的消息，所以刚刚一看到那条微博就猜到了，果不其然，和她想的一样。

不说池穗穗已经和贺行望订婚，就算她单身，也不可能去这节目谈恋爱。节目说不定还有剧本，人家指不定还会给她安排一个比较讨嫌的“人设”，这样也太找罪受了。

这个工作人员应该是看了最近的新闻后突发奇想找她的。毕竟池穗穗不完全算是素人，上过热搜，被贺行望澄清过新闻，现在还在官方媒体上出现，还是电视台的记者，非常符合综艺节目里的女嘉宾的条件，有一个与众不同又很好的职业。

现在还不是下班时间，工作人员也在线，看到池穗穗的回复，没想到她会回绝得这么直接。

“穗穗真的不再考虑考虑吗？我们的综艺节目《恋爱倒计时》上一季的播放量已经超过五亿了，是一个非常热门的综艺节目，穗穗可以看一下我们前几季的综艺节目。”

这个素人恋爱综艺节目《恋爱倒计时》已经拍了三季，请过很多职业的嘉宾了，这次想要找一些更特殊的职业的嘉宾。

池穗穗对综艺节目并没有什么兴趣，她平常看得更多的是各种新闻，每天了解最新发生的事，很少用时间去追剧和综艺节目，倒是苏绵经常看综艺节目。

人有窥私欲，素人恋爱综艺节目火的原因也是很多人看多了明星谈恋爱，素人能有更多未知的秘密，就算有剧本也不明显。

池穗穗耐心地回复对方：“不好意思，我可能不太适合这个综艺节目，也暂时没有参加综艺节目的想法。”

对方态度好，她也就多解释了一番。

过了几分钟，那边的人又发了一条私信：“真的不再考虑考虑吗？是出场费的原因吗？我们综艺节目的出场费也不会低的。”

看到这消息，池穗穗挑了下眉。是什么给了对方一种她会为了钱去参加综艺节目的错觉？难道是因为微博上之前粉丝给她立的贫穷少女“人设”吗？

池穗穗觉得有点儿好笑：“不是，实话实说吧，因为我家里给我定了娃娃亲，我有对象。”

这理由发过去之后，对面的人半天没回复。池穗穗也不管，整理了一下自己这一星期的新闻稿还有成果，然后开始写周总结，毕竟现在还是上班时间。

一下班，对面的苏绵就直接站了起来：“穗总，快、快、快，我点了排队，咱们现在去刚刚好。”

池穗穗说：“好。”她打开手机看了下未读消息，然后又看了下微博，发现几分钟前对方回复了自己：“只要不是真正谈恋爱，其实是可以参加的呀。”

看到这消息，池穗穗觉得对方的想法很神奇。

不说娃娃亲，就以相亲来打比方，一个人在和相亲对象聊的时候去参加一个恋爱综艺节目也肯定不合适，何况刚刚池穗穗还说了自己有对象。

她回了个表情图，对方很快就回：“我第一次邀请人，可能有哪里让你不高兴了，谢谢穗穗的回答，我知道啦，会和上面解释的。不过现在娃娃亲真的很少了哈哈，我差点儿以为穗穗在敷衍我呢。”

池穗穗只看了下，依旧回了个表情图。至于对方是不是真的相信了娃娃亲的存在，那也与她无关，她已经说了真正的理由，多余的话不想再说。

“穗总，你在看什么这么入神？”苏绵问。

“一个素人恋爱综艺节目邀请我。”池穗穗没想瞒着这事，“被我拒绝了。”

“综艺节目还是别参加的好。”苏绵说了一句，又举了个例子，“之前有个很吸引粉丝的明星去参加了综艺节目，结果‘人设’崩塌，现在没人关注了。”说完，她捂住了嘴，“我不是说你有‘人设’啊，穗总。”

“没什么。”池穗穗毫不在意，“吃火锅比较重要，管它什么综艺节目，我不可能去的。”

别的综艺节目还有可能，比如说最近流行的职场综艺节目，至于恋爱综艺节目，她不太可能参加。池穗穗转眼就把这事抛到了脑后。

吃完火锅，池穗穗没回柏岸公馆，而是回了家。

齐信诚今晚没什么事，不在公司，正在家里，看到她回来，问：“穗穗啊，你对结婚日期有什么想法？”他希冀地看着自己的女儿。

“已经开始商量结婚日期了吗？”池穗穗没回答这个问题，而是问，“和贺家商量好了？”

“还没有，这不是在征求你的意见嘛。”

“是今年还是明年？”池穗穗一开始还真没想过结婚日期，因为觉得双方家长就能定好，肯定是个好日子。但是家人要问她的意见，那她肯定会考虑。

“今年就剩两个月了，结婚有点儿急。”齐信诚一本正经地开口，“依我看，还是明年吧。”

池穗穗从容地看着他。

齐信诚一脸理直气壮地道：“反正你和行望都已经订婚了，也不急在这一时。你刚毕业，而且行望马上有比赛。”他说的理由也很一本正经。

“好，我会参考的。”池穗穗忍住笑，先答应了下来，“结婚日期这么重要，我会好好考虑的。”

“嗯，这才对。”齐信诚笑了。

池穗穗弯了弯眼，径直去了厨房。今天还是有鱼汤，她一进去就看到汤在火上炖着。虽然吃了火锅，但闻到香味还是想尝，她拿着汤匙舀了一口喝，才回了楼上。

对结婚的事情，池穗穗没想过会这么早，毕竟他们不是简单的结婚，背后还有两大集团。齐氏和贺氏还要商讨合作项目，这也是重要的一环。当然更重要的还是她和贺行望的想法，怎么说都是他们结婚，不是别人结婚。

池穗穗给贺行望发消息："今天我爸问我结婚日期了。"

隔了一分钟，对方才回复。

贺行望："已经在商量了？"

池穗穗："应该是，不过具体日期还没有定下来，我们可以自己提一个。"她也想问问贺行望什么时候比较好。

过了会儿，贺行望才回复："你的想法呢？"

池穗穗还真没什么想法。她爸说得对，世界杯比赛近在眼前，11 月肯定是不行的，12 月估计也太赶，随便等等就明年了，但明年还有更重要的东城奥运会。

怎么说都是明年上半年比较赶，但是只是婚礼要迟些举办，领证两个人倒是可以随时领的。

池穗穗脑子一转就想了很多，她回复道："我还没有想好。"

贺行望："不急。"

池穗穗一见他这个消息，指尖动了动，回复道："那好，我和他们说可以推迟，现在不急。"

对面的人安静了。池穗穗本来是跟着他的话回的，等回完了才想起这句话似乎有两种解释。

果不其然，贺行望回复："错了。"

池穗穗躺在床上，举着手机看，笑了笑，故意问："那你说到底哪里错了？"

贺行望："都错了。"

贺行望："我的意思是你可以慢慢想。"而不是直接推迟婚礼。

池穗穗一看这消息，乐不可支，心想那边的贺行望眉头肯定是皱着的，又不得不认真解释。她回了句自己会好好想。

射运中心外已经夜幕低垂，里面却灯火通明，刚刚吃完晚餐，大家都聚在一起聊天或者讨论网上的新闻。这也是他们一整天里难得的放松时间。

每天长时间地持枪射击，虽然训练了几年，手臂已经习惯了每天的运动量，但大家还是会累，回到房间没多久就会睡下。锻炼—吃饭—锻炼—睡觉，周而复始，是他们几年间不会变化的安排，一切都是为了比赛，只要他们得到好成绩，一切就是值得的。

看着手机里池穗穗最后发过来的消息，贺行望眉目舒展地关了手机。

结婚日期这事，家里人和他提过。但他最近确实训练比较紧，这事又得慎重考虑，就一直没有确定时间。

对面的李怀明正在看今天的新闻："这是什么恋爱综艺节目，为什么不能邀请我？我单身这么久，也不是明星。"

"梦里什么都有。"旁边的苏治打破了他的幻想。

恋爱综艺节目上热搜是因为今天节目组官微发了通告。这一档综艺节目虽然没有明星参加，但是有前几季的基础在，还是有很多人关注，节目还没拍，嘉宾也没有，先上了热搜。

苏绵晚上躺在家里看到热搜的时候脑袋里就灵光一闪。这就是穗总今天说的那个综艺节目吧？看起来还真是像模像样的。苏绵觉得穗总还是不要去参加的好，因为前几季里总有一两个女生会被塑造成不受欢迎的人设，此后发微博都会被骂，但是其实本人明明还不错。所以苏绵虽然看这个综艺节目，但也就是当一部剧来追，知道这综艺节目是有剧本的，不会代入到真人上。

她往下翻了翻，发现评论里有人发了张截图，内容是个匿名论坛的帖子，大家也在讨论这个综艺节目，还在猜测几个嘉宾是谁，列出的都是大众没听过的名字。

苏绵顺着线索去了论坛，帖子就在首页。点进去看了几层，苏绵就看到了池穗穗的名字，而且接下来的话题竟然都是关于池穗穗的。她想也没想就将这帖子发给了池穗穗。

苏绵："穗总，邀请你的综艺节目是不是这个？"

池穗穗刚泡完澡，正在床上看国外的新闻，平板电脑上突兀地跳出苏绵的消息，她伸手点开。

“池穗穗是谁？微博名是什么？”

“长得还挺漂亮的，居然也参加综艺节目，是想进娱乐圈吗？”

“前三个女嘉宾也挺好看的，但CSS更好看些。”

“这又不是明星，搞什么缩写？”

接下来的话题就在她和另一个网红嘉宾之间展开，包括各种各样的对比，还有谁和谁能成最佳CP。

池穗穗看了看帖子名，还真是那个恋爱综艺节目。今天对方的人才邀请她，怎么就出来嘉宾名单了？而且她已经拒绝邀请了，怎么还出现在这些人的讨论中？看到最新一页的讨论，她才知道了原因。

“你们记不记得晚上一个说是工作人员的人来发帖子，说想邀请一个素人嘉宾参加综艺节目，结果被拒绝了，后面被扒出来是恋爱综艺节目，楼主就没回了。”

匿名论坛专门讨论娱乐圈的事，各种消息都比较灵通，而今天有一个楼主在论坛上吐槽。这回复一出来，不少人记起来这件事，还顶了那个帖子上首页。

帖子的楼主自称是一个工作人员，最近要开一个综艺节目，邀请素人嘉宾。本来自己以为很容易，因为前几个嘉宾都很快就答应了，到最后一个女嘉宾时出了问题。对方用一个很奇怪的理由敷衍自己，而且最后不回复就只回表情图，明显态度不好。

池穗穗一看到这内容就皱起了眉，她回表情是因为对那个工作人员的话无言以对，说什么有娃娃亲去参加恋爱综艺节目也可以。要是不回表情图，她可能就直接怼人了。

帖子是六点多发的，下面的人都在问是什么理由。被追问了几十楼，楼主才说对方回复自己有娃娃亲。

楼主这么一回复，理由很特殊，很快就被人扒出来这是恋爱综艺节目，而最近要开的恋爱综艺节目就一个——《恋爱倒计时》。

“这个理由……看起来是有点儿像在敷衍。”

“好歹对方给了个理由，这不就是个素人，你既然是娱乐圈的人，还来曝光素人？”

“《恋爱倒计时》？这综艺还有人看？”

“工作人员混匿名区‘实锤’了。”

这么多楼一歪，楼主后面就不见了。再到最新回复，帖子里就出现了刚刚在曝光嘉宾名单帖里“吃瓜”的网友，开始讨论是哪个素人推了这综艺节目的邀请。

池穗穗看到一半就没看了。

苏绵在群里发了条长语音消息：“网友怎么对素人都这么好奇？有什么好讨论的啊，穗总又不是明星。工作人员也有病，被拒绝了而已，就去论坛发帖，这么‘玻璃心’。”

宋医生相当捧场：“可能是穗穗好看。”

池穗穗翘起嘴角。她当时的确感觉到对面的工作人员想法很奇特，这也是她不想和对方深谈的原因。

池穗穗正要回复，苏绵@她的消息又跳出来了：“好多人猜是你拒绝了，为什么这么准？”

苏绵：“其他人怎么不可能？”

池穗穗猜测可能是因为很多素人嘉宾已经被拍到什么照片，或者是微博透露自己要参加综艺节目，不然网友怎么会这么准确地曝出拟邀的嘉宾名单？

这个综艺节目今天大概率是买的热搜，至于这个帖子是谁发的，说不定也是节目组的人。

帖子里的回复比较稳定，但吃的“瓜”也越来越多，包括哪个嘉宾整了容，哪个嘉宾以前是干什么的。

池穗穗再点进去的时候，翻到了最新一页。有人回复了一张截图，截图上的微博没有打马赛克，还提到了池穗穗。可能是发截图的人大家不认识，所以没什么人评论、点赞。

这是网友搜池穗穗的名字搜到的微博，微博透露她拒绝参加综艺节目，理由也和工作人员爆料帖里说的一样。

杧果西米露：“今天官宣的某个综艺，之前拟邀嘉宾CSS，她拒绝了，理由是家里定了娃娃亲。”

截图一出，网友都知道真正是谁拒绝综艺节目组了。

“那也就是说池穗穗有娃娃亲了？”

“还真是娃娃亲的理由啊，让我有种好奇怪的感觉。”

“现在还有人会定娃娃亲吗？”

“池穗穗之前是不是说自己很穷来着？她家肯定不在大城市，那这样家里给定娃娃亲也比较说得通。”

“对象不会是抠脚大汉吧？”

“天哪，你这么说我居然开始心疼起池穗穗来。”

帖子里的内容彻底变了风向，过了十来层，才有人说“杧果西米露”并不是工作人员，而是微博上的几个爆料号之一。

微博上经常会有什么爆料阿姨、爆料叔，专门爆料明星之间的秘密，真真假假混合，吸引“吃瓜”群众。

今天综艺节目上热搜，官宣即将开拍，这个爆料号也不知道从哪里来的料，带着“CSS”发了微博。

原本正常情况下不会有人信这些，因为现在都二十一世纪了，城市中会定娃娃亲的人很少，最多会订婚一类的。但是大家结合晚上那个工作人员的帖子，可知这明显就是事实，就是池穗穗以这个理由拒绝了恋爱综艺节目组。

一个说素人恋爱的帖子火了，一直飘在首页，看的人也越来越多。

“我看池穗穗还是不要回老家了，愚昧是改变不了的。”

“现在她不是事业还不错吗？在电视台里工作，她又长得漂亮，男朋友不是随便选？”

“我竟然觉得她还是别拒绝的好。”

“赞同楼上，她没拒绝去参加综艺还可能找到一个精英男性，这拒绝的样子像是已经被洗脑要回家结婚。”

“我都想去告诉节目组了，再加把劲儿去邀请池穗穗。”

“被洗脑的人是很难改变想法的。”

“我觉得她最近工作不错，老板应该不舍得放她离开。”

“她若真想辞职，谁拦得住？”

“不说理由是不是真的，我觉得能想到这个理由就说明了一些问题，池穗穗快点儿自立起来吧……”

底下还有人搬运新闻：事业有成的女性被叫回家之后，被愚昧的家人拖着嫁给了一事无成的穷懒抠脚大汉，最后在小山村里熬死。

之前池穗穗上热搜时，网友通过各种“证据”来看，以为她是山村少女，努力学习才来到了南城这座大城市。虽然池穗穗后来在微博抽奖发现金，但改变想法的人并不多，因为一个想法一旦根深蒂固，就很难被拔除。

池穗穗看了一会儿讨论，不知道该说什么好。

娃娃亲对象是抠脚大汉？

她想了下贺行望的脸，还有万千粉丝每天都在打卡等新图的发言，这要是抠脚大汉，那其他比不上的人连抠脚大汉都算不上。

苏绵显然也看到这帖子了，一脸无语，又特别想笑：“哈哈哈哈——他们说的抠脚大汉是贺神啊！”

苏绵：“贺神发出一串问号。”

宋妙里百忙之中抽空回复：“穗穗，又到了你采访的时间，去问问贺行望对他成为抠脚大汉的事有何感想。”

两个人一唱一和。

池穗穗退出论坛不再看，顺手回复：“匿名论坛上的事而已，和他说又没什么用。”她一个素人，这种事顶多被网友拿来讨论几页帖子。

苏绵又问起之前被扒是恋爱综艺节目工作人员的帖子：“她怎么好意思说是穗总态度不好的？”

和穗总相处过的人都知道，别人态度不好，穗总才会怼人，平时她温柔还体贴。

池穗穗不甚在意：“闹大了我有聊天记录。”除非工作人员没脑子。

不然这种有“实锤”在别人手上的，顶多就是个去匿名论坛寻求共同感的小人物。这年头，说实话都没人信了。

苏绵：“那可以。不过我猜，这种不是当红明星的料，讨论最多一晚上就结束，第二天又会有新‘瓜’出现。”

网友就是这样一茬一茬地“吃瓜”，池穗穗也是这么想的，但事实发生了一些微小的改变。

帖子因为最后讨论到一些愚昧行为上，就如同讨论性别对立的帖子一样，一直留在首页。看的人越来越多，鱼龙混杂，有人只在帖里回复，还有人不回复，但是把帖子投给了知名营销号。

百万粉丝的大号一发这投稿，一些每天讨论各种现实问题的微博网友开始积极发言，很快就转评过万。这么高的热度，营销号哪里肯放过，在背后推波助澜，此事很快上了热搜。

第二天是星期六，池穗穗在家里吃了早餐，将早间新闻看完，又无事可做，干脆拉了拉大提琴。

家里是有琴房，但池穗穗今天不怎么想去，就坐在客厅的阳台上拉琴，宋姨在菜园子里。

清晨的暖阳洒在她身上，使她的轮廓变得无限柔和，低沉的琴音回荡在空气之中，又钻入身后的家中。直到一曲完毕，她回头才发现齐信诚站在自己的背后听。

“好听。”齐信诚笑眯眯地夸，“和你妈妈拉得一样好听。”当初他就是因为看了一场演奏会对池美媛一见钟情的。

池穗穗从小想学的乐器很多，他也赞成，从吉他、钢琴到小提琴、大提琴等，最终留下来陪伴她十几年的还是大提琴。

“我记得以前你还小，都没有大提琴高，还非要拉。”齐信诚回忆了当年的场景，“我们都被你逗笑了。”

小女孩儿拉着大提琴，不够高就让端椅子，还特别喜欢秀，骄傲得不行，学了一首曲子就要拉给别人听。贺行望那时候也小，来家里的时候每次都被迫听曲，完了还要把她从椅子上抱下来。

现在想想，池穗穗小时候玩得好的男孩儿似乎不多，就贺行望一个，和宋成睿关系好也是因为宋妙里。

“爸，你今天不用去公司？”池穗穗将琴弓放下。

“要去。”齐信诚说，又突然问，“你今天不上班，要不要和我一起去？”

他就一儿一女，以后家里的公司必然有她的一份儿，更何况她快结婚了，早点儿了解公司的事不是坏事。

池穗穗想了几秒道：“好。”她也确实很久没有去家里的公司了。

齐氏的总部就在南城，因为是做零食业起家的，公司随处可见一些零食的标志和图画。而且对自己的员工，公司是很大方的，所以很多人挤破了脑袋想进齐氏，就算进不了总部，也要进分公司。

池穗穗和齐信诚乘的是专用电梯，从停车场直达顶层，根本就不会路过员工所在的区域。看着电梯数字一直往上，她突然笑了一声。

齐信诚扭头问：“来公司这么开心？”

“不是。”池穗穗笑着回答，“我想起微博上的一些小说剧情，可以在公司各个地方偶遇总裁。”

事实上去公司各处的大多是特助，就比如齐信诚，他基本上一年就视察那么一次，其余时间都是助理传达各种信息。

齐信诚不太懂这些，但不妨碍他说：“这是不可能的，二十楼无关人员不得入内。”以防资料被盗。

总裁办公室这一层楼的员工很少。

除去总助，秘书室倒是有好几个秘书，每天分内工作也不少，毕竟这是集团总部。看到齐总身旁跟着一个年轻女孩儿，大家都有点儿好奇。

总助将总裁办公室的门关上，回到自己的办公室前，被人拦住：“总助，齐总身旁的那个——是谁啊？”

他们一直知道齐总和夫人感情很好，但今天齐总突然带一个年轻女孩儿过来，很难不让人想歪。

总助冷着脸看着他们道：“还想在二十楼继续待着，就把自己脑子里的水倒一倒。”

一群人僵着脸离开了，虽然没得到答案，但并不妨碍他们猜测——既然不是那种意思，那最大的可能是女儿？

齐总是有个女儿没公开过，今天带到公司，是已经准备开始培养接班人了吗？他们琢磨着过不久可能千金大小姐就会空降公司。

齐信诚每天的工作很多，集团下面有各个分公司，涉及重点项目的文件最终都是要他过目的。

池穗穗看过各种类型的新闻，财经、管理类的文件大多能看懂。待了大半天，她才提前离开。

从电梯下去后，池穗穗开着她爸的车离开，一路畅通，直到接近停车场门口时，看到一个年轻女孩儿站在那里，感觉不对劲儿。

停车场里很暗，但是车头那儿有光，车牌号清楚，再加上公司里开这车的也就齐总一个。

“齐总！”

池穗穗听到车外的声音，挑了下眉。

“齐总，那个……我的车坏了，可以请您载我一程吗？如果不方便，到路口放下我就可以！”女孩儿也没看玻璃，直奔车旁驾驶座。隔着一层车窗，没人看得见里面坐的是谁。

对方说了这么多，池穗穗很给面子地按下车窗，转过头看向对方：“拦车之前不看看车里坐的是谁？”

女孩儿显然没想到车里坐的不是齐总，而是一个和自己差不多大的漂亮女生：“你是谁？你怎么坐着齐总的车？”她吓得心怦怦直跳，却装作镇定地质问道。

“我能开这车，当然是有钥匙。”池穗穗慢条斯理地开口，“怎么，你以为我是谁？”

对方哑口无言。她想猜测池穗穗是小情人，但是看样子明显不是，而且齐总也没有传出过这样的绯闻。

“我、我的车坏了。”对方后退一步，“我不是故意拦车的，我不打扰您了。”她转身想走。

池穗穗低头，目光在对方的胸牌上掠过，上面写了个名字，还有点儿好听，再抬头看她，长得也蛮清纯。

“有这种小心思，可能去别的公司更好。”池穗穗甩过去一道漫不经心的眼神，“齐氏，不适合你。”

她不爱干涉别人怎么选择，但这个选择恰好和她有关，那么她就不得不干涉了。

等车开走了，女孩儿才咬着唇，不让自己哭出来。

出了停车场，外面很亮，在路边停下车时，池穗穗直接把这事告诉了齐信诚，让他去处理，顺便也戴上了蓝牙耳机。

自家老爸的消息还没回，苏绵的电话直接就打来了：“穗总，昨天晚上那个综艺拟邀嘉宾名单曝光的事情你还记得吗？今天那个帖子居然上热搜了。”

苏绵一长串话说下来都没怎么停顿：“而且网友的讨论重点全是你拒绝的事情！大家都在说什么抠脚大汉，让你别管家里的娃娃亲。”

今天早上她看到热搜的时候都震惊了，网友是真的太闲了吗，这样的事情都能上热搜？后来她仔细一想，怀疑是营销号或者综艺节目组为了热度，拉穗总出来炒作，给人一种节目未播先火的感觉。

“我知道了，你先不用管。”池穗穗一听就觉得不对劲儿。她一个素人，又不是被曝出什么事，这事明显是后面有人推动，而网友只是被推出来当枪使。

“穗总，那你现在在家吗？”

“不在。”池穗穗回了这话之后，突然想到了什么，玩笑道，“去慰问慰问抠脚大汉本人。”

苏绵差点儿笑死。

池穗穗本来打算回柏岸公馆的，但是这事还和贺行望有关，她干脆转道直接去了射运中心，说不准就借势公开两人的关系。

下午，射运中心的人都在训练。

有了上次的事情，这次池穗穗进去相当顺利，大概是贺行望或者朱教练和门卫打过招呼。虽然离训练场馆不是很近，但她还是能听见此起彼伏的枪声，和电影里的那种枪声差别很明显。

池穗穗没有去打扰他们训练，直接去了贺行望的房间。这边用的是密码锁，上次贺行望就和她说了密码，等坐在床上了，她才发消息给他。

“我今天来这边了，在房间里等你。”消息发过去之后，池穗穗的脸色古怪了一下，不知道为什么，她总觉得这话很有歧义，怀疑自己是被苏绵和宋妙里带歪了。

池穗穗丢下手机，又玩了下飞镖，才玩没几次，门外就传来密码锁的按键声。她停下手，看到贺行望推门而入。他还穿着国家队的队服，耳边有碎发，抬眸看过来时眼神尚保有一丝持枪时的冷静，池穗穗差点儿看得入了神。

“你怎么这么快就回来了？”她把手里的飞镖丢下，走了过去，“朱教练不会觉得我打扰你吧？”

“不会。”贺行望说。

池穗穗递了张湿纸巾过去：“擦擦手。”她看着贺行望接过纸巾，修长骨感的手指在纸间穿插，漫不经心的动作最能勾引人。

池穗穗看得入神的时候，对面的贺行望却忽然抬头，捉住她的手腕将她带了过去。她猝不及防地撞进他的怀里，刚抬头要问话，眼前覆盖下一片阴影，他径直吻住了她，连带着呼吸都被掠夺。

池穗穗来不及反应，等她回过神喘气时，抵着他的胸膛的手推了一下。这一推，她的唇被轻咬了一下。

贺行望松开她，两人的呼吸都不太稳，但他特别淡定。

池穗穗摸了下唇：“你当心我去微博上曝光你，我的十来万粉丝可大多是活跃粉丝。”

“你可以去。”

池穗穗见他有恃无恐的样子，撇了下嘴：“或者，你选择出现在采访里面？”

贺行望偏过头看她，若有所思，缓缓开口：“新闻稿里写这个能发表？”

这种新闻当然不能发表。

什么新闻能发表这样的亲密行为？除非是“狗仔”拍摄的娱乐新闻，可以提到类似的事。首先这稿子她递出去就会被主任骂一顿，连出现在电视台上的机会都没有，更别提发表了。

当然池穗穗觉得他们是正常的亲密行为，也就是顺着往下说而已，转眼就转移了话题：“你今天看网上的新闻了吗？”

“你指的是恋爱综艺？”贺行望问，脸上似笑非笑。

池穗穗很大方地点头：“没错。”

贺行望昨天就知道这个恋爱综艺节目了，因为李怀明他们讨论了很久自己上这个综艺节目的可能性，最后他们还是觉得他们上的应该是明星恋爱综艺节目。

他昨天只是听了一下，直到今天李怀明再次提到这新闻时，舆论又变成了另外一种模样，还和池穗穗有关。

池穗穗轻咳了一声：“那你看网友的评论了吗？”

贺行望看了她一眼。

“好，我懂了。”池穗穗伸手打住，“我就是来说这件事的，他们的关注点歪了。”

她的贫穷“人设”应该早就崩塌了才对啊，而且娃娃亲怎么就和抠脚大汉联系上了？

池穗穗抬头，左看右看，忍不住弯唇一笑：“如果他们知道是你，恐怕都觉得这娃娃亲是天底下最好的。”

贺行望说：“你这是在夸我吗？”

池穗穗反问：“难道我夸得还不明显吗？”

她这不就是在夸他天下第一好吗？

“还可以。”贺行望略歪了一下头，慢条斯理地回答，一手将她拉到了房间里面。

“什么叫还可以？”

池穗穗吐槽了一句。这都夸得不好，那得什么“彩虹屁”才算好？她可能需要请教一下宋医生。

“宋医生让我来采访你，你对今天的新闻有什么看法？”她将手握成拳状递过去。

“不符事实。”贺行望言简意赅地回，站在她面前，相当配合。

池穗穗被他一本正经的样子逗乐，收回手：“网上的新闻，大概是节目组想要炒热度，如果我们这时候出现，就如他们的意了。”

她和贺行望其中任何一个人回应这事，都会让这事再次上热搜，那节目组的目的就达到了。这种事就是很恶心，在娱乐圈很常见，池穗穗虽然不在娱乐圈，但和娱乐圈也算沾点儿边，对这些内幕十分清楚。

贺行望微眯双眼，嗯了声。

池穗穗也不知道他听了没，又叮嘱了一遍：“这次不准发微博，也不准点赞。”万一再惹出什么就不好了。

贺行望颔首：“好。”

池穗穗这才满意地点头，又问：“对了，上次问你的结婚日期，想好了吗？”

“你的想法呢？”贺行望问。

“我觉得明年吧。”池穗穗眨了一下眼，“今年就只剩下两个月了，太急了。”

贺行望点了点头，将她的想法记了下来。

“明年可以。”他说。

“那我回家就和我爸妈还有叔叔阿姨他们说一声。”池穗穗嗯了声，“还早。”

说早其实也不早了，提起结婚这事，池穗穗还有点儿难言的感觉。当初她刚知道自己和贺行望有娃娃亲时，第一反应也是怎么可能，后面也不知怎么就自然而然地接受了。

大概这是潜移默化？两个人住一起真的有用？池穗穗发散思维地想着，不自觉就出了神。

从射运中心离开时已经是下午四点半，池穗穗这时候才打开手机，发现之前齐信诚给她打过电话，但是她没看到就没接，后来又发了微信。

“这事我知道了，会处理的。”

“你把车开走，爸爸坐什么呀？”

池穗穗挑了一下眉，发了条语音消息过去：“我现在正要回去，刚好可以去接你的，爸。”

很快齐信诚就应了。女儿来接自己，谁会不愿意？虽然那是自己的车。

从射运中心过去，池穗穗到公司的时候差不多五点，直接给她爸打了个电话，然后在停车场等着。

“你下午去哪儿了？”齐信诚一上车就问。

池穗穗说：“去了射运中心。”

齐信诚：“……”他不该问的。他主动转移话题道：“今天你和爸爸说的事，我已经让人辞退那个员工了，回家可别告诉你妈。”

池穗穗偏过头看他：“我觉得这事爸你可以自己和妈说，我妈又不是会误会这些事的人。”

要真容易误会，这么多年两人也不可能还相安无事。

齐信诚一想，说道：“你说得也是。”

车缓慢地开出了停车库，面前逐渐变得开阔起来，池穗穗正要加速转进主路，前面突然冲出一个人，饶是淡定如池穗穗也被吓了一跳。

她踩了刹车，把副驾驶座上的齐信诚吓了一跳：“谁啊？这是在我的公司楼下公然碰瓷？”

他今天邀请女儿来公司，结果遇见拦车的事情不说，竟然还出了碰瓷的事情，简直在打他的脸。

齐信诚正要下车，结果池穗穗比他动作还快，径直下车走向前面：“又见面了，江小姐。”

车前倒在地上的正是下午池穗穗离开前碰见的女孩儿。虽然是 10 月底，但天气没多凉快，女孩儿穿的依旧是连衣裙，膝盖被蹭破一点儿皮。

听到声音，江璐身体一僵，抬起头，看到了居高临下地看着她的池穗穗。对方面上冷冷淡淡的，她却能感觉出一种嘲讽之意。

“是因为第一次拦车没成功吗？”池穗穗漫不经心地说，“你知不知道这样已经耽误了我的时间。”

“不是……”江璐摇着头，表情有点儿惶恐，“您能不能让齐总不要辞退我？我之前不是故意的……”

她是不是故意的谁都看得出来，江璐的模样和她眼睛里的算计形成了鲜明对比，池穗穗见过无数人，分得清好与坏。

池穗穗站在那里，准备听对方能讲出什么花来。

“我之前也没有做什么……”江璐咬了下唇，“我也没有干扰你和齐总的事情，为什么突然辞退我？”

池穗穗挑眉。她和齐总？对方应该是猜歪了？也是，自己从来没有被曝光过是齐氏的大小姐，只是个记者，没人知道自己的身份很正常。

“大家都是同一类人，我承认我的手段不如你，你能开齐总的车，也能去楼上……你放心，我这次只是想让齐总不要辞退我。”江璐说了很多。

池穗穗不知道她哪里来的自信，可能是无知带来的吧。

“碰瓷之前先找对对象。”池穗穗懒得和她扯太多，“你的医药费就算齐氏出了。”

江璐睁大了眼：“可你只是齐总的——”

池穗穗微微一笑道：“是你自己认为。”

车里的齐信诚半天没听到什么大声的争吵，还以为发生了什么事，打开车窗问：“穗穗？”

江璐一听，眼里迸发出惊喜之色，原来齐总在车里面。池穗穗应了声：“不准出来。”

她好凶，齐信诚还是第一次被女儿这么命令。

池穗穗弯腰，倾身靠近正要站起来的江璐：“江小姐，下次在做同样的事情之前，先把任务对象的家庭成员调查清楚。”

不知为何，江璐下意识地屏住了呼吸。

“比如，齐总有一个女儿。”池穗穗勾唇浅笑，这在江璐眼里却显得深不可测，江璐没忍住，身体颤抖了一下。

拦齐总的女儿的车……江璐总算知道为什么上面的领导话都没多说，直接辞退了她，至于合同方面的内容，都没有诟病的地方。

她被保安扯到了一边，直到看着那辆车离开才身体一软，跌坐在地上，至于什么医药费，她甚至不想去拿。

回到家之前，池穗穗一直没什么好脸色，齐信诚故作严肃地道：“这不关爸爸的事。”

他觉得要把停车场也给分开了，居然还能发生这样的事，简直太危险了。

池穗穗歪过头道：“爸，你不用和我解释，我是傻子吗，怎么可能看不出来是怎么回事？”

她只是觉得很神奇罢了，甚至还能联想，要是贺行望继承了贺氏，恐怕这种事发生得也不会少。当然她还是相信贺行望的，但相信是一回事，会生气是另一回事。

还没到家，池穗穗就听见了小提琴的声音，调子起起伏伏，很容易让人着迷。

齐信诚直奔客厅而去。

池穗穗不打扰他们，自己回了房间，一打开群，苏绵和宋妙里竟然聊了上百条消息。这么忙，两人还能聊这么多。

一开始是苏绵起的电视剧话题，而后是宋妙里吐槽今天有一个病人觉得她年轻就不相信她，最后又到了一天一度的机器人话题阶段。

宋妙里：“小机器人真的可以说话哎。”

宋妙里：“不过我就只听到‘早上好’和‘晚上好’，果然是淘宝买的劣质机器人，不过好歹还算有心，就原谅他吧。”

苏绵：“毕竟穷嘛，会说话总比不会说好，礼轻情意重。”

宋妙里：“小棉花你说得好对。”

然后就是两个人互相吹“彩虹屁”的时间。

池穗穗不禁思考起自己为什么会将她们两个拉进同一个群的问题，两个人每天聊的话题都很神奇。

她没在群里发消息，去看了热搜。一个下午的时间，恋爱综艺节目的热搜名次已经掉到了最下面，很快就会消失在热搜榜上，没有正主回应，网友也最多“吃瓜”而已。

池穗穗找了家里的律师，这件事可以从法律上解决。

而节目组这边的人也是一脸纳闷：“上次和林京牧吃饭的新闻，她不是回应得很快吗？”

一个工作人员低头道：“可能她还不知道这事。”

“都这么久了，她能不知道吗？”另一个工作人员反驳了他，“估计是等不到回应了。”

回应是没有等到，但事情的结果他们等到了。

一夜过去，上面的人就有了新通知，这个恋爱综艺节目的几个赞助商全部一起撤资了，上面的人也下了通知，推迟拍摄。这听起来没什么，但基本等于这综艺节目凉了。节目组从导演到摄影师都已经组建好，听到这个通知时，大家完全蒙了：节目热度这么高，居然不拍了？

节目不拍的事很快就被营销号爆料，一群人在看热闹，这事也传到了池穗穗的耳朵里。

池穗穗还以为是自己的老爸做的，没想到去问时，齐信诚非常无所谓地说："不是，贺家那边做的。"这新闻就不可能再多存在一天。

池穗穗摸了摸下巴："那爸你的动作也太慢了。"

齐信诚问："有你这么说爸爸的吗？"

"我就是随口说着玩儿的，你别放在心上。"池穗穗挥了挥手，"那爸，我回自己的房间了。"

她在房间里待了会儿，给贺行望打电话，中途又选择了视频通话——或许能看到什么不该看的画面呢？

视频很快被接通了，镜头中的贺行望更显冷峻。

池穗穗问："综艺不拍的事，是不是你干的？"

贺行望非常淡定地点头："嗯。"

这个综艺节目从节目组到工作人员都没把别人放在眼里，随意用人炒作，后果自然也要自己承担。

视频里有说话的声音。

"你们是在讨论吗？"池穗穗好奇地问。

"不是。"贺行望抬了下眼皮，压低声音道，"是每周一次的观后感时间。"声音透过网络更显低沉。

池穗穗靠近了一点儿，眨了眨眼："你这样说，我怀疑你是在抱怨你们的教练。"

贺行望说："我是在说事实。"

他将镜头一转，池穗穗就看到了大屏幕上以前的比赛视频，有前几届奥运冠军打破世界纪录的视频片段，还能听见解说激动的嗓音。

池穗穗正要好好看，镜头又转回贺行望这边。

“18 号世界杯比赛，你们什么时候去那边？”

贺行望沉声道：“下周末。”他们要提前去适应一下。

池穗穗点头，眉眼弯弯地说：“那下周起，我只能在新闻上见到你了，和你的万千粉丝一样。”视频里的她笑容浅浅。

他们说话的声音不大，但是周围的人都离得不远，很快就注意到这边的情形。尤其是朱教练，一看到贺行望没在看视频，就如老师看到上课走神的学生，第一件事就是提醒。

朱教练当即背着手走过去。

贺行望垂眸，眼睫极长，眼神深邃，从喉中溢出一声极浅的笑，不甚明显：“是啊。”

屏幕上的冠军正在接受记者采访，亲吻金牌，兴奋又激动，说这金牌是属于所有人的。

“穗穗。”贺行望叫了声。

“怎么了？”

贺行望看着她：“世界杯比赛拿个金牌给你，要不要？”虽然他是在问她，但语气不带疑问。

刚悄无声息地走到他身后的朱教练：“……”

情侣之间说些情话是正常的，未婚夫妻那就更正常了。

池穗穗听着贺行望轻轻地对着她说出那句话，一时间眼前都浮现了金牌的模样。

“拿个金牌给你。

“要不要？”

谁不想要？池穗穗的脑袋里第一时间冒出这个疑问。重要的不是金牌，而是一个好看到极点的男人将自己职业生涯中最重要的东西送给她的这份心意。

饶是她再淡定，小心脏都怦怦直跳，眼睛眨也不眨地问：“真的假的？”

“真的。”

“会收回去吗？”

“不会。”

贺行望对她的最后一个问题有点儿迟疑，迟疑在于她为什么会问出这样的问题。

池穗穗说："那我勉为其难地收下吧。"

虽然说是这么说，但是她眉眼弯弯，显然是很高兴的，更显得明艳不可方物。她正要再说什么，就看到了贺行望身后的人。

视频镜头里虽然看不见朱教练的全身，但是朱教练在后面的远处，池穗穗能看到脸，对方的表情自然也看得清清楚楚——震惊、懵懂、难以置信、丧气，仿佛是在变脸。

池穗穗一开始还没搞清楚是什么情况，后来回忆了一下，有点儿幸灾乐祸："贺行望，朱教练要被你气死啦。"她的语调很轻快。

贺行望甚少听到她这样的语气，看来今晚她是真的很开心，不是伪装出来的。他回头，对上了朱教练幽幽的目光。

"教练可能对我走神不太开心。"贺行望略加思索，给出了答案，"先这样吧。"

池穗穗说好，还对朱教练挥了挥手。但在朱教练眼里，这手是对贺行望挥的，他心里更酸了。

视频通话终于挂断。

视频中的采访已经轮到了另外一个运动员，队友们看得津津有味，因为再过不久他们也会这样，回答得好还可能上个热搜出个名。

朱教练背着手往前走了几步，语重心长地开口道："行望啊，你知道你刚刚在说什么吗？"

瞧瞧人家前辈多会说话，金牌是属于所有人的。至于回家之后放在哪里，那是本人的想法，别人无权干涉。他的队员倒好，还没拿到金牌就已经给它安排好去处了。虽然他相信贺行望肯定会拿到金牌的，这是自信。

"教练。"贺行望靠在椅子上抬头和他对视，认真地问，"我这样的行为不好吗？"

这话一问出来，朱教练反而不知道该怎么回答了。等他想了半天没想到合适的回答时，突然想起贺行望可不是个能问出这种问题的人。

"你还好意思问我？"朱教练两眉一竖，"这是为国争光的事。"

“拿到了就是为国争光。”贺行望翘了下嘴角，“回家之后给谁，别人也不知道。”

“我知道。”朱教练说。

“教练知道会说吗？”贺行望问。

怎么会，他难道到处去说，贺行望居然把金牌给了自己的未婚妻——这是脑子有问题。只要贺行望拿到金牌，管它最后在哪儿。

贺行望见朱教练回答不出来，缓缓开口道：“我和穗穗已经订婚，以后会是夫妻，给她等于放在家里。”

贺行望说得好有道理，朱教练竟然无法反驳。为了避免自己被洗脑，他也不讨论这话题了，板着脸道：“观后感明天交上来。”然后，他背着手离开了。

贺行望气定神闲地安抚好教练，打开手机就看到了池穗穗几分钟前发来的消息。

池穗穗：“被教练训了吗？”

贺行望回复：“你好像很高兴。”

隔了会儿，池穗穗才发消息过来：“我是在关心你。”

当然这关心是真是假，隔着屏幕谁也看不到。池穗穗看着手机里的消息，想起之前的对话，莫名感觉自己是引诱帝王变成昏君的妖妃。她撑着脸想了一下，起码自己的脸是符合形象的。

因为和贺行望的这一友好协议，对那个恋爱综艺节目，池穗穗都不怎么上心了。

她不上心，有的是人上心。《恋爱倒计时》即将停拍的消息传播速度很快，不知道因为什么，热搜没上，但并不妨碍大家在论坛里讨论。

楼主：“《恋爱倒计时》的赞助商和投资方撤资了，你们知道这事吗？”

“等我有钱了一定要买个会说话的楼主。”

“闻到了‘瓜’的味道。”

“这不是才官宣吗，楼主听的是假消息吧？”

“还真是真的，我刚刚看到关注的爆料博主说了，节目突然停拍，理由应该如帖子标题。”

“这综艺都拍了几季了，怎么这一季突然停拍？”

“不会是前两天上热搜的那个事情吧？”

“我也觉得是。但池穗穗要是真的背景很强，怎么连个热搜都不撤？”

“虽然怀疑，但没证据，也说服不了自己。”

大家讨论了半天，最终也没讨论出什么结果来，反而是池穗穗的娃娃亲理由又被拉出来回忆了一番。一个素人综艺节目，与自己喜欢的明星都没有关系，众人顶多就吃吃“瓜”而已，不会第二天还关注，于是这件事表面上到此结束。

在池穗穗又一次回家之后，齐信诚和她提起了之前的那件事。公司已经把江璐辞了，至于医药费，也赔了，以免后面又闹出什么事，齐氏还不缺那几百块钱。

池穗穗倒是没对自己父亲的做法有什么想法，只能说江璐运气不好，碰上的是她和齐氏。

11 月的第一个星期刚过，南城的气温骤降。街道上再喜欢穿夏天裙子的女生都忍不住换上了秋天的衣服。

不过对记者来说，这样的天气很好，因为在外面的时候，就不用再担心出汗、妆花，可以清清爽爽地去，清清爽爽地采访回来。

池穗穗和苏绵虽然在同部门，但合作的机会很少。这次不知道主任怎么想的，安排她们两个一起去采访，还让苏绵跟在后面好好学学，采访倒是很轻松地结束了。

在回去的出租车上，苏绵吐槽：“我怀疑是主任觉得我每天都没啥工作，不务正业。”主任看不下去了让她好好学学。

池穗穗挑眉看她：“你又不是真不务正业，否则主任只会辞了你，不会让你学。”

苏绵一想也是。

“对了穗总，”苏绵偷偷摸摸地开口道，“贺神马上就要去比赛了，主任会安排你过去吗？”

“我不是体育记者。”池穗穗说。这类赛事大多是体育记者专门负责采访，他们是地方电视台里的记者，从没有过这一类专业训练。

“我不是说这个，我是说去看比赛。”苏绵难掩兴奋地说，“去看男朋友的比赛，不‘香’吗？”

自从之前贺行望转发过那条微博后，这三个字就经常被苏绵挂在嘴边。

池穗穗对此不置可否。

出租车从繁华的市区经过，上面的大屏幕正在播放一个广告视频，仅仅几秒的时间，池穗穗的视线却定格在上面。

那上面的人她倒是熟悉，是前段时间还拦车的江璐。这才短短一两个星期的时间，对方居然进了娱乐圈，池穗穗都无法形容这速度。

苏绵跟着看过去：“这个化妆品我用过，虚假广告，气死我了，白花了我一百块钱。”“社畜”的每一分钱都要用到点子上。

池穗穗没开口，怕随口说什么会刺激到苏绵，也正好不想说关于江璐的事情。一个小明星而已，对她没什么影响。别人的选择，与她无关时，她也不会干涉。

两天时间一晃而过。

池穗穗快速把采访稿修改好，等摄影妹子那边的视频做好，自己再处理一下就直接传给了主任。

这段时间部门里的同事相安无事。也不知道张悦然是接连吃了亏还是怎么样，突然沉寂下来，就像以前的一切都没发生过一样。

池穗穗这几天倒是觉得很奇怪，有人一直在申请加她的微信，被拒绝了之后还是继续申请，不达目的不罢休。

“会不会是跟踪狂？”苏绵担忧地问。

“跟踪狂应该会用其他办法，还不至于加微信。”池穗穗摇了摇头，“肯定有人把我的微信号给了别人。”

知道她的微信的人不少，现在的同事、以前的同学……池穗穗眯了眯眼。

苏绵只觉得对面的穗总气势都变了，冷艳又凌厉，好像随时能踏入战场进行一场战斗。

这事查起来也不难，池穗穗同意了那个人的申请，三言两语就问出对方是云矿的刘总经理，的确是别人给的微信号。

南城大大小小的公司池穗穗基本知道，就连公司里有什么新闻，都会在圈子里流传，恰好这个刘总她也听过。

大小姐齐聚宴会，总要聊一些新鲜话题，其中八卦消息最多。刘总在张悦然眼里有钱，但在南城，他还不够格，所以他都不会收到宴会邀请函。

刘总一直没说谁给的微信号，池穗穗也没再问，张悦然前两天采访刘总的新闻刚播出来，这事人人都知道。

对这个刘总，池穗穗几句话就堵回去了。好在刘总是个明事理的人，之前还想用钱暗示收买，但是她一说齐氏，刘总就直接主动删了她，简单又利落。

“张悦然。”池穗穗放下手机叫了声。

骤然被这么一叫，张悦然心头一跳，觉得有事。

“去茶水间聊聊？”池穗穗问。

“不去，你自己去。”张悦然不知道她葫芦里卖的什么药，才不敢和她去。

“是你自己不去的，那就打开天窗说亮话。”

池穗穗似笑非笑地看着她。

“有话快说，我还要工作。”张悦然皱着眉说，“现在还是工作时间。”

“你也知道工作，随意把同事的微信号给别人，这是你作为同事合适的行为吗？”池穗穗直接质问。

这句话一出来，办公区的人全都看向张悦然。能让池穗穗这么生气，那人肯定不是差的就是坏的，这下大家看张悦然的眼神都变了。

“我不知道你在说什么。”张悦然僵着脸道。

“你采访的刘总经理，恰好加了我的微信。”池穗穗直截了当地道，“这么快你就忘了？”

办公区里一片安静。

张悦然在心里骂了一顿刘总，快速地想到了一套说辞：“哦，你说这个啊。刘总才三十岁出头，妻子早年去世，没什么花边新闻，不比你的娃娃亲对象好吗？”

池穗穗冷笑了一声："听你的意思是好处挺多？"

"你这是答应了？"张悦然还有点儿不信。

"所以你上吧。"池穗穗似笑非笑，玩味地看着她道，"我看你挺缺男朋友的。"

办公区有些人没忍住笑出了声。

张悦然只感觉自己像被剥开了衣服让人指指点点，早知道刚刚就应该和池穗穗去茶水间才对，但她还是一直嘴硬："我也是好意，你不接受就算了，怎么还骂人？"

"我也是好意。"池穗穗原话奉还。

苏绵插嘴："哪句话骂人了？是你上还是你缺男朋友？你是不是语文没学好？"

一连串问题说得神清气爽，苏绵就差叉腰了，冷哼了一声，决定待会儿一定要和宋医生骂一下这个人。

下班的时间刚好到了，但有"瓜"可吃，谁还想准时下班？

"张悦然，你不会觉得这件事就这么结束了吧？"池穗穗忽然笑了，眼尾勾起来，显得十分艳丽。

张悦然手下一动："我什么都没做。"她给个微信号而已，池穗穗还能把她怎么样？

池穗穗不置可否，这样的事情有第一次就有第二次，不给点儿教训，怕是张悦然都不知道天高地厚。不过为免又有牛鬼蛇神找自己说什么瞎话，她当晚回家就把订婚戒指取出来戴上了，这还是她第一次准备公开戴订婚戒指。

不过第二天是周末，她不用上班。

苏绵果然在群里和宋妙里刷了上百条聊天记录，简直把毕生所学都拿来说张悦然了，两个人气得晚上还多吃了两碗饭。

池穗穗觉得太好笑了，三个女人一台戏，果然没说错。

为了慰劳忙里偷闲地聊天的宋医生，星期日晚上池穗穗又带着一盒子好吃的东西去了二院。今天宋医生值夜班，正是无聊的时候。

"小顾今天要加班。"宋妙里说，"'社畜'真惨啊。"

池穗穗想了想顾南砚的公司，说不定他还真是在加班，加班处理他总裁的文件，还真是挺辛苦的。

“你现在也是‘社畜’。”池穗穗提醒道。

“我才不一样。”宋妙里不承认，“小顾比我惨多了，你说我要不要送点儿夜宵去他的公司？”

那顾南砚不就掉“马甲”了？池穗穗眨眼：“什么时候？”

宋妙里拿出手机：“我自己又没时间，点个外卖给他吧，科技改变生活，小顾说得没错。”

池穗穗无话可说。

宋妙里接过盒子，目光一扫而过，突然又转回来：“之前你不是没戴，怎么突然戴上这戒指了？”

她拿起池穗穗的手，乍一看上去不会留意，但是仔细看，还是能看到精美别致的款式，戒指在光下更显得璀璨。

“堵人嘴的。”池穗穗不甚在意地道。

“堵贺行望的嘴？”宋妙里揶揄，“我知道了，他肯定是自己戴了戒指，发现你没戴，心里不爽。”

池穗穗乐不可支地说：“去当编剧吧，宋医生。”

宋妙里鼓着脸：“你嘲笑我。”

池穗穗掐她的脸，继续调侃：“不敢，谁敢嘲笑堂堂的宋家大小姐，活腻歪了。”

“商业吹捧”让两个人都笑了。

贺行望要出发前是和池穗穗提过戒指的事，但她没问太多，毕竟比赛在即，他不宜受到任何影响。

隔天上班时，不少人注意到池穗穗手上的戒指。她这戒指一戴，钻石十分亮眼。即使看了不少明星的戒指，办公区的不少人觉得她的戒指更吸引人，好看又低调奢华。

中午在食堂吃饭时，有几个人坐在同一桌。

“这娃娃亲对象说不准是什么‘拆二代’。”

“池穗穗这么漂亮，就算是娃娃亲，对方也不可能是一个普通人。”

“我觉得戒指是穗穗自己买的，堵流言的。”

大家各有各的想法，都无法说服对方。

现在的人吃饭都喜欢玩手机，像记者们就更是这样，时刻掌握最新的新闻动态。

“世界杯总决赛下星期一举办开幕式啊。”有人感慨了一句，看微博，“我还挺想去，不过体育新闻还不会让我们采访。”

她继续往下刷，就看到了运动员昨天出发的消息，有路人发了在机场偶遇运动员的视频和照片，其中贺行望最显眼。所有人都穿一模一样的队服，他穿在身上就如同模特似的，显得内敛又睿智，怪不得上了热搜。

“我也看到了。”同事偏过头来，又想起什么似的道，“说起来，那照片上贺神手上戴的戒指款式和池穗穗的还挺像。”

她往斜对面看，池穗穗和苏绵坐在一起，离她不远，戒指的特殊款式也看得清楚，只不过贺神的男式戒指很素雅。

几个人对视一眼，纷纷看到了对方眼中的疑惑：池穗穗不会去买了和贺神同款的女式戒指吧？订婚戒指还能买同款的？

机场的照片是记者和路人拍的，至于贺神手上的戒指到底是不是订婚戒指，没有得到正主确认，但是她们一致认为这是订婚戒指。

贺神都官宣自己有未婚妻了，戒指又戴在特定的手指上，按照国内目前的情况来看，这就是订婚戒指。

池穗穗的戒指也是大大方方地展示的，订婚戒指的女戒和男戒是有区别，但是同一对戒指，区别再大，特殊的款式还是能让人看出来是一对的——要是连是不是一对都看不出来，谁还会去买这样一对对戒？

“不太可能吧？”同事小声开口，“我觉得还不至于，大可不必如此……”

在她的印象里，池穗穗不是这样的人。池穗穗对待同事一直很友好——当然张悦然除外——平时还会带一些小零食给大家吃。

“如果是‘女友粉’，那可以解释，你们知道‘女友粉’吧？贺神长得这么好看，穗穗又去采访了本人，贺神还为她澄清，她喜欢上也正常。”

“穗穗不是有个娃娃亲对象吗？可能就是戒指撞款式了。”

“哎，你们就没想过，穗穗是贺神的订婚对象？”有个同事挡住嘴说，“要不是款式太特殊，谁会注意到？”

她们是记者，要比普通“吃瓜”网友更眼尖，这个可能的确是几个人都没想到的。毕竟贺神公开过未婚妻小时候的照片，一般人哪里会联想到自己的同事居然和贺神是男女朋友关系，她们从来就没有听穗穗提到过贺神。但是有人一提出来，这个猜测的可能性都秒杀之前的猜测。

“天哪！”一个同事捂住了嘴。

这么劲爆？贺神的未婚妻居然就在他们的部门？这也太戏剧性了吧——就好像偶像剧里的情节，女主角是一个和总裁谈恋爱的小员工。

几个同事都沉默了下来。

“还真有可能……苏绵这小姑娘不是贺神的粉丝吗？她一直和穗穗感情那么好，说不准也有贺神的原因在。”

“我刚刚去翻了微博上那张照片，你们别说，眉眼确实和穗穗有七分像。”

讨论了半天都是猜测，其中一个人笑了笑：“如果对象真是贺神，是我我也不愿意去参加恋爱综艺。”

池穗穗正在和苏绵说话，对视线似有所觉，然而等她抬头看过去的时候，就见几个同事忙不迭地低下头吃饭。池穗穗微微扬眉，有点儿疑惑。

“穗总，你看网上都在说贺神的戒指。”苏绵指了指手机，“你们是商量好的一起戴？”

“没有。”

“那就是默契。”苏绵捧着脸道。

池穗穗莞尔，反正说什么苏绵都能给转到她自己的逻辑上。

两人一起戴戒指是池穗穗没想到的，她昨天听宋妙里说才知道贺行望也戴了，毕竟她太忙了，没有看微博热搜，刚好错过了这事。

每个项目的运动员出发时间不一样，射运中心是由朱教练带队一起出发的，原本是没什么曝光度的，但偏偏射运中心里出了个贺行望，那张脸实在太有名了。

池穗穗滑开屏幕上了微博，一点进热搜就能看到“贺神戒指”话题排在前几名。

本来热门微博是机场路人拍的照片，后来照片被营销号搬运，照片中的贺行望并没有看镜头，侧对着拍照者，更显得鼻梁高又挺，下颌轮廓线深刻。他正在玩手机，左手上的戒指就很清晰地被拍了下来。

池穗穗点进了评论区。

“又见‘浓颜’暴击！射运中心怎么不发点儿贺神的图？”

“你以为是明星工作室啊，贺神是射击运动员，人家训练可忙了。”

“贺神的手过于好看了！戴戒指也太‘禁欲’了吧，我一个‘手控’是真的爱了！”

“几个月不见，订婚戒指都戴上了，这是要开始秀恩爱的节奏。”

“希望大家都能取得好成绩啊！我是没有机会去现场看了，呜呜呜……”

“你们说未婚妻会去现场看比赛吗？”

“贺神这次可是世界杯总决赛，未婚妻应该会去的吧。”

“说不定图上这个时候，贺神就是在和未婚妻聊天。”

评论五花八门的，猜测也各种各样。

池穗穗找到了最开始的路人微博，看了下发布时间，这个路人应该是都没怎么想文案就发了微博出来，好像那时她的确是在和贺行望聊天。

池穗穗戴着戒指的手勾了下，她的微信聊天界面上和贺行望的聊天记录终结在昨天，这种隐秘感有点儿刺激。

吃完午餐，大家回部门午休。

部门里他们这个办公区记者不多，加起来也就不到十个，今天不知道怎么的，几人都没睡意，视线来来回回地就往池穗穗身上丢。

大约是太想“吃瓜”了，十分钟后，有人终于忍不住了，状似无意地开口：“穗穗，你这戒指是订婚戒指吗？”

几个中午和她同桌的同事全都眼睛一眨不眨地盯着池穗穗。

“是啊。”池穗穗本意就是为了堵一些流言，还有像张悦然这样擅作主张的人。

“你的对象，是那个娃娃亲对象？”同事滑着椅子过来，“感觉戒指好好看，我能仔细看看吗？”

池穗穗思索了一下，伸出手，纤细葱白的手指上圈着刚刚好的钻戒，相得益彰，精心设计的款式也被衬了出来。

这和贺神的戒指真的是同款！这样特别的款式，不说同款，起码也得定制才有。贺神昨天才戴上戒指，第一次被公开在大众面前，就算是定制，池穗穗也不会那么快拿到同款女戒。

看戒指的人下意识地看了下办公区的其他人，意思不言而喻——池穗穗戴的就是女戒。

我们之中混入了一个奸细。

“穗穗，”同事咽了咽口水，好奇地问，“你那个男朋友是不是长得很好看啊？”

“挺好看的。”池穗穗笑着说。

好了，这又是一项佐证。同事仿佛挖到了大新闻一般，激动地回到自己的工位上，在微信上疯狂地发消息。

“我就说是同一对！”

“贺神好看，池穗穗审美在线，说的就是同一个人。”

“天哪！这怎么办？以后我们怎么直面池穗穗？”

“我能去要签名吗？”

最后一句消息发出来，马上得到了一串的问号。这个新闻绝对是个大新闻，同事都想爆出来，但是一想到张悦然和池穗穗作对的下场——

还是算了吧，她们还是好好过自己的日子吧！

张悦然回来得迟，因为之前发生的事情，现在就怕直接面对池穗穗。

办公区里安安静静，唯有敲击键盘的声音。她见池穗穗似乎要午睡，这才松了口气，心里面又将那个刘总骂了个狗血淋头。说好的不暴露自己，结果对方还是说了。

张悦然那天去采访的时候，刘总经理就问他们电视台是不是有个叫池穗穗的记者，长得很漂亮。她本来没放在心上，等采访结束，刘总经理又提了一句。张悦然不知道怎么想的，把池穗穗的联系方式给了对方。

一个普通人，突然被大老板追求，万一就深陷了呢？而且就算刘总没成功，张悦然自己也不会吃亏。

之后的事情张悦然就没管，甚至忘了这件事，直到被池穗穗质问才想起来。她一坐下，就发现周围人看她的眼神不对。

同事们同情地看着她——太惨了，什么都不知道，还在那儿作妖。

射击世界杯总决赛的赛程很紧凑，18 日举行开幕式，22 日全部比赛就结束。

贺行望的 10 米气手枪在 21 日比赛，刚好是工作日，池穗穗将赛程安排仔细地看完，就准备去请假。她平日里请假不多，这次请假应该会很顺利。

不出意料，主任很轻松地就同意了池穗穗的请假申请。池穗穗倒是没隐瞒理由，所以在这星期五的例会上，就没有池穗穗的任务。其他同事齐刷刷地看向池穗穗。

这时间请假，池穗穗肯定是要去现场看贺神的比赛，她和贺神的关系几乎已经是“实锤”了。

张悦然虽然不知道真相，但她想得多，也猜到了池穗穗请假的原因，小声地吐槽了一句：“不工作去看什么比赛……又不是粉丝。”说不准池穗穗还是倒贴的。

会议室就那么点儿大，她们又是资历比较浅的员工，座位离得不远，池穗穗将张悦然的话听得一清二楚，直接无视了。

会议结束后，苏绵已经控制不住自己的心情：“穗总，你一定要多拍点儿照片！视频也行！”

池穗穗问：“你不是都看到本人了吗？”

苏绵说：“那我又不是天天看见本人，但是照片不一样，可以天天看见——不过穗总你放心，我只是一个‘事业粉’。”她还不忘强调自己的目的。

池穗穗暂时应了，至于到时候能不能拍到贺行望，还是个问题。

开幕式池穗穗是不看的。因为请了足足三天假，她直接买了 19 日晚上的机票，到那边再玩一天，第三天刚好看比赛。

星期一那天，池穗穗给贺行望发消息：“开幕式好看吗？”

她觉得不好看，因为那都是比春晚还要正经一百倍的表演。

贺行望："还可以。"

池穗穗正要再回，电话就来了。

"打字不方便。"贺行望开口解释。

池穗穗嗯了声："后天是不是就要比赛了？我记得射击场馆的观众席离比赛场地很近？"

"正常情况下，我们是不会看观众席的。"贺行望回忆了一下以前的情况，给出答案。

池穗穗万万没想到他会这样回答，本来还想不告诉贺行望，直接去那边看比赛，给他一个来自未婚妻的惊喜，但他看不见还给什么惊喜？

池穗穗又好气又好笑，想到那个画面，自个儿笑开了，可能是压着声音，声音有点儿小，还有点儿软。她停下来，问："贺行望，我去比赛现场给你加油，要不要？"

同样的三个字，她返还给了他。

几秒后，电话那边传来了低沉的男声："要。"

"你不是不看观众席吗？"池穗穗故意问，"这样一来，我去了你也看不到，要不我就看直播吧？还不用多跑。"

"出尔反尔，好吗？"贺行望敛眉，站在酒店的窗前，看着外面的黑夜与霓虹。

"哪有出尔反尔，我只是询问，又没有说一定去。"池穗穗学着他一向的严谨口吻说道，"不算。"

池穗穗估计贺行望也没想到她会这么调侃他，轻声说："说着玩儿的，我过两天再去。"

之前的几站世界杯赛她没去看，这次的总决赛这么重要，她当然不可能错过。

射击世界杯不像足球和其他的热门比赛，去现场看的人除了家属就是真正爱看射击比赛的，可能再多一点儿贺神的粉丝。

"好。"贺行望说。

"那你要记得看观众席。"池穗穗趴在床上，有点儿刁难的意思，"说不准我会问你我穿了什么衣服。"

他没看那就是送命题，看了就是送分题。

贺行望失笑，手指在手机上点了点，垂目回答：“这点我应该还是会记住的。”

“你蒙是蒙不对的。”池穗穗揶揄道。

“我也没有那个本事。”贺行望对答如流。

池穗穗的衣服不说家里已经有的，他都还有完全没见过的，再加上她新买的、每个月各品牌送过来的，数不胜数……他想靠蒙过关，那是痴人说梦。

他难得这么说，池穗穗勾起唇笑了起来：“对了，你们现在每天吃的东西是不是都是安排好的？”

比赛前夕，运动员自然更要注意饮食。

贺行望嗯了声，慢条斯理地开口：“队里的其他队友最近比较难过，不敢乱吃，教练答应他们成绩好可以请客。”

在这一类事情上，朱教练非常严格，也很负责。

池穗穗嗯了声，眯了眯眼：“最近宋姨开发出了新的做鱼方案，要不要给你带点儿？”

“暂时不用。”贺行望拒绝了，转而解释，“容易坏，时间久了不新鲜。”

“也是。”池穗穗刚一想到就问，没考虑好其他的问题。

停下来不说话的时候，双方都隐约听见彼此的呼吸声，延绵又平稳。

要不让人送两条活鱼过去？池穗穗冒出这么个想法，觉得可行度还挺高，把鱼直接从国外空运过去，新鲜也安全。她翘起唇角道：“不跟你说了，晚安。”

“晚安。”

挂断电话前，池穗穗听到了他轻浅的一声“注意安全”，磁性悦耳。

挂断电话，池穗穗就开始思考穿什么了。那边天气暖和，和这边处于秋天不同，但是看比赛，总不能穿一些张扬的衣服，这事她一直没想好。

星期一一结束，第二天就开始了 25 米气手枪比赛，池穗穗今天还在上班，微博上倒是相关热搜一个也没有，冷门项目就是如此。

池穗穗虽然没有公开请假理由，但基本上全办公区的人都默认她是去看比赛的，就连还没发现真相的张悦然都这么猜测。

“穗穗，什么时候走啊？”

“说不定我们还可以在新闻上看到你。”同事笑着调侃，“镜头里可要美美的。”

他们部门是负责幕后工作的，不像电视台里的其他部门，女主播个个漂亮，但多了个池穗穗，不少人会问问。实习期间就有人打听池穗穗的情况，还有男主播送花给她，直接被池穗穗送了回去，久而久之，大家都知道池穗穗难追。

再后来，池穗穗在电视台里已经是默认的一朵摘不了的蔷薇花，带刺的。最新爆出来的娃娃亲的事，更让人觉得难以置信。然而这些事到了池穗穗身上，好像再匪夷所思也不是多大的事，她依旧活得明艳。

“要是见到贺神，可以帮我带一张签名吗？”同事询问。同事们私心里其实都想问一些关于贺行望的事情，但是怕池穗穗发现，还是忍住了。

池穗穗笑了笑道：“如果有机会的话。”

她没有答应得太过干脆，带一张签名的确不算难事，这次拿不到，以后还有机会，况且她这次能不能和贺行望说上话都是个问题。

贺行望他们住在统一安排的酒店，当然射运中心因为有贺家支持，酒店是贺家的，资金上不是问题。一旦运动员私自外出，最后出了什么事情的话，上面的人是要负责任的，所以一般情况不允许运动员外出。

张悦然见一群人围着池穗穗，目光闪了闪，路过时声音不大不小地说：“海口可不是随便夸出来的。”

周围的人都安静了下来。

张悦然回到了自己的座位，装作若无其事的样子道：“怎么，都看我干什么？”

同事们暗自翻白眼。

池穗穗问：“张记者是不是还没有向我道歉？”

张悦然心里咯噔了一下：“什么道歉？”

“上次微信的事，我没追究是我的事，还有主任的调和。”池穗穗抬眸看她，“但你是不是过于心安理得了？”

上次她说这件事不会简单结束，主任后来知道这事，就从中调和，毕竟都是他的部门里的员工，闹上法庭就不太好看了，池穗穗给了主任面子。

张悦然本来刚刚还讽刺池穗穗，现在被这么一提醒，之前的难堪感就全都浮现了出来。

“小张，歉还是要道的。”陈如玉笑着开口。

同事全都看着自己，张悦然感觉自己现在就像被架在火上烤，咬牙开口：“对不起。”语气依旧是不情不愿的。

池穗穗也没想着她有多诚心，指望张悦然诚心，还不如指望太阳从西边出来，于是就不再看她，回了自己的工位。

事情以这样的结局结束，张悦然又气又恼，偏偏还没办法。她就不信池穗穗能一直顺下去。贺行望都有未婚妻了，池穗穗还巴巴地凑过去。

池穗穗要去看比赛的事没隐瞒，今晚她去贺家吃的饭，老太太最近又吃多了糖，被儿媳管着，三天不准吃糖。

老太太正闹别扭呢，一见池穗穗过来，开心极了：“穗穗，过来过来。”

池穗穗给她带了点儿小零食，专门针对减肥人群的，热量什么的很低，味道却不错。

“还是穗穗好。”老太太眉开眼笑地道。

“妈，你这么说也不能吃糖。”江慧月在对面摇头。

老太太哼了一声，不看她，拍着池穗穗的手，小声说：“穗穗，你凑过来。”

池穗穗依言附耳道：“您说。”

“我也想去看行望比赛。”老太太眯着眼，小声地开口，生怕被江慧月听见。

“奶奶。”池穗穗无奈，奶奶要是过去，万一出什么事可不是说着玩的。

池穗穗安慰了老太太好一会儿才终于把老太太安抚好，也幸好老太太除了糖的事，还是比较好说话的。

池穗穗离开贺家前，江慧月给了池穗穗不少东西，还给了一张卡。池穗穗琢磨着，江慧月和贺行望果然是母子，都爱给卡。

知道她要去看比赛，宋妙里发出了羡慕的目光，前一晚她有空，三个人一起去吃了饭。

“我也想去。”宋妙里说。

“但你不行。”池穗穗挑眉道。

“做医生真难。”宋妙里吃了一口菜，还不忘感慨，“我可能什么时候就会辞职。”

她不可能一直做医生，宋家偌大的集团摆在那里，全靠宋成睿一个人，她这个做姐姐的当甩手掌柜，明显不太好。

池穗穗当然不好插手别人的家事，吃完晚饭，回家收拾了一下，就直接去了机场，天市的机场还在规划中，所以池穗穗直接买了去泉市的票，到时再转高铁。

池穗穗刷了刷微博，搜索射击世界杯赛的相关消息。今天的赛程已经结束，网上能搜到一些相关消息，但更多的还是贺行望的粉丝的讨论，有的粉丝已经准备好过去了。

池穗穗通过实时播报赛况的几个人点进了超话里，因为贺行望不像明星，射运中心也不可能发图，所以超话中来回就以前的照片，最多的还是各种成绩。

从贺行望年少成名开始，第一次出现在比赛赛场，到第一次打破世界纪录，再到获得全球第一、射击大满贯……被粉丝做出来的图看起来热血又激情。

池穗穗回过神来就保存了这张图。

如今超话最顶上的一条话题是主持人发起的，去比赛现场的人会在下面留言，可以一起过去，大家基本已经在今天下午就到了那边。

她往下翻了翻，没想到看到了一条求助微博。

柠檬茶：“有现在还没过来的姐妹吗？我的行李落在了南城机场，里面还有好多礼物。”

在底下评论的人不少，柠檬茶回复了一些人，大概透露了不少情况。

她还是个大学生，这次是一个人去的，和其他粉丝见面，同在南城的其他同学准备了送给贺神的礼物，一起给她带过去。因为礼物是和行李箱分开的，她准备直接带着登机，结果不小心遗落，现在人都已经在天市了。

池穗穗看了下时间，求助信息刚好是十分钟前发的，她思索了几秒，私信了对方。

柠檬茶正在天市酒店里急得要死，但是明天回南城一来要转高铁，二来机票又很贵，她根本没那么多钱。

接到私信的时候，她都愣了一下。看了看上面的名字，柠檬茶点进对方的微博，确定是本人，差点儿蒙了——

池穗穗本人？

池穗穗很快就收到了回复。

柠檬茶："天哪！是池记者本人吗？"

池穗穗回："是我，我今晚刚好要去天市。"

柠檬茶来不及细想她怎么也要来这边，谢了好几遍，说了礼物的包裹在哪儿。

池穗穗一去就拿到了包裹。她本来也没带多少东西，直接带着礼物走，到天市时，柠檬茶主动来接她，人山人海中，硕大的牌子上写着池穗穗的名字。

对方还是挺实诚的一个小姑娘。

柠檬茶是个娇小妹子，站在池穗穗面前还需要仰头看人。看到池穗穗本人，柠檬茶激动得话都说不出来。妈妈，池穗穗也太好看了！

柠檬茶已经按捺不住想要去粉丝群里宣告的心情，磕磕巴巴地开口："池记者，你真是个好人。"

猝不及防被发"好人卡"的池穗穗："……"

她把大包礼物递给柠檬茶，又问："你的酒店安排好了吗？你是学生，又是女生，要注意安全。"

"好了，和朋友一起订的民宿。"

柠檬茶偷偷看池穗穗，五官明艳动人，弯唇时温柔大方，声音也好听……

池穗穗这边安排了人来接她，柠檬茶不认识豪车，只觉得车还挺好看，不住地问："穗穗姐，你也是来看贺神的比赛的吗？"

“是呀。”

听见回答，柠檬茶眼中星光闪闪。群里还有人@她询问礼物的事情，她低头在群里激动地说：“我见到池穗穗了！她也来看贺神的比赛，还帮我带来了礼物！”

“池记者好看吗？”

“不枉我之前嗑了CP，可惜‘BE’了，我只能分别祝福。”

群里的人热火朝天地聊了起来，柠檬茶也看到了池穗穗的钻戒，只觉得网上那个娃娃亲是抠脚大汉的事绝对是谣言。

柠檬茶加了不少群，是一个比较出名的粉丝，经她这么一宣传，池穗穗在粉丝群里可以说是出名了，柠檬茶还不忘在微博上感叹了一下。

“你们准备的礼物，会送到贺神手上吗？”池穗穗偏过头问，“能见到本人吗？”

柠檬茶眨了眨眼，语气有点儿忐忑：“我们可以送到酒店前台让他们转送，应该是能送到的。”

招待参赛人员的酒店地址是公开的，她们当然也不像“私生粉”那样追到那边去，就只是为了来看比赛，送点儿礼物而已。

池穗穗若有所思。她现在基本被默认成贺行望的粉丝，柠檬茶有问必答，甚至给她讲了一些贺行望的事情。

池穗穗虽然都知道，但也耐心听着。

因为是晚上，池穗穗先把柠檬茶送去了民宿，当然也见到了其他几个粉丝，年纪都不大，热热闹闹的。确定她们住的地方安全之后，她才离开，怎么说这些人都是贺行望的粉丝，见到她们的热情后，池穗穗不可能让她们住不安全的地方，又让人送了一些夜宵过去。

她去的酒店刚好是贺行望他们住的，知道池穗穗要去之后，贺家那边就直接给她安排了套房，酒店那边还送了各式礼物。不知道是不是酒店方故意的，房间里的东西都是成对的。

池穗穗到了之后，给贺行望发了消息：“我到了。”

没几秒，贺行望回复：“我过去。”

池穗穗直接拒绝：“不准过来。”

后天就要比赛，他现在过来是想要干什么？不说她自己不想，万一被朱教练知道或被人拍到，指不定还要被怎么猜测。

标题她都想好了：比赛前夕贺神深夜寂寞难耐，夜会神秘女子。

池穗穗可不想当标题里影响贺行望的名声和比赛的人，也不想自己身上突然出现这么个丑闻。

她干脆打电话过去："我今天碰见你的小粉丝了，她们还准备了礼物。"

房间里，贺行望微微皱眉道："我之前说过，不接礼物，也不用跟着到处跑。"

池穗穗说："人家和你想的不一样，我就是提醒你一声，前台应该会给你送过去。"

贺行望嗯了声。有的粉丝年纪小，想法也单纯，他向来比较严谨，自己的粉丝也多，就公开说过。

池穗穗和他只说了几分钟就挂了电话。

第二天她在天市逛了一圈，又带柠檬茶她们一起吃了饭，俨然一个合格的贺神粉丝。

柠檬茶还把她拉进了粉丝群里，池穗穗作为贺行望的未婚妻，就这么披着"马甲"成了贺神的粉丝，看着粉丝吹"彩虹屁"，感觉有点儿奇妙。

一直到比赛当天，池穗穗和她们一起进场馆，本来她们去得迟，但是不知道怎么坐了第一排。

"我们的运气这么好的吗？"

"我总感觉哪里不太对。"

池穗穗深藏功与名。

男子 10 米气手枪的比赛只有十五分钟，到了下午才会有决赛，然后是颁奖典礼。

众人等了没多久，运动员入场。

池穗穗漫不经心地看着入口，本来以为还要一会儿才能看到贺行望，没想到很快就看到了熟悉的身影。

像是有感应似的，原本目不斜视的贺行望目光掠过前方的教练和其他人，准确无误地落在了这边，沉稳又冷静。

身旁传来倒吸冷气的声音，池穗穗回过神，扬唇一笑，眉眼弯弯。

"贺神看观众席了。"柠檬茶直面高颜值暴击，摸着心脏小声叫道，"啊我死了！"

池穗穗没忍住笑。

柠檬茶转过头刚好看到她的笑容，刚刚恢复过来的心跳又是一停——这也太好看了！

没让她们等太久，比赛就开始了。贺行望已经戴上了装备，正在调试自己的枪，神情专注冷静，手上动作沉稳又迅速。

比赛正式开始前运动员有试射时间，不限次数。

贺行望偶尔击出一枪，随后便调整着手臂的高度，从背后看，他宛如站在世界中央。

池穗穗莫名地心跳停了一拍。

比赛正式开始，场上环绕着解说的声音，男女声配合，不时念出每个运动员的环数，当然贺行望的最多。三十四个国家和地区的运动员一共上百位，最终有机会拿到奖牌的不过三个而已，体育赛事的残酷性可想而知。

资格赛的结果显而易见，贺行望是第一名，全场观众欢呼。如果他这么稳定发挥下去，拿金牌基本稳了。

男子组比赛之后，池穗穗又看了女子组的决赛，这才出去和柠檬茶她们吃了午餐。

一行人回到场馆内，决赛快要开始。柠檬茶正在说话："今天看完比赛，要等好久才有比赛了，明年的奥运会我估计是没机会去现场了。"

"说不定有机会。"池穗穗抬眸，刚好撞进贺行望漆黑的眼眸中。

试射时间，贺行望竟然转过身看了眼观众席。冷不丁被看到，池穗穗也不慌，睫毛卷翘，扬唇笑了一下："加油。"

来现场给他加油，她履行了承诺，该是他履行诺言的时候了。

贺行望勾了勾唇，弧度不甚明显，但在直播的导播刚好拍了下来，看直播的人看得一清二楚。

只可惜镜头没扫观众席，大家也不知道他是在对谁笑。

决赛的选手比初赛时少了大半，只剩下每个国家的顶尖射击运动员角逐最后的金、银、铜牌。

贺行望抬起手臂，直视前方的电子靶。

其实他们运动员是根本看不清靶子十环在哪儿的，每一次子弹击出都是感觉与日常训练的结果。

这次进入总决赛的只有两名中国人。李怀明也许是之前被贺行望的“内涵”刺激到，今天居然超常发挥，险而又险地进了总决赛。

身旁的人已经打了一枪，贺行望不慌不忙，冷静地击出第一枪。

运动员戴了专业装备，听不见声音，但其他人听得一清二楚：“10.5 环！”

对贺神来说，这算正常发挥，而与周围人的成绩一比，就十分突兀。但是之后每个选手的发挥都很稳定，三发子弹打出去，贺行望领先其他选手 1.6 环。

只要接下来稍稍失误，他就可能被反超。别说现场的观众，看直播的观众都急得像热锅上的蚂蚁，恨不得冲上去把每一枪的子弹都摁在 10.9 环上。

“我想上场！但想想还是算了。”

“怎么今天大家都这么强！贺神冲呀！”

“天哪！我感觉心跳骤停！”

微博上热搜第一早已给了直播通道，在与国家荣耀相关的比赛面前，一切都得让路，再不喜欢比赛的人，也会进来看两眼，更别提是贺行望的比赛。

当贺行望只剩最后两发子弹时，现场的气氛已经高度紧张起来。

“穗穗姐！怎么办？我好紧张啊现在！”柠檬茶抓着池穗穗的衣摆，满脸通红。

“深呼吸。”池穗穗开口。

“穗穗姐，我要是像你一样淡定就好了。”

池穗穗刚刚的深呼吸差点儿被打断，她从未来现场看过比赛，这是第一次，也很紧张。她轻眨了一下眼：“你不相信贺神吗？”

话音刚落，只听一声枪响，她耳边突然爆发出一阵巨大的尖叫声，几乎要掀翻体育馆的屋顶。

“冠军！”

“贺行望是冠军！”

伴随着解说员激动的解说声，贺行望的全部成绩也显现在所有人面前，最后一发 10.8 环，贺行望以 244.2 环的总成绩获得了冠军。

池穗穗来不及多想，就被柠檬茶带着站了起来，观众席里无数面小五星红旗鲜艳又亮丽。贺行望他做到了。

在这个舞台上，他是唯一的王者。

第一名才是永远会被人记住的，所有的目光都会聚在贺行望身上，周围一切都显得暗淡，只有他如骄阳般耀眼。

网络直播间的弹幕已经刷了屏。

“妈妈问我为什么哭了！”

“我在洗手间蹲了半个小时！差点儿被同事以为掉进坑里……”

“就问谁还有这成绩！”

池穗穗掩唇笑着，抬眸看向比赛现场。李怀明站在贺行望身边，顺着他的视线看过来。

“贺神你看什——”李怀明的话一下子停住了。

贺行望嗯了声，没说什么，体育记者已经冲了进去进行采访，而场馆内的欢呼声还未结束。

周围吵吵闹闹的，池穗穗坐在第一排，才能听到一些问题：“对这次的成绩，贺神有什么感想？”

“这已经是你第二次获得射击世界杯赛 10 米气手枪的冠军，比起之前打破的纪录，这次的发挥符合你的预期吗？”

直播镜头直接对准了贺行望的上半身。刚刚脱下装备，还穿着国家队队服的贺行望依旧如同往常一样冷峻，颜值一下子冲击到了直播间的所有人。

这张脸，这无与伦比的成绩，他们不喜欢他喜欢谁！

只有一个记者另辟蹊径，不按套路问问题，大声叫道：“这次获得了冠军，贺神接下来有没有什么新的计划？”

其他记者差点儿对其怒目而视。

贺行望忽然笑了一下，笑容轻轻浅浅，观众席和直播间的观众尖叫起来，不常笑的人一笑起来更是好看得要命，勾魂摄魄。

“啊啊啊——我死了！”

“啊我今天仰卧起坐一百次！”

“呜呜呜——我已经无话可说了！好帅！”

“第一第一啊！又是第一！”

比赛直播的热搜之前一直挂在第一位，贺行望获得冠军的热搜后来居上，刚刚空降第一。

池穗穗假装自己是个粉丝，也想听他的回答。没等从神仙般的颜值里回过神，众人就听见贺行望清朗磁性的声音响起——

“下一步计划是结婚。”

闪光灯照亮了整个场馆，灯光笼罩在贺行望身上，使得他的脸部轮廓越发鲜明。

随着话音落地，全场观众突兀地安静下来，只余下歌声。直播间的观众蒙了。

“贺神的下一步计划是结婚？”

“这年头当了冠军的人这么任性吗？”

三分钟后，微博崩溃了。

姜之鱼 著

一秒沦陷

下册

青岛出版社
QINGDAO PUBLISHING HOUSE

第七章
大新闻

因为比赛直播，采访也是实时的，所有正在看直播的人都能清楚地听见这句回答。贺行望的话一出来，微博就卡住了。

众多网友本来就是为了最后的颁奖仪式来看直播的，国歌响起，中国是第一，这是最荣耀的时候，谁知道还能听见这话。

全网的营销号和自媒体都蹭起了热度，一个接一个，各大头条也跟着发新闻。

“我只是想来看个比赛，为什么还要吃‘狗粮’？”

“啊啊啊——我酸死了！”

“今天这一秒我就是未婚妻！”

“楼上的多吃点儿花生米，人家戒指都戴上了好吗？”

“呜呜呜——只要得第一，我管你结婚不结婚，祝福就完了。”

“贺神一定是八百年前就这么计划了！”

“祝福祝福，快点儿领奖。”

“路人过来看一眼，好欢快的场面，哈哈哈——贺神不是靠脸吃饭，生孩子我也不管。”

不仅仅是网上众人热议，就连直播界面的弹幕也是刷屏不断。贺行望在这样一个国际舞台上宣布下一步的计划是结婚，可见对自己的未婚妻是喜欢到了什么境界，让人热血沸腾又感动。

全场炸窝起哄的时候，池穗穗正坐在那里，呼出一口气，感觉今天受到了不小的刺激。

“啊啊啊——贺神的未婚妻到底是谁？”柠檬茶在旁边拍着座位，一边尖叫，一边发出质问。

池穗穗一时之间分辨不出她是“女友粉”还是“事业粉”。

“我是不是活在小说或者电视剧里……”

“虽然知道不可能，呜呜呜——我好希望我就是未婚妻本人，男朋友当众宣布！我死了！”

几个来看比赛的粉丝满脸通红，导播将镜头扫到这边的时候，就看见一群站起来挥舞着手中的小棒子的粉丝，还有其中一本正经地坐着的池穗穗。

池穗穗甚至没想着抬头看场上的人。

记者在愣了几秒后，纷纷顺着这个话题一问再问，没想到贺行望反而回答起了一开始的问题，还挺认真。

但记者现在哪里有心情问这些套路问题。贺神结婚啊，这是多大的新闻！而且出了这赛场，贺神就基本不接受采访了，今天他们可都是带着任务来的。

“……”

“嗯。”

“……”

“对成绩当然是满意的。”

贺行望神色淡然，偶尔抬眸。他一向有自己的思量，对问题也会挑选自己想要回答的去回答，很任性，但成绩就是他任性的资本。

纵观目前国内的射击运动员，贺行望已经是获得金牌数最多的一个，包揽了各大赛事的第一，可以说，他基本没有遗憾了。

几分钟后，运动员一起离场，再过不久就是颁奖仪式。

贺行望步伐不大，落在后面，看向了观众席，坐在那里的女孩儿容颜艳丽，和他对视时还怔了下，有点儿呆。他甚少能看见齐家大小姐这样的表情，罕见中有点儿难得的可爱，不过眨眼间就消失了。

池穗穗和他比了个手势：微信说。

解说还在回忆刚刚的事情。他们经历的事情多，很快就反应过来了，甚至调侃道："贺行望和未婚妻因为职业问题聚少离多，想要早点儿结婚也是很正常的事情，哈哈哈——恭喜，祝福。"

"说不定日后就能看到未婚妻本人了，我也挺想知道能让贺神迫不及待地结婚的女生是谁。"

声音逐渐变得模糊。音乐声与观众的呼声，还有其他纷杂的声音混合在一起，池穗穗一出神就听不仔细了。

领奖的地方不在这里。

"穗穗姐，快过来，马上就要领奖了！"柠檬茶已经恢复过来，"国旗都挂上了。"

在正中央的正是五星红旗，它将在所有人的注视下缓缓上升，最终停留在最高点。

体育赛事的颁奖仪式中，只有第一名的运动员才可以播放所属国家的国歌，所以所有人都拼命去夺金牌。这个金牌，不仅是为个人，也是送给祖国的荣耀。

每个运动员努力半生，浑身伤痛，就是为了这几分钟。

池穗穗的手机振动个不停，未读消息一串，除了小姐妹的，还有家长的，至于群里，那更是直接刷屏了，@ 都数不清。

池穗穗已经冷静下来，回了家长消息。

苏绵："啊啊啊——@ 穗总。"

苏绵："在现场吗？"

宋妙里："发生啥事了？"

苏绵："贺神接受采访时说想结婚 @ 穗总！"

宋妙里："嘿，多大点儿事。"

苏绵："这么——大的事！"

和苏绵的激动相比，宋妙里显然十分镇定，两个人一唱一和，还挺和谐。苏绵简直都要把眼珠子瞪掉了。她想过无数种贺神和穗总公开的情形，甚至参考了明星偶像的方案，却从未想过今天就能见到。

贺行望在一次采访中说自己下一步的计划是结婚，郑重承诺。她恨不得飞到现场去再听一遍。苏绵心中的恨犹如滔滔江水。她为什么就没有请假和穗总一起去看比赛呢？她怀疑自己脑子有问题。

池穗穗有点儿出神，想起很久之前贺行望亲口说的"拿个金牌给你"，再加上今天的采访一事……

柠檬茶问："穗穗姐，你没事吧？"

池穗穗说："没事。"

柠檬茶看她心不在焉的，自己给她编好了剧本，安慰道："穗穗姐，咱们作为粉丝，其实很看得开的，贺神的成绩好一切都好，我们就很高兴了，至于女朋友、未婚妻什么的，属于他的私人感情，他开心就好……"

她仿佛在说小论文，池穗穗琢磨着她是不是把自己当成"女友粉"了。

"我没事。"池穗穗说着，还笑了一下。

柠檬茶总感觉她这是在强颜欢笑，也是，毕竟之前贺神公开维护她，而且她又见过本人，对贺神有好感并且是"女友粉"并不奇怪。

"贺神和未婚妻应该是青梅竹马。"柠檬茶轻声说，"穗穗姐，我们错就错在没有早认识贺神。"

池穗穗仿佛回到了当初学校建校周年庆典时，苏绵也曾说过类似的话：都是吃甜品的女人，怎么我们不是贺神的女人？

她的答案和此刻也相同：不，她是。

池穗穗没回答，柠檬茶还以为自己说得戳她的心了，被自己的小姐妹一拉扯，闭上了嘴。

微信又跳出几条消息，池穗穗低头看去，贺行望刚刚发了一条："今天穿了浅棕色的。"

他还记得之前的问题，池穗穗不觉莞尔："你现在要领奖了吧，能玩手机？"

贺行望："待会儿交给教练，领奖结束取回。"

其实他不交也行，但为了颁奖仪式不出任何差错，身上最好是不要有任何东西的。

池穗穗发去图片。

她拍了颁奖现场的照片，最前方的三个领奖台上什么都没有，正等着主人的出现。

隔了几秒，贺行望才回复："来了。"

几乎是她收到这条消息后的十几秒，全场响起欢呼声，前方出现了贺行望的身影，挺拔修长，眉眼英俊。

颁奖仪式一向是所有人最爱看的。当国歌回荡在体育馆内时，观众席上也响起了合唱声，整齐又动听。

一枚金牌挂在了贺行望的脖颈上，垂在他身前。

池穗穗突然觉得那种与生俱来的爱国感，在这样的场合下体现得淋漓尽致。

此生奉献，不论生死。

三点多是气步枪的比赛，池穗穗也坐在那里认真地看完了，然后才回到酒店，那时候已经是下午五点。

贺行望他们也回了酒店休整，因为明天还有一场混合团体项目的比赛。

网上此刻热闹极了。今天中国队的成绩很好，李怀明虽然没拿到奖牌，但排名第四，和他之前的成绩相比，进步很大。

微博热搜前几位已经被射击世界杯赛包揽，除开国内热门的比赛项目，冷门的射击比赛占据热搜排名前几位实属不易，当然贺行望有很大的功劳。

冠军的采访视频会被截成片段转载，贺行望的采访，所有的重心都变成了那一句"下一步的计划是结婚"，至于后面的回答，都没多少人在意了。

办公群里，主任也突然出现："@全体人员，我会马上安排人员去天市进行贺行望的采访，你们务必要拿到这个采访。"

几个同事都回复了"收到"，池穗穗虽然没在上班，但也习惯性地回了信息。

主任一看见她出现，立刻问道："小池，你之前请假，今天是在比赛现场？"

池穗穗想了一下，回复："是。"

主任："这个任务刚好交给你，虽然你是在假期，回来会给你安排加班费的。"

池穗穗还没来得及打出"但是"，消息又来了。

主任思考了一下目前的情况道："虽然你之前采访过贺行望，但是他和未婚妻的事情，你可能还不太清楚，得到允许的情况下你可以适当地问一些私人问题。"

她还真清楚，池穗穗心想。

原本已经在看怎么去天市的张悦然咬碎了一口银牙，没想到这事又让池穗穗碰上了。但她转了转眼珠子，又幸灾乐祸起来。

贺行望想结婚，和未婚妻感情好，池穗穗过去采访，不说难过，起码是扎心的。这么一想，张悦然心理又平衡了。

微信上消息一来一回之间，外面的天色已经黑了，池穗穗回复了主任标准答案，然后才准备去吃东西。不过她倒是不怎么饿。

酒店里虽然有自助餐，但是负责人直接安排了私人餐食送到她的房间里，还贴心地准备了一些甜点，甜点上还有给她的小惊喜：在一旁的小角落里，放了几颗颜色不一、味道不同的糖果，摆放成了一个爱心的形状。不得不说，酒店的服务没的说。

苏绵的视频通话邀请来得刚刚好："穗总，你现在还能这么淡定地吃饭吗？"苏绵难以置信地道，"网上可是都炸窝了！"

池穗穗说："我还能把窝修好不成？"

苏绵说："不管了，我是来采访你的，在现场听见贺神的话是什么感觉？有没有感动到流眼泪？"

池穗穗抬头看了她一眼。今天她化了淡妆，五官看起来相当清晰明媚，一颦一笑都牵动人心，唇色是略显亚光的柚心红。

落地窗外是无边夜色，在她身后甘愿做背景陪衬，仿佛一幅精美的油画，苏绵一下子就看呆了：“我明白了贺神的想法。”

“什么想法？”池穗穗随口问道，叉了一块小蛋糕进嘴里，咬下一颗樱桃。

“我要是贺神，恐怕也想早点儿结婚，和大美人结婚多开心，每天训练都有力气。”

池穗穗失笑：“就这个？”

苏绵说：“这还不够吗，或者亲口问贺神？”

池穗穗忽然放下刀叉，用餐巾擦了擦嘴，微微垂眸，若有所思地道：“你说得有道理。”本人的想法本人最清楚。

此刻射运中心的队员都在一个房间里，朱教练正在总结今天的比赛成绩还有众人的发挥，对明天的团体赛反而不太担心——有贺行望在，成绩不会差到哪里去。

“贺神，你真的要结婚了啊？”李怀明偷偷开小差，问，“和池记者吗？”

“不然呢？”贺行望抬了下眼皮。

李怀明甚至感觉他原来的回答可能是“不然和你？”，最后临时改变了说法，摆手道：“没有，我就是想恭喜。我今天看到池记者了，她好像是请假来看比赛的。”

贺行望嗯了声。

“李怀明，你在说什么？”朱教练直接敲了敲桌子，大声道，“我看你好几分钟了，你还影响贺行望。”

贺行望靠在椅子上，微抬下巴，正视前方的朱教练，不动声色地坐正了点儿。

“是不是有点儿成绩就骄傲了？”朱教练冷声道。

“我没有……”

“还不好好听，明天有你好看！”

莫名其妙被训一通的李怀明委委屈屈地坐正，不敢再转头问贺行望任何问题了。

兜里的手机振动了一下，贺行望手指微动，捏着拿出来，屏幕亮起，出现了池穗穗刚刚发来的消息：“贺行望，你今晚可以出门吗？”

贺行望轻扯嘴角，回复：“可以。”他说了个地方，然后抬头：“教练，我想出去走走。”

朱教练认真想了一下，叮嘱道：“那你不要走远，注意安全，不该吃的东西也不要乱吃，你应该清楚。”

贺行望颔首：“知道。”他拿走了放在房间里属于自己的金牌。

一群小崽子眼巴巴地看着他出了门。

夜晚的酒店走廊很安静。贺行望乘着电梯一路向上，很快就来到了酒店顶楼，这里是下半年才弄好的玻璃花房，没有对外开放。

门刚合上，灯就亮了。

池穗穗扯了下他的衣服：“在这里。”她靠在玻璃旁，刚好是贺行望的视线死角，所以出声提醒他人在哪儿。

“我听到你的采访了。”池穗穗微抬眼睑，身后是被藤蔓切得粉碎的灯光，衬得身影影影绰绰。她笑意盈盈的，嗓音清脆又轻快。

贺行望将目光落在她的脸上，伸手碰了下她的头发：“嗯，就是说给你听的。”

低沉的声音在她耳畔响起，他也是说给所有人听的。

池穗穗勾唇笑了起来，这边玻璃花房的花还开着一些，空气里飘着浅淡的香气。

“这下全世界都知道你想要结婚了。”她挑眉，忽然问，“我们这样算不算在私会？”

“不算。”贺行望说。

池穗穗微抬下巴看着他。

贺行望依旧沉着冷静，一点儿也没被带歪，慢条斯理地开口：“这叫约会。”

池穗穗的耳垂后有点儿热，她弯了弯眉眼，剥开一颗糖，自己吃了，又问：“你要不要吃？你家酒店送我的。”

贺行望垂目：“现在不能吃。”

“那你应该很久没吃糖了？”池穗穗哦了一声，今晚酒店给的糖不多，还剩下几颗没吃完。

虽然她不怎么爱吃糖，但这糖的味道是真的不错，刚好出门没事，就顺手都带了出来。

她正出神，眼前有阴影掠过，一个略重的东西挂在了她身上。池穗穗低头，发现是金牌。

“当初说好的。”贺行望眉目疏淡，修长的手指钩着带子，将金牌给她理好，“送你的。”

微弱的灯光下，男人站在她面前，清俊的五官如一湖水，不起波澜，又让人不知深浅，下颌线被一道光线勾勒得性感精致，脖颈上凸起的喉结透着些许冷淡感。

池穗穗看着看着就抿起了唇，将嘴里的糖直接咽了下去，被勾引的眼神却很难移开。她的手往上，触到冰凉的金牌。

“朱教练知道，会不会想杀了我？”池穗穗微微歪头，露出几分风情。

“不会。”贺行望挑眉，“最多气一气。”

他多看了池穗穗两眼，用一本正经的语气，将严肃的事情说得反而有点儿好笑。

作为南城的名媛之首，她就如同这玻璃花房里的花，明艳鲜活。

金牌不过巴掌大，被贺行望戴着才堪堪到胸膛下，在她身上已经垂到了腰间，衬出了身高差别。

“贺行望，你低头。”池穗穗开口，语气一如既往地张扬，却又比以前有了些不一样的情绪。

“嗯？”贺行望垂眼，目露询问。

面前的女孩儿不待他反应，绵软嫣红的唇袭上来，连带着倾过了上半身。他没动，任她胡作非为。

池穗穗掐住他的胳膊，力气不大。这边天气暖和，他只穿了单薄的一件外套，没几秒，她便松开手，眼眸清亮。

“给你尝尝甜味。”池穗穗的声音里透着一丝得意。

酒店顶楼上，所有夜景尽收眼底。

池穗穗一松开贺行望，身前的金牌就晃了一下，垂在那儿。她用手去理正，却被抬起了下巴，这下可以说是仔细品尝了。她靠在玻璃花房上，刚好被光线挡住眼，只能看到模糊的轮廓，感觉很奇妙。

池穗穗和贺行望并不是第一次接吻，从之前的被美色诱惑，到如今已经可以算熟练了，唇齿间一股子糖果的甜香味。到后来，贺行望已经分辨不出自己嗅到的是她身上的清淡香味，还是舌尖尝到的果味。两种味道相互叠加，又有不同。

不知过了多久，池穗穗才借着他的手站直，本想说话的，但是没原因地笑了起来。贺行望也默不作声地站在那里，抬了抬手臂。两个人像是要去参加晚宴的模样。

池穗穗抬眸看他，过了半晌，视线又往下，最后停在他滚动的喉结上，目光一闪，就上前咬了下。

贺行望下意识地退后，闷哼一声，撞上了身后地上的藤椅，直接跌坐在了上面。池穗穗当然也重心不稳，藤椅托着两个人晃来晃去的。

“疼不疼？”池穗穗明媚一笑。

“不疼。”贺行望伸手摸了下脖颈，刚刚的感觉还留在上面，对他来说威胁完全不够，只是太突然了。

“对了，我让他们明天空运两条鱼过来。”池穗穗忽然想起什么似的道，“明天晚上可以让这边的主厨处理一下。”

贺行望眉峰微皱：“嗯。”他看了眼池穗穗，将她刚刚被弄乱的衣服整理好，低声说，“12 月我们需要去集训。”

池穗穗问：“集训？”

贺行望颔首：“所以未来一段时间我都不会在南城。”

因为南城这边冬天比较冷，他们集训的地方在更南方，天气暖和，更容易放开，没那么多条件限制。

池穗穗眨了下眼：“好吧。”

他们很少有机会能说上话，池穗穗之前还有一种自己和军嫂差不多的感觉——男朋友一天到晚不在家里——但她比军嫂又容易一点儿。

贺行望的手机屏幕突然亮了起来，上面是朱教练的名字。看来他是出来时间太久，朱教练有点儿担心了。

“你接吧。”池穗穗促狭地催促道，“不然朱教练还以为我把你弄到哪里去了。”

朱教练果然很担心：“行望，你的事情谈完了吗？时间不早了，明天还有比赛呢……”

“快回去了。”贺行望言简意赅地道。

“那就好。”朱教练长舒了一口气。

他这次带队来这边，最放心的队员就是贺行望，当然最关心的也是贺行望，贺行望不能出现任何问题。朱教练恨不得自己分裂出无数个身体，一个个跟在队员身后，防止一切可能出现的问题。

“朱教练。”池穗穗轻快地打招呼道。

“……”朱教练狐疑地问，“行望，你身旁……我刚刚是不是听到有人在叫我？”

“对。”贺行望垂眸看向池穗穗。

池穗穗干脆又叫了一声：“这么几天没见，朱教练就不记得我的声音了？”

“池记者也在啊。”朱教练虽然之前猜到两个人在一起，但是真正知道，还是受到了不小的刺激，恋爱对比赛可是一大影响因素。

贺行望怕他胡思乱想，又啰唆起来，当机立断挂了电话：“五分钟后回去。”

他说五分钟是真的五分钟，只不过回去的路上，池穗穗和他一起下电梯。这边高层是套房，住的人不多，也基本不会出来，一路上他们连个人影都没有见到。

贺行望回到自己房间的时候，朱教练正等在那里。

“喀喀。”朱教练佯装刚到，“我就是来问一下，金牌要不要我帮你保管？”

贺行望顿了下，认真地说：“不用了，教练。”

朱教练还记得之前的事：“那你的金牌还在吗？”

“不在了。”

他这才拿到几个小时，金牌焐热了吗？朱教练露出怀疑人生的目光，半晌后摸了摸自己的光头，唉声叹气地离开了。年轻人的恋爱，他不懂。

第二天是比赛的最后一天。

团体赛比起单人比赛，受关注度没有之前那么高，但是因为贺行望昨天的采访事件，今天来的人非常多。

池穗穗到的时候还早，柠檬茶已经坐在位置上了。柠檬茶问："穗穗姐，你说比赛结束，我们能看到贺神的未婚妻和他激情拥抱吗？"

"不能。"

"真的吗？"

"真的。"

池穗穗也不知道这小姑娘脑袋瓜里装的都是什么乱七八糟的事情，天真又可爱。

柠檬茶和众多粉丝一样，对这个被贺神一再隐藏的未婚妻相当关注，甚至连比赛成绩都不关心了。

池穗穗问的时候，她回答："反正贺神肯定是第一，这又没什么好担心的。"

行吧，都怪贺行望太强。

网上的热搜挂了一整晚热度还没有退去，蹭热度的营销号数不胜数，都想借机吸引粉丝。

池穗穗的微博安安静静。她这次来，就连微博定位打卡都没有发，除了自己认识的人，甚至都没人知道她来了。

不过网友的眼睛还是很厉害的。导播镜头有那么一次从她身上一扫而过，被人截图出来，现在微博转发量都好几千了。

"小姐姐是真的转'粉'了，哈哈哈哈。"

"实不相瞒，我也想去现场看比赛！可是没有机会。"

"这种镜头下，池穗穗还能这么漂亮，绝了。"

"爱了爱了！"

池穗穗的微博又涨了一点儿粉丝。她不经营自己的微博，但是每天都在涨粉丝，短短几个月时间，就已经到了二十来万，这个情况很神奇。

团体赛照旧是全程直播的，微博上的直播画面现在已经被弹幕挡得无法看清，必须屏蔽一部分才行。

“我是来等着看赛后采访的。”

“我也是。”

“今天贺神会不会在采访中说自己想要孩子了？”

“这应该没那么快。”

大家正在讨论着，运动员就一起出场了。这次参赛的运动员很多，场上一眼看过去，国内国外，金发碧眼的外国运动员更惹人注意。

镜头拉得远，观众只能看到贺行望颀长的身影。一直到贺行望出场，导播镜头终于给了他一个近景特写，进行突如其来的贴脸直播。站在赛场上的贺行望神色淡然，沉稳严谨，看不出任何情绪，眼神直视前方，修长的手指握着手中的枪。

网友们差点儿呼吸都停了。

“摘掉眼镜我都能看到锐利的眼神。”

“我感觉这枪下一秒就会打中我的心脏，我死了！”

“我提着鸡笼来了，姐妹们！”

“贺神脖子上怎么了？那一块是什么？”

“我还以为只有我一个人看到，是被蚊子叮了吗？”

一条弹幕飘过去。所有的眼睛都在看脸，压根儿没注意到脖颈，被弹幕这么一提醒，大家纷纷转移视线。

几秒后，特写镜头转开。虽然只有那么一点儿时间，但是大家都看到了一点儿痕迹，猜测各有不同。有人说是蚊子咬的，天市天气暖和，猜测合理；有人说是吻痕，说不定未婚妻就在天市，结合了时事；但得到大部分人同意的还是牙印这个猜测，因为痕迹太明显了。

“都别说了，就是牙印！我刚刚咬了我男朋友，一模一样，只不过贺神被咬得有点儿早而已。”

“突然有点儿心疼你的男朋友，哈哈哈哈。”

“这就开始秀恩爱了吗？”

“贺神：怎么回事？拿金牌还被咬？”

有敏锐的营销号看到这上面的内容，眨眼间就发了关于牙印的新微博。没多久，微博又爆了——

“贺神牙印”话题上了热搜。

因为贺行望本人还在比赛，没接触网络，所以两家人都没有直接撤热搜。比赛一结束，池穗穗就接到了苏绵的电话：“天哪！穗总，网上的新闻是不是你？”

“什么新闻？”

“就是贺神脖子上的牙印啊！”

池穗穗下意识地看向下方正在接受采访的几个人，贺行望也在其中，从这个角度完全看不到牙印。她清了清嗓子，压低声音道：“我昨天没怎么用力，这么容易就留痕迹了吗？”

苏绵耳朵尖都红了，感觉自己听到了不得了的事情。

好羞耻哦，可是她还想多听一点儿。

“那我也不知道……”苏绵磕磕巴巴地继续说，“反正新闻上全是牙印的图，他们会不会认出你来？”

池穗穗失笑：“这怎么认出来？”

一个牙印，难不成这些人还要掰开她的嘴对一对牙齿合不合适吗？

“说得也是。”苏绵回过神来，“我觉得贺神就是故意的，明明拿冰敷一下就能消的。”

贺行望是不是故意的没人知道，但被人咬出牙印是人人都知道的事。因为有之前贺行望的预防针，所以网友的第一想法是未婚妻做的，但网上的言论必定不会只有一种，也有说贺行望“人设”崩塌，昨天下午才立的深情“人设”，晚上就耐不住寂寞了……牙印是被别人故意留下的。

池穗穗心想：你们是对国家队的管理没有信心？

运动员在朱教练的管理之下出丑闻，基本上没有可能，昨晚贺行望才出来多长时间朱教练就没忍住打了电话。

之所以会有这两种言论，是因为在牙印上热搜之后，就有好几个网红出来发了似是而非的照片，当然这种一看就是假的。

但这件事的热度够大，即使是假的，网红被骂了一通，也被网友骂上了热搜后排，甚至已经有营销号发起投票——到底是谁咬了贺神，十几万人给出了选择，超过百分之八十的人觉得是未婚妻。

场馆内的比赛已经结束。

池穗穗去微博上刷了下，直播镜头中现在全是其他团队的人，但是网友用弹幕直接聊起天来。

“贺神一看就是干大事的人。”

“虽然从未见过未婚妻本人，但我觉得未婚妻好可爱啊，为什么为什么？”

“那么问题来了：贺神究竟什么时候结婚？”

“不要等了！比赛结束马上拉去民政局！”

“你们看看时间，比赛结束回南城是周末，民政局不上班的。”

“哦，那贺神就再等两天，反正也不是我等，哈哈哈哈。”

池穗穗毫不怀疑，自己现在发条微博说自己是贺行望的未婚妻，一分钟后就能上热搜——网友这也太能聊了。

从来天市的那天到现在，两件事都出乎她的预料。池穗穗在公开场合接受过无数恭维，体验过无数不一样的“彩虹屁”，都没能有一次如现在这样。尤其是在所有人都不知道未婚妻是她的情况下，她有一种别样的甜蜜感，而这种感觉，只能由贺行望带来。

池穗穗坐在椅子上，耳边是观众接连不断的欢呼声和讨论声，空气里回荡着解说的声音。她再次打开手机，看到了一条来自齐初锐的新消息——一张图片。

池穗穗点开图，是从南城到这边来的票。

星期五了，齐初锐刚好放假。

池穗穗狐疑地问：“放假了就在家里玩玩，比赛已经全部结束了，你到这边来也看不到。”

齐初锐：“我看到新闻了。”

池穗穗：“然后呢？”

对面“对方正在输入……”的状态持续了好一会儿，消息才发出来。

齐初锐："电话没打通，我自己过来问。"

池穗穗第一次觉得这个弟弟说话言简意赅的习惯有点儿不好，只能继续问。

她还没发出消息，池美媛的电话来了："初锐不听劝，非要去你那边，问也不说原因。"

"姐。"电话那边有人叫了声。

池穗穗应了声，问道："你是要来天市一日游吗？"

手机被池美媛递给了齐初锐，少年特有的嗓音有些沉："我有事要问贺神。"

行望哥都不叫了？

池穗穗挑眉，忽然明白了什么，轻声问："让我猜猜，你是不是要问热搜的事情？"

"……"

"下次'吃瓜'别只吃一半。"池穗穗忍住笑，一本正经地说，"不用问了，除了我，还有谁敢？"

对面安静了好长时间，齐初锐半天才哦了一声，把身旁的池美媛都看乐了。女儿到底说什么了，让他这么蒙？

池美媛有时候都在想儿子是不是智商太高了，所以在其他方面看起来有一点点不同，拒绝女生不留情，对人情世故也按照自己的想法来。

虽说齐家不需要做什么，但有时候看他绷着脸一本正经的样子，她也怪心疼的。

池穗穗生了逗弄的心思，问："初锐，你跟我说，你是不是想来看比赛？"

"没有。"齐初锐否认。

"也是，比赛都结束了。"池穗穗状似无意地说，又问，"来看贺神是不是？"

齐初锐很少叫贺行望"贺神"，一般是叫行望哥。今天大概是看新闻看了一半，生气了，所以齐初锐问的时候只叫了"贺神"两个字。

池穗穗也用这词反问回去。

齐初锐抿唇，看了下旁边偷笑的母亲池美媛，认真地开口："既然是……

姐姐做的，那我不去了。”

“真的不来吗？”

“……”

“今天晚上会有聚餐活动。”池穗穗抛下一枚重磅炸弹，“明天回南城之后不久贺神就要集训了。”

而齐初锐星期一就要上学，所以没什么时间能见到贺行望。

齐初锐的呼吸声停顿了几秒，池美媛拿过电话，笑吟吟地说：“别逗他了，他现在恐怕心都飞过去了。”

池穗穗笑了起来，和弟弟年龄相差大点儿也是有好处的，起码逗起来反应更可爱，像宋成睿就不行，他自己的想法一堆一堆的。

“干脆让他过来吧。”池穗穗笑够了才说，“今晚正好比赛结束一起吃饭。”

“他已经去收拾东西了。”

“男孩子有什么要收拾的？”

池穗穗吐槽了一句，等几个小时后接到齐初锐的时候，上下打量了两眼，发现他还真是盛装来的。

虽然男生的盛装并不怎么明显，但是对齐初锐来说，平时穿得简简单单的他今天可以说很帅气了。他见偶像这么激动？

齐初锐面无表情，假装自己并没有被打量：“姐，我们还不走吗？”

“走。”

巧的是，柠檬茶她们刚好准备回去，在门口这边和池穗穗他们碰上了：“穗穗姐！”

几个小姑娘都看向了齐初锐：池记者的男朋友这么帅的吗？

池穗穗只是轻轻拍了下他的肩膀：“这是我弟弟。你们现在准备回家吗？”

“对啊，看完比赛了。”柠檬茶听了解释才知道自己想歪了，“穗穗姐，你家基因真好。”

池穗穗莞尔：“回去注意安全。”

等送走了几个小姑娘，她才伸手捏了下齐初锐的脸：“她们夸你，你怎么都没个表情的？”

“我害羞。”齐初锐淡淡地回答。

齐初锐今天下午刚放假，就听到班上几个女孩子在讨论热搜的事情，他不玩微博，只上去看了下，然后就发现牙印的事情。

因为之前都在学校，齐初锐也不知道池穗穗就在比赛现场，虽然有点儿不信，但图放在那里，他准备问个清楚，结果出“师未捷身先死”。

齐初锐一时之间竟然有点儿庆幸自己先和姐姐提了这事，否则到了贺行望面前——

那他岂不是丢脸丢完了？

今天晚上射运中心的聚餐是朱教练之前答应好的。射运中心如今财大气粗，不担心任何问题，比赛也结束了，有些东西确定了还是能吃的，像大家今天晚上吃的就是海鲜。

南城在内陆，运动员又是被关在射运中心里，别说是海鲜大餐，就连普通的大餐都很少吃。食堂里的饭菜种类多，但是大家吃多了也腻。

朱教练提前和池穗穗打了招呼，池穗穗也同意了。朱教练还是有点儿惦记那金牌在她这里，但是一想，人家两个人马上就要结婚了。

朱教练安慰完自个儿，又恢复正常了。

现在多了一个齐初锐，池穗穗提前打电话和朱教练打招呼道：“朱教练，我可以带我弟弟去吗？”

电话没开免提，但是能听见对方小小的声音，齐初锐悄悄地竖起了耳朵。

“弟弟啊，可以啊！”朱教练相当大方，这次中国队的成绩很出色，他现在是很好说话的状态，“都来都来。”

反正是贺行望的亲戚，来一家子也没问题。

池穗穗温声道：“好，谢谢朱教练。”

聚餐的地点是已经定好了的，她和齐初锐过去的时候，里面的少年已经忍不住开吃了。运动员是一个吃“青春饭”的职业，有一些男生甚至和齐初锐差不多大。

贺行望坐在靠近窗边的位置。这店已经被包下来了，他的位置边上有一盏灯没开，一小片阴影落在他的身上，他坐直了就置身昏暗的光线下。

和下午穿的国家队队服不一样，贺行望洗了澡，换了一件黑色衬衣，袖口卷在手肘处，白皙腕骨凸出，池穗穗甚至能看到他嘴角的一丝笑。她要来，没和贺行望说，但是大家直接就给她在贺行望身旁空出了两个座位。

“嫂子坐这里！”

“这边、这边！”

对面李怀明他们迫不及待地邀请，恨不得立刻变身“吃瓜”群众，将今天的事情问个一清二楚。他们比赛完拿到手机就看到了新闻，好劲爆的！

池穗穗坐在贺行望身旁，轻咳一声道：“初锐今天看到新闻，准备来问——”

“姐。”齐初锐连忙开口。

贺行望看过去：“问什么？”

对这个年幼的粉丝，他很有耐心，不仅仅因为对方是粉丝，还因为对方是自己未来的小舅子。

齐初锐有种“此地无银三百两”的感觉，咳嗽了一下道：“我看到新闻，想问比赛成绩。”

桌边的一堆人都在偷听。

贺行望看看微笑着的池穗穗，又看看紧张的齐初锐，挑眉道：“金牌在你姐姐那里。”

一桌子的人都惊呆了。

李怀明刚喝了一口水，直接呛住：“咯咯咯！”

金牌对运动员而言有多重要，基本不用去强调，他要是拿到了，恨不得晚上贴在胸口上睡，贺神居然给了池穗穗，金牌多真任性。

朱教练就相当淡定了，只是目光显得有那么一些幽怨：“别光说话，吃饭。”

再说他要酸死了。当然也就是酸一下，他当年获得金牌之后，身旁没有个能一起分享的女朋友或者老婆，否则现在金牌也是在家里。

一想到这里，朱教练心里更酸了。他清了清嗓子道：“行望，关于微博上的事情，你还是要说一下，不然有些人会泼脏水。”

现在就有一些人认为贺行望作风不正，比赛期间乱来，甚至准备去举报。

贺行望皱眉道：“好。”

池穗穗等他们说完了才开口：“我们电视台这边准备采访一下这次比赛，朱教练你看怎么安排？”

她没说只采访贺行望。池穗穗的想法是这次来比赛的不止贺行望一个运动员，本身网络上的所有新闻的焦点都在贺行望身上，再被电视台这样一带，其他运动员就彻底被忽视了。

虽然这是体育界的现实问题，但在力所能及的情况下，她还是想多给其他人一些镜头，他们的努力也该被大家知道。

朱教练有些惊讶地看着她。他做了这么多年的教练，什么都很清楚，每一个想来射运中心采访的记者，第一目标都是贺行望。

“回南城之后吧，空出一天时间。”

“好，不过待会儿我会拍一些素材。”池穗穗比了个拍照的手势，“希望不要介意。”她特地带了相机过来。

他们在商讨的时候，贺行望默不作声，倒是几个月没更新的微博突然更新了。

“我们说话你都不听。”池穗穗忽然靠近。

“在澄清。”贺行望说了句，两个人之间只有几指距离，“什么时候回去？”

“明天，我回程的票已经买了。”池穗穗一边说着，一边夹了个蟹过来，慢条斯理地准备吃。她今天将头发扎了起来，很低的马尾，鬓边的头发不长，因为她的动作垂在了脸旁。

“贺行望，你帮我别一下。”池穗穗偏了偏脸。

桌边人多，说话声音很大，他们两个人说话就基本没人听见，像是在说悄悄话一样。

齐初锐正襟危坐，仿佛什么也没看到。但他的眼睛还是不由自主地看向了姐姐和贺行望，这很正常的动作，却凸显默契。

齐初锐抿了抿唇，低下头，想起今天班上的女孩子说的话："贺神和他的未婚妻肯定好得如胶似漆！"

当时他还提醒了一下，这个词形容的对象是夫妻。

因为这两天的比赛和新闻，贺行望的粉丝又涨了几百万。

对一个运动员来说，除非是这人成绩非常好，否则是很少出现拥有千万粉丝这种情况的。他一发新微博，粉丝就都看到了。

贺行望："答对了。// 熬夜不头秃头秃不熬夜：这么嚣张的牙印，除了未婚妻还能有谁？"

他这么久不发微博，一发就承认秀恩爱？

"你很嚣张啊，因为我们都是'事业粉'吗？"

"有未婚妻了不起啊，我自己也能给我自己咬！"

"噫，为什么突然'开车'了？"

"前面的那个自己给自己咬的朋友，请问是怎样一种操作？"

"我朋友今天拔智齿，说看不到贺神和未婚妻制造牙印的过程就不打麻醉！"

"你们都这么拼的吗？"

"贺神有了未婚妻之后，连微博都多发了。"

"老话，爱情的力量。"

贺行望出面亲口承认牙印一事，再加上造谣的人也没有证据，一下子破了谣言，"黑子"只能停下手。

这条微博发出去不到十分钟，就被送上了热搜，甚至有粉丝在评论里放牙印照，最后愣是成了搞怪热搜。

池穗穗看到热搜已经是半夜，想了想，给贺行望点赞了。有些"CP 粉"直接哭晕在厕所里，才喜欢上没多久的 CP 就这么"BE"了，正主还点赞对方。

第二天池穗穗不是和贺行望他们一起回的南城。她将昨天拍的一些素材整理好，毕竟不是专业的摄影师，拍摄的很多东西是不能用的，剩下的一些采访素材等明天去射运中心拍。

当晚，主任在群里 @ 池穗穗："采访完了吗？"

池穗穗正在电脑上剪辑视频，回复："暂时没有。"

群里面的几个同事假期一般很少出现，但张悦然不同，发了条消息：“今天新闻上说运动员已经回到南城了。”

池穗穗回：“回了南城就不能采访了？”

张悦然不回复了。在群里吵起来容易影响自己在主任面前的形象，之前的事情已经影响了很多，她现在要稳住。

池穗穗的采访工作便暂时停了。

比赛结束后，国外的记者也都纷纷回了国，比起比赛结果的实时报道，其他新闻就稍微慢了一点儿。

贺行望在射击项目上的成绩目前在射击界可以说是无人能比的，甚至在全球拥有无数粉丝，他接受采访时的回答也被翻译了出来。

和国内的风向有一些不同的是，国外媒体对贺行望是相当看好的，而且喜欢赞美，这次也一样。

相关的头条上只要提到了贺行望，必然带一句恭喜和祝福，甚至有牙印照。

全球媒体都在恭喜这个不知名的幸运女孩儿，国内论坛上也在讨论这件事。

“国外的新闻太好笑了，不知名的幸运女孩儿，哈哈哈哈。”

“贺神的未婚妻怎么就不知名了？”

“新闻下面的评论你们看了吗？笑死我了，不少人评论说未婚妻肯定是他们外国人！”

“那照片看起来五官漂亮，但和混血儿没关系吧？”

“为了把贺神变成自己国家的人，说句谎话怎么了？再过一段时间，说不定你能看到‘经过论证……所以贺神是外国人’的新闻。”

最后网友的讨论点彻底歪了。

苏绵看到帖子的时候笑死了，和宋妙里在群里乐了半天：“他们也太逗了。”

宋妙里最近不怎么忙，发现了小机器人的新功能，还能带它下楼去散步，每天晚上的生活变得丰富多彩起来，每天在群里打卡拍照，像是养儿子一样。

池穗穗这次的采访很顺利，因为有所有人的配合，采访视频处理完之后总共有将近半个小时。

“怎么还有其他人？”主任问。

“我觉得都采访比较好。”池穗穗认真解释，“单人的专访之前已经做过了，这次本身就还有混合团体赛。”

主任思考过后，还是将采访视频全留了下来，因为这个视频做得太漂亮了，从一路拍摄到后面的自白，还有比赛现场的视频，也不缺这点儿时间播放。

采访还没放出来，另外一件事突然曝光——比赛结束当天，池穗穗和射运中心的人一起聚餐。

这事是一个没有粉丝的小号放的图，照片是偷拍的，正是池穗穗和贺行望坐在一起的情景，两个人像是在说话，离得近，照片拍摄角度刁钻。

这一下子网上炸了。

虽然话题还没上热搜，但是这条微博在发出几分钟内，就被各营销号搬运，转发一多，进入了大多数网友的视线。

两个人离得那么近，是什么意思？避嫌还是要知道的吧？

而且之前贺行望就和池穗穗因为某件事上过热搜，但那是在贺行望公开订婚消息之前，尚情有可原，这次贺行望可是说想要结婚的。

从照片来看，严格地说两个人离得也不是很近，但是对比社交距离，就有点儿近了。

“我家房子塌了？”

“这得是‘人设’崩了吧？我的天哪，未婚妻知道这事吗？”

“@池穗穗 @池穗穗，你不知道避嫌吗？”

“两个人的事，怎么骂一个人？”

“这么着急骂人干什么？‘狗仔’拍的图你就信了？”

“池穗穗倒贴的吧，不是还去看比赛了吗？”

“我觉得你们的想法是真的阴暗，就不准两个人是朋友？吃个饭而已，这角度一看就是故意拍的。”

“吃饭要离得这么近吗？”

网上两种言论吵翻了天。

贺行望作为一个公众人物，一举一动都备受关注，自然而然就会被议论。池穗穗的微博已经很长一段时间没有更新了。

柠檬茶看到网上的消息的时候，一点儿也没信，因为池记者和贺神在比赛期间根本就没交集。

两人要真是在一起了，那贺神还订婚干什么？而且这种地方一看就很吵，因为说话，所以离得稍微近点儿很正常，虽然她不太喜欢池记者和贺神坐一边就是。

先入为主的印象让柠檬茶对池穗穗观感很好，就在微博上多说了两句。

结果倒好，她不仅被开除“粉籍”，还被打成池穗穗的粉丝。柠檬茶也是很苦了。

池穗穗从主任的办公室里出来的时候，办公区有不少同事看了过来，眼神热切。她敏锐地察觉到了这些眼神，觉得有问题。

“穗总。”等她回到座位上，苏绵小声地问，“你怎么今天又和贺神被爆出新闻了？”

她将一个链接发给了池穗穗。

池穗穗一点开链接就看到了那张图，下面评论数都已经五千多了，还在飞速增长。她们这边安静，同事却蠢蠢欲动。

“你们说池穗穗今天会承认吗？”

“我觉得有可能，都出这事了，不承认做什么？”

“我觉得不太可能，穗穗应该是有自己的考虑，可能有某方面的原因不方便公开。”

“也是，如果能公开她早就公开了……你们说这个原因是什么？”

“家境？”

贺神的家庭情况是公开在所有人面前的，根正苗红，家世显赫，贺氏风评极好，做过的公益数不胜数，绝对是顶尖豪门。

而池穗穗，虽然同事觉得她不像外界说的那么穷，但是平常看来，也就是个普通“白富美”。这么一看，她确实很难嫁进贺家。再说池穗穗当的还是记者，又不是女明星，女明星嫁进豪门还能有点儿可能，记者又没名气。

“这个人拍照的角度很妙啊。”池穗穗将手机放下，兴味地说。

一桌子人，拍照者就拍了他们两个，还特地选取了这样的角度，一个没有粉丝的小号发了照片几分钟后就有营销号转发，动作迅速得连鬼都不信他不是别有用心。

“会不会是店里面的店员？”苏绵猜测道。

“不是。”池穗穗摇头。

“那现在怎么办？”苏绵倒是不担心，谁让穗总就是未婚妻本人，“网上都吵起来了。”

池穗穗没回答，却笑了起来。对方以为她真的是去吃饭的吗？手里什么都没有，凭一张照片就想把人钉死在耻辱柱上？

这人如果换个目标还有可能成功。

上午十点，正是热闹的时候。关注这件事的网友还处于激情当中，已经冲到池穗穗的微博下质问这件事。然后他们就发现她发了一条新微博。

池穗穗：“其他优秀的运动员不配出现在新闻上吗？”

这条微博还配了两张图。第一张图上有一桌子的人，而池穗穗和贺行望不过是那么多人中的两个。

这张照片是大家在聚餐结束后，请老板为他们拍的，池穗穗也截了一半出来。

她把里面同桌的人两两截成了一对，拼贴放在第二张图里，远远看过去就像是每个人都离得近。

网友：“……”还有这种操作？池穗穗这是在嘲讽吗？

爆料微博对上这条微博，尽显滑稽，网友被逗得不行，直接在评论里乐了起来。

“池穗穗真是一如既往地强势，哈哈哈哈哈哈！”

“这也太好笑了，哈哈哈哈哈哈，这条微博简直是今天的快乐源泉！”

“其他人：我没有给出场费吗？”

“池穗穗：小样儿，还治不了你了，看我图片攻击。”

“禁止‘套娃’、禁止‘套娃’、禁止‘套娃’。”

当然，就算是这样，也还是有不同的言论出现。

“但是就算所有人都在，你是没有别的位置了吗？怎么就正巧坐在贺神身边？”

“好有心机啊……”

“其他人知道你拉他们出来洗白自己吗？”

“看完照片我想得更多了……射运中心的人都默认你们两个之间有关系了吗？”

“你们就没注意到池穗穗身边的小帅哥吗？”

“杠精”总有自己的理由，并且在任何情况下，都能找出一个点出来抬杠。就像这次，池穗穗身边还有齐初锐，可所有人都无视了他，零星的几人也以为这是射运中心的新人。

池穗穗回复了一条评论：“说明我‘脚踏两条船’呗。// 怎么还没下雪：所以这图你想说明什么？”

她这么一回复，网友又去看图。之前大家先入为主，被贺神和池穗穗吸引去了所有目光，这次看得清楚——

池穗穗手上还有一只剥好的虾，正好塞进了身边的男生嘴里，她还在和贺行望说话。看起来，这还真是名副其实的“脚踏两条船”。

网友沉默了，池穗穗这是去进修了嘲讽课吗？

苏绵刷着手机感慨：“我虽然知道穗总你和贺神的关系，但感觉那张图是很正常的。”

就算不知道，她也只会尖叫。之前池穗穗采访过贺神，两个人如果关系好，坐一块儿也没什么，再加上旁边又有那么多人。

“网络就是这样。”池穗穗淡定地回答道。

男明星和女明星离得近了，就会被传绯闻。其实吧，她和贺行望是有关系，但并不是网友知道的关系。而被黑的图上，他们也的确没有任何亲密行为，只是简单地说话而已。

在没有说明的前提下，许多人凭借自己的臆测，对事情产生了充满戾气的看法。今天受害者是她还好，如果不是她呢？对方能回击吗？还是会被网暴？

池穗穗做记者越久，接触的东西越多，就越觉得如今的网络戾气很重，一件事非要分出是非对错。而现实里很多事是难以界定的，就如同道德和法律，人类讨论了千百年，也还没有讨论清楚。网友不过是仗着在网上发言可以匿名，发生了事情与自己无关而已。

池穗穗不想公开她和贺行望的关系不只是因为两家的公司，还有就是不想过度曝光。贺行望的热度高，她一旦和贺行望公开关系，那么接下来她的每一次行程势必都会被散发到网上，再加上她贺神的未婚妻的名头——

如果她出的新闻一直是正面的还好，一旦出现争议巨大的新闻，那么可能就会出现“贺神的未婚妻为发新闻不顾一切”“贺神的未婚妻为出名曝光 × ×”等恶意揣测的标题。

这和众多结了婚的明星夫妻经常因为一点儿小事上热搜的情况类似，除了自己买的，剩下的就是营销号制造的话题，屡试不爽。

这件事最终还是上了热搜，但是刚上就被撤了。

射运中心那边解释了一番，但是他们的微博一向没有人关注，所以还不如池穗穗的微博评论多。

贺行望没发微博，但是点赞了射运中心的微博，可以说是明面上澄清了这事。

一直到第二天傍晚的时候，南城电视台的新闻栏目空出了半个小时的时间，播放了这次的采访，官微也放出了全部视频。

采访一开始出现的就是聚餐的场景，池穗穗中途还和齐初锐换过位置，给小粉丝接近偶像的机会。可以说她和贺行望坐一起的时间就开头那么点儿。

池穗穗这次和他们一起聚餐期间的确与贺行望没有什么亲密行为，毕竟现场那么多人，再者自己的弟弟还在一旁。

看到新闻的网友感觉自己的脸都被打肿了——这采访一看就是事先定好的，池穗穗都去采访了，当然和大家一起吃饭了。

“说不定还真是没位置了。”

“贺神的队友的澄清都被你们无视了……位置是他们让给池穗穗的。”

“其实如果真的有问题，两人反而会避开吧。”

“射运中心：你们把我们想成什么样的人了？”

网上的风波逐渐平息下来。

池穗穗直接让家里人调查谁拍的照片，还有这事情扩散的速度，完全不是普通人能做到的。结果出来得也快，还真是有人用了“水军”。

池穗穗懒得再和对方扯，直接律师函、法院传票一条龙，送对方出道。

比赛已经结束好几天了，随着 11 月进入月底，南城的天气越来越冷，12 月初的时候，射运中心的运动员就准备去广市集训了。这是射运中心以往的习惯，集训的时间已经在官网上放了出来。

池穗穗今天本来应该知道这时间的，但她被一件事绊住了，并且现在气得要死——居然有人说贺行望服用兴奋剂。

这还是宋妙里发来的截图，模糊成一团，但还是能让人看出大概的内容，就是说贺行望的成绩不对劲儿。

宋妙里：“护士‘吃瓜’时我听到的，让她们发了过来。”

宋妙里：“哪个不要脸的人敢造谣？”

池穗穗这时候刚回到柏岸公馆，直接和她通电话：“大概是他才拿到金牌，成绩碍某些人的眼了吧。”

“贺行望好难啊，太出色了被造谣，不出色就会被骂，太难了。”宋妙里都觉得过分。

“这事我会查的，图是经过无数手的，应该不少人看到了。”池穗穗半眯起眼一边说着，一边开门。

服用兴奋剂对运动员来说是绝对的禁忌行为，也是可以毁掉运动员的职业生涯的，造谣的人实在太过恶毒。大家可以质问，但传谣是另外一回事。

就算这不是发生在贺行望身上，是其他运动员，池穗穗也觉得很过分。现在是有人造谣贺行望服用兴奋剂，那她就更要调查清楚了。

“我都看到了，肯定已经传开了。”宋妙里表示不理解，“你说这都是什么心态，造这样的谣？”

贺行望拿金牌不好吗，为国争光不让人羡慕吗？

话音刚落，正好她办公室的门被敲响，她从玻璃窗能看到顾南砚的衣服。小顾怎么现在过来了？

宋妙里连忙把桌上宋成睿刚送过来的东西放到柜子里，因而发出不小的声音。

“你在干什么？”池穗穗问。

“今天宋成睿带了点儿东西给我，小顾刚好来了。”宋妙里整理好柜子，又抬高声音道：“进来。”

“你的恋爱还没谈腻吗？”池穗穗调侃了一句。她本来以为宋妙里体验一下就会结束，没想到还真认真谈起来了。

顾南砚也真是憋得住。

“只要他的脸不毁，我还能再爱一段时间。”宋妙里说得理直气壮，“难道你腻了吗？”

“我对小顾的脸不感兴趣。”

“我不是说这个。”

池穗穗在玄关处脱下高跟鞋，调侃地说：“如果你说的是贺行望的脸，说不定看多了，还真觉得——”在闺密面前无所顾忌，她直直地走向餐厅，然后就看到了正站在厨房里的贺行望。估计他也是刚回来，周身带着秋季的冷意。

“觉得没兴趣了？”宋妙里追问。

男人的视线扫了过来，眼眸如同一口古井，深不可测又静得可怕，与她遥遥相对。

这话她要怎么答？

池穗穗默默地把“没新鲜感”几个字吞掉，笑吟吟地开口：“觉得还能再看几百年。”

池穗穗的话转得极快，宋妙里觉得有哪里不对。

两人认识这么久，她仿佛知道了什么，眼睛一转，抬高声音道：“才几百年而已，没有个几千年、一万年，能说神仙爱情吗？”

池穗穗被这声音搞得惊了下。宋医生给她订的目标还挺远大。

她和贺行望隔着一段距离四目相对，他面上神色淡然，情绪不明，也不知道有没有听到刚刚的话。

但是这并不妨碍池穗穗微微垂眼，相当轻松地接话："你说得对，几百年确实少了。"

千穿万穿，马屁不穿。池穗穗说完话后就挂了电话，然后才翘起嘴角："不是明天去集训吗，怎么今天还回来？"

"不回来怎么听得见你的夸奖？"贺行望开口。

"不用客气，夸你是应该的。"

"没客气。"

虽然是很正常的回答，但池穗穗就觉得他在"内涵"自己，并且还掌握了证据。

贺行望缓缓开口："今天晚上和我爸妈一起吃饭，他们让我和你说一声。"

两家关系近，都不用客套。

池穗穗点头："那我去换件衣服。"

等她换好衣服下楼已经是六点多，现在外面天空已经黑透了，风冷飕飕的。

今年南城的冬天来得早，也格外冷。池穗穗怕冷，以往冬天没事就会窝在柏岸公馆里，其余情况没事或者没课是不会出门的。当了记者之后没法子，她只能出门上班。

上车的时候，池穗穗才看到宋妙里发来的消息："怎么样，刚才是不是贺行望在旁边？"

池穗穗回了个"是"。

宋妙里大概是难得有空闲时间："还好我一猜就猜中了，足够机智，今年最佳奖就颁给我了。"

池穗穗回："是、是、是。"

宋医生受不得吹捧，三两句就被哄得不知东南西北，和她的小顾谈恋爱去了。

池穗穗收了手机，忽然想起今天的谣言，状似无意地问："你们射击运动员也会有服用兴奋剂的吗？"

她对射击方面的专业知识了解还不够，认为一般情况下被曝出来的兴奋剂服用者大多是田径、举重还有游泳运动员。射击项目受关注度小，有问题平常大家也看不到。

“有。”贺行望微微点头，皱眉解释，“有一届奥运会有个外国射击运动员服用了，我国运动员因而顺位成了亚军。”

池穗穗纳闷道：“用兴奋剂会打得准吗？”

贺行望抬眸看她：“你觉得我知道吗？”

池穗穗一想也是：“跑步和游泳的用兴奋剂我能理解，但是射击运动员用是真的让我很惊讶。”

“每个项目都有可能，区别在于运动员本身。”贺行望慢条斯理地说，“射击只是一个普通的项目。”它并没有什么特殊的。

池穗穗点了点头，琢磨着兴奋剂那件事还是不要告诉他，以免影响接下来的集训，而且一个谣言也没什么好说的。

“为什么突然问这个？”贺行望偏过头看她，眼神幽幽的，她不像是会问这个的性格。

“这两天翻以前的新闻看到的。”池穗穗随便找了个借口。她不想说的事，除非是自己愿意开口，否则没人能撬开她的嘴。

贺行望没再问，池穗穗不知道他信了没有。

贺家的宅子灯火通明。今天贺家人突然想让池穗穗过来吃饭，是因为贺行望在世界杯总决赛上的采访。所以几个人讨论了半天，想着是不是两个人提前结婚，距离新年也就差一个多月而已。

现在射运中心关于东城奥运会的资格席位已经全部拿到，接下来所有的备战都是为了明年的奥运会。

集训时间又比较长，集训之后两人领个证，然后再过一段时间贺行望就去参加奥运会，结束之后刚好空闲下来去办婚礼。

一进门，温暖的空气扑面而来，池穗穗脱掉外面的大衣挂在一旁，换了鞋。她本来以为今天贺家姑姑也在，没想到这次就贺行望的爸妈还有老太太。

因为最近是冬天了，老太太活动量更少，又变懒了，基本上没事不开口说话。见池穗穗过来，她才笑眯眯地招手："穗穗过来。"

池穗穗年幼时，老太太喜欢的就是张扬的她，如今年老了，还是喜欢她的鲜活。

"奶奶。"池穗穗弯着眼睛过去。

吃这顿饭的时候，江慧月就主动提起了这事："我也没想到行望居然会公开说这话。"

当时家里人也在看直播——毕竟是贺行望的比赛——结果一下子就听到了贺行望的话。老太太和江慧月愣了半天才确信听到的话是真的。他们本以为这联姻可能是表面温和，对贺行望和池穗穗之间的感情并不是很清楚，两个人也不会和他们家长说。

但是他们看贺行望的意思，联姻的事似乎还挺顺利的。等后面一天的热搜再出来时，饶是江慧月都有点儿面红——现在的小年轻真是大胆。

池穗穗看了一眼贺行望："其实我也没想到。"她露出一丝不好意思的模样。

池穗穗在长辈面前的形象一直是知礼的，很多事也不会告诉长辈，但是网络上的事她没法控制，家长肯定看到了牙印的事情。一心学习、两耳不闻窗外事的初锐都准备质问贺行望，更别提其他人了。

江慧月嗯了一声，微微一笑道："所以我和你父母商量了一下，你们年后领证，怎么样？"

"年后？"池穗穗下意识地问。

"穗穗是觉得快了吗？"江慧月柔声问，又转头道："行望，你有什么想法？"毕竟最重要的是夫妻俩的想法。

池穗穗思绪转得飞快，这事是贺行望引起的，她在桌子底下轻踢了下贺行望。

贺行望面不改色地道："我都可以。"

所以皮球又被踢了回来。

一直沉默寡言的贺明华开口："行望，你一向有主见，'都可以'这个回答让我们怎么确定？你自己说要结婚的，我们以为你对这事很积极？"

面对父亲的说教，贺行望一言不发。池穗穗在一旁听得想笑，在他看过来时挑了挑眉，眼神明媚，还不忘补充："贺叔叔说得对。"

江慧月嗯了一声："对，今天你就给我个确定答案。"

未来婆媳两个一唱一和，再加上老太太在前头哼哼两声，贺行望不说话都不行。他放下汤匙道："年后民政局上班就去。"

这下日期还提前了。

"这还差不多。"江慧月心满意足，"到时候我会天天确定民政局什么时候上班的。"

贺行望有意无意地看了池穗穗一眼。池穗穗十分坦然地接受了他的目光，甚至坐直了身体，仿佛刚刚讨论时没有自己的戏份一样。

这顿饭吃得宾主尽欢。

结婚日期最终是这么确定下来了，年后民政局上班的那天就是池穗穗和贺行望去领证的时间，而婚礼要等上几个月。贺氏和齐氏的联姻，婚礼自然不能简单。两家准备合作的消息并没有放出去，集团里已经有联合参与的项目，这次会是南城商界的大动荡。

"不少人猜到你们两个会结婚。"宋妙里吃着从医院外面买来的烤红薯，随口说道，"贺行望身边还有第二个女人？"

就她和池穗穗这关系，她和贺行望都没说过几句话。

"我不会是这一辈南城结婚最早的人吧？"池穗穗问。

"是哦，你马上就是已婚妇女了。"宋妙里调侃道。

池穗穗抬了抬手，流露出骄傲又自信的表情："就算我结婚了，南城也没人越得过我。"

"对，这才是穗穗。"宋妙里直接拍起手来。

刚推门进来的宋成睿说："你管好你自己吧。"

宋妙里一口红薯吃下去，含混不清地道："你赶紧去谈恋爱，我看小棉花就不错，哪天介绍给你认识。"

"小棉花是谁？"

"是穗穗的同事。"

"虽然我很敬佩穗穗姐的职业，"宋成睿欲抑先扬，"但我对记者确实不感兴趣。”

他觉得自己喜欢比较冷的女孩儿，一听“小棉花”这个称呼，就感觉对方是可爱型的。

池穗穗扬眉，缓缓开口：“一般说出来的理想型，和最终在一起的是不一样的风格。”她小时候比较傲，觉得没人比得过自己，现在反而很清楚自己想要的是什么。

宋成睿不置可否，这个话题到此结束。

宋妙里今天找池穗穗来是为了恋爱两个月的礼物，不知道该怎么选稍微平价的礼物送人。

“你送什么他都会喜欢的。”池穗穗说，“话说回来，为什么恋爱满两个月还要送礼物？”

“那他的生日又没到，圣诞节也没到。”宋妙里眨巴了一下眼，“我就只能找这个借口了。”

“不喜欢就分了。”宋成睿更直接。

“我怕万一随手送的东西价值都超过他一个月的工资，那他面上高兴，心里肯定受刺激。”

宋妙里无视自家弟弟的话。

池穗穗安抚道：“不会的。”

两人经过一番讨论，最终还是没有确定下来，反倒是提醒了池穗穗，贺行望的生日也不远了。不过这次他的生日是在集训地过，结婚前他的最后一次生日得有点儿不一样才行。

星期一上班时，网上关于兴奋剂的事情已经被压了下去。

贺氏和齐氏平时有专门负责公关的部门，恰好最近大小姐和贺神的新闻又是一起的，所以就有人一起处理了。

微博热搜是上半夜悄悄起来的，不仅如此，就连论坛上都有帖子。

池穗穗本来觉得这可能是一个人的行为，直到见到这阵势，才确定这背后绝对有不少人，妄想将贺行望拉下神坛。

公关部处理完，基本上这事已经毫无踪迹，有人发现了也是在喷对方——检验结果是没问题的。

池穗穗这两天就更忙了，一边找这事的源头，一边还要完成主任给的任务，也幸好接近年关，连大新闻都少了。

苏绵从茶水间回来时贼兮兮的，立刻就在微信上发消息："我刚刚去接水时，听见里面的实习生的对话，说张悦然好像拿到了一个大新闻。"

池穗穗抽空回复："接就接了。"

苏绵："穗总，你不关心是什么大新闻吗？"

池穗穗用余光瞥了一下张悦然的座位，她并不在，于是收回视线："你怎么确定她们说的是真的还是假的？"

被这么一反问，苏绵确实回过神来了。不过她刚才在茶水间听她们说得信誓旦旦的，感觉就像是亲耳听到张悦然说的话似的。

池穗穗确实不怎么关注这事。张悦然不过是自己的一个同事，她们的新闻稿很大程度上是无关的，张悦然能拿到大新闻就拿好了。

手机屏幕亮了起来。她直接打开，新收到一封邮件，上面是两家公司合力查出来的和兴奋剂造谣一事幕后主使的名单。

池穗穗抿唇，表情蓦地一顿，随后五官骤然变得冷艳，甚至能看到一丝锐利。

这个名字她很熟悉，但她已经几年没有见到了。池穗穗闭眼沉思半晌，然后找到贺行望的微信，发消息过去："有件事想和你说。"

过了会儿，她收到回复。

贺行望："视频还是见面？"

第八章
新婚夜

池穗穗选了见面。但是等她回复过去，她才想起来，语音通话也是可以的，不过回都回了，也不好改变主意。

贺行望并没有问什么事，但是心里有数，能让池穗穗这么严肃地开口的一定不是小事，既然不小，那就见面。

池穗穗呼出一口气。

“穗总，怎么了？”苏绵见她表情不太对，还以为是因为张悦然拿到大新闻的事。

“没事。”池穗穗随口说道。

这件事她并不想让其他人知道，至于舆论上的事情，那是她无法管到的。

苏绵点了点头，没多问。

邮件上面的名字有好几个，大都是营销号及其背后的团队，以前在网上也煽动网民，被列在最上面的就是周徐程。

提到这个人，恐怕如今没什么人认识他，因为他已经退出大众视线八九年了，久到池穗穗都记不太清了。

她在网上搜索了一下周徐程的名字，出来的最新一条新闻还是几年前周徐程退出射运中心的事。

新闻上说得很惋惜，因为周徐程那年才十五岁，年轻又有天赋，只可惜在射运中心待了刚满一年就离开了，浏览量总共才几百。

而周徐程退出射运中心的前一天，贺行望刚好宣布退出，还被无数体育媒体报道。

当初周徐程也是因为天赋才被拉进射运中心的。但是之后过了半年，朱教练发现了贺行望，之后的几次大比赛中，周徐程的成绩都不如贺行望。

一个人的光芒越多，其他人就注定暗淡。

当年贺行望才十几岁，与周徐程前后差一天离开，但没人将他和周徐程的退出原因联系在一起。至于周徐程曾经试图给贺行望下兴奋剂的事也被尘封。

池穗穗忽然抬头问："苏绵，你崇拜贺行望这么久，对他的所有事都知道吗？"

"这肯定不可能呀。"苏绵认真地想了一下，"我只是一个粉丝，无法接触他真正的生活，除此之外看到的都是他展现在外人面前的事。"

当然现在她知道的事多了点儿，比如贺神的未婚妻是自己的好朋友！比如贺神之前送穗总来上班！

"你什么时候成为他的粉丝的？"池穗穗又问。

"几年前奥运会那会儿，对贺神一下子惊为天人，从此我就进了贺神的坑。"苏绵小幅度地拍着桌子，当年贺神那张勾唇笑动图风靡整个奥运月。

池穗穗垂眸："很多粉丝和你差不多吧？"

苏绵说："对。"

虽然不知道穗总为什么突然问起这个，但她还是很认真地回答了。

池穗穗觉得很遗憾。贺行望在十三岁那年被朱教练发现射击天赋，从而进入了射运中心，被当成重点苗子来培养。

本身他家世就好，朱教练花了很多工夫才说服他，谁也没想到在射运中心里也会出问题。

今天出了这事，池穗穗一整天都没什么精神，任务是提前完成了，但心情并不怎么好。

张悦然截然相反，所有人都看出来她心情好。平时她支使实习生做事时理直气壮，从不说谢谢，今天还说了一次谢谢。

“她申请了用你的摄影师。”临近下班时，陈如玉告诉池穗穗。

池穗穗虽然不关心这事，但还是有些惊讶：“她自己有搭档过不少次的摄影师，怎么突然换人了？”一般记者用习惯了的人就不会换。

陈如玉抱着个保温杯，往里面加了点儿枸杞子，意味深长地道：“大概是看了你之前的几次采访。”老员工说话不会太明白。

池穗穗听懂了，微微一扬眼尾。张悦然可能不知道，一个采访的好坏，摄影师是占一部分因素的，但更多的还是记者本身。张悦然不把心用在正道上，借助再多外因也没用。

因为说好和贺行望见面谈，池穗穗直接请了明天一天的假，至于能不能谈完，她也不确定。此时名单两家人已经知道了。

“你的意思是穗穗也看到了？”

“对，池小姐让我们查到就直接发邮件给她。”

挂断电话后，江慧月打开邮件看完，在家里坐了足足半小时，才给池穗穗打了电话。

彼时池穗穗刚下班，正和苏绵吃火锅，因为天太冷了，而且她今天因为周徐程的事心情不太好。

“穗穗，你看到邮件了是吗？”江慧月问。

“贺姨。”池穗穗停下筷子，“看到了。”

“这件事暂时不要告诉行望吧。”江慧月叮嘱说，“他现在正在集训，不能分心。”

对自己儿子的事业，她是很支持的，至于有些人议论的堂堂贺氏大少爷去当射击运动员，她压根儿不会听，因为贺行望在哪个地方都能很出色。

“贺姨，这件事我认为他有知道的必要。”池穗穗压低声音说，“您应该相信他。”

“但是……”江慧月依旧犹犹豫豫的。她还记得那件事之后，贺行望脾性渐冷，不再像以前那样年少轻狂。

“您还担心他吗？”池穗穗轻笑了一声，“行望以前能做出决定，这一次也能，让他处理。”

不可否认，江慧月被说服了。

池穗穗挂断电话后，苏绵眨巴着眼睛，只觉得有什么事发生了，而且是和贺神有关的。她搜刮了一下脑海里的记忆，联想到池穗穗说的贺神能做第二次决定的话，突然叫了一声：“穗总！”

“嗯？”

“是不是贺神要退役了？”

池穗穗抬眼：“你怎么会这么问？”

苏绵说：“我猜的。其实吧，贺神身上的事我之前看过超话的总结微博，有一件事我还真不知道原因，就是贺神当年进射运中心不久就退出的事。”

这事准确来说所有的粉丝都不知道原因。

贺行望当时还处于刚冒头的阶段，没多少人认识，也没有参加国际大赛，所以大众知名度不高，但是《体育报》对他参加过的比赛报道很多。

当年微博才兴起没多久，现在能找到以前的新闻，但是不多，都对具体事情没有报道。

苏绵只知道那事大概和周徐程有关系，因为在贺神退出射运中心后的第二天，周徐程就离开射运中心了，现在贺神已经站在世界之巅，而周徐程没了踪影。

池穗穗说：“你知道得还不少。”

苏绵眨眼：“我是记者。”所有的事情她都会去联想。

池穗穗莞尔，称赞道：“苏绵，你现在比以前更加适合记者这个职业了。”

这句话让苏绵晚上吃撑了。

就在吃饭的时候，周围有人认出了池穗穗。这家火锅店距离电视台不远，又是网红店，对方见到池穗穗本人，再观察一下基本就确定是她了。

池穗穗对镜头有很敏锐的感觉，对方一拍照她就感觉到了，一抬头果不其然刚好见到对方收回一半的手。那桌拍照的两个女生，尴尬地笑了一下。

池穗穗倒没过去让她们删除照片，只要不是过分的照片，她对这个没什么感觉。

冬天天黑得早，两人吃完饭整座城市已灯火通明。

池穗穗裹紧了大衣，站在夜色中，小腿笔直细长。她和苏绵分开，然后回柏岸公馆换了衣服，再开车去了机场。她没和贺行望说自己晚上会来，到集训中心的时候已经是晚上九点多接近十点。

这边天气很热，池穗穗直接脱了大衣，里面穿的是一件褐色的连衣裙，衬得皮肤白皙。她从机场出来的时候，高挑的身影让不少人侧目，高跟鞋踩在地上发出嗒嗒的声音。

她身上与生俱来的名媛气场，使得她每走一步都像是超模走在T台上，愣是让无数路人直接无视了她胳膊上搭的那件厚重大衣。

之前贺行望和她提过集训地址，但是显而易见，池穗穗又被拦在门外了。

晚上是不需要训练的，朱教练正安排所有的运动员观看对手的比赛资料，场上安安静静的，唯有偶尔的枪声响起。

这时候，贺行望的手机屏幕亮起，跳出池穗穗的名字，他一接通电话就听见了池穗穗的声音。

“贺行望，我被拦在门外了，你过来接我。”向来明媚张扬的大小姐嗓音有点儿郁闷。

池穗穗的确很郁闷，和门口的人对视了半天，最后还是绝了硬冲进去的念头。她今天不知怎么的，大约是被兴奋剂的事气的，就想抬杠：“你真不让我进去？”当然她的语气也不是很差。

小哥一言不发，沉默以对。

贺行望出来的时候，看到的就是池穗穗站在台阶上的样子，眼尾泛着一点儿红，在灯光下艳丽逼人。这时候的她像是变回了少女时代无法无天的那个小姑娘。

贺行望站在原地，看着她生动的表情，平日里淡然的神色被灯光晕染，柔和下来，嘴角似乎也上扬了点儿弧度。

“贺行望！”池穗穗看到出来的男人，扬声叫了一下，还不忘抱怨，“你怎么这么慢？”

她快热死了。虽然来之前她里面的衣服特地穿得单薄，但是这里的温度都十几二十摄氏度，穿夏天的衣服才正常。

“来晚了。”贺行望很干脆地承认了自己的错误，顺手将她手里的大衣接了过去。她这次来没带任何东西。

往里走时，他说：“我以为你明天来。”

池穗穗非常淡定地解释：“事不宜迟，我的职业让我习惯了早解决问题早好。”

实际上再拖又到周末了，隔了几天没见，她觉得贺行望的气势更内敛了，周身的成熟气息也越发明显。她明显能感觉到一种致命的吸引力。

池穗穗怀疑自己被下药了，不然怎么才和他分开没几天，感觉变得这么快。

“来这里待几天？”贺行望转移话题。

“就一天，我没带衣服来。”池穗穗说了句，又用手扇了一下风，“这边挺热。”

里面虽然有空调，但温度没有开太低。贺行望的房间依旧是单人的，他出来时其他人都知道，池穗穗一进走廊，就对上几颗探出来偷看的头，被发现了就全都缩了回去。

这是少年人特有的活力。

池穗穗乐不可支，眉眼弯弯，进了贺行望的房间后终于忍不住笑了起来：“你的队友真好玩。”

贺行望稍抬眉峰道：“是吗？”

他倒了杯温水，池穗穗咕噜咕噜喝了几口，在房间里坐了几秒，才道：

“你这里有没有衣服，我想换掉。”

贺行望深深地看了她一眼。

“你这么看我干什么？”池穗穗问。

“我以为你在说玩笑话。”

这种事还能说玩笑话的吗？池穗穗觉得迷惑，难不成自己还是故意勾引他？

贺行望只淡淡地说了句，没再继续解释她的迷惑，给她拿了件自己的衬衣：“这件？”

池穗穗坐在椅子上，直到从他手里接过那件雪白的衬衫才骤然反应过来：“没有别的衣服了？”

“还要什么？”贺行望皱眉。

池穗穗站起来，将衬衫在自己身上比了下，将今天穿的及踝连衣裙裙摆撩起来。她个子高挑，衬衫下摆刚到大腿根，因而露出洁白的一片肌肤，看上去就像是只穿了一件男人的衬衫。

池穗穗翘起嘴角道：“贺行望，你是不是觉得下衣失踪好看，所以不给我裤子？”

“下衣失踪？”

“对啊，就是下面看不出来穿了衣服。”池穗穗轻眨了一下眼，“看不出来吗？”

下衣失踪，顾名思义，贺行望就算没听说过，也能听懂这个词的意思。他目光意味深长地在她的腿上绕了一圈，认真地问：“你要穿我的裤子？”

池穗穗想回一句：难道她不能穿吗？话到嘴边她突然想起来，他的尺寸对她来说过大，穿了就掉。到时候万一她刚把衬衫撸上去，结果裤子掉了下来，那就真是下衣失踪了。

“不要。”池穗穗果断地改了主意。

贺行望不置可否，只是眉头微动两下，似乎早已猜到她这次的答案。

池穗穗拿着衬衫去里面换。这里面没有落地镜，她也不知道自己穿上衬衣是什么样，但是不管怎么说自己的身材很好，穿起来也不会差。

贺行望的衣服上有种好闻的味道，淡淡的，她吸了几口。

池穗穗想起有种说法，人能闻到对方身上的信息素味道，对喜欢的人的味道会更喜欢。在各种各样的味道中，习惯了某种味道，基本也会习惯那个人，她现在是习惯了贺行望吗？

池穗穗扯了下衬衫，扣子留下最顶上的一颗没有扣，微微露出精致的锁骨，无端有些诱人。

“好了吗？”

“好了。”池穗穗应了声，开门出去，“催我干什么？”

她骤然站在贺行望面前，他也真正见到了“下衣失踪”是什么样子，不可否认，这对男人是很大的诱惑。

“好看吗？”池穗穗问。

“好看。”贺行望给出肯定答案。

池穗穗这才满意，重新坐下，然后进入正题：“我想和你说的事本来不打算告诉你的，但是出了点儿意外。”

兴奋剂一事里有了周徐程的手笔。

贺行望在她对面坐下，轻轻嗯了声。

池穗穗将手搁在桌上：“前几天有人在网上造谣你服用兴奋剂，这件事有不少人知道了，但还没具体传播开。”

贺行望的眉头瞬间紧皱了起来。

对运动员来说，兴奋剂是终生不能触碰的东西，因为这点，他们在饮食等方面全部都要注意，造谣服用兴奋剂是对一个运动员最大的侮辱。

“你不用放在心上，贺氏会处理。”贺行望舒展眉头，反过来安抚池穗穗，“会有专门的兴奋剂尿检。”

池穗穗当然知道这个。

不仅是比赛期间要进行尿检，而且有关部门在非比赛时间，经常会进行突击检查，就为了以防万一。而且检查人员必须持证，必须几方在场，专人负责相关部分，还会有录像，可以说是非常严格的。

如此一来，很多侥幸逃过尿检的运动员在之后的几年内也会被发现，以前的成绩也会直接被取消。在贺行望看来，造谣他服用兴奋剂是一个很愚蠢的行为。

贺、齐两家的人也不会就看着，调查的同时就将那些截图什么的处理干净了，不会让事情扩大影响。

池穗穗思索了几秒后道：“像这种谣言当然是已经处理了，刚调查出结果，其中还有一个你认识的人。”

房间内突然安静下来。

半晌，贺行望垂目出声道：“他吧。”他用的是陈述的语气。

池穗穗神情复杂地点头道：“周徐程。”

这是一个经历过那些事的人不会忘记的名字。

贺行望十三岁时在射击馆被朱教练发现，天赋惊人，朱教练坚信他能在未来取得优异的成绩。

彼时周徐程十四岁，进入射运中心半年。他是被前一个教练请进来的，也是被认为天赋出色，但是后来没几个月教练身体出意外离开了射运中心，朱教练因而成为射运中心的新教练。

那时候的中国队在射击运动中夺得的金牌不少，但也不算太多。

朱教练年轻，也想射运中心在自己的领导下得到更好的成绩，所以对运动员很严苛。贺行望是他亲自发现的，他对贺行望更珍视，也更严格。

一开始进入射运中心，贺行望的身份没有被公开，他是以一个普通人的身份来当一个运动员的。他和周徐程年纪相仿，又同是10米气手枪这个项目的选手，因而很快就熟悉了，也会交流。

周徐程比贺行望早来半年，算是贺行望的前辈，一开始就很认真地教贺行望一些专业知识。贺行望天资聪颖，一点就会，在射运中心的成绩是飞速上升的，从第一天对气手枪的不适应，到一星期后，已经能稳定打出9环的成绩。

在这一行，贺行望是真正的天才。而周徐程在一番对比之下，从曾经的射运中心最年少的天才运动员，变得居于贺行望之下。

朱教练对人的严格成了一把利刃，加上从一开始周徐程教贺行望，到后来贺行望超过自己，周徐程的心态也在一天天发生变化，于是不久后就发生了兴奋剂的事。

这件事是江慧月和池穗穗说的，从十三岁那年贺行望退出射运中心后，这件事就被隐瞒了下来。

房间内灯光明亮，池穗穗注视着对面的男人："当年你放过了他？"

她并不知道真正原因，但无非因为周徐程当时还未成年，连十五岁都没到。

"我没和你说过当年的事吧？"贺行望没回答她的话，转而抬眸望向她。

池穗穗的表情格外严肃。

"不用这么认真。"贺行望被她看得深沉的心情忽然消失大半，伸手按了下她的眉心。

"有话好好说，别动手。"

"好，说话。"

从别人口中听来的事，总是没有当事人亲口述说来得真实又细节清晰。

贺行望问："你和我爸妈都以为是周徐程未成年的原因，我才没有深究此事是不是？"

池穗穗反问："难道不是吗？"

这么恶劣的事，她能想到的原因暂时只有这个。

"不止。"贺行望目光冷静，漆黑的眸子像一汪深泉，"他一开始是真的帮过我。"

一开始周徐程是真的很好。贺行望出生在贺氏，周围的朋友都是富家子弟，射运中心是他从来没有体验过的圈子。在这种情况下，周徐程作为一个前辈，很尽心地帮他解决了一开始的疑惑。虽然他很快就适应了射运中心的生活，但不可否认周徐程的作用很大。

"他的确是因为我才陷入这种怪圈的，未成年的确是一个原因。"贺行望认真地说，"其次是因为他曾经对我友好，我也不想出现在丑闻里。"所以他就私下处理了这事。

当时射运中心的领导对这事很重视，因为对队友下兴奋剂是一件非常恶毒且影响恶劣的事，虽然周徐程没成功。

那次是比赛刚结束回射运中心的第二天，贺行望那天正好在一次训练的时候一枪出了错，居然打出了6环的成绩，所以心情不怎么好。周徐程送过来的水被他放置在那里没有动。

结果在晚上就有专业人员来了射运中心，说接到举报，贺行望服用了兴奋剂。尿检结果自然是没有任何问题的。

朱教练很相信贺行望，直接大调查。周徐程年少不经事，做了事会紧张，还是贺行望发现了他的异常，不用多问周徐程就承认了。

也亏得周徐程当时年幼。江慧月和贺明华当年差点儿气死，自己引以为傲的孩子居然被这么对待，结果周徐程年迈的奶奶又是道歉，又是下跪，他们再怎么想处理也祸不及家人。

“这件事对我们来说是很严重，但他并不能受到法律上的什么惩罚，我的要求是他被射运中心送走。”并且射运中心永远不再让他进入。

如果是射击运动员，那不进入射运中心是没资格参加比赛的。这件事没公开，一来是影响射运中心的声誉，二来贺行望不想自己的名字出现在丑闻里。但他那时候确实觉得很震惊，所以最后退出了射运中心，第二天周徐程就被送走了。这件事没有任何媒体知晓。

贺氏当初私底下封杀周徐程，周徐程后来离开了南城，至于他现在在做什么，贺行望不清楚。

贺行望眉目疏淡，语气淡然，时隔多年，他已经能够很平静地讲述这件事的经过。

他越平静，池穗穗听得越心疼。他那时才十几岁啊，却突然遭受这样的事。如果他当时真喝了那水，那当时就会直接被检测出服用兴奋剂，此后他永远都会背上服用兴奋剂的污名，并且就算以后他成绩出色，也会被怀疑。

就算贺行望不做运动员，回去继承贺氏，也会被冠上这样的名声，这直接毁了一个人。池穗穗甚至不敢想象那样的画面，庆幸贺行望那一次训练的失利。

几年前周徐程十四岁，未成年，而如今已经不一样了。

“他现在已经成年了。”池穗穗缓缓开口，“虽然不懂是什么心态，但他确实插手了。”

很可能这谣言就是他放出来的。当然也可能是他发现了这谣言，突然气不过贺行望已经站在世界之巅，就推波助澜了那么一下。反正他已经做了，就要承担相应的责任。

池穗穗竟然有一种想法：周徐程当年没有受到的惩罚，这次就一并受了。

“他当年说会发生这事都是因为我。”贺行望垂眸道。

“这件事你没有任何错。”池穗穗清澈的眼睛看着他，“不用想那么多，也不需要自责。”

难不成他有天赋还成自己的问题了？

池穗穗对这样的想法嗤之以鼻。她在南城一向是众多大小姐、名媛羡慕的对象，天生的。她同样类比：“照他的说法，那我参加过那么多宴会，岂不是已经被下毒几百回了？”

原本的氛围突然被毁灭殆尽。

贺行望的嘴角莫名地扬起一点儿弧度，他似有若无地笑了一下：“是，你说得都对。”

“我说的当然是对的。”池穗穗抬起下巴，颇为骄傲。

“我都知道，我也不觉得我有错。”贺行望这才补充了一句，“但他会变，我有责任。”

池穗穗只觉得他很无辜。她记得以前的贺行望，骄傲但不轻狂，在她面前自尊心很强，虽然最后常常还是听从她的支使。

十三岁前的贺行望是一个骄傲的少年，现在的贺行望已经成了一个成熟的男人。他是怎么从那件事里走出来，再次相信周围的人，又重新进入射运中心，拥有如今耀眼的成绩的，没人知道。

见她突然情绪低落下来，贺行望屈起手指在桌上敲击了一下：“我会处理好的。”

池穗穗突然觉得就不该讨论这个深沉的话题。她现在坐在这里不是以记者的身份，而是以他的未婚妻的身份，就应该说点儿轻松的话题才对。

池穗穗绷着的神经突然就松开了，她觉得自己居然对周徐程这么上心实在不应该，她干什么要记住一个小人？

池穗穗缓缓地叹了口气，看了下时间，不知不觉已经到了十一点："贺行望。"

"嗯？"

"十一点了，我今晚住哪儿？"池穗穗问出了重要的问题。她来的时候急，压根儿就没订酒店，除非现在去贺氏在这边的酒店里住一晚。

贺行望忽然也想叹气："留在这里吧。"

"你知道你说了什么吗？"池穗穗缓缓睁大了眼睛，往常冷艳的脸上竟然多了丝俏皮的神色。朱教练会杀了她的。

"知道，家属可以过夜。"贺行望慢条斯理地解释，又补上，"短暂的。"

"短暂"这个词很有灵性。池穗穗思考了一下短暂到底是多长时间，一夜可以说是短暂，三五天可以说是短暂。她调侃道："这是你规定的吗？"

贺行望挑眉，问："你是这么想的吗？"

池穗穗说："我只是合理猜想。"

贺行望不置可否，而是漫不经心地开口："如果是我，就不是短暂了。"

不愧是你。

池穗穗愣怔半天才找回自己的声音，顺着他的话说："那你这里就一张床，我在这里——会不会影响你啊？"

她略歪头，语气有些娇嗔。

贺行望意味深长地看了她一下，又扫了眼她身上有些宽大的衬衫："有可能。"

池穗穗问："那怎么办？"

贺行望说："没办法。"

池穗穗觉得自己的耳朵出了问题，有生之年居然能听到贺行望在这样的问题上回答出"没办法"这个答案，实在让她很惊讶。

虽然不知道为什么，但她的记忆里，贺行望永远是气定神闲的，对任何事都有方法，就算没有也能找出一个。

池穗穗估摸着，是不是自己对贺行望的滤镜太重了，对学霸有专门的学霸滤镜，对贺行望这个人，她可能各方面的滤镜一叠加，贺行望就在她的眼中成了一个完美的人。

“没办法你就打地铺吧。”池穗穗忽然说。

“……”

“反正这边天气不冷，顶多我再分你一床被子。”池穗穗又加上了一句。

“不用了。”贺行望被她说得安静几秒，这才开口拒绝。

池穗穗反将一军，心情颇为美妙，然后就起身在这个新的房间里转了一圈。

和射运中心不同，这里还是比较清冷的，贺行望在射运中心的房间像一个小型公寓，而这里像是星级酒店的房间，门后也没了飞镖这样的东西。

池穗穗转了一圈无所事事，还有点儿失望：“算了，这里也没什么好看的，洗洗睡吧。”

贺行望本来以为她还要再说什么，结果就听见了这句。池穗穗的衣服最后还是让人连夜送过来了，不然明天还要穿今天的衣服，名媛修养让她拒绝如此。

品牌方送来了不少衣服，有外套有长袖，夏季的裙子也有，内衣也有，吊牌都还没剪。因为知道地点在哪儿，一查就知道这是射击运动员的集训场地，品牌方还聪明地贴心备了一些小礼物，礼物是池穗穗在拿衣服的时候发现的，几盒安全套就这么大大咧咧地掉在了地上，每个盒子上标注的尺寸都不相同。

还是贺行望把盒子捡了起来，每个包装都不一样，但是从盒子一眼就能看出作用。他把盒子放回桌上，明显的包装加上上面的字眼，让这个房间莫名地增加了一些异样的气氛。

“咯咯。”池穗穗轻咳了两声，“不是我要的。”

贺行望说：“我知道。”

然而池穗穗觉得他似乎不怎么相信，主要是从他那张冷淡的脸也看不出到底是信了还是没信。她甚至觉得刚刚还不如说是自己要的。

池穗穗认真地说：“真的。”

贺行望也点头：“是真的。”

池穗穗俏皮地眨了一下眼。她把吊牌剪了，一股脑儿将衣服全扔进洗衣机里去了，进微信才发现品牌方的总监还发了消息："穗穗，我们给你准备了礼物，希望你会喜欢！"

这家品牌方算起来和她合作很久了，以前经历过设计师出走的事情，是她从中周旋，可以说对方能东山再起，有她的原因。对品牌方来说，齐氏的帮助当然是雪中送炭，所以后来新设计的东西还没上市，品牌方就会先送到她家，甚至有专门为她定制的款式。

接近十二点的集训中心已经安安静静，朱教练接到贺行望的电话，震惊地从床上坐了起来，瞌睡全跑："怎么回事？"

"穗穗在我的房间里。"贺行望又说了一遍。

"哦。"朱教练一听是她，松了口气，还好是她，这要是别人，吓死他了。

"今晚她不走了。"

"行吧。"朱教练虽然皱着脸，但在电话里也体现不出来，"这边有空房间。"

"不用了，就我的房间。"

朱教练找回自己的声音："行吧，你决定就好，但你现在是在集训期间，该注意的事你自己清楚。"

贺行望嗯了一声。他向来知礼，就算教练不叮嘱，他也会自己注意。

"不过小池来这里干什么？"朱教练年纪大了，叫人都爱叫"小 ×"，"就是来看你的？"

贺行望的神色冷了下来，说话的语气却相当平淡："世界杯总决赛之后，网络上有人传播我服用了兴奋剂的谣言。"

一听到这话，朱教练直接跳了起来："这还能造谣？是不是有人见不得我们中国得金牌啊？"

他平生最听不得"兴奋剂"这三个字，一来是因为几年前的阴影，那件事与他的疏忽也有关系；二来是兴奋剂对运动员来说可是影响终身的东西。

贺行望淡定地继续说："已经查出后面的人了。"

他把邮件传给了朱教练。朱教练一打开，看到周徐程的名字就愣了一下。

这都九年多过去了，他已经很久没见到这个名字了。这么久了，周徐程怎么还在搅和兴奋剂的事，他是脱离不了这东西吗？

贺行望敛眉："这次我自己会处理。"

朱教练喉咙干干的，当年骄傲的少年差点儿就被毁了，幸运女神眷顾了贺行望，但朱教练一直很自责。

"好，但是官方会负责的。"

射运中心自然不会放任这事继续发展，这是在恶意中伤他们国家的优秀运动员。话音一落，电话里传来房间门被打开的声音。

"那就先这样，教练早点儿休息。"贺行望只接着说了一句，就挂了电话。

还想回一句"你也是"就听到忙音的朱教练："……"

池穗穗见贺行望在打电话，没打扰。她今晚穿的也是他的睡衣，因为刚洗的衣服还没晒。

虽然说是睡衣，其实是池穗穗扒拉了贺行望的衣柜，找出了另外的衣服，过长的衬衫下摆被她打了个漂亮的结，下面穿了一条宽松的短裤，用绳子系住了。也幸好运动员的夏天短裤有绳子，不然她还真是不能穿。

"好看吗？"池穗穗走到他面前。

贺行望的目光在她手指间的戒指上一闪而过，他又瞥了眼衬衫打的结下若隐若现的小腹，颔首："挺好看。"

"不愧是我。"池穗穗自夸。她的身材很好，柏岸公馆有健身房，她日常就会去里面走走，以确保自己的身材永远优秀，务必保证在南城是最优秀的名媛。

她可不想见到某一天晚会或茶会，她因为过胖穿不下礼服，那她会现场"死亡"的。

她站在那里，长鬈发就这么垂在背后，发尾沾染了水汽，身上还散发着若有若无的水雾。特别是她对着镜子整理自己的时候，显得风情万种。

贺行望多看了两眼，池穗穗从镜子里看到，翘起了嘴角。等打理完了，她才躺到床上，又用薄被盖住自己，声音模糊不清地说：“该睡美容觉了。”

贺行望轻抬眉梢，关了大灯，房间突兀地暗了下来。

微弱的小灯灯光映照得整个房间有些昏暗，池穗穗说睡觉，其实眼睛都没闭，看着贺行望进了浴室，听着随后传来的哗哗水声，感觉耳边有点儿燥热。

池穗穗摸出手机，在群里号了一声：“睡了吗，姐妹们？”

没几秒，答案出来了。

苏绵：“今夜南城不眠。”

宋妙里：“熬夜冠军打卡。”

池穗穗思考一番，回复：“问你们一个问题，如果你们和一个男人躺在同一张床上，会有什么结果？”

宋妙里：“当然是二话不说就上了，我身旁除了我男朋友、我老公，还能有谁？”

苏绵：“谢邀，我这个单身狗不配回答。”

宋妙里：“你在贺行望的床上吗？”

池穗穗也没觉得有什么不能说的，把今天的事说了一下，至于和周徐程相关的细节没有提。

宋妙里：“干得好穗儿，人都在你的床上了，还不任由你为非作歹？学到了，分手前我就去骗小顾。”

池穗穗：“……”

宋妙里很快撤回了一条消息。

苏绵：“我这双眼睛不要也罢。”

她表示自己应该退出这个群，深夜话题已经不适合她了，她的心和眼睛都脏了。

说是这么说，宋妙里和苏绵还是军师附体，给池穗穗出了不少主意——

什么衣服扣子别扣好，不经意间露出风景等，甚至有直接在床上掀开被子等。

池穗穗琢磨了一下贺行望的性格，打字回复：“你们就没想过他不动吗？”

宋妙里：“对你的未婚夫有点儿自信，对你有点儿自信，他这还能无动于衷，赶明儿就解除婚约吧。”

苏绵小声说：“是啊，虽然贺神的脸好看、身材好，但幸福是一辈子的。”

苏绵：“打错字了，‘性福’是一辈子的！”

池穗穗：“马上开除你的‘粉籍’。”

宋妙里作为医生，医院里的护士病人多，自己手头上可利用的资源也多，马上就给池穗穗找来了几部片子，有内容，有剧情。

池穗穗本来抱着“姐妹的推荐必然没有问题”的想法，看到一半就变成了“这有什么好看的，还不如我上”。

不知道为什么，贺行望像是扎根住在了浴室里，一个澡洗得格外久。池穗穗打了个哈欠，看着看着就睡着了。

等贺行望从浴室里出来的时候，池穗穗已经躺在那里睡着了，手机就放在一旁，屏幕还亮着，不时传出“啊，不要”的暧昧声音。

贺行望一时之间有点儿迟疑。

他把池穗穗手上的手机拿走，通知栏上适时滑过一条刚收到的消息，紧接着又是两条。

宋妙里：“穗儿，你已经上了吗？”

苏绵：“距离之前都过去半小时了……嗯。”

宋妙里：“她没回复了，看来是战况激烈。”

内容不言而喻，贺行望深深吸了一口气，没看她的聊天记录，关了手机，又紧锁着眉把池穗穗的睡姿纠正过来。

大小姐大概是独占一张床习惯了，睡姿比较随意。他才碰到池穗穗，她就醒了。她本身睡眠就浅，更何况今晚心里还惦记着事，只不过因为瞌睡，醒了也不是太清醒，可能是宋医生的话影响了她的思维。

“贺行望。”

看到贺行望弯腰靠近自己，池穗穗下意识地叫了声，漂亮的一对眼半眯起来，带着慵懒之意。

“你要干什么？”她揪住衣服的领口，实则勾着手指在手心里要解开扣子。

这画面落在贺行望眼里就是池穗穗睡眼蒙眬还不忘攥紧衣服，实在过于谨慎，与她平时的风格不太像，颇有种奇异的违和感。

“你睡歪了。”贺行望说了一句。

下一秒，一颗扣子蹦了出来。贺行望顿了顿，那颗衬衫的扣子掉进了他的手里，他自己的衣服他当然熟悉。

到这时，事情的发展已经让他的违和感得到了证实，并且双方都很震惊。

正准备明着以羞涩掩饰、暗地里撕开衣服，做出无意间露出自己的风光以达到勾引目的的池穗穗：“……”

她用力过猛，凉了。

被微光晕染的男人轮廓线条十分柔和，池穗穗却仿佛看见贺行望的脸上写了几个字：再扯衣服就碎了。

她脑中空白几秒，第一个想法是绝不允许自己的名声毁在一颗不值钱的衬衫扣子上。池穗穗当机立断，小嘴开启叨叨模式：“贺行望，你这是什么衣服，质量怎么这么差，赶紧换个品牌吧，没有我就给你介绍两家……”

反正是“我没错”和“衣服有错”二选一，她倒打一耙就完事了。

一通乱讲搞得贺行望差点儿就信了，要不是这衣服是自家的品牌的话。

贺行望深深思考了两秒，决定不开口戳破这件事，面上装作相信了她的话：“好。”

池穗穗在心里松了口气，然后为自己的救急能力点了个赞，不愧是池记者。

既然人醒了，贺行望就没继续自己之前帮她调整睡姿的行为，在床的另外一侧躺下，将小灯也关掉。

整个房间暗了下来，窗帘隔绝了外界的霓虹灯光，这边的隔音很好，黑暗中只能听到两个人的呼吸声。

池穗穗从来都是一个人睡的，今晚睡在别人的床上不说，身旁还躺了一个人，虽然两人已经订婚，也接过吻，但更深的接触还没有过。

池穗穗不禁想，贺行望无动于衷，不会是真不行吧？该不会苏绵和宋医生就这么猜对了吧？

池穗穗还想挣扎一番，这样造谣贺行望不太好，万一哪天就被制裁了呢？

她翻了个身，向内侧躺。黑暗中，池穗穗看不到贺行望的脸，但是能感觉到他就在自己身旁不远的地方。

和她胡思乱想不同，贺行望显然很平静，从出浴室到现在，一直都是淡淡的样子。

池穗穗的手偷偷摸摸地从里面伸出去，盖在被子下，动作缓慢，很快就碰到了贺行望的胳膊，冰凉得像是冰块，池穗穗下意识地缩了下手。

贺行望忽然按住她的手："不要乱动。"

"你身上怎么这么凉？"池穗穗小声问道，收回手，心里却蠢蠢欲动起来。

"没怎么。"贺行望含混不清地回道。他不觉得要将自己在浴室里洗了个冷水澡的事情说出来，徒添麻烦。

他说得这么模糊，池穗穗反而更好奇了，消停了半分钟，伸出脚尖往他那边蹭，脚趾很快就碰到了贺行望的腿，才动了两下就被贺行望夹住。他用了不小的力道，她抽不出来。

这就过分了。

池穗穗蹭过去，在他耳边质问："你干什么？"

话音刚落，她就感觉被子动了，身上一沉，男人的手已经撑在了她的身体两侧，这时候适应了黑暗，她能看到他的轮廓了。

"睡觉不好吗？"他问。

"好。"池穗穗口是心非，衬衫因为滚动扯开了不少，本身就掉了一颗扣子，现在大片肌肤露在外面。

贺行望能感觉到她的光滑肌肤，忽然低头吻住她。池穗穗的唇上有他平日里用的牙膏的清香，还带着唇膏独有的甜味，软绵得像果冻。这个吻来得猝不及防，又在预料之中。

池穗穗整个人被圈在他的怀中，鼻间满是男人身上的柏木香，令人意乱情迷。她伸手揪住他的衣服，肌肤相触的位置温度逐渐升高。

池穗穗本以为这次会深入接触，但是并没有，贺行望只是在松开唇后，咬了下她的耳垂，头垂在她的脸侧，低沉的嗓音在黑暗中显得更加迷人：“穗穗，我不想在这里。”

贺行望只说了这么一句话。

池穗穗一下子就明白了他的意思，心尖一颤，那种感觉无法用言语表达，她只知道她对他又多了一点儿喜欢，忍不住环抱住贺行望的腰。

两个人贴得更近，池穗穗凑上去亲了下他的喉结，声音小小的，又有点儿软：“我知道了。”胡闹最终停了下来。

一想得多，睡得反而快，池穗穗想了很多，包括她以前和贺行望相识的点点滴滴，好像距离也没有多久，但是两个人都已经快结婚了。她睡着后，习惯性地往热源上靠。贺行望身体素质好，即使淋了冷水，但没多久就热了起来。他昏昏欲睡时，身旁又贴了个人。

“穗穗？”没人应。

池穗穗毫无所觉地贴着贺行望的身体，自己微蜷缩着身体，不知不觉中，之前故意蹭过来的长腿也跟着搭在他的腿上。她从小被娇养着长大，皮肤细腻光滑，与他的截然不同。

贺行望实在是太困了，帮池穗穗整理了一下混乱的睡姿。池穗穗半靠在他怀里，才略舒服点儿，睡了过去，他觉得自制力尚需要修炼。

而早已睡着的池穗穗做了一个梦。她梦见自己还在十几岁的时候，天色接近傍晚，窗外的晚霞是橙红色的，她的生日就快要到了。

齐家小公主的生日必然是有无数人到场的。池穗穗不喜欢人多，一模一样的“彩虹屁”听得她很厌烦，每到这时，不怎么说话的贺行望倒是让她觉得很好玩。

梦和现实不太一样。

现实里那一天贺行望直到晚上才来，送了她礼物，随后就去了射运中心。对，那时他刚进射运中心不久。

梦里贺行望来得很早。

池穗穗穿着小礼裙，坐在窗边，看到了推门进来的贺行望。他穿着一身小西装，小小年纪冷静严肃，但还是会笑，只是不明显。

池穗穗拎着裙摆走过去问："我的生日礼物呢？"

她眼前的贺行望却直接吻了她，她的眼睛瞪得溜圆，显得有些可爱，身体稳稳地在他的掌控之下。

画面又突然转到新婚夜的场景。

她坐在床上，身上还穿着婚纱，然后婚纱不小心被贺行望扯破，之后的一切都变得不可描述。梦里的贺行望行动力十足，放肆又禁欲。

直到听到模糊的水声，池穗穗半梦半醒地睁开眼，看到了昏暗的房间。

她做了个春梦？

池穗穗觉得有点儿不对，她居然因为贺行望的一句话就做了个春梦——这不是她！

她坐起来，捶了下被子。

贺行望刚巧从浴室里出来，两个人对视上，他的视线先是放在她的脸上，后又往下挪了点儿。

池穗穗觉得不对劲儿，低头看到领口大开的睡衣，再加上那个梦的作用，耳垂竟然一下子红了。心理作祟，她生平第一次觉得羞耻感爆棚。

"你起得这么早？"她欲盖弥彰地问。

"不早了。"贺行望收回视线，走到窗边拉开了一半窗帘，外面已经艳阳高照。

池穗穗挡住光，还真是不早了。

"我和教练请了假，今天有很多事。"贺行望走到床边，又问，"你要穿什么衣服？"

"……"

"你的还是我的？"

清晨的男人很是性感，特别是认真问话的时候。池穗穗巴巴地看着他，不住地点头："当然穿我自己的。"

没等贺行望说话，她又补充："当然，要是你要求穿另一个的话，也不是不可以。"

未婚夫的要求，她可以满足一下。

“那就穿你自己的。”贺行望毫不犹豫地赞同这个想法，“下衣失踪”的衣服就不用穿出去了。

衣服晾了一晚加一早晨已经干了。池穗穗找了件便于行动的裤装，精心打扮了一番，又变成了干净利落的池记者。

今天他们有很多事要做，这也是她来这里的目的。

目前他们查出的结果是周徐程不在南城。

当年他做过那样的事，贺氏私底下封杀是封杀，但他要是真留在南城，也没人能赶走，毕竟又不是古代特权社会，但是的确有很多企业不会录用他。运动员的路子没了，他总要继续生活，就只能离开南城，从此消失在贺行望的生活中。

“你觉得要和他见一面吗？”吃早餐时，池穗穗问，“他现在到底在干什么？”

“不用，没必要。”

贺行望的态度很冷淡，当年的事情他留情过了，现在双方都是成年人，该为自己做过的事负责。

因为一开始的谣言是发在微博上的，所以他们很轻易地就得到了那个截图的博主的身份信息，不是周徐程。

贺行望也不觉得奇怪，几年了，周徐程突然出现，要是不学聪明点儿，那他活得也太失败了。

只可惜一个人的行为总是会留下痕迹的，贺行望他们将找到的证据连带着周徐程的个人信息直接送到了法院那边，在周徐程现在的所在地起诉，以达到最快结束的目的。

与此同时，射运中心也在交涉这件事。

因为现在这已经不是两个人之间的私事，而是与国家运动员有关，与国家声誉有关的大事。

但也就在同时，池穗穗收到了苏绵发来的消息：“穗总，你去看热搜！天哪，气死我了！”

热搜上第一个话题就是“贺行望兴奋剂”，后面还跟了一个鲜红的“爆”字，池穗穗一眼就看到新闻的撰写者是张悦然。

热门微博上说在几年前就有人举报贺行望服用兴奋剂，最后贺行望退出了射运中心，自称是因为私事退出。

而在近期，又有人说贺行望服用兴奋剂，张悦然在新闻中说现在希望能得到一个答案，但言语间用“春秋笔法”写贺行望的确服用了兴奋剂。

“这‘瓜’好大……我觉得不太可能。”

“如果是真的早就爆出来了，还能等到今天？”

“光靠一张截图就说贺神服用兴奋剂，我还说吸毒了，你也能信吗？”

“我相信贺神。”

“你都说了被举报，但是后来没出事，不就说明他没服用吗？”

“嗯……我有点儿动摇了，确实成绩太突出了。”

“笑死我了，成绩好就是被怀疑的原因？你考差了也去怀疑第一名是作弊的吗？”

评论呈两极分化的状态。

池穗穗深吸了一口气。张悦然还真是喜欢在这些事上插手，特地趁她请假的时候发，是觉得无所顾忌吗？抢先达到目的？

“张悦然请了一星期的假，都没用电视台的官微发新闻，用的是自己的微博。”苏绵打来电话问，“现在怎么办，穗总？”

因为这事主任都气疯了，发新闻之前部门是要审核的，他都被瞒着这事。本来张悦然说拿到大新闻他还以为是好事，结果张悦然突然改主意，发微博之前还请了假。

池穗穗刚刚回到南城，这边天很冷，连带着她的声音也变冷了：“有本事她别回来。”

这当然不可能。兴奋剂一事成功地成了这几天的热搜头条，几乎所有媒体想问这事的真假，但射运中心的集训地址并未公开。

射运中心的官微在第一时间就发了澄清微博。这事太过让人震惊，几天的时间，网友全在议论这件事。池穗穗直接公开转发了张悦然的微博，发了个微笑的嘲讽表情，态度礼貌又冷静。

“我们穗穗又开始了！”

“我没记错的话，张悦然和池穗穗是同一家电视台的吧？之前南城电视台出声明说这是张悦然的个人行为。”

“太恶心了！没有证据就发新闻！”

“穗穗怼死她！”

张悦然的微博被无数人点进去看，当然一大半人是骂她的，但她确实因为这个新闻涨了十来万粉丝，至于是真粉丝还是“黑粉”，无从得知。

网上的风向因为射运中心的澄清正了回来，但是这件事被外网一传播，原本存在的“黑子”就兴奋了。最终国际奥委会出示了贺行望的尿检结果——每一次尿检都没有异常。

张悦然的微博再次被骂了个狗血淋头。

池穗穗上班前也把她骂了一百遍，苏绵和宋妙里一起在姐妹群里骂了至少几百条。张悦然俨然引起公愤了，可惜她不来上班。

池穗穗本来还想着去撬张悦然家的门，以泄自己的心头之愤，结果接到了贺行望的电话：“穗穗，明天有一份文件需要你签字。”

“什么文件？”

“到时候你想做什么都可以。”

贺行望卖了个关子，没有说是什么文件。对这两天网上的事情，他处理得十分冷静。

池穗穗越来越好奇，等到第二天在柏岸公馆见到贺氏的特助带着文件过来时，还不知道到底是什么文件。

她一问，特助就笑着回答：“您自己拆开看看。”

池穗穗打开文件，看到上面写着一个新的新闻资讯类网站的名字，这才反应过来——贺行望居然真的建了一个网站，然后转头又送给了她！

池穗穗心想，自己也有钱创办，就是之前没这个想法而已，没想到贺行望先斩后奏，让几个月之前宋医生的话以另一种形式成了现实。

她没想过贺行望还记得这事，而且又在这时候将新闻网站送给她，是把它当作提前的新年礼物吗？

池穗穗签完字，将文件递给了特助。

特助没收，而是又提醒道："您再看看后面。"

"后面有什么？"池穗穗快速翻到下一页，看到了张悦然的任职合同，时间正是昨天。

原来张悦然已经辞职了，至于为什么没公开，恐怕也是因为主任那边还想"折磨"她，表面上用请假当作理由。她这么快就找好了下家，只可惜进了贺行望的圈套。池穗穗弹了下那份合同，勾唇笑了。新官上任三把火，她就先烧了张悦然。

贺氏的特助就是过来送文件的，一离开柏岸公馆，就给贺行望打电话汇报了结果："穗穗小姐看起来很开心。"

她收到礼物当然开心。贺行望很了解池穗穗的性格，她喜欢收礼物，无论礼物贵重不贵重，她的心情都会很好。重点是收的时候的心情，如果是亲近的朋友送的，她会更开心。

得到了答案，贺行望就没再过问这事，继续处理手头上的事情。

池穗穗获得了一个新闻网站，自己成了老板。她仔细看了下文件，发现这个新闻网站是列在一个视频网站下的，而这个视频网站最近很火。

池穗穗去查了一下，这视频网站已经姓贺了。

如今电视没什么人看，视频网站非常有前途，池穗穗听说贺氏想分食这块蛋糕，之前就在规划。重建一个视频网站需要太长的时间去处理，但是收购就很简单了，贺氏直接收购，只需要整理就行。恐怕网站的会员还不知道这视频网站已经换主人了。

池穗穗将张悦然的合同单独拿了出来，放进了自己的包里，然后去电视台上班。辞职之前，她还是一个明面上的"社畜"。

电视台最近因为张悦然突然爆出来的新闻而焦头烂额，主任每天都要骂上张悦然两遍。

池穗穗到电视台的时候，办公室里一片低气压弥漫。

"这是张悦然捅出来的娄子，怎么反而我们受气？气死我了。"苏绵翻了个白眼。

"原因很简单。"池穗穗说。

"什么原因？"苏绵好奇地问。

池穗穗扬了一下眼尾，没回答而是说："她请了一星期的假，目前假期已经过完了，今天她是必须来的。"

以张悦然的性格，她不可能丢掉自己办公桌上的东西。

池穗穗去主任办公室说了离职的事，主任心情不好，很惊讶地问："为什么在这时候离开？"

"有私人原因。"池穗穗微微一笑道，"而且我接下来应该不会再去电视台任职。"

主任的第一个反应就是她要回家当"白富美"了。他在这个职位，当然知道池穗穗不简单，而且这段时间了解下来，更加确定这个想法，只不过不知道她的具体情况而已。

池这个姓确实让人很难猜到她的来历。

池穗穗在南城电视台实习了几个月，工作了半年，履历一直很优秀。

她出来时，刚好碰上张悦然回来。经历过兴奋剂事件，张悦然的名气更上一层楼，虽然不是好的一面，但她现在学会了不在意。

早已预料到会收到主任的一顿骂，张悦然对主任的话左耳进右耳出，觉得并不是什么大事。而且她已经离职了，看到池穗穗，笑了一下："穗穗，微博上的事你光怼我有什么用？"

池穗穗问："我怼你了吗？"她回到自己的位置上，语气冷淡地道，"麻烦张记者纠正自己的措辞，我那是在嘲讽你。"

苏绵小声地笑了起来。这个人就是不长记性，每次都被穗总怼回来，还要锲而不舍地上去找骂，今天也不知道吃错了什么药。

"嘴上逞能没用。"张悦然冷哼了一声。

"你很快就会知道有没有用。"池穗穗意味深长地看了她一眼，似笑非笑地道。

每次她一这样，张悦然就后背发凉。她仔细地回想了一下，除了这次的新闻她也没做什么，而且她今天就会离开电视台。

她找到了新的公司，这家新闻网站的上家是目前国内最好的视频网站，视频网站会员人数以亿计算。管理新闻网站的公司没有电视台里的那么多条条框框，新闻还可以上传到视频网站，通过这个渠道传播的新闻有更多人看。想到这里，张悦然神清气爽地去了主任办公室。

“穗总，就应该怼死她。”苏绵一拍桌子道，“看她这么嚣张，我就想打她一顿。”

池穗穗和主任提了离职，但是交接工作还要一段时间。还好这边有实习生已经能顶上正式职位，几天时间就可以交接完成。她给苏绵发消息：“想换单位吗？”

苏绵：“什么？”

池穗穗：“我现在有个新闻网站，你愿意来吗？”

新闻网站是收购的，贺行望已经处理好了一切事务，她过去就能走马上任，但员工如果是熟悉的，那更好。

看到这消息，苏绵瞬间想到了许多内容。穗总怕不是被张悦然气的？

在这电视台里面待着确实很好，但她也很想和穗总一起工作，思考了一天，苏绵最终做了决定。

几天时间，法院传票已经寄出。

网上的事情热度还是很高，即使官方澄清了，但是每天都有无数人在讨论这事。这就是贺行望曾经不愿意自己的名字和丑闻放在一起的原因。

“听说某记者离职了？”

“南城电视台都宣布了，呸，要我说，那人就不配当记者，搞什么‘春秋笔法’，当我们是傻子呢？”

“这记者造谣了一通就这么跑了吗？”

“反正我今年每天都会去骂她，诬蔑我贺神的成绩，我看这人干脆改国籍算了。”

与此同时，传票直接就被送到了周徐程那边。彼时周徐程正在公司里上班，送传票的专人来了，刚好被周徐程的同事遇到。同事是个大嘴巴：“小周，你的快递。”

这个公司很小，周徐程的工资也不高。大型的公司顾忌贺氏不可能录用他，周徐程只能在不知名的小公司里工作。

“什么快递这么薄？”同事故意笑着问。

周徐程签收传票的时候，周围所有的同事都知道他收到了法院寄来的传票，他想自己一个人看都不可能。

他一打开快递，传票映入眼帘，起诉状副本也在里面，一行行的字一清二楚。

周徐程立刻想挡住传票，但已经来不及了。大家看向他的眼神也变得诡异起来：这人造谣别人还被起诉……起诉的人还是贺行望。

联想到最近网上的新闻，同事仿佛都明白了什么，直肠子的人直接开骂：“周徐程你是脑子有问题吗？”

周徐程面色苍白。他没想到对方这么快就查出自己，因为他其实什么都没做，不过是加了点儿“水军”而已，用的是小号，用完就丢，连 IP（网际互联协议）他都更改了。但贺氏还是查到他了。

周徐程一直没把贺氏放在眼里，在他心里贺氏就是一个大公司而已，除了能赚钱还能做什么？可他那么谨慎，还是被查到了。

几天假期一过，张悦然终于决定去今日新闻网公司上班。她现在是明白了，黑红（通过黑料引起关注而走红）也是红，反正时间一长，没人记得以前的事情。

她来到新公司所在的大厦时，心情很好。今日新闻网背靠巨头网站，财大气粗，大厦外面看起来富丽堂皇，人来人往。

张悦然微微一笑，她的职业生涯就该在这里才对。她一路进了自己所在的部门，自己的东西昨天就寄了过来，今天整理一下就可以用，工牌昨天她也拿到了。

张悦然进去的时候，办公区里有不少人。和电视台一比，这里的办公区很大、很时尚，张悦然一下子就喜欢上了这里，就要去找自己的位置。

结果张悦然一眼看过去，她昨天来看的自己的桌子现在居然被另一个人用了。

“你坐的是我的位置。”张悦然的东西就被扔在一个箱子里，丢在办公区的角落里，她直接问了声。

办公区安安静静的。

"老板让我坐这里。"那人不为所动，面无表情地道，"有什么问题，你去找老板说呢！"

一个"呢"字，让张悦然怒火中烧。但她转而就想到了什么。她之前和今日新闻网公司签的薪资可是十分高的，可见老板对她有多重视，难道是要给她一个单独的办公室?

这还真是有可能。瞧瞧这一屋子的记者，没一个出名的，她自带大话题，也知道怎么弄热度，哪个老板不喜欢她?

张悦然往里走去，看到了一间崭新的办公室。这办公室从外面就能看到里面的装修风格，极为专业，她第一眼就喜欢上了，推门就要进去。

结果门是锁着的，张悦然想想就找了个空位置坐着等，不一会儿前面门口处传来脚步声，还有人的说话声。

"今天的新闻需要您全部过目。"

"下午三点，是这周的例会。"

汇报的声音一阵阵的，伴随着高跟鞋落在地上的嗒嗒声，张悦然一下子就转身看过去。

办公区的门大开着，池穗穗今天穿的是最新季的高定服装，一进门就脱掉了大衣，露出里面略显单薄的职业装，脚下是一双为她私人定制的高跟鞋，在内里刺绣了她的名字。露在外面的小腿笔直修长，她一抬腿就能引走视线。有节奏的高跟鞋落地声敲击在众人的心上，再加上她的头发被漂亮地绾起，给人一种特别的冷艳感。

池穗穗就这么一步步走到张悦然面前，然后笑吟吟地开口："你挡路了。"

张悦然下意识地后退一步，等池穗穗打开办公室的门，才后知后觉地回过神。

刚刚那是池穗穗？她为什么也在这里?

办公室的全部风景映入张悦然的眼睛里，可她已经完全看不到了，张了张嘴，半天没说出话来。

身后的助理立刻在办公室的门上放了标志，"总编"两个字很刺眼。

如同从一场大梦中惊醒，张悦然再睁开眼时，在她的不远处，坐在办公室里的依旧是池穗穗。张悦然只觉喉咙发干，不愿意承认什么。

“你怎么在这里？”张悦然问。

“这是我的新闻网站。”池穗穗坐在办公桌后，双手交叉，看着张悦然。

池穗穗今天的口红是正红色，带有精致的亚光，一句话被她说得很轻松，没怎么用力，却天生有气势。

张悦然脑中空白了几秒。她从没想过自己到新单位任职的第一天，居然遇到了池穗穗，对方还成了自己的顶头上司。签合同的时候，她压根儿不知道这事。

池穗穗弯了下眼睛，漫不经心地开口道：“我不仅在这里，我还能辞了你。”

张悦然的呼吸逐渐加重，后面办公区里的一些记者也竖起了耳朵。

张悦然将视线定在池穗穗的脸上，几天没见，她不想承认池穗穗似乎比之前更好看了。

“好啊，你就这么辞了我。”张悦然忽然想到了什么，露出一个笑容，话说得有恃无恐。

劳动仲裁可不是摆着玩的。

池穗穗当然知道她在想什么，慢条斯理地翻了翻张悦然的合同：“试用期一个月。”

当初吸引张悦然的条件，现在成了毒药。张悦然对试用期从来没放在心上，所以第一时间也没想到这点，现在被这么一提醒才记起来，脸色顿时变得难看起来。

池穗穗的语速不快，更显得她态度十分冷淡：“一个出假新闻又传谣的记者，我觉得你的专业素养严重不符合我的新闻网站的宗旨。”

张悦然被点出问题，脸色变得更难看。她是发了假新闻，但直白地被点出又是另外一回事。而且很多公司辞人是用的这个借口，如果池穗穗找了个其他借口也就算了，用这个理由，明摆着是在羞辱她。

池穗穗合上合同，撑着脸道：“气我是吗？想骂我对吧？你是不是还想打我？但你没有开口的机会，因为新闻网站姓池。”

办公区里一片寂静，池穗穗的意思明显又清晰。

到了这个地步，张悦然已经完全回过神来，周围的目光都像是在嘲讽她，她恨不得立刻就走。

“等等。”池穗穗叫了声。

张悦然脚步不停，但仍能听到身后传来的话：“人走了，记得把你的工牌留下。”

张悦然原以为自己离开南城电视台后，就可以远离池穗穗，结果满怀期待成了泡沫。

这才第一天，她连去财务部结工资这步都直接省了。

张悦然一把扯掉工牌，就要扔回去。

“对了，还有一件事。”池穗穗又忽然开口，脸上笑意未达眼底，“记得签收传票，法庭上见。”

法院传票？张悦然的脚一下子在地上生了根，她的第一反应就是池穗穗说的是假的，她的新闻都是事实。

几年前是有人举报贺行望服用兴奋剂，这次也是网上有人说贺行望服用兴奋剂，从头到尾她没有确定地说过一句评判的话。张悦然知道说得太肯定容易出问题，所以用了春秋笔法暗示。

正因为这样，舆论再怎么样，她都没有损失，不过是被人骂两句而已，不看微博什么事都没有，去法院是不可能的……

张悦然转过身看着池穗穗，想要确定她只是为了警告自己才说的这话，但是只看到了池穗穗冷淡的表情。

张悦然后退一步，径直离开了大厦。

办公区瞬间安静下来，有人忙把池穗穗的办公室门关上。池穗穗估摸着法院的传票快到了，所以才会和张悦然说，好让她有个心理准备。

对这次的事情，池穗穗不想放过，贺行望同样如此。

池穗穗第一天上任当老板就放了一把火，顿觉神清气爽，在朋友圈发了一条消息：“做老板真好。”

她的定位在自己办公的大厦，不多时，底下评论就有十来条。

宋成睿：“我怎么记得这是贺氏收购的？”

宋成睿：“我懂了，所以大小姐开始秀恩爱了吗？”他这么一评论，不知内情的人都明白了现状。

后面的"彩虹屁"一个接一个，例如什么"明天今日新闻网就是全国第一""池老板财源广进"……

池穗穗乐得不行，给贺行望发消息："我把人辞了。"

池穗穗不想留张悦然在自己这里，见到她心情就不爽，还是辞了她眼不见心不烦比较好。

贺行望："你是主人，你随意。"

新晋老板池穗穗上任第一天，先对前老板表示了欢喜，然后才投入新工作中。

第二天，张悦然收到法院传票的事就被人透露了出来，可见世上没有不透风的墙。

苏绵本来早上赖床的，听到这消息愣是从床上跳了起来："哈哈哈哈——可算是遭报应了！贺神干得好！"

张悦然知法犯法，就该这样。本来散播贺行望服兴奋剂谣言的博主已经删了那微博，而且传播范围不大，但张悦然发的新闻直接转发评论都达十几万，可以想见影响有多大。

很快，这件事就被人发到了微博上，不到半小时，就登上了热搜前三位。本来见这事热度已经下去了一点点，又被顶上来，网友准备再去骂一遍张悦然的，结果看到的居然是法院的声明。

网友："太好了！太好了！"

"我就知道贺神不会那样做的，这告的可是诽谤，不是损害名誉权。"

"网上叨叨没有用，用法律维护自己的权益。"

"希望某些眼瞎的人也看清楚，是贫瘠的知识限制了你们对贺神的能力的了解程度。"

"我要蹲守这次的庭审了。"

"骂了这么久，终于有新的事可以让我骂了。"

"贺神冲呀，不要让那些造谣的人阴谋得逞。"

网上这个话题的热度一下子起来了，张悦然的微博再度被"哈哈哈哈"充斥。

目前很多法院的庭审是会录像的，还会公开，有些甚至会直播，所以很多人在蹲守这次的庭审。

“不好意思，您可能不太适合今日新闻。”

“抱歉，我们最近不招人。”

“最近电视台没有招聘的意愿，请另寻其他公司。”

…………

一个个电话，用的句子不一样，说出来的话都是同一个意思——不打算聘用她。

砰！张悦然唰的一下将桌上的东西扫到地上，脸色格外难看。

之前她自己主动辞了电视台的工作，就是因为今日新闻的邀请，所以很快就签了合同。结果她第一天去就被池穗穗炒了，现在只能待在家里，原本投出去的简历，也因为今天的事直接石沉大海了。一开始还真有外省的新闻社想要录用她，毕竟现在新闻界鱼龙混杂，有个能力不错的人确实可以聘用。

但是她已经被起诉了……谁还敢用？

唯一的安慰可能是她是记者，出新闻不用露面，所以虽然有很多人骂她，离了网络也不知道她长什么样。

时间一转到了 1 月，这个案子正式开庭。

想进来旁听的人很多，包括粉丝，最后法院还是只让部分人的申请通过。池穗穗和苏绵、宋妙里她们一起过来的。

本来贺行望的父母也要过来，最后被拦住了。

这次被起诉的不止张悦然一个人，还有各大营销号，当然也有周徐程，声势浩大，再加上有较高社会关注度的缘故，法院最终选择直播庭审过程，大家可以在线看。

正式开庭的时间还没到，直播间里面就拥入无数人。这样的案例，贺行望又是公众人物，社会影响大，属于可公开直播的庭审范围。

庭审直播没弹幕，但网友的力量是非常大的，直接在各大论坛上开了直播的帖子，随时更新。

“我就是来看会判几年的。”

“我要亲眼看着某记者败诉。”

“庭审上看她再撒谎。”

被告席上有好几个人，看起来非常壮观。

这些人不是损害别人的名誉权，而是诽谤，这两种行为虽然最后可能都只会被判赔，结果可能差不多，但若贺行望胜诉了，是截然不同的概念。

大多数“吃瓜”群众是第一次看庭审直播，看着法官询问被告人一条条新闻上的内容，被告人必须回答。

张悦然作为写出这新闻的人，完全无法否认。她一旦否认，再被法官这边打脸的话，那她的情况就更糟糕了。

至于营销号，比她更直接地承认了。这件事几乎没什么好查的，周徐程更是一言不发。贺行望这边提供了当年和现在的所有检查结果。他没服用兴奋剂，那其他人就是造谣。

事实如此，最终的判决很简单，按照利益体分配，张悦然是被判得最重的。

一场庭审直播几个小时，网友愣是安安静静地看完了，也看到了张悦然的哑口无言。

周徐程作为参与诽谤的一员也败诉了，但他最后莫名地松了口气，因为当年的事没曝光。

贺行望有官方文件作为证据，法官不需要问当年的事。

贺行望作为原告，从集训中心回来站在法庭上，身形挺拔修长，任谁都无法影响到他。

池穗穗坐在下面望向他，像是有感觉般，贺行望看了过来，见到她弯弯的眉眼，心情骤然放松了下来。

“穗总，咱们先走，还是你和贺神一起离开？”苏绵眨了眨眼，小声地问。

“你先走吧。”池穗穗说。

苏绵笑嘻嘻地走了。

贺行望这次是从集训中心来的这边，之后还要回去，不过朱教练给他放了几天假，让他放松放松，所以他今晚回柏岸公馆。

庭审直播结束时，全网炸了。

“我就知道，去他的，全是谣言！”

“贺神太难了！拿金牌还要被自己国家的人造谣，是我我都会心寒的！”

“我本来想听法官问问当年的事情，没想到贺神拿出一份官方文件就结束了。”

“这种事不会问的，但是我们可以挖出来。”

这条回复一出来，很快就有人动了心思。

几年前的事情说久远也不久远，但说近也不近，射运中心的运动员都换了一茬，不过这么大的事必然会留下痕迹。

扒了半天，有网友突然发现被告名单里的周徐程好像不普通，搜新闻还能搜到他，他是真的只诽谤了贺行望吗？

很快就有人给爆料博主匿名投稿。

“厚码，最近闭关设计断网，出来才知道贺神的事情，我好像有一点儿印象。具体怎么知道的我不说，免得被扒。这事很简单，你们知道出庭的人里面有一个叫周徐程吗？估计你们不记得了，当年他和贺神同在射运中心里，他给贺神下药，没错，就是你们知道的下药，然后举报了贺神，但是贺神幸运地躲过了这一劫，所以后来他离开了射运中心。对了，当年他十四岁，贺神十三岁，这事就这么简单。”

越简单的事越真实，刚刚被扒的周徐程在大家的想法里可能是因为嫉妒贺神的天赋，而自己现在在家抠脚，所以进行诽谤。

结果居然还有这事！

他才十四岁的年纪，就能做出对队友下兴奋剂的事情，可想而知有多可怕。本来大家都不知道，以为所谓“私事”真的是私事。

这下子微博是真的爆炸了。

“天哪！十几岁啊！”

“下药还举报，没见过这么恶毒的人。”

“优秀的人总被嫉妒，贺神是倒了八辈子霉，碰上这么个队友，几年了这人还不放过贺神。”

“太恶心了，你弱你就下药？”

“自己也是做运动员的，不知道兴奋剂的影响吗？”

“呜呜呜——我太心疼贺神了！”

“怪不得贺神当年退出，空白了好几年时间，如果没退出，现在贺神的成绩说不定更好！”

“我心里有个恶毒的想法。”

因为当年未成年，又是下药未遂，所以周徐程并没有受到什么惩罚，但所有做过的事必然会有反噬作用。他尚在庆幸法庭上法官没问当年的事，转头这事就被爆了出来。几乎是眨眼之间，公司就将他辞退了，一桩桩事像是石头，一次次地砸在他心上。

周徐程去公司收拾东西的时候，同事看他的眼光全是厌恶，还当着他的面嘲讽他。谁会为了一个小人物和贺氏作对，何况这个小人物是个小人？

对这次的胜诉，贺氏直接在官微上开启抽奖活动，转发评论就抽几个人送南城的一套房，还有各种贺氏专有的礼物、现金红包。

有网友将礼物清单给整理了一下，就目前的抽奖礼物，一套房可能就价值百万千万，别提其他奖品了。

“贺神：我家有钱。”

“还缺儿子吗？贺爸爸！”

“我知道了！我就是贺氏当年遗落在外的第二个孩子！我是二胎啊！”

“我不想要后面的礼物了，那套房给我就可以了。”

“微博真好，还能买房。”

对贺行望的家境，自他重新回到射运中心后，官方就再也没有隐瞒过，只不过平常贺氏不会出现在贺行望的相关新闻里，这还是第一次如此声势浩大地进行应援。

不到一下午的时间，抽奖微博的转发量已经过了百万。就算不关注这事的人，为了抽奖都去了解了这事。

对张悦然和周徐程的结局，池穗穗和贺行望都不想再去了解，也不想关心，免得扰了自己的心情。

贺家的阿姨为了庆祝，做了一桌美食，池穗穗都差点儿吃撑了，在椅子上偷摸自己的肚子。

“要消消食才行。”江慧月笑着说。

话音刚落，贺行望就从架子上拿了池穗穗的大衣，说：“走吧。”

池穗穗眨眼：“好。”

算起来，他们这段时间相处得算是比较多的。

南城的冬日很冷，今天出了一下午的太阳，但晚上的风还是非常冷的，像刀子一样。

池穗穗出门前拿了个老太太的帽子戴着，这是家里的阿姨亲手用毛线织的，有几种漂亮的颜色，在右侧上方还有一朵小花。

池穗穗戴上了帽子。帽子明明不符合她的风格，却跟她异常和谐。她白皙的耳垂露在外面，乌黑的头发被压得贴在脸上，衬得皮肤白到极致，这样一看，一双眼睛清亮又漂亮。

池穗穗见贺行望一直看着自己，摸了摸头上的帽子：“怎么，觉得我不好看？”

贺行望自然是回答：“很好看。”

她生得天姿国色，如同很久之前的那几个词语形容的，能驾驭住任何色彩和装饰，举手投足之间能颠倒众生。

池穗穗笑得黑白分明的眼睛弯了起来，问：“贺行望，你不会是为了哄我故意这么说的吧？”

“我没有说谎的必要。”贺行望挑眉道。

“好吧。”池穗穗稍抬下巴，矜持地点头。

贺行望见她这副样子，嘴角微微扬起一点儿弧度，在微黄的路灯下不甚明显。

不知不觉中，两个人就走了十来分钟。池穗穗的耳垂都被冻得有点儿红，手也一直插在口袋里，就差没有直接缩进自己的衣服里了。

“回去吗？”贺行望问。

他伸手捏了下池穗穗的耳垂，揉了揉，让血液畅通，耳垂的温度逐渐上升。

池穗穗的耳垂有些敏感，又是这样被他反复揉捏，酥麻至极，连带着她的声音都颤了下。

“回去。”

说回去就回去，池穗穗恨不得现在就回温暖的房间里待着，贺行望揉耳垂已经不能满足她了。

回到宅子前已经是十分钟后，池穗穗的鼻尖骤然一凉，她抬头就看到纷纷扬扬的雪花落了下来，亮晶晶的。

“下雪了？”她说着伸出手，雪花落在掌心里，眨眼间又消失，这是今年冬天南城的第一场雪。

贺行望嗯了声。

池穗穗已经站在廊檐下，贺行望慢了一步，还在庭院中，即使是这样，她也比他矮一点儿，他的身后是无边的黑暗。

两人四目相对，池穗穗忽然一翘嘴角，说出的话快而不清晰：“我想亲你了。”

她说到做到，下一秒就猛地凑了上去，径直抓住贺行望的肩膀，吻上他的唇。这个吻有冬日里特有的凉意和一丝清新的雪味。

贺行望没料到她的动作，但也放任了她的行为，伸手揽住她纤秾合度的腰肢，沉浸其中。

屋内灯火通明，几人说话的声音隐隐传来，可能是在讨论今天的新闻，也可能是在聊他们的事。

而屋外，她和贺行望在接吻。

距离上次池穗穗去集训中心与他同床共枕已经一个多月了。

距离过年也只差不到一星期。

而距离他们领证，满打满算只有两周。

池穗穗和贺行望回到屋子时，老太太和江慧月正在聊天，聊的无非最近南城发生的事。

“外面下雪了。”

“今年下得迟。”江慧月到窗边看了下，雪虽然来得迟，但下得不小，没一会儿就落了一地的白色。

她转过身，又问：“你们今晚要不要歇在这儿？”

贺家当然有贺行望的房间，也有空余的房间，但是两家人都以为他们已经做过什么了。

池穗穗看了贺行望一眼，微微一笑道：“还是回去吧，明天从那边去公司近。”

“自己的公司不是几点去都可以？”江慧月笑了一下，对贺行望的动作一清二楚。

虽然江慧月说了很多，最后贺行望和池穗穗还是回了柏岸公馆。

池穗穗在贺家的走廊上拍了一张下雪的照片，晚上泡完澡躺在床上的时候将照片发到了微博上。

夜猫子很多。

“我一个没见过雪的南方人。”

“我这边也下啦，和穗穗一起看雪。”

“这个地方是不是穗穗的新家？”

池穗穗是晚上拍的照片，周围的建筑轮廓不怎么清楚，但还是有一些痕迹露出来的，一看就不是小地方。粉丝猜测她赚钱了，换了别墅住。

上次她出现在贺行望的庭审中，不是没人猜测过她和贺行望的关系，但是平常他们公开的情况下确实没有亲密行为，网友纷纷猜测池穗穗真的只是粉丝。

她的身份只不过比一般粉丝要不一样一点儿，其他行为都差不多：追比赛、追庭审、怼人。

池穗穗的新闻网站还在熟悉各种业务，所以没有忙着大量地出新闻，每日只出一小部分，以稳定新闻网站的发展。她有了一家新闻网站的事情也逐渐小范围地传播了出去。

主任本来以为池穗穗要回去当“白富美”，结果有人和他说，池穗穗开了家新闻网站。

他差点儿吐血，她去新闻网站和在电视台有什么区别？

苏绵这边和主任提了离职，主任已经猜到了她的下家，面无表情地直接同意了。

出来时，苏绵还没回过神来。“我都没和主任说理由，辞职信才递过去，他就直接签字了。”和池穗穗通电话时，她说了这事。

“主任估计猜到了。”池穗穗和苏绵关系好，苏绵后一步辞职，百分之九十的可能是去池穗穗那里。主任与其硬是拖着，还不如结点儿人缘。

为了庆祝池穗穗当老板，三个人晚上去了私房菜馆里吃饭。

最近要过年了，宋妙里忙得很，每天医院都是人满为患，也幸好她是急诊科那边的医生，比其他科室稍微好点儿。

“感觉当一年医生，我要折寿。”宋妙里发出由衷的感慨，“我当初怎么想起来学医的？”

“我记得。”池穗穗嘴角一勾道，“你当时遇到了一个医生。”

宋妙里其实已经不大记得这事了。

其实是当初学校请医院的人来教急救知识，刚好对方穿着白大褂，宋妙里又是和池穗穗一样要什么就必须有什么的性格。

别人碰见这样的事可能会去追这个医生，但宋妙里不一样，另辟蹊径，反而觉得自己穿白大褂会比他们更好看。

宋妙里作为大小姐，其他什么都好说，医生却必须学才能做，于是她一头扎进了医学里。

“不说这个了。”宋妙里一回忆这些事就觉得当年的自己好冲动，“我之前看新闻，周徐程做的事是真的还是假的？”

苏绵也看过来。她作为粉丝，看到这新闻的时候都快气死了。

“真的。”池穗穗颔首道。

“还好贺神没上当。”苏绵拍了拍胸口，“穗总，你不知道我前两天看到新闻，一晚上没睡。”

知道了这种事，谁睡得着？粉丝群里几千人骂了周徐程一晚上。当年因为周徐程未成年，这事就那么过去了，贺行望也处理了，周徐程倒好，几年后又来掺和一脚。周徐程都不当运动员这么多年了，还对这事“意难平”，他的人生是除了抹黑别人就没其他内容了吗？

“这种人真是活该遭报应。”苏绵忍不住骂道，“看别人比他过得更好就要动手，天底下比他好的人多了去了，他怎么不把其他人毒死算了？”

宋妙里说：“可能需要我给他扎一针。”

这样的人说起来影响心情，话题很快就被转移了。

“你和贺行望什么时候结婚啊？贺行望都急了。”宋妙里嘴里吃着东西，含混不清地问。

“不久了吧。”池穗穗莞尔道，“你的小顾呢？”

“估计年后就要分手了吧。”宋妙里耸了耸肩，有点儿怅然若失，“恋爱也谈得够久了。”

她再谈下去家里就会出面了。她是挺喜欢顾南砚的，但是注定了两人不会有什么结果，而且这两天家里似乎有人要过来，她总不能脚踩两条船。

看她失落的样子，池穗穗也在想要不要说出真相，但想到这是她和顾南砚的私人感情，而且顾南砚还有承诺，自己插手不一定是好事。

苏绵作为“单身狗”夹在两个人中间，小嘴叨叨着说：“爱情呀，就如群名，男人常换。”

这顿饭三个人硬是吃到了深夜。

今年有点儿特殊，民政局上班日期都上了新闻。贺行望之前当着一家人的面说等年后民政局上班了就去领证，所以领证日期直接定了下来。

一个新年过得很快。

领证前一天，池穗穗是在家里过夜的。转天她一下楼就听见池美媛和齐信诚的对话。

“你这表情是给谁看的？”

“给我自己看的。”

“那你得时刻拿面镜子。”

齐信诚的心情是不太好，今天池穗穗和贺行望要去领证，养了二十多年的宝贝女儿就要结婚了，哪个父亲能开心啊?

两人正说着，门铃响了。

齐初锐去开的门，看到贺行望一身正装地站在门口，连忙说：“行望哥……姐夫。”

他提前叫一次，反正几个小时后贺行望就是名正言顺的姐夫了。

贺行望对他的改口没反驳，嗯了声，神色温和，摸了一下他的头：“你姐姐呢?”

“还没起床。”齐初锐没隐瞒。

“谁说的?”池穗穗从楼梯上下来，扬声开口，“你们不知道女生需要化妆需要精致的吗?”这可是要被拍下来放在结婚证上的。

池穗穗可不希望哪天结婚证被曝光，照片上的她丑得不行，这严重影响她的声誉。

齐初锐确实不懂这些。

贺行望翘起嘴角，稍抬视线，目光在她白玉一般的耳垂上一扫而过，缓缓开口：“不急。”

池穗穗很少看见他穿正装，这样的他比起赛场上的他更显得严谨而矜贵自持。池穗穗莫名地想到那一句话，这男人竟然有两副面孔——还偏偏都对她的胃口。

吃完早餐，两个人才出发。

因为民政局头一天上班，人特别多，他们错过了高峰期，也省得被发现。

饶是如此，民政局里还是有好几对年轻人，见到她和贺行望戴着口罩进来，也没觉得有问题，因为冬天这样太正常了。不过大家还是能看出两个人眉眼生得很好看，站在一起相得益彰，十分般配，就连气质都惊人地契合。

“应该买点儿喜糖的。”池穗穗坐在贺行望身旁，轻声说道。

没承想，贺行望竟然直接从西装口袋里掏出了几颗糖，摊开掌心问她："吃吗？"

"你居然带了。"池穗穗惊讶不已。

"临走前奶奶给的。"贺行望也觉得好笑，声音低沉，"让我分你一半。"

因为这边有人，两个人的说话声音就比较低，这样一来，男人的声音就异常磁性动人，"低音炮"似的，勾得人的耳朵发痒。

池穗穗拿过糖来，剥开一颗塞进了嘴里，又给他剥了一颗："不准不吃。"

她掀开一点儿口罩，把糖塞进他嘴里，指尖在他唇瓣上一掠而过，还有点儿冰。

贺行望眸色漆黑。他对自己奶奶吃的糖的口味很清楚，不过为什么地方不同，味道仿佛也会跟着改变？

不远处的一对新人之前就在观察他们，等看到这里，女生总感觉哪里不太对……

对面的男人有点儿眼熟，但她又想不起来对方是谁。因为对方不是明星，所以她不会一眼看出来。如果不关注新闻，不关注体育，一般人恐怕不认识贺行望。

一直到对方拿到结婚证了，她自己也拿到了，站在民政局的门口叫出了声。

"怎么了？"她老公紧张兮兮地问。她不会是刚结婚就突然后悔了吧？

"刚刚在我们前面的是贺行望吗？"女生抓着老公的胳膊，"贺行望来领证？"

她越想越觉得是，简直感觉自己要爆炸了。这么大个新闻，她不说出去是要憋死的。

女生眼睛里闪着光，压根儿忘了今天是自己领证。她恨不得现在就发朋友圈和微博，说不定她还能像好多路人一样上个热搜。

结婚证的颜色很漂亮，池穗穗见过很多人晒，自己是第一次拿，打开就能看到她和贺行望的合照，不禁勾唇浅笑。这好像是他们第一次认真地拍照。两个人的名字也写在上面，他们是真的结婚了。

小本有点儿重量，池穗穗将它们放在掌心里，忽然想起什么道："刚刚对面的人是不是一直在看我们？"

他们不会是被人认出来了吧？

沉吟片刻，贺行望点头道："对。"

"如果对方认出你了，那年后的第一条大新闻就是'惊！贺行望与神秘女子现身民政局，疑似领证'。"

池穗穗的记者职业病发作了。

"去掉'疑似'两个字。"贺行望相当严谨。

池穗穗被他逗笑："重点是这个吗？"

贺行望挑眉，慢条斯理地说："为什么不能是他们觉得你漂亮，所以才多看了几眼？"

猝不及防地被赞美，池穗穗一抬眸，撞进他如墨的眼眸中。他的眼神深不可测，又牢牢地将她吸引住，令她沉溺其中。她弯唇一笑道："你这是在说情话吗？"

贺行望说："你也可以这么认为。"

她原本就很漂亮，今天比平常更加艳丽，妆容精致，顾盼生辉，又带着点儿新婚的愉悦，一对清澈的眼睛里波光潋滟。池穗穗翘起嘴角笑了起来："好吧，你说得有道理，也可能是他们觉得你好看。"

新晋夫妻的"商业互吹"成就，达成。

两张结婚证叠在她的腿上，莹白如玉的手搁在上面，十指纤细修长，指尖微微勾起。

驾驶座上的司机眼观鼻鼻观心，对小两口的对话假装什么也没听见，专心开车。

结婚的消息他们只告诉了一部分人，甚至射运中心里也就只有朱教练知道。

柏岸公馆当初是两家人为了让他们培养感情送的，现在成了两人的新房，房间是重新整理过的。

领证后的第一个小时，池穗穗觉得很新鲜。新婚妻子的角色让她很兴奋，她把结婚证拍了几张图，然后不经意间在朋友圈里发了出去，立刻引起不小的动荡。至于新郎是谁，大家都能猜到。

领证后的第四个小时，池穗穗的新鲜劲儿还有剩余。她和贺行望接了个吻，又磨磨蹭蹭地体验了一下夫妻的角色和未婚夫妻有什么不一样。

领证后的第五个小时，池穗穗淡定下来，感觉好像除了多两本结婚证以外，她和贺行望没什么改变的，照样是在房子里一起吃饭。

她还认真地做了一下未来一年的计划，将拍婚纱照的事列入目前的重点活动当中。

作为丈夫，贺行望必须在一旁看着。他从来不知道池穗穗在这些事上精力这么旺盛，拿出了百分之一百二的心神。

她的头发被随意地扎了起来，垂在背上，她很早就卸了妆容，但脸上依旧明艳，像清晨的蔷薇，沾着露水，肆意绽放。

贺行望正看着，池穗穗忽然抬头，扬着眉梢提醒道："这计划书你还有反悔的机会。"

纸上的计划是按照时间线来的，条理清楚。

贺行望伸出手，骨节分明的手指在最上方轻轻一点，说："这里可以加上一条。"

池穗穗问："加什么？"

贺行望说："新婚夜。"

这三个字从贺行望的口中说出来让池穗穗有些恍惚。大概是他平时给她的印象太过"禁欲"，她甚至猜想过他是不是性冷淡，结果他就这么平静地说了出来。

池穗穗和他对视，干脆把笔递给他："你自己说的，那你自己写上。"

贺行望没拒绝，他的字刚劲有力，行云流水，池穗穗的字娟秀平稳，两种字体放在一起看起来有种很特别的感觉。除却第一条最新加上的新婚夜，接下来的计划都是比较远的，比如拍婚纱照的时间还未可知。

池穗穗拍了张照片发到了群里。

如今是大冬天，苏绵和宋妙里正在家里待着，看到微信消息，感觉被

"秀"了。

苏绵："看字迹就知道是谁写的。"

宋妙里："啧啧啧，贺行望这男人真的是。"

苏绵："我从没想过贺神竟然有点儿闷骚……"

接下来两个人就开始讨论起贺行望来，无他，两人都领证了才堪堪写下这计划，可见他太过守礼，然而婚后就有那么一点儿露出本性了。

池穗穗看着贺行望被自己的粉丝贴上"闷骚"的标签，心里觉得好笑，瞒住了这事。

计划书被放在了桌子上。

今天中午两人是在贺家吃的饭，所以晚上去池穗穗家里吃饭。至于这计划书的事，谁也没有再提，当然想不想那就是隐藏在心底的了。

宋姨今天准备了一桌菜，齐初锐这边有同学给他打电话约他出去玩："校花也在。"什么花他都没兴趣。

"不去。"齐初锐拒绝道。

"你在家又没事干，干吗不来？过几天就开学了，先玩一玩，大学霸。"同学道。

"家里有人要来。"齐初锐回答。

同学只能作罢，等晚上看到几个月都不发朋友圈的齐初锐发了条朋友圈，还带了"贺神"两个字……瞬间懂了——

上次贺行望来给他开了家长会。

齐家要比贺家简单许多，池穗穗的外公外婆现在住在郊区的别墅里，那边很安静，弹琴做什么的也不会影响到别人。

两位老人一生钟爱音乐，所以喜欢安静。

池穗穗之前暑假时就会去那边过两个月，她的好几种乐器都是外公外婆教的，勉强算得上是琴棋书画都会。

齐家饭桌上没有食不言寝不语的习惯，一家子人习惯了热热闹闹的随和气氛。

齐信诚经历了几个小时的心理建设，心情已经平静，轻咳了一声："行望，以后是怎么打算的？"

他不可能做一辈子的射击运动员。

贺行望嗯了声，认真回答："目前决定在奥运会之后退役，之后会正式接手贺氏。"

其实他现在已经接手贺氏一部分项目了，很多个项目贺明华已经放手给了他。比如南城郊外那块地的规划，就是他负责的。

齐信诚点了点头，这才对，两家联姻，势必会讨论到这些问题，之前他就和贺家商讨过了。池穗穗目前已经拥有齐氏和贺氏的一部分股份，她如果想参与其中事务，也是可以的，全看她愿不愿意。

南城豪门秘闻多，贺家和齐家反而是其中比较平和的世家，做贺太太不需要有任何准备，池穗穗已经能想象到以后的宴会了。

一顿饭吃完已经是晚上八点，贺行望抽空和齐初锐说了会儿话才和池穗穗一起回柏岸公馆。

今天外面还在下雪，有人堆了雪人放在那里。

柏岸公馆已经被阿姨打理过，房间也整理好了，喜糖和一些礼物摆成了爱心的形状，还有玫瑰花瓣，自然而然也有安全套。

上次池穗穗腹诽品牌方的操作，这次他们送过来的就只有最大号的套套，就放在床头，还是最新的设计，粉色的。这个房间的每一个角落都充满暗示意味。

事到临头，池穗穗反而紧张，偏过头看贺行望，努了努嘴："要不你先去洗澡？"

贺行望颔首："好。"

趁着他进去的时候，池穗穗将那些东西都收拾了，这样看上去倒是顺眼许多，她又进了衣帽间。

睡衣被单独列了个展示柜，风格从性感到可爱，应有尽有，很多是没穿过的，品牌方送过来的衣服就当了摆设。

池穗穗在真丝和蕾丝的睡衣间犹豫了半天，最后决定还是都试试——性感是必须的。

新婚夜，她也要爽到才行。

关键是选项太多，池穗穗第一次感觉买衣服太多好像也不是特别好，起码现在她就很纠结。几秒之后，她果断把这个难题交给了姐妹。

姐妹的作用就在这里。

苏绵一打开群，就猝不及防地被一排睡衣睡裙的照片冲击到了，嗅到了金钱的味道。

池穗穗："今晚我穿哪件好？"

苏绵："我眼瞎了，感觉都好。要不这个吧，这个颜色清新中隐藏着小性感，还带着一点儿小心机。"

苏绵："我尽力了，'时尚绝缘体'就是我。"

宋医生姗姗来迟："听我的穗穗，不用选，穿浴袍呀，只要贺行望轻轻一扯，那不就是现成的诱惑？他把持得住你过来找我。"

池穗穗一时之间竟然找不到反驳的词。好像宋医生说得相当有道理，她甚至能想象出那个画面，感觉头皮发麻。

苏绵："宋医生，不愧是你。"

宋妙里："谢谢夸奖。"

姐妹群里"开车"已经是非常平常的事。

池穗穗关闭了群，在浴袍和睡裙间纠结了几秒，最终还是选择了睡裙。无他，睡裙可以更性感，性感要，心机她也要。

贺行望从浴室出来的时候，发现衣帽间里动静不停。

这个衣帽间是后来单独扩大的，就为了放池穗穗各种各样的东西，包括礼服、常服、珠宝等。

池穗穗还经常去国外定制礼服，每次都是不一样的款式、不同的颜色，时装周一回来必然有很多东西。而且各大品牌方都和她交好，每个月都会送很多礼物过来，所以她的衣帽间越来越满。

贺行望对这些其实不太了解，不过不可否认，池穗穗的眼光很好，后来这些衣服首饰穿戴到她身上，显得精致靓丽。他这么一想，觉得好像又挺好的。

门从里面被锁上了，他敲击了两下："穗穗？"

池穗穗唰的一下打开门，拨弄了一下披散的头发："你好了啊，那我去洗澡了。"

她一抬眼就看到贺行望的浴袍没系好，而贺行望连她手里拿的东西都没看到。

池穗穗再次出来时，已经是一个小时后，她的头发湿了，用毛巾裹着，穿着睡裙。睡裙是墨绿色的，细细的两根吊带让她的蝴蝶骨露在外面，裙子下摆垂到膝下，她小腿笔直，身材玲珑有致，腰肢纤细。

贺行望坐在床上，正在用笔记本电脑，好像是在处理什么文件，表情在灯光下显得格外严肃。

他抬眸看了过去，池穗穗正撩着自己的头发，头发被风吹起，莹白的耳垂若隐若现，在光下水雾朦胧，用手轻轻拨弄时，风情尽显。

镜子不小，池穗穗从里面看到贺行望正看着自己，眸子漆黑，不禁嘴角一翘。

池穗穗转过身靠在台子上，长腿微微伸出，裙摆因为这动作往上收了收，在丝绸下的肌肤仿若白玉，白得发光。

“看够了吗？”池穗穗问。

贺行望眉梢微动，收回了目光。池穗穗没等到回答，轻哼了声，重新转了回去。

过了几秒，贺行望觉得注意力已经被牵走了，就合上电脑，将其放在床边的柜子上，又看向了镜边的池穗穗。他有点儿理解为什么那么多人追求貌美的人了，的确能让人一直看下去。

池穗穗弄干了头发，又精心地护理了一下皮肤，这一套动作下来又是大半个小时过去，已经到了深夜。

房间里开着灯，身后贺行望的目光太过灼热，她想忽视都不行，最后干脆从另一边掀开被子钻了进去。

池穗穗躺下：“关灯吧。”

事到临头，她反而没了刚刚挑衅的勇气。

贺行望见她乖乖地盖着被子，轻笑一声，觉得她鲜活得像一簇野生的玫瑰。他的浴袍松散开来，肌肉线条极为漂亮，在光线下散发着让人无法抵挡的荷尔蒙。

“贺行望。”池穗穗叫了声。

“嗯。”贺行望关了大灯，只留夜灯亮着，又开口询问，“你真的打算睡觉了吗？”

池穗穗思索了一下，没回答。

这时候说什么话，行动就完事了，她向来不是会一直扭捏下去的性格，不过是有几分新婚的忐忑，灯光暗淡之后就肆无忌惮起来。

矜持眨眼间就被她甩到了地上。

贺行望的浴袍带子本来就有点儿松，池穗穗不小心摸到，一扯就掉了。她还没来得及多想，就被带入他怀里，蓬松的长发瞬间掩住了她的后背，似乎还带着未消散的丝丝水雾。

空气里有淡淡的香味，不知是什么味道，裹在一起，让人分辨不清，意乱情迷……

窗外的夜冰凉，雪花纷纷。

凌晨，池穗穗没了力气，浑身发软，被贺行望抱着去浴室清洗。光线明亮，池穗穗打了个哈欠，眯着眼靠在贺行望的肩上，还能看到上面的指痕，显得暧昧不已。

第九章

说情话

次日清晨，罕见地出了太阳。

房间里暖和得像春天，池穗穗整个人窝在贺行望怀里。她睡着了爱动，倒是让他一早就醒了。等她醒来时，就感觉哪里不对劲儿。

池穗穗睁开眼，刚要动，就被贺行望按住，低沉沙哑的声音在耳畔响起："等等。"

这一等就等了很久，池穗穗又睡了过去，等她再次清醒时，贺行望已经不在床上。她坐起来揉了揉头发，被子滑落在胸口，锁骨上还有痕迹。

贺行望从洗手间里出来，看到这样的风景，移开了视线："今天你想去射运中心吗？"

池穗穗问："去干什么？"

话一出口，她才感觉到声音略哑。

池穗穗摸了摸脖颈，深感昨晚的胡来，不由得瞪了眼罪魁祸首贺行望。

贺行望是去和朱教练商议今年射运中心的赞助之事，不过这事没有什么必要和池穗穗说，到时候她也会知道。他思忖片刻道：“去发喜糖？”

这不就是秀恩爱吗？池穗穗心想。

不过射运中心的人已经知道他们的关系，她去那边也没什么。她还没给别人发过喜糖呢。

池穗穗的心情一下子好了，结果下床时她差点儿软倒，还是贺行望在床边扶住她才站稳。至于那条她精心挑选的睡裙，已经皱成一团，无一不在提示昨晚的事情。

池穗穗镇定下来道：“你让开。”

贺行望问：“确定？”

池穗穗眉尾一抬，说道：“不然你抱我去刷牙洗脸换衣服吗？”

贺行望认真思考着这个可能性，说：“如果你愿意的话。”

最后池穗穗还是拒绝了，她怕第一天早上就又出什么事，还是稳住最好。

因为要去射运中心，池穗穗选的衣服就比较低调，虽然她眼中的低调可能在别人眼里是极致的嚣张。也幸好现在是冬天，衣服可以遮住脖颈上的痕迹。

高领毛衣显出修长的天鹅颈，再配上外套，今天的她又是一个高挑时尚的女孩儿。

化妆时，池穗穗见贺行望已经准备好，站在那边看着她，心生调戏之意：“贺行望。”

“怎么了？”贺行望问。

“你过来。”池穗穗勾唇道。

贺行望不知道她葫芦里卖的什么药，面上波澜不惊，抬脚走过去，身材颀长挺拔。

池穗穗看着他，一直到男人站在自己面前。她坐在凳子上，贺行望低头垂目，她仰头才能和他对视。

“结婚第二天，你要学会给我选口红了。”她一本正经地开口，“这是作为一个优秀丈夫的必修课程。”

池穗穗眼尾点缀着精致的亮片。

贺行望琢磨了一下“优秀丈夫”四个字：“好。”

池穗穗眉眼弯弯，用手指了指：“在那里面，你随便拿一个，最好是和我的衣服相衬的。”她眼里藏着狡黠之意。

这听上去似乎是不难的工作。

贺行望本来以为打开柜子就能拿出一支口红，可等打开一看，里面琳琅满目，摆放着数不清的口红，大小不一，管体各异。

他一眼看上去觉得可能有上百支，还有专门为她定制的。

现在要从里面选出一支和她的衣服配的，贺行望静默，有那么一瞬间，心里冒出一个想法——

这必修课，他估计是不及格了。

但不及格总比零分好。

贺行望是射击运动员的同时也是一个商人，几乎是眨眼之间就权衡了这之中的利弊关系。

池穗穗今天穿的是粉紫色的大衣，他稍稍思考了一下什么样的颜色比较适合，然后从中间拿了一支出来，只见底部写了三个数字，没说是什么颜色的。他再拿了另外一支，只见底部也写了不同的三个数字。

贺行望静默不语。

很多品牌的口红色号是直接标数字的，看他眉头渐锁，仿佛在思考公司里的项目问题，她压住了想要翘起的嘴角。

别说各不相同的色号，就是口红和唇釉、亚光滋润和丝绒都够他选的了。

一分钟后，贺行望递给池穗穗一支管体镏金的口红，缓缓开口：“我觉得这个颜色配你。”

“你知道这是什么色吗？”池穗穗问。

“什么颜色都好。”贺行望一本正经地说，思忖着，这么说应该不会有问题。

他说这话的时候严肃得像是在听下属汇报工作事宜。但他还是想听池穗穗的评价。

池穗穗终于忍不住，勾起唇笑了起来：“好歹没有死亡芭比粉，还是很优秀的。”

贺行望眉头微动。

对这里面的口红、唇釉，池穗穗基本上看一眼就知道是哪个色号。贺行望选的这支估计误打误撞，正好是温柔的红色，冬天用滋润款没有亚光和丝绒的好看。

池穗穗容颜明艳，平常上班去电视台或新闻网站公司压得住正红色，衬得皮肤白，但今天是去射运中心，过于张扬不太好。

如果要配今天的妆容和衣服，这支品牌方在她生日时单独为她定制的口红反而显得有一丝温婉，池穗穗还是很满意的。

贺行望站在边上，看着粉色的唇瓣稍稍一变，就成了如同蔷薇红的颜色，娇艳欲滴。

“很好看。”他说。

池穗穗弯唇道：“走吧。”

池穗穗家里一开始做的就是零食生意，所以他们喜糖都不用买，家里直接送了好几种过来，是很精致的小盒子装的，有点儿像伴手礼，但更日常。

运动员在家里过年的时间基本不会长，而且现在时间已经到 2 月了，他们很忙。

奥运会是 7 月开始。

池穗穗到的时候，又见到门口站岗的小哥，转过头问：“他是一直不换岗吗？”每次她来都能看到他。

贺行望顺着她的视线看过去，天寒地冻，警卫端端正正地站在门口，年纪看上去不大。贺行望出声解释说：“不是。”

池穗穗哦了一声。

进门时，贺行望忽然停下来，拿了一盒糖放在他们的岗亭里，还把双喜字正对着门口。池穗穗第一次知道他还有这个强迫症。

射运中心里过年时挂的各种装饰还没有拿掉，两人进去还能看到对联和福字，喜气洋洋的。池穗穗以前来的几次，也就上一次全部采访时和所有人见了面，算起来这也才算第二次。年后这边已经来了大半运动员。

“外面的是不是贺神？”李怀明站在窗边，看着玻璃外越走越近的两个人。

“好像是。”

“他旁边的人是谁？是他的未婚妻吗？”

“池记者吧？”

“这两者有什么区别吗？池记者就是未婚妻，未婚妻就是池记者。”有人说。

几人说话间，那两个人已经到了门边。贺行望打开门，让池穗穗先进去。她一踏进里面，就对上无数双好奇的眼睛，顿时有种自己身处动物园正被人参观的感觉。

贺行望关上门，冷气瞬间被挡住，他抬眸，声音清朗地道：“都站在这儿做什么？”

通常朱教练不在，贺神的威信最高，乌压压的人一下子就散了。

大家都以为池穗穗是来这边玩的，结果等她拿出一盒盒糖的时候都惊呆了，这上面还写着双喜字呢。

李怀明挠了挠头：“这个糖是喜糖吗？”

池穗穗没有隐瞒的意思，浅浅一笑道：“是啊，我和贺神结婚了，给你们送喜糖。”

一圈人齐刷刷地看向贺行望。贺行望面色淡然，坐在池穗穗身边，默认了她的话，又不忘提醒：“暂时不能吃糖。”

糖需要朱教练看过之后才能吃。虽然他们可能不能吃这些糖，但贺神给了就是好。

朱教练很快就来了，李怀明凑过去问：“教练，贺神居然已经结婚了！你知道吗？”

“知道啊。”朱教练一副看小傻子的表情看李怀明，这事这么大，他能不知道吗？

“哦……我还以为教练不知道呢。”李怀明收获了一记眼神，悻悻地离开了。

过年的射运中心气氛很足。池穗穗在这边待了不到一小时，朱教练就问：“要不要体验一下射击？”

池穗穗有点儿心痒，看了眼贺行望：“我可以吗？”她象征性地征求了一下丈夫的意见。

贺行望瞥见她跃跃欲试的神色，估计是阻止不了，嗯了声，又说：“但是要注意安全。”

于是这事就这么定了下来。

李怀明他们今天就在旁边看着，朱教练干脆把讲解的事交给了贺行望，任他去和自己的老婆说，省得自己还要多说话。

射运中心里的电子靶不少，讲解完，贺行望去了自己的房间换专用的训练服，池穗穗就在教练的指导下摆正姿势。

至于枪，自然是用贺行望平时用的那把，她拿在手里，回忆了一下新闻里见到的他的姿势。

“要再高一点儿。”李怀明在一旁出声。

旁边的队友拍了他一下，小声说：“贺神一会儿就来了，用得着你去指导吗？”

李怀明立即闭嘴。

池穗穗觉得自己还算聪明，上学时也是获得各种奖学金，学什么都很快，但到这里就不太行了，胳膊抬了一会儿就没力气了，更别提还要打中一个好的环数。那个电子靶很小，她觉得自己不脱靶都是一件难事。

事实和她想的一样。池穗穗第一枪打出去，脱靶，这可以理解。等第二枪、第三枪……朱教练口干舌燥地说了半天，池穗穗依旧没有出成绩后，他沉默了。作为一个教练，他已经很多年没见过这样的选手了，有些恨铁不成钢。

但池穗穗不是专业运动员，只能说朱教练教运动员的方法放在她身上，不太适合。

“要不你试试气步枪？”朱教练试探着问，总不好直接打击贺行望的媳妇。

教练这是放弃她这个新学生了吗？枪的后坐力太大，池穗穗感觉手都有点儿麻。她本身皮肤就嫩，就算戴了防护用具，手上还是红了大片，更别提一直抬着的胳膊了。

池穗穗觉得运动员也怪辛苦的，她每次见贺行望都要抬很久手臂，可想而知在这上面要练多长时间，才能稳住枪。

时间过去几分钟后，贺行望进来时，一眼扫过去就见到后面围观的一群人，还有摸着自己的光头的朱教练。

射运中心里面开了空调，所以池穗穗脱了大衣站在那里，身材曲线乃至其他线条都很漂亮。

“抬高点儿。”男人声音清朗，低沉悦耳。

池穗穗偏过头，看见贺行望走过来在她身旁站定。她微仰着头看他，有点儿央求的意思：快点儿让我打出十环，不然我的一世英名就毁于一旦了。

贺行望似没看见她的眼神，宽大修长的手托住了她抬起的胳膊，低声说：“别抖。”

池穗穗几乎不用用力。

眼睁睁地看着两个人作弊的朱教练：“……”得，他功成身退吧。朱教练眼不见心不烦，直接离开了训练馆。

有了贺老师的帮忙，池穗穗总算是发挥出了自己的“水平”，打出了3.8环。这和平时运动员比赛时通报的“9.8环”“10.2环”等高分，显然是对比明显。

贺行望倒是没说什么。

后面一排看着的运动员就不一样了，人家刚结婚，当然不能打击，主动夸起池穗穗来，甚至帮她剔除了刚刚脱靶的次数。

“嫂子第一枪就打出这个成绩，已经算很好的了，怪不得和贺神是一对，天赋都是一样的。”

“本来就是要多练练，你看这不是很快就打中了吗？说不准嫂子再来几次，就把我们给超了。”

“3.8环好啊！下一枪就8.3环！”

他们吹起“彩虹屁”来是一阵一阵的。男生的“彩虹屁”和那些大小姐的是截然不同的，每个字都在真情实感地吹，而“塑料”姐妹的“彩虹屁”让人觉得假。

来自直男的夸奖就是这样。

池穗穗伸手弄了下自己的头发，垂下眼眸，装模作样地温柔开口：“也没那么好。”

贺行望很了解她，此刻保持沉默。

一众运动员立刻回答“你太谦虚啦”“非常好非常好”，好听的话不要钱似的往外说。

不可否认，这些人吹得是让人容易飘。池穗穗感觉下一步她就能想象自己站在世界舞台上，获得金牌的画面了。

“抬胳膊。”贺行望说，打破了她的幻想。

半飘起来的池穗穗已经体验到了快乐，并不想再脚踏实地：“握不住了，手累。”

她将声音放软，显得有点儿娇。不常撒娇的人，偶尔撒一次娇会更让人心动。

贺行望垂眸看着她，视线从她的唇上掠过，牵了下唇，淡淡地问：“力气小到这样？”

池穗穗说：“那你不是最清楚吗？”

这听上去好像没什么的话，贺行望却莫名地被她勾得想起昨晚的片段，这么想她是没什么力气，轻易就累了。他皱了下眉心：“那就到此为止。”

池穗穗没想到是这个结果，提议道：“你可以握着我的手，像电视里那样。”

贺行望瞥她一眼，目光落在防护用具上，慢条斯理又严谨地开口：“不可行。”

“好吧。”池穗穗改了口，“下次继续。”

“回去可以多锻炼。”贺行望说完，评价道，“你的手臂没力量，软绵。”

“我锻炼这个干什么？”池穗穗随口说着，放下枪，任由贺行望帮她取下防护用具。她说完才感觉哪儿不对劲儿。是不是平时她听宋医生的段子听多了？

宋妙里在群里说话没有顾忌，经常通过一个字就能扩写出几万字的段子，然而实际上本人毫无经验。至于她说要分手前骗人上床，池穗穗觉得谁骗谁还不一定。

说回到这里，池穗穗假装自己没有讲段子，偷瞄了一眼贺行望，确定他没有听出弦外之音才放心。

因为两个人的关系摆在那里，周围的其他人不好当电灯泡，已经自顾自地去训练了，场馆内顿时枪声阵阵。声音有点儿大，池穗穗伸手捏了捏耳朵。

她一抬手，贺行望就发现她的手红了。他一言不发地捉住她的手，轻轻按压揉捏修长的手指。

“老公你真好。”池穗穗忽然开口。

贺行望动作一顿，漆黑的眼眸看着她，面前的人明眸皓齿，眉眼弯弯，灿若星辰。这是她婚后第一次这么叫他，就是昨天晚上池穗穗也是直接叫他的名字。

然后贺行望就听见了池穗穗的下一句话：“再用点儿力。”

她使唤人挺有力气，贺行望微哂着想。

池穗穗丝毫不知道贺行望的想法，安心地享受着来自新婚第二天的亲亲老公的按摩。左手空着，她便解锁手机，一下就看到微信上多了不少未读消息，当然要数苏绵发的消息最多。

苏绵：“你们去民政局被人看到了？”

苏绵：“也是，过年好多人结婚，好像被看到也不稀奇。”

苏绵发来一个链接。

苏绵：“现在网上大家都炸了。四舍五入，穗总你也是一起上热搜的人了。”

这都第二天了，他们还能上热搜？

池穗穗回忆了一下当初在民政局碰见的人，记得那天是有人看他们，她还和贺行望提了一下，没想到一语成谶。

和池穗穗猜测的情况没什么区别，昨天同在民政局的女生回过神来之后，立刻就在自己的朋友圈发了一条消息：“我好像遇见贺行望来民政局了。”

瞬间评论区里一片问号。

就连在公司里和她关系不怎么好的同事都开始私聊她，询问是不是她看错了。

女生自然越想越觉得自己没看错，那个男人不管是眉眼还是身高，都比较像贺行望，反而是旁边的女生掩饰得太好，她不认识，猜测不是明星。至于朋友圈里的人信不信，那又不关她的事。

虽然这是发在朋友圈的，但是现在很多人会将朋友圈的截图传播出去，这次也一样。晚上的时候，这条朋友圈的截图就被传播开了。

一开始是微博上的一个博主接到了网友的投稿，博主也不确定，还发了“真的假的？”的文案，后来又被传播到论坛上。

“什么？贺神大过年的去结婚？”

“就一张图，真实性都不知道，别传谣了吧。”

“结婚也正常吧，之前就是未婚夫妻了，而且贺神年纪刚好，之前就想结婚了。”

“说结婚就结婚，动作真快。”

“我之前还以为两人可能会分手，没想到居然被打脸了。”

“所以就没人知道老婆是谁吗？”

“这一次我们是真的菜，居然什么都不知道。”

“去问贺行望，按照他的性格，万一结婚一高兴就说出来了呢？”

论坛上的讨论，营销号也注意到了。经过几个小时的发酵，这事就被大规模地传播开来，等到了早上的时候，已经爬上了热搜。之后热度更是直接飙升，话题直至热搜第一。

贺行望上次被全网关注还是庭审的事，这下突然爆出结婚的事，还是有很多网友关注的，但是新闻真假还不确定。

苏绵看到消息的时候话题已经在热搜上挂了一会儿了。她立马给池穗穗发了消息，但是没收到回复，等池穗穗现在看到已经是一个小时后了。

“你真的被认出来了。”池穗穗把手机屏幕递给贺行望看，“你那天还说是在看我。”

“我是合理推测。”贺行望说。

“现在事实证明你推测错了。”池穗穗漫不经心地说，又笑问，“现在怎么办吧，你说。”

“没办法。”贺行望波澜不惊地淡淡开口，“她看到的是事实，我又不能让她不说。”

池穗穗觉得他这话实在可爱。人家当然是说实话，这种事能有什么办法？人家亲眼看到的，他们又不能说她看错了。但是听到这个回答，池穗穗真是一下子就想到了之前的回答，笑了笑，眼波流转。

他们在射运中心待了一上午，中午和大家一起吃的饺子，然后下午池穗穗才和贺行望一起回去。网上因为没有本人出来发消息，网友还是在讨论阶段。

池穗穗因为昨晚被折腾到半夜睡得晚，早上又起来马不停蹄地就去了射运中心，吃完饭瞌睡就来了。她在车上就不停地打哈欠，差点儿靠在贺行望的肩上睡着。

“你不困的吗？”池穗穗问。

“不困。”贺行望垂眸看着她，她的眼皮子都耷拉了下来，眯着眼的样子有些慵懒，带着别样的风情。

池穗穗哼了哼，想到了什么。等回到柏岸公馆，她什么都没做，直奔楼上，躺在床上就睡。至于贺行望，她不管了，昨晚他是舒服了，自己累了，现在自己先睡个够再说。

网友本来都以为微博上的事就这样结束了，因为贺行望不是明星，没必要和他们说自己的私人感情，也没必要运营自己的微博，所以他发的微博几年都数得清有几条。

但是这样他新发的微博就很容易被发现，所以很多网友一点开热搜第一的话题，发现热门第一条的微博变了，变成了贺行望刚发的微博——一张图片。

微博没有文字，只有一张图，拍的是两张结婚证。对今天网上的事情，他已经给出了自己的答案，总比大家一直猜下去好。

“啊啊啊——贺神真的结婚了！”

“天哪！有本事拍个里面的合照啊！”

“别以为我不知道你是在变相秀恩爱，贺神变了，不再是以前那个性冷淡的贺神了！”

“我想翻开结婚证，谢谢。”

“所以老婆长啥样子？不能放张七岁的照片就行了啊！”

“有人说你老婆小时候好看，长大了不好看，贺神快出来打个脸！”

还真是有这种说法。因为很多人的认知就是小时候不好看的人，长大了反而可能会变得好看；同理，小时候好看的人，长大了可能就长歪了。

所以很多人对着贺行望之前发的那张照片分析起来，甚至有面相学的营销号出现，池穗穗的照片愣是被分析出了小论文。

池穗穗醒来的时候已经是傍晚，冬日里四点多天色就不太亮了。

“贺行望？”池穗穗坐在床上叫了声，没人。他不会是又回射运中心了吧？

池穗穗琢磨着还真有这可能，便自己下了床。房间里暖和，也有地毯，她赤着脚去了洗手间卸妆，然后准备换件衣服。

池穗穗从衣帽间里找了件冬天的睡衣，上面还有精美的刺绣，这是不久前买的。

电话突然响了，池穗穗按了接通，然后脱掉衣服。

“穗总，你有没有看到我的消息啊？你居然不回我。”苏绵委屈巴巴地说，“贺神都发结婚证了。”

“我以为我回你了。”池穗穗无奈地道。

“意念回人可还行？”苏绵吐槽了一句，又说，“而且我发现贺神的微博是盗的你的图。”

还有这种操作的吗？

池穗穗一时之间竟然找不到话来回答，伸手去够床边的睡衣，房间的门骤然被推开。

男人高大的身影从外面走进来，即使两人有过亲密接触，但这样的场景还是让她有点儿尴尬，而且她刚刚的姿势十分豪放。

房间里的窗帘没拉开，有些暗，这么一来，她皮肤白得就比较显眼，身材窈窕姣好。贺行望眼神一沉，停在原地。

池穗穗用睡衣挡住自己："转过去。"

贺行望虽然面色未改，但还是转身背对着她，淡然开口道："我们在昨天已经是夫妻了。"

"所以呢？"池穗穗反问，"那你以后换衣服，我可以眼睛一眨不眨地盯着看吗？"她被自己的话逗笑。

贺行望眉梢微动，也轻笑了声："你确定吗？"

池穗穗被他的话一堵，穿上睡衣，拨弄了一下头发，这才开口："你转回来吧。"她把衣服扔到一旁的椅子上，这才发现手机屏幕亮着，电话是挂断了，但是微信上多了两条新的消息——

苏绵："电话还没挂呢！"

苏绵："我还是个孩子！"

池穗穗拿着手机抬头："完了，贺行望，我们刚刚的对话被你的小粉丝听到了，说不定她要脱'粉'。"

她没穿袜子，脚趾都踩在深色的地毯上，更显圆润莹白，指甲染着鲜亮的颜色，一离开毛衣的遮挡，暧昧的痕迹就遮掩不住，偏偏她本人发现不了。

贺行望看着上面的浅浅痕迹，半晌才嗯了声，顺着她的话说："那我只能感觉很遗憾。"

池穗穗扑哧一声笑道："无情。"

贺行望不置可否，只挑了挑眉。今天晚饭是他做的，新婚了有假期，多年来的同住经验让两个人仿佛进入了老夫老妻式的生活。

池穗穗白天颇为享受地感受着贺行望面面俱到的照顾，等到了晚上就被安排得明明白白，这下她再也不认为贺行望是性冷淡了。

贺行望虽然看上去很好说话，但神色一冷就很强势，本身侵略性很强，池穗穗反应过来时已经迟了。

池穗穗性格张扬，一开始是会把握住机会，还能诱惑人，但慢慢地，她却软成了一汪水。

等晚上被抱进浴室里，池穗穗又没力气了。

她回到床上的时候，还感觉贺行望捏了捏她的胳膊，触感细腻绵软。

她抬眼，看到他的眸子，眼神似乎不甚满意。她都这样了他还不满意？池穗穗有心说话，却抵不住困意。

第二天清晨，池穗穗清醒了。她回忆了一下昨晚的片段，又抬了抬自己的手臂，猜测贺行望是说自己没力气。她又不是健美教练，要力气做什么？

南城的名媛们都是肩不能挑手不能提的，她当然也不例外，家里人根本就不会让她做重活。

空气里尚残留着一丝暧昧气味，池穗穗耳根有点儿热，暗忖才结婚就这样厮混是不是不太好，太肆无忌惮了。但她立马又安慰自己，这有什么？老公和老婆做点儿增进感情的活动天经地义。池穗穗这么安抚着自己。

她下楼时，贺行望正在厨房里，中岛台上放了不少吃的，香气四溢。

池穗穗又被收买了，靠在餐桌上，看着男人认真深邃的目光，莫名想到当初刚进柏岸公馆的光景。

小时候两个人的交集的确很多，但大了一点儿，贺行望就去了射运中心，两人的交集就变少了，所以来到这里的第一个月是没怎么见到对方的。

不得不说，两家家长的想法还是很有用的，起码池穗穗已经习惯了有贺行望的生活。要说找别人结婚，她想象不出来那样的画面，而且怎么比，他们都比不上贺行望。

“看什么？”对面不远处的男人抬头。

“看你啊。”池穗穗眨了眨眼，自顾自地点头，在心底给他打了满分。

至于昨晚求饶的事，她已经选择性地遗忘了。

贺行望挑了挑眉，没再说什么。

新的一天，池穗穗要去新闻网站工作。她的新闻网站已步入正轨，对新闻报道的要求是实事求是，苏绵年后也会过来这边上班了。

她的新闻网站发小新闻多，发大新闻会有顾忌，月底的时候，有人向他们这边爆料了一种食品里的食材有问题的事，而且据说还有上级部门帮食品厂隐瞒。这家食品厂的食品在全国范围内销售，目标客户就是各大中学的食堂，已经导致不少学生住院了。

池穗穗问："您有证据吗？"

对方回："要证据我没有，他们根本就不给留证据。你们能曝光吗？不能的话，我也没有办法了。"

听起来好像是很困难，但这样的事难不倒记者。

池穗穗眯着眼思考了几分钟，决定去了解情况，找到证据向有关部门举报或者曝光比单纯的无据曝光更有说服力。

为了这个新闻，池穗穗这两天都在调查这家食品厂的事情，晚上还把资料带回了柏岸公馆。

落地窗外是夜幕星河，贺行望回来时就见池穗穗坐在房间的地毯上，周围散落着不少纸张，身形纤细，被灯光勾勒成了一幅画。

他眉头一皱道："起来。"

池穗穗抬头看过去，等他走过来，扯了扯他的衣摆。居高临下，他更能看出她的明艳素颜。她洗过澡，穿的是单薄的睡衣，遮住了玲珑有致的身体，贺行望鼻间还能闻到淡淡的清香。

"你今天怎么回来了？"池穗穗问，想站起来，但是坐久了腿麻了，身体一歪，被贺行望揽住才站稳，小腿打战。

知道她的腿麻了，他干脆将她抱到了床上坐着。池穗穗好几天没见他，一时之间有点儿怀念他身上熟悉的柏木香，闻到了才舒服点儿。

"看什么这么久？"贺行望垂眸，轻声问。

"一个食品厂的资料。"池穗穗将手搭在他的腰上，仰头看他，"我打算去了解情况……"提到自己的工作，她兴致很足。

贺行望对她要做什么当然是清楚的，很多新闻是记者这么去曝光的，他起了点儿兴趣。

池穗穗一本正经地和他说起自己的计划："说起来也不难，就卧底而已，拿到证据就可以撤。"

贺行望专心地听着她说，就站在她面前，轮廓被光线映得柔和，视线就只落在她的脸上，抿着唇。

男人的视线不容忽视，池穗穗的话到一半停住了："你干什么这么看着我？"

贺行望低着头道：“我是在听你说话。”

“那你有什么建议？”池穗穗勉强听了他的解释，已经恢复的腿故意在他身上蹭了一下。

“计划很好。”贺行望望着她，却在下一秒改了口，“但是有一个很大的问题。”

池穗穗问：“什么问题？”

贺行望看着她清亮的双眸，低声开口：“如果计划实施者是你，可能一出现就会引起警惕。”

池穗穗有那么一瞬间觉得他是在说这个计划不行，又觉得是在说她不适合去当“卧底”了解情况。这听上去是对她的能力的质疑，但贺行望应该不至于如此贬低她。

片刻后她突然反应过来，问道：“你这是在委婉地夸我漂亮吗？”

贺行望颔首，认真地说：“应该还不算太委婉。”

“不算太委婉”几个字被贺行望说得像是在念课文，语速很慢，不过他说的是事实。池穗穗走到哪里都是焦点。

贺行望听她说要去食品厂了解情况，她一个从小出生在豪门，每天锦衣玉食的人，去这样普通的地方，明眼人都看得出来不对劲儿。当然这涉及池穗穗的记者身份，他没说。

池穗穗认真考虑了一下他的意见：“你说得有点儿道理，我去搞不好打草惊蛇了。”

而且她也不算是从没曝光过的人，这么一看，她的确不适合。

“嗯。”贺行望颔首。至于池穗穗蹭他的腿，他尚且能无视。

“我担心的不是这个。”池穗穗坐在床上，盘着腿，“我担心的是这家食品厂背后有人。”不然这事怎么会瞒这么久？

贺行望半蹲下，姿势稍低于她，略抬下巴和她对视：“所以才需要你们记者。”

池穗穗莞尔：“你说得对。”

记者这个职业，她既然做了，就会在做的期间尽到这个责任。现在她又是新闻网总编，也会尽力履行新闻网总编的职责。她不适合去了解情况，其他人可以去。

池穗穗今天看贺行望很是顺眼，他说的话也让她很喜欢，于是今天晚上柏岸公馆的灯亮了大半夜。

早上八点时，贺行望醒来。他稍稍一动，怀里的池穗穗就不满地哼了声，软软的身子贴在他身上，清晨着实让人难受。

等了十分钟后，他才起身去了洗手间。

3 月将到，他们射运中心也开始忙碌起来，训练也越来越紧张，毕竟 7 月就是奥运会。这很大可能是贺行望最后一次以射击运动员的身份出现，他自然很重视。

洗手间里的水声较轻，池穗穗没听见。她睁眼的时候，只感觉被窝里就她一个人，意识回笼后又正好看到贺行望从洗手间里出来。男人手上还沾着点儿水，只披了件衣服。

池穗穗靠在床上，眼睛一眨不眨地看着他，又看他去衣帽间换衣服，模样从勾人变得沉稳。

“还不起床？”贺行望的视线扫过来。

“起不来。”池穗穗身体还有些发软。

昨天晚上她心想着奖励奖励贺行望，结果最后他胡作非为，颠覆了她以往对他的认知，什么性冷淡都是假的。

贺行望挑眉说：“我要出门了。”

池穗穗哦了声：“那你走吧。”她丝毫没有留恋的意思。

“晚上你还回来吗？”池穗穗在他走到房间门口的时候又突然问，有那么一丝让他别回来的意思。

贺行望本来想说不回来，看见她的模样，话到嘴边改了口：“看情况。”

池穗穗怏怏地道：“哦。”

可以说她是非常敷衍了。

临走时，贺行望还回头看了下，床上的人已经再次躺倒了，盖着被子，俨然有再睡一觉的势头。他合上门，给阿姨发了短信。

等在门外的司机甚至已经和自己的孩子打过了视频电话，见人出来，下意识地看了下时间，已经八点半了。

池穗穗在新闻网站将这个任务公开之后，办公区的不少人主动申请要去了解情况，一来这个食品厂出问题是国内还没发布的新闻，二来这在新老板面前也可以博个好印象。

“让我去吧，男生比较安全，而且我学过一年散打。”男记者于洋说。

池穗穗最后选了他。

本来所有人都以为于洋几天就能回来，最后他硬是在那边待了将近半个月。食品厂很警惕，而中学那边也是瞒着这事。因为采购问题食材导致学生进医院的事对他们校领导来说是很大的失职，家长的闹事行为也被按了下来。

池穗穗和苏绵半个月后去了食品厂那边。

“我这几天都是借着一个学生家长的亲戚身份进去的。”于洋说了下大概的情况，“这所中学的肉是这家食品厂供应的，三个多月前签的合同，今年新学期开始供应，上个月被发现的问题。”

这明显能看出是食品厂有问题，他也去医院拍了些素材，但是食品厂那边比较严格，这么多天也没有多大的进展。

严格来说，其实去年期末学校就准备用这家食品厂的肉，但是因为期末换起来麻烦，和上一家的合同还没结束，所以就等到了新学期，结果刚开学没多久，就出了事。

“校领导那边我试探过，他们也很谨慎，我怕他们和食品厂串通，就没敢直接去问。”于洋说完，喝了口水。

池穗穗脸色凝重地道：“注意安全。”

这段时间热搜上一些其他话题的评论区里也有人在说中学学生进医院的事，但就是上不了热搜。

“那个食品厂最近还在出货吗？”苏绵问，“我们可以伪装成进货的人，看看货总不是问题吧？”

“他们最近不打算接单。”于洋当然早就想过了这个办法，“不过我们可以再试一次。”

苏绵就打算扮成他的秘书，两个人一唱一和，很有信心。池穗穗其实不太赞成他们的做法，但目前也没有什么其他办法，于是这个行动第二天就被执行。

她则去医院看了中毒的几个中学生。几人刚刚脱离危险，还在治疗中，一位家长眼下满是青黑的阴影："我找校领导，校领导说和他们没关系。

"这明明是吃食堂吃出来的问题，而且其他家长也在医院，我们家孩子是情况最严重的。

"这位记者姑娘，你一定要曝光这家黑心厂，他们和校领导狼狈为奸，我们家长完全被压住！"

池穗穗连忙安抚住她："你放心，我们会的。"家长这才冷静下来。

池穗穗才出医院就接到一条短信，是苏绵发来的，一串无意义的数字。池穗穗看得眉头一蹙。

苏绵从来不会和她发短信，池穗穗的第一反应就是两人出了什么意外。果不其然，她再打电话过去苏绵的手机已经关机了。这种情况她一想就知道发生了什么。

池穗穗直接打电话联系了这边的安保公司，要了十来个人直奔食品厂，然后路上又报了警。对方抓她的人，要看她同不同意。

食品厂在靠近郊区的地方，十分钟后池穗穗才到，食品厂大门是关着的，还有两三个人在巡逻。

"直接把门拆了。"池穗穗冷笑了一声。

安保公司的人有点儿犹豫："这是破坏别人的财产。"

池穗穗扫过去一眼，声音冷淡："我是付不起你们的钱，还是赔不起这一点儿门的钱？"

这是哪家的有钱大小姐出来了吗？既然她出钱，他们当然是会干的，十几个高大的保镖对上那两三个巡逻的员工，结果一目了然，大门直接被破开了。

食品厂里面灯火通明，池穗穗被身穿黑西装的保镖围住，一路往里去，还能闻到浓重的肉味和其他不明的味道夹杂在一起，令人有些难以接受。

池穗穗皱着眉，然后就看到几个人把于洋和苏绵绑着，正在逼问："你们到底是什么人？是不是记者——"

很多脚步声响起，为首的中年男人看到这么多人，脸上闪过惊慌之色，又质问道："你们是谁？怎么进来的？"

池穗穗先看了眼苏绵他们，确定他们没受伤之后才松口气，转向食品厂的人时，脸色骤然冷了下来："你绑了我的人，还问我怎么进来的？"

这时候她是不管新闻不新闻的，人最重要。如果南城的大小姐在这边，就会发现这是池穗穗生气时的样子，高高在上，冷漠无情。

池穗穗走过去，站在最前头。她看上去势单力薄，但背脊挺直，鞋跟落地带着铿锵的声音，愣是让食品厂的众人背后发毛。这是她与生俱来的气质。

"你现在是在我们食品厂。"中年男人目露凶狠之色，"别怪我们对你不客气了！"

池穗穗勾唇道："是吗？"不客气一个给她看看。

周围食品厂的人都围了上来，手里拿着工具。池穗穗懒得和他们多废话，直接就让保镖救了苏绵和于洋，食品厂的人都是普通人，怎么可能和安保公司的人比？

就在此时，外面响起了警笛声。警察接到报案就赶来了，本来以为会是一场硬仗，结果一进来就看到十来个人高马大的保镖，地上落了一堆棍棒等工具，至于穿着员工服的食品厂员工，有些倒在地上，有些躲在后面，哀声四起。

场面一时间有点儿安静。

最终一群人都被带去了警局询问。一直到做完笔录，苏绵和于洋都还恍恍惚惚的。

苏绵尚且能够反应过来，毕竟知道池穗穗身份特殊，能和贺神家世相当，肯定不一般，而且她也清楚池穗穗护短的性格。于洋就不一样了，就是一个普通的小记者。

池穗穗见他站在那里出神，随口说道："还站在那里干什么，回味被绑的时光？”

于洋一下子红了脸：“没有。”

他知道公司换了新总编，换了老板，但是这样的事情很正常，一家公司换几次领导都没什么。只是老板亲自来救他们，意义不同。

从他们被绑到池穗穗找到他们，也就十几分钟的时间，对他们来说，甚至就是一眨眼之间。他是买彩票中了个好老板吗？

警局里这次满满当当的都是人，食品厂的人全被带了回来，丧着脸接受调查询问。

旁边有年轻警察小声说：“第一次出警这么轻松。”

本来他们听报警电话的时候池穗穗说得很严重，条理清晰，所以出警的人就有点儿多。结果过去后发现人都已经被收拾完了，他们就是把人带回来，连掏出手枪的机会都没有。

中年男人恶狠狠地瞪着池穗穗，还在叫着：“是他们硬闯进来的！还把门撞破了！”

齐刷刷的目光看了过来，池穗穗歪了一下头：“赔给你一扇。”

见对方怒目而视，她又漫不经心地补了一句：“你们那门质量不行，我送你一扇好点儿的。”她很大方的。

中年男人气得要死，这门他不想要！

做笔录的女警憋着笑。

把人给气了一顿后，池穗穗又说了食品厂产品不合格导致中学生中毒的事，这件事现在有证据了，可以让警方介入调查。

出去后苏绵一脸兴奋：“穗总你好厉害！”

池穗穗面无表情地道：“你再大胆点儿。”

“我很小心。”苏绵的声音小了点儿，“我也不知道他们怎么发现的，可能是问我的问题回答出了错误。”毕竟她不是真正当过秘书的人。

“没事。”池穗穗安慰了一下她幼小的心灵。

手机铃声适时响起，屏幕上面是贺行望的名字。苏绵不经意间瞥见了，咦了一声：“贺神这时候打电话过来，不在训练吗？”

旁边的于洋：“……”

他是听到了什么不该听的内容吗？“贺神”这个称呼还有别人用吗？应该没有吧……

然而没人管他的想法，苏绵捂住耳朵当聋子，池穗穗接通了电话：“喂？”

“在哪儿？”贺行望只问了两个字，声音有点儿低，大概是离训练馆不远，池穗穗听到了不小的枪击声。

池穗穗想了想这事要不要说，最后只说了几个字：“今天周末，在家呢。”

一个善意的谎言有利于感情的和谐，正好也免得他在训练还担心，她还多加了个“呢”字结尾，感觉自己又娇又可爱。

电话里的人沉默了几秒，良久，贺行望拧眉，压着声音说：“和十几个保镖在家？”

谎言瞬间被戳破，甚至被他这么一问，池穗穗总觉得这话听上去有那么一丁点儿歧义。

这话让人怎么回？她没在家？还是没和十几个保镖在家？

池穗穗沉思片刻，看了看旁边的苏绵和于洋，觉得他们应该并不能听到她和贺行望的对话，这才放心。这话被人听到了不好。

“你不是在射运中心吗？”池穗穗问。

“这边不封闭。”贺行望意味深长地开口道，“对一些事情，我还是能知道的。”

事实上他早就知道池穗穗不在南城，也知道她在忙新闻的事，所以没有多问，结果就知道了这事。

池穗穗抿了抿唇，虽然说她觉得自己没做错，但是被他这么一问，也不知道为什么有点儿心虚。她清了清嗓子，把手机拿远了点儿：“你说什么？我没听见。唉，这边在郊区，信号不好。”

不仅是贺行望那边安静，就连苏绵和于洋都互相对视一眼，不知道该说什么好。

这已经在市区了，哪里信号不好？原来他们的老板和贺神说话是这样的吗？

于洋第一次陷入了深深的迷惑之中。结了婚之后的人都这样的？

“池穗穗。”贺行望沉声叫着她的名字。他其实很少这么叫她，但是声音沉沉的时候，带的压迫性很强。

池穗穗长叹一口气，说：“待会儿回去说行吧？我现在正在路上，没事。”

贺行望嗯了声。

“那十几个保镖也让他们回去了。”池穗穗忽然补充了一句，“没有和他们一起。”

这个没有说的必要，贺行望揉了下眉心。他不过是顺着池穗穗之前撒的谎往下问的，现在她这么一提，像是强调什么似的。

贺行望一时间也不知道是自己问的问题不对，还是她回答的话是比较有歧义的。

池穗穗挂断电话后，车里一片安静。

苏绵乖乖坐好，正拿着手机噼里啪啦地打字，向宋医生汇报今天发生的事情，尤其是池穗穗勇闯食品厂救人：“感觉就像是电视剧情节，穗总好帅好帅的，一下子就把我们救了出来！男友力爆棚！”

宋妙里：“基本操作，基本操作，都坐下。”

苏绵：“……”

宋妙里：“没想到现在被你知道了这么多秘密。”

苏绵：“什么意思？”

宋妙里：“灭口的意思。”

两个人在群里插科打诨，于洋在一旁坐立难安。他干脆拿手机偷偷去看贺行望的微博，未婚妻的照片还放在那里。

于洋这么一看，觉得未婚妻和池穗穗确实像。他之前也看过这照片，但是完全没办法将两个人联想到一起，毕竟一个是七岁，一个是二十几岁，但是一旦确认有联系，就看得出来像。

“好看吗？”旁边的人突然出了声。

于洋被吓了一跳，手机差点儿掉地上，手忙脚乱地收拾好，一抬头就对上了池穗穗笑吟吟的脸。他小声说道：“好看。”

老板已经不是好看，是非常好看了！再加上今天发生的事，他一点儿都不觉得池穗穗和贺神不配，反而觉得是天作之合。

“穗总最好看。”苏绵的“彩虹屁”永远不会迟到。

池穗穗敲了下她的头：“让你们去了解情况不是让你们去感受危险的，我要是迟到了你们怎么办？”她的声音强硬起来。

“那还不是刚刚好吗？”苏绵赶紧扯了扯池穗穗的袖子撒娇，“下次肯定不会了。”

“还有下次？”池穗穗眯起眼道。她一旦认真起来，就很严肃。

苏绵和于洋乖乖摇头。

其实记者遇到这样的事不算什么，与他们比较，战地记者更危险，虽然《日内瓦公约》规定，保护记者等非战斗人员的人身安全，但还是有战地记者会丧生。他们是新闻工作者，工作就是报道新闻。

这件事后续的取证调查工作交给了警察，再加上本地的新闻记者已经知道这事并开始了调查，所以傍晚三个人就回了南城，因为新闻要的是准确、及时、真实。

今天苏绵和于洋加班，两个人撰稿比一个人快很多，初步的稿子池穗穗过目了一下，确定没多大问题，又修改了一番。她叮嘱了一些事后就准备回柏岸公馆，不出意外要和贺行望好好说说十几个保镖的事情。

半个小时后，今日新闻的公众号和官微就放出了食品厂的事情，视频网站也给了推送，这就是今日新闻挂靠视频网站的好处，能够以最快的速度将新闻传播出去。

池穗穗今天四处奔波，回了楼上去泡澡。等她躺进浴缸里的时候，网上已经开始讨论这事了，没多久就上了热搜的尾巴。

十几分钟的时间，问题食品致学生中毒的事就爬到了前排，显然关心这事的网友不少。

池穗穗点开评论区。

“我前两天看到评论区里有人刷这个，现在终于上热搜了！”

“这前前后后将近一个月的时间，居然到今天才曝光！太恶心了！”

“看视频好像还瞒着，想瞒全世界呢？”

“这么多家新闻媒体，都是怎么了？现在瞒不住了才开始报道吗？”

“别误伤了友军，没看到这是非常规拍摄吗，一看就是私底下拍的，不然恐怕还拍不到。”

“赶快彻查！这么多学生住院！”

“食品厂赶快给我倒闭！明天老板就破产吧。”

“现在那些学生怎么样了啊？”

于洋之前拍了学生住院的素材，再加上池穗穗今天也去了医院，所以将学生的情况也放在了视频里，总共将近二十分钟。

其中前十分钟是学校和中毒学生的情况，后十分钟就是他和苏绵去了解情况的过程。一开始于洋和苏绵是很顺利的，虽然食品厂的人很谨慎，但的确还想赚钱。最后是他们进到里面的车间看的时候，那个中年男人问了一个问题，苏绵答得不太对，一下子被发现了。

视频的最后是警察出现，于洋隐藏的小摄像头一直没停过拍摄，这是他作为一个记者的素养，池穗穗自然而然不可避免地入镜了。虽然于洋剪辑掉了有她的片段，但还是无意间留下了一点儿画面，于洋大概也没发现这个镜头，所以才这么放了出来。

网友看到最后：“……”怎么池穗穗也在里面？

现在池穗穗也算是在公众面前刷过脸的人，再加上她容貌精致，浓烈艳丽，让人看过就不会忘。

很快两条评论被顶了上来。

“池穗穗为什么也在这里？”

“她来这边干什么？”

池穗穗看到这两条评论时，直接从浴缸里坐了起来，一下子就清醒了。怎么还有关于她的评论？自己这么有知名度？池穗穗很快就想到了贺行望的话，幸好她没去调查，不然还真可能一开始就打草惊蛇。

于洋一直在关注新闻的热度，看到热评，给她发消息和图片：“这个有事情吗？”他也没想到池穗穗这么容易就被发现了。

池穗穗回：“没事。”

她回了“没事”就是不用管的意思，结果没想到不知道是不是因为网上有很多“她是去抢新闻的吗？”“她身边好多人是干什么的？”之类的言论，于洋居然没忍住回了对方。

他回了就算了，还被骂了。

网友质问他：“你以为你是在拍大女主电视剧吗？而且你说你是记者，有证明吗？”

于洋：“……”

他的微博虽然没认证，也不至于这样吧？他是有记者证的。

于洋第一次感到“杠精”的存在真是让人讨厌，感觉窒息，他找到自己保存的视频，发到了微博上。

视频不长。视频里中年男人质问池穗穗破了他的大门，池穗穗漫不经心地说赔，还说他绑了自己的人。

看完的网友都惊了。

主要是池穗穗那个模样真的让他们觉得痛快，因为食品厂太过分了，加上池穗穗突如其来的强势，一时间网友夸起池穗穗来。

“池穗穗是什么仙女？”

这样的话题也逐渐被刷了起来。

也有几个人的话被淹没在话题里：“其实我感觉好遗憾的，池穗穗和贺神就是单纯的粉丝和偶像的关系……”

网上关于池穗穗的事也开始小范围地传播开来。她这样对一个垃圾食品厂的人，网友确实觉得出了气。

池穗穗泡完澡，穿上睡衣，让阿姨送了鱼汤过来。阿姨道：“我备了两个人的份。”

“好。”池穗穗说，“谢谢宋姨。”

“对了，太太想问您的大提琴要不要拿回去保养一下。”宋姨笑眯眯地问。

池穗穗想了想道：“我看看。”她上楼把大提琴拿下来检查了一番，“算了，不用麻烦我妈了，我自己就可以。”

宋姨点点头，走了。

池穗穗将大提琴放在一边，刚好苏绵打视频电话过来："穗总，你看到网上的新闻了吗，现在食品厂应该是被调查了。"

"早应该调查了。"池穗穗说。

"学校那边之前开了官微，但是平时荒凉得长草，这次直接被骂了上万条评论，看他们还敢瞒着。"

池穗穗一边听着苏绵喋喋不休，一边打开保温饭盒舀了勺鱼汤，鲜美的味道让她忍不住眯了眯眼。美人享受的模样在别人眼里也是赏心悦目的。

苏绵好奇地问："穗总，你在喝什么啊？"

池穗穗给她看："鱼汤。"

乳白的鱼汤上漂着葱花，鱼肉在汤中若隐若现，苏绵不禁咽了咽口水，感觉自己隔着屏幕都能闻到味道。所以她是为什么现在打视频电话？苏绵不由得质问自己。

"对了穗总，好像你之前拒绝的那个恋爱综艺要播了，今天还上了热搜。我看了下预告，不怎么好看，还好你没去参加，不然还不知道给你安排什么'绿茶'人设。"

苏绵是个话痨，说起话来就停不住，池穗穗一边和她说话，一边喝汤，不知不觉就喝了一大半。等她回过神来时，鱼汤已经就剩一点点了。

贺行望的份也被她喝了。

这么一点儿留着好像也没什么用，池穗穗干脆直接喝完，合上盖子，决定假装今天宋姨没来过。她刚把饭盒拿到厨房，玄关处就传来声音。

池穗穗动作一顿，知道是贺行望回来了。她几乎是几秒之内，就将饭盒放进水池里掩耳盗铃，然后跑到了一边的凳子边坐下来。

池穗穗又把大提琴放在怀里，修长的手指搭在琴弓上，轻轻一拉，一串低沉优雅的音符就从弦上跃出，飘荡在偌大的别墅内。

贺行望踏入客厅就听到了大提琴的声音。好像已经很久没听她拉琴了，他没有出声，悄声到了餐厅那边，看见池穗穗侧对着自己，半低着头，心神都放在大提琴上。

家里开了暖气，她穿着睡衣长裙，裙摆开衩一直延伸到大腿根那边，脚踝精致，雾霾蓝和雪白形成鲜明对比，衬得肌肤晃人眼。

池穗穗瞥见贺行望站在餐厅入口处，颀长的身影遮住了客厅的一角，面上安安静静。不知道他是在等她拉完，还是在安静地听。

最后一个音符跳出，池穗穗将琴弓放在桌上，撩了下耳边垂下来的长发：“这么早就回来了？”

“不早了。”贺行望这才走进去。

池穗穗看着他从餐桌旁经过，然后直直地往厨房那边走去，立刻直起上半身：“贺行望！”

男人的脚步被她叫停。贺行望转过身，两人的视线在半空中碰上，他眉目低垂地道：“怎么了？”

“你过来。”池穗穗指了指她对面的椅子，然后又认认真真、一本正经地开口问，“我给你拉曲子听，你听不听？”

贺行望挑了挑眉。她盛情邀请，他果然转了方向，向她走来，坐了下来，缓缓开口道：“那好，听完我们讨论一下今天的事情。”

池穗穗猝不及防——他怎么还记得这个呢？她避而不答，转移话题：“就给你一个人听，你就说听不听就行了。”

“听。”贺行望颔首，先是深深看了她一眼，然后话锋一转道，“掩饰是没有用的。”

池穗穗只是想掩饰他最爱的鱼汤被她一个人喝掉的事罢了。所以到底是她解释和十几个保镖在家比较重要，还是独享鱼汤不被发现比较重要？

池穗穗在这两个选项中间来回摆动了几下，决定还是隐藏自己吃独食的事情，反正保镖的事已经被发现了。

池穗穗给贺行望选了一首较为欢快的曲子，曲调很简单，开头就是一段快节奏的旋律。

贺行望听过的大提琴演奏大多是慢调，这样的曲子确实是第一次听，有种不一样的感觉。

对面的人坐在凳子上，长发垂落，掐腰的睡裙露出精致的锁骨，肩头性感漂亮，裙摆柔顺下垂。

池穗穗在自己家里拉大提琴就很随意，动作也跟着轻快起来，和着旋律轻声哼唱着。从节奏急促的开场转到活泼的中段，她越来越游刃有余，几个月未碰大提琴，她的水平还是一样出色。

贺行望坐在那里，微闭上眼。池穗穗若不是自己喜欢去当了记者，会是一个出色的大提琴演奏家。当然也可以说，她在涉足的每一个领域都是表现得最好的，无论是喜欢的还是不喜欢的。

旋律在最后归于平缓，池穗穗间或抬眼瞥一下贺行望。他在这时候是一个合格的倾听者，给了她很好的反馈。

这一首曲子最终安静下来，拉完最后一个音，池穗穗扯了一下嘴角，伸手摸了摸弦。她确实忘了它一段时间。

池穗穗拿着大提琴准备上楼，本来以为贺行望会阻止她，没想到他竟然就这么看着她上了楼。

他不追问保镖的事了？看来她的方法挺有用的啊。

池穗穗挑眉得意了一会儿，将大提琴放回琴房，又袅娜地站在楼梯上叫他："你不上来吗？"

贺行望抬眸道："我们还有事没讨论。"

池穗穗只能下楼，自暴自弃地说："行吧，你想问什么？我知无不言。"她有点儿沮丧。

贺行望对她这样的表情觉得好笑，平缓地开口道："食品厂的新闻我看到了，你可以直接说实话的。"

"还不是怕你担心。"池穗穗眨了一下眼。

"穗穗。"贺行望又叫了她的名字，紧紧地盯着她的眼睛，"我不觉得这种事有瞒的必要。"

"那你是在我身上安了监控？"池穗穗问。

"我不会限制你的任何正常行为。"贺行望否认了她的猜测，"但是这样的事情需要有保护措施。"他接手了贺氏，基本上什么事都知道。

池穗穗思索了一下他的话，突然冒出一个想法："我已经找了十来个保镖，够了吧，难道还要加？"

贺行望深吸了一口气："我指的是其他方面。"

池穗穗莞尔，对他粲然一笑道："真的不用担心，谁还不是个怕死的人，我胆子也小。"她的死法也要是完美的。

池穗穗绝不允许自己在任何不好的地方出现意外，哪天成了新闻的头条，人人议论她的死法，那好惨的。

贺行望对“我胆子也小”这句话的真实性存疑，决定不在这件事上多说什么。

池穗穗和他说了下自己去那边经历的事，听起来似乎很危险，但其实没什么。食品厂里面都是员工，仅有的几个保安都是乌合之众，对安保公司的人来说根本不算什么，所以池穗穗第一时间是找保镖。她怕警局那边的人来不及，干脆自己先过去。苏绵和于洋是她手下的记者兼员工，她自然不能让他们出事。

保镖一事就这么过去了。

临上楼前，池穗穗瞄了眼厨房，装作无意地问：“你今天晚上已经吃过饭了吗？”

“吃过了。”贺行望淡淡地回答。他是在射运中心吃过饭后回来的。

池穗穗松了口气，感觉吃独食一事也可以这样过去，心情顿时飞扬起来。

她的情绪太明显，贺行望看了她一眼。美人灵动的模样太勾人，他就多看了两眼。

“看我干什么？”池穗穗问。

“你的心情似乎很好。”贺行望说。

池穗穗心里咯噔一下，翘起一边嘴角：“一切都尘埃落定，我的心情当然好。”她又偏过头看贺行望，“而且你还回来了。”

贺行望不置可否地道：“重点是前面那句话吧。”

池穗穗说：“你怎么要求这么高？”至于是不是真的，她才不说。

晚上坐在床上的时候，池穗穗打开了一个视频网站。苏绵今天和她视频通话时说上次的恋爱综艺节目播了，但是她记得明明停拍了。

池穗穗打开一看，视频上的赞助商就一个，是一家海外公司，没什么名气。她挑了挑眉，这是国外公司打算进驻国内市场吗？

池穗穗点开视频，恋爱综艺节目是改了名的，因为上次上面不准拍摄，但是现在同款综艺节目多，一改名又是一个新综艺节目。因为赞助商和投资方完全撤掉，现在他们这个恋爱综艺节目的投资方就只有一个公司，所以看起来有点儿寒酸。

女嘉宾也换了两个，池穗穗一眼看过去，觉得自己仿佛在看什么雷剧，出场尴尬，聊天尴尬，什么都尴尬。

贺行望从洗手间出来，见她皱着眉头，问："在看什么？"

"综艺。"池穗穗将平板电脑翻过去给他看，"眼熟吗？"

贺行望瞥了眼上方的综艺节目的名字，是他没有听过的，但是也猜得出来："之前的那个综艺？"

"是啊，改头换面。"

上有政策下有对策，导演那边明显不愿意放弃这个综艺节目的前景还有前面几季的流量。

"幸好我没参加。"池穗穗摸了摸自己的下巴，"我要是去了，你现在也能看见我喝着这样的牛奶，睡着那样的床，还要和她们闲扯。"

她宁愿去听名媛们的"塑料"对话，好歹还有趣一点儿，金句频出，哪像这个综艺节目，女生们坐在一起三言两语就要搞心机，晚上还要睡在同一个房间里。

"确实不行。"贺行望坐在她身边，轻松地看了眼房间构造，"你去的第一天可能就要把房间拆了。"然后你就会撕了节目组。剩下的话他没说出来。

池穗穗眉飞色舞地道："不能自己享受才是重点，我为什么要为了一个综艺去委曲求全？"

她在家里做个小公主多好。

池穗穗将视频关了，里面的内容实在尴尬到她无法形容，网上的评论也和她的想法是一样的。几乎是综艺节目一播出，全网就开始吐槽。

"这是原来的那个综艺吗？这次的怎么这么差，是导演组飘了吗？"

"请的什么人？个个网红脸，下巴都要把屏幕戳破了……之前曝出来的几个人挺好看的啊。"

"趁早玩儿完吧这综艺。"

"枉我期待这么久，之前停拍改名，等到现在就等来这么个玩意儿，我呸。”

论坛里也在实时讨论这综艺节目。

“我只想说还好池穗穗没参加。”

“不管是服装还是节目色调，都一言难尽。”

“她要是去了，再好的颜值也顶不过这样的垃圾综艺。”

“导演组是怎么想的，骚操作一堆一堆的，这综艺到上一季就算结局算了。”

“从来没有什么综艺能火过三季，不变的定律。”

这个综艺节目以事实说明了骚操作太多的下场。拉别人出场炒热度，人家都拒绝参加了还要被拉出来吐槽一下，要不是池穗穗强势，指不定会成什么样。

转眼间，这综艺节目就被大家抛到脑后。等十来期节目结束后，以总共几千万的播放量宣布完结，其中三分之一是因第一期慕名去看的观众。

至于其中的嘉宾，恨不得自己没参加过这综艺节目。本来他们是抱着进娱乐圈的想法来的，结果综艺节目效果那么差，他们不仅没涨粉丝，还多了一些“黑粉”，这综艺节目爱谁看谁看去吧。

恋爱综艺节目淡出大众视野，消失得毫无水花，池穗穗对其喜闻乐见，苏绵倒是很关注，每天都要跟踪进度，在节目完结第二天就发了条朋友圈。宋妙里则十分安静。

苏绵：“宋医生最近怎么不说话了？”

宋妙里：“分手后遗症。”

苏绵：“啥时候分的？”

这个问题在晚上的聚餐时得到了回复。宋医生最近相当忧郁，还化了个“厌世妆”：“前两天分的，我的生活中又要失去一张好看的脸了。”

池穗穗非常淡定地问：“你的计划实施了吗？”

提到这个，宋妙里轻咳了一声，声音有点儿小：“就有点儿怕，但还是成功了。”怎么说她都觉得有点儿难以启齿。

宋妙里属于嘴上时时“开车”、现场软得不行的那种人，去年就萌生了这计划，但是一直到最近才实施，时间跨度两三个月，而且她没多久就提了分手。

“你们不知道我提分手时，小顾那个表情，我觉得是难以置信。”宋妙里回忆了一下。

“宋医生你怎么说的？”苏绵好奇地问。

宋妙里绘声绘色地给她和池穗穗描述了一下那个场面。

时间发生在两天前的晚上，她早就想好了分手时间，因为家里确实已经有计划了。她和顾南砚约了个会，又吃了一顿饭，然后她直截了当地说：“小顾，我们分手吧。”

顾南砚问：“为什么？”

宋妙里倒也没想着隐瞒：“家里已经给我找好了相亲对象，他们不同意我们的事。”

顾南砚说：“我可以让他们满意。”

宋妙里一点儿也没信：“你不可能让他们满意的。”他要怎么让家里人满意？除非天降横财一万亿，可能家里人还要考虑考虑，但这明显是不太可能的。

被直接打击的顾南砚：“……”

宋妙里难过地亲了他一口，说：“好聚好散。对了，我结婚的时候不会给你发请帖的。”

顾南砚的表情有点儿诡异。

“你过年的时候去哪里了？”他忽然想起这个问题，目光幽深地看着一脸难过的女孩儿。

这个问题的答案非常简单。

“我直接连夜去巴黎购物了。”宋妙里吃了一口肉，对着池穗穗和苏绵开口。

池穗穗有那么一瞬间表情有些凝固。苏绵则深深沉浸在两个人的爱情故事中，发出感慨：“有缘无分，宋医生别难过。”

池穗穗问：“你就一次也没回家？”

宋妙里说：“我干吗回家啊？我才不要去相亲，过年的时候我还是个有男朋友的人。”

池穗穗轻扬眉梢。

提到这事，宋妙里突然放下筷子，表情奇异地道：“我妈他们对那个相亲对象那么满意，说对方不在意我的恋情。你说他是不是有什么问题？还有男人不在意这个的？”

她噼里啪啦地说了一大段。

池穗穗没忍住笑了起来，说：“他应该是真的不在意。”毕竟恋爱对象和相亲对象是同一个人。

苏绵作为一个完全不了解真相的人，也开始担忧：“完了，宋医生，我觉得这好像形婚。”

其实吧，“塑料”夫妻在豪门里很常见，宋妙里也没觉得有什么，只不过这件事让她感到很神奇，她也有点儿抗拒这件事。

聚餐结束后，三个人各回各家。

如今已经是4月，天气逐渐暖和，衣服也渐渐穿得单薄。池穗穗如获新生，做了老板之后就更加放飞自我，周末就坐着贺行望的私人飞机去看秀。

时装周虽然二三月就差不多全结束了，但各种各样的私人秀还有很多。

池穗穗有很多交好的设计师，自己也投资了不少工作室，说是去看秀，其实也相当于看自己的公司。她甚至觉得，自己以前怎么没想着搞新闻网站，贺行望的形象在她的心中一下子高大起来。所以在回国的那一晚，池穗穗就打电话给他。

对面的人过了好一会儿才接通电话：“喂？”

“是我。”池穗穗听着电话里面很安静，也没觉得有什么问题，“我过两天去给你送鱼汤，要不要？”

“不用，最近很忙。”贺行望的声音很沉。

池穗穗的一腔热情仿佛泼进了冬日的冰块里：“行吧，你的声音听起来怎么好像有事？”

贺行望垂眸：“刚才做了一个噩梦。”

池穗穗笑了一声：“你也会做噩梦？”

贺行望嗯了声，没再说话。

池穗穗也不知道为什么觉得他今晚不想说话，随便说了几句话后就挂了电话。

“暂时没什么问题，但是短期内不能动手。”对面的女生叮嘱了一句，又抬头看了下。

“知道了。”贺行望面不改色，站起来要走。

李怀明把桌上的东西给收了，跟在后面忍不住说：“这么瞒着好吗？”

贺行望扫了他一眼：“你觉得有问题？”

李怀明说：“万一嫂子突然想过来怎么办？贺神，你这么看我我害怕。”

整个射运中心里，李怀明对朱教练是尊重，说害怕是真的没有，唯一害怕的只有贺行望，尤其是他不说话的时候。

“我的手只是受伤，还没断。”贺行望收回视线，漫不经心地开口，“她不会知道的。”

李怀明心想，话说得这么坚决可不好，万一池穗穗下一秒就发现了呢？但是看贺行望十分淡然的模样，他也没敢这么说，跟在后面回了住的地方。

医生等人走了之后才呼出一口气，又开始问自己：刚刚她包扎的人是贺行望吗？

和他离得太近，她反而不敢相信。

旁边的小护士早就蒙了：“刚刚那是贺神吗？”

医生被她这么一问，一时间有点儿迟疑地开口：“应该是吧，看着像。”

贺行望到他们这里来处理伤口？

两人回到射运中心里，朱教练就等在大门口，他原本想去医院的，被提醒他们回来了才没去。看到贺行望手上的绷带，他一脸紧张地问：“没事吧，医生怎么说的？影不影响你的训练？”

“不影响。”贺行望动了下手腕，眉头舒展开来，“休息一两个星期应该就可以。”

“一个星期和两个星期可不一样。”朱教练坐了下来，“不过还好。”

他今天接到李怀明的电话时都吓一跳，贺行望要是出事了，不说成绩，就说这个人，朱教练都觉得心里难安，他脱不了干系。

“这段时间你就多休息休息，训练的事不用急，还有三个月才到奥运会，来得及。”

以贺行望的天赋，他完全可以。朱教练虽然是这么说，但心里还是有一点点迟疑，生怕后续又出什么问题。

“对了，那个被你们救的小姑娘呢？”

“在医院里。”

今天的事其实是个意外。贺行望和李怀明出了射运中心，在路上碰见一个几岁的小姑娘差点儿被车撞，就过去拉了一把，贺行望的手蹭到了那辆车。

因为见了血，李怀明当时差点儿吓死了，连忙拦车带贺行望去了医院。

朱教练皱着眉道：“你这段时间要不要回家休息？”

考虑到贺行望刚结婚，现在手受伤不能训练，回家休养也不是不可以，他不用每天在射运中心里看别人训练。

贺行望垂眸道：“不用。”

李怀明说：“贺神瞒着嫂子的，回去就露馅了。”

朱教练哦了一声，表示理解。

池穗穗的确觉得贺行望不大对劲儿，虽然以前他的话也不多，但不至于是今天这个表现。他不会刚结婚就提前到七年之痒了吧？

池穗穗在家里琢磨了几分钟，又给宋妙里打电话：“你说贺行望是不是想离婚了？”

“你们才结婚多久啊？”宋妙里正在家里吃东西，“你们都住好几年了，天塌了都不大可能离婚。”

“那你说为什么？”池穗穗说。

宋成睿过来在桌上放了点儿坚果，以眼神询问对面的人是男是女，被宋妙里瞪了一眼。

“说不准是训练出什么问题了呗。”宋妙里给了好几个可能，“可能比赛将近，训练过多，也可能是他对自己的训练成果不怎么满意。你不用担心贺行望。”

宋成睿在一旁听了几句，插嘴道：“贺行望能出什么事？他让别人出事还差不多。”

池穗穗感觉这姐弟俩说得还挺对。

挂断电话后，宋妙里才抬头：“别告诉爸妈我今天回来了。”

宋成睿说：“他们回来了会猜到你回来过。”

“猜到和我已经离开是两码事。”宋妙里抓了把他剥开壳的坚果，“我可不想又来什么相亲。”

自从得知她分手之后，家里人就经常想要她去相亲，说人是北京来的。他就是天上来的，宋妙里也不怎么感兴趣。

想到这个，她就有点儿感慨，和小顾分手这么久，联系方式还没删，但是两人也没有再聊天。她最近是真的无所事事。

宋妙里点开朋友圈，刚好几分钟前顾南砚发了一条动态，还有定位，是在一个高级会所，那里她之前还去过。

他去那儿干什么？宋妙里一下子就想歪了。

“去那儿干什么？”池穗穗接到宋妙里的电话时还有点儿疑惑。

“我请你去喝酒不行吗，你不是说今天心情不太好？”宋妙里早就想好了理由。

“我没有心情不好啊。”池穗穗更觉得疑惑。她只是怀疑贺行望不对劲儿而已。

“我说你心情不好你就心情不好，去不去？”宋妙里干脆来了这么一句。

“你都说去了，我还能不陪吗？”池穗穗笑了一下。

“好。”宋妙里为免人少势弱，显得刻意，又找了苏绵。苏绵这个整天不关心感情事的人，一听说这事就决定要去体验一下真正的会所。

十分钟后，池穗穗看见了对面朴实无华的衣帽间门打开，里面的东西与她的不相上下。

“你觉得我穿这条怎么样？”宋妙里拿了件黑色小礼裙，“性感吗？”

两个人开着视频通话，小礼裙的裙摆到膝盖下，是抹胸设计，加之收腰，很能显出一个人的身材。宋妙里比池穗穗矮一点点，穿这样的礼裙更显得漂亮，像是一个打扮精致的小公主。她最爱亮闪闪的装饰，这条礼裙上也嵌了很多细小的碎钻，在灯光下闪闪发亮。

“很好看，性感。”池穗穗夸了一句，“你去过‘人间’那么多次，还不知道要穿什么？”

“当然是准备艳压群芳。”

“你这张脸就已经艳压群芳了。”

宋妙里被池穗穗夸得有点儿骄傲，但是一想到顾南砚就在里面，立刻冷静了下来。

她这副表情，池穗穗一眼就看出问题来：“说吧，你是去看谁的？”

宋妙里坐回床上：“顾南砚发了条朋友圈，在‘人间’，你说他去那里干什么？他是不是故意发给我看的？”

池穗穗想说是的，这肯定就是发给你看的。虽然她不知道宋妙里是何时掉的“马甲”，但有很多可能，宋妙里在南城也不是无名，参加一次宴会就能知道。

“你们分手了，管他去哪儿？”池穗穗说。

宋妙里眉头微皱。

池穗穗觉得宋妙里和顾南砚的事很神奇，再想象一下顾南砚在“人间”里故意发了条朋友圈的样子，池穗穗无话可说。谈恋爱还能这样谈的？

显然池穗穗的话打动不了宋妙里，她穿了小黑裙，又化了个“心机妆”，务必做到前女友出现时光鲜靓丽。

三个人到达“人间”时正是晚上八点。苏绵倒是第一次来，还以为自己是真的要来体验微博上说的那种牛郎店，结果一进去发现一切都是幻想。

池穗穗早就已经订好位置。“人间”既然开在南城，自然是和齐家、贺家有点儿关系，池穗穗就来过这里无数次。

池穗穗打招呼时才想起来这里今晚在举行一场活动，但她当时还在国外，就给拒了，真是巧合。

她们的卡座是提前安排好的，早就有人准备好茶水点心，还有服务员在一旁候着。三人一进入，就有不少人投来目光。

“是池穗穗吗？”

“不是说她不来吗，怎么又改主意了？”

议论声低低地传来，不远处的是蒋瑞雪。看见池穗穗和宋妙里，蒋瑞雪和她身边的小姐妹也是眼神一闪，首先就对比了各自身上的衣服和首饰。

池穗穗和宋妙里是从头到脚都精致，苏绵还被宋妙里打包送去了造型师那儿，也是漂漂亮亮的。

“别苦着脸。”池穗穗瞥了眼宋妙里。

宋妙里说：“我才不会。”

“没想到能在这儿看见齐家大小姐。”蒋瑞雪身旁的小姐妹扬声开了口。

南城名媛圈里竞争激烈，每天众人讨论的话题千奇百怪，仿佛拉下一个自己就能上去，时常有因为跟不上时尚被开除的人。

池穗穗抬头，目光从对方的尖下巴上一扫而过，都没将对方放在眼里：“苏绵，这个吃不吃？”

“吃！”

几个人面面相觑，就见池穗穗捧着个不认识的小姑娘。

池穗穗一边投喂苏绵，一边看了眼蒋瑞雪。同在一座城市，她还能不知道蒋瑞雪的想法？

“怎么说话不回答，这多没礼貌。”小姐妹意有所指，转向蒋瑞雪：“瑞雪，我们走吧。”

“再多聊一会儿。”蒋瑞雪就要施施然地坐下来。

宋妙里今晚心情不好，见她们装模作样更心烦：“前两天你是不是去意大利了？”

蒋瑞雪嗯哼了一声，笑着说：“家里送了个酒庄，就去看看，你们家里不至于不送这个吧？”她炫耀的同时还踩一脚。

宋妙里和池穗穗对视一眼。

“看到你发的照片了。”宋妙里微微一笑道，“就是照片修得有点儿失真了，你是打算参加修图大赛吗？”

蒋瑞雪听到前一句还抬着下巴，等听到下一句就沉了脸色，想堵住宋妙里的嘴。

“妙里说得有道理。”池穗穗在恰当的时候开了口，“有空请个修图师，没有门路的话，我可以介绍一个给你。”

蒋瑞雪差点儿没气死。

等池穗穗回头去和苏绵说话时，蒋瑞雪和自己的小姐妹迫不及待地离开了。蒋瑞雪把修图师辱骂了一番，直接删了对方的微信。

三个人在“人间”待了十几分钟，才看到正主。里间伸出一只手，腕骨凸出，手里握着一个酒杯，指节白皙修长，在灯光下十分好看。

光线不亮，但宋妙里一眼就认出这是顾南砚。她只能看到顾南砚坐在那里，周围还有几个啤酒肚的老板，一瞬间她就想到了跟着老板来应酬的小员工。

几秒后，人出来了一点儿。

顾南砚穿着衬衣，领口的扣子解开了一颗，有些乱，微微露出锁骨，冷漠的气质变得有些性感撩人，和他平时的样子完全不一样。

“看呆了？”池穗穗挥了挥手。

宋妙里转回来，鼓了鼓脸。

池穗穗看热闹不嫌事大：“你可以过去看看。”

宋妙里说：“我不去。”

苏绵在一旁来回看了看，出主意道：“要不你就装作要去洗手间，从他们那边路过？”

“带你来果然是有用的，小棉花。”宋妙里觉得这是个好主意，虽然有点儿绕路。她心情飞扬地拿着包包，踩着高跟鞋离开了。

池穗穗叉了块小西瓜进嘴里，冰凉爽口，让她忍不住眯了眯眼，又睁开，眉眼如画。旁边的苏绵被惊艳到，好半天才回过神来：“穗总，我看你吃东西就觉得享受。”

池穗穗弯唇道：“你想说秀色可餐吗？”

苏绵说：“差不多吧。”

话音刚落，她的手机就响了声，这声音她很熟悉，是平时微博推送新闻的声音。不过现在没事干，苏绵就顺手点开微博。结果一眼扫过去，她就愣住了，几秒后慢慢地抬起头，声音小小地道：“穗总，出事了……”

“什么事？”池穗穗偏过头来。

苏绵找回了自己的声音：“就刚刚推送给我的新闻，关于贺神的……穗总你自己看看吧。”

手机屏幕被推了过来，池穗穗将目光落上去，就见到标题上写着“贺神现身医院，疑似手受伤，恐无法参加比赛”。

这是造谣新闻吗？

池穗穗的第一反应就是这个，她没有打开自己的手机，直接用苏绵的手机点进了推送的微博里，是某官方微博发的消息，文案就写着贺行望现身医院，手上有包扎纱布等，然后配了几张图，前两张是他出医院时拍的，还有两张是放大了手部细节的，白色的绷带的确很明显。贺行望和李怀明都戴了黑色口罩，只是露在外面的半张脸比较特殊，还有周身的气质也很特别。

池穗穗花了十来秒就把内容给浏览完了。

“我怎么都感觉是假消息。”苏绵见她还回手机，忍不住说，“贺神应该不是这么不注意的人。”

不仅苏绵觉得意外，网友都觉得不可信，粉丝也不信。

池穗穗自己的微博也推送了这新闻，虽然说还没有向本人求证，但网上这么大面积地推送这样的新闻，的确让可信度增加不少。

“是真的还是假的，见到本人就知道了。”池穗穗本来心情挺好，被这条新闻弄得情绪一下子降到底，都不想在这边多待了。

苏绵说：“宋医生还没回来。”

池穗穗往那边看了眼，还能看到宋妙里的一截细白的腿，其他的都隐在阴影中。她收回视线道：“我先走了，你呢？”

宋妙里在这边池穗穗不担心，南城还没有人敢动她，“人间”的老板会照顾她的，况且顾南砚也在那边，倒是苏绵留在这里才让池穗穗不放心。

“我也走。”苏绵忙拿着包站起来，“穗总，你去忙自己的事吧，我回自己家就行。”

这么大的事她也不想在里面多掺和，要是贺神没事，那最好不过了。

苏绵还是能摆正自己的位置的，这时候她是粉丝，而穗总是贺神的妻子，穗总才是该去的。

池穗穗嗯了声。她给宋妙里发了条自己有事先走的消息，宋妙里没回，恐怕正在忙。对于“人间”里的浮华声色，池穗穗一向是游刃有余的，今天她却没有一点儿心思了。

两个人先后离开，宋妙里还不知道自己一个人被留在了“人间”里。她刚刚装作不经意地经过了顾南砚这边的卡座。

巧合的是，里面有两个人她认识。

南城能经常参加同一阶层的宴会的人总共就那几个，大公司也就那几家，大家都熟悉。离得近，她抬眼就能看到顾南砚坐在正中央，几秒后，他倾身离开了黑暗之处，置身于光线下。

“人间”纸醉金迷，他仿佛与这里格格不入。宋妙里还是第一次见到顾南砚这副勾人的模样，她之前迷他的那张脸不是没有原因的。

卡座里另一个中年男人突然看过来，一见到宋妙里，就要开口叫她，宋妙里连忙做出别说话的手势。

虽然不知道她葫芦里卖的什么药，但他们都乐意卖宋家一个面子，况且宋妙里人缘不错，有熟人在这里，宋妙里不方便也正常。

“不好意思。”她没见到多余的女人，倒是放了心，装作踉跄了一下，然后就径直离开了这个卡座。

到了洗手间，宋妙里才发现池穗穗的消息。这两个人，居然丢下她离开了。

VIP（贵宾）卡座并不是普通人能上来的，宋妙里一时间没明白这之间的联系，但不代表别人不明白。蒋瑞雪她们早就看到了那边的情形，更别提想要卖酒拿提成的姑娘们了。

刚刚宋妙里的一个插曲让卡座这边的话题停了一瞬。

“刚刚我们说到哪儿了？是不是顾总的新项目——”说话的男人面前的人没有回答他。

顾南砚收回落在远处的视线，用手松了松领口，原本就微敞的领口更显得性感，眉宇间透出漫不经心的神色，冷漠的模样一下变为颓靡。

“顾总？”有人唤他。

“不好意思。”顾南砚收回心神，淡淡地说。

“顾总是看到什么了？”那人顺着他刚刚的视线看过去，“看上哪个人了？”

“没什么。”顾南砚靠回去，又将身体隐在黑暗里，声音也恍惚起来，“好像见到前女友了。”

前女友？在座的几个人都呆了。

中跃科技入驻南城已经将近三个月，以强势的姿态侵入这个圈子，而且势头不小，最为神秘的幕后老板甚少出现在大众面前。这次应了邀请来“人间”，也不知道他是不是突然想开了，决定出来走动了。

大家查了几个月顾南砚的喜好，没查到什么不说，也一点儿也不知道他居然还有个前女友——刚刚来这里的人不就是宋家大小姐吗？不至于吧？据说宋妙里之前在和一个小员工谈恋爱，不可能是顾总。半分钟不到，他们就想到了，应该是以前顾总在北京谈的恋爱。

贺行望现身医院的新闻在网上引起了轩然大波。

现在距离奥运会只有三个月的时间，一个伤口都可能耽误一星期甚至更多的训练时间。贺行望原本就肩负着很多人的期望，这下被拍到受伤的照片，不少人被新闻一带，都觉得情况很严重。

池穗穗出了“人间”之后，就听到路边两个女生的对话。

“这么说，那岂不是这次奥运会他都悬了？”

“不要啊，这么重要的时候他怎么会受伤？他是不是太想取得成绩了，就没注意，不都是老运动员了吗？”

“不会吧？”

池穗穗听着这样的对话就觉得不太舒服。

每个运动员都想取得好成绩，努力训练，这无可厚非，也不应该受到这样的指摘，没有人比他们本人更不希望自己受伤。再说贺行望自制力极强，池穗穗不觉得他会因为这样的事受伤，这种揣测她不接受。

大约是她无意间瞥过来的眼神有点儿冷，说话的女生摸了摸脖子，嘀咕道：“有点儿凉。”

池穗穗径直离开，坐上车后，才找出贺行望的微信，想发消息，最后还是没有发出去。

池穗穗是真生气，现在知道贺行望之前为什么不太对劲儿了，恐怕就是受伤了瞒着她，所以才不让她去送汤，那她现在偏要去。

路上两个女生的对话不是偶然，事实上网上也有这样的言论——正如新闻所说。

就算贺行望能参加奥运会，说不定成绩也不会太好。虽然这样说有点儿唱衰，但这时候他突然受伤，惯用手还缠了绷带，一眼看上去，几个月后参加比赛有点儿悬。大家的结论就是，不看好。

苏绵的消息跳了出来："穗总，你别看新闻，都是乱写的。"

池穗穗嗯了声，又想起她不在自己身边也听不到，就回了两个字："知道。"

她作为新闻记者，对这种事再清楚不过了。但同样，这种新闻能火的原因也在那里，她的怒火被挑了起来，短时间内是下不去的。

射运中心的电话被打爆了。

李怀明从外面回来，急匆匆地说："贺神，完了，现在全网都在传你受伤的消息，而且还说得很严重。"

现在只要是个上网的人都能看到新闻。

贺行望原本正在房间里休息，听到这话，眉头瞬间拧了起来，打开手机却没看到池穗穗的消息和电话，风平浪静的。

他伸手点开朋友圈，看到池穗穗十几分钟前发了条和宋妙里她们的合照，背景应当是"人间"。这么看来她暂时应该不会看新闻。

"我会处理的。"贺行望淡淡地说，指尖动了两下，直接给贺氏那边的负责人发了消息，让他把热搜撤掉。

李怀明问："这怎么处理啊？我总感觉嫂子下一秒就能冲进射运中心，把我们给杀了。"

贺行望说："你想多了。"

他言简意赅，只否认了李怀明的猜测，不过李怀明的预感一部分可能是会成为真实的。贺行望动了动手，给池穗穗发消息："在'人间'？"

他屈指在桌上叩了几下，过了会儿，对面的人回复："怎么了？"

这是相当正常的回复，贺行望莫名松了口气，但不知为何蹙起的眉始终无法松开："没事，看到你的朋友圈了。"

池穗穗："你不会还要管我几点回家吧？"

看到这条语气轻松的回复，贺行望才真正放心，眉目舒展开来，嘴角勾起微小的弧度。她没看到新闻最好，以她的脾气，知道他在瞒她恐怕会爹毛。

房间里的窗帘没有拉上，落地窗外的月色映在地板上，贺行望垂眸，目光落在自己的手上。

如何敷衍自己的丈夫是一门学问，而池穗穗在这门课上获得了满分。

池穗穗看着贺行望的消息，冷哼了一声。她最擅长的就是在别人放松的时候出击。要是让她知道他是怎么受伤的，意外还好，如果是有人动手，她这次非得出气不可。

射运中心的人今天确实全在关心贺行望的伤势，确定没多大影响之后大家才如朱教练一样放下心来，又恢复了往常的训练。所以见到池穗穗来的时候，刚出来的一个少年还笑嘻嘻地打招呼："池记者是来看贺神的吗？"

在他们眼里，两个人结了婚，池穗穗来看贺行望是正常的。

池穗穗还穿着去"人间"时穿的礼裙，高跟鞋踩在地上嗒嗒地响，配上那个妆容，着实让小年轻们惊艳到了，但惊艳的同时他们也感觉毛毛的。

池穗穗勾唇笑道："是啊。"

然后她经过他们身边之后笑容就陡然消失了，站在原地的几个小运动员对视两眼，感觉不大对劲儿。

原本接近初夏的夜晚还有些热，因为富有节奏的高跟鞋落地声和敲门声，温度迅速降低。

李怀明打开门时，张大了嘴巴。天哪，嫂子说来就真的来？他下意识地回头去看贺神的表情，贺行望正好抬头看过来，声音沉稳："谁？"

两人四目相对，房间里的气氛瞬间凝固。

李怀明感觉自己在这边就是个活靶子，说了声"嫂子好"就直接跑路了。

池穗穗进门，将门关上。她走到贺行望面前，视线在他的手背缠绕的绷带上绕了一圈，冷冷地开口：“贺行望。”

池穗穗的愤怒值早就在一路上达到了顶峰。

贺行望是真没想到她来得这样快，尤其是在十来分钟前两个人才在微信上进行了一番友好的交流。她这是插了翅膀飞过来的？

“穗穗。”贺行望轻咳了一声，“先坐。”

池穗穗不为所动，如同冷面阎罗。贺行望有点儿无奈，手腕微动，略抬下颌看着她，说：“新闻上说的是假的。”

池穗穗哦了声：“多假？”

贺行望思维严谨，在几秒钟内就已经想好了对策，缓缓开口：“不是受伤，只是蹭破皮，也不会影响比赛。”

“那你为什么不告诉我？”池穗穗居高临下地看着他，原本路上要质问的气势早就在第一句话之后消失殆尽。她想，对着这样一张脸确实生不起气来。她常年被宋医生影响，宋医生“颜控”的属性也影响了她。

池穗穗的声音逐渐平静下来：“我们现在是什么关系你最清楚，这样的事情你不告诉我，我还要从新闻上知道你的手是坏了还是断了。”

断了不至于，听完她的这句话，贺行望大概明白了她的想法是什么，沉吟片刻，开口说：“没来得及说，怕你多想。”

他伸手过去，池穗穗并不想动，但是看到他递过来的是缠了绷带的手，没忍住别扭地开口：“好好说话，动什么手。”

她精巧的下巴随即仰起。贺行望看着她的模样，眼里带了点儿笑意，声音低低沉沉的：“手断了的话，婚礼上怎么给你戴婚戒？”

婚戒？池穗穗心想自己现在就有婚戒，只不过没戴而已，因为不像之前订婚戒指那样，是故意戴给张悦然她们看的。

婚礼上戴婚戒的过程人人都知道。池穗穗被他说得很容易就想到那个画面，一只手断了的贺行望艰难地给她戴上戒指。

台下立刻响起掌声。然后在婚礼结束后，南城众人的话题都围绕着身残志坚的贺行望和悲惨少妇池穗穗。

她越想越觉得尴尬到难以自拔。

池穗穗绝不会允许这样的画面变成现实，她的婚礼一定要是所有人都比不上的。

“婚礼先不提。”池穗穗的表情缓了点儿，但依旧是冷冷的，“具体情况你觉得现在还要不要说？”

说，他当然要说。这件事既不复杂，也没什么特殊的，他不过就是为了救一个小女孩儿蹭破了手而已。

“事情就是这样。”贺行望三两句话就说完了大概过程，“没有网上猜测的那么夸张，不是训练导致的。”

“蹭破皮而已？”

“……”

“我想你应该知道你的手有多重要。”池穗穗翻了个白眼，“你知道‘价值连城’几个字怎么写吗？”

“我需要去买个保险？”贺行望顺着她的话说，之前就有人为自己的身体部位买了保险，他被池穗穗的话勾起了这回忆。

“买个最贵的。”池穗穗故意说，“你只是去包扎一下，满世界都以为你要无缘奥运会了，就连外网都开始报道这事了。”

对外国人来说，少一个贺行望，他们的机会更大。

她这个白眼倒是让她变得生动起来。

贺行望让她坐下：“媒体一向爱胡乱揣测。”

池穗穗这次没继续站着，穿着高跟鞋站着也是很累的：“所以你还不早说？”

她看到新闻的时候，虽然觉得媒体说他无法参加比赛太夸张，但万一这就是事实呢？看到本人她才算真正放心。

“我不知道已经被拍了。”贺行望有些无奈，垂下眼，慢条斯理地说，“现在记者应该都在打电话问，过不久就会澄清。”

“你对自己的知名度有什么误解？”池穗穗没想到他居然觉得一点儿问题也没有。不过以他对外界淡泊的性格来看，这也说得通，只要他自己没有受任何影响就可以。

他捏了捏池穗穗的手，力道刚好。池穗穗有点儿享受，但还是故意冷着脸收回了手："有这时间你好好养伤。"

熟悉的柏木香袭来，来之前的怒气已经完全消失，她反倒觉得自己的反应太夸张，贺行望一定看得出来。但是他们都结婚了，她有名正言顺的理由。

池穗穗三两下就安抚好了自己，抬头见贺行望正盯着她看，漆黑的眼眸也看不出在想什么。

贺行望嗯了声："晚上回去吗？"

池穗穗问："你说呢？"

这句话有两种解答，她没有具体给出自己的意思。贺行望目光一闪，嗓音微沉，语气淡凉如水，传进她的耳朵里："那就留下来。"

他们已经有段时间没见了，对一对新婚小夫妻来说，这样的时间着实漫长。从池穗穗坐下到现在十分钟都没到，答案并不在池穗穗的预料之外。

她环视了一下这个房间，压住一侧翘起的嘴角道："看在你受伤的分上，我就勉为其难留下来照顾你。"

池穗穗明艳不可方物的脸上漾着一丝欢悦，贺行望将她的这副模样看在眼里，心尖微动："好。"

留下来的确是临时想法，池穗穗今天来射运中心就是为了兴师问罪，哪里还想过晚上留宿的问题。一时间到底是自己受益还是贺行望这个男人受益，两个选项在她的脑海中交战。

射运中心的一大拨人都在大厅里。

"池记者来的时候看起来很生气的样子。"一开始在门口碰见池穗穗的少年楚鸣说。

"估计是因为贺神瞒着这事。"李怀明也在围观的人之中，"女生都不喜欢自己被瞒着。"

"那……他们不会打起来吧？"

几个人面面相觑，池记者对外的形象一直是很强势的，明显不是一个柔弱女性，说她动手……也不是不可能。万一贺神任打任骂呢？

大家讨论得正热火朝天时，背后传来脚步声。众人唰地回头，就见池记者挽着贺神的手臂走来，正向他们招手，温柔地笑着。

等到两人离开后，大厅里的一群人才回过神来："刚刚谁说的他们会打起来？"

这是要打起来的样子吗？两人这明明是在秀恩爱！结了婚的人的心思真不是他们能猜测出的。

"你的这些队友，怎么看起来——有点儿呆？"离开大厅后，池穗穗斟酌着用词问道。

"可能最近训练太多。"贺行望随口说道。

池穗穗深感怜爱，这些才十几二十来岁的孩子，年纪轻轻就傻了，她琢磨着回去给他们好好宣传一下。

他们现在出来是去找朱教练的，准备商讨一下对今天贺行望无法参加比赛这个新闻的回复。回复很简单，但本人总要出场。

朱教练的办公室里电话不断，就连上面都有人询问到底什么情况，听说没多大事才放心。最终他们还是选了一家官媒进行回应。不到十分钟，贺行望的澄清声明就已经上了热搜。

在网上吵吵嚷嚷了几个小时的网友看到最新消息，确定贺行望只是小伤之后才终于安静下来。

网上的风向转得快，池穗穗和贺行望却已经打算早点儿睡觉了。回到房间里，她收到了宋妙里发来的微信消息："穗儿，现在能来接我吗？"

池穗穗回："不能，人在射运中心。"

宋妙里："这还有人管吗？"

池穗穗："让你弟接你。"

宋妙里："他呀，最近不在南城。"

池穗穗想了想道："要不我让车去接你？"

这句话之后对方就没有任何回复了，也不知道宋妙里是自己打到车了还是怎么的。池穗穗正想着，身后传来动静。

贺行望从衣柜里拿了件睡衣。

池穗穗从床上站起来："你今晚自己洗澡？"

贺行望抬眸："我还不至于这个也不行。"

池穗穗挑眉笑了两声，从床上下来，直接跳进了他的怀里，他因为受到冲击往后退，她抬头浅笑道：“要不要我帮你？”

一句话被她说得婉转而妖魅，贺行望的手还搭着女性的睡裙，面料丝滑，他怀中的人抬起下巴，漂亮的眼睛弯弯的。

这话可太有深意了，作为一个生理正常的男人，在这句话的情景下联想到后续的画面是不可避免的。

贺行望眼神一暗：“你想？”

没等贺行望更进一步，池穗穗眼波流转，抵着他的胸膛退开，脚尖一转回到了床上，仿佛刚才的暧昧都是一场梦。

贺行望也听到了她的回答：“想得美。作为你瞒着我的惩罚，自己洗。”

她的态度显得绝情又嚣张。

这一场洗浴非常安静，池穗穗之后什么都没做，乖乖洗漱，乖乖躺下，又顺手关了灯。这次灯全部熄灭了，房间里漆黑一片。

她半小时前收到了宋妙里的回复，对方已安全到家。至于这之间的过程，池穗穗没多问，也没问顾南砚的事情。

脑袋里的东西太多，想想就容易打瞌睡，她睡意蒙眬之际，就往身旁人的方向滚了滚。临近初夏，两人身上穿的都是单薄的睡衣，又是一段时间没见，欲望来得快，消失得慢。池穗穗一直到感觉身上有压力传来，才稍微清醒一点儿，不等她出声嘴就被男人堵住。

这是在射运中心里，周围的房间都是有人住的。想到这儿，池穗穗就不敢太张扬——说是隔音好，万一哪里的墙壁被偷工减料了呢？

第二天她是在自己的生物钟下醒的，身侧已经没人了，被拉开一条缝的窗帘外阳光明媚。

她想坐起来，最后还是没动。不知道是不是一段时间没见，贺行望久不经情事，昨晚胡来得有些过分，丝毫不像是手受了伤的人。

池穗穗有点儿怀疑，在洗澡前她故意勾引他的行为是造成自己现在浑身软绵的原因之一。

贺行望这个人，嘴上不说，动作倒多，结了婚后是真的和结婚前不一样，看起来桀骜不驯的一个人，婚前恪守礼节，婚后就随心所欲。知人知面不知心，而且他的体力真好，池穗穗有点儿嫉妒。

她赖了一小会儿床，拿到了手机，一打开发现消息不少。她一一看完，又回复了一些人，还好今天是星期六，不需要去上班，免得员工们觉得老板每天不务正业。

因为最近没有什么大新闻，所以早上手机通知栏上的还是贺行望澄清受伤一事的消息。

苏绵："穗总，起床了没？"

苏绵："从此君王不早朝。"

这是十分钟前的消息。池穗穗回复了苏绵。几秒钟时间不到，对面的人就回复过来："昨晚贺神的澄清应该是真的吧？"

池穗穗："真的。"

苏绵："我就说是真的！假新闻莫挨贺神！"

苏绵："对了，我给宋医生发的消息她没回，半夜打电话想知道她回去没，才说一句话电话就被挂断，我差点儿就报警了。"

苏绵啰唆起来，池穗穗大概有了个猜测，好在苏绵今天找她的目的不是这个，说了几句话就自己转了话题。

苏绵："差点儿忘了正事，穗总，你之前预约到东城奥运会开幕式的门票了吗？"

苏绵："穗总你打算看开幕式吗？"

东城奥运会的开幕式时间定在7月24日，但门票不是想买就能买的，而是要提前预约，然后等官网抽选。也就是说，运气不好的人，还不一定能去。

苏绵就属于运气不好的那种人，去年官网开放预约之后，她第一时间冲进去，结果看到条件一大堆，最后只能放弃。开幕式可以不看，但贺神的比赛她一定要看。

池穗穗回忆了一下，自己好像还真不记得开幕式的门票这事，她之前也没想着去看开幕式。

池穗穗："没有，不打算去看。"

开幕式对她来说可看可不看，见证了当年中国的奥运会开幕式后，她对其他国家的都没有浓厚的兴趣了。

和苏绵聊了会儿，池穗穗才起床。

这个房间虽然不是特别大，但也有私人小厨房，她去看了眼才发现里面正温着粥，还算贺行望识相。要是一早上他就把她丢在这里，提上裤子不认人，她现在立马就能回家住上一年半载，让他过单身日子去。

池穗穗美滋滋地喝了一碗粥，又活动了几下，才感觉恢复了以往的活力。

她从住宿的大楼出去，远远地就能听见零星的枪声。

“池记者？”听到声音，池穗穗扭过头去，见到了昨天碰见的那个少年。

“你好。”她笑了下。

“你是来找贺神的吗？”楚鸣眼巴巴地问。

“对。”池穗穗对他的印象不错，“他不在里面？”

“不在的，教练把他叫走了，应该是有什么事要谈吧。”楚鸣说了两句，余光瞥见她脖颈上的红色印记，不大不小，但是有一点儿突兀，特别是她皮肤白，就让人看得很清楚。

池穗穗很容易就能捕捉到他的视线，摸了摸脖子，用手挡住：“我知道了，谢谢。”

楚鸣一下子红了脸。他又不是什么都不知道的男生。

池穗穗看他飞快地走了，准备回房去拿条丝巾遮住脖颈，至于这里有没有丝巾，她还不清楚。她正想着，前方就出现贺行望的身影。

贺行望幽深的目光轻而易举地就落在了她的身上，对多出来的痕迹他很清楚：“刚起来？”

“挺久了。”池穗穗回答，又问，“你这里有丝巾吗？”

贺行望说：“没有。”

池穗穗皱眉，又松开：“算了。”她可以用遮瑕粉遮一下，有的是办法。

“但是有创可贴。”贺行望突然说了一句，“如果你想用来遮这个的话。”

他伸出手指，在她的脖颈上按了一下，肌肤冰冰凉凉的。

池穗穗抖了一下，拍掉他的手：“你还好意思说，刚刚都被十几岁的小孩子看到了。”

贺行望不置可否。

池穗穗说了好一会儿话，今天早上起床没起来的怨气终于消散，拉着他回了房。

房间里的气息散了不少，床还被池穗穗收拾了一番，一点儿都看不出来胡来的痕迹。至于那件睡衣，她直接扔了，都不忍再看。

最后池穗穗还是选了创可贴，毕竟用遮瑕粉还麻烦，这个直接贴上就行。

“你给我贴。”见贺行望站在那里看着，她支使道。

贺行望接过创可贴，池穗穗仰起头，光洁的脖颈上突兀的粉色痕迹令人浮想联翩，直到被创可贴遮住。

贺行望半垂着眼，有着丝毫不输于她的长睫毛，鼻梁高挺，眉眼十分冷峻。

“我待会儿就回去了。”池穗穗说，这么一动，创可贴就跟着动了下。

贺行望伸手将其按服帖，嗯了声：“好。”

池穗穗等他收手，蓦地捧住他的脸，重重地亲了一口：“等你从东城回来，我们办个婚礼。”一场盛大的婚礼。

贺行望睫毛轻抬，勾唇道：“好。”

被苏绵一提醒，池穗穗还真的开始注意门票的事情了，但是等她问贺行望时，才发现自己多此一举。

池穗穗：“我买几张票呢？”

贺行望：“不用买。”

这个他早就安排好了，池穗穗第一次体验到作为运动员家属的好处，又或者是作为贺行望的家属的好处。这种事情，他早就有准备。

池穗穗安心地当了个甩手掌柜，不再关心这事，认认真真地开展着新闻网站的工作。

之前食品厂的新闻让新闻网站一下多了不少粉丝，毕竟一开始的视频是独家爆料的。所以现在新闻网站可以说是蒸蒸日上。

随着奥运会开始的时间越来越近，网上的新闻也逐渐被奥运会相关内容给包揽。

“穗总，你这次一定要现场直播！最好是能拍到高清的照片！”苏绵捧着脸，十分激动地说。

“我可不是摄影师。”池穗穗挑眉道。

“我听说周清雅是想去奥运会那边采访的，但是被刷下来了。”苏绵转了个话题，“想也知道她肯定是不行的。”

“这叫有勇气。”池穗穗笑了一下。

“她是太嚣张了。”苏绵撇了撇嘴。

这种国际赛事，一般由中央电视台的记者报道，而且是资历比较老的，一旦新记者问的问题出错，全国人民都会指着记者骂。他们新闻记者就比较随心所欲，采访不到就采访不到，等回国了采访到就行。

5月一过，整个南城的天气瞬间热起来，燥热得让整个世界都变得烦乱。

“宋医生最近也约不出来。”苏绵突然想起宋妙里，“有了男人就忘了姐妹。”

什么男人常换、姐妹不散都是假的，宋医生还在和同一个男人纠缠。

“女人的嘴，骗人的鬼。”池穗穗调侃道。她本来以为宋妙里已经知道了顾南砚的身份，没想到顾南砚这男人似乎玩上瘾了，还没有被扒“马甲”。

不知道他是故意想让宋妙里纠结，还是因为之前宋妙里分手、骗人的事惩罚她，不过宋妙里好像挺乐在其中的。

池穗穗问过一回，宋妙里的回答是：“都怪我太‘颜控’。”

还是万变不离其宗的答案。

最近不知道为什么宋家的人突然就不管她的事了，没有相亲的烦恼，宋妙里又还年轻，觉得自己还能再玩一段时间，一边沉迷顾南砚那张脸，一边又沉迷他的肉体。

池穗穗没有顾南砚的微信，但是有中跃科技的电话。为了自己好朋友的心情，她直接打电话过去问顾南砚到底是什么样的想法。

对面的男人很是淡定：“我想让她考虑清楚，到底是因为我的脸和我在一起，还是因为喜欢我。”

宋妙里这人吧，不喜欢深想问题，也不愿意承认自己的感情。她一早就给自己安排了恋爱分手、回家结婚的剧本，对一切情感最后都只说是因为“颜控”。

至于现在和顾南砚的情况，宋妙里似乎也没觉得哪里不对劲儿。两个人分手又复合怎么了？哪里不正常？

顾南砚说：“我要让她亲口承认。”

池穗穗心想，你们开心就好。

时间飞逝，一转眼就到了 7 月。这个月今日新闻网站开始着重发布一些运动员的事迹，浏览量不算低。

贺行望自然是不能和池穗穗一起去东城的。他们整个射运中心的运动员是提前过去的，出发时网上大片大片的新闻报道。不仅射击队是这种待遇，还有游泳队等。

一场运动员获得荣誉的旅行就此拉开序幕。

池穗穗虽然不看开幕式，但早就拿到了射击比赛的门票，是贺行望临走前放在家里的。

“我就是‘云’看比赛观众。”苏绵每天都在嘀咕。

“谁还不是了？”办公区的其他人调侃道，“别人看比赛，我们就准备写新闻吧。”

直到苏绵的桌上被放了一样东西，她激动得当场跳起来：“天哪！”

“怎么了？”

“有蟑螂？”

苏绵连忙坐下来：“没事没事。”

这门票放在她的桌上，显然是给她的，给的人是谁不言而喻，除了穗总还能有谁？她给池穗穗发消息：“穗总，是不是你给我的票？”

池穗穗：“是啊。”

宋妙里：“真好啊，真好啊。”

池穗穗：“你也想要？”

宋妙里：“我当然也要去，这可是你老公的比赛，必须去现场支持，但是等我想起来的时候门票都卖光了。”

这一次奥运会不允许私下转卖门票，池穗穗干脆给了她几张。

这次去看比赛的一家子可以说是浩浩荡荡，齐初锐一早就准备好了。正好高考已经结束，他是南城的高考状元，新闻媒体追踪了大半天，也没见他出来接受什么采访。一直到池穗穗的新闻网站首先出采访，齐初锐明目张胆地给姐姐开了后门。

7月下旬，齐家和贺家的人一起过去，连带着宋家的人一起，直接坐私人飞机到了东城，一切早就安排好了。

池穗穗去东城的行程没有刻意瞒着，虽然没有在机场遇见什么人，但是最近来这边的国人实在很多，路上都能偶遇。

有网友在东城街头直播，池穗穗刚好入镜。镜头里骤然出现一个漂亮女生，直播间的弹幕都刷屏了。

“这张脸好熟悉！”

“池穗穗啊，池记者，你们不记得了？”

“天哪，她去东城了？”

直播的网友看观众人数噌噌上升，连忙问池穗穗：“穗穗是来看奥运会还是来旅游的？”

池穗穗莞尔道：“当然是来看贺神的比赛的。”她更加直接。

池穗穗和贺行望的关系也不是头一次让外界猜测了，这次她出现在东城，可以说是“实锤”了。

“池穗穗是真的‘事业粉’了。”

“我自愧不如……感觉我比池穗穗穷多了，我才是真正的穷人！”

“这也太好看了！”

“我已经截了十几张图，舔屏。”

“穗穗，这位是你的……？”女生看到池穗穗身旁面无表情的齐初锐，好奇地问。这人好像很眼熟？

“我弟弟。”池穗穗捏了下齐初锐的脸。

齐初锐皱着眉，没说话。反倒是直播间的观众激动得不行，这么好看的男生又是池穗穗的弟弟，简直就是在勾引人。

几小时后，池穗穗本人没上热搜，齐初锐上了。池穗穗倒是没将这事放在心上。

东城奥运会的赛程安排早就已经放出来了，开幕式是在 7 月 24 日，第二天的比赛就是射击项目。

第一场比赛是女子 10 米气步枪，也就是说，首金会在这个项目里诞生。上上届的奥运会首金就是中国的，而这一次，这个项目也是夺金点。

下午就是贺行望参加的男子 10 米气手枪的比赛。

池穗穗和齐初锐提前去了射击比赛的场馆外，还有提前过来的贺行望的粉丝正在那里拍照。她拍了一张照发给贺行望："看。"

贺行望现在已经住在奥运村里，收到消息时，正好在房间里休息，一眼就看见照片的一角上她在吃关东煮。

他们来这边自然是不能吃其他东西的，比赛在即，朱教练肯定不会让他们乱吃东西。

"明天你会叫加油吗？"池穗穗发完消息，问齐初锐。

齐初锐一脸蒙："我又不是哑巴。"

池穗穗忍不住笑道："谁让你半天说不出一句话来，我以为你要顾及自己的形象，沉默到比赛结束。"

池穗穗掌心里的手机忽然不停地振动起来。她摊开手一看，是贺行望打来的电话："喂？"

"少吃一点儿外面的东西。"贺行望周围很安静，低沉的嗓音听起来就很清晰。

"吃东西也不准了？"池穗穗问。

"吃多了不好。"他言简意赅地道。

池穗穗认真思考了一下他突然打电话强调这件事的原因，嘴角一翘道："怕我吃坏了肚子不能去看你的比赛吗？"

她很快就得到了答案："嗯。"

本以为就这一声，池穗穗却又听到了低沉的声音继续说："我希望你在，并且看到。"

贺行望很少说情话，但偏偏每次说都让池穗穗不可避免地心动。

齐初锐虽然说不听姐姐和姐夫聊天，但是看到姐姐的眼睛亮晶晶的，还是好奇起来。毕竟两人一个是他的偶像，一个是他的姐姐。

他悄悄地竖起了耳朵。

池穗穗伸手轻轻地敲了下他的额头，扬唇回答：“放心吧，我会准时到达现场的。”

自家老公的比赛怎么能错过？

其实说起来，池穗穗很少主动去现场看贺行望的比赛，毕竟在上大学之前，她是一个不怎么关注体育的女生，通常是江慧月邀请她。她现在想来，两家人未必不是那时候就在培养两个人之间的感情。

“听说初锐也来了？”贺行望问。

“对。”池穗穗看向齐初锐，“你要不要和他说话？他刚刚就憋不住了。”

贺行望忍俊不禁地道：“好。”

他没有姐妹，觉得池穗穗和齐初锐的相处模式很特殊，也把齐初锐当作亲弟弟看。

齐初锐接过手机，首先深吸了一口气。

“又不是第一次通电话了。”池穗穗觉得好笑，“真人你都见过了，通话算什么。”

齐初锐心想，姐姐你不懂，开口道：“姐夫。”

贺行望嗯了声，温声说：“我看到你的高考成绩了，还没来得及恭喜你。”

齐初锐的眉毛瞬间扬了起来：“一般般。”

贺行望说：“不用谦虚。”

齐初锐这下是真的害羞了。

“刚刚和你姐姐说的，你也注意，不要乱吃东西。”贺行望再度开口，“安全重要。”

“嗯！”齐初锐重重地点头，决定好好看着姐姐。挂断电话，他径直瞥向池穗穗手里的关东煮，开口说：“姐，这个吃完不准吃了。”

池穗穗说：“你被你姐夫收买了吗？”

齐初锐说：“我是为了你着想。”

池穗穗才不相信他，不过贺行望说得不无道理，吃完了手里的东西她就没再乱买小吃。

晚上吃完饭，她和宋妙里便一起出门散步。平时这里的夜晚可能安静，但最近不是，几乎彻夜不眠，霓虹闪亮，灯火通明。

街头到处是金发碧眼的外国人，也有不少中国人，池穗穗和宋妙里在这里面倒不是多特殊。

“你和贺行望在同一座城市，却隔着这样的距离，不能见面。”宋妙里啧啧了两声。

“你的思想能正点儿吗？”池穗穗没好气地看着她。

“我这不是站在你们夫妻的立场说的吗？”宋妙里明媚一笑道，“合理推测。”

池穗穗认认真真地看了她一眼，宋妙里脱去了白大褂，穿着一身漂亮的连衣裙，如同鲜花般鲜活，很难让人不喜欢。不管是因为一张脸，还是因为试探，最终她被人喜欢上似乎不是什么奇怪的事情。

池穗穗想起顾南砚那句话，要让宋妙里亲口承认自己的感情。宋妙里行事无章这么多年，只想和顾南砚谈恋爱，不算骗感情，但恐怕真的就要栽在顾南砚身上了。

“你这么看我干什么？”宋妙里摸了摸自己的脸。

“看你太漂亮。”池穗穗回过神来，弯唇道，“你请假这么久，医院那边没说什么吗？”

“当然说了，但是没用。”宋妙里说。

“你如果辞职的话，你的二院院花之名就拱手让人了吧？”池穗穗问。

“我在哪儿都是花。”宋妙里纠结了一小会儿，神色又生动起来，“马上安排一家私人医院。”

因当初的戏言，贺行望给池穗穗开的新闻网站都经营半年多了，私人医院也要马上安排起来才行。

池穗穗被她突如其来的斗志逗笑了。

宋妙里是说干就干的，立马就给宋成睿打电话：“阿睿啊，上次你说给我开医院的话，忘了没？”

宋成睿猝不及防地被这么句话震惊到了。

“怎么不说话？你想反悔？”

“开、开、开。”宋成睿无奈地说，“你等我看看南城最近有什么地皮放出来。”

宋妙里心满意足地挂了电话，宋成睿听着忙音，有点儿无可奈何。

在外面闲逛了半个小时，池穗穗才回到住的酒店。

东城的时间比国内要早一小时，现在这边是十点，国内才九点多，正是躺在床上上网的时间。

下午齐初锐上了热搜，现在热度回落，但也不低，池穗穗点了进去。

热门微博是当时的直播视频片段，只有一分钟不到，但是她和齐初锐都出镜了，还很清晰。

“这不是前段时间的状元弟弟吗？”

“又是学霸又长得好看，我死了！”

“池穗穗以前从没说过这个弟弟的事，家里的人颜值这么高的吗？爸妈得有多逆天的颜值？”

“我信了我的男朋友还在高中。”

“国家马上给我分配一个！”

“一看就是个乖孩子！我先把我打游戏的弟弟揍一顿！”

“呜呜呜呜——好好看啊！”

“学习改变命运诚不我欺，穗穗和弟弟都要好好的哦。”

池穗穗之前那个贫穷“人设”深入人心，齐初锐一开始也被众多网友当成普通少年，但是很快就被网友指出——

“不是，之前放出来的新闻，这位弟弟上的是国际学校，还是贵族学校，一年学费很贵的。”

这条热评一出，马上引起热议。但网友是奇思妙想的，很容易就能想到各种可能。

“农民也可能真没那么穷吧。”

“说不定池穗穗真没那么穷。”

“就拿现在的一些父母来说，普通家庭想供一个孩子还是有可能的。”

“这么说池穗穗的娃娃亲对象稍微好点儿了。”

最后一条评论一出，立马让网友想到了之前因为恋爱综艺节目上了热搜的娃娃亲一事。如果池穗穗没有那么穷，是正常家境的话，娃娃亲对象就不至于是抠脚大汉了，说不定是隔壁邻居家青梅竹马的男生。

这么一想，网友突然就庆幸起来，还好池穗穗不是跳火坑——虽然现在看起来可能也不怎么好。

最开心的当然是池穗穗的粉丝了，她的微博直接爆炸了，不管是私信还是评论，全都是粉丝的感叹号，恭喜她。

池穗穗大致看了一部分，对网上的各种猜测并没有去解释。网络就是这样，一旦她出现，马上就会有营销号和媒体闻风而来，拿这件事赚流量，反正这种家境猜测对她没什么影响。

除此之外，热搜上几乎是奥运会相关的消息以及过两天就要开始的比赛，大家讨论得热火朝天，就是平常人也会被激起热血，这是一次关乎国家荣誉的比赛。

池穗穗点开贺行望的对话框，清亮的眼眸弯了弯，发了条消息："晚安。"

她本以为对方早就睡了，结果收到了回复，贺行望："晚安。"

第十章
是沦陷

东城 7 月的天气并不是很炎热。

“这是外面的粉丝送的。”池穗穗早上出门了一次，拿回来好几面小国旗，浩浩荡荡的观赛队伍有十几个人。

“一人一面。”齐信诚说。

“还有印在脸上的，要不要？”池穗穗又拿出一样东西，“像这样的。”她往自己脸上比画了一下。

“这像什么话。”齐信诚看见她这样，直接持反对意见，“贴脸上对皮肤不好。”

“不会的。”不过虽然是这么说，池穗穗还是没有贴。

苏绵今天也和他们会合了，作为一个贺行望的小粉丝，几乎一晚上没睡：“穗总，我现在心跳好快，你摸摸。”她抓住了池穗穗的手。

池穗穗好笑地道：“注意场合。”

“放心，你要是接不上气了，我还是能抢救一下你的。”宋妙里在一旁忍俊不禁地道。

“我看我是安静不下来了。”苏绵嘀咕。

“安静做什么？”池穗穗扬眉，“今天就是要加油的。”

苏绵三两下又被调动起情绪来。一行人直奔射击比赛所在的体育馆，他们本来住的酒店就离这边不远，酒店直接送他们到这边。

现场人是真的多，等一行人坐下来已经是几十分钟之后了。

“十二点就开始资格赛。”池穗穗看了一下赛程安排，“决赛是下午两点半。”

基本上两三个小时就能够知道所有结果，池穗穗莫名紧张起来。

现场体育馆下面是无数的工作人员，正在清理场地，不久比赛就会开始。

“上午首金是咱们中国获得，这要再拿一枚，开局就两枚金牌了。”下面一排观众正在聊天。

“贺神肯定能拿到的。”

“这次贺神的老对手都在。”

两个人明显是贺行望的粉丝，说了不少事，有一些信息就连池穗穗都不怎么关注。

宋妙里忽然靠过来，意味深长地问：“穗穗，贺行望这次会再让媒体崩溃吗？”

“什么崩溃？”

“上次他说要结婚，外媒都大肆报道，这次是奥运会，观众比单项的射击赛更多，他要是说了什么，你猜会怎么样？”

池穗穗偏过头：“我猜不怎么样。”

宋妙里说：“好了，我知道你很淡定了。”

两人插科打诨间，下面的工作人员已经远离，运动员开始入场，场上立刻爆发出巨大的欢呼声。观众来自数个国家和地区，各种各样的语言混杂在一起。

中国队的队服格外显眼，招摇又鲜活。观众席上特地为了这次比赛赶来的粉丝已经完全忍不住，尖叫起来，挥舞着手中的国旗，手机拍照声不绝于耳。

台下的男人站在队伍前列，身着红色国家队队服，领口的拉链不高，修长的脖颈和若隐若现的锁骨暴露在空气中，五官立体，漫不经心的模样清隽动人。

“啊啊啊啊——贺神今天要我的命！”

“我现在就想冲下去！”

“又是这样的表情！每次都让我无法自拔！”

在无数欢呼的观众之中，池穗穗斜前方的一个短发女生似乎很淡定。池穗穗还有点儿意外，还是有人不喜欢贺行望的啊。

没等她感慨完，那个被她当成“非贺行望粉丝”的女生捂住胸口，仰起头道：“他怎么就这么早结婚了？”

池穗穗面无表情地想，就是这么早结婚了。

粉丝就坐在她的不远处，而她作为贺行望的妻子，听着这样的话，感觉甚是奇妙。从网上看比赛不觉得有什么，现场才令人震惊。

不论是为了贺行望还是为了祖国，在这样的场合下，此刻所有中国观众都只有同一个目的、同一个期望。

苏绵自惭形秽：“是我还不够热情。”

宋妙里感慨：“穗穗的情敌千千万。”

短暂的入场时间，站在台下远处的贺行望也往观众席上看了一眼，目光幽深，不过几秒就捕捉到了他想要看的人。

两人视线相对，池穗穗挥了挥手中的小国旗，红唇轻挑，浅浅地笑了一下：“我从来没有过情敌。”

这一个词，从来没有在她的世界里出现过。

现场过于吵闹，池穗穗说的话也就只有离得近的人才能听见。宋妙里愣怔了一秒，忽然笑了起来：“你说得对。”

感情这种事，每个人对它的看法是不一样的，她不常问池穗穗和贺行望的事情，但实际上是清楚的。

她对贺行望的了解大多是来自他人的评价，满打满算的一个池穗穗的情敌，可能就是他手中的那把枪了。但是以贺行望的性格，恐怕这把枪再重要也是比不过人的，宋妙里莫名地觉得浪漫起来。

“穗穗，你就跟我说实话。”她靠在池穗穗的肩上，“你现在是不是很喜欢贺行望？”

她还从来没听过池穗穗说喜欢呢。

池穗穗转过头，掐了下她的脸，说：“如果不喜欢，我为什么要和他结婚？”

宋妙里说：“我以前以为是联姻。”

池穗穗但笑不语。不可否认，她以前也是抱着这样的想法，从小到大，都没将贺行望当成自己的未来结婚对象，一直到开始同居。

池穗穗见她没心没肺的样子，想到什么，提醒道：“妙里，你要知道，你家里不需要你联姻。”所谓的想法是她单方面的。

宋家在南城实属豪门，她父母虽然是联姻，但相敬如宾，没有什么乱七八糟的事情，两个孩子也是被宠大的，以宋家的财力，锦上添花可以，但也不是必要，尤其是以孩子的幸福为代价。

为人父母的想儿女早点儿结婚是现在社会多数家长的想法，虽然儿女可能不愿意。池穗穗认识宋家父母这么多年，以他们的视角看，顾南砚的确是个不可多得的人才，而正常情况下，他们的女儿遇到一个各方面都优秀的男人是一件很难的事情，尤其是宋家家世摆在那里，人心难测。

宋妙里有点儿迷茫：“可是我也不可能太任性吧。”

池穗穗不想在这种场合下一次性戳破真相，说道：“你不妨自己思考一下。”

一旁的苏绵表示插不上嘴。

“好啦，先看你老公的比赛，不说我的事。”宋妙里不想在这种场合说严肃的事情。

比赛即将开始，运动员们正在试射，这和很多其他项目的比赛流程相同——都需要赛前热身。

周围的观众叫了起来，体育馆内回荡着各种语言的欢呼声。

池穗穗的座位在前排，看得很清楚。参加资格赛的运动员很多，几十个国家和地区的上百位射击运动员，站在那里就能让人眼花，池穗穗却能轻而易举地看见贺行望。他已经戴上装备，她看不清他的表情，但他周身冷静的气质又区别于他人，修长的手指正在调试枪。

池穗穗的心猛地一跳，她一向知道他的魅力所在，但每一次见到，即使是同样的场景，还是不可避免地会被吸引。他长在了她的所有审美点上。

“天哪，我一个观众要紧张死了！”苏绵捂着嘴，“我以前看比赛都没这么紧张。”

前方的女生大概是听到了她的话，回头信誓旦旦地说：“贺神这次肯定会得金牌的。”

然后女生就看到了池穗穗，张了张嘴巴，又眨了眨眼：“池记者？”

可以说贺行望的粉丝没人不知道池穗穗的。

“你好。”池穗穗低头，对上她的眼睛，微微一笑道，“我相信你说的，贺神会得金牌的。”

她的容貌如盛开的樱花般，女生沉浸在她的容颜下，恍恍惚惚地扭过头，半晌被突如其来的枪击声惊醒。

资格赛已经开始了。

枪击声不绝于耳，一枪结束，屏幕上已经跳跃出大部分运动员的成绩，除却八环多的，很多人是九环，剩下的就是十环多。

10.4 环，是贺行望的第一枪的成绩。

“是贺神的正常水平。”苏绵的肩膀一下子松懈下来，“我这颗心是上上下下的。”

虽然知道贺行望的手伤早就好了，但总是会担心的，苏绵偏过头问：“穗总，你担心吗？”

宋妙里眨了眨眼：“小棉花，你回忆回忆你问的这是什么问题，老婆能不相信自己的老公吗？”

看苏绵闭嘴，池穗穗眼尾一挑道：“是不担心。”

贺行望成绩好，她开心；成绩不好，她也不觉得伤心。他的荣耀是早就已经积淀好的，一次比赛失误也不能说明以前的荣誉是假的。更何况，他不会失误。

第一枪的稳定发挥开了一个好头，观众席上的欢呼声又增强了许多分贝，令人耳朵发痒。

“穗穗，这结束就是决赛了吧？”齐信诚和池美媛他们坐在后一排，趁着第一枪结束的时候，齐信诚抓住机会赶紧问。

“对，两点多开始。”池穗穗回答。

“小贺也不容易。”池美媛拍了下齐信诚的手背，和一旁的江慧月说：“这么多年辛苦他了。”

十年如一日的训练，哪是一般人能承受的。以贺行望的身份和家世，完全没必要待在射运中心里，更何况他曾经还经历过被陷害的事情。他的心脏，强大有力。

池美媛越想越觉得自己没看错人。齐信诚虽然年纪大了，但身处这样的场合，骨子里的热血也被勾了起来，嘴上不说，手上动作不少。

而此刻的国内也有无数人在看直播，不论是电视直播，还是网络直播。

射击这一项目是奥运会的第一个夺金点，上午的女子组已经拿到了首金，这是美好的开始。

台下，贺行望抬起手臂。因为比赛采用的是电子靶，成绩是摆在那里给所有人看的，而体育馆内也有显示成绩的大屏幕，每一枪成绩都公开。

和其他的项目不同，射击是不可能存在任何内幕的，每一个成绩的取得凭借的都是本人的实力。资格赛的结果出来得相当快，贺行望以第一的成绩进入决赛，和世界杯的发展如出一辙。不出意外，决赛结果也会和那次一样。

中场时间，观众席上少了不少人，苏绵也要去洗手间，拉着池穗穗和她一起。

这次来看射击比赛的女生很多，池穗穗站在队伍里，戴了口罩，漫不经心地往前看了眼，没想到就这一眼还看到一个熟人，之前被齐氏辞了的江璐居然也在这里。

江璐这次也戴了口罩，但是两个人近距离接触过，池穗穗一眼就能认出对方来。池穗穗倒是没想太多，这个比赛买了票就能来看，她虽然不喜欢对方，但是对方来看比赛和她没关系。

“穗总，你在看谁啊？”苏绵看过来，只看到了长长的队伍，“还要排好久。”

“没什么。”池穗穗收回目光，江璐的事情没几个人知道，她也不想多说。再说江璐现在进了娱乐圈，和池穗穗他们家也没什么联系。

“穗总，你看热搜这么快就爆了，这才资格赛呢。”苏绵将手机屏幕亮度调高，“好多人在看。”

“是吗？”池穗穗低头看。

这是官方直播通道，观看人数已经高达几千万。她退出去再看，下面的评论数已经过万，只要一刷新就会增加几百条新的评论。

苏绵说：“我也要去发微博。”

她发了一条满是感叹号的微博，又转回热搜上。热搜的微博视频正是贺行望从打出最后两枪到最后放下枪，脱下装备，然后露出那张脸的过程。镜头很巧妙地来了个特写，贺行望的脸毫无瑕疵，黑发被弄乱，反而有种凌厉感，连带着目光似乎都深邃起来。

池穗穗停住目光，他胸前的五星红旗鲜艳又庄严，加上白皙修长的脖颈、凸起的喉结，有着无法言说的性感。

真好看啊，贺行望。

这个人，是国家的，也是她的。

中场休息时间过得飞快，决赛马上就要开始，现在观众席的气氛更加活跃，各种各样的应援声都有。

池穗穗深呼吸，靠在椅背上。她打开手机，微信上和贺行望的聊天记录还停留在前一晚的加油和晚安上。现在她就算发消息，贺行望也没机会看到。

池穗穗看了眼台下，朱教练正在和运动员们说话。她打开相机，对着下面微低着头的贺行望拍了一张照片。

似有感应般，贺行望抬眸看过来。短短两个小时后，两人再度隔着人群相望，池穗穗弯唇一笑，指了指手机，又比了个心，贺行望嘴角一勾。

池穗穗身旁的宋妙里和苏绵面无表情，来看比赛还要吃“狗粮”，谁让他们两个是夫妻呢。

朱教练一看自家队员的表情就知道不对劲儿，顺着贺行望的视线看过去，就看见池穗穗在比心。

他咳嗽了两声："刚刚我说的都记住了吧？"

进入决赛的中国射击运动员不过两人，在这样的比赛中已经算是正常的人数，有的国家和地区甚至全军覆没。

贺行望收回视线："嗯。"

李怀明浑身上下写着忐忑："记住了！"

距离比赛开始还有几分钟的时间，观众席上的人还在吵吵嚷嚷，自然而然地就讨论起了刚刚贺行望的视线。

"刚刚贺神看的是我们这里吧，是我吗、是我吗？"

"观众那么多，你怎么知道他看哪个？"

之前回头看见池穗穗的女生没加入对话。不知道为什么，她总觉得贺行望看的是她这个角度，但不是在看她——

她莫名地想到了身后的池穗穗，但是下一秒又否定这个想法。贺行望已经结婚了，和池穗穗也是正常的偶像及粉丝的关系，这不可能。

几分钟后，比赛开始。

大屏幕上还显示着资格赛时运动员的排名，当时贺行望以 1.4 环的差距将第二名甩在身后。决赛开始后，率先四枪结束，贺行望排名第一。

第二名是 M 国的运动员，贺行望的老对手。上次世界杯赛，对方因故没有参加，这次算是强势归来，和贺行望仅仅相差 0.6 环，是一枪就能弥补的差距。

射击比赛公平而又残忍，可以上一枪十环多，下一枪变八环，这只在一念之间。在这样的情况下，不紧不慢的贺行望反而成了决赛中的几个运动员里的另类。他每一次抬起手臂，都在同样的时间下开枪。

周围的一切声音被排除在特殊装备外，唯有他手中的枪和后坐力让他能感觉清楚。这时候，连上一次射击的成绩都不是他的关注点。

他的关注点永远是即将打出的这一枪。

身旁的他国运动员打完之后，深吸一口气，看了眼冷静淡然的贺行望，咬了咬牙。他就像是一道坎，永远挡在他的对手面前。

随着时间一分一秒地过去，场上观众不由自主地安静下来，所有人都在等着最后的结果。

目前贺行望以 0.8 环的成绩领先，只差最后一枪。

莫名地，池穗穗第一次产生了一种下场抓着他的手射击的冲动，忍不住闭了闭眼。

“我下次再也不要看这样的比赛了。”宋妙里捂着心脏，“感觉比我做手术还紧张。”

好歹做手术是自己能把握的事。

苏绵猛地一拍自己的大腿：“贺神怎么站在那里不动了？他旁边的人都打完了，急死我了、急死我了！”

不说她急，看直播的人都在急，一个个仿佛再现世界杯总决赛时的心情，恨不得自己冲上去把电子靶摁在贺行望眼前一厘米处。

就在这样的情况下，一锤定音，贺行望打出了逆天的 10.9 环。

射击运动里没有 11 环。

这比他在世界杯总决赛时的成绩还要好，而且这一枪是射击里最高的成绩，形同满分。

贺行望嘴角一扯，放下手中的枪，孤傲的背影如挺拔的雪松，冷淡而又高大。

屏幕上的总成绩随即刷新，贺行望牢牢占据着第一的位置。这凝缩着他的年少时光，代表着他的信仰，也隐藏了他的爱情。

现场的所有镜头都转向了贺行望，有特写、有远景，夹杂着广播里宣布的结果，贺行望再次获得了金牌。

“穗总，呜呜呜呜，我感觉自己要窒息了。”苏绵抓着池穗穗的手，“我要呼吸不过来了。”

“你想让男神看见你的花脸吗？”宋妙里说，“以后可能连签名都拿不到了。”

苏绵打了个哭嗝，还不忘控诉：“宋医生，你怎么这样？”

宋妙里把她逗成这样，自己哈哈哈笑了起来。

国内外的媒体都在关注着这个结果，所有的通稿都是提前写好的，直接就发了出去。

这一刻，世界与贺行望同样灿烂。

贺行望取下射击眼镜，转身面向观众席。观众席上无数人站起，热烈的欢呼声似要掀翻体育馆的房顶，压住了广播里的播报声。

女孩们都从座位上跳了起来，就差没有冲下台去。

池穗穗松开手，掌心被掐出一道浅浅的月牙印。她是对他足够信任，但是在这样的场合下，无法避免不为他紧张、担忧。所幸，结果令人欢喜。

他们一个在台上，一个在台下。隔着宽大的比赛场地和拥挤的观众席，依然能够感受到对方的存在。

观众席上有人递了一面国旗给朱教练，这是每次国家队队员取得冠军时都有的情景，现场直播镜头早就准备好扫过观众席。

池穗穗就是在这样的情况下被拍了个正着，巴掌大的脸白皙光洁，眉眼弯弯，清亮的眸子像两颗星子，手持一面鲜艳的五星红旗。

这一幕被无数人截图，而新闻媒体早就蹲守着了，自然也没有放过任何可以拿来利用的点。池穗穗靠着这张照片，瞬间引爆网络。

直播镜头给观众的时间不多，只有几秒。池穗穗其实压根儿不知道镜头在拍自己。她是在对贺行望微笑，所以就从心了一点儿。

这么短的时间，苏绵在一旁哭成了一个泪人。宋妙里作为一个情绪还稳定的人，正在安慰她："马上就要领奖了，你确定不拍视频而要在这里哭吗？"

苏绵一秒复活："拍！"

这么重要的片段她怎么可能错过。

比赛结束后不久就是颁奖仪式，这是人人都知道的流程，时间不长，从运动员站上台到戴上金牌，不过几分钟时间。

"贺行望拿这个花是真的好奇怪哈哈哈。"宋妙里靠近池穗穗，"他会咬一口金牌吗？"

"你在想什么？"池穗穗差点儿笑出声来，这种行为是绝对不可能出现在贺行望身上的。

苏绵抽抽噎噎地打开手机："宋医生你为什么这么开心，你怎么都不激动的？”

宋妙里说：“这叫气定神闲。”

她经历过无数值得欢呼的时刻，将无数病人从生死线上拉了回来，已经锻炼出了强大的心脏。

说话间，观众席的人慢慢安静了下来，因为要放国歌了。随着熟悉的音乐响起，观众席上无数人跟着唱起来，就像是一场大型的升旗仪式。属于中国的五星红旗挂在最中央。

体育比赛是残酷的，唯有冠军才能够奏响自己国家的国歌，第二名无论是差 0.1 环还是 0.1 秒，都不可以。但是对胜利者而言，这是荣耀。

万千中国观众都在看着那面国旗升起，官方直播通道下面，几乎是一秒出现几十条评论。

“我鸡皮疙瘩都起来了，太感人了！”

“所有的努力都是为了这一刻呀，贺神从来不负我们的期待！”

“阿中哥哥冲呀！”

“啊啊啊——我在家里跳起来了！我爸妈以为我疯了！”

“我们贺神是什么神仙运动员！”

“不愧是贺神，我已经无话可说，只有化身尖叫鸡了！”

“太有排面了！太有排面了！”

“这一刻我就是池记者！现场观看现场祝福！”

“贺行望夺金”话题直接空降热搜第一。

在手机里听国歌和在现场听是完全不同的感觉，那种从骨子里发出来的自豪感充盈整个心脏。

“我要死了、我要死了。”苏绵都快喘不过气来了。她虽然一直是粉丝但很少来现场看比赛，离这么近地看也是第一次，第一次就经历这么大的刺激。

贺行望的粉丝群里早就爆炸了，满屏的“啊啊啊”，似乎粉丝都不会开口说话了，转眼刷屏几百条。

池穗穗的耳边是合唱声，坐在她前面的几个女生刚刚又是尖叫又是哭的，现在反而能笑着唱歌了，而身后的父母也是与有荣焉。

齐信诚作为一个爱国商人，看到这样的场景，一激动就拍大腿，被池美媛给了一个白眼才安静下来。

几分钟的时间一晃而过，贺行望胸前的金牌不容忽视，他身上还有观众递过去的一面国旗。等他离开，观众席的人才开始离场。

池穗穗呼出一口气，陪着他参加比赛到领奖结束，这样的经历实在是让她觉得兴奋，心尖都在颤动，这是所有人的贺行望啊。

奥运会期间，与其有关的任何事都可能上新闻，一个职业记者，又在奥运会现场支持比赛，被直播镜头扫到无任何滤镜的完美长相，这不上热搜，谁能上热搜？

池穗穗今天化的妆很精致，原本就是浓颜，再加上那一抹笑，明艳大方，直击人心。

因为她的职业，再加上之前热搜也不是所有人都关注，所以很多营销号根本不清楚这是池穗穗。对他们而言，就是官方直播镜头里出现一个绝美观众，他们顺势蹭热点炒热度。但是这不妨碍别人知道，贺行望的粉丝知道，池穗穗的十来万活跃粉丝也知道，他们看到了就会在下面介绍。

热搜顺势而上，几乎是半小时不到的时间，贺行望和池穗穗的名字同时挂在热搜上，分别排第一、第二。

动图中，池穗穗灿若星辰的眼眸眼波流转，仿佛含着一整个世界。

粉丝与偶像同上热搜，网友热热闹闹地讨论了起来。这种时候没人会问那是谁，又或者说这是炒作。难不成有谁还能让官媒收钱炒作？

贺行望夺金的新闻在国外也是刷了屏，现场画面也不止一个国家的媒体在拍，是全球的媒体都在拍，池穗穗几秒钟的微笑不仅出圈，还出了国，引爆全网络，在国内外获得一致好评。有粉丝追国外的明星，经常翻墙看新闻，看到外媒头条，直接截图向几个营销号投稿。

“这颜值是美出世界了吗？”截图上是外媒的夸张标题，下面则是一些评论。

外国人称赞起人来显得有些夸张，“这是真实存在的美貌吗？”“真的好漂亮啊”之类的话滔滔不绝。

在各大比赛项目的相关话题中，池穗穗的头条显得十分突兀。

“穗穗：一不留神美出国门。”

“哈哈哈——这当然是真实存在的美貌呀。”

“贺神为国争光，穗穗也为国争光了。”

“穗穗：……”

等知道这事的时候池穗穗已经不在体育馆了，因为今天贺行望拿了金牌，晚上他们去吃日式烤肉。认认真真哭了一场的苏绵现在活力满满，就没停下刷微博的手。

“穗总，你居然上热搜了！”苏绵震惊地抬头，“天哪，今天直播时居然拍到你了。”

“拍到我？”池穗穗狐疑。

“什么？那我在旁边出镜了吗？有没有人夸我好看？”宋妙里一听，连忙放下手机，凑过去问。

一桌子的人都看了过去。苏绵清了清嗓子，念了出来：“今天的头条都是奥运会相关的话题，贺神上了几个，还有其他的运动员，穗总上了两个。”她把链接发到了群里。

“宋医生你也入镜了，但是当时你在安慰我，所以就只有侧脸。”说到这里，苏绵有点儿气，上热搜的机会就这样被她放走了。

宋妙里：“……”

二院院花深感与热搜无缘，气得向顾南砚吐槽。

池穗穗倒是对热搜没什么感觉，但是齐家、贺家父母很关注，听苏绵念就笑了起来。大家夸自己家的孩子，他们一听就高兴。

苏绵性格活泼，长得也比较有福相，很合上一辈的眼缘，池美媛就觉得她特别可爱。苏绵这一念就没停下来。

烤肉吃到一半已经临近八点，池穗穗低头，看微信上新发来的消息。

贺行望：“在哪儿？”

池穗穗直接拍了张吃烤肉的大合照发给他：“正在吃烤肉，但是你过不来。”

最后一句她显然是在炫耀。

收到消息的贺行望点开照片，照片里没拍全所有人，是从池穗穗的角度拍的，但是基本上可以猜到，她应当很开心。

贺行望垂眸，唇边笑意浅浅："晚上不要吃太多。"

池穗穗挑了挑眉，三言两语反问回去："比赛都结束了，你还怕我吃坏肚子？"

隔了几秒，她收到回复。

贺行望："是你怕胖。"

池穗穗觉得他现在是嚣张起来了，直接发了最近这两天在东城吃的一些美食的照片，然后又发了一张得意的表情包。

贺行望猝不及防收到十来张照片，一点开，全是色香味俱全的美食。他喟叹一声，对池穗穗的脾性又有了新的理解。

池穗穗把他堵回去后，翻到了相册里今天在体育馆拍的照片，拖出来发到了微博上："一张粉丝前排拍摄的贺神照片。"

因为今天的头条一事，原本没关注她的贺行望的粉丝也都关注她了，甚至有人发私信问她有没有照片，万万没想到，晚上还真等来了一张照片。

池穗穗拍摄的是朱教练和贺行望说话的时候的画面。贺行望侧着身子，但就在那一刻抬头看向镜头，一双漆黑如墨的眼出现在镜头里。

评论区里大家一下子就沦陷了，池穗穗看着看着，粉丝就火速开起了"车"，已经持证"上车"大半年的她莞尔，粉丝有时候是真的很可爱。

射击项目的比赛是奥运会里最早开始的，却不是最早结束的，最后一项比赛要到 8 月 3 号结束，而闭幕式也就在几天后举行。

这中间间隔一个多星期的时间，宋妙里和苏绵先回了国，池穗穗则带着贺、齐两家父母来了个东城游，游玩快要结束时，去哪儿成了大家讨论的重点。

"我们先回南城。"江慧月说。

贺明华因为公司的事情提前回去了，现在就只剩下三个人在这里，齐信诚最近也是电话接得多了起来。

"穗穗，你是还要去东城吗？"池美媛问。

池穗穗点头道："对。"

小两口的事情大人不掺和，江慧月乐得看两个人感情好："那我们就不过去了，人多也麻烦。"

最终大人们坐私人飞机直接回了南城。池穗穗把他们送走，再次回到东城的时候，也是射运中心决定回去的时间。

其实她没和贺行望说自己要去找他，但是他们的机票时间她是知道的，刻意掐着这个时间点。直到这时候，池穗穗才打电话过去："我现在买不到票了，要和你一起回国了。"

"其他人呢？"贺行望问。

"坐飞机走了。"池穗穗回答得一本正经。这时候贺行望还能说什么？他自然是让她过来，反正她的身份射运中心所有人都知道，也没什么问题。

池穗穗过去时他们正打算去机场。她站在外面，身上穿着一件薄荷绿的裙子，亭亭玉立，细腰盈盈一握，为她增添了无限的优雅气质，经过的行人都投来目光。

率先见到她的是朱教练，朱教练这次是红光满面，奥运会之行射运中心成绩斐然。一看见笑吟吟的池穗穗，他就想到了比赛当天贺行望趁他唠叨时和她对视的画面。

今天池穗穗突然来这里是……朱教练的目光陡然警惕了起来。

"朱教练。"池穗穗和他打了个招呼。

"池记者。"朱教练木着脸点头，应了一声。

下一秒，他就见面前的池穗穗眼眸清亮起来，唇边的弧度也跟着上扬，明眸皓齿，璀璨夺目，然后快步从他旁边走过。

"穗穗。"贺行望从里面出来，声音平稳地叫了她的名字，线条凌厉的轮廓在阳光下略显柔和。

池穗穗走到他身边："这么慢。"她似在抱怨，但轻快的声调仿佛在撒娇，面若桃花，美得不可方物。

站在她面前的男人情绪很淡，却还是笑了一下，笑容很浅，却很好看，顺着她的话道："嗯。"

不远处被无视的朱教练："……"

于是他非常有心机地在离开的时候故意大声咳嗽了两下。

“朱教练是不是对我不满？”池穗穗直接将包搭在了贺行望的肩上，“像是把我当成了妲己。”

贺行望不置可否，池穗穗伸出手指在他的下巴上轻轻刮了一下，像挠猫似的：“难道不应该你才是妲己吗？”

两个人站在门口，贺行望的下巴被圆润的指甲刮过，有些发痒，但尚在他的克制范围内。

“有人在。”他提醒。

池穗穗漫不经心地收回手，看到了刚好从车上下来的李怀明，对他打了个招呼。

李怀明忙不迭地跑了。他刚好听到了那句话，被秀得头皮发麻，心想：你们两个都是妲己，没什么好争的。

“早上直接来的？”贺行望将她的行李箱放到车里，回头直勾勾地看着她。

“不是。”池穗穗跟着就打了个哈欠。

父母他们回去的时候正好是傍晚，她干脆就买了晚上的机票，在飞机上睡了几个小时。她一向对睡眠条件要求高，在飞机上睡那么几个小时完全不够，现在还有点儿困。

“待会儿上车睡。”贺行望抿唇说。

“万一我说什么梦话，岂不是一车人都听见了？”池穗穗想到什么，故意说。

贺行望皱眉道：“我会捂住你的嘴的。”

池穗穗被他一本正经的样子逗笑。

在射击比赛结束后，奥运村那边就收回了射运中心众人的房间钥匙，所以他们是在酒店里住了两天。毕竟比赛结束，大家是需要放松的，还有一些美食也要尝尝。

趁着大家都在收拾东西，池穗穗跟着贺行望去了他的房间。酒店里的装饰自然是非常正常的，只是池穗穗往床头上看的时候，就看到了安全套。

其实在奥运会期间，奥运主办方会免费提供很多这东西，比如之前的里约奥运会，主办方提供了四十五万个安全套。

池穗穗觉得运动员的精力真足。她靠在床上，薄荷绿的裙子和雪白的被子形成鲜明对比，一双长腿丝毫没有顾忌地搭在床沿。

“穗穗。”贺行望走过去，居高临下地看着她，风光无限的沟壑也映入眼帘，他顿时眼神微沉。

两个人上一次亲密接触是在奥运会开始前，已经过去两个星期了，今天是他们第一次真正近距离见面，说没有感觉是不可能的。

池穗穗的瞌睡来得很快，她没怎么听到他叫她，倒是感觉到了袭来的侵略气息。她睁眼时，就看到贺行望与她只有几厘米的距离，他的一只胳膊搭在她身侧。她视线往下，看到的是男人紧绷的下巴，轮廓分明，喉结微动时显得克制而隐忍。

“衣服在你的下面。”他言简意赅地道。

“噢。”池穗穗应了声，准备起身，却不想现在这个姿势使她直接撞进了贺行望的怀里。这么一撞，她倒是清醒了几分，揉了揉自己的额头：“刚刚差点儿睡着了。”

贺行望只嗯了一声，池穗穗本来还想再说什么，敏锐地察觉到了他的情绪变化，她原本的动作一变，贴着他的胸膛，然后搂住他的脖子，贴在他耳边轻声问：“老公，你要吻我吗？”

房间里突生暧昧气氛，在贺行望没回答的时候，池穗穗眼珠一转，亲了上去，从鼻尖到嘴唇，亲了两次，男人的脸被印上了口红印。

池穗穗蹭了蹭，还准备再说点儿话，就被贺行望吻住。他的眼睛里情绪不明，却有明显的欲望翻滚，迟来的一个吻持续了很久。

池穗穗被松开时轻喘着气，将被拉下来的裙子吊带拉上去：“你就不怕留下痕迹吗？”

这次一路上他们可是会碰见无数人的。

“不会的。”贺行望声音微哑而低沉，性感得要命，他说道，“我有分寸。”

“分寸”这个词是用在这里的吗？池穗穗无语凝噎，低头看到自己的衣服刚好遮住锁骨下方几厘米的轻微红印，果然男人在意乱情迷的时候还能有理智。

贺行望在她身旁坐了会儿，直到门外出现敲门声：“贺神，你好了吗？”

外面的两个人还在说话。

“贺神不会是睡着了吧？”

“池记者都过来了，估计他们在收拾东西。”

“就是池记者过来了，两人才有可能干柴烈火、擦枪走火。”

池穗穗听着“车”就这么开了起来，扑哧一声笑出来，推了一下贺行望：“你去开门。”

贺行望开门把两个小家伙给吓跑了，因为他神色冷淡，而和他相处多年的队友对他的情绪把握得十分准确，再加上他的脸上有口红印，两个人丢下一句话就跑了。

不多时，贺行望脸上有口红印的事情就在整个射运中心传开了，而他本人对此一无所知，并且顶着那痕迹收拾完东西。

一直到出门时，池穗穗才发现问题。她用湿巾给他擦干净，贺行望就站在她面前，垂目看她，任由她对自己为所欲为。

“我不擦你就这么出门吗？”池穗穗问。

“我看不见。”贺行望反而理直气壮地道。

“然后你就又上头条了。”池穗穗扔了湿巾，“奥运会贺神幽会新人，行事嚣张。”

万事皆可上头条。

“小报头条：贺神新婚娇妻整日以泪洗面。”池穗穗又补了一刀，“我的风评被害。”

贺行望轻笑了一声。

两个人出去的时候，车上的人差不多已经到齐了。虽然朱教练看似对她不满，但实际上待她是相当不错的，她还被安排和贺行望一起坐，原本这个专座是朱教练的。

池穗穗谢过朱教练，坐下来后无事可做，干脆玩手机。早就回去的苏绵现在已经在今日新闻网站上班，不过最近没什么大事，所以今日新闻网关注的重点事件还是奥运会。

苏绵：“穗总，你们啥时候回来啊？”

苏绵："宋医生每天约会，我一个人好寂寞。"

池穗穗翻到了几分钟前的聊天记录，然后回复她："你也去谈一场恋爱吧。"

苏绵："和我的手机谈恋爱吗？"

池穗穗不觉莞尔。其实苏绵的朋友圈不大，同在今日新闻网工作的男生和她就是单纯的同事关系，可以说没有可以谈恋爱的对象。而且她属于那种"好想谈恋爱"，然而一被人追就"聊天好浪费时间"的情况。

好在苏绵自己转移了话题。

池穗穗和她说了今天回去，又将几篇发来的新闻稿浏览完毕，做着一个认真负责的好总编。

贺行望见池穗穗一直盯着手机，入迷了似的，半晌漫不经心地开口："坐车不要看手机。"

"那看什么？"热搜上不出意外是各种奥运会的相关内容。池穗穗正要关掉手机，收到了苏绵的新消息。

苏绵："穗总，你那天去看比赛戴了婚戒？"

戒指？池穗穗看向自己的手，十指纤纤，上面什么也没有，但是去看贺行望比赛那次她戴了婚戒的。她问："没多少钱，怎么了？"

苏绵发来一个链接："穗总你自己看吧。"

池穗穗点开链接，是一个论坛帖子，标题直接是一行大字——"池穗穗手上戴的是婚戒吧？"

"之前没关注她，毕竟她是一个素人，今天又刷到了那张美貌出国的动图。不知道你们注意到没，她拿小国旗的手上是戴了一枚戒指的，应该是婚戒。"

配图是一张局部放大的照片。虽然图片放大后有些模糊，但是戒指能让人看得一清二楚。

"不是才曝出来她定了娃娃亲吗，这么快就结婚了？"

"我本来还想着她能找个真正喜欢的老公的。"

"大美女就这么嫁了？"

"这戒指看起来不便宜。"

“如果戒指不便宜，那说明娃娃亲对象还行……我心里突然就安定了是怎么回事？”

有了“分析帝”的出现，楼下的人的视线都被转移。大家开始扒池穗穗的婚戒到底多少钱，然而她这婚戒是私人定制的。

池穗穗看到这里也忍不住挑了下眉，想看这些网友到底能得出一个什么结论。

“没搜到这戒指，要么是小牌子，要么是设计师设计的。”

“小牌子吧……”

“赞同，我怎么都觉得她这是普通的戒指，不过设计是真的怪好看的。”

“几万块钱顶天了吧，上次不是有人说她家境正常吗，我觉得这价位差不多了。”

“行业人士说一句：我手上经过的戒指没有一千也有几百了，这戒指不可能便宜，我更倾向于是定制的，这个设计风格像是我喜欢的一个设计师的。”

“那个设计师的作品多少钱？”

“回楼上，他三年前设计的一款婚戒是三百万，今年的价格你们自行估算。”

“三百万”这个数字一出，楼里的网友都沸腾了，纷纷表示这是一个“假瓜”。池穗穗要是真这么有钱，嫁的恐怕不是娃娃亲对象，而是一个富豪。美貌记者嫁给富豪似乎也很常见。

“这其实也挺正常的……就是我看起来不怎么舒服。”

“她长得这么漂亮，有钱人想娶她不是很正常吗？我要有钱也想娶她回家。”

“那她那个娃娃亲对象呢？”

“什么年代了还娃娃亲，重新选择也挺好。”

“这么一看，她也不是多清高。”

“假清高吧，见识了真正的社会，她怎么可能想再回到原来的家庭里去。”

“说不准那出国美貌都是营销的，这么看她老公还挺舍得给她砸钱啊。”

“池穗穗一看就不是一个‘傻白甜’。”

“散了吧、散了吧。”

后面的猜测已经歪到西伯利亚去，池穗穗看得津津有味，看着他们给自己安排了好几个剧本，并且充满了豪门狗血大戏的感觉。到了机场，她才意犹未尽地收了手机。

候机时间有点儿长，池穗穗戴着口罩，还戴了顶帽子，因为穿了裙子，所以又把贺行望的外套披上，夹在人群里似乎也不显眼，然后就直接进了贵宾休息室。

就那么一会儿时间，池穗穗的瞌睡又来了。本来在酒店时她就只眯了几分钟就和贺行望胡来地亲了好久，现在已经脱离了兴奋状态。

贺行望偏过头去：“想睡觉？”

“嗯。”池穗穗小声说，“你别动，我靠在你的肩膀上睡会儿，登机时再叫我。”

贺行望神情柔和：“好。”

他伸手揉了揉她的太阳穴，虽然人在吵闹的情况下不一定能睡着，但不包括这样的场合，就像高中在教室里一样，下课就能睡着。

池穗穗睡得很快，头搭在贺行望的肩上，贺行望闭目养神，两个人看起来异常和谐。

贵宾休息室里其他打打闹闹的人看见这幅养眼的画面，都自觉地放轻了声音。

不知过了多久，广播声响起。朱教练点了点人数，到贺行望这边时，贺行望将手放在唇边：“不用叫醒。”

向来有活力的池穗穗的睡颜很是安静。

贺行望直接将她打横抱起，池穗穗会自己找舒服的姿势，外套就搭在她身上，直接把她的脸都盖住了，怀中的人睡得更安稳了。

登机的队伍很长，大多是看完奥运会回去的人，射运中心的人一出来就被认了出来。

同航班的乘客里恰好有一个户外主播，正在直播，和自己的粉丝聊天：

“比赛差不多都结束了，我现在正在机场，还要回家过生日呢。”

听到不小的议论声，她跟着扭过头去。作为一个户外主播，敏锐的新闻嗅觉让她将镜头也转了过去，随后一排男生就闯入了镜头。

“哇！”

“这是偶遇运动员吗？”

“哪个队的？哪个队的？”

户外主播抬高镜头，贺行望个子高，那张脸一被拍到就被直播间里的人认了出来。

弹幕刷起了屏。

“天哪！这是什么运气！”

“主播拍近点儿，你遇到贺神啦！”

“等等，贺神怀里的人是谁？”

“那露出来的腿又细又白，这不是个女人我今天直播吃手机！”

“贺神出轨？”

“啊——可能是贺神的妻子吧？”

户外主播倒是没觉得怎么样，但是直播间的人数上升得极快，还跳出了频道，到了首页，立刻人数爆棚。

机场人来人往，中国人也多，没认出贺行望的人被认出来的人一科普，顿时来了围观的兴趣，自然而然就聚集了起来，喧哗声渐大，还有人蠢蠢欲动地想上来要签名。

此时直播间人数有十几万，直奔二十万去，满屏弹幕压根儿让人看不过来。

“贺神的老婆也来了吗？”

“这么公开的，应该是老婆吧。”

“贺神手上戴的是婚戒。”

贺行望不常戴婚戒，一来是要训练，二来这次又有比赛，所以是在比赛结束之后才戴上的。

池穗穗感觉耳边吵吵嚷嚷的，动了一下。因她这么一个动作，原本随意盖着的外套滑了下来，露出一张明艳漂亮的脸蛋。

人数还在增长的直播间炸了。

“这张脸好熟悉！”

“这不是池穗穗吗？”

“天哪！池穗穗和贺神？好魔幻的世界，不要告诉我他俩是夫妻！”

“啊啊啊，那池穗穗的娃娃亲对象是贺神？”

“我妈为什么不给我定娃娃亲？”

“这样的娃娃亲我也想要！”

几秒后，外套又被搭了回去。池穗穗闻着贺行望身上的味道，比平常睡得更安稳，不过，感受到周围环境变化，她还是醒了过来，一睁眼就看到了贺行望身后不远处的人群。

池穗穗一下子就清醒了：“放我下来。”

她拍了拍贺行望，然后落地站稳，这才想起自己之前在休息室里把口罩摘了，后来睡着就忘了，刚才是都被人看到了？

登机时间很短，再加上检查机票的时间，进去之后，户外主播遗憾地收回了手机。直播间里的观众一见人消失了，立刻不满意了。

“再看看啊！再看看！”

“主播快转回去！”

“池穗穗是谁啊？这个女生是上次上热搜的那个漂亮小姐姐吗？”

“是她是她就是她。”

然而观众再怎么激动，也看不到了。周围人投过来的目光越来越多，朱教练摸了摸自己的光头，又回头看了眼气定神闲的贺行望。

得，正主比他还淡定，他操心什么？李怀明第一次感觉到除了比赛外的这么多目光，虽然不是放在自己身上的。他感慨道：“我看哪，不用等到回南城，现在说不定国内媒体就已经放上标题了。”

好在他们坐的不是经济舱。

池穗穗这时才开口：“你刚刚怎么不叫醒我？那么多人看见，回去之后恐怕全世界都知道了。”

贺行望偏过头望着她：“也没什么。”差不多是时候了。

池穗穗弯唇道：“我看你怎么比我还淡定？”

贺行望声音平缓："那不然呢？"

他说这话的语气实在太过一本正经，池穗穗仔细思考一番，觉得他说得还挺对，不淡定还能干什么，冲上去挖了大家的眼睛吗？自己和贺行望是正经夫妻，又不是真的在情人幽会，有什么好担心的？池穗穗忽然就想开了。

飞机起飞前还是可以用手机的，户外主播的直播间里已经会集了几十万人，只可惜后面的人来得迟，全靠弹幕科普。

"来晚了，求补课！"

"刚刚在机场，贺神'公主抱'池穗穗！"

"前面的课代表，一句话总结全部剧情。"

早在几分钟前，就有无数人发了微博，本来发的是偶遇贺行望的事，现在直接改成了偶遇贺行望"公主抱"池穗穗。一个人发还会被说修图，无数人发这事就成了事实。

如今奥运会还差几天结束，这个时间段，与贺行望有关的任何消息都是受万众瞩目的，这样劲爆的消息造成的动静很大，很快就被传播开来。

之前池穗穗因为观赛微笑的图火出圈，就算她不是明星，现在也有很多人知道她是谁。事情一出，论坛就有人搬运了新闻。

今天早上大家还在讨论池穗穗是不是解除了娃娃亲，嫁给了一个富豪，这才一小时没到，就更新后续了：她居然和贺行望在一起了！

贺行望之前发了结婚证，人人都知道他结婚了，而且在出名的这么多年里，他从没传过绯闻。这次他在机场这种公共场所这么嚣张，会是出轨吗？

主播因为飞机起飞，直播已经结束，但是回放视频保留着，人人都能去看。在视频中段，贺行望手上的婚戒也格外清晰。虽然一个是男戒，一个是女戒，但网友还是能很轻易地认出它们是一对的。

世界上任何事情都是有可能发生的。

池穗穗的贫穷"人设"深入人心，虽然已经崩塌，但不知内情的人也不会把她往顶尖名媛上猜测，所以正常的想法还是池穗穗因为记者的身份和贺行望认识，甚至有人觉得他们认识是因为S大的献花环节。一个美，一个帅，两人一见钟情。

池穗穗在不知不觉中就被众网友安排好了偶像剧剧本——《貌美女大学生和顶尖射击运动员的爱情》。

常年在网上冲浪的苏绵正在吃小面包，一点开热搜，心里就咯噔一声，觉得不妙。果不其然，下一秒她差点儿被噎住——两人就这么被公开了？

苏绵眨了眨眼，总觉得这事太过玄幻，连忙发消息给池穗穗，但是没得到回复。半晌，她只能在群里发了一条链接。

宋妙里："小贺这么会？"

宋妙里："这么大的新闻，我要去围观。"

宋妙里最近辞了职，在家里非常无聊，连茶会都不想去参加，有自己的姐妹的"瓜"当然要吃全。至于约会，早就被她抛到脑后。

由于上次的送卡事件，"小贺"这个称呼已经在姐妹之间流传开了，就如同以身高给男人当代号一样，姐妹之间聊天似乎都喜欢用代号。

苏绵："穗总现在估计在飞机上，我发消息没回。这下完了，等他们回来，在机场肯定要被围堵。"

她十分清楚，媒体不可能放过这么大的新闻。她再进自己的粉丝群里，里面已经有几百条消息，全都是刚刚"吃瓜"回来的粉丝发的。

之前由于贺行望发结婚证照片的事情，"贺岁 CP 粉"还被不少网友骂嗑已婚人士的 CP，没想到有一天，自己嗑的 CP 居然成了真的。

苏绵本来是想着如果群里有人骂穗总，她就把人骂一顿，结果群里居然还挺和谐的。她捧着脸认真想了想，穗总这么好的人，谁不喜欢啊？

等半小时后再关注新闻的时候，苏绵赫然发现已经有大佬剪辑了视频，罗列了池穗穗和贺行望的片段，视频一发出，播放量迅速上升。

从东城机场到南城机场要好几个小时。池穗穗挑了部电影看，舱内贺行望的其他队友打游戏的打游戏，聊天的聊天，非常热闹。比赛一结束，他们就放飞了自我。

"不睡觉了？"贺行望问。

"睡不着了。"池穗穗想起什么，扭过头说，"上次在体育馆，我还以为你又要说什么举世震惊的话。”

贺行望漫不经心地看她一眼，忽然笑了一下，笑容不甚明显。他轻声问：“你想我说什么？”

池穗穗挑眉，嗓音清脆：“你上次不是说得挺好吗？比如什么秀恩爱的话。”

“原来你喜欢这样。”贺行望若有所思，微微颔首。

“我不是这个意思。”池穗穗拍了一下他放在腿上的手，“你点头是什么反应？”

“表示我已经记住了。”

“你记住这个要干什么，你不会要发微博吧？”

贺行望微抬眼睑，盯着她看了几秒，嘴角一扯道：“本来没有这个想法，如果你想的话也可以。”

池穗穗半天没回话。

飞机上开了空调，她腿上搭着一块毛毯，手掩在里面，只露出上面细白的手腕。下一秒，她从毯下探出手，很快就触碰到男人的腿，手指在上面跳动了几下，毫不掩饰地勾引着他。

贺行望偏过头望着她，低声道：“松开手。”

池穗穗嗯了声，却阳奉阴违，手还摩挲了几下，直到被抓住。贺行望深深地看她一眼道：“穗穗，我想你应该不想在这里。”

他话里有暗示，池穗穗眨了眨眼：“你说什么？我听不懂。”

见贺行望无话可说，池穗穗这才笑出声，收回手：“好了，不逗你了，睡觉吧。”

说完，她就闭上了眼。贺行望就看到她闭眼闭得飞快，生怕他会做什么似的，毯子盖到了胸口，遮得严严实实。他轻哂一下，合眼靠回椅背。

时间一晃而过，池穗穗再次醒来时已经到了南城，飞机正在下降阶段，从窗户就能看到整个城市的风景。

朱教练还不忘开口说：“先回射运中心，有些事结束后会给你们放假的。”他特地看了一下贺行望。

池穗穗莞尔：“朱教练怕你君王不早朝吗？”

贺行望面不改色地道："不是说我是妲己吗？"

两个人一唱一和，站在后面的李怀明一脸麻木。原来夫妻之间对话都是这样的吗？

一行人往外走，射运中心那边是安排好了接机的车的，就等在停车场里。朱教练也没想太多，毕竟他们又不是明星，所以直接走的普通通道。这一走，他们就走到了媒体记者面前。

早在半小时前，体育记者、娱乐记者，还有一些新闻视频那边的记者全都来机场蹲守了，他们出现的瞬间，尖叫和闪光灯的声音同时响起。

池穗穗还穿着那身薄荷绿的裙子，裙摆微微荡开，略显风情，柔软的腰肢仿佛一掐就断，站在贺行望身边，气势一点儿也不输给他。

等了半小时的记者早就急不可耐，话筒直接往前送，大声地问着准备好的问题。

"对这次的比赛成绩，您有没有什么想说的？"

"您这次破了 10 米气手枪世界纪录，并且短时间内无人能破，您有什么感想？"

"网上传言贺神'公主抱'一个女生，是您旁边的这位吗？请问你们是什么关系？池穗穗是您的什么人？"

粉丝则压根儿看不见贺行望和池穗穗的人影，只能听到嘈杂的采访声。

朱教练不止一次后悔，自己怎么就走了这里呢？他有贺行望这样的队员，就不应该往正常方面想。

各种各样的问题接踵而至，贺行望取下口罩，冷峻的容颜再度出现在众人面前。记者一看他这动作，立刻举起话筒。

池穗穗觉得又有大事要发生了。贺行望神态淡然，面向众多镜头，将还在出神的池穗穗的手捉住，两枚婚戒终于同框。

一瞬间，所有视线都聚焦过去。答案似乎不言而喻，但大家还是想听他亲口说。

"是我的妻子。"贺行望抬眸看向数不清的记者，掌中的手肌肤柔软细腻，他慢条斯理地说，"简而言之，夫妻关系。"

话音落下，全场震惊。一般人不是都会模棱两可，要么否认，要么在几天后才承认？谁也没想到贺行望居然这么直接公开承认。

这边这么多人围堵了这么久，机场那边忙安排人来疏散人群，记者眼见人要走了，急忙继续追问。

池穗穗倒是很大方地朝镜头笑了笑，扣住了贺行望的手：“还有什么问题吗？”她的嗓音婉转动听。

他们是国家法律承认的夫妻关系。

她一出声，不少人反应过来她也是可以问的：“请问你和贺神是什么时候认识的？”

一旦他们得到答案，那之前所有的猜测都成了假的。

池穗穗却眉梢轻扬道：“想要采访可以预约。”

记者差点儿被这话噎住。她这是在逗他们玩吗？

朱教练立刻跟上去：“想要采访明天可以和射运中心预约，现在请不要堵在这边……”

记者只能看着一行人离开。上车后，池穗穗才问：“你怎么这么突然就承认了？”

车外还能看到在偷拍的记者，贺行望收回视线：“与其让他们乱写，不如自己说。”

否则他们还不一定会写出什么样的新闻。

池穗穗摸了摸下巴：“我看今天射运中心那边的电话就要被打爆了。”

她刚刚是故意让他们预约的，记者问起问题来没完没了的，尤其是为了上头条的人，她自己就是做这一行的，对此再清楚不过。

“没事。”贺行望说，“会有人处理的。”

“我在想，他们会不会觉得以前我采访你的新闻都是走后门的。”池穗穗偏过头看他。

“是的话，你会怎么样？”贺行望忽然问。

“就——”池穗穗拖长调子，来了一个神转折，笑起来，“多走几次。”

贺行望不觉莞尔。

后面的李怀明感慨：“怎么就没人问我呢？”

朱教练和他坐一起，面无表情地道：“你也去结婚。”

李怀明刚想说自己有这个想法，就见朱教练乌云密布的脸，悻悻地闭了嘴。

“朱教练，这么严肃做什么？”池穗穗回头，“你们可以趁机多上上新闻，多点儿赞助，多多宣传。”

朱教练觉得她说得很有道理。

机场的问答刚结束，贺行望公开结婚对象的消息就传遍了网络。各大媒体头条纷纷放出，配图也都是如出一辙的：贺行望和池穗穗十指相扣。

贺行望与偶像不同，公开结婚的对象不会有什么问题，“事业粉”无数的他此刻得到的都是祝福。

猜了几个小时的网友吵了起来，为到底池穗穗是在大学献花那一次认识贺行望的，还是两个人是从小就认识争论不休。为了佐证自己的猜测，网友还各种列举证据。

贺行望的行程好找，基本上射运中心都公开的，就回家之后不是公开的。而池穗穗在大学里也是风云人物，现在学校论坛和贴吧里都已经因为头条的事爆炸，大家直接一问就能得到无数回复。

然而，网友实在没有找到两个人之前的联系。讨论众多，最后大家还是觉得池穗穗应该是“白富美”。至于之前弟弟上国际学校的事情，都被很多人遗忘了，拿出来也是为了佐证家境不错的说法。

虽然想得有点儿多，补充了一系列剧情，但大家公认的是池穗穗和贺行望肯定感情好。

网上的一切消息来得迅速又猛烈，江璐这边刚到机场，不知道贺行望他们坐的哪一班飞机，也没有赶上机场围堵那一幕。

“我的手机快爆炸了，好像有大新闻。”

“是贺神的……”

身旁两个女生的讨论声逐渐远去。

江璐心头火热，将照片发给了经纪人。自从离开齐氏，江璐就没准备再找工作。池穗穗那次的话就像是在羞辱她，她正好顺势进了娱乐圈。

娱乐圈的浮华声色让她沉迷其中，但她还只是一个没什么名气的人，就算傍上了一个“富二代”，也就拿到网剧的配角而已。

正好最近赶上奥运会，经纪人就出了个主意：“反正你现在也不用拍戏，去偶遇一下贺神，如果能被拍到什么暧昧的照片更好。”

江璐当时还有疑问：“可是贺神都结婚了。”

“家花哪有野花香。”经纪人微微一笑道，“他从来没什么绯闻，你如果得到了必然是头条，到时候再‘公关’一下。”

江璐不可避免地被说服了，尝到了走捷径的甜头，就会想要一直走捷径。江璐去了东城，但是奥运村里不允许外人进入。她只好在体育馆里看比赛。谁想到运动员和观众根本就没有接触的机会，她连和贺行望同框的照片都拍不到，更别提错位照片了。

江璐等了两个星期才等到机会，在射运中心的人离开的上午打算去要签名。当时刚好贺行望就站在那边，虽然她没接近成功，但是拍到了错位照片。

娱乐圈里出现这样的照片再寻常不过了，到时候让人以路人的口吻发出去，下点儿“水军”，等上了热搜之后再澄清，清清白白的。

江璐微微一笑，迫不及待地打开了经纪人给自己发的语音消息。

“你是没网人群吗？现在你上头条，公关都救不回来，早一天发都是有用的，现在给迟了！”

江璐一脸蒙，捕捉到了经纪人说的几个字，没等她登录微博，自己的通知栏上就推送了新闻。

“贺神公开承认妻子……”

“惊！原来贺行望的妻子是她！”

江璐点进去，就看到了照片中被贺行望牵着的池穗穗，呼吸一窒——怎么又是池穗穗？

江璐只觉得自己简直是犯了太岁，上次被她碰到也就算了，这次还是她，偏偏自己完全没有办法和对方比较。

池穗穗的记忆里俨然没有江璐的存在。

当初在东城那边的体育馆见到她，池穗穗也没怎么把她放在心上，因为再怎么样她也翻不出浪花来。

因为贺行望要先去射运中心，池穗穗就跟着去了。本来一直在机场有空调，车上也有，现在一下车热得要死，她直接就把外套塞进了贺行望的怀里。

“今晚回家吗？”池穗穗问。

“应该。”贺行望说着，往朱教练那边看了一眼。

朱教练隔空收到眼神，心领神会，摆了摆手：“回、回、回，我可不想当一个棒打鸳鸯的人。”

他巴不得这两个人现在就离开他的视线。投身射击项目这么多年，还放弃了自己的感情，现在反而要吃小一辈的“狗粮”，他容易吗？

贺行望扬唇道：“肯定回去。”

池穗穗被他逗乐：“果然是君王不早朝。”

趁着人还没回去的时候，朱教练干脆大手一挥直接开会，池穗穗就去贺行望的房间等着。手机里未读消息一大堆，除却一些南城的有着“塑料”感情的大小姐明里暗里地打听热搜的事，剩下的就是家长们。这次公开让家长们猝不及防。

齐信诚直接发了语音消息：“怎么都不打声招呼的，我和你妈刚刚睡醒，手机都被打爆了。”

贺家那边的人倒是没和池穗穗说什么，直接让公关部那边处理了，官微点赞了热搜微博，然后等着正主发微博认领。

池穗穗回复：“爸，你换部好手机吧。”

齐信诚如今也学会了发问号。

池穗穗乐不可支地道：“不用着急，过两天应该还有更大的新闻，到时候你就有准备了。”

齐信诚：“……”

这仿佛池穗穗和齐初锐当初的对话再现。

池穗穗安抚好自己的父亲，然后才去了姐妹群。里面苏绵正在和宋妙里讨论感情问题，实现了当时建这个群的初衷。

宋妙里：“小顾说他家里人让他回去结婚。”

池穗穗有点儿震惊，转而想到之前顾南砚和她说的话。他不会是在准备一个套吧？她回复：“所以他要分手了？”

宋妙里：“没有。他说他有女朋友，家里让带回去看看，意思就是要和我做苦命鸳鸯。”

苏绵：“……”

池穗穗：“……”

宋妙里看到姐妹的回复，在床上翻滚两下，打字：“你们给我点儿意见啊。”

苏绵：“要不就分手呗。”

池穗穗：“要不就分手呗。”

宋妙里：“你们是复读机吗？”

池穗穗来回思考了一分钟才给出答案：“说不定他家里没那么穷，要不你就分手。”

苏绵紧跟着回复：“是啊是啊，如果家境不好就会是面黄肌瘦，但是你的小顾又白又高又好看。”

宋妙里：“小棉花，你说得好有道理。”

宋妙里陷入了深深的纠结中，一想到南城有的“白富美”追求真爱结果生活过得惨兮兮的，她就哆嗦。

她正想着，手机里有人给她发了消息，是一份慈善拍卖会的邀请函。宋妙里本来就没处发泄心情，这一下直截了当地就接受了，准备花点儿钱做点儿好事，没有什么比买东西更能清空烦恼的了。

池穗穗也收到了这个邀请，正好群里宋妙里在转移话题说这个慈善拍卖会的事。池穗穗眯了眯眼，多要了一张邀请函，让人寄到中跃科技去。

发邀请的大小姐一见池穗穗让她把邀请函送给顾总，兴奋得不行，不用多说就直接应了下来——池穗穗既然让自己给，那顾总肯定就会接。

中跃科技的顾总公开亮相次数那么少，如果她能把人邀请来，那说出去起码自己的名声也好听点儿。

池穗穗是觉得这对小情侣也太磨叽了，虽然顾南砚是那么说的，可谁让她是宋妙里的朋友？人总是会偏心的。

门忽然被推开，贺行望从外面进来，见她拿着手机出神，问："怎么了？"

池穗穗抬头道："会开完了，没什么大事吧？"她只是随口一问，没想到贺行望颔首："有。"

他走到她对面坐下，然后才缓缓开口："说了要接受采访的事情。"

池穗穗点了点头。

"还有——"贺行望又忽然开口，直勾勾地看着她，"即将退役的打算。"

骤然听到这个词，池穗穗清亮的黑眸中闪过惊讶之色。她问："这么早退役吗？朱教练怎么说的？"

其实严格来说贺行望作为一个运动员，黄金年龄段也差不多过去了，但是没人会觉得这是终点。

"挽留了。"贺行望嗯了声，一本正经地叙述，"我说要去结婚，他让我走。"

池穗穗仿佛能想象到那个画面："哪有你这么直接的？"她乐不可支，撑着脸说，"他肯定就是一时说气话。"

是她的话，她也不会放弃这么好的一个队员。

贺行望垂眸道："是时候了。"

他年少时喜欢射击，将近十年在这上面努力，成绩也如自己所愿，接下来的时间他有其他安排。

池穗穗想了想道："那你打算什么时候宣布？"

他最近宣布的话，恐怕网上会炸锅的。

贺行望看了她一眼："下周。"

时间上还是足够充裕的。池穗穗点了点头，温声开口："既然你都决定了，那就去吧。"她眼珠子一转，又道，"这样的话，我们是不是可以去度蜜月了？"

随着池穗穗的动作，耳垂上的流苏尾端落在了锁骨的凹陷处，她整个人显得精致又性感。

贺行望不经意间看到，几秒后，又往那边看了一眼，开口："你想去度蜜月？"

池穗穗仿佛没察觉到他的视线，理直气壮地问："你看谁结婚没有蜜月旅行的？"

贺行望还真想到了几个人，但没说，说是度蜜月，其实就是旅行、购物，对池穗穗这样一个生活奢靡的人来说，这是不可抵抗的诱惑。

"度。"贺行望抬眼，言简意赅地道。

"到时候你可别在贺氏里面待着没时间。"池穗穗嗔怪地看了他一眼，"成为工作狂。"

"不会的。"贺行望莞尔。

得到一个肯定答案，池穗穗心满意足。

傍晚的时候，朱教练又找了贺行望。毕竟贺行望是他一手带起来的人，他怎么也不可能因为那个理由就放弃。

"你再好好考虑考虑。"朱教练叹了一口气，"以你的年龄，现在退役还是非常早的，而且你的状态也很好。"

"我已经考虑好了。"贺行望声音平稳地道。

"结婚我可以给你放假嘛。"朱教练又琢磨了一下，"你都领过证了，婚礼总不可能要办几个月吧？"

贺行望闻言，轻笑了一下。

朱教练深感欣慰："结了婚还是可以比赛的，你这么好的成绩退役多可惜，你看我说的话是对的吧？"

贺行望开口叫了声："教练。"

和他认识这么久，在他年少时两人就熟悉，基本上他这一声教练喊出来，朱教练就知道他要说什么。自己的这个队员很有主见，自制力也非常人，而且对自己的人生都是做好计划的。

朱教练长叹了一声："行吧，我知道了。"

贺行望嗯了声，垂眸看向他："谢谢你这么多年的照顾。"

"没什么照顾不照顾的。"朱教练摆了摆手，"射运中心还沾了你的光。"

否则他们哪能这么财大气粗，朱教练心头怅然。说起来他现在都可以笑着退休了，但是不想这样。他还想继续奋斗，看着中国队拿到越来越多的金牌。

“你回去吧，别让小池等急了。”他说。那丫头心里面指不定怎么编派他的。朱教练一想起他们两个人，就想叹气。

贺行望和池穗穗直接回了柏岸公馆。

晚上躺到床上后，池穗穗好奇地问：“今年奥运村里是不是发了不少套套给你们？”

“嗯，有。”安全套是奥组委那边的人直接放在房间里的，贺行望到的时候房间里有几个，离开的时候还是几个。

“有人用了吗？”池穗穗问。

“据我所知，射击队的人什么也没做。”贺行望的声音还有点儿沙哑，带着几分性感，有些勾人。

朱教练对自己的队员管得很严，特别前几天就是射击项目的比赛，他不会容忍任何会影响成绩的行为。

池穗穗翻了个身：“必须忍住吗？”

黑暗中，贺行望也知道她大概是什么样的表情，淡淡地开口道：“别人我不清楚。”

“你就是在偷偷暗示你没用。”池穗穗眼波流转，摸黑捏了一下他的下巴。

“我想这应该是明示。”贺行望偏过头望着她，乌发从她的背后、肩膀上滑落，垂在枕上，一道明显的脊椎沟被被子遮掩住，贺行望目光轻闪，喉结滚动。

池穗穗一抬头就看到他的眼睛，心头一颤，等她反应过来时灯已经被关了。

落地窗外夜凉如水，月挂当空，话题就此被打断。池穗穗能感觉到贺行望的头发摩擦到自己的脸颊，呼吸声就在她耳边，他似乎还说了什么，但她没听清楚。

贺行望的吻落在她的锁骨上，即使漆黑一片，他也能准确地找到白天自己的目光停留的地方，流连忘返。

或许是因为今天的事，又或许是因为两人这么久没有亲密接触，他们一直折腾到很晚。

凌晨，池穗穗熟睡过去。贺行望重新调整了一下她的睡姿，又弄出压在下面的头发，与她同眠。

第二天清晨，阳光明媚。

池穗穗是在电话铃声里醒来的，她身旁的位置已经凉了，估计贺行望起得很早。

“穗总，这两天头条全是你的新闻，你不来上班吗？”苏绵一口气说完自己要说的话。

“下午去。”池穗穗懒得理直气壮的。

自从自己有了家新闻网站之后，她发现自己完全没有了之前天天打卡上班的勤奋劲儿，怪不得有些“富二代”“白富美”每天去上工资几千块钱的班。

池穗穗觉得自己太堕落了，从床上坐了起来：“最近没什么大事，发奥运会相关的新闻就行，其他的栏目也不能空着，照常。”

苏绵说：“穗总，你的声音听起来不大对。”

“是吗？”池穗穗清了清嗓子，还真是有点儿哑，“可能昨天说话说太多了吧。”

苏绵的脸都红了，别以为她什么都不知道。她到底为什么要选在这样的时候打电话过来？一辆隐形的“车”就从她的耳朵边上开了过去。

挂了电话后，池穗穗看了下消息。昨天慈善拍卖会的负责人已经给了她回复：“没想到顾总真的收了邀请函，穗穗，你的面子好大，这次多亏你啦，亲一个。”

对方的惊喜情绪像是要溢出屏幕，池穗穗毫不吝啬，也回了个“亲亲”的表情图。至于顾南砚去参加这个拍卖会和宋妙里碰不碰得上、碰上了会发生什么事，那是下周的事。

池穗穗说是下午去上班，但其实上午十点就到了公司。她一进去，所有人都看了过来。没什么比新闻的正主在自己身边，还是自己的总编让人更觉得震惊的了。

“池总编，上午好。”

“上午好，总编。”

池穗穗嗯了声，踩着高跟鞋从他们身旁经过，一路气势昂然地进了自己的办公室。

办公区里的人迅速嘀咕起来。

“天哪，我刚刚心脏都快爆炸了。”

“池总编真的太好看了，我之前还以为她会养个‘小狼狗’，没想到我就是个孩子。”

一个女记者忽然问：“你们想象一下，池总编这么有气质，在贺神面前是什么样子的？”

所有人眼前闪过的画面都是当初的微笑图——明眸善睐，千娇百媚。这样的女人谁不喜欢？

“咯咯。”有人突然咳嗽了一声，“当心总编一出来就看见你们在‘摸鱼’，到时候——”

大家看向苏绵，她和池穗穗关系最好。苏绵假装自己什么也没听见。其实吧，她也是这么想的，这一年多以来穗总的情绪变化，她作为旁观者很清楚。也许一开始不明显，但随着时间变化，穗总对贺神的那一点点喜欢逐渐加深，变得清晰而明朗起来。

网上大家都说穗总是追星成功，虽然苏绵是贺神的粉丝，但她觉得贺神和穗总在一起是互相的缘分，没有谁努力配上谁的说法。

南城电视台那边可以说是爆炸了。自从池穗穗离职之后，大家已不怎么关注她的新闻，就算奥运会她的微笑图上热搜，也没激起什么浪花。直到这次，各媒体头条全是她的新闻。

午餐时，大家坐在一起吃饭，感慨道：“这么想，池穗穗对张悦然还算是手下留情了。”

池穗穗留没留情她们不清楚，张悦然最清楚。她现在从事的不是新闻行业，而是一个普普通通的工作，但她还是会关注每天的新闻。

张悦然咬牙切齿，既然两人早就认识，那为什么还要一直装不认识，是故意羞辱她吗？网络上贺行望和池穗穗的照片仿佛给了张悦然当头一棒。

这些都与池穗穗无关，她的生活作息和往常一样，晚上下班了她就约上苏绵和宋妙里一起吃饭。

“今天我问小顾看到你的新闻有没有觉得震惊。”宋妙里撑着脸道，“你们猜他怎么说的？”

苏绵想了一下道：“不惊讶？”

池穗穗挑眉：“什么也没说？”

宋妙里眼睛弯成了两道月牙：“你们怎么这么不了解他？他跟我说好吃惊，但是他的表情一点儿都不吃惊。”她也觉得好神奇。

苏绵说：“宋医生，他会不会因为想到你和穗总关系这么好，也猜到你是‘白富美’啊？”

宋妙里睁大了眼：“你说得好有道理。”

她深刻地担忧起来。

池穗穗：“……”

过了会儿，宋妙里自我开解成功：“走一步算一步，知道了刚好让他知难而退，大不了我们老死不相往来。”

她忧郁地叹了口气，池穗穗不置可否，只觉得宋妙里在恋爱上智商为负。两人说分手又复合，感情这种事难道不是越陷越深吗？她竟然还这么乐观，刚巧碰上顾南砚这有心机的人，陪她演戏，演完了就开始下套。等猎人抓到了兔子，兔子恐怕还回不过神来，懵懵懂懂地在笼子里乖乖吃草。

手机振动了两下，贺行望发来了消息：“在哪儿？”

每次都是这个开头，池穗穗都习惯了，直接给他发了个定位，对面的人就没了回复。

饭快吃完时，苏绵敏锐地感觉到哪里不对劲儿：“你们有没有觉得周围的人好像都在拍什么？”

这家店离她们办公的大厦不远，正处于南城人流量很大的广场之中。她们坐的地方靠近窗边的角落，本来就是图安静过来的，和旁边的人还用了屏风与绿植隔开。

苏绵就看到有好几桌的女生离开了座位，拿着手机对着门口那边拍。

宋妙里猜测道：“这是有明星过来了吧？”

这家店口碑很好，而且确实之前有路人在这里偶遇当红明星，所以到这边吃饭要排队很久。

“你们又不追星。”池穗穗头也不回，安心地吃菜，还不忘吐槽她们两个，“再看眼珠子要掉了。”

人的好奇心是无穷的，苏绵干脆站了起来。她一探头就看见了再熟悉不过的，拨开人群、逐渐向这边走来的男人。

“什么追星不追星的。”苏绵立刻坐下来，激动地开口，“穗总，你老公来了。”

“贺行望过来了？”宋妙里比池穗穗还反应激烈，“你老公突然来干什么，难不成是捉奸？”

哪里来的奸让人捉，池穗穗漫不经心地转过头去。

视线尽头贺行望向她走来，背后是点点灯光与喧嚣热闹的人群，一直蔓延到看不见的地方。

他是其他人的英雄，也是她记忆中那个会抱练完琴的她下来、会花一个月时间雕刻礼物送她的少年。

池穗穗一转头，大家就都看见了她。虽然有的人不认识她，但总有认识的人，一介绍大家就知道了。原本大家以为贺行望是自己来这边吃饭的，没想到是来找老婆的。

苏绵和宋妙里仿佛是看戏的观众。最终贺行望坐在了池穗穗身旁。

“你怎么直接过来了？”池穗穗往里挪了挪，“我以为你问我是准备来接我的。”

“这么说也没错。”贺行望说。他只是觉得在车里等着不如自己过来接。

宋妙里咳嗽了一声，在两个人对视之后才开口：“吃过了没？给你加一双筷子？”

贺行望缓缓开口：“不用了，谢谢。”

宋妙里也没继续问，和苏绵两个人吃自己的，顺便和自己的男朋友发消息：“我姐妹的老公可太会玩儿了。”

在所有人面前公开两人的关系。

顾南砚：“做了什么？”

宋妙里三言两语把这事加上昨天在机场的事添油加醋地说了一遍，末了还不忘夸一遍贺行望。作为池穗穗的好朋友，她对贺行望是挺满意的。

顾南砚此刻正在中跃科技，桌上一个小机器人正在走来走去。他将其按停，然后垂眸回复："那我也过去？"

宋妙里："你过来干什么？"

顾南砚稍抿薄唇，背后是办公室的落地窗，晚间的昏黄天光交缠在灯光里，显得有些冷寂。

半晌，宋妙里收到了消息。

顾南砚："男朋友陪女朋友吃饭，不应该吗？"

她心里面美滋滋的，小顾长得好看，人又贴心，但是她仔细想想还是拒绝了，毕竟不太适合。

"怎么突然想起来接我？"池穗穗问。她坐在里侧，周围若有若无的目光被贺行望高大的身形挡住，十分有安全感。

"晚上正好把退役的事情和家里说一下。"贺行望压低声音，又强调，"爸妈都在。"

池穗穗几秒后才反应过来他说的是她爸妈也在。

她点了点头："知道了。"

对面的苏绵一听"退役"两个字就瞪大了眼，但偶像就在自己面前，她连问都问不出口。还是池穗穗发现了她的情绪："怎么了？"

苏绵犹犹豫豫地开口："贺神是要退役吗？"

闻言，贺行望颔首："是。"

贺行望退役在苏绵意料之中，只是如今亲耳听到又有点儿怅然。站在穗总的朋友的角度，她觉得贺神的这个决定对家庭是很好的；站在粉丝的角度，她总归是觉得难过的。

"伤心什么？"宋妙里心情正好，安慰苏绵道，"以后别人见不到贺神，你经常见到，不好吗？"

当然好，苏绵心想。她能想通，贺神获得的荣誉那么多，只是她作为一个"事业粉"，一时之间难以抚平心绪而已。

桌上这边气氛融洽，店里就不一样了。贺行望这么大大咧咧地从众人中间经过，就像是普通人不追星看到明星也会从众拍照一样，店里吃完准备走的人都不走了。

不多时，各大社交软件上就流传出无数张照片和视频。昨天才被曝光机场新闻，今天两人就正大光明地秀起恩爱来了，让不少人有点儿酸。

只不过因为池穗穗他们的座位在角落里，大多数人拍到的是贺行望的侧脸或者是背影。

大多数人喜欢拍视频，几乎等不及处理就发了出去，大多视频是一个主题：从贺行望进门，到落座池穗穗身旁。仿佛电影中的长镜头，就连看视频的人都不由自主地被牵动心神，随着主角走近，直到和人对视上。

网络上大家热议纷纷时，池穗穗和贺行望已经回了贺家。退役是一件大事，虽然贺行望和朱教练说了，也和家里人提过，但还是要郑重地说的。

他们到的时候，池美媛正和江慧月在聊最新的曲子。池美媛虽然基本上已经退居幕后，但现在爱上了作曲，老公齐信诚对她除了吹就是吹，只剩下闺密会说点儿实话。至于两个男人早就去书房聊商业上的事了。

“穗穗、行望。”江慧月笑了一下。

“行望说去接你，怎么回来得这么迟？”池美媛问。

“他去的时候我正在外面和妙里她们吃晚饭。”池穗穗走过去，坐到贺老太太身旁：“奶奶。”

老太太抬头：“穗穗来啦？”

池穗穗笑着问：“今天有没有吃糖？”

一提起这个，老太太当即哼了一声，乜斜着眼看向江慧月所在的地方：“有人不准奶奶吃。”

池穗穗拍了拍她的手以示安抚。年纪越大，老太太就越任性，仿佛老顽童似的，家里人别的事都顺着她，除了吃糖这事，可老太太现在爱好就这一个。

池穗穗说：“奶奶，您别想着糖了，今天有大事要说。”

贺老太太问：“什么大事？”

池穗穗看了一眼贺行望：“待会儿让您孙子亲自和您说，现在先卖个关子。”

关子没卖多久就被破了，贺行望说出了自己的打算，贺家人都没什么反应，毕竟他已经提前知会过，而且已经逐步接手贺氏的一部分事务。

江慧月和贺明华都支持他退役，反倒是齐信诚开口："这么早？"

他问的问题和自己的女儿如出一辙。

贺行望点了点头，语气颇为认真："该有的已经有了，接下来的时间回归家庭比较重要。"

江慧月却看向池穗穗，抿唇笑道："退役也好，你们都领证大半年了，早点儿出好消息。"

她揶揄了一下两人，之前她还和池美媛聊到这件事，他们作为父母每天操心的事就那么多。

闻言，池穗穗朝贺行望看过去，贺行望非常淡然地收下了她的眼神。

他们两个人这么久以来其实都是做了防护措施的，确实没想过早生孩子。

"不急。"池穗穗弯了弯眉眼，轻描淡写地转移了话题，"时间还早呢。"她才结婚半年而已。

贺行望在大人开口之前嗯了声，跟着转了话题："暂时先考虑一下婚礼的事情。"

婚礼的事自然是重中之重，贺氏和齐氏作为南城两大龙头企业，儿女领证的时候算是低调，但婚礼是不可能敷衍的。这婚礼不仅是给他们办的，也是向所有人宣布两家的关系。

齐信诚颇为忧郁，到晚上离开贺家时，池美媛没忍住吐槽道："你这是什么表情？"

"婚礼啊，我是不是要在婚礼上把穗穗的手递出去了？"齐信诚坐在车里问。

"你难道想让给别人吗？"池美媛问。

"那当然不行！"齐信诚冷哼了一声。

女儿结婚时的正常情况都是挽着父亲的胳膊的，他才不会让别人有这个机会。

"两个人都领过证了，婚礼而已，想那么多干什么？女儿又不是不回来了。”池美媛看得很开。

她觉得贺行望是自己女儿的良配。孩子刚出生时池美媛和江慧月定下了娃娃亲，后来孩子几岁时，她们也确实考虑过将此作废，但是看到两个孩子相处得还不错，就没再提这事。现在她想想也幸好当时没作废，否则还指不定是什么样子呢。

“我就是舍不得。”齐信诚长叹了一声，“穗穗小时候还向我抱怨行望那小子不搭理她，怎么现在这么喜欢？”

他那时候还安慰池穗穗贺行望是闷葫芦。

“不喜欢又怎么会向你抱怨？”池美媛倒是了解自己的女儿，“她向你抱怨过别人吗？”

妻子用一句话终结了齐信诚的回忆与感慨。

临近九点的南城灯火通明，远处的灯光像一场烟火，落在池穗穗清亮的眸子中，如同夜空中掩不住的星辰，夺目而艳丽。

“说是尽快，但我估计举办婚礼也要等到明年了吧。”池穗穗转过头来说。

他们光是定制婚纱就要几个月时间，拍摄婚纱照也很麻烦。这么一细想起来，池穗穗那点儿对婚礼的期待仿佛一下子坠落在地。

“时间是很快的。”贺行望温声说，“现在距离我们结婚已经有半年时间了。”

“然后呢？”池穗穗问。

“我想你也不想婚礼匆匆忙忙的。”贺行望眼神深邃地望着她，“毕竟你的朋友圈里还有那么多姐妹。”

他一说“姐妹”两个字，池穗穗就想到了之前被他看到的“男人常换，姐妹不散”这个群名。

她正想着，贺行望的手机响了。趁他接电话的时候，池穗穗低头看向手机。

苏绵早在两小时前就发了好几个链接，全都是今天晚上贺行望和她同框的新闻，从图片到视频，应有尽有。

苏绵：“穗总，你在视频里好好看哦，我也好好看。”

宋妙里："都好看、都好看，我最好看。"

苏绵："宋医生，你就露了一小半脸。"

宋妙里："我男朋友说我天下第一好看。"

苏绵："顾先生说得真对。"

两个人聊起天来话题都是千奇百怪的，往往上一个话题才开头，就能歪到下一个话题上面去。

苏绵："宋医生，我找到一个你出镜的视频了。"

将近一个小时后，也就是八点多，宋妙里才出现在群里："快发来看看。"

苏绵："你刚刚去哪儿了，怎么不回复？"

宋妙里："小棉花，饭后要做有氧运动的知不知道？"

苏绵："My eyes！（我的眼睛！）My eyes！"

池穗穗看到最后乐不可支。这两个人虽然认识没多久，却意外地相处得很和谐。她关了手机，看向身旁。

从言语中能听出贺行望正在和射运中心里的人通话，反正她觉得说的都是大道理。她的眼尾被勾得细长，在柔和的光线下平添了几分妩媚韵致。

贺行望察觉到身旁的视线，偏过头去看她。池穗穗的眼睛略弯起了一点儿弧度，似在勾人，他敛眉，收回了视线。

池穗穗见他面无表情，伸手在他的腿上绕了个圈，几秒后指尖又像是在跳舞一般，逐渐向上，故意挑衅，又像是在诱惑。

贺行望依旧不动："退役的事情是真的，你们不用多管，这是我已经决定好的事情。"声音低了些许。

挂断电话后，贺行望便抓住了池穗穗作乱的手，耐心地道："我想这不是你想要的地点。"

"我就是给你按摩按摩而已。"池穗穗义正词严地道，"是你想多了吧。"

贺行望只看着她，没说什么。池穗穗眼波流转，顺势搭在他身上，贴到贺行望耳边，轻轻吹气，说道："其实我也不是不想的，老公。"

她粲然一笑，叫老公的时候，尾音上挑，带着故意捉弄人的气息，整个人妖艳中透着缠绵暧昧。

池穗穗这话可以说是明示了。不过她也没觉得有什么，他们已经是合法夫妻，她对男欢女爱并不讨厌，反而有些享受。

人生在世，不就是自己舒服最好吗？

贺行望大概是对她的行为很是无奈，深深地看了她一眼："是吗？"

坐在驾驶室的司机戴着车载耳机，再加上他们说话声音很低，车上还放着舒缓的音乐，压根儿听不见他们说了什么。不可否认，情绪是很容易被挑起来的。

贺行望说："再等等。"

池穗穗问："等什么？"

"等几分钟。"贺行望只说了这一句话，她再问也不开口了，干脆在那里闭目养神。

池穗穗觉得没趣。

几分钟后，车就到了柏岸公馆。司机原本是打算下来开门的，刚巧贺行望睁眼，让他直接回去，剩下的不用做。司机心里好奇，但也没问。

池穗穗这时候终于明白过来了，在一旁笑，嗓音悦耳动听，耳垂上的钻石微微闪着光，靠在车窗上："就是等现在吗？"

答案不言而喻，车座被放了下来，极为宽敞，池穗穗的皮肤白，和车座的颜色相映，白得晃人眼。

车里没开灯，但是不远处有路灯。

池穗穗的头发散落下来，漂亮的一对眼看着贺行望，清澈明亮，仿佛在勾人。

她突然扯住了贺行望的衬衫领口，比不上房间的狭小空间气氛变化明显，池穗穗的大胆更似一针兴奋剂。

黑暗中唯有一缕若有若无的灯光透进来，又被贺行望完全遮掩住，暗淡之中别有风情，而池穗穗的动作就是一个信号。

眼下的情况对习惯了常规地点的人来说，确实足够引诱人，而且柏岸公馆周围都是无人的，两人瞬间沉沦。

窗外夜色朦胧，明月高悬。

不知过了多久，车窗才打开，微风透进来，空气交换，驱散了车内的情欲气息。

池穗穗眯起眼睛来，像是假寐，身上套着贺行望放在车里的外套，长发被风吹了起来。

贺行望扣好最后一颗扣子，一双黑眸中情绪未明，眼尾泛红，脸上有掩不住的欢愉神色。等了会儿他才将池穗穗抱出去。

池穗穗半合着眼靠在他怀里，想说什么话，最后嫌浪费自己的力气，干脆闭嘴。

这场情事皆大欢喜，唯一有点儿不好的大概是池穗穗感觉没什么力气，不想走路，洗澡的事也全赖给贺行望了，就连刷牙都让他帮忙。反正她从小到大赖的事多了去了，不差这两件。

从浴室出来时已经是深夜，池穗穗早已昏昏欲睡。

贺行望见她脸色绯红，叫了声："穗穗。"

池穗穗将眼睛睁开一条缝，伸手按在他的锁骨上，抱怨道："不准叫，我要睡觉了。"

语气还带着点儿娇嗔，说完她就又闭上眼。

贺行望哂笑，将她放在床上。借着夜灯，他看见手机里的未读消息不多，毕竟他也不加什么多余的人，不像池穗穗还会和一些名媛互相商业吹捧。

贺行望登录微博，思索良久，发了条新微博，然后才躺下睡觉。

凌晨的网络显得有些宁静，熬夜到两三点的人不多，但还是有那么一些的，贺行望发的微博被夜猫子刷到，而且看到的网友们都惊了。

微博不长，他几句话简要说了下会在下周退役，感谢粉丝，毕竟有那么多人支持他。

贺行望情绪不外露，但是对自己的粉丝还是记在心里的，在微博上公告也是想告诉他们。

"深夜的决定是冲动的，我不相信！"

"贺神你这么年轻，退役干什么，还能再战十年啊！"

"支持你的所有决定！"

"啊啊啊，我不相信！啊啊啊！"

"东城奥运会才结束就让我看到这么个爆炸性的新闻！"

“这是故意让我睡不好觉吗？”

“今夜南城不眠……”

即使是深夜，这件事空降热搜第一的速度也是很快的。当然最活跃的还是各大论坛，那边的“熬夜党”得知这消息都炸了。

贺行望这条微博被翻来覆去地解析，最后大家也没讨论出一朵花来，因为这确实就是很正常的退役消息——

他要退役了，感谢射运中心和粉丝。

对他为什么在这个时候退役，大家都在猜原因。贺行望毕竟婚已经结了，不太可能是因为感情，也没听说射运中心的人和贺行望有龃龉，难道是贺行望的身体出了什么问题？

这是运动员因常年训练而最常出现的一个问题，在出现严重的毛病之后，运动员想不退役都不行。联想到贺行望之前手受伤，这次很多人猜到了这上面来。

池穗穗早上是被苏绵的电话吵醒的：“穗总，现在网友都疯了，你是不是还在睡觉？快点儿醒醒，吃你老公的‘瓜’不刺激吗？”

池穗穗对苏绵的最后一句话保持怀疑态度。

“我老公出什么‘瓜’了？”她放柔嗓音问。

“贺神昨天半夜发微博说要退役，这消息对其他人来说可太重磅了，现在大家都在讨论是不是贺神手受伤留下了后遗症，所以才无可奈何地选择退役。”

苏绵说了一长串话，累得喝了口水。池穗穗这才缓缓地开口：“谁的手受伤，他的手都不会受伤。”

苏绵说：“我当然信了，但其他人又不知道。”

池穗穗睁开眼上微博，现在贺行望的那条微博评论数量极多，俨然和当初他成为冠军时官方推送的那条微博评论数差不多。

评论和转发的人一致不相信这消息。

“贺行望退役”“贺行望受伤”两个话题牢牢占据热搜第一、第二的位置，讨论热度和搜索量都和下面的话题断了层。

池穗穗的微博也是有无数人评论和发私信。毕竟她是贺行望的老婆，既然贺行望不出来，那大家就问他老婆，反正他们都是一家人。

还有人@她转发微博：“只要穗穗让贺神别退役，我愿意每天吹一千字‘彩虹屁’！”

下面几百条类似“+1”“+身份证号”的回复。

池穗穗心想：可以，但没必要。

网上的风波是停不下来了，贺行望对此早有预料，但他平时没事，不会上微博，所以对这种事基本上不关注。

因为他要去射运中心，所以池穗穗下楼的时候只看到了温着的早餐，还有一张字条。她吃完早餐之后才去上班。

新闻网站每天的稿子分好几个栏目，今天几个记者不约而同地发了贺行望退役的新闻，池穗穗看到他们的新闻稿还有一点儿异样感。

对贺行望退役的原因，网上猜测那么多，没有一条是和她相关的，就连她自己的新闻网站的人也不觉得和她相关。

池穗穗让他们把新闻发出去，才给贺行望发消息：“退役的原因，你要不要说一下？”

对面的人一时没回复。

一直到中午，射运中心转发了贺行望的微博，然后又出了一则盖章的正式通知，也证实了这件事的真实性。

至于他退役的原因，相关机构自然不会说什么，只是否认了受伤和其他的一些外在原因。至此，大家已知道事情已成定局。

苏绵上次就知道了这事，这次反而非常淡定：“还好我有心理准备，不然我现在也是哭号大军里的一员。”

池穗穗坐在她对面：“你支持他吗？”

“我当然支持。”苏绵鼓了鼓脸，咽下食物，“贺神又不是一辈子都要花在比赛上面，他要做的事不止这一件。”

他退役是必然的，而且与其在之后状态下滑时退役，饱受争议，不如在站在荣誉之巅时离开，还能留下自己的传说。

苏绵很清楚竞技体育的残酷：“不过大家一时之间肯定无法接受，过几天就好了。”

池穗穗笑了笑：“你还挺乐观。”

“反正我又不是看不见贺神了。”苏绵狡黠一笑，“穗总，我和你在一个宿舍，那就是天意。”

“好，天意。”池穗穗应了一句，手机里收到了贺行望的回复。

贺行望：“之前有事没看到，说不说都没事。”

贺行望：“晚上我订了地方。”

他这是要约自己吃晚饭了，池穗穗回了个“好”。她们现在在广场上的一家海鲜自助餐厅里，中午吃自助餐的人不多不少，坐了一大半位置。

邻桌坐的是两个男人。一个寸头男人拿着手机摇头道：“贺行望居然在这种时候退役，太让人失望了。”

他对面的人问：“这有什么好失望的？”

寸头男开口：“他也不想想国家培养他花了多少精力，这才几年就退役，我就觉得不怎么好。”他脸上露出了鄙夷的神色。

下一秒，他就听到一声冷笑。笑声刚好是在他的话音落下的时候响起，所以寸头男人觉得对方笑的是自己，抬头就看过去：“什么？”

对面的女人五官精致漂亮，他愣了几秒。

池穗穗手上拿着一把餐刀，从容地看着对方：“看你说话的样子，想必已经为我国拿了好几块金牌吧？”

她这话可谓讽刺至极。苏绵本来都气得要骂人了，这下反而笑了。穗总在这方面从没让她失望过。

池穗穗冷着脸的时候周身气质与平日的慵懒很不同，带着侵略性与压迫感，不容忽视。等寸头男人回过神来，才发觉自己居然被吓到了。

池穗穗不想和这种人说第二句话，只是嘲讽了一句就自顾自地吃起了自己的海鲜。

显而易见，对方没资格与贺行望相提并论，也不配。

离开时，苏绵还对那个男人冷哼了一声。这种人就是网上说的“键盘侠”，贺行望不管退役还是不退役，都是自己的决定，他已经给国家带来了足够的荣誉，其他人的非议是在侮辱他。

池穗穗下午干脆亲自写了一篇新闻稿，加上了之前贺行望和她说过的对退役的看法，用新闻网站的官微直接将稿子发了出去。

贺行望的家世是公开的，现在大家也都知道池穗穗肯定是“白富美”，至于多富，还没人能想象到。

在这种时候，贺行望倒是罕见地上了微博，点赞了射运中心那边的公告，又点赞了池穗穗发的这条微博，把新鲜的“瓜”送到了大家面前。

而池穗穗早就和贺行望一起去吃晚饭了。贺行望临走时从贺老太太那边没收了几颗糖，自己不吃，正好送给了池穗穗。

“奶奶要气得一星期不和你说话了。”池穗穗剥开一颗糖。

“不会的，带你回去就行。”贺行望神色淡定。

池穗穗被他逗笑，笑容十分漂亮：“你这是在利用我，还是在糊弄奶奶？”

贺行望说：“你觉得呢？”

池穗穗没回答，微微一笑，露出雪白的牙齿：“奶奶的糖是真的挺好吃的。”

可惜老太太不能多吃，池穗穗嚼几口咽下，往他那边靠过去，张开嘴道：“我的舌头没染上颜色吧？”

这糖是绿色的，她害怕自己的舌头会跟着变成绿色，那就很难看也很影响自己的形象了。

贺行望垂眸，仔细地端详了她几秒钟：“没有。”

池穗穗的牙齿很漂亮，整齐白皙，唇上是胭脂色的口红，唇内柔软而诱人，他亲吻过无数次，这是第一次仔细看。

“吃多了牙疼。”贺行望收回视线，叮嘱她。

“就一颗。”池穗穗摇了摇头。

他们坐的是二楼单独隔开的位置，落地窗外还能看到下面的喷泉和泳池，有小孩子在那边玩。

头顶的灯光是暖色调的，带着几分柔和之意。

池穗穗撑着脸看向对面的男人，男人一本正经的模样，克制又严谨，下颌线完美到极致。

贺行望察觉到她的目光，转回来看她："看什么？"

池穗穗弯着唇笑了起来，悠悠开口，毫不吝啬自己的称赞："看你很好看。"

这张脸，她看了二十几年，好像从没腻过。艳丽之色从她的眼尾处荡开，她眉眼如画，明艳不可方物，无声无息地让世界惊艳。

楼下有孩子放了小烟火，嬉笑声隐隐约约地传来。

贺行望看着池穗穗的脸。焰火朦胧中，她认真的样子很像是小时候沉浸在大提琴声中的模样，温柔的琴音与她明亮的嗓音相互交叠，动听又悦耳。

所有人都在看烟火，池穗穗也在看，唯有贺行望的视线落在她身上，显得沉默而绵长。

无人知晓他是何时沦陷的。

番外一

演奏会

虽然已经接近 9 月，但天气依旧很热。

宋妙里最近时间多，来的时候，池穗穗正在化妆，刚勾勒好眼线：“来得这么快？”

宋妙里站到她旁边：“这不是亲自过来接你嘛。”

池穗穗慢条斯理地收好眼线笔，对镜勾唇：“是你来接我，还是你支使宋成睿开车来接我？”

宋妙里笑了笑。她们两个人这么多年的感情，自然知道对方在想什么，让宋妙里这么懒的人开车，明显不现实。

“他自告奋勇的，正好带路。”宋妙里嗯了声，“我看了图，那块地还挺大的。”

宋家想建医院，手续自然是准备齐全的。南城的地不多，距离宋妙里上次在医院提到这件事已经快一年时间，宋家这才找到合适的地点。所以宋妙里迫不及待地提前拉池穗穗去看看。

她殷勤地给池穗穗拿了个包，催促道：“快、快、快，时间不早了，外面好热的。”

两个人才出去，就看到夹着烟的宋成睿。

这块地是宋成睿从别人手上抢下来的，花费了不少工夫，在南城本地闹出不小的风波。大家都以为宋氏是要建大型商场，还不知道是为了建医院。

现在他们去看到的自然就是荒草丛生的地，还有几栋已经没人居住的危房、土房，以及一个小湖泊，芦苇荡荡。

“这地方够用吧？”宋成睿问。

宋妙里深吸了一口气，点点头说：“够的，还能弄一个住院部，这个湖也不用填，可以利用起来。”

她指着各个地方规划起来。对医学她是真的挺喜欢，但同时个性也被普通的医院束缚住，如果有自己说得上话的医院，自然更好。

趁着宋妙里走远，池穗穗偏过头问：“花了多少钱？”

宋成睿悠悠地叹了口气，比了比手指：“这个数。”

适合建造医院的地方不多，难得遇到一片好的地，他还多花了一千多万元，不过拿到手感觉也挺值。

池穗穗不觉莞尔：“自己夸下的海口，死都要填上。”

宋成睿扬眉：“不然怎么办？”

自己亲姐姐的愿望，他当然要尽力完成。不说他“姐控”，如果是他想要做什么，宋妙里也会在自己的能力范围内帮他完成。这就是源自血缘的亲密关系。

外界总是猜测宋家的两个孩子怕是表面平静，内里不和，宋家大小姐辞了医院的工作就是一个争夺家产的信号。殊不知，两个人关系好得很。

看完地已经是傍晚，太阳下山，晚霞绵延，将整个南城笼罩在其中。

晚餐三个人是不打算一起吃的，宋成睿看向后视镜：“穗穗姐，送你到哪里？”

池穗穗想了一下道：“去贺氏吧。”

宋妙里哟哟了两声：“说起来贺行望正式接管贺氏才两个星期吧，我爸都吹起来了。”也不知道他们怎么那么真情实感。

“叔叔还吹过我呢。”池穗穗抿唇笑道。

“就没吹过我。”宋妙里吐槽了一句。

贺氏的总部大厦在南城的中心，周边基本是相关产业，一直到远处才是其他的一些店面。池穗穗给贺行望发消息：“还在公司？”

过了会儿，贺行望才回了个“嗯”字。他刚正式接手贺氏，以前只是负责一部分事务，所以很轻松，现在自然要严谨一点儿，毕竟管的是一个集团。

池穗穗：“好。”人在就行，省得她跑过去后发现没人。

公司里并没有多少人留下来加班，所以池穗穗到的时候没有引起什么人的注意，只是从专用电梯上去时被人看到了，她自然不觉得有什么。

其实她来过贺氏一两次，但那也是很久以前来的了，十几岁的时候，和贺行望一起来的，她甚至在贺明华的办公室里拉过大提琴。池穗穗想起这些记忆，忽然眉眼一弯，对自己年纪小的时候各种各样的行为有种无法言说的怀念，当时的自己真的是百无禁忌。

她一到楼上，就看见助理等在那边对她打招呼：“夫人。”

他刚刚还在想谁敢在这个时候上来，便堵在这里，好见到了直接辞掉，没想到电梯门一开，里面是总裁夫人。

池穗穗招呼了一声，又说：“他在吧？”

助理说：“贺总在的。”

乍然听到“贺总”这个称呼，池穗穗有点儿不适应。几年来她听得最多的就是“贺神”，连她自己有时候都会用“贺神”去调侃他，一转眼他就成了贺总。

“梁助理现在算是加班吗？”池穗穗忽然问。

“算是。”梁助理说，又补充道，“但是贺总给我的加班费高，我是很高兴的。”

池穗穗本来挺好奇加班费是多少的，但是想到打听别人的工资不太礼貌，最后还是没问。到办公室门前，梁助理止步。

池穗穗一推开门就看见贺行望坐在办公桌后，眉头微锁，正在翻一份文件。

“晚饭不吃了吗？”她问，“我订了餐厅。”

贺行望望向她：“好，再等十分钟。”

他说十分钟基本就是十分钟，不会多一分钟，也不会少一分钟，这是他多年来培养出的对时间的高敏锐度。池穗穗干脆坐在沙发上，戴上耳机。

今天有一个国际活动，池美媛虽然退休了，但因为自身的能力和地位，被邀请出席。因为活动面向全球，池美媛演奏的还是以前流传最广的一首曲子。自己母亲的活动池穗穗当然要支持。池美媛在音乐上的造诣自然是池穗穗比不上的，池母的一生都奉献给了音乐，而池穗穗就是兴趣使然。舒缓动听的音乐让池穗穗闭上眼聆听。

十分钟后，贺行望处理完文件，看见池穗穗靠在沙发上，像是睡着了一样，显得安静美好。他走过去，才发现她是在听音乐，手机上还在播放画面，他一眼就看到了中央的池美媛。对自己岳母的乐坛地位，他是非常清楚的。

池穗穗再次睁眼时就看到贺行望站在她面前，不知看了她多久。他轻声问：“听完了？”

“完了。”池穗穗收了手机，笑道，“走吧。”她订的是西餐厅，晚上人不多，老板是个意大利人，那是个放松心情的好地方。

“妈她有打算开演奏会吗？”贺行望帮池穗穗切完牛排，推过去时问了一句。

池穗穗很惬意地享受着美食：“估计不会了，她已经退下来这么久了，不过也说不定。”谁知道现在母亲又是什么样的想法。

一顿西餐吃完已经是八点多，池穗穗和贺行望一起回柏岸公馆，出去的时候，贺行望问：“怎么突然想到今天过来？”

他漆黑的眸子看着她。

“就是来接你去吃晚饭呀。”池穗穗扬唇浅笑，仰着头看身旁的男人，“还有什么理由？”

老婆接老公，天经地义。

贺行望眼神柔和，温声说："没有。"

周围有人注意到他们，池穗穗干脆挽住他的胳膊，大大方方地任由别人拍照："希望路人别把我拍丑了。"

无论何时，她都要美丽。贺行望对此不予评价。

两人回到家里时间已经不早，池穗穗到家第一件事就是洗了个澡，坐在床上拿了平板电脑和池美媛视频通话，就说到了那首新曲子的事情。

"妈，你打算开演奏会吗？"

"我现在开什么演奏会，经不起折腾了。"池美媛悠悠地说，"指望你开还差不多。"

池穗穗说："我一个半吊子开什么演奏会。"

"你是我教出来的，什么半吊子，你这是在侮辱我的教学水平。"池美媛毫不留情地说。

"……"

"要是你开的话，新曲子正好给你演了。"池美媛越说越觉得这个提议可行。

"妈。"

"行了，不跟你说了，我去安排安排。"池美媛直接挂了视频通话，去琴房拿自己的曲谱。

池穗穗也没将此事放在心上，一个演奏会要开起来可没那么容易，时间、地点、节目表都是要提前设计好的，她估计自己的母亲就是深夜的冲动使然。

不出意外，池穗穗看到了网上的热搜，位置不高，但缓慢上升，正是路人偶遇他们拍的视频，没人忘记他们。

"这家店我昨天路过了！"

"看到了，是我吃不起的一家店。"

"穗穗和贺神好甜呀，还挽手，又骗我结婚！"

"我妈说我天天看别人谈恋爱结婚要死要活的，轮到自己了就像一条咸鱼。"

“前面的姐妹，谁不是呢？”

池穗穗觉得他们很好玩，点赞了其中一条评论。

没多久，对方的微博就发出一串感叹号：“我的妈呀！我居然被池穗穗翻牌了！啊啊啊，我不管，反正是一家人，四舍五入就是贺神翻了我的牌！”

“笑什么？”贺行望围着浴巾出来。

“你的粉丝说我翻牌等于你翻牌。”池穗穗说着，抬头，然后看到了他的上半身，“你怎么不穿浴袍？”

“有区别吗？”

“当然有。”一个是保守，一个是引诱。

池穗穗这话没说出口，看着他坐到自己身侧，身上水雾氤氲，荷尔蒙扑面而来。她眨了眨眼，忽视自己脑中的想法，问道：“我妈说要给我开演奏会，你觉得怎么样？”

沉吟片刻，贺行望开口：“你想的话就可以。”

他对池穗穗的能力是没有怀疑的，至于有没有达到开演奏会的标准，不在他的考虑范围内。如果她想，那就开。

池穗穗慢慢地靠在他的肩上：“你这么乐观，就不怕我临阵脱逃或者演奏失误吗？现在全网都知道我是你的老婆了。”

她的手也慢慢地移了过去。自己的自制力可没那么强，池穗穗这么宽慰自己。

“那就不给他们看。”贺行望的视线往下，落在她无声无息地摸过来的手上。他没戳破她，伸手关了灯，两个人躺了下来。

池穗穗差点儿气笑，一骨碌坐起来，半边身子撑在贺行望身上：“那我表演给空气看吗？”她一时间不知道他这是在认真给她建议，还是在随口调侃她，没当真。

“不是这个意思。”贺行望的声音在黑暗里有些沉，“你先下来。”

池穗穗回过神来，才发现自己的姿势确实暧昧，干脆趴在他的胸膛上，故意说：“不下去。”

声音顺着骨头传遍贺行望的全身，而她也能感觉到他蓬勃有力的心跳。

显然贺行望并不觉得婚后还要忍耐，于是在池穗穗的故意撩拨之下，一切水到渠成。

她朦胧间听到贺行望在耳侧说着话，却听不清，只听见零星几个字。

池穗穗搂着他的脖子，让他夸自己的威胁早就不管用，什么演奏会开不开、有没有观众，都变得无关紧要。

池穗穗不清楚别人的婚后生活是什么样的，但是自己的好像完全是老夫老妻的生活。

她还做了个梦。

大概是晚上提到了演奏会的事情，她的梦也是和演奏会相关的内容。她在后台站着，穿着一身长裙，旁边摆放着她心爱的大提琴。

前面传来报幕声，池穗穗拿着大提琴上台，黑暗过后，一束光落下来，她忘我地演奏起来。

一曲结束已经是几分钟后，灯光亮起，池穗穗这才看见偌大的音乐厅里就坐了一个人，在第一排的中央，是贺行望。梦里的他面无表情，没有反应。

池穗穗站在台上，居高临下地看着男人，和他对视几秒后，径直跳下台，质问道："不好听吗？你为什么不鼓掌？"

贺行望看着她回答："不好听。"

她很气愤，从来没人说齐家大小姐的琴技不行，除了自己的母亲在最初教她学习的时候说过。池穗穗是被气醒的。

外面天光微亮，她醒的时候意识还不太清醒，第一反应就是拍了下身旁的男人。

"怎么了？"贺行望的声音带着清晨的沙哑。

池穗穗一下子就清醒过来，收回自己的手，拿出了万能借口："有蚊子咬我。"

被她这么一弄，贺行望也没有睡意了，干脆坐起来，下床去洗手间洗漱。

池穗穗躺在床上，偷瞄他的背影。她和贺行望认识二十来年，又住在一起四五年，说有那种认识时间不长就结婚的小夫妻的新婚燕尔的感觉是不太可能的。老夫老妻就老夫老妻吧，反正又没什么。

贺行望出来时池穗穗的姿势变都没变，半合着眼看他，怎么看都有一点儿心虚的样子。

池穗穗坐起来，对他太阳穴处那被她拍出来的轻微痕迹感到羞愧，轻咳了一声：“其实是我做梦梦到你说我拉大提琴不好听，所以才拍你的。”

贺行望感觉这个理由比被蚊子咬还要让人无语。池穗穗见他没说话，那么点儿心虚骤然加重，轻声说：“你过来，我给你揉揉吧。”

“不用了。”贺行望说。

“你过来。”

贺行望走过去。池穗穗的按摩技术一般，但是她皮肤好，触感细腻嫩滑，再加上力道轻，有种别样的感受，气氛也变得安宁起来。

等贺行望去衣帽间后，池穗穗才下床去洗漱，出来时刚好贺行望也换好衣服出来。他颀长的身形一览无余，脖颈上挂着领带，还没有系，领口的扣子也没扣完，露出一点儿锁骨。

正好，苏绵发消息过来：“穗总你今天来上班吗？”

池穗穗依依不舍地收回目光，回复：“去。”

苏绵大概是怕了她经常性说不去最后又去上班的事情，每天都会问一句，像助理一样。池穗穗抬头：“待会儿上班顺路带我。”

贺行望嗯了声。贺氏和池穗穗的公司刚好是在同一条路上，池穗穗的公司距离柏岸公馆更近，她懒得自己开车，反正坐老公的车天经地义。

今日新闻网每天的工作都差不多，上次贺行望的退役专访是这边做的，所以官微和公众号的受关注度相当高。再加上新闻稿质量高，所以现在网站的发展势头很好。

当然还有一个原因是，这个新闻网站公司不但是池穗穗的工作地点还是贺行望送她的礼物，和她密切相关，贺行望都退役了，网友还能去哪儿看他？

而池穗穗偶尔会发点儿日常，发张照片，算是给粉丝的福利，现在多数粉丝已经非常平和地接受了贺行望退役一事。

傍晚下班时，池美媛打来电话：“穗穗，我认真考虑了，你从来没开过演奏会，办一次刚好，有些小姑娘十几岁就办过了。”

池穗穗说：“我现在可是管着一家新闻网站的。”

池美媛问：“你真的不想吗？”

沉吟片刻，池穗穗回答：“暂时不考虑吧，再说了，指不定没人来看，如果是一首曲子还可以。”但一场演奏会肯定不止要演奏一首曲子。

池美媛也没强求，毕竟女儿的事业不在这上面。

当然她和女儿的想法是不同的，所以就想找一个两全的办法，结果正好老同事董荷打电话过来：“美媛，你现在还愿意上来演奏你的新曲子吗？我这边刚好缺一个节目凑双数。”

池美媛自己的新曲子目前还没有面世，但是已经在朋友圈发过一小段，大家给的评价很高。

“我现在是没什么精力了。”池美媛婉拒了她的好意，“上次如果不是为了国家，我不会出面的。”

“穗穗呢？我记得她上次的演奏不错。”董荷和池美媛认识多年，一直没有退出这个圈子。

“穗穗你还不知道，一直在忙她的新闻网站。”

“穗穗是你亲手教出来的，你要是不愿意，问问穗穗愿不愿意，她的天赋那么好。”

董荷上次也看到了池穗穗的表演视频，相当惊艳。池穗穗年纪小的时候，董荷甚至存了收徒的心思，只可惜池美媛不愿意，要亲自教，只能遗憾错过。

池美媛没直接拒绝，晚间才重新联系池穗穗：“穗穗，你董姨下个月要开演奏会，缺一个节目。”

“董姨？”池穗穗正在和贺行望吃晚餐，勉强算是在约会。

“她让我问你，你要是不想去，我就回绝。”池美媛说。

池穗穗没直接回答，身旁的贺行望看过来，目露询问之色。对大提琴演奏，池穗穗自然是很喜欢的，只是一场个人的演奏会注定前后会非常忙碌。除开在学校晚会上表演那一次，这一年多以来，她也就经常自己在家练习而已。

董姨每年都会办一次演奏会，会给她们送票，她每年还会和池美媛一起去看。

池穗穗确实有点儿心动，在舞台上演奏和在自己家里演奏是完全不一样的感觉，如果不是当了记者，她现在恐怕也经常会办演奏会，舞台表演带来的是一种激情。

她低声问："妈，你是不是觉得我不想开个人的演奏会，所以才让董姨留一个节目空缺？"

这就像是那些希望女儿光芒万丈的母亲会做的事。

池美媛说："你这叫自作多情，妈还不至于这样。"

池穗穗很无辜："我就是问问。"

"是你董姨问我的。"池美媛没好气地道，"你要是不想去，我就回掉，她还惦记着你呢。"

"反正我又是你的女儿，又是你的徒弟。"池穗穗勾唇笑起来，"既然董姨邀请我了，就答应吧。"她也手痒了。

挂断电话，池穗穗抬头，莫名其妙地想起那个梦境来："下个月你有时间吗？"

贺行望思考几秒后回道："周末有。"

池穗穗说："那你来看演奏会。"

贺行望刚刚就听到了她的回答，颔首："好。"

"你必须鼓掌，还要说好听的话。"池穗穗的眼睛弯成了月牙，她还不忘威胁，"不然你就一个人睡吧。"

这威胁贺行望必须接受。

董荷的演奏会在一个星期后开始售票，池穗穗收到了几张，给宋妙里、宋成睿和苏绵他们发了几张，让他们都去看她的演奏。

节目单已经出来，上面有她的名字。池穗穗这次演奏的正是池美媛的新曲子，属于大提琴独奏曲，分为三个部分，单个主题。早在池美媛创作这首曲子的时候，池穗穗就听过，从一开始的灵感迸发到最后曲子成形，她都旁观了。所以她在第一次上手演奏时，就非常顺利。

池美媛也没想到池穗穗居然能这么流畅地拉下来，感慨道：“董荷当初因为没收了你，气了我一个月。”这要是被董荷收了，自己恐怕得气一年。

池穗穗莞尔：“这是在夸我吧？”

“不然夸我自己吗？”池美媛点了下她的额头，又温婉一笑道，“夸我也算对，你是我生出来的。”

池穗穗被她逗笑。

“时间不早了，行望应该在客厅等着了。”池美媛说起贺行望来，又问，“你们打算什么时候要孩子？”

这真是父母和子女间亘古不变的话题。池穗穗扯开这个话题，赶忙下楼拉着贺行望离开，生怕贺行望也被追问同样的问题。

到了车上，贺行望问：“这么急做什么？”

池穗穗打开窗，眯着一对漂亮的眼：“不急我妈就得让你和我多努力努力，她要抱孩子了。”

“你不想？”贺行望偏过头问道。

“至少在举行婚礼前不要。”池穗穗扭过头道，“我还要穿婚纱的，你难道要我挺着肚子和你结婚吗？”

贺行望沉思了几秒，觉得她说得挺对。

时间一晃而过，演奏会前一天，有人在网上爆出了自己的爸爸要去看的演奏会的节目单，被网友发现居然有池穗穗的节目，当时网友就惊了。

“池穗穗居然一声不吭地去开演奏会了？”

“但是，那不是她开的。”

“我想看啊啊啊——上次S大的视频我看了几十遍，终于有新的了！太好了！”

“票还有剩余，我已经买完回来了。”

“来晚了，票已经卖光了，我只能‘云观看’了。”

“应该会有视频的吧……”

像大提琴一类乐器的演奏会，不是圈子里的人基本不会去听，大多数是原本董荷的观众。这次加上凑热闹的网友，一时间演奏会的票居然还有在二手平台上卖高价的。

有的人不是去听音乐的，而是为了池穗穗，这就是名人效应。

演奏会当天，音乐厅人满为患。

池穗穗的节目被安排在倒数第二个，本来不少网友抱着看池穗穗的目的来的，最后被前面的节目吸引，等池穗穗出来时，大家才醒过神来。

池穗穗今天把头发绾了起来，露出精致的一张脸，光束打下来时，五官立体而明艳。

她垂着眼，搭上琴弓。大提琴的音色一向以浑厚温柔出名，最适合这样柔情万分的曲子，像湖泊的水面微微被风吹起涟漪。

大家只看到池穗穗白皙修长的手在指板上揉弦，手腕纤细，配上这套礼服，身材曲线姣好。一曲结束，观众啪啪鼓掌。

池穗穗起身，弯腰提裙谢幕，再次抬头时，看到了下面的贺行望，对他眨了眨眼。她转过身，没看到贺行望嘴角微扬。

齐信诚和池美媛一起来的，差点儿把手拍红，俨然化身一个“女儿吹”，激动得不得了：“穗穗怎么不开个人的演奏会？”

“你女儿没时间。”池美媛挽着他说道。

早在演奏会还没开始时，音乐厅外就有记者蹲守，想拍到贺行望过来听池穗穗的演奏的照片，结果连贺行望的人影都没见着。

演奏会时间很长，记者都蹲得累了，站在一块儿聊天：“贺行望今天不会不来吧？”

“自己老婆的节目，他怎么能不来看？”

“除非两个人的感情出现了问题。”

这可是一个大新闻，记者聊得津津有味，摄像头对准了音乐厅的大门，看着人流涌出。

正在这时，一个记者冲了出去。

其他记者：“……”他们中间这是混进了一个叛徒吗？

齐信诚和池美媛刚走出来，就被一个冲到面前的记者挡住：“请问是齐氏的齐总吗？您也来看这场演奏会？”

这个记者之前见过齐信诚，知道他是齐氏的老总，所以刚刚在人群中一眼看到他就直接冲了过来。堂堂齐氏的老总和妻子一起来听演奏会，就算自己没拍到贺神，这也是一个新闻。

“你要采访我？”齐信诚问，“有什么想问的？”

他今天心情好，相当随和，看了下这个记者的牌子，是家没听过的无名小报。

记者连忙问演奏会上的节目怎么样，当然最后提到了池穗穗的节目，一旦齐总说这节目不行，那可是大新闻：“您觉得这次的演奏会如何？其中《清晨》这个曲子值得去听吗？”

本来齐信诚对节目都是很正常的夸赞，董荷是自己妻子的老友，曲子也确实好听。但是记者问到池穗穗，那就不一样了，自己的女儿当然是最好的，齐信诚心想。

他清了清嗓子道：“当然值得，我就没听过这么好听的曲子。我们穗穗长得好看，大提琴拉得也好，让我身临其境，仿佛看到了刚起床时的清晨……”

记者本来就是例行一问，然后就听了足足几分钟的“彩虹屁”，眼前这位齐总似乎没有停下来的意思，将池穗穗从颜值吹到气质，再从穿搭吹到表演，可以说是三百六十度无死角地将池穗穗吹上了天。

“齐总……”

“你真应该去听听。你怎么没买票？买了票进去你不就能听到最真实的音乐了？”

“齐总……”

“你干什么打断我说话？我还没说完，没礼貌。”齐信诚意犹未尽，被打断之后相当不满。池美媛在一旁忍俊不禁。

记者：“……”

齐信诚严肃地开口：“你不懂，这不是简单的演奏会，是一场盛宴。”

记者快速收回话筒：“感谢齐总的回答。”

这“彩虹屁”吹过头了吧？但一个老总不至于被钱收买。难不成齐总真是当池穗穗的粉丝当得真情实感？

当晚，这段采访就被放了出去。

音乐厅后台。

池穗穗下台后就去收拾东西，董荷见她回来，笑着说：“我果然没有找错人。”她对池穗穗的印象是非常好的。

池穗穗浅浅一笑道：“要不是借着董姨您这次的演奏会，我恐怕没什么时间当众演奏。”

“这毕竟不是你的主业。”董荷说。说起这个，她还有一点儿遗憾。池穗穗的天赋那样好，如果是她女儿，大概她是要让池穗穗专职学这个的。

大家想法不一样，池穗穗也没说什么。

她一边将大提琴放进琴盒里，一边和董荷说着最近家里的事：“我妈最近闲着。”

董荷正要说话，一抬头看见门口进来的人，揶揄一笑道：“不耽误你的时间了，这次演奏会的视频和唱片不出意外的话过两天就能出来，到时候给你一份。”

池穗穗点头：“好。”她顺着董荷的视线看过去，就见贺行望正走过来。

后台这边人不是很多，因为观众离场之后大部分去了前面，后台反而显得空旷。

“好不好听？”池穗穗问。

“好听。”贺行望站在她面前。

池穗穗扬唇笑起来，显得风华艳丽：“你等我去换一件衣服，我饿了，待会儿去吃东西。”

贺行望嗯了声。

池穗穗这套礼服是长裙，不便于日常行动，简单地换回原来的裙子后就轻松许多，至于头发，没什么问题。她出来后就伸手去拿琴包，没想到贺行望直接接过琴包背在了自己身上。

大提琴的琴包很大，池穗穗背起来刚刚好，在男人身上就显得小了，所以有点儿违和感。但是自己老公要背，她也没理由拒绝。

他们是从后门离开的，这边没有记者蹲守，大门口的记者们等了半天也没等到想等的人，空手而归。倒是网上流传出了一小段视频，毕竟大家是带手机去看的，虽然说不准拍照，但还是有人不遵守规则，偷拍了视频。

视频有几分钟时间，因为表演时光束是打在池穗穗身上的，所以她被拍得很清楚。

“早知道我也去现场听了。”

“穗穗今天怎么这么美？我死了！”

“想知道贺神有没有去看老婆的演奏。”

“这怎么可能不去？”

“我们穗穗今天的造型好美！”

“不听大提琴曲，但是这首曲子真的好好听啊！”

因为除了舞台，观众席是黑漆漆一片，看不清楚谁是谁，谁也不知道贺行望来没来。评论区里网友因为这个吵了起来。

就如同大家关注明星夫妇有没有情变一样，对贺行望和池穗穗，总有人以最大的恶意去猜测他们的感情。大家吵了几千条评论后，才终于被转移视线——“讨论这个有什么意义？不如猜猜这套礼服多少钱。”

于是新一轮的话题出现。

池穗穗今天穿的礼服是几个月前和新锐设计师合作设计的，可以说是全球唯一一款，毕竟是自己参与设计的。

网友本来以为是价格高昂的礼服，毕竟池穗穗家境似乎不差，贺行望如今又是贺氏的总裁，结果找了半天也没找到同款礼服。甚至有人拿着视频截图去淘宝上搜索同款，正品没搜到，倒是搜到了一群盗图安在自家的衣服上说是池穗穗同款礼服的。

苏绵将这图片发给池穗穗的时候，池穗穗都惊呆了——店家盗图效率这么高的吗？

池穗穗将图发给贺行望看：“我现在已经这么火了？”

贺行望看到上面池穗穗低头拉大提琴的模样，淡淡地回答：“你可以去掉问号。”

池穗穗忍俊不禁地道：“我都能想到‘黑粉’会说什么了。”她放下汤匙，“说我是靠蹭热度，靠吸你的血出名的。”

贺行望的眉头微微锁了起来，其实他很少皱眉，平常的情绪也比较淡然，有时候甚至能开个玩笑。但他一皱眉就让人感觉情况很严重。

池穗穗以为他要说什么责怪的话，没想到只有三个字：“我乐意。”

因为池穗穗和贺行望的关系，网上这个话题的热度挺高，虽然还没有上热搜，但是已经差不多，只要有人推波助澜一下，就能扶摇直上。

晚上采访齐信诚的记者回到自己家里整理今天的视频和录音时，陷入了沉思：这吹上天的“彩虹屁”发出去合适吗？

但是因为他没音乐会的票，进不去，又没有拍到劲爆的照片，也就这一个新闻能拿来利用了。想了想，该记者还是将视频剪辑了一下，发了出去。至于中间齐信诚说的话，他一个字都没有剪掉，可以说是完完整整地留了下来，然后又给自己买了一个头条。

做他们这行的，都是有合作的营销号的，发出视频后他就联系对方，不多时，视频就被大 V 转发，自然也被更多网友看到。

本来大家是奔着“池穗穗演奏的路人采访”这标题来的，结果一点进去——

“身临其境？”

“漂亮又有气质？”

“最后那个‘盛宴’是什么鬼东西？”

“这是路人采访吗？”

“小编采访的是池穗穗的粉丝吧？”

“虽然我觉得曲子很好听，但是没必要这么吹……有点儿尴尬。”

“原来真的有‘大叔粉’，惊了。”

“这个大叔身旁的阿姨好有气质啊！”

“大叔真情实感地夸，旁边的阿姨都听不下去了，哈哈哈！”

“这个叔叔好可爱！”

“怎么了？不允许我们叔叔大龄追星吗？”

齐信诚足足吹了几分钟，尤其是最后严肃的表情很搞笑。有网友将这画面截图，制成了“必须听我的”“我说好听就是好听”“不要打扰我追星”的表情包。

有人看热闹不嫌事大地直接 @ 池穗穗：“穗穗，快来看看你的‘叔叔粉’！”

一时间，评论区被“哈哈哈”占领。

当然有人夸，就有人诋毁。池穗穗虽然不是明星，但多次出现在热搜上，有些为了热度的人就抹黑了起来。过度的“彩虹屁”有人觉得好笑就有人觉得不好，再加上池穗穗不声不响地和贺行望结了婚，总有人心里不满，这个视频就是一个契机。

于是很快，网友就对此争论不止。

有争议就有热度，有热度，事情就会传播开来。

等第二天时，这事已经上了热搜。新闻网站里一堆事要做，池穗穗懒得管这一类新闻——时间一到话题就会沉底。再说了，夸她的是她的亲生爸爸，她一出面恐怕就有人闻风过来八卦地说这个、说那个。

“穗总，叔叔好可爱哦。”苏绵没忍住，说，“怎么那么多夸人的句子，我一个追星的人都比不过。”

“不会说话他怎么能追到我妈呢？”池穗穗瞥她一眼，道出事实。

“也是。”苏绵想起池美媛的模样。和现在的漂亮女生不同，池美媛拥有那个年代美人独有的风情，而且池美媛出身音乐世家，一身气质不是现在那些没什么沉淀的人比得上的。当年池美媛的追求者众多，不乏高官子弟，齐信诚脱颖而出凭的是真本事。

这边其乐融融，网上也热闹。

池美媛退出乐坛多年，已经没多少人认识她，大多是上一辈的人记得她。但是凑巧，她前段时间参加国际活动的新闻还在，虽没上热搜，但关注国家大事的网友还是能看到的。

所以很快就有人提出了疑问：“旁边这位……我没记错的话，是池美媛吧？国宝级的音乐家啊。”

这下子网上可炸锅了，大家本以为视频里的只是一个普通的“叔粉”，能来听演奏会自然不差钱，但谁也没想到对方的老婆居然是国宝级音乐家。

有人发现这个真相，自然就能发现齐信诚的真实身份。两人是二十多年前结的婚，那时候没什么人用互联网，所有的消息都是在报纸和电视上看的。

池美媛多次在各大晚会上演奏曲目，拿了多项国际大奖，甚至被邀请到春晚舞台上表演，视频现在还能找到。

家里有老人的网友一问，就知道了池美媛当初的地位，内心的震撼可想而知。最重要的是——

池美媛也姓池！

其中的关系大家基本上就可以推断出来了。

“哇，这是一个重大发现！”

“我就说怎么搜不到姓池的豪门！搞半天池穗穗和妈妈姓！”

“羡慕了，我翻了很多新闻，池美媛出身音乐世家，齐信诚白手起家，对，就是你们天天吃的那个齐氏。”

“啊啊啊我疯了！池穗穗好绝一个女人！”

“说起来，去年池穗穗搞了一次抽奖，送的是齐氏新出的零食大礼包。”

“自家的东西想送就送。”

“原来不是‘白富美’，是顶尖‘白富美’，池妈妈真的好美啊！一家子都是美人！”

“现在吹穗穗还能送零食大礼包吗？”

这件事直接出圈了。为了表扬一下自家老爸的“彩虹屁”，池穗穗特意挑了一款手表，大张旗鼓地送到了他的公司里。

于是，今天齐氏的员工都觉得自家老板心情很好，逢人就刻意露出手腕，被夸奖时又不经意间提起“这是我女儿送的”，显摆得不行。

齐氏众人：“……”

反正他们听就行了，又不会被扣工资。

下午，有记者联系了齐氏，询问能不能采访，心情好的齐信诚大手一挥同意了——昨天他还没夸过瘾呢。所以本来是想来证实网上关于“池穗穗是齐氏千金”这一猜测的真实性的记者，被迫又听了“彩虹屁”，还和昨天的词不一样。

齐总以前是语文课代表吗?

等到齐总终于说完，记者才长出一口气，赶忙问出自己的问题：“齐总，关于您昨晚的采访发言，网上大家对此争议很大，您有没有什么想说的？”

齐信诚正色道：“我夸我女儿的演奏怎么了？”

在他看来，自己的孩子夸什么都可以。

“当然没问题。”记者眼睛一亮，说，“这么说，原来池穗穗是您的女儿？”

齐信诚觉得这时候事情已经曝光了，就没什么可瞒的了，与其等着大家猜测，不如自己先说，就承认了和池穗穗的关系。

一个小时没到，这段采访就被放出去，本来网友正讨论得欢乐，四处找证据证明自己的猜测，这次齐信诚直接宣布真相。

网友：“本以为是青铜，后来觉得是黄金，没想到是王者。”

“所以说池穗穗和贺行望配不配的人都可以歇歇了，人家天造地设、门当户对。”

“池爸爸：别想造谣我女儿！”

“谁不想成为穗穗呢？我愿意天天被吹‘彩虹屁’！”

有博主发起了“想不想当池穗穗”的投票，就只有两个选项，几乎所有人投了“想”。这本是一个自娱自乐的活动，热度却在当晚达到高潮，因为贺行望点赞了这个投票活动。

微博的投票机制是投了就会自动点赞，可想而知贺行望是对这条微博做了什么，一大拨网友迅速评论。

“贺神想成为自己的老婆？”

“大概贺神是想偷偷投票，没想到被微博曝光了，哈哈哈哈！”

“这再次证明了，谁都想当池穗穗。”

池穗穗看到这新闻的时候，也问出了同样的问题：“贺行望，你也想变成我？”

如果这是一部恐怖片，那就可以起名“我的危险丈夫”了。

贺行望刚刚洗漱完坐到床上，被她压过来，稳住身子后回答：“当然是不想。”

池穗穗问：“那你为什么投票？”她将手机屏幕放到他眼前。

贺行望扫了一眼，声音柔和地道：“我觉得这条微博的第一个选项是在夸你。”

池穗穗反应过来，笑问：“你是想不到夸我的词了吗？”

贺行望将坐没坐相的池穗穗扶着坐好，感觉周身清香萦绕：“我总不能抢了岳父的活。”

池穗穗乐不可支，倒在他身上。谁能想到还有这一茬？这说出去也没人信。贺行望被她的情绪感染，跟着轻笑了一声。他笑起来很好看，池穗穗凑上去亲他。

番外二
他 们

校 园

学校每个学期都有开学考，就算高一也不例外。池穗穗成绩好，向来是在第一考场，因为教室分布的关系，第一考场距离老师的办公室也是比较近的。她坐的位置靠窗，窗外的走廊上还有人在打打闹闹，也有男生故意经过来看她。

趁老师还没来，宋妙里在看漫画书，还不忘和她说话：“穗穗，待会儿老师来了提醒我啊。”

“你还会怕老师？”池穗穗调侃道。

“我怕老师向我妈告状。”宋妙里吐槽，“你看老师每次不说我，实际上回去就告诉我妈了。”然后她再被她妈训一顿。

池穗穗莞尔：“好，我待会儿提醒你。”

没多久，上课铃响后，监考老师就带着一沓试卷进来了。宋妙里赶紧收了漫画书。

池穗穗写完试卷的时候还剩下一点儿时间，因为要等宋妙里，就没有提前交卷。她撑着半边脸，慵懒地看着窗外，老师经过她旁边见试卷都写完了就没有提醒她。

也就是在这时候，池穗穗看见前方出现了一个熟悉的身影，那人旁边还有那个全校都知道的头戴假发的教导主任。池穗穗挑了挑眉。

教导主任是非常开心的，眉开眼笑，正说着话，他身旁的少年则神情淡然。两个人很快就走到了走廊上，经过池穗穗这边。

宋妙里偶尔抬头，见池穗穗出神地盯着外面，顺着她的视线看过去就看到了贺行望，顿时一惊，凳子被弄出一声刺耳的响声，监考老师敲了敲桌子。

半扇窗是开着的，教室里的声响吸引了走廊上的人的注意，贺行望抬眼看了过来。池穗穗正看着他，一对漂亮的眼睛闪着光。她在无声地问：你今天怎么来了？

贺行望只颔首，并没有说话。他和教导主任眨眼间就离开了窗边，消失在走廊后。

考试一结束，宋妙里就迫不及待地问："刚刚是贺行望吧，他来我们这边干什么？"

池穗穗说："我怎么知道？"

宋妙里说："当然问你，你和他那么熟，我又不和他说话，只能问你了。难道你也不知道？"

池穗穗说："你要是想知道，可以去问。"

宋妙里撇了下嘴："我才不去。"她对贺行望无感，严格来说是对贺行望的性格不感冒，而且池穗穗和贺行望说是青梅竹马也不为过，她不会无故去插一脚。

池穗穗是真不知道贺行望回来干什么。他自从当年从射运中心退出之后，就回归了校园，后来就专心弄竞赛相关的事。池穗穗其实一年里没有几个月能见到他。

说来也奇怪，除了上午，她就没再在学校里见到贺行望，反倒是周围的同学议论声不断。

“你们看到群里发的照片了吗？”

“有人拍到贺行望回校了，和教导主任走在一起。”

“如果他能留在学校多好，每天看着都养眼。”

女生们讨论的时候，池穗穗刚好经过，有人不小心撞到她，连忙道歉：“不好意思啊，穗穗。”

池穗穗笑了下：“没事。”

学校不强制学生穿校服，大家都在争奇斗艳，但不是所有人都有好身材。池穗穗今天穿的连衣裙，身材窈窕，锁骨若隐若现，一抹细腰好看得扎眼。简单的一条裙子就将其他人比了下去。

池穗穗一离开，女生们又讨论开了：“穗穗家和贺家好像是世交吧，那她和贺行望……”

剩下的话没人说出来。贺行望是天之骄子，成绩优异，不管是做什么，似乎都做到了最好，让人可望而不可即。而池穗穗是齐家的大小姐，就算她生性骄纵，但就那一张脸，也没人生得起气来。

“你们说，池穗穗和贺行望是什么关系啊？”

“她长得那么漂亮，我们学校好多男生喜欢她，不过没见到她给过谁回应。”

“至于贺行望，反正我没听过哪个女生和贺行望走得近，他连情书都不接的。”

“这两个人好像关系一般。”旁边的人说了一句，停顿了下又开口，“他们不可能是在谈恋爱，不然早就被曝光了。”

大家一想好像也是。她们下结论的时候并未想过，贺行望基本不在学校，而池穗穗在学校，两个人想有交集也不可能。

9 月下旬的天气依然燥热，池穗穗在和宋妙里去食堂吃饭时，抽空找出贺行望的微信，问他：“你今天怎么回校了？”

贺行望回得还算快：“竞赛的事情。”

池穗穗点了点筷子，对竞赛不感兴趣。过了几秒，又有消息进来。

贺行望：“不在教室？”

池穗穗回复："我在食堂吃饭。"

对面的人回复了一个"知道了"就没了声息。

宋妙里觑了两眼，似笑非笑地问："和谁聊天呢？"

池穗穗收了手机，冷艳的脸如同白玉，随口回了一句："除了贺行望还能有谁。"她回答得漫不经心。

"贺行望来学校到底是干什么？"宋妙里问，"不会是过来看你的吧？"

"竞赛的事。"池穗穗回答，吃完饭收了餐盘，耳边的碎发跟着动了下。

宋妙里叫道："等等我啊，我要去听你拉琴。"

学校里有一间私人音乐教室，原本是另外一间小教室，齐家后来干脆捐了一栋楼，这教室就被改成了琴房，也成了池穗穗专用的音乐教室。池穗穗每天吃完晚饭之后来这里练半个小时的大提琴，然后和宋妙里一起去上晚自习。

夏天的夕阳下落得慢，她们过去的时候，角落里还有两个女生在说话："其实也没说琴房是池穗穗专用的吧？"

"是没这么说，但是——"

"池穗穗用了那么多次，借我用一次应该可以的。"女生笑了笑，"等我晚上跟她说一声。"

然后池穗穗就看见那女生去推琴房的门，当然是推不开的，里面有锁。

"怎么还锁上了？在学校里有什么好锁的。"女生抱怨起来，"她就是故意不给别人用的吧。"

宋妙里看了看池穗穗，池穗穗缓缓走过去，声音冷淡："你说得对。"

女生被吓得猛然回头："穗穗。"

"我们不熟，请叫我池同学。"池穗穗美艳的脸上没多余的表情，"可以让一让吗？"她抬了抬下巴。

女生连忙让开，脸色羞红。池穗穗从她身旁走过，进了琴房。琴房的位置很好，余晖从窗外洒进来，将琴房的地面映成了灿烂的金色。

刚刚想进来的那个女生赶紧离开。

这里面放的乐器很多，都是池穗穗会的。她平常练得最多的是大提琴，但偶尔也会换一换口味，比如小提琴，又比如吉他，甚至有一架钢琴。

池穗穗坐在椅子上，今天选的乐器是小提琴。她将椅子高度调高，脚尖抵在地面上。

十来分钟过去，琴房外又围了不少人，这是每天固定的听琴时间，男生是为了看池穗穗，女生也是，毕竟谁不喜欢漂亮小姐姐呢？

“我就是坐在 VIP 专座的观众。”宋妙里还带了个小蛋糕，边津津有味地吃着边炫耀。门外的同学羡慕又嫉妒，但是谁也没能力把她赶走。

“你再说两句，就会被围殴致死。”池穗穗勾唇笑了起来，“到时候别说我没救你。”

“谁死还不一定呢。”宋妙里十分嚣张。

池穗穗将琴弓搭在弦上，流畅的音符随后从中跳跃出来，回荡在整个琴房中。

门外有人在拍视频，还有人在直播。

“今天小姐姐拉的小提琴啊。”

“我看了一个月，从钢琴到小提琴，已经看了好几种乐器了，我最喜欢听她弹钢琴！”

“为什么我的学校没有这样的小姐姐？”

“呜呜，又羡慕又酸。”

贺行望在食堂门口被人拦住，拦住他的除开身旁经过的男生“池穗穗今天拉的小提琴”“我也要去听”的话，就是面前的人手上的东西——一个粉色的信封。

男生也是鼓起勇气开的口：“那个……我听说池穗穗和贺学长是朋友，所以就——”

贺行望眉梢一扬，指间夹着那个粉色信封，眼中的情绪有些意味深长，缓缓开口：“让我帮忙？”

“贺学长如果不愿意就当我没说过……”

“可以。”贺行望轻笑了一声。

男生有些惊喜，连忙说："池穗穗现在在琴房练琴。"

贺行望嗯了声，情绪淡淡的，在对方离开后，嘴角原本微小的弧度便下压，直至消失。

他到达琴房那边时，门口的女生齐刷刷地看过去。贺行望正向这边走过来，穿的是校服，身形修长，将最普通的校服穿出了青春偶像剧里的偶像的感觉，五官立体，眉眼深刻，身旁的一切都成了陪衬。

女生小声地说着话："他过来干什么？"

"要是贺行望平常在学校就好了。"

学校里的人都知道他，因为每次竞赛得奖的都是贺行望，宣传栏上还有他的照片，每个老师都拿他举过例子。

贺行望当着所有人的面进了琴房，琴声悠扬，又被门板隔绝，众人只能听到模糊的声音。有人看见他手里的粉色信封，惊讶地睁大了眼。

"他不会是去送情书的吧？"

有人反驳："怎么可能，那肯定不是情书。"

又有人出声："不是情书怎么是粉色的？"

"吃瓜"群众迅速脑补出一出大戏，兴奋劲儿压根儿遮掩不住，还在班群、校群里呼唤朋友过来看。

宋妙里坐在里面，战战兢兢的。她是要目睹贺行望给池穗穗送情书这一事件的发生吗？她会被灭口的吧？

池穗穗刚好拉完一首曲子，停了下来。她一抬眼，就对上了贺行望漆黑的眼眸。

"你怎么过来了？"池穗穗略抬下巴，精巧的下颌线轮廓分明，十分完美。十几岁的女孩儿容貌已经长开，白皙的脸显得有些艳丽，没化妆，但唇瓣的颜色鲜艳动人。她的五官比起旁人要冷艳许多。

贺行望即使面色沉静，气势也强过她。他温声开口："送东西。"

池穗穗的视线下滑，落在他的手上。

"情书？"她笑吟吟地说，眉眼弯弯，头发被松松地扎在后面，有种与年龄不符的魅力。

门外众人屏住了呼吸。

“我就说是情书吧！”

“这现场，我心脏都快跳出来了！”

主要是贺行望在他们的记忆里就是很遥远的人，因为从来没有实际相处过，全靠老师的描述。

“别人的。”贺行望敛眉道。

池穗穗哦了声：“贺行望，你是邮差吗？”她眼角眉梢都裹着一抹浅笑，说出来的话却是微带嘲讽的，虽然她并不这么认为。

贺行望气定神闲地说：“不想要正好。”

池穗穗冷眼瞧着他。

“刚好，我也没打算让你看。”贺行望淡定地将信封放在一旁的钢琴盖上。

池穗穗：“……”

那他为什么还要帮这个忙？真是搞不懂他的想法。

池穗穗拧着秀气的眉，说道：“我要下来了，你让开。”

贺行望垂眼，从上到下将池穗穗打量了一番，及膝裙摆下的小腿细而白，脚踝精致。过了会儿，他又多看了一眼。

“我知道我很好看。”池穗穗用脚尖踢了下他的腿，软着声音问：“看够了吗？”她即便抱怨，那张脸也是明艳得不可方物。

半晌，贺行望才朝她伸手：“下来吧。”

池穗穗怔了怔。这样的场景有点儿似曾相识。

多年前，有一个小女孩儿也是如此，学会一首曲子就要炫耀。男孩儿不仅要认真听，听完还要被问感想。等他说完了，小女孩儿没办法从椅子上下来，为免她摔倒，他还要负责将她从椅子上抱下来。

同居

池穗穗收到S大的录取通知书那天，池美媛发给了她一串密码，还给了一串钥匙。

“那边有套房子，正好你去住。”池美媛说，“里面的东西差不多准备好了，你可以提前去看看缺什么。”

“怎么突然想起来买房子，大学就四年而已。”池穗穗接了钥匙，从手机上看到了地址——柏岸公馆。她感觉这地方有点儿熟悉。

池美媛一点儿也不慌：“就当投资了，而且听说住校容易和人发生矛盾，在外也方便，房子就在离你的学校不远的地方。”

池穗穗也没怎么怀疑，家里不缺钱，买房也不算突兀：“爸还在生气？”

“他那个气性，过两天就好了。”

因为池穗穗跑去学新闻专业，齐信诚非常不开心，但是他一向疼女儿，两个人没吵起来，他就自己生气，所以这两天两个人正在冷战。

池穗穗笑了起来：“那就好。”

S大距离家里还是有一点儿远的，宋妙里听说她拿到了通知书，就约她出去玩。池穗穗出去没几分钟，池美媛就拨通了一个电话：“慧月，我这边穗穗没怀疑。”

“我就怕万一到时候他俩碰见了会吵起来。”江慧月还有点儿担心，“或者以后——”

“不会的，行望什么性格你这个当妈的还不知道吗？”池美媛嘴角噙着笑，“两个人实在走不到一起就算了。”他们总不能强行押着两个人就这么结婚，万一以后成了一对怨侣，他们后悔都来不及。

江慧月又和好友聊了会儿，然后挂断电话，一转身发现自家儿子站在客厅那儿，正好看过来，也不知道他听到自己说的话没有。

“行望。”她故作淡定地喊道。

“妈。”贺行望点头，“刚刚是池姨？”

“嗯，和她聊点儿事。”江慧月一边说一边看他的脸色，确定他没发现问题之后才松口气。要是计划在她这边一开头就失败了，那可不行。

江慧月问：“你什么时候搬到那边去住？”

贺行望说："过两天吧，整理一下。"

他半年前刚刚回归射运中心，大部分时间住在那边，所以家里的东西并不是很多，当然，整理一下还是有必要的。

两天后，池穗穗和宋妙里收到邀请参加了一个茶话会，现场几个大小姐正在讨论时尚，无非自己又买了什么、收到了什么礼物。明面上大家是在讨论，实际上是在炫耀。

池穗穗和宋妙里坐在那儿，一个漫不经心地想着事情，一个在吃甜品，隔离于众人之外。

"我爸要是像叔叔一样就好了。"宋妙里鼓着脸，长叹了一口气，"他说要和我断绝关系，你敢信？"

"恐吓你的。"池穗穗轻轻弯唇，说道。

"他真能干出这种事来。"宋妙里摇了摇头，"学医挺好的呀，我现在还挺喜欢的。"以前是因为别人想学，现在她是因为自己喜欢。

"你的学校和我的学校离得不远，你要不要过来和我一起住？"池穗穗发出邀请，"我妈送了套房给我。"

"阿姨真好。"宋妙里眨眼。

"得了，你又不是买不起。"池穗穗睨她一眼。

宋妙里笑起来，过了会儿才说："不去住了，我提前问了，课程多，还有晚课，住校比较方便。"医学生太忙了。

池穗穗颔首："好。"

宋妙里又笑眯眯地说："你要是一个人住觉得寂寞了，我可以隔两天过去安慰安慰你。"

池穗穗笑着瞪了她一眼，百媚横生。

茶话会结束后，两个人各回各家。池穗穗整理了一下自己的东西，提前打包让人送了过去。至于本人，一直等到周末才过去。

因为暑假天气太热，池穗穗不想出门，选的日子刚好是阴天，穿条吊带裙正合适。她打包送过去的几个箱子里装的基本是衣服，还全是夏季的，其中以小裙子居多。

池穗穗今天穿了一双银色高跟鞋，设计精心，踩在地上时声音清脆，衬得脚踝精致，这样的颜色衬得整个人都冷艳起来。她只拎了一个包就坐车去了柏岸公馆。

柏岸公馆位置佳，绿化程度高，池穗穗的房子里有喷泉花园、游泳池，还有楼顶露台。

宋妙里今天有事不能和她一起来，在微信上消息发个不停："我不管，反正你到了要拍视频给我看。"

池穗穗："好。"

对好姐妹，她是相当有耐心的。

到柏岸公馆时才傍晚，池穗穗在外面看到符合自己审美的楼体外观，心情很好。她踏入内部，率先映入眼帘的是半小时前刚刚送过来的一个箱子，里面的衣服还没来得及挂上。

池穗穗将包扔在沙发上，拍照给宋妙里看。

贺家。池穗穗一离开家，江慧月的微信就收到了池美媛发来的消息："穗穗打算今晚就过去那边住了。"

江慧月下意识地看了眼正在客厅看资料的贺行望。

池美媛："行望呢？"

江慧月回复："貌似也是今晚。"

两家的娃娃亲定了有十几年，但是几年前大家都没当回事，一直到前两年才想着把两个人凑到一起。但孩子都长大了，看两个孩子之间好像没有恋爱火花，江慧月和好友就想着是不是人为地制造点儿可能，所以柏岸公馆的那套房子就是用来制造机会的。

如果两个人住在一栋房子里都恋爱不起来，那这个娃娃亲他们也会直接作废，让两个孩子各自嫁娶，不再干扰，如果能在一起自然是最好的。

江慧月咳嗽了两声道："行望，天色不早了，你要不要提前去那边看看？太晚了不太好。”

贺行望抬头看过来：“好。”

江慧月觉得他似乎在怀疑。贺行望是觉得有一点儿奇怪的，因为这两天母亲已经催了好几次。他思索了几秒，将其归结于常见的父母心理问题，就像网上流传的那种——孩子真回家了，父母会一直念叨、厌烦，催促孩子离开。

贺行望收了资料，起身回房。他本来打算不带东西，最后只拿了几件换洗的衣物就直接去了柏岸公馆。

到的时候夕阳正好，贺行望看了一遍院子，总觉得有点儿不对劲儿，这种微妙感一直持续到他打开门。

有什么东西画着银色弧线飞了过来，贺行望下意识地伸手，东西落进了他的怀里，是一只银色的高跟鞋，嵌着的碎钻被光映照得璀璨如星。

他皱眉抬头，然后对上了池穗穗惊讶得睁大的眼眸，她嘴角的笑意还没来得及收回——他接到的是她的高跟鞋。

偌大的房子里异常安静。

池穗穗一只脚还穿着鞋，另外一只脚赤着，染着指甲油的脚趾很漂亮，略弓起的脚背莹白如玉，和暗色地板形成鲜明的对比。

“穗穗，怎么没声了？”宋妙里的声音从手机里传出来。

池穗穗回过神，嘴角弧度消失：“有事，先挂了。”

她刚刚和宋妙里通电话，想坐下来休息，进来的时候没脱高跟鞋，所以就单手脱了鞋往玄关那边扔，没想到贺行望正好进来，鞋子又刚好掉进了他的怀里。

池穗穗见他拿起鞋认真她看了眼，耳根子有点儿发热，心中莫名地涌出一点儿羞耻感，但很快又被她丢弃。

“你怎么过来了？”池穗穗双手环胸，有些趾高气扬。

“这是我的房子。”贺行望开口，顺手将那只高跟鞋放在身旁的鞋柜上。

“胡说，这是我的房子。”池穗穗反驳。

听她这么说，贺行望有点儿意外，沉吟片刻，回答说：“为什么是你的房子？”

池穗穗挑眉道：“我妈给我买的房子，当然是我的。”

贺行望深深地看她一眼，慢条斯理地捋清楚这件事情：“看来我妈和池姨买了同一栋房子。”

他基本上可以断定，两个人是故意的，这么一想，他妈之前的种种奇怪行径都得到了合理的解释。

池穗穗见他气定神闲，干脆将另外一只高跟鞋脱掉，歪歪扭扭地倒在地板上。显而易见，两家家长有阴谋。

天黑下来后，一切事情水落石出。

池穗穗坐在床上。这个房间是她的，衣柜里已经挂好了大部分裙子，装修也是按照她的喜好来的。

刚刚在客厅里的画面还在她的脑海里，她当着贺行望的面打电话给池美媛问怎么回事。

“穗穗，我们也不是故意要瞒你的。其实你刚出生没多久，就和行望定了娃娃亲，这么多年一直是口头上说的。

“我们主要是想让你们多相处相处，以后两家的关系总是要更进一步的。你小时候不是很喜欢找行望玩的吗？”

她哪有很喜欢？池穗穗下意识地想反驳，但话没说出口。

在她的记忆里，贺行望的确占据了不少时光，练琴的大部分时间是有他在的，更别说其他时候，只是两个人长大后反而没时间相处。

“正好你一个人在外面我们也不放心，现在社会上不好的新闻那么多，有行望照顾着好点儿。

“你的房间正好重新装修，最近你就住那边吧。”

池美媛的声音不大，但是池穗穗和贺行望都听得见。贺行望乍然听到“娃娃亲”三个字，也不可避免地眉头紧锁，有种事情脱离自己掌控的感觉。

他看向对面的池穗穗。池穗穗从小肤白貌美，今天也没怎么化妆，只抹了口红，艳色的唇瓣微微抿起，显得有些冷艳。

两个人认识十多年了，贺行望从来都知道她很美，很有吸引力。他甚至亲手帮她接过别人要送给她的情书——虽然最后她没看。

池穗穗是名副其实的美人，至于骄矜的性格，并不算什么，他觉得很正常。贺行望知道她的脾气，见她说不出话来，主动开口："这件事可以回去解决。"

池穗穗是真的第一次听到娃娃亲的说法，以前有叔叔阿姨打趣两人，又或者高中时学校里一些女生猜测两人的关系时，她都没当回事，现在真正听到这样的事情，池穗穗说不上来是什么感觉。

南城里家族联姻的人多了去了，她也想过自己以后可能会和一个不喜欢的人结婚，甚至做好了心理准备，但从未想过这个人是贺行望。

池穗穗抬头，那双明亮的眸子盯着贺行望看了半天，一抬下巴上了楼，绝情得连一个字都没留。她现在坐在房间里，心里面仍乱糟糟的。

之前上楼后她就知道对面的房间是贺行望的。他现在在干什么？他在里面和家里人打电话说娃娃亲的事？

池穗穗想了会儿，突然笑了。他们又不是要直接结婚，她在这里着急什么？

池穗穗一下子舒心许多，找了件睡裙，非常宽心地泡了个澡。精致生活不可落下任何一步，今天她没化妆出门还被看到已经是极限了。

池穗穗泡完澡还给自己吹了下头发，从护肤到抹身体乳，一步一步，又回归美丽生活。睡裙是墨绿色的，反衬得她皮肤白皙。

池穗穗很喜欢这条睡裙，所以特地收拾起来送到了这边，丝丝热气萦绕在周身，裙摆一荡，整个人风情万种。

门外突然传来一点儿动静，池穗穗手上动作一停，收回踩在床上的一条腿，她轻轻走到门边，将门打开了一条缝。正巧贺行望听到开门声也看过来。

池穗穗的睡裙是吊带的，从精致的锁骨往下，领口极低，胸前沟壑若隐若现，漂亮的肩头也露了出来。两个人对视上。

池穗穗问："看我干什么？"她抬了抬下巴，样子颇为傲气。

“我以为你会注意点儿。”贺行望意味深长地提醒了她一下，“你对面的房间里住着一个男人。”

池穗穗没想到他能说出这话来，本来还想嘲讽一下，后来想想他说得也对，自己长得这么漂亮。她身姿婀娜地靠在门框上，态度利落大方，明眸皓齿：“你想上法治新闻？”

“贺行望。”池穗穗翘起嘴角道，“希望未来的四年，我们能相安无事地度过。”

她伸出手，纤细葱白的五指并拢。贺行望伸手和她碰了一下，感觉掌下柔软，同时还有一道击掌声传出。池穗穗收回手，对他粲然一笑。

两个人同居的第一天，池穗穗刚满十八岁不久。

两个人同居的第四年，池穗穗和贺行望结婚了。

婚礼

大家不约而同地开始关注池穗穗和贺行望的婚礼。

他们想知道婚礼会是什么样子的。明星的婚礼看多了，豪门的婚礼他们也看了不少，而眼前的这对夫妻是他们从去年就一直关注的。

婚礼会是简约风格还是豪华风格？

不仅网友期待，就是粉丝也很期待，超话里还有人画了池穗穗穿婚纱和贺行望穿新郎装的图。

就在这样的情况下，池穗穗和贺行望去拍了婚纱照。

因为这时候已经是冬天，所以他们去的是南半球，刚好是夏天，池穗穗穿单薄的婚纱最合适不过了。这边海岛尤其多，还有天然的森林。

对这次的婚纱照，池穗穗相当重视，这可是要看一辈子的——当然如果贺行望想离婚那后果自负。

婚纱是之前就准备好的，和婚礼时要穿的不同，这次的是她自己选择的成品，大多是知名设计师的知名款，有些是品牌商赠送的。当然对方也有借她宣传品牌的目的。

池穗穗没什么负担，自己喜欢的婚纱才会被放进带到拍摄地的行李里，就这样还带了很多。上飞机那天，她对贺行望说：“我也没感觉我选了多少件，怎么装起来这么多？”

“不多。”贺行望从头到尾经历了她选择婚纱的事件，对行李的情况相当清楚。但为了安慰她，他只能这么说。

“我们能拍完吗？”池穗穗问。

“没有限定拍多长时间，可以当一次旅行。”贺行望想了想，回答，“想拍多少拍多少。”

池穗穗当然是想都拍了，她精挑细选选出来的婚纱，怎么也要穿一遍，到时候也方便选出最完美的婚纱照。她可不想到时候拍得少，选择余地也少。

飞行时间过长，她在飞机上睡了一觉，醒来时飞机刚好快要落地，可以看到绵延无际的海面。因为是私人岛屿，平时是必须限制游客数量的，所以水质非常好。

第二天的婚纱照拍摄就从海里开始。

池穗穗穿了件黄色婚纱站在岸上，在阳光下显得十分飘逸，一进入海水裙摆就自然而然地散开，无比美艳。

“待会儿自由发挥？”她笑着问摄影师。

摄影师看了下贺行望，说：“自由发挥也好，我可以抓拍，你们也可以做几个动作。”以他们俩的颜值，怎么拍都好看。

池穗穗赤着脚踩在沙滩上，玩心一起，问贺行望：“你有没有想要的姿势？”

贺行望对摆拍没什么概念，甚至都不怎么拍照：“你想怎么拍都可以。”

两个人双双进入海水里。池穗穗的长发漂浮起来，使得她看上去像是海里的美人鱼，黄色的婚纱在水下轻舞，散在她周身。她睁开眼，看着面前的男人。

贺行望的眼眸在海水下幽深而明亮，如梦似幻，隔着深蓝的海水诱人去触摸。

池穗穗忽然就想到了美人鱼的那个童话故事。如果他是坠海的王子，那么她心甘情愿地去拯救他。

贺行望不知道她想了那么多，朝她伸出手，阳光从海面上折射进来，那只手的视觉冲击力极强，如同非人的神。

池穗穗将手递过去，轻轻一动就到了他的面前，与他亲昵地交颈，漂浮的长发如同一层纱笼罩住贺行望的脸。一切动作只发生在十几秒时间里。

远处的摄影师看看自己的构图，再看看面前的两个人，心里的震撼感难以形容。

这就像是杂志拍摄，光模特姿势好看是没有用的，要光线、环境，还有一切周围的东西相互影响。此刻呈现在他面前的景象像是一幅精美的画，他甚至觉得多余的操作都是画蛇添足。

吃完晚餐，池穗穗和贺行望一起去沙滩上散步消食。

近处唯有海水翻腾的声音，身后是漫过来的灯光，月光倾泻而下，这里脱离了城市的喧闹，让人连心也跟着静下来。

有条长椅摆在前面。池穗穗靠在上面，和贺行望半天没说话，直到自己觉得景色不吸引人了，才扭过头。身旁的男人很安静。

池穗穗伸出手指戳了他一下："那么好看吗？"和女孩儿弹性十足的脸蛋不同，他的脸有点儿硬。

贺行望偏过头，结果池穗穗的手指直接戳在他的唇上，按得中间部分陷下去一小块儿。这下子触感是软的了。

"那么好玩吗？"他问了类似的问题。

"谁知道你突然扭过头。"池穗穗收回手，一点儿也不觉得自己的行为有问题。

贺行望叹了一口气，池穗穗转了话题："算起来你也退役几个月了吧？"

贺行望嗯了声："四个月不到。"

时间过得很快，射运中心 8 月的新闻还是与奥运会相关的内容，到现在已经比过一次世界大赛，在准备另外一场比赛，而他已经完全步入另一个世界。

“有点儿困了。”池穗穗靠在他的肩上，“贺行望，你说你小时候见到我，有没有想过这小孩儿脾气真大？”

她和贺行望的年龄还是有差别的。贺行望记事时她还不记事，对那些年的事自然就没印象。

池穗穗爱憎分明，对自己的东西极其挑剔，虽然这在她眼里是很正常的事，但在大人眼里就很让人生气。所有长辈都说她很难搞，但又很喜欢她。

“不大。”贺行望回忆了一下小时候的情景，模糊的印象告诉他，“我记得你没发过火。”

至于池穗穗那时候是只没对他发过火，还是对所有人都没发过火，他就不清楚了，他只记自己想记的事。

“可能是你太好看了吧，我一向对好看的人或物很温柔的。”池穗穗勾唇笑起来。

“这是在夸奖我吧，谢谢。”贺行望欣然接受，声音传进她的耳朵里，令她感觉酥酥麻麻的。

“你就不谦虚一下吗？”池穗穗仰头看他。

“这种事实没必要谦虚。”贺行望说得相当理直气壮，“其他人也是这么认为的。”

池穗穗本来只是随口一夸，愣是被他说得哑口无言。难得听他这么大方承认，她竟然觉得他很可爱。他们两个幼时就相识，彼此熟悉，就连下一秒对方会做什么都能猜到。这是从年少时代起积累的默契，与成年后恋爱的情侣不同。

婚前的几年，没有挑明关系的那些日子，两人已经经历了一般情侣的恋爱期，婚后则是过日子的，喜欢或者是爱，早在行动中体现。如果不喜欢，就不会这么轻易地结婚，他们两个，谁都不是能接受别人安排的人生的人。只有自己愿意，才会有如今的结局。

安静的环境很容易让人生出睡意，池穗穗又靠在他的肩上，闻着熟悉的味道，没一会儿就合上了眼。

海边微风阵阵，贺行望正要说回去，扭过头就看到池穗穗闭着的眼睛，睫毛卷翘如扇面。他静默下来，半天没动。

几分钟后，月上梢头，贺行望才动作轻缓地将她抱了起来，顺着沿路的灯光往房间里走去。

次日清晨，阳光明媚。

这次来这边，池穗穗选了将近二十件婚纱。他们说是看情况，其实从今天开始拍摄都十分顺利，在计划中的前一个星期拍完了所有的衣服，从海底到天空，风格应有尽有。拍完照片摄影师先带着照片回去，第三天池穗穗和贺行望才悠闲地回国。

网上大家已经讨论过很多次她和贺行望的行程。

“我男朋友在贺氏上班，说贺总有一段时间没去公司了，总经理代管着公司事务。”

“贺神肯定不会无缘无故地旷工的，哈哈哈哈。”

“他们不会是去办婚礼了吧？”

“这么悄无声息地办婚礼吗？‘狗仔’的能力是越来越不行了。”

莫名被提到的“狗仔”：“……”

他们也想跟去，然而人家坐私人飞机走的，谁也不知道是飞到哪儿去，也没那个资金去查。

网友们热议了半天，最终还是池穗穗发了当初拍的第一张海中婚纱照，@了贺行望，算是第一次直接和贺行望互动。在贺行望转发微博之后，两人的关系正式公告全世界。

“我来迟了！”

“看到这张婚纱照，我感觉我当初的照片已经不堪入目了……”

“啊啊啊——这是什么神仙婚纱照！”

“这告诉我们，一张好的婚纱照，不仅需要技术好的摄影师，还要自己长得美。”

“穗穗的蝴蝶骨太美了！”

“这个构图和光线，好像电影画面。”

“所以贺神最近没去公司是去拍婚纱照了，那么问题来了——什么时候办婚礼呢？”

这张婚纱照露了一小半池穗穗的脸，还有一半是贺行望的脸，他脸上还有池穗穗的发丝，更显得朦胧梦幻。

常年在网上刷新闻的网友们什么照片、海报、写真没见过，审美水平早就得到了无限提升。但这一张婚纱照，无可挑剔。

对结婚日期，池穗穗没有公布。

这场婚礼策划了长达半年时间，中间的程序对外是完全不公开的，就连南城不少豪门也是在收到请柬后才知道时间。

请柬发出后，媒体自然就听到了风声。

只是贺家和齐家对这次的婚礼很重视，虽然给了地点，但那又是一座私人小岛，未经允许不能上岛的。换句话说，婚礼他们是拍不到了。

当然两家的人也不是不允许拍摄，加上池穗穗本人拥有一家新闻网站，同在这行工作，总不能那么绝情，所以最后允许八家媒体入岛。戴着工作证的记者们全程被包食宿，到岛上的当天就看到了繁华灿烂的婚礼现场。

这一场婚礼，注定盛大。

婚礼当天，天还没亮，池穗穗就被敲门声叫醒。

“穗穗，醒了没？醒了咱们就可以化妆了啊，今天要是迟了那可不行……”絮絮叨叨的话让池穗穗瞬间清醒。

“天还没亮。”她看了眼天色，仰起一点儿角度的上半身再度倒在床上，乌黑长发散开。

“天亮了就晚了！”化妆师身旁还有摄影师，两个人对视了一眼，“穗穗，再不起床我们就要破门而入了！”

说了几句话后，池穗穗没了睡意。她下床洗漱后，一打开房门就看到化妆师正在打电话：“还没出来呢——迟点儿待会儿程序就要推迟。贺神您也这么任性呢，穗穗就少睡一小时而已。”

“我好了。”池穗穗出声。

“穗穗出来了。”化妆师扭头，连忙跟电话那边的贺行望说，然后挂断电话。这么重要的日子，贺神怎么能宠坏穗穗呢？

而在自己房间里的贺行望，没什么表情。

婚纱早在上个星期就被送了过来，放在池穗穗的房间里，圣洁的白纱和上面精美的刺绣以及华丽繁复的花样让人移不开眼。

宋妙里推开门看到的就是池穗穗穿婚纱的模样。

“穗儿，你和我私奔吧。”她走上前，调侃道，“便宜贺行望了，你看他既不会说甜言也不会说蜜语。”

池穗穗扬唇道：“那你去和他说。”

宋妙里道：“那算了吧，我怕他一枪崩了我。”

一屋子的人都笑起来。

说时间还早，但化完妆后也不早了，外面已艳阳高照；说晚，一切又还没开始。而在外面的记者们已经传回去一拨又一拨的图片。

“这个现场是我的‘梦中情婚’了呜呜呜……”

“太好看了，让我死在里面吧！”

网上热闹，岛上也热闹。

宋妙里匆匆忙忙地拽着好几个大小姐进来：“准备好，整蛊贺神的机会可就只有这么一次。”大家的情绪早就被调动起来。

池穗穗翘起嘴角道：“你们确定？”

宋妙里满不在乎地说：“反正晚上一进洞房，贺行望哪还记得这些鸡毛蒜皮的小事。”

有人娇笑：“大白天的别‘开车’啊。”

当然，宋妙里她们没敢太过分，拿到了巨额红包，被钱收买得迅速又妥当，贺行望安然无恙地进了房间。

房中，池穗穗坐在床上，朝他浅浅笑着，宽大的婚纱裙摆摊开，如同一朵盛开的花。他的眉眼柔和了下来。

贺行望找出池穗穗的婚鞋，给她穿上。站在外面的齐初锐绷着一张脸。虽然他很崇拜贺行望，但这个时候还是非常不开心的。最后是他将池穗穗背了出去。

池穗穗趴在他的背上，无视周围的吵闹声，笑着说："我们初锐也是一个大人了。"

齐初锐抿着唇，嗯了声。

"今天姐姐结婚，你是不是不开心了？"池穗穗捏着他的左脸，"笑起来。"

齐初锐无奈地扯出了一个微笑。

在外面等了许久的宾客和记者们终于等到了婚礼正式开始，将摄像头对准了红毯尽头的人。

池穗穗挽着齐信诚的胳膊，身后有两个小花童，天真可爱，兴高采烈地撒着花。头纱轻薄，其他人能看见池穗穗，池穗穗也能看到他们，她收紧了手："爸。"

齐信诚问："怎么了？"

池穗穗说："没有，就是想谢谢您。"

齐信诚心头一动，拍了拍她的手，带着自己的女儿缓缓向里走去，然后将人交给她的丈夫。

乐队奏起了音乐，阳光从上方洒下来，被架子上的花环割裂，细细碎碎地落在地面上，云淡风轻。

贺行望西装革履地站在最前方，目光只在池穗穗一人身上，伸出手，与她的手交叠紧握，面对面站立。

国内的网上此刻已经有了最新的视频。

曾经为国争光多年的贺神，这一刻是属于池穗穗的。

证婚人站在台上微笑，下面的宾客们静静地观礼。

池穗穗在头纱下对贺行望弯唇，贺行望黑眸幽深，微垂下眼，没移开半点儿视线。隔纱看美人，恰如云笼月。

岛上风和日丽，贺行望与池穗穗在万众瞩目之下宣誓、交换婚戒，而后亲密接吻。

远处的海鸥在天空中画出漂亮的弧线。

崽 崽

池穗穗想象中的孕期生活应该是做一个甩手掌柜，度过愉快的假期。

然而事实截然相反，池美媛请的阿姨没到，贺行望找的两个阿姨先住进了柏岸公馆里，一个负责池穗穗的饮食，一个负责起居，而池穗穗就像是宫里的娘娘一样。

一开始没什么问题，到池穗穗怀孕五个月的时候，去自己的公司后面都跟着几个保镖，要不是她拦着，阿姨都得跟过去。至于和姐妹们的下午茶时间，她也是这样度过的。

宋妙里看得发慌，小声说："穗儿，贺行望这阵势让我都不敢怀孕了。"

苏绵亮着眼道："贺神想得多周到啊，这样安全。"穗总在外面，万一被碰到了怎么办？而且穗总现在又是名人，保镖在才有安全感。

"现在还好。"池穗穗想起贺行望雷厉风行的性格，又道，"再过两个月，我估计出门就困难了。"

"过两个月你都怀孕七个月了，你家那边地方很大，在附近活动活动就算了。"宋妙里以一个医生的角度说，"别不活动。"

"你觉得我在家能待住吗？"池穗穗睨她一眼。

"宋医生的男朋友的公司是干什么的？"苏绵忍不住插嘴，"智能机器人啊。"

当初顾南砚送宋妙里的机器人被宋妙里当成淘宝百元买来的产品，晚上偷跑还被她嫌弃过。现在这机器人已经出了二代，价格被炒上了天。

池穗穗直接拒绝："不用。"她又不是宋妙里，能和机器人玩得开心，万一贺行望再往里面加点儿什么，她岂不是被监管着？

宋医生感觉很难过。

下午茶几人喝了一个小时，临近五点，日落时分，落地窗外出现了火烧云，整个南城沐浴在金光下，美轮美奂。

这时，池穗穗的电话响了。看到屏幕上贺行望的名字，她伸手对宋妙里和苏绵做了个“安静”的手势，然后才接通电话：“喂？”

“在哪儿？”贺行望一向是如此开场。

池穗穗估摸着他还没有下班，而且阿姨们今天也被她打发去齐家向宋姨学习如何做鱼汤，就是为了下午茶能自由自在，当然不能被严格的贺老师知道。她清了清嗓子：“在院子里散步。”

本来池穗穗想说在家的，但是那么一瞬间想起之前和十几个保镖在家的乌龙事件，话到嘴边改了口。

对面的苏绵眨眼，觉得不妙。上一次她听到穗总撒了类似的谎，结果不太妙。

“是吗？”贺行望说。

池穗穗一听这俩字就莫名心虚，然后又反应过来自己为什么要心虚，不就是出来喝个下午茶吗？哪个名媛不喝下午茶的？

池穗穗感觉底气立刻就充足起来，甚至开始指责贺行望的独断专行：“你之前天天不让我出门，我在家都快退化成原始人了，你是不是想回家之后看见一个猿人老婆挺着大肚子生下一个小猿人？……”

她噼里啪啦说了一堆，听得宋妙里和苏绵一愣一愣的。

宋妙里竖大拇指。

“我就问你，我喝下午茶行不行？”末了池穗穗质问道。一个平时再优雅美丽的孕妇，也会有脾气爆炸的时候，正如此刻的池穗穗。

清静的办公室里，贺行望按了按眉心，几秒后才松开手，电话里短暂地沉默下来。半晌，他才冷静地开口：“我没有限制你的出行，也不想看见我的老婆和孩子变成……猿人。”

贺行望说这两个字时表情有点儿一言难尽，当然隔着手机，池穗穗看不到。最终他又说了一句：“穗穗，我只是想去接你。”

池穗穗脑袋放空几秒，又迅速转变态度：“老公你真好。”

她这五个字说出来，桌边的人都安静下来。

宋妙里实在憋不住，趴在苏绵的肩膀上笑个不停，大概是因为她见惯了池穗穗平日的性格，难得见池穗穗撒娇。苏绵则是“吃瓜”心比较重。

贺行望没有在意池穗穗的变脸速度，又问了一遍：“在哪里喝下午茶？”

池穗穗这次乖乖报了地点。

她挂断电话后，对面的宋妙里学着她刚刚的样子，捏着嗓子说：“老公你真好。”

池穗穗白了她一眼。

挂断电话后的贺行望叹了一口气。

孕后的池穗穗脾气比起往常大了许多，怀孕的前几个月，孕吐有点儿严重，连带着胃口也变差了。

贺行望知道怀孕很辛苦，却不曾亲身体验过。他只能看着池穗穗孕吐，尽量变着法子满足她的想法。也许是他在这方面予取予求，池穗穗自己也跟着不舒服。

家里的两个阿姨做的菜不合她的胃口，最后是齐家那边让宋姨过来住了三个月，直到显怀后，她才渐渐稳下来。一稳下来，池穗穗的心就活跃起来。

前几个月她遭了那么大的罪，现在不孕吐了，胃口也好了，自然而然地就想着去这里逛逛那里逛逛，偏偏贺行望在这方面拘着她，这才有了今天偷偷跑出来喝下午茶的行为。

池穗穗之前只是小小抱怨过，还没有今天在电话里说的那样，连原始人都冒了出来。

他拧了拧眉心，离开公司。

池穗穗和宋妙里插科打诨了半小时后，贺行望从外面进来，看到她们点了点头，然后才带着池穗穗离开。

池穗穗本身横了那么一次，现在没多说话，被贺行望牵着出去，两个人的步子都很慢。

“你吃过晚饭没？”

“没有。”贺行望将手放在她身后，虚虚护着她，看了她一眼，“下午茶喝饱了？”

池穗穗沉默几秒后道：“我就喝了一小杯。”她比了比手势，纤细的手腕露出来，和下面显怀的肚子形成了鲜明对比。

贺行望凝视她半晌才开口：“那正好回去吃。”

天边火烧云的色彩变得浓郁，至于原始人和猿人，已经被她选择性地遗忘了。

苏绵看着两个人离开的背影，问：“宋医生，你说回去之后穗总和贺神会吵架吗？”

“你见过他俩吵架吗？”宋妙里问。

“没有。”

“该吵的架早在十年前就吵完了。”宋妙里优哉游哉地喝了口茶，“该磨合的也早就磨合结束。”

苏绵捧着脸道：“真好啊。”这就是她想象中的理想婚姻了。

宋妙里和池穗穗从小熟识，基本上知无不言，对她和贺行望之间的牵绊也知之甚多。

两个人青梅竹马的生活不是假的。再说以池穗穗的情商、贺行望的细腻心思，基本上两个人对对方的想法摸得清楚，说清楚就没问题。

宋妙里突然觉得伯父伯母是真的机智。南城这边想联姻的名门有好几家，但基本上最后小辈各玩各的，对自己的另一半总觉得是家庭捆绑。

联姻到底可不可靠，全看各人。

回到家后，池穗穗和贺行望都自觉地没提下午茶的事情。两个阿姨也从齐家修学归来，给池穗穗露了一手，展示自己的学习成果。至于夫人把她们打发走跑出去喝下午茶的事情，两个阿姨压根儿不知道。

晚上两个人躺在床上。

怀孕五个月的池穗穗其实已经重了不少，对怀孕后的变化，早在当初刚检查出怀孕时她就搜了一些，每个孕妇的变化都不一样。

但怎么说她都对这些很忐忑。变丑了怎么办？脸上长斑了怎么办？变胖了怎么办？

池穗穗一想象去参加什么茶会，别人青春靓丽，自己胖到塞不进礼服就觉得窒息。于是她请了一个老师回来专门锻炼和护肤。

池穗穗孕后爱吃酸的东西，家里备了不少酸味的零食，齐信诚这个宠女儿的爸爸专门给她做了孕妇零食。就因为这事，齐氏还上了一次热搜。本来大家觉得齐氏开发专给孕妇吃的零食还挺稀奇的，后来看一次采访才知道——

哦，原来齐总是做给女儿吃的，其他人就是沾光的。

齐信诚在这之后，直接荣获“年度别人家的爸爸”称号，他本人心满意足。

自从那一番“原始人”和“猿人”的抱怨后，池穗穗的生活发生了不少改变，贺行望大概是良心发现，池穗穗终于成了一个过得有滋有味的孕妇。

自从上次感受到胎动，之后胎动就越来越频繁，池穗穗从一开始的惊喜到后面都能面无表情了。

大学生的暑假时间也近在眼前，之前池穗穗答应齐初锐说暑假给他一个惊喜，也到了实现的时候。

“初锐要下午才回来。”池美媛说，又问，“最近感觉怎么样，没有难受的地方吧？”

池穗穗摇头：“没有。”

孕吐停了之后她整个人仿佛焕然一新。

池穗穗和池美媛说了胎动的事，池美媛叮嘱了一些注意问题，又压低声音问：“行望有没有说想要男孩儿还是女孩儿？”

“当然没有。”池穗穗说，“他小姑倒是想法很多。”

贺家对孩子是男是女没要求，反倒是贺行望他小姑，以前就和池穗穗不对付，婚前那次吃饭还刺过她。上次池穗穗回贺家时，他小姑就明里暗里地说生个儿子怎么怎么样，生个女儿怎么怎么样，然后又说五六个月已经可以检查孩子的性别，和江慧月他们说让贺行望带池穗穗去检查。

贺行望直接无视了她。

池穗穗干脆只给她一对白眼。好好的一手牌被小姑打得稀烂，自怨自艾就算了，还对别人的生活指手画脚。

池美媛说："不用理她。"对贺行望的小姑，她也是知道的。

下午齐初锐终于到了，一眼就看到坐在沙发上吃东西的池穗穗，还有她圆润的肚子。他整个人都谨慎起来，从没接触过孕妇的小年轻很紧张。

池穗穗笑着招了招手，还不忘调侃他："怎么不过来，上个学回来就变害羞了？"

齐初锐过去坐在另一侧离她最远的一张小沙发上。

池穗穗忍俊不禁，看他比高考还紧张，实在没忍住，笑道："我又不是什么可怕的生物。"

"姐。"齐初锐叫了声。

"不打个招呼吗？"池穗穗说，"宝宝最近正调皮，你作为舅舅，感受感受。"

于是齐初锐小心翼翼地感受着，在宝宝踢了一下池穗穗肚子的时候，他整个人都惊呆了。以前只在生物课上学过的知识变成现实还是蛮让他震惊的。

池穗穗问："有何感想？"

这时她肚子里的宝宝又动了，齐初锐问："这是什么意思？"

池穗穗看着他亮晶晶的眼睛，对他说："应该是宝宝第一次见到舅舅，激动的，你再看看。"

齐初锐觉得很有道理。他以前是家里最小的孩子，现在出现一个没出生的孩子，让他骤然从小辈变成了长辈，感觉与有荣焉。如果不是姐姐不允许，他可能就要对着还没有出生的小外甥或者外甥女进行教学了，学神的想法最终夭折。

池穗穗怀孕七个月的时候，所有的事已经提前安排妥当，月嫂来了一拨又一拨，才选到一个满意的。周围人紧张不已，就连贺行望每天回家的时间也逐渐变早，池穗穗本人反倒宽心起来，这可能就是“心宽体胖”吧。她还有空约宋妙里和苏绵来家里玩，又是装扮，又是放音乐，俨然把家里当成了茶会现场。

池穗穗怀孕后就没怎么发微博，前期还发一两条，现在微博还停留在四五个月前发的内容上，每天都有粉丝在嗷嗷叫着催她更新。

这几天身子笨重，每天出门散步时间固定，她无事可做就看看新闻，然后发微博，前几天发美食，后几天发日常，小日子过得优哉游哉。

“怎么还没生啊？我都等得急死了。”

“这就是所谓的皇帝不急太监急，我想看宝宝啊。”

“想好宝宝叫啥名了吗？”

“贺小穗？池小贺？”

被粉丝们这么一评论，给池穗穗肚子里的孩子起名成了他们最热衷的事。有粉丝说：“买来后就没碰过的《诗经》我终于读完了。”

还有人附和：“我连词典都翻了一遍，捂脸。”

池穗穗的粉丝里也有怀过孕的，还会和池穗穗私聊一些孕妇需要注意的事项。她点进对方的微博，看到了一张孕妇照。

这个粉丝其实已经生了孩子，当初在怀孕七个月后去拍的照片，和老公一起拍的。

池穗穗看着看着，得到启发，直接联系了熟悉的摄影师，让对方介绍了几个靠谱的专门拍摄孕妇照的摄影师。她看了几组照片，最终确定了人选。这个摄影师技术很好，而且构图非常新奇，风格有可爱的，有温馨的，很有创意。

晚上睡觉前，池穗穗就和贺行望提了这事：“小贺，我想拍孕妇照，留个纪念。”

“好。”贺行望倒是没反对，顺着问道，“摄影师是谁？”

池穗穗报了个名字，贺行望没听过。这很正常，他从不关注这方面的事情，也不会去记一个摄影师的名字，不过一切都可以调查。

池穗穗窝在他怀里，絮絮叨叨地说着自己要拍什么风格和姿势的，说着说着瞌睡就来了。她往下滑了滑，半躺在床上，怕他以为孕妇照就是孕妇单独拍的照片，提醒他："对了，你也要拍的。"

"我知道。"贺行望说。他还不至于这个都不知道。

"你想和我留下美好的回忆吗？"池穗穗眨着眼问。

"想。"贺行望没有思索，淡定地回答。

池穗穗笑了笑，柔顺的长发披散在枕上。她仰面看着坐着的贺行望，忽然说："爱你。"

然后她说睡就睡，贺行望都没有说什么，身旁的人就闭上了眼，呼吸逐渐归于平稳，睡着的样子十分乖巧精致。他也在她身侧躺了下来。

贺行望并不是一个什么都放在嘴上说的人，甜言蜜语也很少说，这时候却低声应和她的话："我也爱你。"

池穗穗感觉到耳边的气息，动了动。

临近预产期时，池穗穗的身子已经很笨重了。但是在这种情况下，她反而心情好起来。可能是马上就要把孩子生出来，又能恢复以前的模样，让她期待又忐忑。

"穗总，你们起好名字了吗？"苏绵问。

"还没呢。"池穗穗吃了块水果，"名字太难起了，而且男孩儿女孩儿都要起一堆。"

"连起名你都觉得难，那带孩子更困难。"宋妙里歪在沙发上打游戏，"小名有吗？"

"什么都没有。"池穗穗作为一个准妈妈，什么都没想好。反倒是她和贺行望的粉丝操心很多，大名、小名起了无数个，在超话里列了一个名单，池穗穗也会翻翻看。

"贺行望心里不可能没数吧，这不符合他的性格。"宋妙里一边说，一边寻求赞同，"小棉花，你说是不是？"

苏绵点头："对！"

池穗穗挑了挑眉，正要说什么，肚子一阵疼痛，身下也有湿润感。她的第一想法就是羊水破了。

果不其然!

“我好像要生了。”池穗穗说着，动了一下，然后感觉羊水流动的速度变得更快。

“什么？”宋妙里和苏绵一下子从沙发上站了起来，“赶紧打电话送去医院。”苏绵拨打了急救电话，宋妙里顺手就在游戏里回了一句“要生孩子了，不好意思”。

队友：“……”还有打游戏打到一半去生孩子的？

和手忙脚乱的苏绵及宋妙里相比，池穗穗反而非常淡定，叫来了家里的阿姨。

“别慌。”她安抚着两人。

“你都要生了，怎么能不慌？”宋妙里皱着一张脸。

没多久，池穗穗就被送去了医院。

因为几个月前就安排好了一切，她进去后没有耽搁时间，而且因为怀孕期间坚持锻炼，胎位也正。

预产期提前是贺行望没料到的，宋妙里的电话打过去时，他正在参加一场经济论坛，台下坐着一排记者，闪光灯无数，然后大家就看到贺行望去了不远处接电话。电话接起来后没一分钟，他就离开了现场，然后主持人也宣布他有事离开。

记者交头接耳。

“贺总怎么突然离开了？”

“有什么事这么重要，会议都不参加了？”

“最近贺氏没什么事吧？”

不管媒体记者怎么猜测，贺行望已经直奔医院，几分钟后新闻头条也播报他因故缺席会议。至于是因为什么事，没人知道。

不过显然“狗仔”是有新闻敏锐度的，几乎是闻风而动，开始调查贺行望的去向。网络时代，一个人想要隐瞒行踪的可能性很小。很快就有知情人透露，贺行望疑似去了医院，大家再稍稍联想一下——八成是池穗穗生孩子了。

这可是个大新闻。

“狗仔”迅速往目的地奔去，只不过才到医院门口就被拦住了，压根儿进不去。一群人面面相觑，连主角的影子都看不到，更别提要知道生了没、生的男孩儿还是女孩儿。但是这也不妨碍他们写头条。

实际上生产非常顺利，池穗穗进去没多久孩子就生下来了，想象中的“撕心裂肺”“扯胃尖叫”都是没有的。池穗穗累得想合上眼皮子：“我的孩子呢？”

医生抱着孩子，送到她边上让她侧头看，笑着说：“是个女孩儿，您看多可爱啊！”

“怎么这么丑？”池穗穗皱眉，心想医生可真会说场面话，“是不是抱错了？”

医生听多了这话，已经能够非常淡定地安抚新晋妈妈：“小孩子刚出生时都是这样的，过几天就好了。”夫妻俩这么好看，孩子肯定很漂亮。

池穗穗说：“好吧。”

“穗穗，你想多了。”贺行望哑然失笑，低声提醒，“这不是在拍电视剧。”

其实他第一眼看到也觉得丑，但是大家都说小孩子长开了就好看，他的女儿肯定是好看的。

外面的十来个人等了半天病房门才打开，然后呼啦一下冲到门前，问这个问那个。得知生产顺利，众人都松了口气。

宋妙里更是长舒一口气。她对生孩子其实是很怕的，因为大家都说很疼，还有这样那样的苦，所以她跟过来也是为了提前观望一下。如果太疼了，连池穗穗都忍不了，那她估计是不敢生的，回去就和顾南砚商量不生孩子。

“宝宝我都没看到。”苏绵委屈巴巴地道。

江慧月和池美媛是关心池穗穗去了，得到一切顺利的答复后又去看孩子。长辈一一看过孩子，苏绵挤不过去。

宋妙里安慰她："没事，待会儿就能看到了。"

苏绵伸长了脖子，总算看到一点儿红通通的脸蛋，宝宝连眼睛都没有睁开，看不出来好不好看。但是两家长辈不一般，已经吹了起来，仿佛面前的孩子就是天仙落地。

苏绵心中叹息：比不过、比不过。

医院里喜气洋洋时，外面都炸锅了。

热搜上挂着"池穗穗生了"几个字，本来网友以为点进去能看到宝宝的照片，结果一看就只有一张医院的大门照。网友把发新闻的人骂了个狗血淋头。

最近因为没什么大新闻，所以一旦池穗穗几天没露面，贺行望在家待的时间久，大家就要猜测池穗穗是不是生孩子去了。

他们都快患上"池穗穗生了"PTSD（创伤后应激障碍）了，和"狼来了"的故事类似，所以这次的真新闻，反而没几个人信了。一直到当事人宣布之后，大家才后知后觉地反应过来——池穗穗居然真的生了，他们骂错了？

池穗穗只在自己的微博上晒了一张女儿小脚丫的照片。

几个月后，当初她第一眼觉得丑的小孩子也一天天变成了一个小美人，眼珠子黑溜溜的，眨着眼看人时眼神清澈动人，基本上没有人不喜欢她。

晚上睡觉池穗穗不放心，就让孩子留在自己的房间里，小孩子一天到晚只知道睡。

"你女儿好小一只。"她歪过头对贺行望说。

"也是你女儿。"贺行望顺着她的话说。

"干脆就叫她只只好了。"池穗穗扬了扬眉，"只只、只只，我起名字还挺好听。"

贺行望没有反驳的机会，原本安稳睡着的只只仿佛听到了妈妈的呼唤声，翻了个身换姿势，小身子趴在床上，像一只小乌龟，可可爱爱的。

只只一出生就备受宠爱，不管是对贺家还是齐家来说，她的出生都意味着整个家族四世同堂。池穗穗最喜欢把自己的手指放进只只的手心里，只只的小手攥住她的手指，包裹起来，又软又可爱。

宋妙里来几次就想偷几次孩子："只只怎么这么可爱！"

池穗穗说："觉得可爱你就自己去生一个。"

宋妙里说："你以为生孩子很容易啊？"

池穗穗说："是很容易啊。"

宋妙里："……"她为什么要和一个新晋妈妈讨论这个话题？

多了一个孩子后，池穗穗的生活变化也不大，家里有两个阿姨，父母也经常过来，她反而会被挤到一边去。

不知道是不是天底下的妈妈都喜欢晒孩子，池穗穗也喜欢拍只只，从出生到长大，都有专门的相册。她也会挑一两张可爱或是"鬼畜"的照片发到微博上，当然只是偶尔，过犹不及，池穗穗最了解。

贺行望作为一个严谨认真的父亲，对养孩子拿出了十二分的精神，从准备到实施，可以说是计划周全。他少年时接触得更多的是同龄男生，唯一关系好的女生还是当时的池穗穗，又小又嫩的只只让他无所适从。

贺行望第一次抱只只时姿势就错了，池穗穗在床上简直笑疯了："你这是抱孩子吗？"

他连眉头都锁着，不知道的还以为他是在看什么垃圾文件，下一秒就能指出一百八十个错误。

"第一次总有失误。"贺行望十分淡定，然后在她的指导下改变姿势。只宝刚喝过奶，他还能闻到奶香味。

只宝一眼瞅过去，也没觉得害怕，伸手就抓了一下他的下巴，咯咯咯地和妈妈一起笑了起来，嗓音糯糯的，眉眼间已经有了贺行望的影子。

小只只笑的时候像池穗穗，生动活泼，尤其是睁着一双大眼睛时，乌黑的眼眸明亮璀璨。

"她笑了。"贺行望转过头对池穗穗说。

"在笑她爸爸呢。"池穗穗靠在他肩上，乐不可支地道，"你如果留了胡子，现在肯定被拽住。"

她想起电视剧里的一些情节。不过贺行望要是留长胡子，池穗穗想象不出那个画面，莫名想到了圣诞老人的模样。

贺行望虽然平时白天在公司，但回家后大多时间耗在只宝的身上，甚至会推着车带她出去散步。对只宝的第一次叫人，两个人都颇为期待。

和其他的孩子相比，只宝在婴儿期相当安静，是一个乖宝宝，每天吃了睡睡了吃，不像别的孩子晚上闹人。这时候，池穗穗也渐渐恢复了自己的工作，每天去新闻社报到，生活步入正轨。

晚上，只宝在床上玩玩具，池穗穗在逗她："只宝，叫妈妈。"

只宝一心只在玩具上。

池穗穗以为她会先叫妈妈，没想到一天晚上睡觉前，只宝玩着玩具，突然开口叫了声爸爸，口齿不清，声调还是平平的第一声，但确实是叫的爸爸。

池穗穗非常惊讶，赤着脚跳下床，贺行望刚从浴室出来，她撞进贺行望的怀里，质问："你是不是偷偷贿赂你的女儿了？"

"我贿赂什么？"贺行望还不知道怎么回事。

"她刚刚叫了爸爸，都没有叫妈妈。"池穗穗有点儿怅然，"你今天瞒着我做了什么？"

贺行望眸中掠过一丝惊喜之色。

只只的说话时间摆在那里，可能就是最近一两个月，没想到就是今天，可惜她叫的第一声他没听见。沉吟片刻，贺行望才缓缓开口："有可能是我今天……多亲了只只两口？"

池穗穗："……"

然后贺行望认真地在她写满问号的脸上亲了三下，低声说："你也可以叫我。"

池穗穗神情复杂："想让我叫你爸爸？"

贺行望的表情也有了微妙的变化，半晌，他略显无奈地道："是叫老公。"

池穗穗先是愣了下，然后勾唇笑了起来："你想要我叫就直接说。"她点了点自己的脸，"还想要暗示我，又不是做阅读理解。"

贺行望挑眉，没说话。

"叫你老公，老公、老公。"池穗穗从他身上下来。她生孩子后反而变得腻歪起来，搂着贺行望的脖子叫他。

房间里突生暧昧气氛。原本他们自从孩子出生后就没有夫妻生活，再加上池穗穗晚上把只宝放房间里，就更不可能干啥了。

“妈……妈……”两个人正对视着，床上的小只只忽然叫了起来，丢下玩具要往床的这边爬。

池穗穗直接松开了贺行望，转身抱住自己的女儿：“只只刚刚叫什么了？”

只宝窝在她怀里，圆溜溜的眼睛盯着池穗穗看，再没有开口，仿佛刚刚说的话都是幻觉。她张开的嘴巴里还能看见才长没多久的小牙，雪白又漂亮，池穗穗偶尔喜欢伸手摸，感觉特别可爱。

“她还不太会说话，过段时间就好了。”贺行望安慰她，“下个月。”

“如果下个月不能呢？”池穗穗问。

“那就下下个月。”贺行望不觉得有任何问题，顺着她的话就给出了答案。

俗话说七坐八爬九发牙，只宝和别人不一样，六个月的时候就能满床爬，七个月的时候自己坐稳玩玩具，已经开始长牙。轮到说话这一项，大约是只宝为了给自己争口气，又或者是第一声叫了爸爸，在两个月后开始频繁地叫起“妈妈”，一旦看到池穗穗，就眉开眼笑，叫个不停。

池穗穗以前挺烦不懂事的小孩儿的，没那个心思去管，轮到只只时，是整颗心都挂在她身上。

之前宝宝没公开性别时，网友猜测众多，一直觉得是男孩儿，毕竟背后有两大集团，结果是女孩儿，被啪啪打脸。

只只八个月后就开始睡自己的房间，晚上有阿姨陪着，不再睡在主卧。

只只一被抱回去，池穗穗过了几个月的休闲日子一去不复返。

池穗穗开始还能和贺行望旗鼓相当，最后软成一汪水。当然下场就是第二天池穗穗睡得天昏地暗。

贺行望听见怀中的人呼吸声很快弱了下来，归于平稳，也合上眼进入睡眠之中。

只宝一天天长大，脸也长开。她的大名叫贺知微，但是大家都叫她只只、只宝，叫习惯了，连带着只宝都自称只只、只宝，说话必带前缀。

“只只今天吃了两碗饭。”

“只宝今天很听话噢。”

每次她这么说的时候，大家总是忍俊不禁。

偶尔她淘气的时候池穗穗会连名带姓地叫：“贺知微，还吃不吃了？”

只只就会乖乖地坐下来。

齐初锐放假时间就往这里跑，只只爱美的性格从这时候就有了端倪：她喜欢这个长得好看的小舅舅，每次他来的时候，只只恨不得挂在他身上。

中午吃饭时，她不愿意坐在椅子上，非要坐在齐初锐的腿上，奶声奶气地说：“我不要你们。”

池穗穗问：“那你想要什么？”

只只捂住脸，露出两只黑葡萄似的眼睛：“我要舅舅喂！”她小小年纪就知道害羞了。

“就知道赖着舅舅。”池穗穗调侃道，“你干脆跟着舅舅去上学吧，别回家了。”

只只松开手：“我最喜欢妈妈了。”

齐初锐心头软软的，捏了捏她的小脸蛋，自己顾不上吃饭，一口一口地喂她。

池穗穗叮嘱说：“你别把她惯坏了，以后没人管得住。”

只只已经开始懂事，很清楚这话是什么意思，叉腰保证：“只只一定会很乖的！”

齐初锐附和着点头。池穗穗被这两人逗乐，觉得这两人简直是活宝。

两岁之后，只只的能力就显了出来，她在说话还有思维方面都超过同龄人，简而言之，是一个小神童。池穗穗很惊讶：“我女儿怎么这么聪明？”

贺行望坐在那里翻着最新的报纸，一本正经地开口：“如果不聪明才有问题。”

“小贺你有点儿自恋了啊。”池穗穗刚说完，楼上刚午睡醒来的只只就和阿姨一起下楼，扶着扶手，嘿嘿地往下挪步子。

小短腿下楼很困难，半天挪一层台阶，成人几秒的下楼路程只只走了五分钟。一到平地，她就兴冲冲地小跑过来，穿的鞋子踩在地上发出嗒嗒的声音。

“爸爸、妈妈。”

只只的头发已经变长，池穗穗每天会变着法子给她梳头发、做发型，家里的发卡数不胜数。

才两岁的小孩子冰雪聪明，抱住池穗穗的腿，指着自己的头发："头发、头发。”只只可臭美了。

阿姨不会梳好看的发型，只只起床后披着头发，小鼻子一皱一皱的，不打扮好心情是不会好的。头发随着她的动作一动一动的，看起来很可爱，只只又小小软软的，没有人抵挡得住。

池穗穗一边给她扎两个鬏鬏，一边说："只宝，再过不久，你就要去上学了。”

“爸爸和我一起去吗？”只只睁着大眼睛问。

“你一个人去。”贺行望放下报纸，戳破她的幻想。他本以为只只会很伤心，没想到女儿立马情绪外露，偷偷地笑起来。

池穗穗挑眉道："你女儿不要你了。”

贺行望："……”

只只声音糯糯地补救："才没有。”

她对今天的发型很满意，然后走到贺行望边上，从他腿上爬到怀里，被贺行望抱住，萌得让人心尖都一颤。

“只宝什么时候去上学呀？”她最后还是忍不住问。

“两个月后。”池穗穗说。根本不用她去找，只只去的是南城最好的幼儿园，从学校到老师，一切都是最好的。

只只小声欢呼了一下，怕被爸爸妈妈感觉到自己的兴奋，又转了转眼珠子，赶紧捂住嘴假装什么事都没发生过。

贺行望扬起了嘴角，这女儿真是小鬼灵精一个。

最后是贺行望带只只去的幼儿园。池穗穗那天刚好有事，最后只能他去。开学季幼儿园外面一堆豪车，家长们明里暗里地在攀比，贺行望反倒异常低调，不太想让外界知道自己的女儿在哪个学校上学。但是“狗仔”无处不在。

今天只只穿的是连衣裙，还有小皮鞋，头上是宋妙里送的一顶小皇冠，闪闪发光，俨然一个小公主。

就下车抱只只出来那几秒时间，贺行望被拍了个正着，玉雪可爱的只只搂着他的脖子，嘴里还在吃糖。记者不敢得罪贺氏，最后给只只打了“厚码”。

“贺神带孩子上学，是我从未想过的事。”

“怎么啦，还不兴人家当奶爸吗？”

“我要是贺神，也把只只抱怀里，隔着一层马赛克我都能看出来只只很可爱。”

“楼上的你眼神挺好啊。”

网友对着一张照片热议了半天，此时的贺行望已经带着只只进了学校，将他交给老师。

只只上的是小班，周围大多数孩子要么是抱着家长不松手，要么就是坐在那里嗷嗷大哭。一对比，她仿佛鹤立鸡群。

有孩子看到这么漂亮的只只，连哭都忘了，扯着家长的衣服就要往这边跑，闹着要认识漂亮妹妹。家长一看只只旁边面无表情的贺行望，赶紧把自家孩子带走了。

贺行望蹲下来，低声叮嘱只只：“在学校不要调皮，如果有不好的事情就打电话给我，知道吗？”

只只亲了他一口：“知道！”

贺行望扫了一眼教室：“有男生找你说话，你要怎么办？”

只只飞快地回答：“不理他。”

贺行望莞尔：“不是不理，可以说话，但要保持距离。”

只只捏了捏自己的耳朵：“只只知道啦。”

教室里很吵，贺行望略微皱了下眉，外面的老师进来看到他，连忙开口：“贺总。”

她又转向只只：“这就是只只吧。”

只只乖乖地开口：“老师好。”

老师有点儿惊喜，刚上小班的孩子这么乖可真不容易。她本来听说自己要带贺神的孩子，忐忑了一晚上，生怕哪里出问题。

贺行望语气淡淡地道：“麻烦老师了。”

老师微微一笑道：“不麻烦，我应该的。”

今天过来的家长很多，贺行望离开后，老师又去和其他家长说话，只只一个人留在原地。只只是坐不住的，自顾自地在班级里转了一圈，对哭鼻子的同班同学感到十分头疼，然后趁老师不注意就跑去了其他教室。

这所幼儿园是有大班的，只只迈着一双小短腿在走廊上逛了半天，最后发现了一间教室。这间教室里虽然很吵，但有一个长得好看的小哥哥。

她趴在窗台上往里看，直勾勾地盯着对方，最后干脆推开门走了进去，抱着一个小板凳就坐在了小哥哥旁边。

漂亮哥哥抬头看了她一眼。只只这时候才发现他的眼睛是蓝色的，像玻璃珠一样，忍不住开口：“漂亮哥哥，你在看什么啊？”

她凑过去看到了一片英文。

池穗穗在家没有刻意培养只只的外语，连很多早教都没有进行，想让只只童年过得好玩点儿。所以只只看到书上的英文，第一反应就是拼音，但又拼不明白，鼓了鼓脸，不太开心。

她在椅子上挪了挪屁股，又捧着脸问：“你为什么不和我说话，只只难道不可爱吗？”

自己可爱到宋姨都想偷她回家呢。身旁这位漂亮哥哥的头发是黑色的，刘海搭在额前，看起来很软。

“你在看童话书吗？

“你叫什么名字……”

只只说了一大堆，偶尔才看到那双漂亮的蓝眼睛看她一眼，然后对方继续低头看书。一直没听到回答，她很快就改了主意：“漂亮弟弟——”

“你的话太多了。”

只只觉得他的声音很好听：“你说话啦。”

她刚说完，这个班的老师从外面进来，看到陌生的小女孩儿，温柔地问：“小朋友，你是哪个班的？”

只只说：“我就是这个班的。”

老师换了个问题继续问：“那你来上学多久了？”

只只依旧用“奶音”回道：“只只上学一年了。”

身旁传来一声轻笑，只只迅速扭过头，看到漂亮哥哥的嘴唇弯了一下，好看极了，她也跟着笑起来。老师算是看出名堂来了。

“梁衍，你帮老师看着这个小同学。”老师叮嘱道，“待会儿我回来带她离开。”

梁衍沉默地点了点头。

老师问不出只只的年龄，只能凭借猜测去外面询问其他老师，幸好还有个“名字叫只只”的信息。等小班的老师过来时，只只正趴在桌上，小嘴说个不停：“梁衍哥哥，你的眼睛为什么是蓝色的，只只的为什么是黑色的？我知道了，你是不是偷偷给自己的眼睛染了色？”

她指了指头发：“就像染头发一样。”她一副小大人的模样。

梁衍合上书，问：“你说了这么多话，口渴吗？”

只只摇了摇头，又点了点头：“渴了。”

梁衍倒了杯水给她，小女孩儿坐在椅子上脚都不沾地，晃着腿，就着杯盖小口小口地喝水。

小班老师过来后，只只怎么都不肯走，强硬地带她走又怕出问题。老师正无可奈何的时候，梁衍慢吞吞地开口道：“老师，让她在这里吧。”

“你确定吗？”老师问。

梁衍点头：“我会看好她的。”

只只也点头如小鸡啄米：“只宝会被看好的。”

其实只只压根儿不用看，他去哪里只只就跟着去哪里。这个今天忽然赖上他的小女孩儿跟定了他似的。等池穗穗傍晚过来接只只时，她的女儿已经在大班落地生根，摇头晃脑地上着课了。

放学后，只只还开开心心地和梁衍告别。

池穗穗看了看小男生那张“祸国殃民”的脸，再看看自家女儿直勾勾的眼神，明白了什么。

只只脆生生地开口：“妈妈。”

池穗穗嗯了声：“怎么了？”

只只小声说：“我想把眼睛染成绿色的。”

这样她就能和漂亮哥哥一起拥有其他颜色的眼睛了，和别人的都不一样。

池穗穗说：“你怎么不说把头发染成绿的？”

池穗穗是被自己女儿的思维逗笑了。刚才的小同学是个混血儿，五官立体，眼窝比平常人更深，蓝眼睛清澈漂亮。不说只只喜欢，她看着都觉得好看。

“头发不要绿的。”只只摇着自己的小脑袋，漂亮哥哥的头发是黑色的，她要和他一样。

“这话你回家和你爸爸说。”池穗穗捏了下她的小鼻子。

只只转了转眼珠子。

远处，梁衍上了一辆车，她没有看到他的父母。难道漂亮哥哥都是一个人上学的吗?

只只思来想去，以她目前的脑瓜子很多事都想不通。上车后，她说：“我以为还是爸爸来接我放学呢。”

池穗穗给她整理了一下凌乱的衣服，说：“你爸爸在公司里面，正忙着。”

只只问：“忙什么呀？”

池穗穗说：“忙着给只只挣钱呀。”

只只哈哈笑了起来：“明明是给妈妈挣钱。”她凑过来，在池穗穗的脸上亲了一口，然后又低头去玩自己的小玩具了，那是一个公仔。

池穗穗觉得孩子的童言童语很可爱，他们的思维和大人的永远不在一条线上，自家女儿的只言片语更是可可爱爱的，怪不得宋妙里那么想偷自家女儿。

幼儿园小班其实没什么课程，就是老师带孩子交交朋友、学学说话、玩一些小游戏之类的，毕竟两三岁的孩子大多还不能独立。只只算是比较厉害的，不爱哭，反而鬼灵精怪的，窝在大班里待了那么久也没有闹，当然池穗穗知道有梁衍的缘故。小孩子喜欢好看的东西或者人都是正常的，她不会在孩子这么小的时候就胡乱干涉。

手机里还有姐妹们发来的消息。

宋妙里："我们只只上学第一天就闻名全世界了。"

苏绵："不愧是只只。"

宋妙里："穗儿，快来和干妈们汇报汇报最新情况。"

池穗穗也看了网上的新闻，早在上午的时候，公司就撤了相关热搜，当然有些新闻是删不掉的，还有人在讨论。新闻里没有露出只只的脸，池穗穗尚且能忍受。

她回复："只只去大班待了一天。"

宋妙里："我们只只幼儿园就跳级了？"

宋妙里："天才儿童宝贝妈。"

宋妙里的最后一句话让苏绵发了一串"哈哈哈哈"，然后问："只只真的跳级了吗？"

池穗穗："没有，她看上了一个小男孩儿，在人家班里赖着不走，老师都拉不走——'颜控'如她。"

宋妙里："所以那个男生好看吗？"

池穗穗回了个"好看"，描述了一下梁衍的长相，还有只只那一句"染成绿的"的经典发言。即使是文字描绘出的容貌，也能让人感觉出来男孩儿有多好看，然后两人就炸了。

宋妙里作为一个资深"颜控"，对此非常有经验，噼里啪啦地打字。

宋妙里："不愧是我干女儿，眼光真好。"

苏绵："这次我为只只加油，这种机会怎么能放过，以后长大了就没几个好看的男人了。"

随后宋妙里把群名改成了"只宝交友群"。

池穗穗："……"只只到底是她女儿，还是她们的女儿？

池穗穗带着女儿回到家里时，外面的夕阳刚刚消失，阿姨已经准备好了晚餐。池穗穗才帮只只换了件衣服下楼，贺行望就回来了。

“爸爸。”只只叫了声，迈着两条小短腿噌噌噌地跑过去。

贺行望一手将她抱了起来，被亲了好几下，他看向池穗穗：“她今天在学校怎么样？”

池穗穗似笑非笑地道：“你问她自己。”

这么一听，贺行望就觉得有问题了。他垂眼看向女儿，女儿白嫩嫩的脸上是懵懵懂懂的神色，让人心尖发颤：“第一天上学感觉怎么样？”

只只大声说：“只宝好喜欢上学。”她最喜欢的当然还是幼儿园里的漂亮哥哥。

贺行望问：“老师今天教了什么？”

只只眼珠子滴溜溜地转，半天没答出个所以然来，磕磕巴巴地说：“只宝不记得了。”

“是不记得还是压根儿没听？”池穗穗坐在沙发上，一口戳破她。

贺行望走过去，眉梢一扬：“她上课捣乱了？”

“不是，她自个儿跑去大班待了一整天。”池穗穗睨了眼正低着头的只只，“老师拉都拉不走。”

“是吗，只只？”贺行望问。他对女儿说话时声音会不自觉地放低，变得轻柔，原本就低沉的嗓音更加好听。

只只将手指捏在一起，点了点头。

池穗穗又说：“大班有个混血儿，她觉得人家好看，坐在人家旁边，还说要把自己的眼睛染成绿的。”

贺行望差点儿以为自己听错了，而且染色这种事也不知道她是怎么知道的。

只只更心虚了，转移话题：“只宝饿了，想吃饭。”

贺行望不为所动，敛眉，径直问道：“所以你去大班就是为了看好看的男生？”他临走前交代的话都被当耳旁风了。自家女儿生得玉雪可爱，他想过别的男生会过来搭话，倒是从没想过只只会去和别人搭话。

小孩子对大人的情绪是很敏感的，只只下一秒就搂住贺行望的脖子，撒娇道："只只什么都不记得了。"

贺行望拿下她的胳膊："不准撒娇。"

池穗穗的眼神扫了过去："你再训她一句，当心她晚上不理你了。"

只只听到这话，连忙偷偷靠近他的耳朵，小声说："只宝不会不理爸爸的。"

对爸妈，她很会哄。当然，面对她那张脸，是个人都会心软。

晚饭是只只自己吃的。她很独立，家里有专门给她定做的椅子，还有小碗、小勺子。

睡前，池穗穗给只只洗澡。只只很喜欢玩水，再加上今天心情特别好，洗澡的时候两只手就没停下来过。池穗穗的脸上都被溅了水："贺知微。"

听见自己的大名，只只抬头看她。

池穗穗对着这张脸生不起气来，只只和年幼时的贺行望很像，只是贺行望那时候爱面无表情，只只却比较萌："贺行望，你管管你女儿。"

"怎么了？"贺行望问。

"她洗澡都不安分。"池穗穗吐槽了一句，又低头："只只，你今天是不是太过分了？"

"妈妈。"只只两条藕一样的胳膊往自己腰上一叉，挺着小肚子问，"只只不可爱吗？"她头上两个小鬏鬏动来动去的。

池穗穗点她的额头："可爱鬼。"

只只捂着额头眨了眨眼。

洗完澡后，池穗穗眼不见心不烦，把她放出去，小丫头一出浴室就跳上了床。

"只只。"贺行望坐到床边，和她对视，缓缓开口，"我以前说过，不要惹妈妈生气。"

只只噘着嘴道："妈妈说我是可爱鬼。"

池穗穗从女儿的脸上能看出他的影子，他从女儿身上却能看到池穗穗的影子，女儿和她小时候的性格很像，母女两个简直把他吃得死死的。

"可爱鬼要听话。"贺行望亲了一下她的脸蛋。只只身上有沐浴露的香味，再加上本身的一点儿奶香，非常好闻。

只只眉开眼笑，害羞地钻进了被窝里，半天又钻出来，露一双眼睛在外面。

贺行望轻笑了一声。

等他和池穗穗准备睡觉时，只只已经在床中间睡着了，小嘴张着一条缝，身体横着，像是要飞起来。

“今晚让她睡这里？”池穗穗挑眉问道。

“不行。”贺行望神色淡然，把女儿给叫醒了。只只眯着眼，睁开一条缝，还翻了个身，嘟囔道：“干什么呀？不要打扰只宝睡觉。”

池穗穗乐不可支地看戏。

贺行望抿着唇说：“只只，回去睡。”

只只啪地拍在他的脸上，力道很轻，不甚清醒地开口小声说道：“回去睡有什么好处？我会有小弟弟吗？”

“贺行望，你怎么说？”池穗穗勾唇笑起来。

“你听谁说的？”贺行望绷着脸问。

“不记得了。”只只哎呀一声，小小的脸上充满了大大的渴望，“要你们亲亲才回去。”

贺行望亲了她一口，只只滚一圈，把脸挪到池穗穗边上：“还有妈妈。”

池穗穗和贺行望一人一边亲了她一口，她才心满意足，歪歪扭扭地跟着阿姨回了自己的房间。她一走，房间里就安静下来。

贺行望关了大灯，唯有不远处的夜灯亮着，陡添暧昧气息，连带着池穗穗的轮廓都模糊起来。池穗穗松开扎头发的皮筋，长发如海藻一般散下来，随着她的动作，身材曲线也完美显现。她听到贺行望说：“只只想要个弟弟。”

池穗穗抬了抬眼皮子，目光撞进了贺行望漆黑的眼眸里：“是她想要还是你想要？”

她看见贺行望弯起一边嘴角。

番外三
幸 福

“人间”在南城排第一不是没有原因的，洗手间也装饰得富丽堂皇。宋妙里倚在洗手间的墙上，打开手机，发现苏绵和池穗穗都发消息给她说先走了。

现在姐妹情这么薄弱的？

宋妙里正准备问问两个人是什么情况，就看见了手机推送的新闻，惊了一下。原来贺行望的手受伤了，怪不得池穗穗要离开。宋妙里也想知道是怎么回事，贺行望这么多年来都很平安，怎么这么关键的时候手受伤了？那奥运会比赛怎么办？

宋妙里胡思乱想了好一会儿，站到洗手间的镜子前补起口红来。里间几个女生的说话声清清楚楚地传了出来。

“看到刚刚那个男人了吗？”

“你说的是南边那个卡座里的男人吧？我刚刚看到了，好帅啊，不知道是哪家公子哥。”

“南城这边的公子哥谁没见过，若有那颜值不可能没人见过。我猜是新来的，要不然就是被‘下放’的。”

“他有女朋友吗？”

“那卡座里连个女人的影子都没，一群大老爷们儿，我还看见黄总坐在那儿。”

“待会儿去喝杯酒呗。”

女生们笑嘻嘻地说着话，眨眼间安排好了接下来的行程。

宋妙里合上口红，抿了抿唇。她知道她们说的是顾南砚那个卡座，并且她们讨论的中心人物也是顾南砚无疑。

宋妙里打开水龙头，水声淅沥地响起，里面的谈话声戛然而止，几个女生也刚好走出来。看到镜子里宋妙里漂亮的容貌，想到她的身份，几个女生笑眯眯地打招呼道：“宋小姐。”

混这个场所的人都知道南城的人物。

宋妙里心里的想法挺奇怪的，她和顾南砚已经分手了，但她听见她们要去搭讪，心里就不爽。常言说，一个合格的前任应该像死了一样，宋妙里自觉不是一个合格的前任。

她对几个女生点了下头，算是回应，然后离开了洗手间。

女生们面面相觑：“刚刚她是不是全听见了？”

“说起来，我之前好像见宋大小姐和那个卡座里的男人说话了……”

她们还怎么去搭讪？

宋妙里出来后，昂首挺胸，非常自然地从顾南砚面前经过，回了自己之前坐的卡座，桌上池穗穗和苏绵点的酒还在。

顾南砚半倚在暗影下，见宋妙里的模样觉得有些好玩。他在这边侧头就能看到那边的情况，宋妙里正一个人小酌，看上去还挺享受的。

他看得久了，就被有心人发现了。刚刚顾南砚那句“好像见到前女友了”大家还记得，这回他又一直看着那边的宋大小姐，该不会是前女友和宋大小姐长得像吧？

堂堂中跃科技的顾总，竟然是个痴情人？

因为和中跃科技的项目还没有落实，明眼人都想进来争一块蛋糕，现下有人就开始想歪主意了：要不他们找个替身送给顾总？

长得像的人本就难找，除非整容成那样的，但那也得花几个月时间，等他们成功，项目已经尘埃落定，黄花菜都凉了。所以他们要想找个和宋大小姐长得像的替身，有点儿难。

宋妙里坐了会儿，无所事事，决定回家。开车的人提前走了，就她一个人留在这儿，只好发消息给池穗穗问能不能来接她。对面的人果断拒绝了，说让宋成睿来接她。

宋妙里回了一句“他不在南城”，就听到了路边的声音。顾南砚和几个她熟悉的叔叔辈老总走在一起，大概是看见她了，顾南砚点了下头。宋妙里面无表情、佯装淡定地回应，然后余光瞥见顾南砚给黄叔叔开了车门——刚刚的一点儿怀疑消失殆尽。

小顾果然是小兵小卒，还要给人开车门，从来都是别人给她开车门的。一时之间，宋妙里竟然感觉有点儿心疼。

殊不知，那边的黄总对顾南砚给他开车门的操作感到受宠若惊：“顾总，这就不用麻烦了，我自己来就行。”

顾南砚笑意浅浅：“没什么，举手之劳。”

黄总这才心安理得地坐进去，甚至怀疑顾总心仪的合作对象已经是他了。顾南砚关上车门，面色淡定。

而站在那边的宋妙里收到了池穗穗的新消息：“要不我找车去接你？”

她正准备回消息，头顶传来熟悉的声音：“送你回去。”

宋妙里抬头和来人对视：“不用了。”

顾南砚下巴微低：“你要一个人在这里吹风？”

宋妙里想说自己可以打车回去，但是顾南砚已经抓住了她的手腕，将她往车上带。她坐到车里后，还不忘提醒：“小顾，我们已经分手了。”

分手理由还是她要回去相亲。

顾南砚坐在驾驶座上，神色淡然，挑眉问：“所以你和你的相亲对象怎么样了？”

一个谎要用无数个谎去圆，宋妙里面无表情地道："不告诉你。"

顾南砚轻笑了声，没再问。

他最后把宋妙里送到了她住的地方，这是她名下的一处房产，当初大学时的一套投资小房。顾南砚也在这边住过几夜。

宋妙里跟在他后面，感觉他比自己还熟门熟路。他将西装搭在手肘上，看上去斯文又"禁欲"。门一开，她便进去挡在门口，委婉地劝道："小顾，你忘了我吧。"

顾南砚眉眼清隽，问："所以你会忘了我吗？"

他身形高挑，宋妙里要仰头才能和他对视。顾南砚垂着眼，柔软的黑发有些凌乱，睫毛意外地很长，黑眸一眨不眨地看着她。

这人怎么能用美色诱惑的手段？即使看过一千一万遍，甚至睡过，宋妙里仍无法拒绝这张脸给她带来的吸引力。而且分手也是她提出来的，她甚至骗了他。这么一想，她就像个感情骗子，玩弄人家的感情，再联想到今晚小顾还给别人开车门……宋妙里的心不可避免地软了。

接下来事情的发展她自己都没有预料到，孤男寡女共处一室，两个人之间又还有情，男人深夜逗留……

半夜，铃声突兀地在房间内响起。

空气中还残留着一丝余味，顾南砚睁眼时，怀里的宋妙里乖巧地靠在他身上，头发也蹭在他的下巴处。大约是被铃声吵到，她动了动。

顾南砚摸到了手机，却不小心按到了接通键，听筒里面传来一个女声："宋医生，你回去了没？"

"回了。"他回了句，将电话挂了。

情事才过，他的声音有些沉，电话这边的苏绵差点儿没听清顾南砚说的两个字，想打电话报警时才反应过来。宋医生和她男朋友旧情复燃了？这么厉害的吗？

对这种恋爱人士分分合合的事情，苏绵百思不得其解。

复合就在一念之间，第二天醒来后，宋妙里坐在床上反省了将近二十分钟，一直到顾南砚推门进来，她才回神。她感觉自己就像一个渣女。

宋妙里小心翼翼地提出一个建议："也许我们可以维持这种身体上的恋爱关系？"

顾南砚就这么看着她，宋妙里说："你别这样看我。"她心虚。

顾南砚问："那我怎么看你？"

宋妙里说："你昨晚是不是故意的？"

顾南砚慢条斯理地找了件衣服给她，还贴心地给她拿了内衣："你不是知道答案了吗？"

宋妙里当然知道，但她的自制力一般，所以就顺杆爬，一边享受一边默念是顾南砚勾引她的。顾南砚精准地踩着她的点。

其实宋妙里想过搞一个包养协议，正好改善一下小顾的生活，后来想想算了，太麻烦了。

复合第一天，宋妙里在愧疚中度过。

复合第二天，宋妙里心情正常。

复合一个星期后，宋妙里恢复恋爱日常。

因为和小顾复合了，好几天没回家里住，她猜到家里人应该都知道他们的事了，回家那天很心虚。但她万万没想到，父母没管她。

宋妙里戳了戳宋成睿："爸妈这两天有好事？"

宋成睿问："什么好事？"

宋妙里说："他俩之前不是反对我谈恋爱吗？"

宋成睿回忆了一下，眉毛一挑道："他们没反对你谈恋爱，是反对你谈恋爱不知对方的情况。"

宋妙里哦了一声，其实上次听到父母说的"相亲对象不在乎"，她就猜到对方是看中了宋家的家底，所以才无所谓。联姻就是如此，"塑料"夫妻当个摆设。她有心约对方出来谈谈，却次次都不成功，于是干脆不管了。

重新进入恋爱状态的宋妙里生活回归平常，大有走一步算一步的意思，说不定哪天两人之间就没感情了。

一直到某天，顾南砚告诉她，家里人让他回去结婚。宋妙里还没来得及震惊，又听到他说他拒绝了，说自己有女朋友，家里人让他把女朋友带回去看看。她的想法瞬间从"小顾这么好"变成了"亡命鸳鸯"。

宋妙里不能想象自己嫁进一个小房子里之后的日子，多年来养尊处优的生活养成了她的一切习惯，普通人家负担不起她喜爱的珠宝和高昂的护理费用，如果过柴米油盐的生活，两个人终会成为怨偶。

事情陷入僵局，宋妙里仿佛又回到了之前做选择题的时候。但她是个选择困难症患者，直到一件事转移她的注意力。

“妙里，这次有好东西，你要不要来看看？”

南城上上下下的名媛对各自的爱好都掌握得很清楚，对方发来了一张照片，上面还有简介，是一块形状漂亮的天然翡翠，深绿的翡翠让宋妙里一见就喜欢上了。她应了邀请，正好花钱也能让自己心情变好。

只是想到出席要带男伴时，宋妙里陷入了沉思，给池穗穗发消息：“你去拍卖会吗？”

池穗穗：“不去。”

池穗穗：“缺男伴？缺人陪？”

宋妙里回了个“是”字，然后收到了新消息：“你家小顾那张脸不够让你有面子吗？”

有脸没身份的小顾当然不可以。

宋妙里：“如果我真带小顾去这样的场合，岂不是故意羞辱他？小顾本来就那么可怜了。”

池穗穗：“……”

宋妙里还是有点儿良心的，就算分手也要分得平和。放下手机，她撑着脸想了会儿。其实她做好心理准备了，这一场慈善拍卖会之后，两个人恐怕是真的结束了，就此成为两个世界的人。她没想到池穗穗向主办方多要了一张邀请函，寄给了中跃科技的顾总。

夕阳下的中跃科技大楼如同一只沉睡的野兽。

顾南砚站在落地窗前，俯瞰着整个南城，金色的余晖一半落在他身上，一半洒在地面上，桌上摆着一份刚刚送来的邀请函。

晚间，顾南砚回来时，宋妙里正坐在那边发呆。他叫了她的名字：“妙里，在想什么？”

宋妙里回过神的时候，自己已经亲了上去。顾南砚显然对此早有预料，揽住了她。

宋妙里事后才说："你为什么不阻止我？"

顾南砚神情理所当然，凝视着她，然后说："女朋友要亲我，我没有理由拒绝。"

宋妙里一想也是，男朋友要主动亲她，她才不会拒绝呢。

顾南砚晚上并没有留在公寓这边，宋妙里反而自在许多，因为顾南砚经常会限制她什么时候睡，不准吃夜宵等。

她点开了一部剧，看得津津有味，一直在客厅的小机器人慢吞吞地进了房间，冷声提醒："主人，请不要在深夜吃垃圾食品。"

宋妙里说："现在才十点，太早了。"

机器人没有声音了，宋妙里放下零食，下床坐在地毯上，面对着它开口："你今晚还跑不跑？"

机器人没有表情。

她怀疑这个顾南砚送的小机器人是假冒伪劣产品，像电影里那样的神奇功能没几个实现的。小机器人的外表有点儿丑，不符合宋妙里的审美，但看的时间久了，她又觉得丑萌丑萌的。最重要的是，这是男朋友送的。

不过以前每晚她睡觉时它会往外跑，现在反而每天守在房间里，早上还会叫她起床，像一个计划表和闹钟。

"十点到了，您该睡觉了。"机器人忽然开口。

"我想和你的主人对话。"宋妙里说。

"我的主人就是您。"

"别以为我不知道你暗地里和你的前主人联系。"宋妙里哼了声，叫道，"小顾。"

房间里安静了十几秒，终于传来冷淡的男声："妙里。"

宋妙里挑了挑眉，就知道管用："你怎么自己还没睡，就要我提前睡？你这是双重标准。"

机器人的灯光是暗蓝色的，房间里没开灯，这点儿光显得很平静，还有点儿深海感。

“我在处理工作。”顾南砚说。

“你的老板真过分。”宋妙里日常控诉他的吸血鬼老板，“你干脆辞职吧，找个轻松点儿的工作。”

顾南砚非常冷静：“工作难找。”

宋妙里说：“你又不要我给你介绍的工作，搬砖也比这个好点儿呀，深夜加班容易猝死。”

顾南砚想起她介绍的工作——女朋友的好心他知道，但他没法接受。顾南砚能猜到远程机器人对面，她穿着睡裙，姿势放荡不羁，十分可爱。

他翻开一页文件：“你该睡了。”

顾南砚在机器人里安了监控摄像头，但他基本不打开，只有在自己不在的深夜，为了安全，才会打开。所以在两个人还没有亲密接触之前，机器人每晚会主动从房间里离开。现在，他和宋妙里已经彼此熟悉，也和她提过监控的事情，晚上机器人就不会跑了。

宋妙里习惯了他转移这个话题，凑近机器人，非常不满地道：“我看不到，你能看到，一点儿也不公平。”

顾南砚微顿：“好。”

宋妙里又说：“我不是让你重新买啊，就吐槽一下。”她还是心疼穷男友的。

顾南砚眼中情绪不明，但计划仍在进行，他开口道：“我知道，不用担心。”

宋妙里嗓音软软的，对着小机器人说：“我去睡觉了，你不准再熬夜加班。”她一向是个善解人意的女朋友。

顾南砚嗯了声：“晚安。”

小机器人照常在房间里转了一圈，回到了最佳角落，安安静静地站在那里，守着它的主人入睡。

慈善拍卖会的时间邀请函上已经写了。

宋妙里已经有一段时间没参加公开活动，而且这次有自己喜欢的东西，所以对这场慈善拍卖会很重视，要回家拿礼服。

虽然顾南砚不住在她这里，但是每周总有几天会过来，所以她没敢在衣帽间里放自己的礼服、包包、珠宝等东西。那些东西动辄百万，一出现不就露馅了？

宋妙里回到家时，父母两个都在，看见她，眼皮子一抬："终于舍得回来了啊？"

"回来看看你们嘛。"宋妙里笑眯眯地道。

"得了吧。"宋母戳破她道，"又回来拿什么东西？"

宋妙里也没隐瞒："过两天有个拍卖会，没衣服穿了。"

"你那衣帽间里衣服一堆，随便拿一件就能出去了。"宋母说，然后又问，"一个人去？"

"穗穗要和贺行望一起，我不就只能一个人了嘛。"宋妙里从桌上拈了瓣橙子吃。

"你男朋友呢？"

"妈，你这不是在问废话吗？"

宋母似笑非笑，见自家女儿天真的模样，摇了摇头："既然谈恋爱，就好好谈。"

她倒是没想到女儿的恋爱对象居然就是顾家的人。

南城和北京之间距离远，但大家基本上知道哪家是顶尖的。中跃科技进驻南城时，宋家就知道了，只不过当顾南砚来提亲时，宋母还是震惊了。本身她就不满意宋妙里和一个普通小员工谈恋爱，明显没有结果，正好顾南砚看上去成熟稳重。

宋妙里阳奉阴违，没同意，结果再等宋母问时，宋母才知道顾南砚就是那个"小员工"。现在年轻人谈恋爱都喜欢来这一套的吗？

宋父在一旁咳嗽了一声，提醒老婆。

"我哪里说错了？"宋母回过神来，看着自家女儿漂亮的脸，"你不是说他长得很好看？"

"好看啊。"宋妙里点头，但顾南砚再好看也不可能来到她的世界里。

宋母说："邀请试试。"

宋妙里不懂她为什么突然这么关心自己的恋爱对象，胡乱应了："知道啦。”

她从家里收拾了几样合适的穿搭服饰，下楼时宋成睿刚回来，正在和宋母聊天，见到她，叫了声：“姐。”

宋妙里点了点头，大概和母亲关心自己恋爱一样，她这个做姐姐的也对弟弟的恋爱十分关心，甚至曾经想撮合他和苏绵。当然这被宋成睿拒绝了，况且他和苏绵也不熟，没说过几句话，两个人的家境也有天壤之别。

“恋爱了没？”宋妙里问。

“没有。”宋成睿无奈地道，“再问一百遍也是没有。”

“没人追你？”宋妙里扳着他的脸左看看右看看，“不应该啊，你这么帅，怎么可能没人追你？”

“……”

“是不是你的眼光太高了？”宋妙里忽然笑起来，“你喜欢什么样的女生？”

宋成睿翻白眼：“有空你不如操心你自己的恋爱。”

宋妙里眨眼：“我很好啊。”

宋成睿哼了一声：“好啊，可太好了。”

他居然阴阳怪气的，宋妙里轻轻拍了他一掌：“怎么和姐姐说话的？没大没小。”

宋成睿无语。

拍卖会的日子很快就到了。

宋妙里一向只管自己的事，对拍卖会上其他的东西和嘉宾都不怎么关心——反正大家都是南城熟悉的人。她出发前还在群里和姐妹聊天。

苏绵作为群里最穷的人，发出了羡慕的声音：“宋医生，你一定要势不可当。”

宋妙里回她：“好好说话。”

苏绵：“万一有人和你抢翡翠怎么办呀？”

宋妙里仔细想了想，回复：“抢得过我再说。”

苏绵：“万一有‘富二代’拿钱砸呢，比如砸给自己的小美人。这不是电视剧里经常有的情节？”

宋妙里心想这可真是天真小可爱，现实中这一类慈善拍卖会，大家都不会太针锋相对，下了场大家还有可能合作的。她要真是和人闹掰了，那可以说是蠢了。

池穗穗：“晚上见。”

宋妙里：“你不是不去吗？”

池穗穗：“改主意了，和小贺一起去。”

宋妙里撇了撇嘴，感觉自己孤家寡人是真的可怜。要是宋成睿有空，她就不用一个人了。当然如果她想，是能找到人的，只是宋妙里懒得和南城的一些公子哥扯上关系。

她今日穿的是抹胸长裙，雾霭蓝的，配上自己最喜爱的珠宝，绝对是场上最闪亮的公主。宋妙里容貌偏温婉，穿礼服时最显优雅。

宋妙里到现场时，走过红毯签字，有人特地过来迎她：“宋小姐，您的座位在这里，2 号桌。”

场上此时没多少人进来，她看了眼上面摆放的签名，自己这桌只坐了两个人，对面的名牌是扣住的，她看不见名字。

宋妙里问：“我旁边是谁？”

迎她的人说：“中跃科技的顾总。”

宋妙里了然地点头。她对中跃科技这个名字现在也是很了解了，现在南城的人都知道这家公司，只不过她对 AI 不太感兴趣。宋妙里立刻失去了翻看名牌的兴趣。

池穗穗和贺行望来得迟，两个人坐在 1 号桌，和她正对着。池穗穗穿着黑白裙，很性感。看见宋妙里对面的位置空着，她弯唇笑了。

贺行望顺着她的视线看过去：“笑什么？”

池穗穗说：“等一场好戏。”至于是什么戏，她没说。

宋妙里对此一无所知，干脆玩手机。之前小顾说给她的手机安装了一个程序，就和其他人不一样了，虽然她也没看出哪里不一样，不过并不妨碍宋妙里对“技术大佬·顾”的崇拜，而且里面还有一个小游戏可以打发时间。

拍卖开始前，宋妙里去了次洗手间。侍者服务贴心，一路带着她回到原来的位置："宋小姐，您注意脚下。"

厅里的明灯已经关了，从台上蔓延下来的一点儿光线暗暗的，宋妙里提着裙摆，看到 2 号桌边多了一个男人，也没觉得意外。

不过出于好奇，宋妙里还是多看了对方两眼。对方背对着她，穿着西装，脖颈修长，微微露出的腕表表盘大方优雅，造价不菲，手指正点在桌上。

宋妙里难免会多想，中跃科技的顾总……似乎还挺年轻的，就是不知道长什么样。这人和她家小顾一样姓顾，怎么小顾这么穷？

宋妙里感慨着命运弄人，一步步回到自己的位置上，和顾总中间隔着一瓶插花。她给顾南砚发消息："小顾，你要多努力。"

本家人都是公司老总了，顾南砚可不得努力努力才能富有起来？他若努力成为新一届顾总，说不定他们还有结婚的机会。

顾南砚没回复。

宋妙里也没觉得奇怪，情侣也不是要时时秒回信息的，那得多闲才能时刻盯着手机？但是桌上的另一部手机屏幕亮了一下。

也就是这时候，刚刚的侍者停在桌边，礼貌地询问："顾总，请问您还需要点儿什么？"

宋妙里刚按灭手机，就听到对方出声回答，嗓音十分清晰："暂时不需要，谢谢。"

她顿住动作，感觉有点儿恍惚。这声音也太像顾南砚了吧？

宋妙里往后仰了仰，偏过头，越过花瓶往对面看，率先看到的是桌上方正的名牌上写着的三个字：顾南砚。

顾南砚？

这三个字让宋妙里惊呆了，她抬眼看到熟悉的英俊眉眼，从眼睛到唇，再到锁骨，都是她亲过的。她记忆里那个给别人开车门、经常深夜加班、总是被老板剥削的小顾，全是她幻想的？

顾南砚也没想到会在这里见到她。宋妙里今日的穿着优雅中带着一丝性感，是他从未见过的，宋妙里在他面前穿得一向很简单。

顾南砚沉思半晌才决定开口："妙里。"一切都要冷静。

收到池穗穗让人送的邀请函时，他确实没想过宋妙里会来参加拍卖会，甚至巧合地和他被安排在同一张桌上。当然，他也考虑过这样的情况该怎么处理。

有那么一瞬间，宋妙里甚至想到了“小顾竟然敢冒充中跃科技的总裁，真是大胆”。最后还是正常的逻辑让她艰难地回到现实：顾南砚隐藏身份和自己谈恋爱。

宋妙里漂亮的杏眼微微睁大。她只是隐瞒自己是宋家大小姐这一事实，但没捏造身份——顾南砚还给她造假？明明他们都在装穷，为什么他比她装得还穷？

好一个“工作难找”的狗男人，宋妙里盯着顾南砚那张过分好看的脸，嘴里夸着烂大街的话：“百闻不如一见，顾总这么年轻有为。”

她决定立刻让他从男朋友的位置下岗，再好看也给她马上“失业”。

宋妙里震惊极了，说话的时候声音都有点儿颤，直勾勾地盯着对面的人，生怕错漏一点儿表情。

拍卖师走上台，笑着说了几句场面话。周围也许有人注意这里，也许没人注意，但是不妨碍宋妙里和顾南砚之间弥漫起诡异的气氛。

顾南砚见她气得快要脑袋冒烟，比往常生动可爱，不知道为什么反而勾起嘴角。宋妙里瞅见他这样，更是生气，抹胸礼服随着胸膛上下起伏，在黑暗中也非常醒目。

“看什么看？”宋妙里狠狠地瞪了顾南砚一眼，坐直，让花瓶挡住他的视线。她要气死了。

当初在医院里她因为对顾南砚一见钟情，开始撩拨他。她的性格就那样，不会想太多，身为小员工的他反而让她这个“白富美”有些怜爱。

现在她想想就觉得顾南砚这个狗男人也太能瞒了吧？

每次自己说他的老板、工资的时候，他为什么能一脸淡定地顺着她的话说，甚至不经意间流露出几分感叹？因为这些都是假的。

她自以为的普通小医生和贫穷小员工的底层爱情，就这么被撕掉了伪装。

宋妙里一瞬间想起自己和他第一次提分手的时候，她的理由是要回家相亲和父母不同意他们交往，当时顾南砚的表情就不对。她以为是这事刺激到了他的自尊心，原来真相一言难尽，他怕是在心里笑她呢。

宋妙里回忆完了，更觉得可怕了。还有几个月他们就认识满一年了，顾南砚的身份居然这时候才曝光，这让她怎么忍？

宋妙里又想起刚刚看到的顾南砚的样子。虽然之前她见过他穿西装的样子，但显然没有今天来得矜贵，仿佛换了一个人一样，却同样令她着迷。

其实宋妙里和顾南砚在一起这么久，自从复合之后，住一起的时间也是每周好几天的，他穿的衣服甚至有经过她的手的。

顾南砚也是，自从知道宋妙里的身份之后，就有意查过她以往的照片。她更多流露在外的还是穿白大褂的照片，也是他当时第一眼觉得温婉精致的模样。她今天盛装出席的样子，是他没有见过的。

台上的第一件拍卖品是一幅画，宋妙里出神期间画已经被拍卖成功了。她打开手机，控制不住倾诉的欲望，发消息道："小顾这狗男人！"

苏绵："怎么了？"

宋妙里："他居然装穷！"

现在是晚上，苏绵正窝在自己的床上看剧，猝不及防地看到这条消息，顿时"吃瓜"心起："狗男人！怎么回事？"

面对姐妹的倾诉，自己首先要附和一句，然后才能问出自己的真实想法，这样好奇心不会被姐妹发现。

宋妙里正在气头上，当然没发现苏绵"吃瓜"的心态。她噼里啪啦地打字："我今天来拍卖会，坐在我对面的人是中跃科技的顾总，我就说怎么都一个姓呢。"

苏绵恍然大悟。之前池穗穗做过一期顾南砚的文字专访，苏绵对顾南砚也是有一定了解的，他不仅是公司老总，还是富家子弟。

那这么说来……这个顾总和宋医生似乎门当户对啊。

苏绵之前知道宋妙里一直纠结着，现下顾南砚是这么个身份，纠结都不用纠结了。她回复："有钱好啊，宋医生，你不用担心以后泡澡没有空运的鲜花、没有品牌送的礼物、没有私人飞机出国旅游了。"

宋妙里："我是这么铺张浪费的人吗？"

苏绵心想，可不就是。

宋妙里气呼呼地放下手机，隔着花瓶瞪了眼对面的顾南砚。顾南砚似有所觉，看了过来，二人从空隙中对视上，宋妙里一下扭过头去。

拍卖品一件件地被拍走，很快就到了一块名贵手表。

凑巧，这个牌子的表宋妙里见顾南砚浏览过，她用过他的手机，之前有人给他发这个牌子的手表图，她当时以为顾南砚没钱只能看图解渴。

“起拍价六十万。”拍卖师报完信息，说出了最低价，“每次加价不得低于一万。”

当然没人会一万一万地加价，慈善拍卖会挂着慈善的名头，最后拍卖所得的善款会用来做慈善，坐在场上的人都不是缺钱的主儿，乐得出手。

爱表的人开始举牌。

“八十万！”

“一百万！”

…………

“一百五十万！”

没有等到下一个举牌的人，拍卖师开始出声：“2号桌的顾总出了一百五十万，一百五十万，还有没有人加价？”

顾南砚的面子挺大，中跃科技进驻南城这么久，他第一次公开参加活动，大家自然而然地都给他面子。

就在这时，拍卖师眼睛一亮：“两百万！”

宋妙里放下手。她的零花钱不少，平时除了购物她也没地方花，谈恋爱之后连购物的时间都变少了。

顾南砚看向身侧的倩影，宋妙里显然正在与他置气，她对表从来不感兴趣。她一口气将价格抬到了两百万，拍卖师也叫了几声，场上人都不约而同地看过来。

这两人坐一桌还能抢起来？宋大小姐这么不给顾总面子的？

大多数人抱着“吃瓜”的心态在看戏。宋妙里在南城人缘极好，一向不掺和这些事情，对谁都是差不多的态度，这还是大家第一次看到她对某个人抱有敌意。

顾南砚往后靠了靠，没有加价。宋妙里得到了这块表，心里反而更郁闷了。

下面的拍卖品她都不怎么感兴趣，别人戴过的珠宝她就更不感兴趣了。吸引她来这边的是那块翡翠，它还保留着天然形成的形状，还没来得及被处理。

池穗穗笑弯了眼，问："看到戏了吗？"

贺行望将目光放在邻桌气氛僵硬的两个人身上，对池穗穗的恶趣味有了大概的了解。

他问："这么喜欢看戏？"

池穗穗望向他："姐妹的戏，自然比别人的要好看。"其他人的戏她才不乐意看。

两人说话间已经到了翡翠的拍卖时间，起拍价是三百万，不少人对此感兴趣，价格轻松地加到了七百万，这时候宋妙里才打算出手。没等她抬手，顾南砚已经举牌。

拍卖师叫道："八百万！还有更高的吗？"

宋妙里惊了，直接举牌："九百万！"

顾南砚这都要和她抢？他又不喜欢这些翡翠、钻石，买这个干什么？难道他是要送给其他女人？

他们现在可还是男女朋友关系呢，宋妙里下意识地看向顾南砚那边，撞进他的眼眸中。等她回神时，拍卖已经结束，顾南砚得到了那块翡翠。

宋妙里差点儿眼冒金星。这男人肯定是故意的，知道她的软肋，偏偏用美色诱惑她。

现在拍卖会现场只有一群"吃瓜"群众，众人乐呵呵地看顾南砚和宋妙里连着两次对上。两个人这是有私仇吧？各自想要的东西被对方拿到了。

之前有幸在"人间"会所了解内情的黄总正在和同桌的老总爆料："顾总有个前女友，长得和宋大小姐有点儿像。"

大家恍然大悟，前女友怕是做了什么，让顾总心生怨恨吧。

一众年龄都是宋妙里的叔叔辈的老总开始深深担忧宋妙里的未来，她对上手腕强硬的顾南砚，不是一件好事。顾总这么记仇，宋大小姐岂不是惨了？

今晚场上拍卖价格最高的拍卖品被顾南砚拿到手，一散场，不少人围了过来。

宋妙里就看到顾南砚被一群人围住。他身形修长，个子高，站在中间也是露半个头在外面，气质冷漠，如鹤立鸡群。

“妙里。”池穗穗走过来。

宋妙里回头：“穗儿，你看到没？”

池穗穗说：“顾总吗？”

宋妙里狠狠地点头：“就是他，就是小顾啊，他瞒了我这么久，要不是今天碰上，我还不知道。”

池穗穗扬眉：“你不也有事瞒着他吗？”

宋妙里气愤地道：“我没有这么过分啊，他居然装得比我还穷！亏我还偷偷为他流眼泪！”

池穗穗抿了口酒，问：“那你是气他瞒你，还是气他瞒你瞒得太多，还是气其他的什么？”

宋妙里没出声。她不知道自己气什么，反正就是憋得慌，像是找不到发泄口，无法纾解心情。

“你要那块表干什么？”见她茫然，池穗穗转移话题。

“我自己戴。”宋妙里说。

池穗穗没忍住，笑了起来。宋妙里反应过来自己说了什么，也忽然笑道：“送给小睿，反正他好像没有腕表。”

池穗穗和她聊了会儿，和贺行望先离开了。

这边有侍者将拍卖品精致地包好，交给了宋妙里。她一手拎着包，一手提着纸袋，矜持地站在台阶上，蝴蝶骨精致而漂亮，伸手拨弄了一下耳边的碎发，晚风吹起她的裙摆。

顾南砚目不转睛地看着她，直到被宋妙里发现。她扭过头来，表情故作冷漠。

宋妙里出声："顾总出手真大方。"

顾南砚走到她身边，温和地开口："宋小姐花钱也不手软。"

两个人对视着，顾南砚将视线下移，看到宋妙里的唇瓣被咬出了点儿痕迹，浅浅的，怪诱人的。他说道："我送你回去。"

宋妙里睨他一眼，小嘴控制不住地道："顾总怕是公司事多，不敢劳烦。"

这人去加班吧。她那时候还很心疼他加班，还给他点外卖送过去，早知道不如点外卖给自己吃。

"妙里。"顾南砚将一个盒子递过去，门内透出的光将他的眉眼衬得略显柔和。

宋妙里不由自主地看过去，看图片上的翡翠和这么近距离看真品是完全不一样的感觉，细腻通透的绿色，苍翠欲滴，流光溢彩，完全符合她的审美。

宋妙里回过神，艰难地移开视线，深吸一口气。他们俩可还在互相掉"马甲"的事件中呢，他休想收买她！而且他还故意和她抬价！

明明她今晚是冲着翡翠来的，他们两个谈了那么久的恋爱，她不信他不知道自己喜欢这一类东西。之前宋妙里的一盒首饰被发现，她骗他说是地摊假货才蒙混过去，当时她以为顾南砚是直男肯定不懂。说不定那时候他就发现了问题。宋妙里细细一想，感觉顾南砚是个无底黑洞。

"我想你不用再思考分不分手了。"顾南砚神色淡然，"除非你我已经没有感情。"

宋妙里心想，她是这么容易被说服的吗？然而她心中有个小人在说：你就是。

顾南砚松了松领带，又说："对了，如果分手的话，你的小机器人坏了恐怕就没人修了。"

他做这样的动作莫名有些轻佻，尤其是手指扣在领带里往下扯的时候。宋妙里的目光都被勾了过去，再反应过来时对上顾南砚的眼神，她就有点儿心虚，然后又对他刚才的话恼羞成怒："我请不起人？"

顾南砚没戳破她，说起来，当初是她先招惹他的。顾南砚垂眼看着她道："除了中跃科技，没人会修，也不敢。"

这就是实力，是资本。

宋妙里想骂他心机狗，原本以为那是某宝两百块烂大街的假冒伪劣机器人，而且功能似乎还没开发全，结果居然这么金贵。孩子，妈妈修不起你了。

小机器人满打满算也陪了她很长时间，说一点儿感情都没有是不可能的，她又不是冷血怪。

光影下，隐隐有绿光闪烁，宋妙里的目光在那翡翠上流连忘返，她开始琢磨用那块表能不能换回她的翡翠，中间差价可是几百万……

宋妙里还想挣扎一下，解救她的小机器人："办法多的是，我还可以挖人。"

没了男人，她还有钱！富婆无所不能。

顾南砚稍顿，然后道："不试试挖我？"

他觉得，应该没有旁人能够满足她的要求。

顾南砚漫不经心地补充："挖我和挖我的员工，宋大小姐应该知道其中的差距。"

挖堂堂中跃科技的老板？说实在的，宋妙里是心动了的，谁都比不上顾南砚这个老板对这个产品的了解程度，何况机器人还是他亲手送的。但是她不能现在就屈服。

宋妙里抿着唇，没说话。

后面有拍卖会迟走的人出来，见到两个人站在路边，不离开也不说话，还有些奇怪。

"顾总、宋小姐，你们这是在……？"他们总不可能是在等车吧？这想想都不太可能，一个是公司老板，一个是千金大小姐，要是还要等车，那太好笑了。

顾南砚缓缓开口："我和宋小姐之间有些误会。"

宋妙里说："不是误会，是事实。"

来人先是一愣，后来恍然大悟。之前拍卖会正在举行的时候，就有人透露顾南砚的前女友和宋妙里长得很像，现在两个人之间的气氛又不对……

“那我就先走了。”那人点着头，感觉这消息很准确，眼中充满八卦意味地离开了。

宋妙里总觉得那人看自己的眼神不对，仔细想了想，扭头问顾南砚：“你是不是和他说过什么？”

顾南砚当然没说过，也不清楚对方猜测了什么，但并不妨碍他利用这一件事。他说：“说来话长。”

宋妙里眼里冒出疑惑之色。

顾南砚扫了眼来来往往的宾客还有正在走动的侍者：“你确定要站在别人的门口听？”

宋妙里没想到他还挺能说服人的。她在这里站了几分钟，和她打招呼的人就有不少，还有人问需不需要载她一程。

顾南砚伸手去牵她的手，宋妙里警惕地看着他：“你想干什么？”

顾南砚抬眸：“我确信我们还没分手。”

“……”

“你还要在这里站着？”

顾南砚的车就在那边，这还是宋妙里第一次见他的车，毕竟之前他和她谈恋爱出门都是坐地铁。她想穿越时空回去打死自己，两个有钱人为了装穷去挤上下班时期挤成末日丧尸片的地铁，受了不知多大的罪。

顾南砚那时候在想什么？宋妙里对此特别好奇。

她慢吞吞地跟着顾南砚往车边走去，心里还在安慰自己。就是因为没车，她不想成为动物园里被参观的大猩猩，才勉为其难地答应了顾南砚的邀请，只是坐车回去而已。

宋妙里的手机里还有池穗穗不久前发来的消息：“你现在是回去了还是在那边？”

宋妙里回复：“回去的路上。”

池穗穗回了个“好”字，苏绵趁机出来“吃瓜”：“宋医生今晚坐谁的车？”

宋妙里：“我会没有车坐吗？”

宋妙里："小棉花，你这是危险发言。"

池穗穗："她坐小顾的车。"

苏绵："哇，真的吗？宋医生，小顾的车大不大，漂亮吗？顾南砚的车是不是那种千万豪车啊？"

宋妙里："……"她居然猝不及防地就被戳破了，而且池穗穗怎么知道真相的？宋妙里恼羞成怒，干脆按灭了手机，决定不搭理她们。是不是千万豪车她不知道，因为车对她毫无吸引力，反正这车不便宜，估计没千万也差不多吧。顾南砚则完全不知道她的想法。

没得到回复，苏绵也不气，反而在家里差点儿被这对话笑死，已经能想到宋医生的表情是多么丰富多彩的了，穗总果然明察秋毫。她半小时之前知道宋医生的男朋友装穷的时候，硬是在床上打滚了将近一分钟，这种发展也太戏剧化了。

苏绵和宋妙里、顾南砚一起吃过一次饭，就觉得他气质非同一般，但宋医生每次都怜爱发言，她就被带偏了，以为小顾真是个普通人。现在两个人一起搞这种骚操作，果然是一对，分手又复合。她看干脆两个人就这么在一起吧，顾南砚有钱又有颜值，满足宋医生的一切要求。

"妙里。"顾南砚的声音突然从身旁传来。

宋妙里抬头，车里不像外面那样空气流通，她仿佛能闻到顾南砚身上的冷香。他以往和她在一起的时候是不会自己喷香水的，现在这款香水的味道她没闻过，是很陌生的冷松味，大概是助理帮他挑的？

宋妙里的香水很多，只要味道她喜欢，不管女香还是男香，她都买。她还有分装的小瓶香水，那时候她给顾南砚喷就用的小瓶，反正他不问她就不说，问就是某宝的便宜货。

那时候顾南砚没说什么，反而还亲她，夸她挑得好，她还挺高兴自己的眼光被承认的。现在想想……说不定那时候他就发现她的身份了？

宋妙里这么一想更气了，敢情他早就知道了，在那儿装呢。

顾南砚就看见宋妙里又开始发呆。她发呆的时候很明显，神游天外，看起来呆呆的，配上那张精致的脸，有种特别的吸引力。

顾南砚盯着她看，没忍住凑近。她身上还有一丝好闻的味道，有些甜，但不腻，反而像一些水果似的清甜，唇水润光泽。

宋妙里回过神，就看见顾南砚离自己只有几厘米，吓了一跳：“你离我这么近干什么？”

她伸手推他，掌心碰到了质地绝佳的西装外套，被上面的领带和西装领口硌到。

“你刚刚在发呆。”顾南砚说，退了回去，淡然地靠在椅背上。

宋妙里哼了声，顾南砚将翡翠的盒子递了过去：“和你换那块表。”

宋妙里说：“不换。”

顾南砚道：“不用补差价。”

翡翠石当时被宋妙里提到了九百万，最后被顾南砚趁她出神拿到手，成交价变成了千万。两百万换一千万，可划算了，宋妙里压住微微上翘的嘴角，将纸袋递过去：“既然你想要，那就换给你吧。”

“很荣幸。”顾南砚被她的小模样逗乐。

宋妙里一接过装翡翠的盒子就没忍住打开看。在车里的柔光下，那绿色更加漂亮，向来喜欢这种东西的她确实很喜欢。宋妙里心情飞速变好，连带着对顾南砚骗她的事也淡定了一点儿，毕竟她也骗了他，但这不代表这件事就这么过去了。

宋妙里忽然想起什么来，问道：“我之前的问题你还没回答，说来话长是有多长？你说了什么？”

顾南砚缓缓开口道：“没说什么。”

宋妙里不信。顾南砚叹了口气，才慢条斯理地出声解释：“上次在‘人间’碰见你，我说了你和我前女友长得像。”

前女友？宋妙里的心神都被这三个字牵扯住。见她半天没出声，顾南砚才偏过头，看到她气呼呼的模样，轻笑了声。

宋妙里这才哦了声：“原来你还有前女友啊。”

前女友居然还和她长得像？她堂堂宋家大小姐居然做了别人的替身？

顾南砚又叹了一口气，感觉一辈子的气都在她身上叹完了：“你的逻辑呢？”

宋妙里一脸“看你怎么狡辩”的表情。顾南砚低声说：“当时我们刚分手，在这种情况下，我的前女友除了你还有谁？”

宋妙里挑眉道：“谁知道你在北京那边有没有前女友。”

“我有没有，你不清楚吗？”顾南砚又把问题抛了回去。

宋妙里当然是清楚的，他们谈恋爱期间，都坦承过各自的恋爱经历，他们都是彼此的初恋对象，大姑娘上花轿，头一回。她回想两人第一次分手，觉得还挺好笑。

听到他的回答，宋妙里心里有点儿喜悦。不管怎么说，男朋友的初恋对象是自己还是很让人开心的。

前面的助理面无表情，但八卦的心不停。当初因为他出事住院，自家老板和宋医生遇到，由此引发了一系列事情，说起来，他还是月老呢。不知道今年自己能不能因此多拿点儿年终奖，助理的心思早就飞到了天外去。

夜晚的南城明亮如白昼，路边的树上挂满了小灯，远处霓虹闪烁，窗外车水马龙，路人成群结队。

宋妙里的情绪已经稳定下来，她压着声音问：“你当时为什么要骗我？”

顾南砚想起第一次见她是在医院里，她穿着干净的白大褂，温婉漂亮，对病人说话温声细语，他作为旁观者，多看了两眼。

顾南砚眼睛一眨不眨地看着宋妙里：“你当时告诉我你是每天努力工作、想买海景房的小医生。”

他当时确实是信这话的。提到这个假“人设”，宋妙里有那么一丝尴尬，那还是为了接近顾南砚才编的。两个人都对对方装穷，宋妙里以为他是小员工，顾南砚以为她是普通医生，误会就这么简单地产生了。

“我怕刺激你。”顾南砚的声音又低了些。

宋妙里感觉耳朵发痒，这男人就像在自己耳边说话似的，让她耳朵酥酥麻麻的，有些勾人。她开口道：“你还说你每月工资一万五。”

顾南砚淡定地解释：“那是我的助理说的。”

宋妙里道：“那就是你和你的助理联合起来骗我。”

沉吟片刻，顾南砚颔首：“这么说也没错。”

宋妙里哼了一声，就在这时，又听到他漫不经心地道："那你骗我又该怎么说？"

"……"

顾南砚望向她："你之前说你买不起房，每天戴的首饰都是地摊上买的，我看见的钻石也是假的，你穿的名牌衣服都是高仿的大牌……"

这简直是"公开处刑"现场。

"细数那些年为了装穷撒过的谎。论我是如何费尽心思装穷的……"

"不许说了。"宋妙里一激动把他的嘴捂住了。

顾南砚轻轻拉下她的手。她只穿了一件单薄的礼服，车里又有冷气，手背冰冰的，他捏了捏："只准州官放火，不许百姓点灯？"

"……"

"你刚刚不是说我？"说这话的时候，他圈住了宋妙里的手腕，不知从哪里翻出一枚戒指，套在了她的手上，尺寸刚刚好。

宋妙里被他说得耳后发热，看到那钻戒，注意力瞬间被转移走，心口情绪莫名。这戒指比刚才的翡翠还要吸引她。

宋妙里的心跳骤然停了一拍。她胡思乱想着，他为什么要在这时候给她戴戒指，还是钻戒？而且他出门身上为什么带着戒指？他知道能遇见她，还是不知道？

"你干什么？"宋妙里憋不住，仰头问道。

"显而易见，给你戴戒指。"顾南砚说。

"我们还在吵架，你这样是想收买我？"宋妙里白了他一眼，"我才不是那么天真的人。"就算是闪闪发光的钻石也没用。她仿佛为了强调，说这话时还加重了语气。

顾南砚哑然失笑。宋妙里的手是好看的，在他的手下就显得有些小，他修长的手指轻轻挤进她的手指间，然后扣住她的手。

顾南砚低头在她的唇上啄了一口，然后才哑着声音问："不天真的宋小姐，你喜不喜欢我？"

宋妙里红着脸，没说话。

顾南砚说："我要听你亲口说。"

这是他之前就决定的事。池穗穗发现他的身份的时候，他和宋妙里的感情刚刚步入正轨，之后的一系列事情促使了他们分手、复合，这些他当然知道，但也要她承认自己的感情。

宋妙里抽出自己的手，有点儿生气："你说什么呢？"

她明面上是生气，语气却有点儿娇嗔，就连前面的助理和司机都听出来了，顾南砚就这么看着她。

宋妙里从来不喜欢戴戒指，虽然她喜欢钻石、珠宝，但从没买过戒指。现在她第一次戴，手指还有异样的感觉。

顾南砚给她戴戒指是要求婚吗？还是就单纯是送她戒指？还是说他是为了问这个问题？宋妙里一向喜欢多想，现在脑海里更是各种想法交织在一起，半天才说："不喜欢你，我会和你谈恋爱？"

这也没什么不好承认的，宋妙里就是喜欢他，一开始喜欢他的脸，现在喜欢他的人。她这个人有话直说，除了装穷这回事。

顾南砚嗯了声。宋妙里问："所以呢？"她将手抬到他面前，"你为什么给我戴戒指？"

顾南砚喉中溢出一声笑："你怎么想的，就是怎么样。"

这戒指是他早就准备好的，他也正巧打算今天来拍卖会拍到翡翠，晚上去见宋妙里，结果刚巧宋妙里来了拍卖会。既然人都在自己面前了，他也没什么好犹豫的，顾家那边的人不会干涉他的选择，宋家那边的人他已经通过气。

宋妙里说："是吗？"说是这么说，她心里确实有点儿雀跃。

顾南砚看见她眼睛亮晶晶的，像是看到了食物的松鼠，又或者是看到了金银珠宝的龙："这件事就这么过去了？"

宋妙里抬眼看他，他清澈的一双眼里映着她的身影，像是他只能看见自己，眼里也只有自己。她承认道："本来就是我自己也有原因。"

如果在医院的时候她就直接说破自己的身份，也许他们还用不着费那么久的时间才走到现在的摊牌阶段，说不准就直接结婚了。宋妙里心里突然冒出这个想法。她马上甩了甩脑袋。大概是池穗穗和贺行望的结婚速度刺激到她了，每天听着她都羡慕了。

顾南砚笑了一下。宋妙里自己也觉得好笑，回想起这件事的确好笑。

车程已然过了大半，她这才发现外面的路不太对劲儿，问："这路是回哪儿的？"

"送你回宋家。"顾南砚低声说。

"我今晚没打算回去。"宋妙里摇头。

"真的不回去？"顾南砚又问了一句。

想了半天，宋妙里还是改变了主意："那还是回去吧。"

她正好把相亲对象的事解决一下。宋妙里估摸着，以顾南砚的家世，父母怎么着也会满意的，她都这么满意。至于那个什么都不在意的相亲对象，还是让他重新找个相亲对象吧。

南城这么多千金，不缺她一个，宋家也不需要她来联姻，所以她完全不用担心家人会反对。家里人之所以想让她和门当户对的人在一起，很大一部分原因是希望她的生活能有保障。

就像她之前和苏绵她们吐槽的，她已经习惯了有些精致夸张的生活，穿的衣服不仅是自己买的，还有品牌方送的。她若嫁给一个普通人，那就势必要缩减开销。她和顾南砚每天装穷是在谈恋爱的前提下，而谈恋爱和结婚是截然不同的事情。

顾南砚颔首："好。"

宋妙里回到家里时已经不早，看到外面的灯还亮着，先把戒指给取了下来，免得父母先看到戒指就问这个话题。然后她推开门就听到了说话声。

"回来了？"宋母问。

"拍卖会上买了什么东西？"宋父问，然后又说，"听说里面有块翡翠石是不是？"

宋妙里这才想起翡翠还在顾南砚的车上："没有，买了块表。"

宋父看了她一眼："你不是对珠宝感兴趣吗，怎么买了块表？我记得你不喜欢手表。"

父母太清楚自己的爱好也不是一件好事，宋妙里干脆蒙混过去："我看到就买了。爸你怎么问东问西的，我又不是没钱买。"

宋母暗中给宋父递了个眼色。

宋妙里问："小睿睡了？"

"没呢，在书房。"宋成睿虽然被评价为南城的花花公子，吃喝玩乐样样精通，但对自己的事业是非常上心的。因为宋妙里不管公司，就他去管了。宋家总要出一个人的，不然偌大的公司就会落入他人手中，这是谁也不想看到的结果。

"爸、妈，我要和你们说一件事。"宋妙里坐到一侧的单人沙发上，认认真真地开口道。

"你说。"宋母笑吟吟地看着她。

"那个相亲对象的事。"宋妙里直接开口，"你们还是趁早拒绝了吧，免得和对方撕破脸。"

"怎么就撕破脸了？"

"我都不和人家结婚，不去相亲，再过分一点儿，不就撕破脸了？"宋妙里列举了一下，"再说我对他也没兴趣。"

"你们都没见面，你怎么知道没兴趣？"

"因为我有喜欢的人。"宋妙里干脆地道，"我之前就说了我在谈恋爱。"

"你不是说和对方分手了？"

宋妙里理直气壮地说："又复合了。"其实他们都复合挺长一段时间了，只不过她没说。

宋母说："就你那个小员工男朋友？"

听见"小员工"三个字，宋妙里没忍住笑道："没有，人家升职了，不是小员工了。"

宋母和宋父对视一眼。宋妙里说："他现在是公司老板。"

"公司老板又怎么样？"宋父绷着一张脸道，"比得上小顾年轻有为，还行事大方吗？"

"就是啊。"宋母帮腔。

"怎么比不上？"宋妙里一开始顺着话反驳，而后突然反应过来，自己的相亲对象也叫小顾？她好像听父母这么提过……但那时的宋妙里完全不对对方感兴趣，连父母的话都没怎么认真听，更别提记对方的姓了，甚至她连对方叫什么名字都没有问。

顾、小顾。经过今晚的事情，宋妙里对“顾”这个姓可以说是相当敏感，忽然问：“小顾叫什么？”

宋母瞥她一眼，道：“你不是不感兴趣？你知道他的名字也没用，我还是不说了。”

宋妙里已经意识到什么，过去抱住她的胳膊：“妈，你们是不是瞒着我什么？”

“是你自己没问。”宋父哼了一声。

“相亲对象叫顾南砚是不是？”

“是啊。”

宋妙里一下子从沙发上跳了下来，一切猜测成真，本来安稳的心脏又猛烈地跳动起来。这是什么鬼东西？

宋妙里来不及和父母多说什么，噔噔噔上了楼，没到房间就给顾南砚打电话。

听到动静的宋成睿打开书房门，一挑眉毛道：“回来了？”

宋妙里嗯了一声，正好手里的电话被接通，她一回房间就关了门。

宋成睿：“……”她这是吃了什么火药？从拍卖会回来她不应该喜气洋洋才对？难道是哪个人没点儿眼色，得罪了她？宋成睿摇着头，又回到了桌前。

现在知道真相的宋妙里可是炸了，电话一显示接通，她没等顾南砚开口，就直接抢先说：

“顾南砚，你之前来我家怎么不告诉我？我要不是今晚和我爸妈说到这事，你是不是打算一直不说？是不是让我一个人被蒙在鼓里好玩呢？”

她一通话说下来都不带喘气的。等一口气说完所有的话，宋妙里才站在窗前开窗透气，深呼吸两次，胸前起伏不定。

电话这头的顾南砚单手扯掉领带，解开衬衫的第一颗扣子，敛眉说：“我本想当时见面就摊牌的。”

谁能想到宋妙里为了不相亲跑去巴黎购物，还是过年时间。所以在当时他问宋妙里这个问题时，她的回答让他觉得好笑，又有点儿无奈。

宋妙里冷笑："是吗？"

顾南砚松了松衬衫领口："好，是我错了。"

他干脆的认错态度反而让宋妙里气不打一处来："那你说说，你错在哪儿了？"

有那么几秒，她感觉自己就像是网上那种经常被总结的野蛮、无理取闹的女朋友。宋妙里甚至觉得刚刚他们的对话要是被投稿出去，转眼评论数过万。

顾南砚也是头疼，当初是为了让她承认自己的感情，现在反而成了自己的套子。他思忖片刻后道："妙里。"

宋妙里开口："明天来把你的戒指拿回去吧。"

"好。"顾南砚原本就打算明天去宋家，如果不是今晚不合适，他今晚送宋妙里回来就进去了。

"你居然敢说好？"宋妙里一下子炸了。

她就是故意说的这话，顾南砚居然敢答应。让他一个人过去吧，狗男人，今晚送来的戒指她都还没焐热，他居然真想收回去。

"我是应了你的话。"顾南砚缓缓地说。

"你不知道吵架的时候女朋友说什么都是气头上的话吗？"宋妙里噘着的嘴都能挂油壶了。她就是口是心非。

顾南砚失笑道："现在知道了。"他知道得一清二楚。

远处有人放烟火，隔着遥远的距离，还能看见星星点点的火光。宋家和顾南砚住的地方隔得有些远，但同在一座城市一个区，宋妙里也清晰地看见了烟火。

宋妙里听见顾南砚低沉的嗓音透过电话传了过来："它已经是你的了，没人能拿走。"

这声音让她耳朵酥麻至极，就像是有时在床上，两个人离得很近，他贴着她的耳朵说话似的，近在咫尺。

房门突然被敲响，宋妙里回过神来，将门打开一条缝。外面的宋成睿脸色冷凝，上上下下打量她两眼，确定她情绪稳定才说："我听见你在和人吵架。”

宋妙里回忆了一下：自己有那么大嗓门吗？见宋成睿一脸严肃的模样，她轻咳两声道：“没吵架，就是说话声大了点儿，没事。”

宋成睿将信将疑。其实他没听清她说了什么，只是听到她语速过快，像是在和人吵架的样子。

宋妙里哎了一声：“没骗你，不用管我。”

宋成睿目光下移，落在她的手机上。刚刚宋妙里开门没挂电话，又可能手指碰到了，屏幕还亮着。看到“小顾”两个字，宋成睿就明白了。

宋妙里把他哄走，关上了门，这才想起电话没挂：“喂？”她试探性地叫了声。

“嗯。”顾南砚应了声。

“我以为你会挂电话的。”宋妙里说。

“事情没说完，怎么会挂？”顾南砚说，“不过今晚时间不早了，你该睡了。”

“你以为你是机器人噢。”

他这话就像是家里的小机器人提醒她该睡觉了时说的。顾南砚低声说：“被当成你的机器人，无妨。”

他送给宋妙里的机器人功能和市面上的其他机器人是区别开的。

宋妙里感觉他越来越会说情话了，脸上热热的，虽然都感觉像是老夫老妻的情侣了，最近却像是在热恋。

“挂了。”宋妙里说了句。

“好。”

等挂断电话，宋妙里才呼出一口气，去换了件睡裙，然后坐在床上拿出那枚钻戒。他向她求婚了呀，虽然他没有明说。

被灯光一照，钻石折射的光芒闪得人眼花。宋妙里在床上翻滚了两圈，睡裙一下变得凌乱不堪。她拿出手机，想和姐妹们讨论讨论。

现在才十点多，人基本没睡，苏绵十几分钟前还分享了一个搞笑视频的链接。

宋妙里：“姐妹们，来陪我说说话。”

苏绵："宋医生不和男朋友聊天吗？"

宋妙里："男朋友哪有姐妹重要。"

池穗穗默不作声地出现在群里："我以为你们两个今晚会有一次促膝长谈。"

苏绵："是那种'促膝长谈'吗？"

以前是宋妙里经常无缘无故地"开车"，让苏绵面红耳赤，现在一两年过去了，苏绵已经能够非常自然地顺风"开车"，并且经常车速过快。

宋妙里："小棉花，你现在越来越不得了了。"

苏绵："过奖。"

眼见着话题突然转到"开车"上，池穗穗再度将它拉了回来："说吧，有什么事要问？"

宋妙里也没什么要问的，就是想找人说话。她一向藏不住什么秘密，更别提今晚她受到的刺激，从拍卖会到家就没停过。

宋妙里把事情从头到尾说了一遍，满屏都是她的语音消息，说完了回头她看着屏幕都尴尬，但好在群里就她们三个人。

苏绵边听边笑。她能想象那个画面。说实在的，她之前想过小顾气质出众，家里应该不穷，可能是小康家境，但确实没想到他居然是中跃科技的顾总，而且穗总早就知道了！

宋妙里："你们说话呀。"

苏绵："我听完了，看起来没什么毛病，你们两个互相瞒，都有错，正好就抵消了吧。"

池穗穗："负负得正，可。"

很多时候人嘴上说着怎么怎么样，其实心里是早就有偏向了的，宋妙里不过是想得到其他人的肯定罢了。她分手后依然被顾南砚吸引，已经能说明一切了。

宋妙里又把戒指拍了照片发在群里，苏绵作为大概、可能、永远都是群里最穷的一个人，看到那钻石就被闪瞎了眼："My eyes！"

金钱使她发出了羡慕的声音。

池穗穗打开图片。她认识这钻戒，前段时间设计师刚设计出来，据说在做设计图时已经被人预订，没想到居然是顾南砚定做的。他大概是很早之前就准备要求婚了吧。

宋妙里："我本来以为我会有一个很浪漫的求婚仪式，周围都是朋友们的欢呼声，然后……"

池穗穗："醒醒。"

苏绵："那就让小顾再准备一个。"

宋妙里躺在床上举着手机，窗户没关，有风吹起一层窗纱，漏进满室月光。她将戒指重新戴在了手指上。

可能今天经历的事情太多，晚上宋妙里很晚才睡着，这就导致她第二天早上醒得很迟，一直到家里阿姨来敲门才迷糊地醒来。

宋妙里打了个哈欠，去洗手间洗漱。等她再度打开手机的时候，已经是半小时后，未读消息不少，很多是圈里的大小姐发来的，但说的话题基本上是同一个——她居然和顾家二公子谈恋爱了。

宋妙里的脑袋里先冒出一个问号，然后她才想起顾南砚的身份是这个，惯性思维让她一时没反应过来。顾家在北京如日中天，顾南砚来到南城之后露面不多，有些人想找他都找不到。

尤其是昨晚他在拍卖会上的露面，现在照片已经传开，顾南砚气质清贵，容貌精致，坐在桌边淡然的样子吸引了不少人的注意。昨晚不少名媛在打听他的联系方式，没等问到，一觉醒来天就变了。

顾南砚是宋妙里的男朋友。他居然已经被宋妙里拿下了？

大伙儿都暗地里咬牙切齿。贺行望和池穗穗是青梅竹马，她们没机会就算了，宋妙里又突然冒出来。两人果然是闺密，默不作声地就成功脱离单身了。她们腹诽归腹诽，明面上谁也不敢说什么，宋家也不是吃素的，宋妙里的人缘又好，得罪了她等于得罪南城一大半人，剩下的一小半人还是明哲保身的。

宋妙里没怎么回复那些消息。她现在的想法是怎么大家都知道了？难道顾南砚直接公开了这件事？

没过几分钟，宋妙里就知道了事情的始末。原来昨天晚上有几个老总聊天，说了她和顾南砚的前女友长得像这事，结果话就传开了。

谣言四起，被顾南砚给破了，宋妙里是和前女友长得像，因为她就是那个“前女友”。大家本以为这是虐情戏码，都在等着“吃瓜”，没想到被“狗粮”撒了满脸又被秀恩爱秀到头皮发麻，偏偏还说不出什么话来。尤其是之前有传言说宋妙里和一个小员工谈恋爱——原来这对情侣的爱好是如此与众不同，比不过比不过。

宋妙里一边觉得好笑，一边又觉得心里甜丝丝的。她拿着手机下楼，宋父去了公司，宋母正在和人打电话，声音温柔，脸上带笑。

“是呀，我也是刚刚知道这件事。唉，小孩子玩闹，想着刺激呢吧……”

“结婚？这个……目前还不清楚，他们还在谈恋爱嘛，我们做父母的不好多管。”

宋妙里就听着自家母亲在那里瞎编乱说。等宋母意犹未尽地挂断电话，反倒被身后的女儿吓了一跳：“你怎么不出声？”

宋妙里无奈地道：“妈，你刚刚说得也太假了。”

宋母才不管：“反正他们又不知道真假。”

自己还不能炫耀炫耀了？外界的人都不清楚具体是怎么一回事，而且年前顾南砚说相亲的事，他们怕不成就没说出去，导致现在大家都以为两个人是自由恋爱的。当然实际上两个人的确是自由恋爱，只不过过程曲折复杂。

宋母想起昨晚的事，问：“妙里，你告诉妈妈，你和小顾是不是确定下来了？”

宋妙里优雅地将手递过去，宋母只想听答案，才不要看什么手，抬手刚拍过去，就发现了宋妙里手指上面精美漂亮的钻戒。

“小顾送的？”

“不然是谁？”宋妙里说，“我还有备胎吗？”

“妈妈怎么知道？”宋母没忍住笑，“怎么小顾求婚了你都不告诉妈妈，这事这么大。”

“昨晚被你们瞒着的事气到了，忘了说。”

“早点儿定下来也好。”宋母作为母亲，目前的想法是两个孩子顺利结婚就好。

宋成睿还不大，不急。人家池穗穗都结婚了，估计马上就要有孩子了，她就急自己的女儿。宋妙里做了个鬼脸，跑去了厨房。

因为宋妙里之前辞了二院的工作，所以她目前属于闲人一个，没什么事做，给自己建的医院还没建好，她要等一段时间。她正吃着早餐，楼上的宋成睿缓缓走了下来。

宋妙里抬头道："你今天没出门？"

宋成睿说："昨晚忙太晚了。"

昨天他看文件看到半夜，再加上今天宋父已经去公司了，他准备下午再过去。宋成睿没憋住话，问："你的男朋友是顾南砚？"

宋妙里停下手："你到现在才知道？爸妈没告诉你？"

她以为全家人都知道，就她一个人被瞒着，现在想想，有宋成睿做伴，心理突然平衡了。

宋成睿无语："你这是什么表情？"

宋妙里笑："看你太好看。"

宋成睿说："谢谢，我知道我很帅。"过了会儿，他才坐到她对面，大概了解了一下整个事情的经过，再联想昨晚的事。

"这种人有什么好喜欢的。"宋成睿撇嘴。

"说什么呢？"

"他还故意不告诉你。"宋成睿恨铁不成钢地道，"你早告诉我，我八百年前就查出他的身份来了。"

宋妙里眨了眨眼："没事的，我也骗了他。"

宋成睿说："那不一样。"

宋妙里问："怎么不一样？"

宋成睿找不出原因，觉得自己挺护短的："反正就不一样，你管哪里不一样。"

这就是典型的只许州官放火，不许百姓点灯。宋妙里被他逗笑："别说我了，你到现在连个女朋友都没，我看你不是经常出去吃喝玩乐？"

南城宋少不是白叫的，不过她也觉得神奇，自家弟弟居然连个传绯闻的对象都没有。别家的少爷和网红玩得飞起，她在宋成睿的微信里连个不认识的女生都没见到过，这太不符合“富二代”的特性了，自家弟弟居然清心寡欲得像个和尚。

宋成睿一脸淡定地道：“女朋友是女朋友，谈恋爱又不能帮我赚钱，又不能当饭吃，还要陪人出去约会，麻烦。”

“行吧……”宋妙里不再提这事，一切随缘。

话音刚落，门铃突响。宋母正在楼上，叫了声：“你们俩谁去开门？”

宋妙里放下汤匙，才走到玄关，就从可视电话里看见了顾南砚的脸。她有些吃惊，直接开了门，走到了院门口。

顾南砚刚进来，今天穿的是稳重的常服，和平时与她在一起穿的普通衣服不同，和昨晚穿的衣服也不同，从耀眼变得内敛，眉眼如雪山顶初升的旭日。

“你怎么早上来了？”宋妙里翘起嘴角问。

“有重要的事。”顾南砚说，手上还拎着一个礼盒，宋妙里能看见一点儿里面包装异常精美的盒子，外表雕花繁复。

宋妙里睨了一眼，以为他说的事是给她送东西：“是昨晚落在你那里的翡翠？怎么突然换了个包装？”

顾南砚勾着嘴角道：“不是。”

宋妙里好奇：“那是什么？”

顾南砚将礼盒递给她，她干脆接了，然后听见身旁的男人磁性的嗓音：“一部分聘礼。”

宋妙里差点儿以为自己听错了，昨天晚上才戴了戒指而已，勉强算是刚刚求过婚，他怎么突然就来这么一出了？而且他说的话让她觉得不可思议。

“你……是不是昨晚太高兴，脑子坏掉了？”宋妙里小声道，“大清早你跑到我家来送什么聘礼？”

还是一部分聘礼，宋妙里一边想着送聘礼这行为有些正式，一边又想知道里面是什么东西，剩下的一部分聘礼又是什么。

顾南砚说："不早，快中午了。"他早就猜到宋妙里会起得迟，果然早上的电话没打通。

宋妙里说着，指了指他手上的东西："你也太急了吧。"

"免得节外生枝。"顾南砚缓缓地说。谁知道后面会发生什么？他不如早早定下来，反正双方的意思已经非常明显。

能生什么枝啊，宋妙里心想。她和顾南砚一前一后进了客厅，宋成睿已经喝完粥，正在餐桌边坐着。

宋母则正好下楼，脖子上多了条墨绿色的丝巾，打了个结，显得非常优雅。作为她的女儿，宋妙里的长相和她如出一辙，不说话时文雅温柔，像古代养在深闺里的大家闺秀。

"小顾啊。"宋母看到顾南砚，笑着打招呼。

顾南砚礼貌地开口："宋姨。"

年前两人就见过面，他来过宋家，对这里轻车熟路，对宋母和宋父也是相当熟悉。

宋成睿看了过来。今天他的手机都被打爆了，一大堆狐朋狗友向他询问传闻的真实性，他姐姐是不是和中跃科技的顾总在一起了。宋成睿接了两个电话就不接了，一群大男人居然这么八卦。

宋母的目光落在顾南砚手中的礼盒上："来就来了，怎么还带东西？下次来不用带的。"

顾南砚将礼盒放在桌上，宋妙里觉得马上有大事要发生，干脆装聋作哑，远离事件中心，去一旁拿水果吃。她刚走出一步，就听见顾南砚把刚刚那套说辞又说了一遍。

宋成睿重复："什么聘礼？"

宋母说："你管这事干什么？"

宋成睿不服："我姐的事，我怎么不能管了？"

宋母不和他说，转向顾南砚："先坐下来说吧。说起来，你和妙里不是昨天才真正定下来吗？"

顾南砚了解宋妙里的这个弟弟，接手了宋氏的一部分产业，在商场上获得的评价不低，可以说是很优秀。他温声说："不想再浪费时间。"

宋妙里从阿姨那边端来一盘瓜果，坐在了沙发上，和宋成睿面面相觑。

其实这事基本差不多了，当初顾南砚主动上门说相亲的事，宋家二老就对他很满意，所以才一再要求女儿回来相亲。后来知道宋妙里的男朋友就是他时，宋家二老震惊好久。

当时顾南砚就非常有诚意地提了结婚事宜，包括婚礼、聘礼、以后在哪里住等一系列事情，对嫁妆没什么要求。当然宋家在这方面是不可能小气的，遑论宋妙里是他们家最受宠的孩子。

“我父母的意思，也是想尽快尘埃落定。”顾南砚余光往宋妙里那边瞄了眼。

“这事马虎不得。”宋母沉吟片刻，再度开口，“哪天我们去北京和你的父母见一面，或者请他们来做客也是可以的。”

顾南砚浅笑着颔首：“好。”

中午他是在宋家吃的饭。

宋妙里小动作太多，被宋母拉到一旁去进行教育。剩下客厅里顾南砚和宋成睿两个大男人坐在那儿，安安静静的，气氛沉默。

半晌，宋成睿开口：“你别太骄傲。”

顾南砚眼里浮现淡淡的笑意，声音平稳地道：“或许你觉得你姐选择其他人会比我好？”

面对这反问，宋成睿还真不知道怎么回答。没人比他更清楚南城这边大大小小的富家子弟是什么样了，当他的朋友可以，想娶他姐，那是不可能的，要不然宋妙里也不会现在才有初恋男友。

宋成睿被一句话堵住，闷在那儿生气，再看顾南砚那张脸，他感觉宋妙里就是看上这张脸了。

没多久，宋母推着宋妙里和顾南砚出门散步。这周边范围很大，环境幽雅，宋妙里开口问：“盒子里是什么东西？”

顾南砚思索了几秒，回答：“听我说和你自己打开看，感觉可能不一样。”

宋妙里现在就不想散步了，想回家去看，但想想还是要矜持一点儿，最终忍住道：“好吧。”

礼盒里究竟放了什么，在晚上宋妙里得到了答案。她看到的是几份资产证明，由专业机构给予的评估，厚厚的一沓，让人眼花缭乱。她平时不管这种事，但不代表看不懂文件。宋妙里本以为礼盒里会是赠送的什么珠宝首饰一类的东西，却没想到顾南砚把这个给她看。

他这是什么意思，资产对她公开透明吗？他说这只是一部分，那剩下的一部分是什么？

宋妙里盘腿坐在床上，百思不得其解，恍恍惚惚地想着是不是顾南砚要将这些都送给她。但这好像不太可能，毕竟这是顾家的资产。

万事皆可求助姐妹。

苏绵一听到这事，先是羡慕了会儿，然后才回答："顾总大概是想告诉你，以后工资上交老婆，没钱干坏事？"

宋妙里："还有这样的？"

苏绵："当然呀，不然他为什么给你看全部的资产，不信你问穗总是不是。"

"狗头军师"的发言让宋妙里将信将疑。她估计顾南砚也不会做什么坏事，如果他有什么对不起她的，那两个人就直接掰了了事。

宋妙里想不通，干脆不管。她给池穗穗发消息时，池穗穗正和贺行望在外面的私房菜馆吃饭，一长串语音消息就发了过来。

贺行望也将语音内容听得一清二楚，挑了挑眉，开口说："原来是这样的顾总。"

池穗穗没急着回复宋妙里，而是问："什么样的？"

贺行望说："心思细腻、沉稳的。"

池穗穗比较赞同这个评价，能装穷一年之久的男人必然是稳得住的，还很有心机。他也就刚好碰上宋妙里，和他性格甚至有点儿互补，正好两个人也相互吃得死死的。

池穗穗回复："举全部家产表明对你特别喜欢。"

宋妙里捧着手机等到答案，眼睛微微睁大，虽然感觉这句话看起来很傻，但莫名地让她觉得很喜欢。反正这些事她以后都会知道，结婚的事基本是板上钉钉了，就差明面上过个程序而已。

同时，顾家也在商讨这事。顾家远在北京，虽然现在社会网络发达，什么事都能查到，但总有遗漏或者错误的地方，比如对宋妙里的认知。

当初顾南砚和宋妙里刚刚确定恋爱关系的时候，他从宋妙里的朋友圈里扒拉了一张照片，顾家上上下下的人一看，这女孩儿看起来知书达理。

宋家在南城出了名的人缘好，经常做慈善，也没和哪家有过什么矛盾。宋父、宋母都是性格老好的人，还有一个儿子，已经开始接手宋氏，也相当优秀。

这么一简单地了解起来，宋妙里当初上过热搜的“救死扶伤”也被他们看到，对她的喜爱就更多了。大小姐跑去做医生，一看就是个善良的人。

哪个做父母的不喜欢这么温柔善良的女生？所以顾家的人对顾南砚和宋妙里的恋爱并没有阻挠，甚至鼎力支持。所以在顾南砚提出要和宋妙里结婚时，顾家上下的人非常支持，催促着他们赶紧定下来。

等他相亲一事没了后续，后来还分手了时，顾家的人差点儿以为这门亲事要黄了。没想到事情跌宕起伏，兜兜转转又回到原地。

傍晚，他就和家里人提了见面详谈结婚的事，最终定下顾家父母来南城，以示诚意。

宋妙里在不知不觉中就被带去了见面现场，整个人处于“这么快就见未来公婆了”“怎么办我该怎么说话”的恐慌中，只能微笑。

好在她这二十几年来的名媛生活不是白过的，外加和池穗穗一起玩了这么久，还有得天独厚的温柔容貌，很快就俘获了顾家父母的心。二老顶多有一点点疑惑，这小姑娘似乎挺活泼，不过活泼也好，热热闹闹的。

结婚说简单也不简单，说难也不难，桌面上大家只定下了大概的时间，具体实施下来怕是要等到半年后，因为两家距离远，又家大业大。

宋妙里就坐在那儿听，仿佛一个吉祥物。

宋成睿比她还像吉祥物，还是个沉默寡言的吉祥物，但他似乎非常讨大人喜欢，顾家二老还想着给他介绍北京名媛，差点儿把他吓一跳。他感觉姐姐要结婚之后，全世界都在催他找对象。

宋成睿一边惆怅，一边也被折磨出了“也许是该试试谈恋爱”这个想法，但并没有实施的机会。

宋、顾两家的联姻很快就宣布出去，南城上流圈子早在拍卖会之后就知道会有这个结果，但看到事情这么快确定下来也还是有些吃惊的。

北京和南城不一样，古往今来，无数人想挤进那个圈子，都黯然离场，当初中跃科技刚来南城，不少人想攀上对方。有心人一查，宋妙里和顾南砚谈恋爱期间那点儿纠葛也被人知道，众人一边惊讶，一边羡慕。

这活脱脱就是偶像剧现实版，当初她们怎么没遇上这么个机会？

宋妙里被传和普通小员工谈恋爱的时候，不少千金私底下聚会还聊过这事，觉得她是不是眼瞎了。后来得知那人长得好看，她们又觉得她“颜控”过头。偏偏宋妙里无所顾忌，当时还无视她们，一转眼大家都被这么轻而易举地打了脸。

一夜之间南城名媛圈动荡。

虽然一切尘埃落定，但宋妙里和顾南砚领证的时间推迟了不少。等拿到结婚证的当天，宋妙里发了条朋友圈，瞬间得到满满当当的点赞和评论。

顾南砚在南城有房子，自拍卖会结束二人双双掉“马甲”后，宋妙里来过过几次夜。宋妙里回想起自己第一次分手前的行为，就觉得这个发展很神奇。谁能想到结果会是这样的？

顾家二老也在评论区里发老人家用的微笑表情。宋妙里以不雅的姿势趴在床上，两张结婚证就摆在柔软的被子上，被灯光映得格外红。当初贺行望晒结婚证，她还羡慕了呢，一转眼，轮到自己晒结婚证了。

浴室门打开的声音惊醒了宋妙里，她转过头去，瞬间感受到了视觉冲击，怎么看她男朋友都好看得要命——不对，现在这是她老公了。

宋妙里眨了眨眼，没移开视线，而是问：“你爸妈在朋友圈评论我了，你看那表情。”虽然她知道这个表情图的意思，但看着就想笑。

顾南砚说：“现在他们也是你爸妈。”

宋妙里笑了笑，滚了一圈到他边上，问：“他们现在是不是已经到家了？”

顾南砚嗯了声。宋妙里莫名想起以前，第一次见家长时她紧张，连后续都忘了问："上次他们来南城第一次见我，后来有没有提到我？"

顾南砚噙着笑，回答："有。"

宋妙里对他这简单的回复十分不满，感觉他在敷衍自己，手摁在他的胸膛上："顾南砚。"

顾南砚早有预料，还是故意问："怎么了？"

宋妙里说："你赶紧跟我说说。"

这次顾南砚忍俊不禁，低声笑了几秒，然后才开口："他们很喜欢你，夸了你。"这话他没撒谎，是真的。

"是吗？"即使距离上次见公婆已经过去很久，宋妙里还是充满喜悦，翘着唇角自夸，"见过我的人都喜欢我。"

"是。"顾南砚说。

宋妙里不知道他的一语双关。他来到南城，在医院里第一次见到她，也很喜欢。

宋妙里的婚礼在春夏交接之际举行，池穗穗现在自然是没法当伴娘，但是苏绵可以。苏绵前一天晚上就被宋妙里接过去了。

伴娘礼服是宋妙里挑的，优雅漂亮，又带着一丝性感。她没有什么怕伴娘超过新娘的想法，反正是自己的婚礼，没人能超过她，而姐妹好看就是她脸上好看。

苏绵虽然平时穿着很"小清新"，但实际上身材很有料，穿上礼服，比起旁人丝毫不差，而且她皮肤天生白，撑得起很多颜色的衣服。之前池穗穗结婚，她选的礼服不是这样的，就不太显，这次是让宋妙里惊到了。

"看不出来啊。"宋妙里揶揄。

"宋医生，你在说什么啊？"苏绵坐在床边，"还是想想待会儿的事吧，待会儿我们堵不住房门怎么办？"她可紧张了。

宋妙里安慰她："没事，反正我都是要出去的，堵不住无所谓，做做样子就可以。"

苏绵被逗笑了，伴娘不止她一个，但她和其他人都不太熟悉。当然大家就算觉得她家境一般，也都不敢小瞧她。池穗穗和宋妙里都认她当闺密，谁敢对她没好脸色?

苏绵也没想着自己要挤进上流圈子，认识齐家、宋家的大小姐后的生活对她来说并没有太大变化，每天还是自由自在，唯一的变化可能就是工作很轻松，还有吃的东西也挺好。

苏绵不缺钱，池穗穗给她开的工资不低，虽然有两个富婆朋友，但她们出门进行茶话会时都是去很普通的地方，AA 制(各人平均分担所需费用)她都支付得起。当然池穗穗和宋妙里也不是经常 AA 制，只不过苏绵自己的想法是那样，有自己的骨气在。

苏绵正在出神，有人叫道："来了!"

新房里顿时热闹起来，虽然大家平时都是修养极好的名媛千金，在此刻还是矜持不住的，拐着弯儿地刁难人。

等一切尘埃落定时，苏绵都累了，倚靠在门边的角落，看着人进来，然后是西装革履的宋成睿，他要将自己的姐姐背出去。

苏绵其实见过他，只不过当时隔得远，两个人甚至没说过话，所有印象都是通过宋妙里的话了解的。

新娘上车后，苏绵还没走。她今天第一次穿那么高的高跟鞋，走得累，正轻喘着气，胸膛起起伏伏，就听到身旁传来声音。

"累了?"她扭过头去，看见宋成睿站在她身旁。

苏绵摇头："没有。"

宋成睿嗯了声，视线从她身上一扫而过，点了点头，没再问。

婚礼现场依旧盛大热闹，和池穗穗当时的婚礼一样。宋妙里的捧花扔给了苏绵。苏绵抱着捧花还有点儿愣神，等回过神来已经是不久后，她端着酒杯，提着裙摆在空地上站着发呆。

几个富家子弟站在另外一侧聊天。

"今天的那个伴娘就是阿睿他姐姐的朋友吧?"

"之前听说过，没见过，叫苏绵吧。不是我说，这身材一般人比不上，前凸后翘的。"

"不是说你那前女友很好?"

"那哪儿比得上阿睿他姐姐的朋友?人都站在你面前了，你们说她有男朋友吗？”

宋成睿皱眉打断几人：“说够了啊。”

话题到此为止。他们几个每天醉生梦死，大概也就宋成睿认真点儿，如今大多数时间待在公司。

最后安静了半分钟，才有人继续出声问：“哎，阿睿，你知道她现在有没有男朋友吗？”

另外有人揶揄：“没有的话，阿睿可以。”

他们这圈子里，就宋成睿洁身自好，出去玩他们叫姑娘相陪时，他顶多喝杯酒，其他事并不沾，但玩笑总会蔓延到他身上。

宋成睿端着酒杯抿了口酒，目光落在不远处的苏绵身上，挑眉笑道：“兔子还不吃窝边草呢。”

大家噫了一声，调侃两句，没再讨论这话题。

宋妙里的婚礼过后，苏绵再度回归日常生活。她虽然看着年纪小，但平时负责起新闻来，一点儿也不比老员工差，甚至隐隐有超过的迹象。

池穗穗本就有意培养她，现在对她更重视。所以在有一封稿件被投到今日新闻网来时，她把这事交给了苏绵，叮嘱道：“我给你安排个保镖。”

苏绵看了看内容，这投稿也算是举报吧，是在南城的另外一个区，一家人欠了钱，本来只要还钱就行，他们都打算卖房还钱了，但还没到时间，债主就押着他家女儿去陪酒。

苏绵没想到现在都2020年了，还能看到这种事。不过一面之词不可信，她还是要自己调查清楚才是。

因为信里给了地址，正好是她之前和穗总、宋医生去过的“人间”会所，所以苏绵并不担心。池穗穗还是给她配了个保镖，不过怕打草惊蛇，保镖是暗地里保护苏绵，两个人一前一后，明面上看起来并不认识。

苏绵本来以为信里是夸张说法，没想到现实里情节更夸张，她惊呆了。拍摄完素材，她果断打断了里间的行为。

见乍然冲进来一个陌生女孩儿，为首的啤酒肚男人对其上下打量，笑道：“小姑娘，你是不是进错地方了？”在他看来，新来的这人更有料。

苏绵一把拉起地上的女孩儿："进的就是这里。"

啤酒肚男人看见她的动作，明白了什么，使了个眼色："你是要代替她？也可以。"

苏绵冷笑了一声："做你的春秋大梦去吧。"

她直接端起一杯酒就泼了上去，把那啤酒肚男人都给泼蒙了。苏绵感觉自己体验到了当初穗总一杯水泼人渣的快乐，还是亲身体验更快乐。

啤酒肚男人抹了把脸，狞笑道："把门关上！"

他身后的两个男的还没有冲上来，池穗穗安排的保镖就把人挡住了。苏绵站在后面是安全的。这边太热闹，隔得不远的宋成睿都被吸引了过来。

他刚到边上，就见苏绵挥着一只细胳膊，凶巴巴地道："你再乱说我让人打烂你的嘴。"她的样子"奶凶奶凶"的。

宋成睿出声道："这是在干什么？"

在南城没人不认识宋家公子宋成睿，他一出声，里面的人安静下来，啤酒肚男人的嚣张气焰瞬间消失，毕竟南城并不是自己可以为所欲为的地方。

"宋少……"

宋成睿站在一侧，走廊上灯光昏暗，屋内的明亮光线投出去，一半落在他身上。

"他想强迫人。"苏绵看到他，也没觉得怎么样，三两句说了这事，"我就让人揍了他。"

这是自家姐姐的婚礼过后，宋成睿再次见到苏绵，因为要进"人间"，苏绵没穿职业装，而是穿的连衣裙，裙摆长及膝盖，配上她显小的脸，看起来很清纯。

宋成睿转过头，问："是吗？"

啤酒肚男人支支吾吾，基本上是"实锤"了。

有宋成睿在，这事解决得很轻松，苏绵来这里的目的也达到了，她也很感谢他："谢谢。"

宋成睿还没开口，之前被苏绵拉起来的女孩儿红着脸开口："谢谢宋少。"

苏绵很震惊：明明是自己救了她吧？苏绵没搞懂这情况，第一次遇到这样的事，杏眼圆瞪，看着那女孩儿路过她身边要往宋成睿边上去，然后就把她撞到了。

宋成睿伸手扶了苏绵一把。她看起来不胖，撞到宋成睿的胳膊上他还能感觉到骨头，但同时胸前又十分绵软，让他莫名想起之前在婚礼上见到的模样。

苏绵翻了个白眼，不忘调侃："宋少艳福不浅哪。"

好心好意救人，结果还被无视，苏绵睨了宋成睿一眼。这人看脸看身材，一眼就知道是个公子哥，果然现在是看脸的世界。

宋成睿当然不在意这个，见过太多这种事了，反而很厌烦。他低声说："这事不用告诉我姐。"

苏绵眨着眼道："不会的。"

被宋成睿安排车安安全全地送到家后，苏绵转眼就在群里说了在"人间"发生的事，不可避免地提到了他。等宋成睿接到宋妙里的电话时就知道自己的话白说了。

好在苏绵是夸了他，宋成睿稍感欣慰。

第二天他就看到新闻上出现了啤酒肚男人的名字，新闻稿洋洋洒洒一大篇，字字犀利。

视频里没放出苏绵让人揍啤酒肚男人的画面，宋成睿记得她明明是一个看着挺"傻白甜"的姑娘。

第一印象果然是没用的，宋成睿当初听宋妙里提到苏绵，对她有过刻板印象，现在想想，幸好没得罪她。

不然哪天指不定轮到自己上头条，他还不想成为南城第一个上头条的公子哥。

南城圈子里的人基本上是一起玩的，池穗穗从小娇生惯养，不管是上学还是玩乐，都是顶尖的，连交的朋友也是。

在贺行望的记忆里，见到最多的还是宋妙里，他觉得宋妙里性格比较活泼，也不知道怎么和池穗穗玩得来的。仔细一想，他更沉默。

池穗穗的世界都是以她为主。

小学时，两个人上同一所学校，每天贺行望和她一起上下学，就能见到送情书的男生，池穗穗总是笑着拒绝。他站在那儿看着她和别人说话，她虽是在拒绝别人，但他心里面莫名地就是不怎么舒服。

贺行望当然也会收到情书，红着脸的小姑娘站在他面前，他却不可避免地想到池穗穗的模样，骄傲又娇气，一副大小姐做派。

池穗穗和他说话从来没大没小，还经常命令他干这个干那个，虽然都是些无关痛痒的小事，抱她大概是最常做的，贺行望还记得温香软玉满怀的感觉。

一直到池穗穗上大学后两个人住在一起，他知道他们以后会结婚，但没想到有娃娃亲的存在，还有两家父母早就这么安排好了。他半推半就地和池穗穗开始了同居生活，甚至有点儿期待。

只是同居生活一开始并没有发生过什么事，到后来他已经习惯了生活里多出一个池穗穗，也习惯了在家的时候做早餐，等池穗穗自己下楼吃。

池穗穗一如既往地精致，却比以前活跃了许多，笑起来明艳动人，和他说话依旧没大没小的。她的生活恣意盎然，他的生活一成不变。

然后他们顺理成章地结了婚。

池穗穗偶尔也会觉得自己什么都不做不太好，所以学着做了一条鱼给他吃，还会记得放什么调料，虽然卖相不怎么样，但他确实很喜欢，不过味道一开始其实并不怎么样。

贺行望当时望着池穗穗亮晶晶的眼睛，不知道自己吃的是什么，大概是池穗穗的那一份心。也许他早就在不知不觉中喜欢上了池穗穗。

他已习惯了她的存在，就连她做的东西，无论是什么，他都是喜欢的，连带着她一些无理取闹的小脾气也喜欢。他这辈子是栽在她身上了。

从小到大，他对她的纵容从没改变过。池穗穗大概也是一如既往，好像所有的骄纵都用在了他身上。

娃娃亲并不是限制，而是锦上添花。